魅丽文化 花火工作室

·上·

有一点动心

鹿灵 著

LuLing

You yi dian dong xin

贵州出版集团
贵州人民出版社

图书在版编目（CIP）数据

有一点动心 ： 全两册 / 鹿灵著. -- 贵阳 ： 贵州人
民出版社，2019.7
ISBN 978-7-221-15381-4

Ⅰ. ①有… Ⅱ. ①鹿… Ⅲ. ①长篇小说－中国－当代
Ⅳ. ①I247.5

中国版本图书馆CIP数据核字(2019)第155344号

有一点动心：全两册

鹿灵　著

出 版 人　苏　桦
总 策 划　陈继光
选题策划　丐小亥
责任编辑　潘　媛
特约编辑　八　柚
封面设计　@殷舍 InChia
出版发行　贵州人民出版社
（贵阳市观山湖区中天会展城 SOHO 办公区 A 座贵州出版集团　　邮编 550081）
印　　刷　湖南新华精品印务有限公司
开　　本　32 开（880mm×1230mm）
字　　数　536 千
印　　张　18
版　　次　2019 年 7 月第 1 版　2019 年 7 月第 1 次印刷
书　　号　ISBN 978-7-221-15381-4
定　　价　69.80 元（全两册）

目录

C O N T E N T S

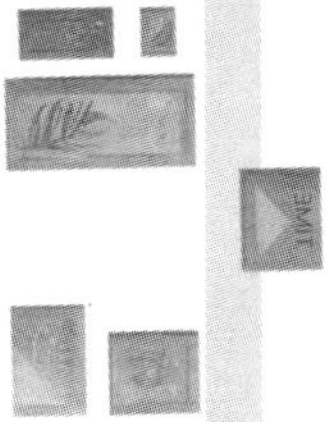

CONTENTS

目录

第一颗心

今夕何夕，见此良人

盘山公路，瓢泼大雨。

几个小时前还明媚的天光忽而转阴，天色如入夜一般沉，远处雷声闷响不歇。空旷的路上风雨大作，一派电影里世界末日般的景象。

沈彤和赵萱头顶着包站在空旷的路边，一边躲雨，一边寻找能顺路带她们离开这鬼地方的车。沈彤是摄影师，今早看天气好，便带上了自己的助理赵萱来这边取景，谁料拍到一半，天降暴雨，把她们困在了这里。衣服被冰凉的雨打湿，往下淌着水，沈彤穿得又不多，被大风一吹，寒意几乎侵入骨髓，冻得她四肢百骸都在颤抖。用打车软件叫不到车，喊朋友来接又要等上三个多小时，再淋三个多小时的雨，她们只怕都扛不住了。

赵萱举着包远望："我们还是把希望寄托在过路的车上吧，不管出租车还是私家车，只要来了，我们就央求车主带我们一程……看那边！是不是有车来了？"

骤然拔高的音调，像是迷离夜色里的一簇火光，希望就在这样的火光中被点起。

不远处，一辆黑色越野车在夜雨中疾驰而来，还伴着凛冽的风声，沈彤下意识说道："那我去拦一下。"

沈彤上前两步，在雨幕中招手，试图让自己被注意到："你好，我们被困在这里了，你可以捎我们一程吗？"

紧接着，她只来得及看到车辆快速驶过的身影——那辆车居然毫不犹豫地从她们身边开过去了。

沉默半晌后，沈彤认命道："算了，我找朋友来接吧。"

沈彤呼出一口气，动了动被冻僵的手指，点开通讯录。再抬头时，那辆开出去好一段距离的路虎，正减了速，慢慢退回到她们面前。她一愣，看见前方的黑色车窗中映出自己冻得泛白的脸。

伴随着一声机械轻响，她面前的黑色车窗缓缓地降下来。驾驶座上坐着一个男人，橘色灯光自他头顶洒下来，在眼窝处撂下淡淡的阴影，眉骨下是微眯的眼，挺直的鼻梁，紧绷着的下颌线条。车内灯光减弱，最后留给她一个剪影般的侧脸。

聂江澜骨节分明的手指搭在方向盘上，云淡风轻地吐出几个字："上车吧。"

男人让她上车的时候，某种情绪才后知后觉地来临。陌生的地方，陌生的男人，狂风大作的雨夜，好像每一样都无法让人完全放心。

就在这一刻，沈彤忽然踌躇了，低声和赵萱商量："要不还是找人来接我们算了。"

赵萱看到了什么，眼睛忽然一亮，她虽然想内敛一点儿，尽量控制情绪，但亢奋还是显而易见，她指了指车子的标志："这是路虎呢！价格七位数往上走！我有生之年还没坐过价格超七位数的车！"

赵萱绕到后面去，手搭上后座把手："我知道你担心安全问题，但这车七位数啊。能开得起七位数车的人，还会把心思打到我们身上吗？"

沈彤噎了一下："那也说不准。"

"可要是再等下去，我们真有可能站一晚上，女孩子不能长时间吹风淋雨的，不然往后会落下病根。"赵萱回头看沈彤，征求她的同意，"所以我有乘坐这辆七位数路虎的机会吗？"

雨越下越大，一道惊雷猝不及防地劈下，沈彤被惊得一阵瑟缩，再不走，万一山体滑坡……

沈彤一咬牙，迈出两步："走，进去。"大不了少说话，多道谢，保持警惕，眼下再没有比这辆车更能救她们的东西了。

沈彤借力坐进车里，车门刚关好，就感受到了车内的一阵暖气。

她抿着嘴，扯出一个笑容，看向驾驶座上的男人，礼貌道："谢谢了。"

他点点头，扶着方向盘的手没动，算是应了。

他没问沈彤去哪里，她猜想他大概是想到了岔口再问她往哪儿走吧。她在心里盘算了一下，决定等会儿下车，给他发个红包以示感谢。

检查完单反相机，确保没出问题，沈彤从包里翻出一包纸巾，给了赵萱一半："喏，擦擦水。"一包纸巾很快用完，但她们还没擦干身上的水渍，沈彤安慰她，也像在安慰自己，"再忍忍吧，等会儿就好了。"

赵萱撑住脸颊，言语里都是敬佩："沈彤姐，你在我们圈子里真的堪称神话了，大家都说出外景你超能忍，什么泥泞山路、糟糕天气，你都能扛住，我以前不信，今天真的见识了。"

赵萱刚当上沈彤助理的时候还真没料到她是这样的，她今年不过二十二岁，在摄影圈尚算年纪小的那一挂，但能力和忍耐力可真是强，人人提到她都要褒奖一两句。

沈彤还没来得及开口，就看到驾驶座一直没怎么说话的男人换了个动作，拉开抽屉，不知道在找什么。未过多久，聂江澜从抽屉里找出两条折叠整齐的白色毛巾，放在前排的中央扶手上，示意她们可以用。

沈彤拿过软绵绵的毛巾，又道了声谢，擦拭头发时闻到了淡淡的海香尾调，那味道掠过鼻腔，她仿佛感觉到一阵沐着晨光的海风。她随便擦了擦身上，准备把身下打湿的座椅擦干。

聂江澜透过后视镜瞥了后面的情况一眼，淡淡地开口："不用管。"

沈彤手上动作僵住，两缕发丝垂下来挡在眼前。

她迟疑道："什么？"

她人本就生得白，未干的头发随意地散乱在肩膀上，更是衬得她唇红齿白，既清纯又有一丝少女的媚态，一双杏眼亮得像是浸了水。

"车上不用管，先管好你自己。"他声音低沉，还有点儿沙哑。

既然人家都不嫌她身上的水打湿豪车座椅，那她也没必要再拘泥了："嗯。"

车内暖和，僵着的身子慢慢恢复了知觉之后，沈彤这才觉察出一丝凉意，不由得搓了搓手掌。过了会儿，空调的温度被人不动声色地调高了，暖风加大。她有点儿惊讶，抬头，正好从后视镜里看到他的一双眼睛。

那双眼睛很漂亮，眼皮宽度恰到好处，弧度流畅耐看，眼尾微微上挑，瞳仁漆黑，眼神清冷疏离，却又带着莫名的慵懒，中和了那股“生人勿近”的气质。

作为一个摄影师，饶是见过不少好皮囊的艺人，沈彤也不得不承认他这双眼睛能在“令人惊艳的眼睛”里排前三。镜中那双凝视前方的眼睛，不期而然地和她的视线对上。

沈彤一愣，听他压着声儿开口：“封路了。”

“封路的话……怎么回去？”

聂江澜调整了方向，往另一条路驶去。前路陌生而漆黑，明显不是回程的路，但既然上了车，就要一切以车主为先。

沈彤靠着窗户，看着陌生的远处，试探性地问道：“那您打算去哪儿？”

“换条路啊。”他懒散地笑了，带着点儿鼻音，“万一这雨几天不停，我们还走不走了？”

他说话的时候丝毫不慌，镇定得像是将一切都掌握在手中的人。沈彤故而继续问道：“那您知道路怎么走吗？”

男人依然镇定自若：“不知道。”

所以是瞎开？

沉默片刻，沈彤把目光投向窗外，开始对路况进行研究：“换了条路，也不知道有没有办法出去。”万一越绕越远，真是得不偿失了。

驾驶座上的人仍旧从容不迫：“导航没有显示，”顿了一下，他又道，“但起码能找个住的地方。”

不知道是不是他天生语调如此，导致他说什么都带着懒懒的味道。

听了这句话的沈彤，却缓缓地挺直了背。她没听错的话……他是准备找个地方睡觉？现在车上的几个陌生人，要一起去找个地方睡觉？

她还没想明白这事儿，车已经慢慢地停了下来。前座的人贴着靠背活动了一下关节，揉揉头发，发出一声低叹。

这人活像个少爷，说风就是雨，一副慵懒散漫的样子，好像对什么都不上心，也没什么需要担心，人生的首要任务是让自己活得高兴。

聂江澜熄了火，目视前方，言简意赅地说：“就这儿吧。”

沈彤往外一看，房子上写了“可栖客栈”四个字，在夜色下平静得晃眼。赵萱倒是很积极，从左手边找了把伞，开了车门下车。

沈彤一个人坐在位子上，还有点儿没回过神来。下一秒，她看见两条大长腿出现在左边车门处。她一侧头，看到手指勾着车钥匙的男人。

他背着月光，声音带着慵倦：“还不下车……是准备在车里过夜？”

对着他颀长的背影，沈彤愣了半晌，片刻后轻叹一声，罢了，也没有旁的选择，事已至此，只能进客栈……住一晚。

男人收了伞，走在她身前，从雨伞珠尾淌下的水在地上留下蜿蜒曲折的水迹。他肩线平直，脊背硬挺，比例很好，身材也不错。

订好了房间，三人缓步上楼。客栈的楼梯是木质的，踩上去嘎吱作响。沈彤和赵萱住在二楼，他住在三楼。

就在二三楼的交界处，沈彤忽然听到轻微的响声，像是有东西掉下来。那东西滚到了她的脚边，她低头一看，是一颗白色纽扣。

她蹲下来拾起纽扣的时候，男人也恰好从三楼的楼梯上慢慢往下走。他穿着一件简单的衬衫，除了最上面一颗扣子没有了，其他的都扣紧。而此刻，他已经走到她身边，第二和第三颗扣子间已经有什么东西松开来，隐约得见他紧实的胸肌。

沈彤摊开手，问：“你的吗？”

“嗯。”聂江澜看着她手心的那颗纽扣，似乎有些不解，还有些不爽，眉头微微蹙着。

将纽扣给他之后，沈彤和赵萱进了房间。

一进房间，赵萱就开始摇头，啧啧惊叹：“他那件衬衫巨贵，我没想到大几千的衬衫还会掉纽扣。”

沈彤倒见怪不怪，笑道：“几万块钱的包都会褪色，越贵重的东西越得精心保养，便宜东西才耐磨。”

“好了，不说这个了，”赵萱咳嗽了几声，“你先去洗个澡吧，我动作慢，等你洗完我再去。”

沈彤点点头：“行，我洗完后就去煮点儿姜丝可乐驱寒。”

她动作的确快，进洗手间后三下五除二地脱掉衣服，然后把衣服洗好，扔去烘干机上，再开始洗澡。等澡洗完，衣服也干得差不多了。

换好衣服后，沈彤下楼买了三瓶可乐，等她再进客栈的时候，发现客厅里坐着个人。

客栈不大，但好在布置得很温馨，木桌上还摆设着油灯。男人伸手点燃油灯，灯火摇曳。因为他背对着她，她只能看见桌上摆的那些银色器具，却不知他在做什么。

沈彤上了楼，在转角处终于能看见他那边具体的情况。对他而言，这应该是比开车难一百万倍的事情。

他左手拿着一根针，用手指捏着针孔下方，右手拿着一根棉线，试图将线穿过细小的针孔，眉间皱出一个深深的“川”字。这阵仗很庞大，气氛很肃穆，而他动作很考究，神情很凝重。

沈彤想，应该马上就会成功了吧。

五分钟后，她终于忍不住走下楼梯，站在他面前，提醒道：“线端要沾水，不然很难穿过去。”

“水？”聂江澜终于挪开目光，觉得眼眶发涩，但这并不影响他摆出嫌弃的表情，“口水？”

沉默了一会儿，沈彤道：“普通的水也可以。”

沈彤把可乐放在一边，拿着桌上的水壶倒了一杯水，放在他面前。想了想，她在他右边坐下，还是决定直接帮助他。

她拿过他右手边的线头，先用剪刀剪去前面已经被他折腾得分叉的部分，然后用食指沾了点儿水，在新线头上轻轻一捻。线端很细，一下子就穿过了针孔。

男人挑了挑眉，对她穿针的技巧表示了惊讶，而后，非常自然地递上了自己那件衬衫。

沈彤没有怨言地接过，反正他对她也有“一载之恩”，缝颗扣子只算是小事一桩，只不过……

沈彤看着手上的东西皱了皱眉：“线是黑色的……”

聂江澜支颐，还是很悠闲的模样：“怎么？”

“衬衣是白色的，用黑线缝会很丑，而且你底下的扣子也是白线缝的。”

“但是老板只有黑线了。”聂江澜垂着眼，“那怎么办？我总不能这样出去吧？”

沈彤扫视了他一眼，此刻，他坐在旁边，她想要看到点儿什么简直是易如反掌的事。她咳嗽一声，挪开目光，思索片刻后站了起来。

“怎么？”

“你等我一下，我马上回来。”

“行，休息一下马上回来，记得快点儿上正片，我不爱看广告。”

不过一会儿，沈彤便拿着自己的衬衫坐到他身边，然后捏住领子，用针开始拆自己衬衫衣领上的白线。

他没料到她竟会这样做，问道：“拆东墙补西墙？”

“不一样，你这衣服是现在要穿的，我这衣服上的线只是装饰。”而且他的衣服比她的贵，再说了，权当还他个人情，就算是拆她的整件衣服去补他的，她也不会说半个“不”字。

很快，装饰物被拆完，一根白线就在沈彤手中了。她把白线泡进水里，等它软了之后再拿出来，立刻平直如新。

看着她这种神奇的操作，他倒是睡意全消，来了兴致。

沈彤很快把扣子缝好，剪掉线头，说：“短时期内应该不会掉了。以后脱衣服别用扯的，好好解，扣子就不会松了。”

她不是装了天眼吧？还能猜出他平时怎么脱衣服？

递给他衣服后，沈彤看着他的表情，沉默了一秒才说：“通过扣子看出来的。”

“行，”他抬起头，不咸不淡地说，“谢了。”

要分开时，沈彤想了想，还是同他道：“等下晚点儿睡，我有东西要给你。”

上楼之后，沈彤把姜丝可乐煮好，倒了一杯，喊赵萱起来喝。赵萱没说话，只是“嗯”了一声。

沈彤想了想，几乎是靠着直觉探出手，摸了摸赵萱的额头。手下温度滚烫，大概是今天雨淋得太厉害，所以她发烧了。

赵萱不愿意去医院，也没烧得那么厉害，所以沈彤决定给她买药回来。

屋外的雨依然下得很大，树叶被雨点拍打出极响的“吧嗒”声。沈彤看了一眼外面堪称灾难的雨势，脚步顿住，然后折返，上了三楼，走到“今夕何夕”的房间前。

沈彤站在房间门口，抬手敲了敲门。

“谁？”

“我，”沈彤在脑内艰难地搜索出一个句子来自我介绍，“刚刚缝衣服那个。”

门很快被打开，房间里雾气氤氲。男人垂着眼瞧她，想起来她刚刚说有东西要给自己，问道：“怎么了？”

沈彤咳嗽了一声，尽量让自己厚脸皮地说出这个不情之请：“和我一起的女孩子发烧了，我想去给她买点儿退烧药，但是雨太大，没法出去，就想问问你……能不能把你的车借我开一下？我买到药立刻就还回来。”

说完之后，她也觉得对方答应这个要求的可能性太小了。如果是普通的车就好了，她还能找点儿东西抵押一下……但好死不死，他开的是路虎，目前搜刮出她的全部家当，外加两台单反相机，还赶不上人家一个零件贵。

“这就是你要给我的……”聂江澜沉吟半晌后，选了个合适的词，“礼物？”

沈彤这才想起来，连忙道：“我要给你姜丝可乐驱寒的，刚刚太着急，给忘了……”

他没搭腔，转身就往屋子里走。一码归一码，虽然沈彤觉得可能会被拒绝，但他立刻便这么不留情面地拒绝，她心里还是有点儿不服输。

沈彤决定再争取一下：“我真的开过去买了药就回来，那女孩儿还病着，我不可能丢下她。如果你还不信，那……那我把我的东西都抵押给你。”

说着，她取下食指上的那枚戒指，走到他身后：“这个戒指虽然不是特别贵，但是对我来说很重要。你看我食指上这条浅浅的印子就知道我一直戴着它。我现在把这个抵押给你，车就借我开一下，行吗？”

她急于解释，一长串语句让聂江澜勾了勾嘴角。

“我又没说不借你，”他有点儿好笑地开口，“那么紧张做什么。”

沈彤把戒指放在桌上的时候，才注意到他是在收拾东西。

他把东西装进外套口袋，再从椅子上拎起那件外套，朝门外走去：“路况太差，你对车也不熟，危险。”

感觉到沈彤站在原地，他顿在门口，回身看她：“发什么呆？走吧，我送你。”

门外雨落得还是很大，丝毫没有要停的趋势。

她驾龄不久，对车也不熟，万一出什么意外，人车皆损，他开车是最稳妥的办法。

看他没开导航便直接上了路，沈彤不由得提醒道：“不用导航吗？”

“来的路上经过了一家药店，我还记得，不需要导航。”说完这句，他又说了句什么，但沈彤没有听清。

男人虽然还是那样漫不经心地驾驶，跟之前没什么两样，但他橘色灯光下的脸，比之前看着顺眼了些。沈彤双臂环抱，靠着窗子，困意渐渐袭来。

眼睑下坠的瞬间，她掐了自己的手背一把，让自己清醒过来，而后往上坐了点儿，试图用动作唤醒身体，让自己别再倦怠。

以前就算是在Y市内打车，她都会尽量控制着自己，不让自己睡得失去意识，在这种陌生环境，更是应该打起一万分精神，免得出现意外。

沿路，她看着窗外夜色，想起刚刚在房间里，赵萱还特意发了条朋友圈，纪念自己第一次坐七位数的车，还问沈彤坐过没有。

仔细说来的话，豪车沈彤倒是坐过很多次，以前在《长歌》剧组工作，大家都会卖她几分薄面，经常捎她去片场。组里艺人又大多生活豪奢，房车是再常见不过的东西。

就在她的胡思乱想时，车已抵达药店。她开门下车，聂江澜也和她一道进去了。

药店的电视正在播放娱乐节目：“高人气综艺节目《急速燃烧时》拟定于下月开播，超吸引人的班底加上一线人气嘉宾，令人想不期待都很难。只是说好有五位固定嘉宾，到现在也才公布了四位，最后一位神秘嘉宾，节目组依然没有公布，实在是吊足了观众的胃口……”

沈彤脚步顿了一下，她有好几个朋友都在这个综艺节目里工作，她自然也有所耳闻。未公布的那位神秘嘉宾是谁，她也很是好奇。

身后的男人脚步也停了停，她没注意到，满心都记挂着退烧药的事，跟店员说清了自己的诉求。

店员拿药的时候还不免感叹："你们不是本地人吧？这边这段时间雨多，你们来干什么的啊？"

"我来山上摄影的，正准备走就被大雨困住了。"沈彤摇摇头，无奈地叹一声。

"你是摄影师呀？这里经常忽然下暴雨，我们都习惯了。"店员笑笑，看向沈彤身后的人，"那你呢？"

沈彤也不由得转过头，去看身后的男人。他是标准的"衣架子"身材，还有一张好看的脸，收银台的几个小姑娘频频看着他窃窃私语。

经人这么一问，沈彤才发现自己也并不知道他是来这里做什么的。看样子他不像是来拍照的，这里也没景点，所以更不可能是来旅游的。

能让随心所欲的少爷，在大雨天气走这么复杂迂回山路的原因，究竟是什么？

但少爷并没有直面回答这个问题，只是语调稍稍抬高道："我？我想问问，你们知不知道哪里有压缩饼干卖？"

沈彤不解："压缩饼干？"

"嗯，就是那种被关起来，没法吃饭的人能随身携带的。"

"当……零食吃吗？"不然买这么奇怪的东西干什么？

"谁没事吃那种零食？"男人眼皮都没动一下，"买来续命的。"

很明显，药店的人并不知道哪里有卖压缩饼干的，所以最后，只有沈彤提了一袋东西回去。聂江澜先上车点火，沈彤结了账之后也准备上车。站在车外的时候，她听到里面的男人在打电话。

"大雨要封路，我有什么办法？不如你去指着老天爷的鼻子问问——为什么要把聂江澜困在这里？"

"买压缩饼干当然是怕饿死。"

"我知道，这里离麓池不远，我会尽量快些去的。"

"你交代给我的任务？"男人轻嗤，"什么任务？"

电话那边的声音立刻大起来了，对方激动地说了起来。才说了两个字，聂江澜回头看沈彤上了车，随便讲了两句便收尾，挂了电话。

低头检查药品的时候，沈彤还是觉得有点儿奇怪。他不愿意回答为什么来这个偏僻地方就算了，可为什么要买压缩饼干，还说要把压缩饼干给被关起来没法吃饭的人吃？

这一大串的无解谜团连在一起之后，托看过的那些法制栏目的福，沈彤的脑海里，顺利浮现了一些不好的画面：昏暗的小房间里，有人被饿得面黄肌瘦……

还没到客栈的时候，车又停了，他说他饿了，要去买吃的。

等他完全走进店里，沈彤想到了那通充斥谜团的电话。聂江澜是他的名字吧？那麓池是他要去的地方吗？

手指快过思维，当她反应过来的时候，已经在搜索栏里打下了“麓池”二字。那是个比这里更加偏僻的地方，山路九曲回肠，山林颇多，地势复杂，也没什么景点。

他去这种地方干什么？沈彤继续往下看有关麓池的新闻。

“花季少女被拐卖至麓城，三十岁终与父母团聚，痛哭失声。”

“靠走私人口致富，购买豪车，麓池犯罪团伙被警方一举缉获！”

……

沈彤看了一眼身下的座椅。

就是这时候，男人刚刚说过的那些模棱两可的词浮现在她脑海里：“关起来的人吃的”“没法吃饭”“怕被饿死”“交代的任务”。

他不会真是拐卖犯吧？

因为车里闷，沈彤特意开了一半窗户透气。这个新闻令她毛骨悚然，几度不能呼吸，一扭头，看到窗外一张淡然面孔。沈彤反扣手机，情绪被新闻影响，声音有点儿颤：“你怎么站外面了？”

夜色模糊了她的五官，唯独那双眼清亮得紧，仿佛顷刻间进入紧张状态。

聂江澜觉得好笑，但又觉得眼下不是什么该笑的时候，他抬手，把刚刚顺手打包的粥放进她怀里：“你说呢？”

她木然地看着自己手里的东西，抿了抿唇，道：“谢谢。”

一下午没吃饭，这会儿她真觉得饿极了，看着粥，想吃，可又觉得不能吃。倒也不是不信这个男人，但毕竟刚刚认识，他的所作所为又如此奇怪，她有些不知所措。

她微微蜷起身子，想起母亲告诉她的——独自出门在外，警觉些总是没错的。

聂江澜坐上驾驶座，点火时想到一些莫名的片段。

比如最开始他的车停在她面前，她明显犹豫了一下；车上，她一双杏眼圆睁，像是在反复确定正确路线；刚刚明明困了却强迫自己清醒……

还有此刻，她看着这碗粥的眼神是渴求的，表情却透着犹豫，好像他真有可能对她做什么一样。

虽说女孩子在外，防备点儿也是人之常情，但交谈间他能感觉到她对自己并无恶意。这样表现得信任他，又强迫自己别太信任他的人，他还是头一次见，真是矛盾得让人不得不起点儿别的心思。

“需不需要我给你根银针？”他似是觉得有意思，回头，眉毛轻挑。

沈彤往车门处靠了靠，表示疑惑：“给我针做什么？”暗号吗？

他语调缓慢，尾音轻轻拉长：“银针试毒——让你检查一下这粥里，我下毒了没有。”

沈彤轻咳一声，掩饰着。她的警觉也不算明显，除非是观察力很强的人，不然是不会察觉到的。不过这也确实怪不得她，法制节目看多了，犯罪手法层出不穷，他讲的那些话又委实太可疑……

她捧着粥，舌尖舔了上唇一圈，斟酌着道：“抱歉，谢谢你今天接了我们，还带我来买药。”

“没用。”男人语带不屑。

沈彤眉间不易察觉地一皱。

“是什么让你觉得道了谢，”男人懒洋洋地反问她，“就不会被拐卖了？”

她眨眨眼，脸微红：“我不是那个意思。”再说了，新闻又不是她写的，她腹诽。

他垂着眼，没说话，掉头，车一路驶入黑夜里。

休息了一晚，第二天，雨出人意料地停了，此刻，晨曦微光，暖意融融，叶面上的雨珠晶莹剔透。

简单整理之后，他们再度上车，准备出发。

上车之后，沈彤抛出早就准备好的问题：“你是准备开车去哪里？我们在哪里下车比较好？”

“B 市，”男人声线淡淡，“你们呢？”

"Y 市。"

"正好我要路过 Y 市，到时候分岔路口放你们下车。"

"好。"

"不过，"他不咸不淡地补充一句，"我等下要去个地方，打个招呼就走。"

沈彤隐隐有不祥的预感："去哪里？"

"麓池。"他敲敲方向盘，倒是很悠然自得的模样。

似乎是想起了什么，他侧头思索半晌，才终于从记忆里搜刮出那条消息，下巴微抬，沉吟道："嗯，就是'花季少女被拐卖至麓城，三十岁与家人团聚，痛哭失声'这新闻中的麓池。"

昨晚看到的新闻再度涌上沈彤的脑海。

似乎是看出她陷入思索，男人好心提醒道："如果害怕，可以下车。"

这话宛如一个台阶，沈彤摁亮捏在手里的手机，问朋友能不能来接自己。

她刚发完，前面的男人骤一停顿，茅塞顿开似的"哦"了一声，把没说完的话说完："如果你能顺利定位的话。"

他话音刚落，沈彤就发现手机上闪现一排提示——GPS 信号弱，无法定位。

她这才知道不是他不用导航，是导航失灵了。昨晚因为定不了位，他就随心所欲地进了另一条道，碰运气似的开了好久才找到个客栈歇息。

他都是跟着感觉胡开，她当然不可能知道这是哪儿。更何况现在还没法定位，朋友根本找不到这个地方。

合着他早就猜到她没法定位，注定只能待在他车上，是吧？！也许是觉察出沈彤愣住的表情，他又用欠揍的语气缓缓道："你别用那种眼神，好像我欺负你了一样。你又不是只有留在车上这一个选择。"

车窗外景物匀速倒退，拉扯出一片模糊的影子。

沈彤将目光缓缓地移到他肩膀上："还有什么选择？"

"现在下车，再找一辆车带你们出去。"

最后一丝希望被人扑灭，沈彤合了合眼，坐在位子上，连手指都没有动一下。她就知道，这男人看似给了她不少选择，但实际上一个选择都没有，再说……

这时，赵萱突然开口对沈彤说道："不要再去找别人了吧？就坐在这里挺好的，再找一辆车，车主不一定有这么好。"

男人轻扯嘴角，问道："哪里好？"

赵萱开始掰着手指算："你大雨天肯收留两个陌生女孩上车，并且不嫌我们身上的水打湿车椅；有出众的观察能力，能在陌生路段找到客栈；大晚上愿意开车载我朋友去买药，还买了好喝的粥；还顺道把我们送回Y市……要知道，你根本不认识我们，陌生人之间能做成这样，已经是很有风度了，现在很难找到心地这么善良又好看的小哥哥了。"

"听你这么一说，"前座的人顿了一下才说，"无缘无故管这么多闲事，我倒真有点儿像拐卖犯。"

赵萱撇嘴："哪有拐卖犯会说自己是拐卖犯的？"

其实赵萱说的也八九不离十，沈彤坐在这辆车上，最基本的防备之心还是有的，就算和认识几个月的男性朋友单独相处，她都会留个心眼，更别说才认识一晚的人了。

如果不是对他有点儿信任，她也不会向他求助了。所以，她对他，信任有，防备也有，并不矛盾。

沈彤的手机屏幕亮了一下，是好友徐叶羽给她回消息了："下午有空接你，还需要吗？"

沈彤回复她："不用了，解决了。"

过了会儿，沈彤问朋友："叶羽，按照你学的心理学来看，犯人有可能在玩笑时主动说自己是××犯吗？"

徐叶羽："要看当下的情境了，如果是为了打消你们的防备的话，那就要注意，而且要观察一下他的眼神是不是飘忽不定，说谎时眼睛会往右上方看，心虚时眼神也会有所不同。"

看完这段话，沈彤开始回忆刚刚男人的眼神和表情，以确定他是不是心虚慌乱。

很快，徐叶羽的消息又发来了："当然了，上面都是我胡说的，毕竟我老公做主讲，我没办法分心去听课的。"

徐叶羽："怎么问这个问题？你坐上车了吗？"

沈彤：“嗯。”

徐叶羽：“司机像犯人吗？你观察一下车的种类，牌子是什么？是不是比较便宜的大面包车，后座有很大的空间可以放绑架的人质？”

沈彤快速回复：“路虎。”

徐叶羽：“开路虎绑架你？宝贝，你脑子难道也进了三吨纯净水吗？”

徐叶羽：“是因为车主太丑了，不面善吗？”

想了想，沈彤很客观地在手机里输入：“长得比薛丞再好看三个度吧。”

薛丞是这几年很红的小生，演技一般，但是扛不住人家一张脸上镜好看。

徐叶羽：“哦，所以你现在怀疑一个开着路虎的大帅哥要绑架你？是想把你绑架进他家户口本里吗？不愿意，你就下车吧，换我上，我愿意。”

对话以完全跑题结束。

聂江澜事先问过客栈的老板路线，这一路开得很顺利，经过一段无人区之后，面前的视野忽然开阔起来。

不只视野开阔，前面还挺热闹。沈彤摇下车窗，看到不远处的立板上写着：《急速燃烧时》第一期拍摄地。听说这节目是户外综艺，每期都有主题。

聂江澜减慢车速，最后停下，他应当就是来这里办事的。

或许是因为沈彤的几个朋友在组里工作，又或许是聂江澜要来麓池的原因光明正大，她心里的防备减退了些。她收回目光，转而看着坐在驾驶座的人，问道：“你来这里干什么？”

“报个到。”他懒懒地说着，不大有兴致的模样。

赵萱看车停了，就从包里拿出新一期《轻装》看。这期《轻装》的封面是沈彤拍的，主角是个挺有分量的一线演员。由于演员的时间紧、通告多，沈彤仅仅用了三个小时，就靠着自然光线完成了那组图，后来交上去，主编很满意。

未过多时，有人朝这边走了过来。沈彤看聂江澜跟人有话要聊，便让赵萱先把书放下，二人下车走了走。

二人刚走，经纪人何故便站在聂江澜的车窗口滔滔不绝地说起来，简直可以说出一套《史记》。聂江澜听得耳朵都快起茧，余光瞥见后座有一本杂志，便拿过来百无聊赖地开始翻。

何故问：“我交代的看台本的任务，你完成了吧？”

聂江澜语气淡淡：“不就是正常的流程？昨晚已经看过了。”

何故正想让他帮自己带点儿东西回去，刚要开口，忽然听到一声吼叫从棚子后面传出来：“完了！”

聂江澜眯了眯眼，侧头一看，只见有个人影从棚子后面飞奔出来，慌乱地说：“导演，这可怎么办？联系好的跟拍摄影师临时放了鸽子，拍摄前一天才告诉我们自己有事，来不了了！”

所谓跟拍摄影师，就是需要寸步不离地跟在艺人身后的摄影师，负责拍摄艺人在录制节目时的照片，照片可以用作宣传、互动，还可以吊起观众的胃口，用途很广。

导演立刻皱了眉：“还能联系上别的摄影师吗？没做过跟拍这行的也行。”

“我现在试着联系一下吧！”负责联络的郑方边打电话边在场子里转圈，余光瞥到聂江澜手里的杂志，“对哦，我还可以给她打个电话啊。”

聂江澜合上杂志，看了一眼封面：“怎么？”

郑方指了指杂志：“拍这期封面的摄影师很不错，我在《长歌》剧组和她有过一面之缘，也许可以约到。她非常会调动模特的情绪，还很擅长挖掘出模特潜藏的一面，光线和感觉拿捏得也很好。她去年走红，现在势头正猛着呢。”

意兴索然的聂江澜，此刻也停止了翻动书页的动作。

郑方继续道：“这位摄影老师不仅拍得好，她的外形条件和气质也很好，所以人也红。如果能找到她拍照，挂上她的名字就已经值回费用了，因为她自带热度。目前十大时尚刊，她拿下了六个，我正在等她拿大满贯呢。”

话音刚落，郑方像是看到了什么：“等等……她好像，来了？”

那一大串话也成功地让聂江澜来了兴致，他顺着人指的方向，降下车窗往外看去。

雨夜里被淋得湿漉漉的人，此时头发已经全干，扎着马尾辫，也许是觉得紧了，她抬手扯下发绳。她一边梳理头发，一边侧头与人聊天，也许是说起什么好笑的话题，她不由得笑了起来。头发散开的瞬间，长发被风吹散，衬得她笑靥明艳。

似乎是感觉到前方投来的目光，沈彤愣了愣，朝车内看去。

郑方难以置信地瞪大眸子，大喊一声："沈彤老师？"

沈彤被这一声喊得一愣，抬头瞧见和自己在剧组认识的郑方，问道："郑方？你怎么在这儿？"

"天哪，真的是您！"郑方仿佛抓住了救命稻草，"我们需要您！"

郑方把事情的始末说了一遍后，便开始急起来："这个梁没人能挑住了，您就进组解我们的燃眉之急吧。"

沈彤没回答，车内前座倒是倏地传来一声笑。那笑声很低，很沉，还带着点儿磁性。

聂江澜回过头，挑了眉，有些意外地看向沈彤，似乎觉得这称号挺有意思："沈彤……老师？"

沈彤不语，一边的赵萱却立刻扬起了下巴，不放过任何一个夸奖沈彤的机会："对呀，就是沈彤老师，我们沈老师很厉害的。"

聂江澜眯着眼，不知是为何，嘴角噙着一丝笑意："是吗？"

赵萱立刻道："当然了，不忙的话，怎么会招我这个助理呢？"

站在一边的郑方急忙接着赵萱的话往下说："对啊，沈彤老师，您就帮这个忙吧。我们综艺的制作水准，您应该也看到了，这种情况下肯定不可能找新人，新人满足不了我们的要求。"

沈彤半倚着车门问："你们对摄影师有什么要求？"

"要求就是跟着艺人一起拍摄，要尽量跑快些，如果跑慢了就只能拍到嘉宾的后脑勺了；还有，节目经常去一些比较偏的位置，需要摄影师能吃苦，遇事儿就哭哭啼啼那种我们伺候不了，毕竟这是户外真人秀，磕磕碰碰免不了；还有就是身手轻便一些，嘉宾爬高台、攀岩什么的，摄影师最好也能一道……"

"这都不算事儿，"赵萱抢着道，"我们沈彤姐上天入地，什么艰难的环境都能去。比如有一次在山里，拍完大家都累个半死，她回去还能修个片；还有一回我们拍照，她直接坐在树枝上拍的。"

前座传来轻微声响，是聂江澜的衣料摩擦出的响声，他回过头，眉毛上挑：“徒手上树？”

沈彤沉默三秒，道：“当然有梯子。”

郑方重新把话头转向沈彤本人：“既然我刚刚说的那些于您而言不是问题，那您来岂不是很好？拯救我们于水火，我们组都记着您的恩情，往后有活动都带您一把，而且……我们给跟拍师的薪水很高的，比您在《长歌》剧组还高三倍！”

“《长歌》给得已经很高了，你们还给他们的三倍？”

“那当然了，也不看我们的固定嘉宾都是谁，节目本身就是一线制作，薪酬方面自然不会亏待大家的。”

其实，撇开薪水问题，光是节目的班底就很诱人了。一线制作，知名导演、编剧加持，请的那些摄影师和摄像师，沈彤也略有耳闻。

进了节目组，不但可以大大开拓人脉，闲暇时还可以和优秀的摄影师一起切磋探讨，摄影能力肯定也会得到锻炼和进步。

郑方指着聂江澜继续说道：“我们的嘉宾除了公布的四位大咖老师，还有这位加盟录制，你想想，是不是节目想不红都难？”

沈彤愣了一愣。《急速燃烧时》早在公布幕后阵容和嘉宾时，就掀起了一阵不小的水花，还上了几次微博热搜。因为请的嘉宾都极有分量，话题度也不错，所以节目组每公布一位艺人，都要上一次热搜。

说好有五位固定嘉宾，最后却只公布了四位艺人。这么说来……那个引起众人猜测甚至险些上热搜的神秘嘉宾，居然就是雨夜里开车载她的男人？

这可不是个小新闻，要知道神秘嘉宾这块“肥肉”，很多小生、小花的团队可都想尝一尝。

思虑过后，沈彤缓缓地开口道：“这样吧，等我今天回家之后对一对我的日程，再给你们回复。如果可以的话，我就尽快进组。”虽然这个差事看似不错，但她也总得协调一下自己的时间，看过合同后再做决定。

郑方忙不迭地点头：“好，如果不放心，可以先和我们签第一期的合同，如果觉得好再续约！”

聂江澜那边的事自然进展得快多了，离开了一会儿，何故又提了一个礼盒上车，事情料理完毕，他们准备出发。

临走时，何故还交代："记得把礼盒给陈姐啊，这是任务！"

沈彤扫了几眼，从他们的对话中猜想，这人应该是聂江澜的助理，没想到说话这么夸张，一件小事儿都要说成任务。只不过细细一想，聂江澜那时候要买压缩饼干，应该也是为了这个节目准备的，她当时听了一堆乱七八糟的话，也怪不得她会误解。

她垂眸轻叹，正欲上车时，赵萱摆摆手道："后座没位子了。"

沈彤往里面看了一眼，没想到何故的礼盒把大半个后座都占满了，只余下一点儿位子给赵萱坐。

赵萱眨巴着眼睛看她："要……要搬走吗？"

"不用了。"

"只有副驾驶座能坐了，"赵萱弱弱地提醒，"要不你就坐副驾驶座吧。"

没得选的沈彤点头，拉开副驾驶座旁边的车门，坐进车里。

仍旧是一路无言。

昨晚睡得晚，加上今天一直在奔波，沈彤已然有些乏了。看着前面好似没有尽头的路，她的困意翻涌上来，之前那些片段如走马灯似的在脑海里闪过，她渐渐地合上了眼皮。

等沈彤再醒来的时候，发现车已经停下来了。面前的景象很熟悉，是赵萱家楼下的某条街道，街道旁，梧桐枝叶繁盛，阳光穿透层层枝叶，在地上投射出零碎的影子。

她骤然回过神，往后看，赵萱已经下车了，车门半开着。

赵萱走了？她刚睡醒，头脑还不清醒，不知自己睡了多久。

沈彤转过头，男人的脸映入眼帘。车早已熄火，他一只手闲散地搭在方向盘上，另一只手臂的肘关节撑在座椅上。

男人的食指若有似无地敲着方向盘，见她醒了，仍是用那慵懒的腔调开口问道："睡饱了吗？"

沈彤万万没料到自己会在聂江澜的车上睡着。

毕竟在不久之前，她还坐在这辆路虎的后座，一边掐自己的手背，一边告诉自己要清醒起来。结果一转眼，她就在人家的副驾驶座上合上了眼睛。

聂江澜当然也知道她一直提防着自己，所以刚刚在路上，发现她上车没多久就睡着了，他也挺惊讶。

是的，惊讶——就连当时他被告知要以一个一线制作的综艺出道的时候，他也不过是捏游戏机手柄的手顿了一下，然后回了个“哦”。

但方才，他腾出工夫瞥了一眼身边的人——她眼睑轻垂，睫毛像羽扇般排开，小巧的鼻尖上缀着一点儿高光，水红色的唇瓣微微启开。

看她似乎睡得很香，他心思稍动。这人之前不是还挺防着他吗？不是还怀疑他是个拐卖犯吗？行，他倒要看看她能睡多久。

进了Y市，车后座的人给他报地址时声音不大。他侧头又看一眼。好，她还没醒。

开到目的地的时候，她依然在睡，车后座的人开了车门，道谢离开，没关车门，不知道是忘了，还是不想惊扰她。

他也没叫她，等她自然醒。终于，她醒来了，他便用不轻不重的散漫嗓音问她：“睡饱了吗？”

说不出来原因，他只是想问。

果不其然，沈彤愣了片刻。回过神来之后，她扯了扯身上的安全带，低声道：“抱歉。”

“跟我道歉干什么？”他觉得好笑，挑着眉，“我只是好奇，你这次倒不担心我拐卖你了？”

沈彤正要说话，男人打开车门：“好了，我去买瓶水。”

他去买水，她自然只能坐在这里等他。沿途很多路人把目光往车身上投，有个穿裙子的女人停在了车外两百米的位置。

女人没站多久，聂江澜就从路的那边走过来了。

不得不说，她作为摄影师，拍过这么多娱乐圈的模特、艺人，看人的眼光很准。隔着三百米远的这个男人，身材的比例很好，五官的比例更是好，简直天生为了镜头而生。

他这样的外在条件，去做个艺人，也算是“物尽其用”了。

见他要来了，沈彤也开了车门下车，准备在离开前向他道个谢，要个微信号，方便酬谢他这两天的帮助。

谁知道刚出车门，方才那个女人就拦在聂江澜面前，局促地说了两句什么。那人说得太快，沈彤没听清，只听清他的回复：“我没有微信。”

要微信号的想法破灭了，沈彤只好直接跟他道别。

她家离赵萱家不远，步行十分钟就能到。到家之后，她决定什么也不想，收拾了衣服去洗澡。

家里熟悉的气息让她奔波几日的心平定了下来，洗过人生里最漫长、最有仪式感、最令人感动的澡之后，她穿上居家服，扯了一条柔软的白色毛巾搭在了头上。

把毛巾搭上头的时候，她不知怎的，就想起那个大雨滂沱的夜里，男人递过来的那条沾着清新海香的毛巾。

思及此，沈彤记起要核对工作日程，一番核查后发现没有问题，她打算跟节目组先签一期约，如果能适应，再续约。

节目组动作快，刚敲定了合同，第二天一早就派车来接她们，她们花了两个半小时就到了拍摄地。

说是今天开始拍摄，但计划总是赶不上变化，几个意外叠加起来之后，工作人员告诉沈彤，今天所有的人员来拍摄地熟悉一下流程，明天一大早再正式进行拍摄。

车门拉开，终于重新站在暖洋洋的日光下，沈彤还没晒多久的太阳，忽然听到有人叫：“哟，彤爷，稀客啊。”

沈彤转身去看，树荫底下站着的是叫她的彭城和换了套休闲服的聂江澜。后者真是“衣架子”，连穿休闲服都好看得似是画报里的人。

彭城是她同行，两个人在哪里认识的，她不记得了，关系还不错。因为她拍照时的那股子韧劲儿，大家常常打趣她，说在刀山火海里她都能拍出照片来，渐渐地，她就得了个“彤爷”的外号，不过知道的人不多，这么叫她的人也少。

一边的聂江澜抄着手站着，树影婆娑，斑驳的光影照在他颀长的身子上，看着十分养眼。

似乎觉得朋友们给沈彤起的名字一个比一个有意思，他懒洋洋地看她：“你的外号还挺多。”

这次看到聂江澜，沈彤才想起来，昨天回去，本来打算去网上查一下他的资料的，结果忘记了。也不知道他出道没有，如果已经出道，都演过什么样的作品？他那张脸倒挺适合演民国时期风流中带着几分消沉的公子哥。

她正思索，彭城伸手，在她面前打了个响指：“名单出来了，在左边，你去看看你主要跟拍谁？”

节目组不差钱，给每个固定嘉宾都配了跟拍摄影师和摄像师，除了专门跟着嘉宾的老师，还有一些散落在各大任务点的摄影师和摄像师。

沈彤走过去一看，她专跟的是影帝任行。

聂江澜还站在树荫底下，没挪步，抬头往沈彤那儿看了一眼。

她挺着背，头微抬，露出漂亮的天鹅颈。从颈部线条往上，能看见她完美的侧颜轮廓，她皮肤白，在日光下明晃晃的，似是在发着光。双腿纤细笔直，不同于女明星病态般的消瘦，她身上有微微的肉感，却没多余的赘肉，不少人都偷偷地在瞟她。

“这圈子一向这样，施了脂粉是美人的为下等，不施粉黛是美人的为中等。”站在一边的彭城也意识到很多人在看沈彤，忽然说了一句话。

聂江澜目光淡淡地移过去，自然地问道：“那上等呢？”

“被暴晒一天，累得精力全无，依然好看的，是上等。”彭城走到他旁边，“听说她是你带来的？你们怎么认识的啊？”

据他所知，聂江澜是很不爱跟女人交际的，平时也不跟富二代朋友们一块儿胡闹。他们两人是一年前认识的，在某个朋友的生日宴会上，因为受不了包厢里头鬼哭狼嚎的声音，便一起出了房间透气，聊了两句也算认识了，虽然没到顶熟的地步，但关系还算不错。

“怎么认识的？”聂江澜轻嗤一声，“大雨天被困，我捎了她和朋友一程。”

结果节目组临时缺了个跟拍师，而她正好干这行，工作人员“动之以情，晓之以理”才把她请进组。

没想到她腕儿还挺大。他低头，嘴边勾起一缕揶揄的笑意。

彭城看着聂江澜，似乎是想到了一些别的，不由得咂了咂嘴，转了个话题：“不是我说，你家老头真狠啊！二话不说就直接把你送到这荒山野岭来了，多苦多累，他不了解吗？不知道的还以为他送你来‘体验生活’呢。”

“你不也在？”聂江澜一说起这个话题，明显兴致索然。

“我跟你哪一样？我本身干这行的，跑这种地方是常事儿。”

说到这儿，彭城又抬头看了一眼沈彤，像是想到什么，又乐了，像大妈一样跟聂江澜分享八卦：“你知道我和沈彤怎么认识的吗？”

“怎么？”

“之前给时尚杂志拍封面，我们见过几面，后来在《长歌》剧组也碰上了。你也知道，我们这个圈子小，好点儿的资源也就在丁点儿大的方寸里周旋。”说到关键处，彭城刻意停顿了下，“当时剧组的男二号追她，追得死去活来呢。”

“死去活来？”

“对啊，他每天让人送一捧带着露水的鲜花给她，送早餐，送午餐，在剧组对她关怀备至、嘘寒问暖，多少天了都没变……你要知道，艺人追摄影师呢，而且男二还是薛丞那个‘骚包’，他纡尊降贵，做成这样，已经算是很大的阵仗了。”

不知是想到了什么，聂江澜低声一笑，看了沈彤一眼，问道：“追上了吗？”

彭城笑眯眯道：“你猜。”

接下来，沈彤的任务是熟悉环境，奔波一整天，她晚上七点才被放走，坐车回了酒店。

第二天凌晨四点，沈彤准时起床出门。

此刻天还未亮，太阳也还未露出头，但远处云朵的边沿，开始泛着淡淡的明黄色。

沈彤还没走到剧组配给任行的庭院，先碰上了聂江澜。

平时睡到上午十点都叫不醒的人，凌晨四点自然不可能有多清醒。聂少爷的眉头微蹙，眉间拧出个“川”字，压着起床气所带来的薄薄愠怒，薄唇抿着，唇瓣微微泛白。

他穿过门廊，她也穿过门廊；他踏上台阶，她也踏上台阶；他步履悠闲，她也缓步跟上。

过了会儿，不知怎的，他的嘴角骤然浮现一抹笑意。

沈彤见他嘴角忽而弯起，以为他看见了什么好笑的事，但视线从左至右扫了一圈，发现这里除了雕花木门，就是庭中假山，除了清越鸟语，就只有温柔风声，好像并没什么值得人发笑的事情。

聂江澜开口，声音还带着才睡醒的沙哑：“我在笑你。”

沈彤低头看了一眼自己：“我有什么好笑的？”

她问完，前面明显就热闹起来，男人加快脚步进了正厅，几个工作人员忙前忙后，小心翼翼地搬道具，从二人中间擦过。

沈彤慢下脚步，跟聂江澜自此错开，自然是没听到他说了什么。

她侧头就看到最边上任行的庭院，按照原有的安排，找了个还算隐蔽的位置匿了进去。为了不让镜头拍到她——影响画面，藏身也是个技术活。

聂江澜最先到自己的院子里，巡视了一圈，发现有个生面孔托着相机蹲在梨花木椅旁的角落里拍他。他愣了一下，刚刚看沈彤一直跟着自己，还以为自己的跟拍摄影师是她，没想到居然不是。

其实组里除了沈彤，其余几位固定嘉宾，他都认识。以前虽然没进过这个圈子，但家里那位投资过不少电影，他也就被带着见了不少艺人，其中他和几位固定嘉宾中的任行最熟。

因为他有部很喜欢的电影是任行拍的，那年任行还靠那部电影摘下了影帝的桂冠。后来，两个人经常一块儿聊电影，私下也见了不少次。

这么想着，聂江澜决定先去任行的庭院看看人来了没有。

不知道是车堵在路上，还是怎么着了，任行的院子里空空荡荡的，眼见没什么可看的，他转身欲走，余光瞥到帘子后面细瘦白皙的脚踝。

沿着脚踝往上看，是一只托着相机的手，那手指细长，指尖染了一点儿淡粉，和黑色单反相机构成了强烈的对比。然而，主人的脸被掩在月白色的门帘后。

聂江澜脚步一顿，生生折返回来，走到那人面前。他伸手，手指触上柔软缎面，掀起门帘——看见一张清丽面颊，杏眼半垂着，正看着手里的相机。

感觉到面前的门帘被揭开，沈彤骤然抬头。

因为猜测正确，面前的男人笑了笑，眼神中却带了几分不解，他眉头微蹙，溢出不满，轻轻地“啧”了一声。

他道：“明明是我带来的人，怎么反而落到别人手上了？”

第二颗心
欢喜心

他带来的？沈彤眨了眨眼，没明白他是什么意思，偏头正愣着，外面便一阵喧哗，是任大影帝来了。

聂江澜在任行的招呼声中出门迎接他，离开前，又侧头看了一眼尚未回过神的沈彤。这一眼，让她回过味来，贴着墙根走了出去，开始拍摄。

给任行拍了几张，沈彤的目光挪去聂江澜的身上。她以前见到的聂少爷常常耷拉着眼皮，半醒不醒的样子，说话都带着鼻音，仿佛对什么都提不起兴致。

但这次，不知道是说起了什么话题，他冷淡的面容有了别的表情，平日里那股子兴致索然的状态完全消散，像是蒙尘已久的窗台忽然被人清理干净，清爽而明亮。

她不自觉地按下了快门。

“好，两位嘉宾到齐。”导演举着话筒道，“本期主题是‘乱世称王’，五位嘉宾抢夺王权，找到玉玺者胜出。现在其他三位嘉宾在何处未知，你们需要一边寻找任务并完成，一边躲避其他人派来的刺客。怎么获得最终的胜利，就是你们的事情了。”

导演话音刚落，只听“嗡”的一声，刺耳的铃声响起，萦绕着整个庭院，然后有人喊：“不好了，袁将军派的刺客追来了！”

一反应过来，任行抬腿就跑，沈彤没有丝毫犹豫，立刻带着相机跟上。

当任行一口气爬上山坡，终于停下来歇息时，沈彤回头，发现周遭一个人都没有。是的，任影帝人到中年，却丝毫不虚，而他的大块头跟拍摄像师和跟随导演却一并跑丢了。

沈彤是跟拍摄影师，负责照片类的捕捉，跟拍摄像师则负责拍摄，也就是最终大家看到的综艺视频。

“他们竟然跑丢了？”任行胸口起伏，往上看了一眼，发现不远处有个亭子，“走吧，我们上去休息一下。”

到了亭子里，发现聂江澜也在。

他跑得快，此刻还在大口喘气，喉结上下滚动，有汗顺着棱角分明的轮廓淌下来，在下颌处悬而不落。

他身后空无一人，想必他的摄影师和摄像师也跟丢了。

二人简单说了几句，决定一起开始找线索，沈彤随着他们的动作挪动相机。不过一会儿，聂江澜便发现其中奥秘，从亭子里找到一个任务盒。

他打开盒子，里面的任务卡上写着：路线图被撕碎为四份碎片，嘉宾完成既定任务方可获得碎片，拼凑成功可得到最终路线，找到玉玺。目的地处，将有惊喜等待你们。

“惊喜？”任行笑出声，“底下还有一行字，我们……”

话音未落，忽然听到一阵急促的铃铛声。是刺客身上的铃铛发出的响声，用来提醒嘉宾。

“快快快，”任行把他们往后推，“我们躲起来，躲到那面墙后面去，快点儿！”

任行猫着腰闪进右侧墙后，墙后是一条窄窄的通道，逼仄又昏暗，还有杂草遮挡，的确是个不错的藏匿之地。

沈彤未多想，俯身躲进任行正对面的狭窄通道里，方便拍他。退了十多步，足跟下忽然一软，伴随而来的，还有男人轻吐的呼吸声。

沈彤动作一僵。

“你踩到我了。”聂少爷站在沈彤身后，手肘撑着窄墙，尾音稍抬。说话间，有气流喷洒在她的后颈。

沈彤没想到他也躲在这里，猛地站起身，立刻抬腿往外走：“我马上……嗯……”

话没说完，聂江澜上前几步，手掌捂住她嘴唇。他压着声音：“嘘。”

“人就在外面，你要是出去，不就证明我们在这里面了？”他拖着她，缓缓地往后移动，“藏好，别暴露我们了。”

刚刚那股劲儿过去了，沈彤眨了两下眼，愈加感觉到自己和男人之间力量的悬殊。

她整个人都被他的气息包围，清晰地闻到他指尖捎来的淡淡海香，感受到他指腹贴在自己脸颊上的触感。

男人稍稍松开手，一根手指抵在她唇瓣前，声音微哑：“我刚刚说的，听清楚了？”

她点点头，才终于见他放下手。

她长吸一口气，又想到聂江澜的“谆谆教诲”，一口气儿也提起来了，一点一点地呼出去。

看她绷着背，一口气都分成几口慢慢吐出，聂江澜手指抚上眉心，勾了勾嘴角。

过了会儿，铃铛声再次响起，然后渐渐消失于远处。确认人走了，沈彤提着的那口气终于放下，站起身拂开身前杂草。

聂江澜声音很低，还有点儿哑：“动作小点儿。”

出去之后，任行忽然奇怪地看向聂江澜：“你的领带呢？”

沈彤转过头，发现聂江澜的领带已不翼而飞，衣领处松松垮垮的，隐约露出胸膛。

怎么回事？

任行露出狐疑的目光，看向沈彤：“你们俩刚刚在里面做什么呢？”

沈彤摇头，她不记得自己扯了他的领带啊，难道是刚刚被他捂住嘴，挣扎的时候扯掉的？

聂江澜抬手指了指后面的山坡：“不是她，我自己扯下来扔掉的。身上的东西扔远点儿，方便引走刺客。”

任行顿悟：“刚刚进来之前，你做的障眼法是吧？”

聂江澜点头：“走，继续找别的。”

《急速燃烧时》跟别的综艺不一样，它一期节目录制时间是三到五天，比别的综艺更丰满。为了这几个月的拍摄，节目组提前很久便开始准备搭建场景，投资巨大，耗时也久，沈彤偶尔也期待，不知后面会看到什么新造出来的场景。

后来，他们又做了几个任务，今日拍摄收工。摆好机器后，沈彤回了酒店。

本来节目组给她的房间是406号，但在这块儿拍戏的某位艺人提出自己想住靠窗的位置，刚好406号房也住不下两个人，沈彤便和赵萱换去了409号房，那位艺人住进了406号房。

沈彤抬头确认了一眼房间号，刷卡进去时，赵萱已经在房间里候着了。作为助理，赵萱只需要打点好她其余的工作和生活。

一见沈彤进来，赵萱立刻问："拍摄进行得怎么样？"

"还不错。"说完这句，沈彤想起自己还有事没有做，"对了，我要搜一下聂江澜的资料。毕竟以后还要常打交道，一无所知不太好。"

《急速燃烧时》的固定嘉宾一共有五个，其余四个，沈彤都比较了解，偏生聂江澜这人从未听闻。搜索的结果超出她的预料，不是没有他的新闻稿，而是那些新闻稿的侧重点，全部围绕着"盛熠集团"四个字。

赵萱也在搜聂江澜的资料，看了几分钟后倒吸一口凉气："他居然是盛熠的公子？家底这么殷实，怪不得一辆车就那么贵呢。"

沈彤跟赵萱的关注点截然不同，仍旧往下看着新闻稿。赵萱看她都看到第十页了，问道："你在找什么呢？"

"演艺经历，他以前没有任何经历吗？"沈彤偏着头，晃了晃小腿。

"看来是。家里那么有钱，也不用来娱乐圈打拼吧。"

看了半个多小时的资料，沈彤才终于确定，新闻稿里的聂江澜，除了是盛熠集团总裁的小儿子，并没有别的身份。

他第一次出现在镜头里……居然是以一档综艺节目？

"是吃喝玩乐的生活不够有意思，还是纸醉金迷的浮华蒙住了他的双眼？他到底是怎么想不开，才跑进深山野林参加艰苦的真人秀啊？"赵萱发问。

"也许纯粹只是喜欢。"

"对哦，毕竟我觉得他的颜值确实高，只要资源不差，肯定能红。"说到这里，赵萱舔舔嘴唇，"我还挺想知道到时候公布神秘嘉宾是聂江澜，然后第一期节目播出，大家的反响怎么样呢。”

沈彤不置可否，退出浏览器页面，翻出电脑，开始浏览和精修今天拍到的照片。

既然聂江澜没有演艺经历，那就不必再搜集资料了。至于他到底为什么要接这个综艺节目，他的未来究竟会怎样……

正想到这里，门被人敲响了。

沈彤走去门口，出于安全考虑，只将门拉开了一条缝隙。门外女人一头长鬈发，身穿浅 V 淡紫长裙，手上提着一个某奢侈品牌经典款手拿包，她看上去三十多岁，但依然保养得不错。

沈彤还虚虚掩着门，询问这个陌生女人：“有什么事吗？”

女人仿佛有备而来，眼中含着怒火，抄着手道：“把门打开。”

沈彤偏了偏头，没反应过来：“什么？”

“我说，把门打开。”

这下，沈彤倒真是被弄蒙了。

女人推开门，走到里间，开始翻被子，掀窗帘，怒道：“人呢？人在哪儿？”

“你是什么人？”沈彤试图了解清楚事情的始末，“我们不认识吧？你大晚上跑到我们的房间里来，还把东西都翻乱了，是什么意思？”

女人眉头几乎快打成结，一张脸涨得通红：“你们是哪里来的十八线演员？还是野模？是看周旭人不在，我抓不到证据，就敢在这儿跟我摆架子了吗？”

“这都什么乱七八糟的？”赵萱从沈彤身后探出头，“周旭是谁？”

沈彤本想说个清楚，奈何这女人一口咬死，一副撒泼模样，说出口的字字句句都极不尊重人。

深呼吸一口，沈彤抬头：“我们不是演员，也不是模特，是摄影师。我不知道你在找谁，但我们的房间里只有两个人。你现在是未经允许擅自进我们的房间，如果还不走，我有权动用其他方式请你出去。”

“我找的人是谁，你不知道？你说不在就不在？别以为我不懂你们的把戏！”女人一拍桌子，声调猛然拔高好几个度，“你不好好裹上被子滚，反而威胁我？反了天了！”

说完，女人踩着高跟鞋走到沈彤面前，扬手就要扇她一个巴掌。

女人动作太快，沈彤往后退开。

迅疾的掌风突然被人拦住，沈彤一抬头，看见熟悉的侧脸。

女人的巴掌被聂江澜截住，她挣脱不开，恼怒道：“你又是谁？”

聂江澜仍旧不说话，另一道声音从门外飘进来：“不是我说，你平时不像这么爱管闲事的人啊……”

说话的人从走廊走进房间，看清面前的人后惊了一下：“黎蔓姐，你怎么在这儿？”

何故着急地拍拍聂江澜的肩膀：“先松手，这是周旭周老师的老婆。”

聂江澜面上未有更多表情，手上力道松了些。女人挣脱开，话锋一转：“何故，这是你带的艺人？”

何故面上堆起职业经纪人的假笑：“我刚刚送我的艺人回房间呢，听到这边有争执，我家艺人看到是认识的朋友，就伸手挡了一下……不过有什么事不能好好说呢？动手总归是不好的，明天我们还得录节目呢。”

黎蔓笑了：“好好说？大半夜的，我看到一个女人在我丈夫房间内出入，她还料定我找不到证据，要我滚出房间，换你，你能好好说？”

何故奇怪了：“谁在你丈夫的房间自由出入？”

黎蔓看向沈彤：“刚刚不是能说会道的吗？现在怎么不说话了？”

这下沈彤算是彻底清楚了，这女人说这房间是她老公住的地方，还暗指她是“小三”？跑她这儿来找周旭，怎么不去宠物店找鲨鱼呢？

沈彤开口道：“不知道你从哪里得到这样的消息，但我根本不认识周旭。这是我和我助理的房间，是你随意闯入，还翻乱了我们的东西。”

“你和你助理的房间？”黎蔓拉着沈彤走到门口，“看清楚了，门牌号 409！我来之前特意核对了，我老公住的就是这个房间。”

沈彤明白了。她没说话，挣脱黎蔓的禁锢，径直向另一边走去。

黎蔓有些得意，语调尖锐：“怎么，说不过我就跑了？”

抵达 406 号房的门口，沈彤抬手，敲了三下门。十秒钟后，房间门被人打开。

沈彤回头，观察黎蔓的反应。果然，在看到 406 号房里住的人之后，黎蔓睁大眼，嘴唇张开，脸上的表情比电影还要精彩。

很好，看来是对了。

沈彤开口："之前我和住在409号房的先生换过一次房间，达成一致后，我住进409号房，这位先生换进了406号。"

点到为止，她话说到这里，事情已经再清楚不过了——和她换了房间的人是周旭，弄错了还咄咄逼人的是黎蔓。她这样既巧妙地撇清了自己，也不动声色地给了黎蔓还击。

黎蔓觉得脸上火辣辣的，刚刚那个没打出去的巴掌，像打到了自己的脸上。她还在嘴硬："我又不知道你们换了，再说，好端端的，你们换什么房间？"

要不是因为他们换了房间，她能大半夜接到朋友视频，说是看到有女人早上四点从周旭房间出来？加之周旭也不是个有定力的主儿，有过前科，偷过腥，她一下被气得失去了理智，这才发生这种状况。

"我进节目组前忘记说我带了助理，节目组只给我准备了单人间，恰巧周旭先生的房间是双人间，他又想住靠窗的一边，我们那时候都没入住，双方工作人员就协调着换了。"沈彤说。

黎蔓咬了咬牙，只觉面上难堪，可到底是优渥家境养出来的"手心宝"，要她低头道歉比登天还难。吞吞吐吐半晌，她总算找到个点转移话题："就算你房间没有藏男人，那、那你电脑上放那么多任行的照片是什么意思？我没记错的话，他也是有妇之夫吧！"

"我是任行的跟拍摄影师，修他的图天经地义。"

"那可说不准，男艺人时常不在家，只身在外，面对的诱惑大，日久生情之后找人做露水夫妻这种事情，我见过的可不少。"黎蔓勾起殷红的唇，若有似无地瞅了一眼周旭，像是在指桑骂槐。

黎蔓闹出的动静大，加之他们围成一圈，渐渐地，很多剧组的小演员和工作人员都被吸引出来了。此刻，已经有人对他们指指点点，像往周旭的脊梁骨上直戳。

周旭面子上挂不住："你有完没完？"

看到黎蔓骤然变化的神色，他为了维持形象又不得不低头："行了，有什么我们进来说，你别撒泼了。"

"我撒泼？我怎么撒泼？你不记得当年那个女人也是表面说和你是工作关系，你的资料她存了一大堆，最后呢？最后是怎么被我捉住的？”黎蔓的痛苦回忆被勾起，又下不来台，一腔怒火烧得更甚。

她不想再维护周旭，非要发泄出来：“你觉得我小题大做，那好，我让你看看这种情况下正常女人都会有的反应！我现在就给任行的老婆打电话，问问她是不是不介意任行在外面拈花惹草，是不是能睁只眼闭只眼！”

周旭终于受不了了，直接抬手扯住黎蔓的手腕：“闹够了没有？我不发脾气，你是不是真要把房顶都掀了？说这些话也要给我看看场合！”

他用力一扯，把黎蔓扯进了自己的屋子。关门声宣告八卦结束，争吵声被掩盖在门后。

沈彤捏捏眉心，这才走到聂江澜面前，眼睛明亮，目光里带着感激：“刚刚……谢谢你啊。”

男人懒懒散散地勾唇，竟是问她：“以前防备心不是挺强，这次怎么放人进去了？”

“她自己闯进来的。”

他笑了一声，声音压得沉：“拿防我的一半功夫拦门，她怎么进得去？”

沈彤没法接话。

闹剧结束，聂江澜和何故也离开后，沈彤终于能休息了，第二天还要早起去拍摄。

第二天一大早，还有工作人员在讨论黎蔓：“我昨天夜里两点下去买东西，刚好看到黎蔓了。她哭得挺惨的，两只眼睛都肿成核桃了，大早上从酒店仓皇离场，啧，真惨。”

另一个人附和：“她还不是自作自受？自己又是撒泼又是大叫，还要拉别人下水，不被收拾才怪吧。”

八卦还没听完，执行导演便凑到沈彤跟前，将她拉去一边。

“那个，小沈啊，昨晚那事闹得不小，我听人说了。虽说是黎蔓有错，但任影帝家那个也不是个好惹的主，万一黎蔓在她面前煽风点火，弄出事，我们也不好……这样吧，你换个人专跟，行吗？”

沈彤还以为是什么大事，这下笑了笑，没怎么放心上：“当然没问题了。”昨晚的闹剧虽说是收了场，但节目组有这方面的顾虑很正常。

导演询问她的意见："那你想让我把你给谁？"

沈彤没开口，一旁树下倒是站了个人，那人风度翩翩，往那儿一站就是风景。

此刻，他漫不经心地玩着手里的打火机，抬头，眼神微动："给我……行不行？"

沈彤一下没反应过来，见自己全身上下只有一台单反相机，便问道："什么给你？"

"你，"男人迈步过来，身上仿佛笼罩着一层淡淡的金光，声音很坚定，"你给我。"

走到沈彤身前，似乎是察觉到这么说有歧义，他顿了一下，道："你跟拍我。"

他的那些摄影师和摄像师都跑得太慢了，他想要个好用的。

沈彤没说话，执行导演倒是先笑了："从江澜进组，我还没见过他要什么，一贯都是'我都行，随便你'的态度。这次居然找我要人，稀奇事儿啊。"

聂江澜垂眸，摆弄着手里银灰色的火机盖，半玩笑道："那许导给吗？"

"给啊，你都没给我提过什么要求。连这个要求都不满足你，我岂不是太不人道了。"

导演看向沈彤："那你转过去，跟拍江澜，行吗？"

沈彤笑道："可以啊。"

"任行哥那边换个男的跟拍，再稍微调整一下就确定下来。"导演招呼他们去集合，"机器架好了，你们继续去拍摄吧。从今天起，沈彤你跟着江澜就行，其余人我再去通知。"

沈彤道了声"好"，要走时又被导演拉住，导演叮嘱她："江澜没做过艺人，刚开始肯定不适应，为了节目效果，你多照拂下，引导引导他。我们节目工作人员的参与度也很高，你可以跟他们说说话、入入镜，没问题。"

沈彤也知道这个综艺节目不走寻常路，打出的特色就是素人也能有高参与度，于是道："好。"

接下来，聂江澜的目标是寻找第二张任务卡。

凭借自己的高智商，聂江澜从工作人员脚后跟的泥巴中分析出了盒子藏在某个泥土松软处。他带着沈彤，顺利地在一个后院的树上发现了盒子。

他正在想办法把盒子弄下来，在原地站了会儿，忽而侧头，看向沈彤。

“你的强项，”他若有所指，“徒手攀树。”

沈彤拿着相机的手紧了紧，不满地撇撇嘴：“都说是用梯子了。”

他低头不语，像是心情不错的样子。

最后，他从院子里找了根竹篙，顺利地把盒子击了下来。

第二张任务卡的背后，只有简单的一个“别”字。聂江澜翻过任务卡，查看正面，故事线隐隐浮出——为了完成任务，你不得不离开家乡，去远方与敌人鏖战。在离开之前，你要告别你青梅竹马的姑娘，请迅速抵达 C 地，与她告别。

聂江澜抵达 C 地的时候，早有一位老人在那里等候着了。

见聂江澜来了，老人起身迎接：“是聂公子吗？小姐因你要离开，过分担忧你的身体，便染了小病。年少情意总是真挚，还希望公子能在走之前，为她亲手留一样信物，令她寄托相思。编花环，做簪子，绣香囊，聂公子，选一个吧。”

沈彤本以为这轮的任务会是什么比拼，没料到节目组换上了感情线——青梅竹马，两小无猜，还让男人完成做女工这么丧心病狂的任务。

果然，沈彤看见聂江澜表情有些不大对劲。养尊处优的小少爷，怎么会做这种细致活儿？

聂江澜陷入沉默，沈彤理所应当地以为他在思索选哪个。

“送东西来维系我们的感情？”小少爷沉吟了一会儿。

老人点头：“是的。”

等聂少爷再抬起头的时候，却是很认真严肃地问：“不能和她恩断义绝吗？”

老人愣了一下，显然对他的话表现出了不可思议：“什么？”

聂江澜皱起眉头，眉间隐隐有嫌弃的情绪在发酵：“恩断义绝，就是什么都不送，直接走。”

他用很正经的表情，在这种场合下，说出了这么绝情的话。可以，真够冷酷的。

老人很快被他自带的“反差萌”综艺感逗笑，愣了一下之后，憋笑道：“不行，必须选一个。”

沈彤脑补了一下他等下“认真钻研选哪个”的模样，又抬头，看到他此刻极不情愿的表情。

她垂眸，抿着嘴笑了笑，预料到照片会很精彩，提前准备好了机位。

在不得不选的情况下，聂江澜只好选了编花环。

老人从一边的篮子里选出几枝花，自己拿了一份，分给聂江澜一份。聂江澜拧了拧眉，然后面无表情地伸手接过。

老人先拿出三枝花：“先这样，这根绕过来，这根放到后面，扯一下……”

花是野花，野花一开起来就有种原始的美。大朵、小朵皆有之，花瓣颜色浅，却很漂亮，自花蕊处晕染开层层叠叠的烟粉色，到了最边沿，又化成一片淡淡的白。

沈彤的相机里，男人蹲在一块灰色的大石头上，好看的眉眼稍垂，眯起眼来，齿间咬了一根浅青色的茎，给人一种不拘小节的感觉。

他的手臂搭在膝盖两侧，修长的手指变戏法似的缠着几枝新鲜欲滴的花。这枝绕过来，那枝缠过去，动作有些慢，像电影里刻意放慢的镜头，柔软的花瓣衬得他手指骨节愈加明朗清晰。

快门按下的瞬间，镜像被捕捉，保存。

二十分钟后，花环的基本形状终于出来了。

老人又取出几朵小花：“像这样，把它们斜着别进去，这样有大小变化，花环会更好看。”

聂江澜照做，最后一步完成，他又下意识地眯了眯眼，似乎觉得也不是太丑，表情柔和了很多。

他看了看自己食指上挂着的花环，又微微抬头，懒散地瞥了一眼面前的沈彤。

“任务完成，”老人从身后拿出一个灰色锦囊，“这是你的碎片奖励。”

他用另一只手接过，道了谢，活动了一下筋骨后，发出一声喟叹，跳下大石。

接下来就是赶往下一个地点了，沈彤也揉了揉脖子，还沉浸在刚刚的摄影里，转了身，才听到男人在叫她。

“喂。”他的鼻音很重，声音很沉，尾音拉长，给人懒洋洋的感觉。

她转过身，男人正好站在离她几步远的位置。

“扔了挺可惜。”他拿着花环的手抬起来，手指一松，那东西就落在沈彤的发顶。

沈彤愣了愣，这才后知后觉，抬手去扶头上的花环。

聂江澜看着她发顶上自己编的花环，觉得那一簇簇小花落在她棕色发顶处，竟意外地显得十分和谐。

他目光挪动，半晌后一笑，不知道在夸什么：“还挺好看。”

完成了第二个任务，聂江澜继续上路。沿着羊肠小道往前走，视线渐渐开阔了起来。

这里没什么工作人员了，聂江澜只能且走且看，寻找下一个任务盒。

沈彤自然没有忘记自己的任务，竭尽所能地寻找好看的光影角度，给聂江澜拍照。他这张脸真是生得让人嫉妒，即使在光线不好的情况下拍摄，出来的照片也依然没什么硬伤。

她得拍照，还要选角度，更要躲镜头，渐渐就有了各种奇妙的走位。

聂江澜看见沈彤从左边跑去右边，站上大石上又跳下，有时半蹲，有时靠墙，不由得瞅她一眼，挑眉道：“上次在我面前这样的人，还是我的小侄子。”

沈彤匀速后退，检查着相机里的照片：“你小侄子？”

聂江澜慢悠悠地点点头：“嗯，他有多动症。”

“哦。我这个是工作——”话没说完，沈彤忽然感觉到腿上被什么东西掷了一下。她低头，看向自己的小腿。

聂江澜问：“怎么了？”

沈彤踢了一下脚底的石子：“有人拿石子扔我。”

他用慵懒的腔调呛声道：“这儿哪还有人？”

下一秒，有声音响起：“江澜哥！你终于来了！救我！”

听到这声音，沈彤转头去看，看见假山下面“压”着一个人，那人灰头土脸，精心整理的头发也有点乱了。

虽然满脸灰尘，但沈彤靠着少年的五官，迅速地分辨出了他是谁——元欢，节目的又一位固定嘉宾。

元欢靠拍网剧出道，演了几个配角之后担任了主角。他主演的那部校园网剧红极一时，男主的“小太阳”人设与他高度契合，他也靠这个角色正式火起来，签了优秀的团队，演起了上星的电视剧。人如其名，他很是阳光。

聂江澜见到是元欢，脚步停了停，半晌后问：“你怎么在这里？”

元欢可怜兮兮道：“我被康南哥的刺客捉住了，就把我关到这个鬼地方来了。”

聂江澜打量了他一番，问道：“这个有办法打开吗？”

元欢说：“好像钥匙就挂在那边的墙上。”

聂江澜站起来，准备去取钥匙。

墙边有面窗户，窗户后站着个人，那人看着聂江澜，笑得高深莫测：“别忘了，你们可是竞争关系。你现在救了他，也许他会先你一步找到玉玺，再将你关起来，你觉得呢？”

聂江澜挪回目光，淡淡地应着：“你说得对。”

那人笑了。

但下一秒，聂江澜伸手取走了钥匙：“可我不怕。”

聂江澜垂着眼睑，看了一眼手上的钥匙，上面标着一行小字：开启第三个碎片盒专用密匙。

这时候，沈彤忽然想到元欢那边的锁是悬着的，而锁和钥匙都是节目组专门打造的，要打开这把锁，需要把钥匙穿过去，但元欢离得远，聂江澜只能把钥匙抛过去解锁。如果把钥匙抛过去，钥匙就会穿过锁芯，落进池塘里。

也就是说，开了元欢的锁，就不能开第三个碎片锁拿到碎片了。他会怎么选？

聂江澜转身，看了被“压”住的元欢一眼，元欢喜出望外，“哎哟”地叫唤了几声。

未有犹豫，聂江澜走到元欢面前，选择了开锁救他，放弃第三个盒子。开锁的瞬间，钥匙也落入湖底。

元欢揉了揉手腕，一张苦着的脸终于转晴，笑着跳上岸边。

聂江澜看他："没事了？"

"没事了！"元欢揉揉脑袋，笑了，"还没正式自我介绍，我是元欢，第二次见面，谢谢江澜哥救了我！"

二人第一次见面是在宴会上，那时候双方的关系，不过是演员和投资方简单打了个照面的缘分。第二次见面，聂江澜却对他有如此"恩情"。

"不过，"元欢吞了吞口水，"都是我害你没拿到第三片碎片拼图，不好意思啊。"

聂江澜稍顿，开口问道："我们一共有几块碎片？"

"四块啊，四块碎片拼成一份，就能知道玉玺藏匿的地方。"

元欢回答完，窥见聂江澜毫无波澜的面色，似乎被点醒："你是觉得……没了一块碎片没关系？"

聂江澜挑起点笑容，点点头："既然我话不用说全，你就能明白意思，那碎片缺了四分之一，也并不代表我们就找不到正确路线。"

元欢眼珠子转了转："嗯，对，就是这样。"

"这里只有一条路，先走过去看看再说。"

说完，聂江澜回头看了沈彤一眼，示意跟上。他抉择果断，都没有回头看一眼钥匙消失的地方，不经意间透出掌控全局的淡然和漫不经心，这样的他让人有些挪不开目光。

沈彤眨眨眼，很快到了他前面。

元欢惊讶地看着沈彤："哇，江澜哥，你的跟拍师是女孩子啊？"

聂江澜看他一水儿的男跟拍师，笑道："羡慕了？"

"真的很羡慕，"元欢撇了撇嘴，"我们摄制组男的太多了，我上次看到景内有个'长发小姐姐'，还以为是请的群演，结果那人一转身，一脸络腮胡差点儿把我吓崩溃。"

"羡慕也没用，"聂江澜竟难得给了沈彤点儿面子，他摊开手，介绍似的指向她的方向，"这位沈彤沈老师，我亲自求来的，不是天上掉的，也不是签合同送的。"

沈彤侧头，语气带了点揶揄："请来的也没见你多珍惜啊。"

元欢被她逗笑，看着聂江澜："哇，居然有人敢和你呛声哦。不过……”元欢话锋一转，对着沈彤问道，“你看着很面熟啊，像在哪儿见过，我们在哪里见过吗？”

聂江澜皱眉，“啧”了一声：“我把人名字告诉你，可不是让你搭讪的啊。”

元欢眨眨眼：“真不是搭讪——就算是搭讪，她肯定也是被搭讪惯了的嘛。”

沈彤挑眉：“不过被大明星搭讪还是头一遭。”

元欢指指聂江澜：“那你和江澜哥……”

沈彤学着聂江澜的语气，漫不经心地说：“这位聂江澜聂老师，我雨夜里求他载过我，不是天上掉的，也不是签合同发的。”

聂江澜垂头，鼻腔里发出一丝哼笑。

这里只有一条路可走，再往前，果然遇到了节目组设置好的摊位。

戴着黑色帽子的女人站在支起的长桌前，桌上铺着黑色的丝绒桌布，布面上整齐地列着卜卦工具。

女人开始卜卦，聂江澜不放过任何一处细节——唯恐有玄机在内，十指交叠，静静地垂眸看着。

当他再抬头时，只见对面的栏杆上坐着一个人。她双手扶着相机，但需要维持平衡，于是一条腿绕过来，斜斜地勾住竖着的栏杆，靠自己奇妙的柔韧度将自己固定好。

办法还真是多。他淡笑了一声，双手食指抬起来，百无聊赖地碰碰指尖。

一番卜卦后，那人开口，说自己卜到了康南的下落，要他们去糖画铺子寻找答案。

康南这人，沈彤知道，也是《急速燃烧时》公布过的嘉宾。他靠唱歌出道，人也挺有意思，最显著的特点是头特别大，爱耍嘴皮子，逗人笑，“接梗”能力一流，综艺感很不错。

之前追聂江澜和任行的刺客，以及元欢口中将他锁起来的刺客，都是康南放出来的。

几人走向糖画铺子，里面的糖画形状各异，上面的画也像迷宫般复杂。

过了会儿，聂江澜往靠墙的柜子最上面看去。

沈彤看不到上方光景，只看到他踮脚看了会儿，想了几分钟后径直走到元欢旁边，从一堆糖画里选出了一个圆形的，然后把它放在刚刚的柜子上。紧接着，上面发出扣合的响声。

元欢听到动静，站起身，跟聂江澜一起看："我的天，这么高级的吗？"

身后的摄影师和摄像师都拍不到，只好妥协。

聂江澜找到了线索，正要走，沈彤却不服输，攀着柜子，高举手中相机，试图从相机里发现什么。

他都踏出门槛几步，余光瞥见自己的跟拍师真的很卖力，又折回身，站到她身后。

沈彤身前紧紧地贴着柜门，身后传来一道熟悉的气息。他的呼吸声就响在她头顶不过几寸的地方，手撑在她身侧，她一侧头就能看到他凸起的掌骨和泛白的指尖。

他放下她的手，自己从柜顶取下了那个东西，放到她面前："拍吧。"

柜顶上的东西最前面有层薄膜，上面只有一条弯曲的线，而糖画入内，扣合之后，那条曲线在糖画迷宫里穿行而过，指向最后的方位，应当是康南会在的地方。

沈彤举起相机，又觉得单拍这个东西实在是太无趣，轻咳一声："要不然，你再多看几眼？"

他似乎洞悉她心里那点想法，轻笑："求我给你摆个姿势，就这么难？"

沈彤微笑，咬住后槽牙："求您摆个姿势让我拍，可以吗，聂老师？"

他不置可否，伸手将糖画装置取走，垂眸，留给沈彤一个侧脸。

最后的画面中，半明半暗的屋内，男人手持糖画，头偏低，正凝视着手里的线索。

不知真相的人只会迷惑，在这样神秘的光线下，到底是什么东西，值得男人看得那么认真？

按下快门时，沈彤想，这种欲言又止的感觉非常吸引人，很适合作为预告照片放出来。

看她放下相机，男人沉声问："拍完了？"

她满意地看着相机的液晶显示屏：“嗯，拍完了。”

“那我们走。”

“去哪儿？”

“去堵康南。”

顺着寻找康南的路线图往前走，才走出两三步，面前的小山上就放着第三个碎片盒。但是刚刚为了救元欢，聂江澜已经失去了能打开这个盒子的钥匙。

元欢本还想找找别的钥匙，聂江澜拿起盒子研究了会儿，便道：“不用找了，是陷阱。”

他晃了晃里面杳无声响的盒子，手指拂过盒子侧边的小圆标：“这是节目组的Logo，没打开前是完整的，打开后就会裂开。现在裂开了，证明盒子被打开过，里面是空的。”

元欢看了好久，感慨道：“这都能发现，江澜哥你也……太厉害了吧。”

沈彤也没想到他的观察力这么强，况且男人讲到自己了然于心的事情的时候，自带一股任何人都只能仰视的气场，她心有戚戚，也跟着愣了好半天，这才侧头看了他一眼。

他已经站起身来，好看的侧脸在光色映衬下微微一晃，像标本一样精致的脸，不由得让人眼前一亮。

他们跟着聂江澜去往下一个目的地，很快就到了路线图的终点，面前是一片低矮的树丛。

元欢问：“康南哥会在这里吗？”

他刚说完，树丛里骤然出现一个人影，有人开口道：“上帝为什么要赋予你说话这个功能？我觉得你闭嘴的时候挺好的。”

“实话你都不爱听？你就只爱听我夸你帅的那种假话。”后面的人直摇头，“你说我们什么时候能被人找到啊，不被找到都走不了了。”

借着光线，沈彤认出前面的人是康南，后面的人是嘉宾魏北，后者最擅长讲段子。

到现在为止，五位嘉宾都出现了：爱显摆的任行、睿智话不多的聂江澜、头很大的康南、段子手魏北、阳光暖男元欢。他们的性格截然不同，每个人自身的辨识度都很高。

元欢贴着树，小声说："原来魏北哥和康南哥在一块儿呢。"

那动静似乎被康南听到，他问："我怎么听到有什么别的声音？"

魏北惊讶道："我刚刚在心里骂你，你都能听到？"

康南皱眉，一脚踹去："滚！"

骂完后，康南回头，一眼就看到元欢，元欢也跳出来礼貌地打了招呼。互相介绍了之后，康南和魏北就往元欢这里走来。

元欢急忙躲在聂江澜身后："等等，先别过来！"

迎着二人疑惑的目光，聂江澜补充："康南的刺客把元欢锁在山下了，所以他怕你们。"

魏北回头声讨康南："康南你是不是人啊？人小孩儿那么可爱，你放刺客追杀人家？"

康南反驳："刺客不是你个混账放的吗？"

"你们听我说，"康南的眉头拧成一团，"我当时做任务触发奖励，是奖励两个刺客，我还没决定放不放，魏北就一声令下，让他们走了，跟我真没关系，我连刺客去哪儿了都不知道！"

聂江澜略一思忖，说："既然你的刺客找到过元欢，那第三张碎片图应该也是他拿去了，他交给你了吗？"

"第三块碎片？"康南瞪大眼，"我没有收到啊。"

魏北立刻怼康南："你给人家行不行？"

"我真的没有啊！"

"你这人怎么冥顽不灵啊？"

"我真没有！"

两个人边走边互相质问，不知怎的，魏北就跑了起来。

康南佯怒："你给我站住，你看我打不死你！"

直到"南北"二人跑远，元欢才意识到不对："哎！他们怎么跑了？"

沉默片刻，聂江澜往前走去，走到"南北"二人刚刚站的那棵树下。树下有个被打开过的空盒子，树上也有个锦囊，里面写着一个"奖"字。

很快，有工作人员抱着一个小木箱走了过来："你们完成了寻找同伴的支线任务，有一个小奖励。从箱子里抽球，抽出颜色一样的两个球可以获得一份礼物，共有三次机会。"

元欢先抽，没有抽出两个一样的，聂江澜也是。

元欢讨价道："一人一个绿的不行？"

"不行，你们还剩一次机会。"

"我们俩手气不好啊，""非洲人"元欢回头，似乎想找人代抽，"换个人试试吧。"

他目光锁定沈彤，招手："沈彤老师，你来帮我们抽一抽！"

见沈彤犹豫，元欢双手合十："求你了，救人一命，胜造七级浮屠。"

沈彤终于妥协，上前，依次从盒子里摸出两个球。

聂江澜抄手，就站在一边看着她，她蝶翼似的眼睫扇了扇，轻轻抿唇，似乎有些紧张。

他轻声笑。

察觉到他在笑，沈彤抬头瞅了眼，无声斥责，却毫无威慑力。抽出手的时候，她手里多了两个蓝色的球。

元欢惊叹："福星啊！"

工作人员递上一个牌子："恭喜，获得停牌一枚，亮出此牌，可休止战事十分钟。"

聂江澜抛了抛手中的牌子："这个是什么时候用的？"

工作人员笑得神秘，模棱两可地答道："后面会用到的。"

辞别了神秘的工作人员，聂江澜和元欢继续上路。单行道再往前走，就到了分岔路口。

因为第三块地图的缺失，现在到底该去往哪一条路，就成了一个问题。

据沈彤所知，假如选了错误的路线，一路上就需要完成很多困难的挑战，比如攀岩、过独木桥，甚至是自己划船过河……

因为聂江澜的任务一直做得很顺利，所以沈彤还没有见过错误路线上变态的任务。

"有办法吗？"元欢问。

聂江澜略一沉吟，道："倒不是没有。"

元欢语调抬高，很是敬佩："这都有办法？"

"嗯，"男人从口袋里摸出一枚硬币，"抛硬币，正面是左走，背面往右走。"

元欢被他随意的人生态度惊呆了。

“我们……自己抛？”

“找个手气好点的。”

聂江澜回头，看向沈彤，似笑非笑，扑闪着一双眼：“小福星？”

沈彤一愣，但见一枚硬币朝着自己手心飞来，她下意识地摊开手掌接住。

明明是关键时刻，男人的语气却依然漫不经心，乍一听，甚至有些戏谑的味道。

“认真点啊，”他正色道，“我们的命运，可掌握在你手里。”

沈彤眨眨眼，手心忽然滚烫起来。

看到聂江澜随意地把硬币一抛，随心所欲地让沈彤的手气决定路线，元欢不由得吞吞口水，询问道：“等下，江澜哥你知不知道，假如走了错误的路线，我们是会遇到很变态的任务的？”

“知道，”男人毫不在意似的，“可目前我们没有选择。”

聂江澜扬扬下颌，道：“抛吧。”

沈彤摊开手掌，看着手心里躺着的那枚银色硬币，有种聂江澜把几万条命都交到她手上的感觉。

“等等！等等！”元欢抬手制止。

“又怎么了？”

“办法，办法还是有的……”元欢犹犹豫豫、吞吞吐吐、扭扭捏捏地从口袋里摸出一个东西，“那个吧……其实……那个什么，第三张碎片在我这里……”

“怎么回事？”聂江澜皱眉，舌尖扫过上排牙齿，“你玩我呢？”

“没有，不是……”元欢涨红了一张脸，“因为我当时做完了第三个任务，又听节目组说等会儿还会有嘉宾过来，我就想做个小测试，看看下个来的嘉宾会不会救我。如果救了我，我就给他碎片图，如果没救我，他也拿不到这张碎片。”

毕竟这节目里每个嘉宾都可以打开不同的路线，只要在自己的路线内完成全部任务，就算是通关。

他用只有他和聂江澜能听到的音量道：“做节目嘛，就是要玩点儿刺激的才有收视率嘛。”

聂江澜内心无波无澜，一挑眉，看着元欢。元欢这一手算盘倒是打得噼啪响，无论如何，决定权都在他自己手上。元欢一脸“我知错了”的懊悔状，双手捧上那第三张碎片。

按照路线图的指示，二人带着身后一大帮子摄影师和摄像师进了右边那条路。没过多久，他们就走到了任务地点。

元欢以手肘抵抵聂江澜：“这儿有机器，还有节目组的Logo（标志），估计第四个任务盒就在这里。”

聂江澜点点头，眯眼看向前面的庞大物体。

沈彤随着他的视线望过去——那是个修砌得极高的建筑，钢筋水泥拔地而起，左边挂着一个离地几米的框，右端挂的框更高，抬头一看，那东西几乎要没入云雾里。

右端挂的不知是什么，还随着风不住地摇晃。而左边的框子不远处还有所房子，房子最上边有扇窗户。

有跟拍师暗暗道：“节目组每次都这样，跟我们女人一样，话从来不说全，脑门儿上挂个‘猜’字——这谁猜得到啊？”

前面的摄像大哥回头：“聂江澜。”

沈彤把目光投向聂江澜，看他这次到底能不能猜到。聂江澜抄着手，绷着背，维持一个姿势站了许久。

过了会儿，他看见建筑底下摆着一个印有节目组Logo的箱子。箱子被围在栏杆中，需要一个胳膊细瘦的人把它推出来。

他几乎没怎么思索，抬头看着沈彤：“你过来一下。”

“我？”沈彤四下看了一眼。

他被逗笑了：“不是你，还能是谁？”

她侧了侧脑袋，碎发在风中飘摇：“做什么？”

“帮我推箱子。”

沈彤想了想，反正这个节目里工作人员镜头也多，她便没再推辞，蹲在聂江澜腿边，白皙的手攀着栏杆：“推这个木箱子吗？”

聂江澜点头：“嗯，往外推。”

她把手臂伸进那条窄缝里，往前推箱子的时候，感觉到箱子有些重。蹲着难以用力，最后，沈彤索性直接跪在地上，头靠在栏杆上，凭着感觉把东西往外推。

聂江澜本意是想看箱子，目光却莫名停在她脸颊上。

她半偏着头，一缕发丝从耳后滑出来，柔软地贴在脸侧。眼睑半垂着，几乎能看清根根分明的睫毛，像羽毛一样轻轻颤动。

因为用力，她的眉头微微皱起。

他稍有失神，竟鬼使神差地想抬手做点什么。

但元欢的大呼小叫顿刻间把他原本的想法打消：“出来了，出来了！头出来了！”

沈彤歇了口气。

元欢在那边继续喊道：“好，头出来了，然后是身子，身子也出来了……哇，接下来我们听到一阵清脆的婴儿啼哭，恭喜《急速燃烧时》节目组，这个孩子很漂亮，长得像妈妈！”

沈彤莞尔，侧头却看见聂江澜也在看着她笑。

她白了他一眼：“你笑什么？”

聂江澜挑了挑眉：“只准你笑，就不准我笑？你这人不讲道理啊。”

二人没说两句，元欢把箱子推了过来：“还有点儿沉呢。江澜哥，我们下一步做什么？”

聂江澜指指一边的大石，掂量了一下那个箱子：“刚好，我们站到石头上，把这个东西抛进左边的框子里。”

“抛进去会怎么样啊？”元欢只觉得热血沸腾，想着即将要完成一件大事，内心很是期待。

聂江澜淡淡道：“不知道。”

怀着做了总比没做好的想法，元欢跟他把东西抛进了左边的大框内，大框受力，往下跌坠，片刻后停住，能看出里面有个任务盒。

发现这个装置类似于动滑轮之后就好办多了，聂江澜马上想出了办法。

他去到右边框子内，让右边因为重力而下沉，使左边升起来。然后，元欢去左边的屋子内接应。等到右边足够重了，把左边升到和窗户一样的高度，元欢就能通过窗子拿到框里的东西。

工作人员备了工作梯，聂江澜顺着梯子缓缓靠近右框，沈彤和摄像大哥跟他一起上去。缓慢上升的时候，沈彤为了克服眩晕感，尽力控制自己不要往下看。

做好安全准备后，沈彤瞥见框子和梯子之间有并不算小的距离，顺着罅隙往下看，有种如在云端的失重感，她微微眩晕。

聂江澜倒是不怕，很快，他助跑两步，跃进框内。沈彤的心随之一颤，看他稳稳扶住框边，开始匀速下坠，她心跳又漏了一拍。

随着聂江澜的下坠，她站立着的梯子缓缓下落，最终停在他跟前。他正在看元欢那边的局势，发现左边的框还有一段距离才能上升到窗口。

他当机立断："我一个人不够，看距离，还需要一个稍微轻点的人。"

"多少？"

他计算了一下："九十斤左右。"

话音刚落，他眯眼看向沈彤。她的体重估计差不多，假如她能上来，左边的框刚好升到窗户附近，元欢就能拿到盒子了。

沈彤明显有点儿怕，所以有些抗拒。

"太轻太重都不行，需要刚刚好的你。"男人拍拍框侧，"都吊威亚了，你怕什么？"

沈彤抱紧自己的小相机，不说话。

他改了姿势，不再倚在框侧，双手张开，面对她，难得带了点耐心："我接着你，行了吧？"

沈彤低头，看着脚底仿佛十层楼高的距离，头晕目眩。

男人循循善诱："没问题，跳过来，我会接住你的。"

她到底耳根子软，又想着节目总得做下去，取下脖子上的相机放在一边。她咽了咽口水，感觉头皮发麻，腿都是软的。

算了，大不了就是一跳，吊着威亚也死不了。她闭了闭眼，深呼一口气，缓缓吐出，睁眼，准备起跳。

"别怕，"他的声音竟难得带了些慎重和温柔，"往我这里跳。"

沈彤不管三七二十一，纵身一跃，撞进男人的怀抱里。他的气息铺天盖地地席卷而来，浸透她每一寸神经。

刚刚跳得太猛，她鼻尖不可遏制地撞上他胸膛，此刻，鼻尖后知后觉地疼痛起来。

她轻轻地"嘶"了一声，男人便拍拍她的背，安抚道："你看，这不是做得很好？"

框子下坠到底，骤然回弹，她有些紧张地攥着他的袖子，眼睫轻抖，唇半抿着，仿佛受惊后的鹿。

聂江澜低头的瞬间，一种很奇妙的感觉涌上来。好像有片羽毛在他心尖不轻不重地搔了下，若即若离，又痒又麻。

那感觉一瞬即逝，他试图去抓，竟没抓住。

他下意识地皱了皱眉，看向身前的人。

沈彤感觉到下坠停止了，缓缓地睁眼，试探着往下看了一眼，那模样滑稽又可爱。

“啧……”他扶住身边的框架，身子略微前倾，“我说沈彤——”

聂江澜还没来得及说完，元欢在窗子里疯狂招手：“抓到了，抓到了！江澜哥，我拿任务盒了啊！”

聂江澜转过身，朝元欢点头致意：“拿吧。”

话脱口而出的瞬间，他感觉一股怅然若失的感觉涌上来，好像有什么没做，又好像已经做了很多。

因为盒子被人拿起，左边又轻了些，右边也随之下坠了一点儿。

沈彤眼一闭，眉头皱起，准备接受新一轮的“酷刑”。但下坠只是一瞬间，没有下落多少，就已经停了。

她缓缓睁开眼，就看到似笑非笑的聂江澜。

他揶揄地挑眉，终于能把刚刚那句话说完：“真没发现能‘上刀山，下火海’的沈彤老师，胆子这么小。”

恐高的沈彤皱了皱眉，咳嗽一声，说：“太危险了。”

“危险什么？”他眯着眼笑，“我这不是接着你了？”

“万一没接住呢？”她毫不服输，反问回去。

“没这种万一，”他声音很笃定，“我说会接住你，就一定会接住你。”

刚好有阵风轻轻掠过，拂动他额前的碎发。

梯子升降到面前，聂江澜从沈彤身后走出来，作势要往梯子上跳。

沈彤本就惊魂未定，这下看到他要走，急忙拉住他的袖子：“哎！”

他失笑，回过头。

沈彤问了句废话：“你去哪儿？”为什么要让她一个人站在这儿？

他噙着笑：“我先跳回去，然后再接你——不然，你一个人能过去？”

沈彤头一回服了软，低头道：“不能。”

“放心吧。”似乎洞悉她内心的想法，聂江澜淡淡道，“我把你带来，就会让你安全回去。”

聂江澜跃过去，转身，脚底踩了踩梯面，似乎为了确定它的坚固程度。确定完毕后，他手伸过来：“没问题，跳吧。”

跳回梯子上之后，沈彤只感觉这两次跨越用了她全部气力，这会儿有种脱力的感觉。梯子缓缓降至地面，沈彤抓着自己的单反相机，暗叹一声：总算是落了地。

可她还没走出去两步，眼前花了一下，腿也跟着软了。聂江澜眼明手快地扶住了她。

只是短暂的眩晕，恢复过来之后，沈彤很快站起来。

他手还没松，语调隐隐压着笑：“还能走？”

本来就不是大问题，他不扶，她也不至于摔到地上。他这话说得……好像她丧失了行走能力一样。

沈彤站稳，点头：“能走。”

他松开手，沈彤便准备避开机器去到一边。

她才踏出两步，忽然听到身后男人一声低喊。好像一列火车要驶来，有人提醒车轨上的人及时避开。

她身子被这声音激得条件反射般抖了抖，回头问：“怎么了？”

“哦，前面有块砖，我提醒一下你，”他懒懒散散，头也不抬，却是一本正经的模样，“免得摔跤了。”

这个人这么闲的吗？

元欢从屋子里出来后，给他们看了最后一个任务。没花多久完成任务之后，聂江澜拿到了寻找玉玺的路线图。

第二天一早，他就顺着路线去找玉玺了。毫无疑问，他是五个人里进度最快的一个。

昨天完成任务后，还有个奖励，可以取消任何一个人“争夺玉玺”的资格，但聂江澜只是摇头，说不用了。

路上，沈彤问他：“为什么不取消其他嘉宾的资格呢？”

她以前虽然没干过跟拍这个行业，但别的节目多多少少也参加过，明白一些套路，假如嘉宾话少，为了节目效果，需要有人不断跟他说话，也就是“抛梗”。

只有这样，他的单人环节才不会太无聊，不至于节目经过后期剪辑后没有他的镜头。

问完这句话，就连摄像大哥都明白沈彤的话外音，内心默默想着，这是一个打“兄弟亲情牌”的好机会，是一个多么适合塑造光辉伟大、无私奉献、善良美好人设的梗啊。

“因为……”果不其然，聂江澜接话了。

连摄像大哥全身上下的细胞都激动起来，不禁竖耳聆听，看他会如何回答。

“最后一个环节不参加的话，今天就可以晚点儿起来，”聂少爷漫不经心地揉了揉蓬松的头发，丝毫不在意会把发型揉乱，“我希望大家随时同步，比如起早床。”

沈彤哽了一下。

所以这就是他不取消资格的原因？他要所有嘉宾和他一起起早床？嘉宾又有什么错呢？

视起早床如宿敌的聂少爷瞅一眼沈彤，问：“怎么？”

她露出一个礼貌的微笑：“没有，您回答得非常好。”纵观娱乐圈，他简直是一股反套路的清流。

早上六点出发，耗时四小时，走走停停，终于到了藏玉玺的地方。

大家已经一起做任务做了好几天，一路上话头没断，说说笑笑，遇到椅子就坐下来休息一番，倒也不算无聊。

聂江澜来到终点的时候，发现元欢已经在那儿候着了：“你怎么来了？”

元欢不好意思地笑了：“昨天拿到图之后，我就把路线记下来了。”

于是一大早，聂江澜往这儿赶的时候，元欢也往这儿赶。因为聂江澜不上心、走得慢，导致元欢比他早到了一个多小时。

聂江澜看看面前的空盒子：“所以你先把玉玺拿走了？”

只是游戏，明里暗里争夺不算稀奇事儿，聂江澜语气也很正常，算不上诘责。

可他毕竟比元欢年长，人虽懒散惯了，讲话时也淡然，但他长得高，气场太强，站在那儿就给人一股压力。

于是，元欢小心翼翼地摸出自己身后的玉玺，抬头，讷讷道：“您是不是生我气了？”

“没有。”令人意外的是，聂江澜摇摇头，“早说你要来拿，我就不来了，还可以晚点儿起床。”

这话一出，沈彤差点儿又没拿稳相机。

她现在很是怀疑，他是不是绑定了什么“起床气系统”？

一番推辞过后，元欢看出聂江澜是真不想拿玉玺，便道：“那我先替你保管着，如果你想要，我再给你。”

聂江澜不置可否，转身欲走，身子转了一半，似是想起什么，别有所指：“以后再有这种事先跟我说，免得我起早。”

告别了元欢，一行人继续前行。

沈彤跟他确认路线：“去森河公园吧？”

接下来的玉玺争夺战，好像就是在森河公园展开。她猜，聂江澜之所以会如此大方地把玉玺给元欢，也是因为接下来还有翻盘的机会——谁都不知道最后获胜的人会是谁。

“晚点儿去。”聂少爷还是睡不醒的腔调。

“怎么了？”

他慢悠悠道：“要抢东西，去早了，闹腾。”

“那现在去哪儿？”

“去吃个午饭。”

这人说风就是雨，说要去吃饭，就算周围荒无人烟，聂江澜也能通过敏锐的感知找到一家自助烧烤小店。

店虽然小，但很干净，老板忙着辅导孩子写作业，交代了东西放在哪里，器具怎么用之后，便匆匆进了里屋。

聂江澜顺手夹了一支笔，准备写上要吃的东西，修长的手指在活页笔记本的硬底壳上一敲一击，能看出养尊处优的少爷模样。

他问身后的工作人员：“吃什么？”

没人出声，他眼神晃了一圈，落在沈彤身上。

沈彤推辞：“我们就不吃了吧。”

他眉微蹙：“嗯？”

"圈里也没有艺人同跟拍师一桌吃饭的规矩，"沈彤继续推却，"这样不太好，你先吃，我们等下随便解决就好。"

"别的艺人不和自己的跟拍师一块儿吃？"

"对。"

"我的跟拍师和别人的怎么能一样？"他的声音里糅着淡淡的鼻音，他把笔取下来，"说吧，吃什么？"明明是问句，却被他说出了肯定句的效果。

眼见不好继续推辞，两个摄像师纷纷开口说了自己要吃的食物。

聂江澜看着沈彤："你呢？"

"我随便。"

于是一刻钟后，沈彤看着自己面前满满一盘子的肉与蔬菜，沉默了。

身侧的人悠悠开口："我的'随便'就是无论什么都试一遍。"

盘子里都是先腌制好的东西，只需要直接放上烧烤板就好。刷上一点儿油，食物在纸上烧烤，"嗞嗞"地响着，烤肉的香味混合着酱料的淡香，刺激着嗅觉。

看着聂江澜支颐，漫不经心地翻着翅尖的时候，沈彤忽然有种很不一样的感觉。

在圈子里接触过一些艺人，她知道表里不一是常事，台面上和私下都尊重工作人员的艺人更是少，可聂江澜呢……他太不一样，说他好伺候，他又是个很有主见的主儿，但要说他难伺候，他又确实没有架子。

无论是以艺人还是盛熠小公子的身份，在这里烤肉都不是他本职该做的事。他很率性，很恣意，也很随和，这样的性格，无论怎么相处都会让人觉得舒适和自然，甚至带着某种难以言喻的吸引力。

而且，他完全不按套路出牌，就连沈彤跟在他身边这么久，也猜不到后面的比赛里，他会怎么做。

沈彤正出神，但视线内闪过的某个东西仿佛警示灯，在她脑中"砰"的一声放起了一簇烟花。

她下意识地抓住了聂江澜那只"兴风作浪"的手。

男人垂眸，扫了一眼她搭在自己手腕上的手，抬起头，眸中漾着一丝浅笑，挑着眉不咸不淡地问道："怎么？"

沈彤后知后觉地松开手，轻咳一声，指指翅尖上那绿色的东西：“我……不吃葱。”

他顿悟：“讨厌葱？”

“嗯。”

“讨厌到什么地步？”

“差不多……闻到就不太行。”

“这样啊……”他沉吟，声音抑扬顿挫，“可我又没说这个是烤给你的。”

沈彤启了启唇，一时间竟没说出话来，抬着双透亮的眼瞳就那么瞧着他。

“开玩笑的。”他难得说自己在开玩笑，从盘子里又取出一个翅尖，“我们沈彤老师坐拥八十万微博粉丝，我还想得到您的提携，怎么敢造次呢？”

沈彤垂眸，暗自抚平衣摆，心想：我看你明明分分秒秒都在对我造次。

“对了，”看他继续烤翅尖，沈彤又问，“明明是费了大力气才找到的，那个玉玺你为什么不要？”

这也是一个很好发挥的梗，但摄像大哥明显已经不对反套路的聂江澜抱有期望。

谁知他却开口：“皇室之争向来残忍，我不愿意看兄弟互相残杀，选择自己退让。”

沈彤震惊了，她没想到聂江澜会说出这种话。摄像大哥也一筷子没夹稳，烤肉掉到了裤子上。

“以为我会这么说？”果然，聂江澜就是聂江澜，开口就是“老江湖”，“并不是，只是因为玉玺看起来很重，我不想拿。”

他可真是把自己的懒说得清新脱俗啊。

吃完这顿饭，他们到达森河公园已经是下午三点。

沈彤刚到场，一块玉玺直奔面门而来。

元欢叫道：“江澜哥！快接住！”

那块玉玺直直地朝沈彤抛来，她退后两步，侧身就要躲。

聂江澜不负众望，一抬手，在那块东西要砸上沈彤脸颊前接住。

“看着点儿啊。”他语气里难得带点劝诫。

元欢急忙跑到聂江澜的身后，哆哆嗦嗦道：“江澜哥，他们、他们要抢玉玺，怎么办？”

“已经开始了？”

“对，就是，现在是自由抢夺战，通道在晚上七点才会打开，到时候，谁把玉玺放上正中玉玺位，谁就赢了。不管之前是谁拿到玉玺都不算数，谁能抢到并放上玉玺位，那人就是赢家。”元欢一边解释一边不住往后看，生怕有人追上来。

“所以现在都开始抢你的东西了？”聂江澜垂头看他。

元欢点头如捣蒜：“是啊，怎么办？”

话音刚落，魏北正好从远处追来，气喘吁吁地叫着：“欢欢，你跑慢点儿，北哥只是想和你聊聊天啊，保证不抢你的东西！”

“我才不信！”元欢抱紧自己的玉玺。

魏北这才看到聂江澜，步子骤然打住了，直挺挺地站在离他们还有几步之遥的地方：“哟，江澜哥来了？”

紧跟魏北的康南来不及反应，没刹住车，一头撞上魏北的后背。

魏北被撞得七荤八素，闷哼一声，摸了摸后背：“没想到你不仅头大，还是铁头。”

康南咬牙：“头大就没有尊严是吧？”

“不瞒你说，刚刚你撞上来的一瞬间，我还以为是谁在这里练铁球，差点儿跪下了。你摸摸。”

“摸啥？”

“看我背上是不是破了个洞。”

“你是不是‘中央戏精学院’毕业的？”

趁着两个人聊天，元欢拽起聂江澜就开始跑。

他们跑进一条小巷，真是人生处处是惊喜，二人冷不丁遇到在摆造型的任行影帝。

聂江澜的手搭上元欢的肩膀，看向另一条街巷：“往这儿来。”

不知不觉，身后三人都追上来了，沈彤扛着单反相机，毅然成为“逃跑大军”中的一员。

气喘吁吁间，聂江澜已经绕过不少路了。

他问她："还能跑？"

沈彤没力气说话，只是点点头。

一行人跑上阁楼，脚底木板嘎吱作响，元欢打开右手边的木门，门一开，康南从外面跳进来。

"啊啊啊——"元欢被吓得三魂丢了七魄，手上的玉玺往后一扔，抛去离楼梯口最近的沈彤手上，"沈彤老师！啊啊啊！"

沈彤勾住绒布袋，从半空中捞住玉玺，转身就往楼上跑。她腿长，三步一个台阶，聂江澜紧随其后，手紧紧抓住扶手，将她护住。

楼梯走到尽头，她双手紧攥布袋："往左往右？"

聂江澜看一眼局势，很快下定论："右。"

进了右边屋子，沈彤总算能歇两口气，倚在门边拼命攫取氧气。

聂江澜笑她："你肺活量不行啊。"

"这还不够好？"她往底下看一眼，"摄像大哥都没追上来。"

伴随另一阵疯狂的踩踏声，满头大汗的元欢冲了上来，一群摄影师、摄像师，还有"南北"二人和任行紧随其后。

"快让我进去！"元欢小声催促，带着两个工作人员及时躲进屋子里。

聂江澜紧紧地捏住门把，抵在门口。

元欢问他："玉玺还在吗？"

"在我手上。"沈彤将手上的东西递过去，以示保存完好。

下一秒，外面传来声响，魏北正在用力捶门："聂江澜你开门啊，别躲在里面不出声，我知道你在家！你有本事护元欢，你有本事开门啊！"

聂江澜抵在门口，还在四下巡视，试图想办法解决困境。

魏北受不住了，指指康南的头，又指着门："事已至此，南南，用你的铁炮头轰开这扇罪恶的大门吧！"

康南做痛心状："为了这个玉玺，你连我的头都不要了？"

"牺牲小我，成全大我，"魏北说，"不然我们没有武器啊！"

康南很敷衍地用头撞了一下，下一刻，魏北惊呆："刚刚门上是不是掉了块皮？康南你是大头精转世吧？给你一个支点，你能撞翻这个地球的那种。”

“你给我滚。”

外面的人还在笑，聂江澜看这扇小破门撑不了多久了，抬起下颌，对元欢道：“你先从旁边走，我看了，这条走廊穿过去可以下楼。”

“啊？啊……”元欢先是迷惑，而后接受这个安排，抱着玉玺转了身，飞快跑下楼。

沈彤明白元欢的欲言又止，转而问聂江澜：“你把玉玺给元欢，让他带着跑了，那最后东西算谁的？你不怕他不给你了？”

聂江澜沉吟道：“如果东西落到外面的人手上，后果只会比现在更糟糕。”

意思是，这是当下能做的最好决定。

沈彤不由得想起所有古装剧的套路，皇子分流派，某个皇子夺得政权后，给共患难的兄弟们分封赏赐，后来又因为他们手中的权力过大，威胁到皇权，而最终选择赐死或让其“杯酒释兵权”。真是猜得到开头，猜不中结尾。

“在想什么？”聂江澜看出她分神，抵在门口，言笑晏晏，“是不是宫斗剧看多了？现在说胜负都太早了，哪怕是我，不到最后一秒，都不知道那玩意儿会被谁抢走。”

沈彤侧头：“所以？”

“所以，跟着感觉来就好，过于算计反而什么都拿不到。”这就是聂少爷随意的人生态度。

聂江澜往楼下看了一眼，确定元欢已经顺利离开，放开了压着门的手，拾起因混乱而掉在地上的绒布袋，随手装了点什么，把它绑了起来。

而后，他抬头看向沈彤：“那边的箱子踢给我一下。”

他把箱子堵在元欢离开的楼梯口，打算瞒天过海，仿佛这里从不曾存在一个楼梯。

做完这些，聂江澜抄起手，悠闲地倚在后面的雕花门栏上，等待外面的人进来。那模样，活像是放好饵料，等猎物入陷阱的猎手。

首先跳入“陷阱”的是一号选手康南，他凭借自己矫健的身姿、弓起的背和庞大的头，第一个撞开了门。

许是没预料到门后无人把守，他用力过猛，差点儿一头栽下阁楼，幸好聂江澜早有准备，将他扶住。

“刚刚是谁先推我的？”康南回头，怒指魏北，“魏北，你再也不可能得到我的尊重了。”

“不是我，是任行哥！”魏北猛地摇头。

正在挽袖子的任影帝闻讯抬头，将墨镜压下稍许：“我怎么了？”

魏北立刻弓腰：“您长得帅。”

魏北上前两步，站在康南身后：“元欢那小子呢？”

聂江澜悠悠道：“走了。”

因为是聂江澜说的话，魏北便存了点儿疑：“走了？没走吧？”

魏北扫视一圈，确实没发现有能离开的地方，继续质疑：“这儿也没路啊，他怎么走的？”

聂江澜眨了眨眼，一本正经地胡扯：“跳楼。”

“看看你们把人孩子逼成什么样了！”康南立刻拍桌，“欺负我就算了，现在还把一个好好的小明星逼到跳楼！”

拍完桌，康南下意识地抬头，瞧见房梁上悬着一个绒布袋。他抽抽噎噎，立刻入戏：“欢欢，这是你走之前留给哥哥的礼物吗？”

三个人一哄而上，纷纷去抢那个袋子。

聂江澜领着沈彤，从哄闹的房间离开，顺着刚刚的楼梯下去了。

下了楼，聂江澜百无聊赖地看路牌，似乎在确定下一站的方位。在他琢磨路牌的时候，想坐享其成的康南和魏北也早已悄悄下楼，尾随在他身后不远处。

沈彤问他：“去找元欢？”

“不知道他往哪儿去了，”聂江澜眯了眯眼，“去桑阴巷吧。”

虽然不知道他为什么要去桑阴巷，但他应当有自己的思量。

沈彤站在他面前，转过身拍他的时候，发现了“南北”二人。她向他使眼色：“有人在跟你。”

“我知道。”聂江澜全神贯注地看着地图，似乎对这种小事毫不在意。

他身后的魏北若有所思道：“他看得这么认真，肯定有原因。”

十分钟后，魏北更加坚定心中想法，同康南道：“聂江澜已经在这附近转了五圈了，这里面肯定有隐情。”

十五分钟后，沈彤也动摇了。她斟酌着，小心翼翼地问道：“你转了这么多圈……真有隐情？”

“嗯。”他倒是很快承认，抬头，瞳仁漆黑：“我想吃巷子里面的烤冷面，没找到位置。”

“你刚刚对着地图找了那么久，就是为了找烤冷面的位置？”

“不然呢？”他眼皮都懒得动一下，“为了搜索这里的特色名吃，我今儿特意早起了三分钟。”

“三分钟”这三个字，男人咬得很重，仿佛少睡一分钟都是对睡神的亵渎。

行吧，养尊处优、无须为生活费神的公子哥，大概是失去了普通人那种一般都看得懂地图的能力。沈彤伸手：“地图给我。”

康南在后面小声叫唤：“到了，到了，到了，他把手机给沈彤了！我有预感，我们马上就要守得云开见月明了！”

魏北觉得自己简直聪明极了：“真是得来全不费工夫啊！”

七分钟后，站在烤冷面的店铺前，聂江澜和沈彤开始买烤冷面。

康南在心里宽慰自己：没事，马上就好了，人家用脑子很费力，补充体力应该的。

紧接着，他看到他们的烤冷面好了，又看到他们拿了双筷子，最终，看到他们坐在凳子上，开始享用自己的烤冷面。

康南终于意识到不对劲，想着反正后期还有剪辑，索性不再忍，在心里对魏北骂了一句脏话。

第三颗心

撩动心

晚上六点，最后一场厮杀在喷泉旁拉开帷幕。

沈彤刚到，便见拿到玉玺的变成了魏北。他满场乱窜，被康南毫不客气地追杀着。

魏北边跑边念改编的诗：“寻玺燃脑力，北在泉旁泣。本是同根生，相煎何太急！”

元欢来势汹汹，跟着康南一起围堵魏北，任行也加入战斗。大家从桥上追到桥下，魏北像只蜜蜂一样到处乱窜，还伴随着疯狂的叫声。

聂江澜随便找了把椅子坐下来，倚在椅背上歇息，看样子并不打算立刻加入战局，只是在等待一个一举击破的时机。

节目录到现在，沈彤也是“亿万分”好奇，冠军到底花落谁家？又会有怎样的奖励？

看男人优哉游哉地坐在那里，她不由得问：“你不喜欢运动？”

“不喜欢？”他眯了眯眼，重复沈彤的问句，目光似乎是落在不远处的暗夜中。

思忖了一会儿，男人摇摇头，轻声说：“那倒不是，要看是什么运动。”

他似是话中有话，沈彤愣了一下，感觉自己不得不多想，但好像又不应该多想。

聂江澜还没坐几分钟，魏北便一阵风似的从他旁边掠过，后面还有三个人追着。

元欢本来都追过去了，一看到聂江澜，径直朝他跑了过来。少年的发带下隐隐暴起青筋："江澜哥！他们太欺负人了！"

聂江澜双手交叠，不疾不徐道："慢点儿说。"

也许是今天穿了一件带口袋的外套，他手中不知何时多了一个打火机。银灰色的机身低调又高级，图腾却透着点张扬，就像它的主人。

"我刚刚在吃饭，康南哥过来了，说要和我一起吃，还再三保证不抢我的东西。我看他坐得离我很远，就同意了。谁知道我们聊着聊着，他不小心把我的手机打掉了，我弯下腰捡手机的时候，魏北哥不知道从哪儿冲出来，把我的玉玺抢走了！"元欢一张不谙世事的小脸上写满了正义，"怎么可以用这种行骗的手段抢东西啊？！"

任行追累了，脱下外套搭在椅子上："他们本身就是强盗，你不知道吗？"

"可、可是也不能用这种方式吧，这是骗人啊！"发带把元欢的脸衬得更白了，不知是不是因为太生气了。

他转向沈彤，问道："你说是不是，沈彤老师？"

沈彤忽然被提到，蒙了一下，这才点头说是。

元欢念念有词："他们肯定是被奖励诱惑了，听说每期的获胜者可以得到一支药水，这药水在最后一期有至关重要的作用，得到的越多越好，甚至可以扭转战局。"

聂江澜斜睨他："那最后一期赢了呢？"

元欢舔舔嘴唇："某一线卫视跨年晚会二十分钟 Solo（个人展示），怎么样，很诱人吧？时间刚刚好，在临近倒数的那一段，那可是那年最红、咖位最高的明星才能享受的顶级待遇啊。"

见聂江澜不作声，元欢又看向沈彤："是这样的吧？"

"对，"沈彤点点头，"十二点左右带着大家跨年倒数的人，一般是很有分量的艺人。"

"是啊，所以他们才拼命地抢我的玉玺，"元欢越说越气，"实在是太过分了！两个人合起伙来骗我，现在还内讧，骗我的时候却配合得那么默契，虚假！"

"你跟他们讲什么道理？"聂江澜失笑，"不要气了，你是气自己没机会进行跨年 Solo 了？"

元欢咬牙："不只是这样，我还气自己像个傻子一样被骗了，他们那么狡猾，我根本就没办法报仇，太憋屈了。"

"气这个？"男人站起身来，声音沉沉，掷地有声，"行吧，江澜哥帮你报仇。"

沈彤一愣，远处的路灯照在他身上，仿佛有一支金色的笔勾勒出他的身形轮廓。

少年的眼睛像是一刹那被人点亮，差点儿在漆黑夜里迸出光亮来："真的吗？"

聂江澜不置可否，转头朝沈彤道："走。"

说好了要帮元欢报仇，聂江澜自是遵循自己的战术——没有战术。

沈彤一路跟着他，看他漫不经心地晃过一个又一个路灯，影子被拉扯得长长短短，脸上的光影深深浅浅，须臾变幻。

眼见时间快逼近七点，沈彤都着急起来了，这位少爷还是优哉游哉，甚至顺手买了个小拨浪鼓玩。也不知道他到底做的是"佛系综艺"，一切随缘，还是万事皆在掌控中。

看沈彤一直盯着自己，聂江澜抬头，顿了一下，有些犹疑地伸出手："你想玩这个鼓？"

巷子里传出一阵打闹声，紧接着，康南和魏北就粉墨登场了。

魏北呵斥："你有本事长大头，有本事给我站住别动啊！"

康南懊恼："我真恨啊，恨我的头怎么不能再大点，把这个玉玺装进去。"

说完，康南做了个鬼脸，抬腿就要跑。一转身，就撞上递拨浪鼓给沈彤的聂江澜。

康南看了看冷静的沈彤，又看了看更冷静的聂江澜，忽然觉得亢奋的自己，也莫名其妙地冷静了下来："这是什么操作？幼稚园大班爱情故事杂糅热血综艺？"

康南就是出神了那么一瞬，魏北狠狠从后面扑了上来："东西呢，东西给我！"

康南誓死不从，蹲下来抱作一团，把玉玺紧紧地抱在怀里："别做梦了，要玺没有，要头一个！"

“谁要你的头？”魏北很嫌弃，“这么大的头下酒，我都嫌堵着我们家酒缸了。”

说完，魏北就开始硬抢。沈彤看见两个大男人纠缠在一起，脖子涨红，青筋隐隐鼓起来，齿关紧咬着。

康南被压着，半晌喘不过气来，伸出一只手：“等下，暂时休战，我想到一个办法！”

魏北掐着他后颈：“你最好给我老实点。”

“石头剪刀布，够公平吧。”

“赢了的拿走？”

“对。”

“不行，我不信你，万一你输了，带着东西跑了，我找谁说理去？”

“那这样吧，”康南把玉玺递给聂江澜，“江澜哥帮我拿着，谁赢了给谁。”

可能聂江澜看起来真的非常清心寡欲，导致他们俩对聂江澜是一百万个放心，或者，他们这会儿压根就忘了更紧迫的问题。

聂江澜接过玉玺，问沈彤：“之前那个休止牌是不是在你这里？”

沈彤忽然反应过来，亮出休止牌可以休止战事十分钟。这也就代表，一旦拿出牌，魏北和康南十分钟内将不能再动作。

沈彤摸了摸口袋，发现今早换衣服的时候比较幸运，刚好把休止牌带着了。

她把东西递过去，声音里带了点愉悦和满足：“还在。”

“南北”二人傻愣愣地看着那个东西，对即将发生的事情一无所知：“在干啥呢？”

聂江澜食指和中指间夹着一张休止牌，轻轻地晃了晃。

导演预想到接下来的事，忍不住憋笑，断断续续道：“现在……现在开始，除了聂江澜外的所有人，对，所有人，原地不动，停止动作十分钟。”

康南一脸蒙：“啊？什么？”

魏北更是没想到煮熟的鸭子飞了，也蒙了，难以置信地说：“真的假的？！”

聂江澜正要开口，沈彤小声提醒：“你再说下去，时间就没了。”

“得，”他挑眉笑了笑，看向康南和魏北，“那我就先行一步，在终点等各位了。”

等聂江澜走后，魏北扶额，崩溃道：“康南，你没有智商，枉长一颗大头，我一下午的战果就这么被你摧毁了！”

康南自暴自弃道：“别说了，我没有头。”

他们晃悠到这里花了半个小时，回去只用了十五分钟——当然，这得益于沈彤一路对闲逛似的聂少爷的催促。

元欢远远就看到了他们，拼命地挥着手。他身边还站着任影帝。影帝不愧是影帝，录个节目还带了两件外套，这会儿天凉，影帝的“战袍”已经换成了酷炫的经典黑皮衣。

元欢先是看清聂江澜，紧接着看清了聂江澜手里拿的东西：“天哪，真的拿回来了吗？怎么做到的啊？”

“我当时也就随口一说，”男人顿了一下才继续道，“没想到他们俩直接把东西放我手上来了。”送上门的东西，哪有不要的道理？

沈彤觉得有意思，也附和了两句：“‘南北’一向是节目里的 bug（漏洞），你们也知道。”

“这个我信，”元欢忙不迭地点头，“非常大的 bug。”

话音刚落，能活动了的“南北”二人立刻杀了回来。此时，时针指向七点。

聂江澜连忙把玉玺给元欢，元欢拿起玉玺就跑，一颗心差点儿跳出嗓子眼，奋力跑上通道。没人能料到，就在那短短几间，魏北冲上来挟制住元欢，康南趁乱，抢走了少年视若珍宝的玉玺。

通道口打开，元欢来不及反击，康南飞快地将东西放入了正中的圆台。

那一刹那，圆台散发出胜利的红光，康南朝元欢炫耀：“我赢了哦！”

少年完全愣住了，甚至来不及像之前一样吼一句，只是呆呆地看着康南，被刺激得喉头哽住，眼睛瞪得如铜铃般大。

第一次，玉玺是被他骗走的，第二次是直接被粗鲁地抢走。别说元欢，就连沈彤都没反应过来。

夜幕里，少年愣在原地，半晌都没动，似乎要花了很久很久的时间才能接受这个现实。

他轻声吸了吸鼻子，声音又涩又轻："第二次了，哪怕正常比试输了，我都认，但哥哥们怎么能这样不讲道理呢？"

到底还是少年，天真单纯，哪能想到会有人如强盗似的夺走自己的东西？

沈彤连打游戏都见过许多被气哭的，所以看到元欢情绪失控，也能够理解。

但"南北"二人这么做也不全是为了赢，二人都是综艺老手，很明白怎么去制造噱头和悬念，好让节目更好看，所以也不能说谁对谁错。

气氛一时凝滞，年纪稍长的任行开口解围："好了，游戏而已，不必当真。康南、魏北，你们俩也是，也不知道让着弟弟一点儿。"

"我不用他们让。"元欢扯下发带，声音很弱，"你们颁奖吧，我想回去休息。"

沈彤看他一脸沮丧，不禁轻叹，少年的自尊心到底还是太强。

聂江澜好笑地看向她："你叹什么气？"又看向台上，"难道康南就真的赢定了？"

沈彤奇怪道："魏北不赢，难道元欢还能赢不成？"

话刚说完，通道内忽然迸出一声轻响，紧接着，其间五条通道渐次伸出，每条通道前都有一个抓手。

冰冷的机械男声传出，能看出并不是看到现场的突发情况才录制的，而是早有准备："逆转机制被触发，请五位嘉宾坐上自己的席位，开始终极比拼。"

聂江澜看向沈彤，挑挑眉："谁说康南赢定了的？"

沈彤轻咳一声，摇摇头："我又不知道节目组安排这个……"她继续道，"再说了，虽然有逆转机制，但是元欢不一定能逆转啊。"

"他不能，那你觉得谁能？"聂少爷双臂环抱着瞅她。

"你啊，"沈彤看着他，倒是说了句真心话，"只要你想要，什么东西不是你的？"

聂江澜似乎是被她这句话逗笑，垂眸，发出一声轻嗤："那你是我的了？"

这人讲话从来没个正经，沈彤这次也微笑着把问题抛回去："那您想要我吗？"

男人舔舔唇，似乎是想说什么。

沈彤轻轻叹气，道：“我只是觉得元欢年纪小，万一三次都没赢，可能要沮丧好一阵子。”

他“啧”了一声：“你是心理老师？这么关心小朋友身心的成长？”

“也没，”沈彤摇摇头，“我只是觉得做节目氛围很重要，嘉宾高兴，我们摄影师才会高兴。”

聂江澜挑挑眉，似乎被她说服，转身往元欢那边走去。

“干什么？”

他轻声笑：“为了让您‘高兴高兴’，我今儿怎么着也得让元欢赢吧。”

元欢已然不抱希望，犹如即将上战场的将士失去了拼劲，疲惫异常，连仗都难打，更别说获胜了。一转头，却看见一张熟悉的脸。

“江澜哥？”元欢惊讶极了，“你来干什么？”

男人抬头，声音照样懒懒散散，却隐隐有所酝酿：“还能来干什么？当然是来帮你赢的。”

聂江澜话音甫落，元欢便立刻换上了难以置信的表情：“啊？”

聂江澜掀开眼睑：“怎么，不想？”

“想想想，当然想！”元欢立刻站起来，把自己的位子让了出来，“但是我……我没想到，你还愿意……”

聂江澜回头，看一眼跟拍师：“为了我们沈彤老师愉悦的拍摄氛围，我不敢不愿意。”

沈彤忽然被提到，愣了几秒，抱着相机没说出话来。

看了一下位置，聂少爷想了想，看向沈彤：“你瘦，坐进去吧。”

“我？我不会玩啊。”

沈彤还没来得及摇头，已经不由分说地被人按在椅子上。

男人讲话时喷洒的气息就在她耳后，声音里还带了点笑：“谁让你玩了？肯定是我来啊。这地方太窄，我坐上去影响发挥，但不坐上去又不能开始，所以你坐上去最好。”

沈彤一坐上去，面前的屏幕里果然弹出了游戏界面。她正想问他怎么玩，下一秒，她搭在操纵杆上的手被男人轻轻地握住。

她呼吸停了一下，眼珠子转了转，看向他。

聂江澜哭笑不得，语调微沉：“看我干什么？看屏幕。”

终极比拼是玩游戏，玩家需要操控人物躲避四面八方涌来的攻击武器，还要不停地进行跳跃和击打。聂江澜动作很灵活，在男人大手的包裹下，沈彤的手操纵着小人的进退。

屏幕弹出“顺利”二字的那个瞬间，沈彤终于松了一口气，仿佛刚经历了一场生死逃杀。

男人也终于松了口气，一垂眸，就看见她的半张侧脸，在灯光照射下的肌肤白皙又通透。

他动了动手指，发现这操纵杆又软又滑，皱着眉仔细一看，才发现刚刚情况紧急，他居然直接握住了她的手。

这触感也不算太差，他不动声色地勾勾唇。

关卡结束后，聂江澜收了心思，正要走，元欢突然惊呼：“还有题目？”

聂江澜也回过头，看向屏幕。

元欢从四个编号里随机选择出一个题目——

电影用语“麦高芬”指的是：

A. 在一个结构中并行的两条剧情线

B. 人为的拼贴剪辑手法

C. 可以推展剧情的物件、人物或目标

D. 具有强感染力的手段加上适当组合

沈彤差点儿不知道自己是在参加《急速燃烧时》，还是在答题节目的现场。

元欢很虚地把目光落在聂江澜身上，很显然，这次他觉得聂江澜也不一定能回答出这个有些“变态”的超纲题。

就在题目弹出的瞬间，一边的小屏幕上，淘汰名单印出来了，除了元欢，所有人都阵亡了。也就是说，只要能回答对这道题，以前的所有“屈辱”作废，他将获得胜利。

屏幕上开始倒数，元欢有些绝望，感觉自己大概是答不对了。

第三次了，他又要眼睁睁地看着冠军同自己擦肩而过了。

仅剩三秒时，一边沉默的聂江澜，终于开口了。

“选 C。”

元欢蒙了一下：“啊？”

沈彤侧头，看见男人线描般流畅的侧面。

平素总是提不起兴致的人，一旦认真地看向什么，就有种说不清，道不明的魅力。

“发什么呆？我说选 C，”男人抬头，喉结轻微滚动，“第三个。”

最后一秒时，元欢视死如归般摁下按钮。

算了，赌一把，拼了。

所有人都到齐，大家围拢，伸长脖子，都在等待最后的答案，会对吗？

大屏幕一直在闪。元欢屏息，甚至闭上眼了。

睁开眼睛的刹那，元欢疯了。

“哇——我翻盘了！我真的翻盘了！”少年一蹦三尺高，仿佛连头发丝儿都欢欣起来，他紧紧箍住聂江澜的脖子，“居然真的选 C，江澜哥你怎么做到的？你太厉害了！”

人潮里发出大片的欢呼和掌声。

“哇！帅！”

“牛啊！新嘉宾内外双修！”

终极比拼完毕，嘉宾去场外集合。

在一片欢呼声里，导演的笑容莫测高深。他没有立刻公布名单，而是先放出诱人条件：“大家想必还不知道，节目里每期获胜者得到的奖励，将是最后一期获胜的重要武器吧？”

众人哗然。

导演继续道：“而节目最后一期的获胜者，将得到在一线卫视跨年晚会上进行二十分钟单人表演的机会。”

导演说完后，除了沈彤他们这些知情者，其余人纷纷倒吸一口凉气。

魏北大骇：“这也太大手笔了吧！早知道我就赢了！”

康南毫不温柔地拆穿：“醒醒，你是赢不了，不是不想赢。”

导演带着笑，一字一顿地公布道：“现在我宣布，《急速燃烧时》首期冠军是——元欢！请工作人员送上第一支药水和第一个宝盒！”

沈彤只知道药水，不知道还有个宝盒。至此，节目组越发显得神秘，也越让人想知道和每期节目都有着关联的最后一期，究竟会是什么模样。

元欢也兴奋得不行，整个人的活力重新回来了。

虽然兴奋，但他明白自己做错了什么。

接过奖励后，他说："首先，我要跟大家道个歉，我最开始骗了江澜哥，还抢他的玉玺，虽然他没计较，但我还是要说，江澜哥，对不起。"

深深一鞠躬后，元欢继续道："还有，刚刚'南北'哥哥抢我的东西，我的情绪没控制住，是我做错了，对不起，给你们造成心理压力了。"

魏北摆摆手："没事的啦，你还小嘛，能理解。"

元欢有感而发："江澜哥真的很好，就算我那么讨厌，他还是不计较，还帮我获胜。以后我就跟着你混了，江澜哥！还有'南北'哥哥，这期节目之后，我一定会调整好，以后尽管抢我的东西，我绝不生气！"

魏北也不客气："这是你说的啊，以后别说我欺负你！"

元欢坚定道："绝对不！"

大家其乐融融，发出一片欢笑声。

沈彤想，也许这就是综艺真正的魅力所在——比环节一波三折更可贵的，是嘉宾在节目中的互相包容和改变。

沈彤一抬头，发现大部分人的目光，都落在聂江澜身上。

夜色里，那些人的目光却越发亮，有倾慕，有惊讶，还有敬佩。

她低下头，自己都没发现自己在笑。

这男人还真是……自带莫名其妙的、胜券在握且漫不经心的帅点。

她低头翻相机里的照片，发现他从出现在镜头里开始，就掌握着目光焦点，让人无法移开视线。

沈彤正欲和他分享，发现身边的人不知何时不见了。

身后远处，一点儿猩红火苗影影绰绰，自暗夜透出几分光亮，男人精致的眉眼被火光照亮。

聂江澜含着一支烟，稍稍低头，火光在夜里忽明忽暗。他背脊微弓，眯了眯眼，食指和中指夹着烟，轻轻地吸一口，再一点点地吐出烟雾，张扬又内敛。

你说他狂，他偏偏有礼又低调；你说他低调，他的行为却和这词搭不上半点关系。

开头他最亮眼，整期节目，他的表现最惊艳，面对困难关卡游刃有余，明明最后的获胜者是别人，风头却全在他身上。

真是绝了，怎么会有这样的人？

录制结束后，两个人并肩而行一段路。

忽然想起什么，沈彤问他：“那个题目，你怎么知道选 C 的？”

当时大家都沉浸在神转折一般的喜悦里，根本不知道他是怎么选对的。

男人在夜色里撂下一声轻笑，开口时带了点揶揄的味道。

“不会做就选 C，小学老师没教过你？”

虽然他是这么说，但沈彤莫名觉得男人脱口而出答案的那瞬间，带着一股笃定，还有很难察觉到的……炽热。

沈彤笑了笑，冷静地回敬：“你自己房间里的游戏没人操控，为他人做嫁衣倒是很勤快。”顿了一下，她低声问他，“你不想赢？”

“谁不想赢？”他垂眸，淡淡地笑了，“我不想赢还费那么多脑子？在你眼里，我是做慈善的？”

沈彤心想：你不是做慈善的，你是卖刀子的。

“一开始我就走得挺顺，假如最后再赢了，这期节目就一点儿悬念都没有了。没有悬念的话，这期节目就没意思了。”

况且，他能看出自尊心受挫两次后，元欢非常想赢，君子成人之美，这点他懂。

沈彤挑了挑眉，有些意外。

“这不就是沈彤老师一直教我的……”男人沉吟片刻才说，“综艺感与反转吗？”

沈彤笑一声：“你还挺懂。”

沈彤回房间后，赵萱立刻迎上来。

“听说今天的节目超级有意思！”

“是挺有意思的，”沈彤把相机放在桌上，看她一脸的期待，自然明白她的想法，“说吧，想问什么？”

赵萱立刻摇头：“没有想问的啦，今天一下午，群里都在直播讨论，特别热烈。”

沈彤拿出自己的手机看了一眼，发现群里的未读消息已经有几百条了。

虽然群里都是工作人员，可扛不过大家好奇心旺盛，从中午开始，大家就陆陆续续地分享起自己的情报，并开始抒发感想。

“天哪，‘南北’二人把元欢的玉玺抢走了。”

“聂江澜又把玉玺拿回来了！”

“聂江澜把玉玺又送给元欢了，真是帝王的宠爱。”

“都要结束了！元欢的玉玺又被抢走了！”

“第N次逆转了，朋友们！聂江澜进元欢房间了！猜不到结局！”

每次逆转，都会在群里引起一阵极大的讨论和反响，而第二次讨论达到沸点时，是节目最终，聂江澜答对题目那会儿。

满屏幕都是感叹号和表情包。

甚至有人直接问：“聂江澜是神吗？他是不是靠后台偷看了节目组出的题？”

“聂江澜怎么能这么帅？他知不知道这么帅是犯规的？”

“我太嫉妒沈彤了，我也想站在聂江澜旁边感受他两米八的气场！”

“赢的人明明不是他，他比赢了的小明星还耀眼，本人服气。”

一条条看下来，赵萱忽然附在沈彤耳边道：“他们都可嫉妒你了呢。”

沈彤不以为意：“嫉妒我什么？嫉妒我每天被聂江澜花式怼？”

“他也没有怎么怼你呀。”赵萱舔舔唇，“你不知道，今天节目一完，好多人都被他圈粉了，我刚刚一刷朋友圈，好多工作人员都在说他。”

这话沈彤信。她从跟聂江澜开始，就发现他桃花运匪浅，一路跑都能吸引不少目光，甚至有人偷偷拿手机拍照。

做节目的时候更不用说了，男人过关时散发的那种魅力和气场，足够给他加上无数光环。今晚题对，无数女工作人员被折服，眼里冒出的粉色桃心几乎快把场地淹没。

赵萱忽然捧脸，有些期待：“工作人员都追得这么带劲，到时候观众反响肯定不差。聂江澜没赢都有这么大的风头，我真想知道他赢了会是什么样！哎，沈彤姐，你期不期待观众对他会有什么样的反馈？”

沈彤抬起头，半晌，点了点头，露出一抹笑来：“不能免俗，我当然也想知道。”

休息一天后，第二期节目开录，沈彤也跟节目组续了长约。

开录那天早上，她刚踏出门，一抬头，就见楼梯口跑来了三个黑衣人。

她的眼睛骤然被蒙住，手被人反扣，无法挣扎，踉跄着被人塞上车。

怎么回事？

沈彤闭上眼，回忆起黑衣人绑她时，她看到了拍摄机器和节目组的 Logo。

知道是节目组派的人，不是真的绑架，她一颗心这才安定了些。

虽是这样，但她依然有些紧张，被带下车时一颗心怦怦直跳，脚步都有点儿虚浮。

她站定，眼罩终于被拉开，但手上的束缚没松，仍被人挟制住。

她试着挣脱，没挣脱开。今天节目组是做什么？为什么要绑她？

沈彤眯着眼适应了一下光线，这才睁大了眼睛。

天光乍亮，面前的男人穿一件纯黑的外套，手指搭在箱子一角。

他站在氤氲的晨雾里，轮廓不大分明。

聂江澜垂眸，以往云淡风轻的眼中微泛波澜，他噙着笑看了一眼一头雾水的沈彤，又看看手下的箱子，敲敲箱角，语调里隐有自嘲。

“啧，我有点儿紧张啊。”

聂江澜一般不紧张。不，考究一点儿来说，跟了他这么几天，沈彤还没遇到他会紧张的状况，还以为这男人一辈子都不会跟“紧张”沾边。

她本来只是迷惑，有些紧张，但一看平素不紧张的聂江澜都有点儿紧张，她的紧张感就更甚。

于是，当男人的手准备伸进箱子里的时候，她下意识地开口：“等等——”

他动作果然顿住，抬头看她：“怎么？”

沈彤吞了口口水：“你总得告诉我现在我们在干什么吧？”

大清早的，她还没完全醒过来，眼前尚且雾蒙蒙的，就被人绑到这里来。

被绑来了不说，还被人束缚着手脚，还有个从来不紧张的艺人站在自己面前说紧张，并把手伸到箱子里……这都是什么情况？

“哦。”男人似乎是想到她并不知情，懒懒一挑眉，道，“你被绑架了。”

怎么说呢？此刻，沈彤觉得自己就像是刚洗完澡，美滋滋地躺下，准备睡觉，结果一睁眼就被塌下来的房梁砸中了脑袋。

俗称“中头彩”，又称“倒霉”。

聂江澜不疾不徐地解释道：“刚刚第一次抽签，我抽的是身边的工作人员姓名条，抽到谁，谁就是那个被绑的‘幸运儿’。然后，你就站在我面前了。”

她尽力让自己往好的方面想：“那你现在在选什么？”

解绑方式？

“现在？”男人垂下眼睑，“选你被绑去哪里。”

这已经不是睡觉时被房梁砸脑袋了，这是睡觉时房顶被台风掀翻，还落了一阵大雨。

她只得继续问：“都有哪些地方可选？”

“知道的话，你以为我会紧张？”男人声音低沉，“你怕的太多了。”

太高了，她怕；虫子呢，她也不喜欢，光凭这两点就有一大堆地方会中枪。

这种充满未知的挑战带来的体验是刺激的，同时埋藏着不少意外。

沈彤现在已经彻底不抱任何想法了。她垂着头，道：“你抽吧。”

反正她也不能干预，就给她个痛快吧。

最终，聂江澜抽出一张写有“D”的字条。

导演开口：“好，现在把工作人员的眼睛蒙上，带去指定地点。第二期节目，正式开始。”

被人带去“指定地点”之后，沈彤才慢慢从工作人员的口中知道，这期被“绑架”的，全部都是各位艺人手下的工作人员。

有的综艺节目喜欢请嘉宾，有的综艺节目喜欢带着工作人员一起做节目。《急速燃烧时》属于后者，这也是为什么每次做节目，沈彤也可以有很高的参与度。

制作组导演不喜欢那种脱离群众的综艺节目，所以这次，他们把每位嘉宾手下的工作人员的名字写在纸上，让他们靠抽签来选择。

沈彤被选上，不知道是幸运还是不幸。

她被带着一步一步地往前走，逐渐感觉到周围的空气变得有些冰凉，似有若无的水汽凝在鼻尖，让她鼻尖也泛起凉意。她深呼吸了一口。

身后的黑衣人依然冷酷，他们止步，沈彤自然也被扣着止步。

下一秒，她被人推着在椅子上坐下，有什么情绪要冲出喉咙。

紧接着，有人用绳子把她的手绑在椅子上，绳子的质感很粗糙，就是电影里惯用的粗麻绳。绑得不紧，但她也挣脱不了。

沈彤尝试着动了动手腕，娇嫩的皮肤被摩擦着，有微微的火辣感。

确定绳子将她绑至无法挣脱后，有人开始解她的眼罩。她屏息，直到感受到光亮，才慢慢地睁开了眼。

睁开眼的那一瞬，沈彤就知道这地方绝对是高处，面前高楼高耸入云，而她面对着最顶尖处。

留了一口气往下看，她呼吸失序，脚底的砖居然是透明的！

一低头，那种失重的眩晕加倍放大，令她汗毛倒竖，鸡皮疙瘩都起来了。

因为恐高，她平时从来不走什么透明通道，不承想，这次做节目倒是体会了个透彻。

“喂？喂？”

她耳畔的扩音器里，忽然传来熟悉的男声，聂江澜“喂”了两声，似是试探。

沈彤手指动了动，以为人来了，惊讶地抬头，往声源处看去。

“别往上看，我不在那儿，”男人似是被她给逗笑，“往左看。”

沈彤转头看左边，发现了一台显示器。

亮起的显示器里出现男人精致的五官，聂江澜站在一片林立高楼间，衣领上别了一个麦，此刻正看着镜头，就像在凝视她。

沈彤撇撇嘴。原来不是找到了她，是两边用镜像和声音连接起来了。

“失望别表现得这么明显啊，”男人含笑道，“我可看得到。”

显示器旁边也有个摄像头，是用来记录沈彤的。

看来他那边和这边一样，可以看到另一边的情况，也能听到声音。

沈彤清清嗓子，尽量让自己的声音平稳一些：“那现在怎么办？”

“我去找你。”他似乎在通过画面仔细地观察她这边，“你现在被关在哪里，我并不知道，所以需要你配合我。明白吗？”

沈彤点点头，说好。她现在完全静不下心来，只要一想到自己是半悬在空中，就觉得四下无依托，安全感也消失无踪。

幸亏聂江澜还算沉着，他抬头扫视了一眼四周，往最远处眺去。

他问她："好，现在有一个非常高的立牌，有紫色的光闪动，闪动的频率大概一秒两次，看到了吗？"

"看到了。"

"告诉我，你看到的牌子是正面还是侧面？"

沈彤定了定神，确定道："侧面，正侧面。"从她的角度，只能看到窄窄的侧面牌子。

聂江澜点点头，侧头吩咐摄像师："往左走。"

沈彤整个心都悬着，对他找到自己没什么把握，她皱着眉，不自觉地咬起了下嘴唇。

他会找到她吗？如果会，多久才能找到呢？

聂江澜正在找路，一抬头，便见 iPad（平板电脑）里沈彤难展的愁容。

"别做那么丧气的表情行不行？"他拉长尾音，难得安抚她道，"对我有点儿信心。"

她转向屏幕，看到男人依然一副标准的"睡不醒"脸，懒洋洋地眯着眼，也不知道那样睁不开的眼睛到底能不能看到场景的全貌。

想到他上一期里几乎没有什么意外的发挥，她内心稍稍平定了些。

沈彤吸了吸鼻子，目光殷殷："嗯，我相信你。"

男人挑眉："要是你头上能绑个测谎仪就好了。"

她偏头问："什么意思？"

"你刚刚那表情，太假了。"

跟着聂江澜的镜头，沈彤看他走进了一条窄窄的通道。

很快，通道里有人声响起："要想打开这扇门，要完成我给你的考验。"

"什么考验？"他的声音仍是散漫的。

"我等下会给你一些牌面，你有十秒钟的时间记录这些牌面的内容，然后依次翻开，只有连续两次翻开的内容是一样的，这两张牌才会消失。每两次翻牌间隔时间不能超过五秒，六十秒内让所有的牌消失即为过关。”

看着屏幕的沈彤很快意识到，这就跟自己在电玩城里玩的“消消乐”游戏差不多，也不知道聂江澜的记忆力好不好。

聂江澜自然接受了挑战，十秒之后，他记录下了大概的位置。

第一张牌是方块，第二张也是。两张一样的牌很快消失。

他按下第三张，在要翻第四张的时候犹豫了一下。

“超过五秒了。”有这样的提示音响起，紧接着，沈彤还没做好准备，就感觉到身下的椅子骤然往下坠了几分。

她没想到这东西还能动，整个人被吓得不轻，难免尖叫。

聂江澜蹙了蹙眉，问道：“你叫什么？”

“这东西……会降……我没控制住，抱歉，后面不会了。”她抿抿唇，两只背在身后的手相互掐着，让自己冷静下来。

“会降？升降台？”他眉蹙得更厉害，“你不会在高空吧？”

“是，”沈彤小心翼翼地抓住椅腿，“你不知道吗？”

节目组耗时那么久，斥资那样庞大，所筑出来的设备，还真不是闹着玩的。

他咬了咬后槽牙：“你怎么不早告诉我？”

早告诉他的话，他还会在这儿跟她一直打趣吗？早就一言不发径直往前了。

他还以为她只是被绑在什么开阔的空间内，没想到他居然让她一个恐高的人在高空停了那么久。

他越想越心烦意乱，看见 iPad 里她吓得一张脸发白，但还是竭力控制着情绪，怕影响到他，紧紧抿着唇，只是肩膀绷得很紧，他更加无法思考。

过了会儿，他道：“iPad 关了。”

一边的跟随人员以为听错了：“啊？”

“关了，影响我判断。”男人说完这句话，很快转头，不再看她一眼。

沈彤知道自己这边的影像被掐断，只是紧紧地盯着屏幕里的男人。

他闭了闭眼，似是恢复过来，再抬头时已然没有方才的烦乱。

“重新开始吧。”他对面前的人说。

这次开始得很顺利，聂江澜全程不再讲废话，十秒便记住了牌的顺序，然后立刻通关走人。

过了一段时间，男人的声音重新响起："沈彤，你还在吗？"

沈彤差点儿被他逗笑："还在，没被吓死，也没被人带走。"

"那……"男人清清嗓子，顿了一下，压沉声音，"你往底下看一眼吧。"

沈彤配合："好。"

她深呼吸一口，低头看向脚下，连成片的林木和楼房底下，隐隐连出一个数字。

"地上有一个大数字，"聂江澜道，"能看见吗？"

"能。"

"看到什么角度的数字几？"

"正的，数字 6。"

"好。"

男人应了声，而后不再说话。

沈彤手心里冒出冷汗，坐立难安地看着屏幕里的场景不断变换。

她不熟悉这里的环境，也不知道他到了哪里，距离她多远，什么时候能救她出去。

这样干想着也不是办法，沈彤强迫自己去想些别的，正出神，忽然听到清脆又响亮的"嘀嗒"声。

她僵着脖子回头去看，看到了一个计时器，十五分钟倒计时开始。

这东西她不是没在电影里看过，一般是引爆炸弹的东西，如果在倒数时，人质没被解救，就会面临爆炸……

不会吧……节目组玩真的？

聂江澜脚步顿了一下，透过屏幕看过来："你那边……什么声音？"

"炸弹。"沈彤说。

聂江澜皱眉："什么？"

"炸弹，倒计时十五分钟。"她盯着那串闪动的红色数字，自己都有点儿没底。

聂江澜没说话，她却开口叫他的名字："聂江澜，你要是没来，它不会……真的爆炸吧？"

会不会真的爆炸？看到她紧张地咽了咽口水，聂江澜轻叹着摇头：

“说不准。”

在保证大家安全的基础上，这节目组可是什么都做得出来。

“不过，”他安慰她，“你肯定不会有危险的，这点要相信节目组。”

这点沈彤知道，但知道归知道……对未知之事产生的紧张情绪，也没落下。

她动了动手上的绳子，足底无意识地轻轻敲着玻璃面。

两个人还没说两句话，远处忽然传来一声极响的爆炸声！

“砰！”

沈彤被吓得完全不敢动，坐在那个地方，一脸发蒙地往声源处去看。

火红的“爆炸云”从楼栋中喷出，大片烟雾中似是带着灼烧的火山岩浆，把天空倏地染上红光。

沈彤听到聂江澜那边有人爆发出了一阵怒吼：“真的爆炸啊？这节目玩得这么狠？”

“什么意思？”聂江澜在镜头里抬头看向面前的人，“爆炸了？”

镜头一转，沈彤看见康南吓得扑倒在一边，整个人是惊魂未定的模样：“我才带人跑出来，过了桥就炸了！我以为是假的，谁知道节目组安排真爆炸！”

聂江澜侧了侧头：“要是在规定时间内没救到人，会怎么样？”

沈彤十指紧扣，关心的却是不一样的问题：“到时就会炸吗？”

“我不知道没救到人会怎么样，”康南拉着“人质”，还在喘息，“我这才救到人呢。那个升降机落地，我给他解开绳子，才跑出去几步就炸了，差点儿把我吓死。”康南从屏幕里看到沈彤，又看了聂江澜，“沈彤被绑了啊？被绑在哪里？”

“也是有升降机的地方，”聂江澜道，“她那边也开始计时了，不说了，我先走一步。”

“行行行，祝你好运！那我先去做我的任务了！”说完，康南火急火燎地走了。

第一关，应该是先救人质。

这时候，沈彤还在分神想着，那救到人之后，等待他们的又会是什么？怎么判输赢呢？这期节目从绑架开始，那会有个什么样的主题？

她慢慢深呼吸，听着聂江澜那边的动静。

他不说话，她只能听到他通过话筒发出来的呼吸声，那呼吸声响在这方寸大的空间中，加剧了紧张的节奏。

沈彤手腕相互蹭了蹭，侧身往后，想看看自己能不能先把绳子解开。

屏幕里的景象这时候发生了变化，聂江澜走到楼下，询问沈彤：“你看到的数字‘6’是正的吗？没有一点儿偏？”

沈彤看了一眼，确认道：“是的，没有偏。”

他点头：“好，我知道了。”

沈彤一边研究身后那个结，一边听着头顶音箱里聂江澜那边的动静。先是一阵窸窸窣窣的声音，然后聂江澜说了一句：“只能从这儿走？”

得到的回答是肯定的：“是的。”

“如果救下的话……”他话只说了一半，后面的沈彤没有听清。

她正要抬头去看屏幕里的情况，忽然听到一声惊叹：“不行，不行！哎！你不能这样啊！”

那不是聂江澜的声音……是谁在喊？

下一秒，画面和声音都被强制切断。

屏幕变成一片漆黑，沈彤身处的房间变得格外安静，只剩下她一个人的吐息声。

“聂江澜？聂江澜？”

沈彤尝试着喊了两声，然而无人应答，是真的掉线了。

“不会有危险吧？”她喃喃自语，身子动了动，愈加不知道怎么办才好，“不会走了吧……”

她正焦急着，忽然听到一个声音：“哟！沈彤？”

沈彤转头，发现对面那栋楼不远处，站着魏北。

魏北发现是她，还真有点儿惊讶：“居然是你被绑了？怎么，聂江澜还没来？”

“没有。”沈彤眨眨眼，“你怎么在这里？”

“我做大英雄，救人质啊。”魏北抬手看手表，“我现在已经摸清了节目组的套路，因为被绑的时间不一样，大家爆炸的时间也不一样。我的人质二十分钟后也要爆炸了，我要快点儿找到她。”

魏北看着沈彤，探出脑袋：“你呢，还有多久爆炸？”

“七分钟。”

魏北惊了一惊：“你只有七分钟了？那聂江澜应该找到你了啊，不然的话，你很危险了——不对啊，我刚刚跟康南一起，那时候聂江澜已经知道你在哪儿了，他怎么还没来？”

沈彤一愣：“他知道我在哪儿了？”

“对啊，”魏北点头，“我刚刚从这儿上来的时候看到他就在楼下呢，确定你在这里了，但是好像要挑战什么，他说不行什么的……后面我就没听了，只是上楼的时候听到他那边有一阵特别大的骚乱。聂江澜不会……撤了吧？”

沈彤没再作声，想到之前男人侧头试探性地问“假如没准时救到人质怎么办”。

为了满足自己的好奇心，放她在上面多待一会儿，倒也不是他做不出的事。

或者说，因为某个挑战触到了他的雷区，他跟工作人员产生冲突，于是跟大爷似的拍拍屁股走人——这个假设也成立。

这么一来，突然断掉的视频也能找到说法。反正聂江澜这人，从来不按照套路出牌，她又怎么猜得到？

魏北带着跟拍师迅速离开，沈彤在位子上坐了一会儿，忽然低头去看脚下的景象。

确定这栋楼底下确实没有人之后，她转头看向计时器，开始思考假如时间到了，会发生什么事情，而她如何自保。

手被绑住，而腿没有，她克服眩晕感站了起来，这才发现角落里放着一把小刀。原来节目组也不算完全没良心。

她挪过去，摸索着拿起了那把小刀，一点点慢慢地划开自己手上的绳子。

随着时间越来越少，她手上动作也有些焦急，一个不慎，刀尖将手腕处皮肤划开了一点点，好在不算太痛，她缓了一会儿，一用力就把绳子挣脱开。

她正低头看伤口，身后忽然传来一道敲门声。

紧接着，熟悉的声音响起：“沈彤？在这里面吗？”

聂江澜？

“我在。”沈彤挪去靠门的那一边，贴着门缝，耳边就是“嘀嗒”地叫个不停的计时器。

她有无数问题想问，但还没开口，聂江澜的声音便通过门缝溢出来：“时间快到了，现在先剪引线。”

处理掉这个炸弹，是当务之急，其余的后面再说。

沈彤拿着刀的手一愣：“剪引线？”

面前三根线，只有一根是正确的。

“如果剪错了，就彻底完了，”沈彤手握成拳，“剪哪根？”

门外男人难得沉默，像是在仔细斟酌。她看着计时器，手指一点点掐进肉里。

她提醒道：“只有六十秒了。”

手被绑了太久，抬起来的时候仍有些颤抖，她握着刀，在引线边沿试探。

等他再开口时，声音已经变得很稳。

一直如此，他只要开口，无论是不是确定，永远都带着一股势在必得的自信。

“剪蓝色。”

沈彤抬起手，没有问“确定吗”这样的废话——因为她已经没时间了。

她把刀贴上蓝色引线一侧，顿了一秒，随即用力划下去，心跳随着这样的动作攀上顶峰。

“嘀。”计时器响了一下，沈彤紧紧地盯着它。

三秒钟后才能确定是否剪对了，她长舒一口气，闭上眼睛，不敢看计时器。因为睁眼太久，眼睛已然有些酸涩。

过了一会儿，发现计时器没了动静，她缓缓睁开眼睛，还好剪对了。

节目组这么高的薪水果然不能白拿，沈彤想，这期节目只做了三个多小时，她已经像亲身经历一场惊心动魄的绑架案一样。

她终于能喘气，贴着门缝问聂江澜：“你怎么到这里来了？”

按理来说，他应该在底下，完成任务后，她被放出才对。

所以刚刚，她才会以为他走了，原来并没有。

“我找到救你出去的办法了。”男人合了合眼。

沈彤有点儿没懂他的意思：“救我出去……刚刚那个不是……”

“那个不行，不是最佳方案，”他轻喘，“不然你觉得我爬这么多层楼，从二十五层开始，在每层找你人，是因为早餐吃太饱了？”

“我只是以为你不会来了。”沈彤如实说。

“那当然不可能，”聂江澜叩叩门，似乎在提醒她什么，“准备好了？”

沈彤手指放在门把上：“准备什么？”

“当然是准备出去，”男人声音又变得懒洋洋，气定神闲地反问她，“不然呢？约会吗？”

反正这人永远没个正经，想到什么说什么，沈彤便没有还嘴。

她还得靠他出去，这时候不太适合跟他抬杠。

她半跪在门边，没有往脚底看一眼：“怎么出去？”

“等我两分钟，”他说，“我马上回来。”

沈彤在里面乖乖地答了声“嗯”，聂江澜直起身，目光投向一边半掩着门的屋内。

推开门，果不其然，里面坐着一群挂着牌子的工作人员。他们面前有显示器，密切关注着他和她的动向，还有各种负责安全的监控和对讲机，是执行现场的一组工作人员。

见他来了，洞悉一切的工作人员齐齐看向他。

他缓缓地点了点头，意味深长地看向一个牌上名字为“福贤”的男人：“我说，这期玩得这么狠，你怎么都不提前知会我一声？”

那人压了压帽檐，不大敢直视他的模样：“谁知道你会忽然从这边过来，正常情况不是该在底下等着吗？知会了你，你不还是不按规矩来……”

“知道就好，”聂江澜走到他面前，伸出手，“给我吧。”

福贤装不懂：“什、什么？”

聂江澜眉一挑，正要说话，看到半开的抽屉里有一个折射着银光的东西。他二话不说，拉开抽屉，取出那串钥匙，挂在指尖。

男人转身离场，指尖勾着钥匙旋转起来，金属相互碰撞出一阵响声。

他尚有良知，说：“谢了啊。”

人走后，满室工作人员默不作声。终于有人开口，却是讷讷地问：“就这么给他拿走了啊？”

“不然呢？你敢抢吗？敢拒绝吗？”

光是聂江澜不通过节目组给的路线，一个人不知怎的找到这儿，就已经够让人意外了。

所以，还有什么事是这位少爷做不出来的呢？

这边，聂江澜拿着钥匙，三步并作两步地到了门口。

他把钥匙正对上孔，里面的沈彤便立刻感知到，问道：“回来了？”

“嗯。”他鼻音显得很重。

她所处的那一个小空间是节目组定制的，靠着结实的绳悬挂在这栋楼外侧，节目组才能自由地控制她上升或下坠。

而打开这栋楼靠外侧的门，他很容易就看到了她所处的那个小空间。

节目组的位置当然也是百般设计好的，他这边门一打开，那个小空间的门就正对着他的视线。

他挨个用钥匙试了一下，很快就试到她那扇门对应的钥匙。“咔哒”一声，门打开了。

沈彤半跪在地上，一双杏眼半垂，视线在半空中跟他撞了个正着。

如果之前没听错的话，别人都是直接降落到地面，怎么她是……开后门逃脱？这和说好的不一样啊。

“又发什么呆？”他扬扬下颌，“来，跳下来。”

虽然是跳去楼内，但沈彤此刻看一眼脚底的风光，并不觉得轻松，一想到要往下跳，她就有种要跳楼的感觉。

男人看她发愣，像是想到什么，头微点，沉吟道：“行，还是我接着你。”

这距离远远小于之前从梯子上跳往铁框的距离，沈彤纵身一跃的时候隐隐觉得，这个节目也许会治好自己多年的恐高症。

平稳落了地，沈彤踩在结实的地砖上时，一颗心这才落了地。

感谢地心引力“抓”住了她。

聂江澜扶着她慢慢站起来，她回头看了一眼那个透明的小空间，仍然心有余悸。

她问他：“之前我听错了吗？康南的人质好像也是在升降屋里，怎么他的人质是直接落地，我是跳进楼里？”

他不置可否地一挑眉：“你没听错，按照节目安排，你的确应该像之前那样落地。”

“那我怎么没有？”

他简简单单回了一句话：“你不是怕吗？”

沈彤一愣。

“你很想那样？”聂江澜还在回味她的提问，眯着眼道，“之前答题，我停顿了五秒，这边降一层楼之后叫得那么吓人的，可不是我。”

沈彤回忆起一个半小时前那突如其来的降落，就不知如何接他的话了。

“如果你喜欢，你可以进去再试一次，这次我按照节目组规矩来，省得自己累个半死。”男人比了个“请”的手势，“从三十层楼全透明窗格下坠，希望你落地的时候还能做个健全的人，沈彤老师。”

沈彤舌尖抵着上齿滑了一圈，正要反驳，忽然领悟到他那话里的潜台词。等等，所以他的意思是……

“你的意思是，按照节目流程，我本来应该那样落到底的，但是，你考虑到我害怕，用了别的方式，从这边把门打开了？”

“是的，”男人一字一句地说，“不然你觉得别人都是像跳楼机一样的下坠，而你只是轻轻松松地一跃，是因为你长得太好看了？是我，聂江澜，用我的脑子想出的办法。”

沈彤顿悟。怪不得当时的影像会忽然被掐断，还有人极力阻止着他；怪不得当时魏北会说聂江澜明明知道她在哪里，却没有选择那样的方式，反而不知道为什么消失了。

原来他是考虑到她恐高，用尽量减小伤害的方式，把她救了出来。

她抬头，看见晨光愈浓，暖黄色的光毫无遮挡地钻入，打在他的面颊上，勾画出他懒散的眼，高挺的鼻，还有不算太惹人厌的唇。

那个瞬间，男人漫不经心的模样，好看得有点儿过分。

沈彤跟着聂江澜走到楼梯口，面对着层层叠叠的阶梯，她问道：“走楼梯？没有电梯吗？”

男人凉薄的唇勾起来："是，走楼梯。"

事已至此，也只有走楼梯这个办法了。她就亦步亦趋地跟在他身后，看到楼梯间高悬的固定照明灯的光束照射着他，他的影子就在这方小空间内换着角度游走。

前面的影子忽然不动了，沈彤步调也停了停："怎么了？"

男人抬头，顿了一下，回头给了她半个侧脸，剩下半张脸隐在暗影中。

他慢吞吞道："刚刚聂江澜，就是这样，跨了三十层楼梯，爬上来的。"

沈彤带着鼻音失笑一声，似是夸赞，又似是哄："您辛苦了。"

两个人颇不容易地下了楼，终于见到了明亮的空旷场地，沈彤内心颤动，仿佛眼盲的人得见光明。

还没走几步，忽然传来一阵急促的手机铃声。

沈彤还在想是不是自己的手机忘了开静音，聂江澜就从口袋里取出那部节目组准备给嘉宾的手机，淡淡地说："我的。"

沈彤之所以猜是节目组准备的，是因为这个手机品牌是《急速燃烧时》的赞助商，简称节目的"金主爸爸"。

她职业病发了，退后两步，让摄像大哥可以近距离地拍摄手机的外观。

聂江澜瞅她一眼。

按开免提，聂江澜平举着手机，等着电话那边先开口。

陌生号码本来就加剧了神秘气氛，更何况此刻打入电话的人，声音经过了处理。

特殊处理过的声音显得诡谲又浑厚："虽然人质救出来了，但并不代表你们就能找到档案。小心点吧，我在你们周围安插了十几个眼线，很快就能把你们一举击溃。游戏，这才刚刚开始。"

那边的人笑了两声，是标准的反派笑声，瘆人又滑稽。而后，电话被挂断。

聂江澜喉中发出一声嗤笑，旋即回头，去看四周形形色色的人，有卖糖葫芦的、卖布鞋的、开医馆的……

此刻根本不知道节目背景的沈彤，感觉一头雾水。

她问："什么档案？什么游戏？这次的任务是什么？"

"保护你。"

他说得言简意赅，手指操控着手机，关掉通话页面，点开一条短信，然后把手机扔给沈彤。

他迈步朝前走，沈彤一边跟着他，一边扫着手机上的短信。

这次是节目组发短信公布任务，没有再让嘉宾们费力劳心地找任务盒了。

这就说明这期节目的难点并不在找任务盒上。既然难点不在找任务盒上，那应当就是任务本身了。

这期的任务肯定会比之前棘手得多——从大家一开头被绑也能看出，节目组这次要玩一票大的。

这样想着，她低头看短信，研究这期的节目背景。

一份绝密的档案在海上事故中丢失，事故中仅有五位幸存者，有居心叵测之人已经绑走五位幸存者，企图打探到档案的下落，五位嘉宾需要在档案被抢走前顺利找到档案。

很明显，那五位幸存者，就是五位被绑架的人质，其中包括沈彤。

可是，幸存者手上会有线索吗？那她怎么没接到任何通知？

她在思考，步伐就不由得放慢，甚至有两次走到路的边缘。

聂江澜走在前面，正欲回头跟身后的人说话，一转头就看到她落后自己一大截。

偏偏她浑然不觉，还垂着眼睑，慢悠悠地一步步走着。

于是，当沈彤抬起头来，便见前边的少爷正抄着手等她。

两个人会合时，他声音懒散，还是一贯的语气："你知道我这期的任务是保护你吧？"

"知道。"沈彤应了声，等他继续说下去。

果然，男人继续道："还有，你想不想知道谁是幕后反派的眼线？反派又是谁？"

她那双杏眼眨了眨，下巴稍抬："想啊。"

幕后反派就是绑走她的人，她当然想知道。

"那就乖点儿，"他挑眉，"跟紧我，别乱跑。"

第四颗心

守护心

“那就乖点儿”从这个男人嘴里说出来，让沈彤愣了一瞬。

他居然会说出这种话，而不是直接一个眼刀飞过来让她自己体会。

也许是“保护”这两字让男人有了很强的责任感，或者聂江澜害怕她再次被绑去高处，而他又要费很大力气去营救，接下来的一段时间里，他都保持着很高的警惕性。

当一辆摩托车从角落里冲出的时候，正抬手揉头发的男人极快地反应过来，回头拉住沈彤的手腕，将她往里面带了带。

待摩托车开近了，沈彤才发现摩托车后座上绑着一个白色的泡沫盒子，泡沫盒子上还盖了一层布，特别像景区卖水、卖冰激凌的。

摩托车司机很不解地看了一眼聂江澜，然后，摩托车“轰隆轰隆”地驶走。

聂江澜动作顿了一下，似是没想到故事的发展。

沈彤抿唇，心想这人居然也有猜测失误的时候，她颊边差点儿因憋笑挤出梨涡来。

他眯了眯眼，手上的力道紧了些：“很好笑？”

“嘶——”沈彤因他忽然加重的力道而吃痛，倒吸一口凉气。

聂江澜见她皱眉，立即松开手：“怎么了？”

“之前拿刀子，不小心在手上划了个口子。”沈彤抬起手看了一眼伤势，其实是个很小的伤口，只要不剧烈按压就不会痛。

刚刚聂江澜力道重了些，她才感觉到疼，不然连有个伤口她都忘了。

他眼中晦暗不明："你没事拿刀划自己做什么？"

"是刚刚在楼上绑着的时候，"沈彤反驳，"我以为你走了，就想……"

"想自救是吧？"他低笑一声，"你还挺有能耐。"

伤口不大，但此时已经有一点点血渗出。

聂江澜回头问工作人员："有创可贴吗？"

摄像大哥回头看摄影师，摄影师回头再看其他工作人员，一个个问下去，终于有人点点头："啊，出门的时候刚好装上了。"

毕竟这是户外综艺，有点儿磕磕碰碰在所难免，带上创可贴，有备无患。

那人拿出一个小盒子，盒子打开，里头装了两种样子的创可贴。一种是长方形的，日常使用最频繁的；另一种是大正方形的，用于大面积的伤口。

"谢谢，我拿这个就好。"

沈彤正要伸手去取小创可贴，下一秒，手被人在半空中截断。

"用这个吧。"他说完，没等她回答，立刻从盒子里取出那个大正方形的创可贴，撕开胶纸，不由分说地贴在她的伤口处。

硕大的创可贴把沈彤的手腕都给包了一大半，她目光复杂，需要这么夸张吗？

他懒懒散散地一抬头："看起来像受了很重的伤一样。"

沈彤继续问："所以？"

"显得比较敬业。"

敬业的沈彤老师紧跟着聂江澜走了一段，很快就看到了节目组设置的关卡点。标有"急速燃烧时"的牌子分外醒目，聂江澜走到牌子前，打了卡，很快又收到一条短信。

看完短信后，聂江澜言简意赅地同沈彤总结："现在我有两个任务，第一个是靠拼图找出那个绑架你们、想要拿档案的幕后反派，第二个任务是找出那唯一一个真实的人质。"

"真实的人质？"

“对，五个人质里，只有一个人质身上会有档案的线索，”聂江澜颔首，“我要通过关卡的提示，去发现谁才是拥有线索的人。找到那个人之后，我要保护其顺利度过危险期，再从其身上拿到线索。早于反派拿到档案并送上平安台，这次任务才算成功。”

沈彤花了一分钟去解读他话里的信息，这才缓缓地点了点头，表示了解。过了会儿，她欲言又止。

“想说什么就说。”

“如果五个人里只有一个人对你有用的话，那个人应该不是我，”沈彤很冷静地排除了自己，“因为到目前为止，我没有拿到任何线索。”

他弯着眼睛，像夏日午后的猫懒洋洋地打了个盹：“话可不能说得太早。要到规定时间，节目组才会说真正的线索藏在哪里。不到放出消息的那一刻，所有人质都不知道自己到底有没有线索。”

沈彤顿悟，节目组这个胃口还真是……吊得足啊。

“所以我们现在……”

“先找拼图，”聂江澜道，“先看谁是幕后大佬，这样比较好防备。后天才会公开线索怎么找，我们在明处，反派在暗处，现在只能以守为攻，守住所有的人质才是上策。”

他说得对，比起现在去找谁是真的人质，还不如先找到谁是反派。如果反派一直藏在暗处，只会加剧整个任务的难处，只要能把反派找到，任务便也轻松了一大半。

所以最后，聂江澜选择的是提供反派线索的关卡。

二人一进新关卡，就发现蹲在地上冥思苦想的元欢。

“元欢，”聂江澜叫他，“你蹲地上干什么？”

元欢忽地从地上跳起来，兴奋道：“啊，江澜哥，你来了！”

旋即，少年垂着脑袋：“我正卡关呢，卡得都快疯了。”

聂江澜最先关心的是人质问题：“人质救出来了吗？”

元欢一下子就激动了起来：“救出来了！哇，真的，救人质也太难了吧，我感觉我都差点儿没命了。”

沈彤则顺着问道：“你是怎么救的？”

“你们根本就不知道我那一关有多变态，我当时一看到我的人质飘在河中央，我都快傻了！我要划船过去，这还不算，我一边划船，节目组一边在船头准备了一个好大的鼓风机！”元欢张开双手比画了一下，音调软糯，撒娇似的，“真的太大了！”

“我一边划船，一边迎面被大风吹，我又看不清，只能眯着眼睛，简直是新版《纤夫的爱》。”少年鼓着嘴，“早上做的造型都吹乱了，我做了一个小时呢！”

聂江澜不禁勾起嘴角，拍拍他的肩膀：“那是挺惨的。”

元欢看向聂江澜：“江澜哥，你呢？”

“我的人质被绑在高楼上，和康南一样。”

元欢点点头，又看着沈彤：“可是我听节目组说，你为了救沈彤老师，差点儿把半栋楼都拆了……”

沈彤听完少年的话便一愣。

“胡扯的，哪那么夸张？”聂江澜“拧回”元欢的头，“还在这儿闲扯，不做任务了？”

“做做做，”元欢这才像是回过神来，“我正不知道怎么做这个任务呢，你快来，我迫切需要你协助我完成这个任务。”

聂江澜被元欢扯着往前走，还不忘回头看向沈彤：“跟紧点。”

“人质”沈彤和另一个元欢的人质，始终紧紧地跟在他们身后。

最先迎接大家的，是一串奇怪的英文和颜色。

屏幕上整齐地列着五颜六色的方块，还有一串英文，组成了一个小方阵。

元欢咬着手指：“他们要我根据这个猜出一首歌，我想了半天都不知道怎么弄。这一堆乱七八糟的方块儿，和这串英文——sbxrdhfylkigmtqtv，这是啥啊，节目组到底想让我干吗？”

聂江澜俯身，按下了一个青色的方块，一个音节传出。

元欢提醒道：“我试过横着点，不对；竖着点，也不对；斜着点，还是不对……”

聂江澜看着五彩斑斓的方块，忽然道：“赤橙黄绿青蓝紫——按照这个顺序呢？你点过没有？”

“这、这倒没有……”元欢抬头，“赶快试一下。”

男人修长的手指触上屏幕，跟着颜色顺序，依次“弹”出了七个音节。

元欢听着这串音乐，拍了拍手掌："有点儿感觉了。"

沈彤看向剩下的那串字母："这么说的话，这串字母应该也有顺序，要么是拼音表，要么是英文字母表。"

聂江澜按照拼音表试了一遍，元欢摇摇头："没猜出来。"

他按照英文字母表再试一次，元欢说："这个旋律好熟悉，但是我想不起来是哪首歌。"

"我先弹方块，再弹字母，你听一下。"幸好他手指长，脑子转得快，不算简单的动作，他也依然做得很流畅。

沈彤也觉得这旋律很熟悉，但有些奇怪。

聂江澜说："现在先弹字母，再弹方块。"

熟悉的旋律开始回荡，沈彤侧了侧头，为了让自己早点儿回忆起来，开始跟着调子哼出一点儿。

"对！就是这个！"元欢看向沈彤，"就是这个调，你会唱吧？唱出来啊。"

沈彤小声地边哼边唱："你说这是世上最孤独的共鸣……"

元欢很顺利地接着唱："两个人并做一个漂浮的岛屿。"

"是吧，就是这个！"少年兴奋极了，转向屏幕，"这首歌是《共鸣》，我临哥的歌啊，我刚才怎么就没想起来？"

聂江澜点开输入框，开始输入歌名："《共鸣》是吗？就是'产生共鸣'的'共鸣'？"

"对的。"

输入后点击确定，屏幕上很快弹出一个方框——恭喜回答正确！

元欢兴奋得一抖，双手握拳举过头顶，还在非常真挚地对着镜头推荐："这首歌超级好听，大家有空都可以去听听啊，顾予临的《共鸣》。这首歌顾老师的老婆唱过，女声部分很温柔，沈彤老师唱得也挺好听的，"元欢转向沈彤，"你也喜欢这首歌吗，老师？"

沈彤点了头，目光柔软："挺喜欢的。"

聂江澜去拿奖励的盒子，元欢就开始跟两人质闲聊。聊到沈彤身上，他道："在节目组低头不见，抬头见，老叫老师感觉很生分，你比我小吧？那我叫你……"

沈彤摇摇头，说："我应该比你大几岁。"

元欢十八，她长他四岁。

“是吗？看不出来啊，”少年耸耸肩，“那我叫你‘小姐姐’好啦。”

元欢话音正落，聂江澜已经拿着盒子过来了。

盒子里装着能找到幕后大佬的线索，聂江澜边走边看，像是看到了什么，皱起眉，脚步顿住。元欢赶忙起身过去看，看到之后也皱起了眉。

元欢的人质紧紧跟着元欢，沈彤还站在原地系鞋带。

见沈彤起身，元欢赶紧伸手招呼她：“小姐姐，你快点儿来。”

沈彤应了声，三步并两步，走过去看线索。

见她过来，聂江澜拿拼图的手顿了一下。他垂眸，淡然地扫一眼元欢，又看向应答利落的人：“小姐姐？”男人轻笑一声，语调里意味不明，“你们还挺亲密。”

说完这句像是有含义又像是没什么含义的话后，几人看向聂江澜手上的线索，不甚明晰。

那是一块很小的拼图，上面只有一双眼睛。

元欢盯着拼图，差点儿成斗鸡眼了：“就这？这根本看不出性别，也认不出是谁啊。江澜哥，你觉得我们要找的幕后大佬，会是我们认识的人吗？”

“应该是，”聂江澜低头，“假如不认识，肯定也是有名气的。”

节目组总不会请一个打酱油的来担任幕后大佬这么重要的角色。

“这样找下去效率太低了，”聂江澜道，“拼图起码还需要四块才能得到清晰的线索。”

元欢点头：“是啊，如果能够分工的话就轻松多了。要不这样吧，江澜哥，我和你分头去找线索，然后手机联络，如果我有搞不定的再叫你。”

“行。”聂江澜欣然应允。

很快，聂江澜赶往下一个提供拼图的任务点，而元欢去往第三个任务点。二人决定各自找到两块后，再电话联络集合的事情。

沈彤自然是跟着聂江澜，刚刚乍然一瞥，她没有看太清那个拼图，只看到了一只眼睛。

一路上，她目光都若有若无地往聂江澜的手上飘。

聂江澜察觉到她的目光，回头问："怎么，我手上有花？"

沈彤伸手指了指："我想看看那个拼图，行不行？"

男人眯眯眼，露出一抹笑，仍旧是惯有的语气："当然行啊。沈彤老师说什么，我会拒绝？"

他把小小的一块拼图往沈彤的掌心抛去，她连忙接住。

拼图的形状像小时候常拼的方块格，有椭圆的凹陷处和凸起处。她用指腹轻轻摩挲着拼图边缘，开始仔细地观察那双眼睛。

眼睛并不大，瞳仁也不大，眼睑的弧度也并不柔和，还化了浓重的眼妆，假睫毛根根分明。

聂江澜扬首："你认得？"

沈彤眨眨眼："总觉得这双眼睛很熟悉。"

"可别是你的前男友。"男人揉揉脑袋，语气淡淡，"我们沈彤老师的异性缘不是好到不行？"

沈彤抿抿唇："我没有前男友。"

男人眉一挑，语气稍稍变化了些："哦？那现男友？"

"现男友也没有，"沈彤非常客观地分析，"我要是有男朋友，就不会在这深山野林录这么久节目了。"

他笑了声，不知道在笑什么。

沈彤不甘示弱地回敬："倒很可能是聂老师的前女友。"

"好巧不巧，"男人轻飘飘地说，"我也没有前女友。"

"现女友来找也很不错。"沈彤状似很赞同地点点头。

聂江澜眯眸："你怎么知道的？"

"什么？"

"我都不知道我有现女友，"男人眼睑都懒得抬，"你怎么知道的？"

沈彤被噎了一下，仍然保持微笑，打算奉陪到底："不该啊，您这么帅，又有钱，还聪明，怎么可能没有女朋友呢？"

他挑眉："那你给我介绍一个？"

沈彤依然微笑："您喜欢什么样儿的？"

"眼睛是眼睛，鼻子是鼻子，嘴巴是嘴巴，有头发，穿衣服，"聂少爷双手插兜，目光淡淡，"能看出来是个女人的那种。"

算了，她认输。

聂少爷接的第二个关卡，相较之前的简单许多，他很快就做完了。

拿到下一块碎片之后，沈彤这才隐约有了点眉目。

这块碎片并不是紧接着眼睛的碎片，但依稀能看出来是脖子处的拼图。

图内人有明显的喉结，再往上，厚重的脂粉下，仔细观察，能看到下巴处掩藏的胡楂。

看沈彤张了嘴，聂江澜问道："沈彤老师有何高见？"

"是男人。"她说。

以她拍过那么多模特的职业经验，早在看到眼睛的时候，就觉得不对劲。眼妆看起来明明是女人应该有的妆容，那双眼却怎么都透露着一股男性气息。

直到现在看到喉结和胡楂，她才能确定，这就是个男人。

聂江澜并不意外，颔了颔首："走吧，去找下一块。"

反正这样东一块、西一块的，也很难判定拼图里的人到底是谁。

沈彤跟上聂江澜的步伐，觉得有点儿什么眉目，但要仔细去抓，又抓不到。

一个男人，化着女人的妆容，还用遮瑕膏遮住了胡楂，是反串，还是某个剧的剧照？

反正这张图片里，一定会有节目组要给的信息。

聂江澜见她在思索，不由得回头道："别想了，跟着我去个地方。"

沈彤抬头："去哪儿？"

"吃东西，"他倒是一点儿都不着急的模样，"下午六点，是晚餐时间了。"

跟着聂江澜走了半个小时，渐渐地，一条美食街在眼前展开。

他回头，手背在身后，往内拢了拢："人多，靠过来点。"

沈彤放松警惕："应该没问题吧。"

"嗯？"

"我说，大家都在山里做任务，应该没人会出来吃东西。"

没人像你这样洒脱。沈彤在心里默默地补充了句。

"最安全的地方其实最危险，听过没有？"聂江澜声调淡淡。

“这么说的话，”沈彤指了指他手边，“这里才是最危险的地方。”

“嗯，”他意味深长地点点头，看向沈彤，“那你今晚注意点。”

“什么？”

“一觉睡醒，看看你的肾还在不在。”

他笑了两声，挑了家面馆进去了。

因为聂江澜相貌出众，还有摄像机尾随，自打他和沈彤进去之后，就一直有人在偷偷地往这边看。

很显然，聂少爷已经在这种“目光的海洋”中徜徉了无数次，举止镇定自若。

他数着人头点了几碗面，然后施施然坐在椅子上看菜单。

男人手指修长，腕表折射着光，手指漫不经心地点在过了塑的纸张一角上，硬生生把纸都提高了几个档次。

老板过来接单，一边记录一边问：“有没有什么怕的？”

他抬头，皱眉，鼻音有些重：“嗯？”

各地的说话习惯不一样，老板正在努力用一种他们能听懂的语言解释：“有怕的吗？比如香菜这些……”

沈彤懂了，原来这老板是问他们有没有忌口的。

“没有。”聂江澜摇摇头，眼睑垂着。

老板记录完毕，转身要走了，男人这才想起来什么似的，声调稍微抬高了那么半分：“对了，不要葱。”

老板走之后，感受到沈彤的目光，聂江澜转头同她友善道：“怕吃到葱，惹我们沈彤老师不高兴。”

摄像大哥乐呵呵：“聂老师还挺细心。”

吃完一顿饭，已经到了六点。再做一个任务，他们就可以收工回去了。

聂江澜打电话问元欢，少年的声音颇为兴奋，说自己刚拿到一块拼图，打算接下来再拿一块。

聂江澜问：“你拿到的那一块是什么？”

元欢答道：“嘴唇，涂得还挺红，看起来怪怪的。”

“好，你先收好，我们明早在门口集合。”聂江澜当机立断，“现在再去找剩下的拼图。”

少年说好，整装待发。电话刚挂掉，聂江澜一抬头，看见康南从面前快速跑过。

康南看到聂江澜，停下来打了个招呼，两个人交换了一下手上的情报。

“我和任行哥正在找真正的人质，现在已经找到三块拼图了。”康南美滋滋地说，“刚好，你和元欢也先找着，后天我们的信息一对，就很完美了。”

聂江澜点头后，康南很快又跑了起来：“行，我上完厕所，现在去找任行哥了，你也注意安全啊！”

来也匆匆，去也匆匆，康南带着自己的人质一路小跑着离开。沈彤目送着他们离开。

聂江澜瞅她：“怎么，想跟他一起跑？”

沈彤如实招来：“没有，我纯粹好奇，魏北怎么没和他一起？”毕竟这两人一直跟双胞胎似的。

男人的身形在夜色中显得更加颀长，微风拂过，他的轮廓线自带模糊的柔光，似远似近。

“这就不是你该管的事儿了，”风把他的声音吹散，“赶快做了这个任务，我们回去睡觉。”

他这话好像有点儿……

来不及多想，沈彤跟上聂江澜，去往下一个任务点。

很快，他们发现《急速燃烧时》的 Logo 牌立在一个小操场边。

聂江澜前去打卡，接受任务。

“任务是两人三足，”牌子旁边的工作人员递出一条绑带，“任意选择一个人和你组成一队，七分钟内把球踢进球门。”

沈彤抬头，看见操场上有个小球门，再转头时，看到男人朝自己走来。

聂江澜眯了眯眼：“把你一个人放在这儿安全吗？”

沈彤看他手上有一条绑带，不由得伸出手指，在自己脖子上绕了一圈：“你不如把我拴在柱子上算了。”

他沉吟道："倒也行。"

沈彤见男人真有此意，不由得后退，死死地护住自己的脖子："你真把我当狗了？"

她后退没用，聂江澜不由分说地走上前，然后……站在了她身边。

她就这么看着他低头，弯腰，把手上那条绑带在二人的左右腿上打了个结。

沈彤问："你让我和你走？"

"不然呢？"夜色里，她看不真切他的表情，只能听见他带着磁性的嗓音，"你一个人在这儿，我总不放心。"

"好吧，"想着自己以前在学校也参加过类似活动，沈彤没什么担心的，"我们速战速决。"

然而真正上了赛场，沈彤才知道速战速决几乎是不可能的事情，这个环节根本没有她想得那么简单。

首先，两个人要你一步、我一步地配合好，才能慢慢把球往前踢，有时候球偏离了轨道，一个人就要跟着另一个人的步伐，把球踢回正轨。

更可怕的是，他们还有对手，对面还有一组选手。

另一组的任务是从他们那边抢到球，踢进另一个球门内。

一声哨响，本来静谧的夜空忽而吵嚷起来，四个人用"六条腿"，开始抢球。

沈彤本来只是虚虚地抓着聂江澜的衣摆，但抢球过程实在太激烈，她不得已，只能换了换，把手贴在他的后背上，方便用力。

聂江澜到底掌握着主导权，几个虚晃的假动作之后，顺利地把球带到了自己这边。

"跑快点儿。"带着她往前的时候，他低声道。

沈彤负责喊节奏，跟着他的步伐往前。他实在跑得快，好在她也跑得不慢。

但球门太远，她又要顾及他的步伐，到最后还是有点儿使不上力气。

男人手绕过来，握成拳，绅士而礼貌地托住她的腰，将她小半个人都提了起来，分担了她的重量。

看着球顺利地踢入球门，沈彤终于能歇一口气，与聂江澜一起站在原地。

他忙着接拼图奖励，她也没空解绑带，大口喘息着。

工作人员很快递上那块拼图——是打了很深鼻影的鼻子。眼睛、鼻子、嘴巴、喉结……再加上明天元欢给出的一块，基本就能判定是谁了。

看聂江澜盯着那块印有鼻子的拼图，沈彤不由得也多看了两眼，暗自想着这鼻子也挺独特。

想着想着，她就完全陷入这个推理事件中，忘记了自己和聂江澜的腿还绑在一起。

于是，当沈彤抬腿往前走的那个刹那，忽然感觉到后面一股强大的拉扯力。

动作被打断，她未有准备，一个踉跄，往后栽去——

预料中后脑勺和草皮的亲密接触并没有来临，她枕上了一只尚算温暖的手臂。

电视剧里，那种剧烈的撞击都比较容易让人记起什么。

于是，头磕上某人手臂的那一秒，沈彤感觉到脑内一震，有什么画面竟然像是生生被撞击出来了——一副和拼图中的脸出奇相似的面容浮现出来，模糊的记忆里，她只依稀记得那是在舞台上。镁光灯打下来，画面里的人穿着一套古装，说了句蹩脚又矫情的台词。

是她看过的某个节目吗？沈彤看向三两颗星子点缀的夜空，感觉到有什么被蒙住的东西即将破土而出……她是不是见过那个人？

她正陷入思考，冷不丁听到身下传来的声音。

男人慢悠悠、轻飘飘地问她："枕得还舒服吗？"

沈彤这才乍然从自己的世界内抽身而出，慌慌张张地站起来，解开二人腿上的绑带，低声道了句："不好意思。"

"哪敢怪您呢？"男人声音带笑，慵懒地说，"都是我的错。"

回了酒店之后，从枕上聂江澜的手臂这件事里走出来，沈彤又开始关心起拼图里的那个人。

若她什么都察觉不到也就算了，最要命的是，她明明感觉到有什么线索在脑子里晃来晃去，却始终有层薄膜隔着似的，她就是找不到一个击破点。

这种知道一点儿又无法想清楚的感受，就像有只猫爪在心上缓缓地挠。

最后，沈彤只得把那些线索原封不动地复述给赵萱：“一个男人反串，穿着古装，涂着红唇，好像还做了一段表演，你想起来在哪里见过吗？”

赵萱还在吧唧吧唧地啃苹果：“你给我的范围太大了，搞笑节目里做过反串表演的艺人数不胜数，比跟在聂江澜身后的妹子还多，你让我怎么筛选呀？”

也是。沈彤坐在床上，手背着撑在身后，手指来来回回地敲打着柔软的被褥。

“别想这些啦，”赵萱手里的苹果快被啃完了，她嘴里咀嚼着，含混不清道，“现在都下班了，下班了，沈彤姐！你能不能收一下你的职业病，不要再想工作的事儿了？”

沈彤没回应，像是没听到一样。

赵萱继续嘟嘟囔囔：“平时跟拍，下班了还要修图也就算了，现在吧，好不容易跟拍的任务给了别人，你居然坐在酒店里思考节目组的剧本？”

沈彤捏捏眉心：“要是想不出倒还好，问题是我明明有点儿眉目，偏偏找不到一个突破口，令人崩溃。”

赵萱了然：“噢，就像做数学题卡在最后一步，比根本想不到解题思路痛苦多了，是吧？”

沈彤点点头。

两个人才把这个话题聊完，又响起了一阵敲门声。

沈彤已经被锻炼得十分警惕了，坐在那里僵了下。赵萱把苹果核扔进垃圾桶，顺便走去门口：“这次又是谁？”

门外的人答：“我是节目组的工作人员，来送明天的衣物。”

赵萱点了点头，看向沈彤：“你开门还是我开？”

“你开吧，”沈彤往后退了退，钻进被子里，“我怕节目组又找人绑架我。”

赵萱笑得眯了眼，打开门：“你好，我是沈彤姐的助理，衣服给我就好。”

挂着《急速燃烧时》工作牌的人递来一件干净的衣物：“好的。”

赵萱接过外套，提着领子抖了抖："就一件外套是吗？没别的了？"

"嗯，只有一件外套，"工作人员好心提示，"小心点哦，不要随便翻动衣物，不然很有可能破坏线索。"

"知道了，"出于礼貌，沈彤还是跪坐在床头，朝外面的工作人员打了个招呼，"辛苦了。"

赵萱关好门，拎着那件外套走到沈彤身边，给她展示了一下："要拿着看看吗？"

节目组有专门的服装设计师，衣服是早就设计好的，丝绒面料，颜色是很正的红，乍一看和普通外套没有区别。

"先挂起来吧，明早再穿，"沈彤道，"免得把线索破坏了。"

万一她一个不小心弄掉了什么关键东西，那可真是千古罪人了。

第二天一大早，沈彤依然准时四点起床。

她穿好节目组给的外套，本来人还有点儿没从困意中清醒过来，手一碰上冰凉门把手的时候，忽然回过神来。

昨天，就是在这里，她刚出门就被绑架到高楼大厦里。

沈彤缓缓地拧动门锁，拉开一条窄窄的缝隙之后，用一只眼往外仔细地扫视一圈。确定暂时安全后，她屏着呼吸，提着脚步，拉开门走了出去。

往右边楼梯间看了一眼，没有人要来的迹象，沈彤松了口气，转身要走，被墙边站着的人吓了一大跳。

聂江澜倚在墙边，懒懒散散地看她，不知道是不是看到了刚刚她的动作，他眉眼带笑。

沈彤心有余悸："你怎么来了？"

男人仍是不甚隆重的模样："来接你，免得你又被绑架了。"他拉着长长的尾音。

"上次还不是你眼睁睁地看着别人把我带走了？"沈彤抿抿唇，"准确地说，你把我选走的。"

"是——"也许是刚醒，这男人的攻击性褪了一大半，这会儿垂着眼睑，竟显得出奇地好说话，"以后不会了。"

沈彤抬头："那我们怎么过去呢？"

“坐车啊，”男人仍是懒散模样，“不然，我租个八抬大轿送您过去？”

刚刚她为什么会觉得他好说话？

上了聂江澜的房车，只是坐在他对面，一股独属于他的气息很快将她笼罩。

这人就是这样，只要你出现在他周围，甚至不是离他多近，属于他的气场就完全将你吞噬，即使不说话，他的存在感也强到令人无法忽视。

毫无意外，少爷聂江澜一坐上位置，很快开始闭目养神，不放过任何可以睡觉的时间。

天微微亮，晨光还泛着淡黄色，并不刺眼，繁茂的枝叶将光筛得更为零碎。

一束光线从窗外透进来，照在聂江澜的脸上，很快又随着车的行驶消失不见。不过一会儿，又有光点浮现。

沈彤就这么看着，那前仆后继的光点不住后退，男人根根分明的睫毛像是沾了点儿蜜。

她看了一会儿，伸手把窗帘拉上。车内暗了些。

回过身的时候，发现男人已经醒了。

聂江澜仍是抄着手，挑了挑眉：“怎么不看了？”

车平稳地开到了目的地，聂江澜收起摆在桌上的拼图，带下了车。

他们没等多久，元欢也带着自己的人质过来了。

大早上的，少年依然很有活力，跟他们打招呼：“你们来得这么早啊？”

“没到多久，”聂江澜摊开拼图，直接进入正题，“你的两块拼图都找到了吗？”

“嗯嗯，找到了。”少年在口袋里摸了摸，忽然一下子瞪大了眼，“糟了，我拼图呢？”

元欢摸了摸左边口袋，又摸了摸右边，这才松一口气：“噢，原来在这里。”

元欢展开的掌心里，躺着一块拼图。

“不是还有一块吗？”聂江澜眯了眯眼。

“是啊，我记得两块放一起了啊……”元欢皱起眉头，满眼都是疑惑，“怎么就剩一块了呢？”

沈彤问道：“昨晚还在吗？”

元欢瞪大眼：“今早出门我还确认了一遍，就是两块啊，怎么忽然没有了？”

“你刚刚……见过谁？和谁在一起过？”聂江澜蹙眉。

“就……”少年往后一指，“刚刚遇到了……”

话没说完，魏北从远处挥着手跑来：“嘿！”

元欢也回头，乐悠悠地招手：“魏北哥！”

魏北气喘吁吁地跑过来，后面还跟着几个工作人员。

聂江澜及时察觉到不对：“你的人质呢？”

说到这个话题，魏北猛然一惊。他低下头，说：“我来正是想跟你们说，我的人质被绑走了。”

“啊？绑走了？”元欢惊诧，“刚刚你怎么没有和我说？”

“没来得及，”魏北的声音很低，情绪也不大对劲，“跟我没关系。我一直在做任务，做完任务一回头，人质就不见了……不知道被绑去了哪里……”

气氛一时陷入了沉默。

聂江澜缄默不语，元欢的眉头皱起来，像是努力在思索这其中的玄机。

魏北看到了地面上的四块拼图，忽而道：“你们在找幕后大佬吗？”

聂江澜点头。

想了想，沈彤还是道：“我觉得这个人有点儿眼熟，你不觉得……”

她话没说完，魏北皱着眉打断：“没有吧，我觉得这个人的脸很陌生啊。节目组不会这么容易就让我们看出来是谁的，不然节目太简单了，没法拍了。”

沈彤被他打断，刚刚要说的话也全忘了，一时也不知道该说什么。

魏北看了一眼拼图，然后随手将其打散：“我觉得吧，比起找幕后大佬是谁，找人更重要。你们想啊，找到人质，然后等节目组公开线索，很快就能找到档案了。只要警惕一点儿，不愁不能把档案送上平安台。”

沈彤认真地听他说。

“而且，我刚刚想了一下，也许幕后大佬动作快，已经先于我们找到了真正的人质呢？”魏北继续道，“既然我的人质被反派绑走，那就证明，我的人质就是那个真正的人质。”

聂江澜垂眸，仍然不发一语听。

元欢倒是顺着魏北的思路来：“你的意思就是……我和江澜哥的两个人质身上都没有线索？”

“对，我之前就一直感觉有人锲而不舍地在追踪我。”魏北说，“你们站在反派的角度想想，如果我的人质对他没有利，他何必一直纠缠我？任行、康南，还有你，谁的人质不比我的人质好抓？我的人质还是个男性。”

元欢不住点头：“有、有道理。”

“而且我找到了一张碎片，”魏北带着元欢边走边说，“我现在就要赶往下一个任务点，你看看我这张碎片……”

“对哦，”元欢招手，“江澜哥，你快来看一下！”

聂江澜不置可否，面上仍是寡淡表情，前去看了一眼魏北的碎片。

三个人走在前面，沈彤和另一个人质跟在后面。

了解到自己并不是能提供线索的真人质之后，沈彤便放慢了步调，跟另一个人质开始随意地聊天。

她注意到对方穿的外套是水蓝色的，和自己的并不一样，那……真人质的外套会是什么颜色的？

聊了两句，沈彤忽然想起之前的拼图还被大家忘在了地上，于是赶忙转身往回跑。

“你干吗去呀？”

“你先往前走，我拿了拼图就回来。”

她说完便跑得更快，跑回原地时发现拼图还在，正欲松一口气，双手蓦然再度被人挟制住，她眼前一黑，再次被人扣上了车。

在车上的时候，沈彤依然没有回过神来。

不对啊，她既然不是能提供线索的人质，抓她做什么？不会又触发了节目什么隐藏的支线吧？

怎么样都好，千万别让她坐升降机或者蹦极就行。

这次的“绑匪”比较温柔，将她扔进了一个房间，锁上门后就离开了。

沈彤有些蒙，听着脚步声越来越远，这才抬手掀开了眼罩。手没被绑住，眼睛也能看东西，屋子里除了暗了点，也没有什么恐怖的。

沈彤抬手去开门，发现门果然被人从外面死死锁住了。

算了，以不变应万变。

沈彤坐上沙发，继续分析那个拼图上的人。无缘无故把她绑进来，她非要知道这个幕后大佬是谁不可。

大约几个钟头之后，墙壁处传来了敲击声。

沈彤抬头一看，看到一个小窗口，她站到窗口前，一个餐盘递了进来。她接过，发现是午饭，伙食还挺不错。

吃完之后，沈彤又在这个小房间里熬了一下午，时间逼近晚上，也不知道聂江澜他们的进度怎么样了。

正想着聂江澜，窗外就传来聂江澜的声音：“不知道能不能找到。”

沈彤一愣，赶紧伸手去推窗户。窗户推不开，她只能小声唤他：“聂江澜。”

这窗子只能从外面推开，里面的人是打不开的，如果聂江澜能把窗户从外面推开，她不就能顺着出去了？

外面的声音顿了一下，沈彤又叫了一声。

下一秒，窗户被人从外面推开。看清是她之后，男人眉头微皱：“你没事吧？”

“我没……”

话没说完，他推开窗户跳了进来，沈彤还没来得及求救，就这么眼睁睁地看着窗户合上了。

她的逃脱之处，她的希望之门，她最后一线生机，就这样被毫不留情地合上了。

“你这是什么表情？”

沈彤指指窗户：“你进来了，我们俩就都被锁住了，出不去了，你知道吧？”

男人显然不知情，闻言，回头看了一眼窗子，安抚似的道：“出不去就算了。”顿了一下，他不留情面地补充，“我要是出去了，他们把你绑去蹦极，你怎么办？”

她木了一下，身体仿佛因这二字产生反应：“不会真有蹦极这个项目吧？”

“对，”他点点头，“我刚听人说的。”

沈彤默然，看了一眼钟表，庆幸道：“幸好快下班了。”

“你想多了，”他神色淡淡地说，“我刚刚接到通知，节目组说为了节目效果，今晚不下班，连夜录制。不过你运气好，这房间有沙发，还有床。”

沈彤想，连夜就连夜吧，但忽然间意识到自己并不是一个人处在这个小房间里。

长夜漫漫，孤男寡女，共处一室……

“那你今晚睡哪儿？”沈彤问。

聂少爷耸耸肩：“您吩咐我睡哪儿，我就睡哪儿，您吩咐我怎么睡，我就怎么睡。”

沈彤目光挪去沙发那儿，忽然听到男人淡然地反问：“等等，你不会让你的救命恩人……睡沙发上吧？”

夜深。

聂江澜睡在哪儿，成了一个很致命的问题。

起先，沈彤还抱着一丝希望和最后一点儿侥幸心理去推那扇窗户——失败了。

谁都出不去，他们注定只能在一个房间内共眠。

沈彤看了看柔软的白色大床，又看了看沙发，最后，她妥协了：“你如果想睡床的话，我睡沙发。”

他舔舔唇，无所谓地点头：“行啊。”

明明是答应了，他却一直抄着手坐在沙发上。

“那你起来吧，”沈彤用眼神示意，“你坐在沙发上，我怎么睡？”

“这沙发有点儿硬。”他说。

沈彤点头：“我知道。”

“所以你就睡床吧，”男人语气仍旧淡淡的，“让一个小姑娘睡沙发上，显得我不像个人。”

她失语半晌才出声：“所以你刚刚周旋半天……是在跟我闹着玩？”

“啧，”聂江澜挑眉，很有兴致的模样，“不是，我刚刚考虑到这个沙发太硬了，你睡过之后可能会全身青紫。那个谁——豌豆公主不就是这样的吗？”

童话里，尊贵的豌豆公主，因为睡了床单下垫着豌豆的床，细腻的皮肤泛起青紫。他这话未免也太夸张了。

沈彤坐在床边，撇嘴：“我又不是豌豆公主。”

男人沉吟片刻，说：“那你是什么？小猪佩奇？”

话题终结后，好不容易关了灯，两个人终于歇下了。

也不知道这儿是哪里，晚上什么声音都难听到，只有很浅很浅的虫鸣声。

沈彤把被子拉到下巴底下，闭上眼睛，睡前最后想了一下拼图里的那个男人到底是谁。不想还没事，一想就不得了，像是任督二脉忽然被人猛地打通，蒙住她的那块布也被人掀开——她想起来了！

沈彤噌地一下坐起来，因为信息量太大，冲击得她整个人都有些回不过神来。

她必须要同人分享，否则无法一个人消化这种爆炸性消息。而现在，正好有个人睡在距离她不过几步之遥的地方。

她下意识地喊出声：“聂江澜！”

聂江澜抬手捂住眼睛，声音哑得不像话：“怎么了？”

“我知道我在哪里见过拼图里的人了，在一个反串节目里，他演出的是《昭君出塞》那一幕……”

她话还没说完，只是断了个句，就遭到男人的质疑，他声音嘶哑，反问道：“就这样？”

“什么叫就这样？”沈彤跳下床，“你不想知道是谁吗？这个人我们都认识。”

男人没回答她的话，一片漆黑中，他用修的长手指指了指夜光挂钟：“沈彤，你看看现在几点。”

沈彤看了看挂钟，说：“两点，怎么了？”

“两点钟，这个时候的聂江澜本来应该在做梦。你叫我叫得那么急切，我以为有人要拉你去蹦极，头都差点儿吓掉，”聂江澜咬了咬后槽牙，“结果你给我讲拼图里的那个男人？”

她差点儿忘了面前的男人是一个狂热的睡觉爱好者。

“对不起，”沈彤重新躺下了，“你快睡吧，明早再说。”

她正闭上眼睛，准备一个人消化这个消息，猝不及防，迎面而来一股熟悉的气味。是他身上的清冷海香，可能因为刚刚睡醒，这味道多了一丝柔软与归属感。

男人一只手撑在她床边，垂着脑袋，另一只手将她圈起来，那张精致的脸就在她面前。

他鼻音浓重：“你大半夜把我弄醒，勾起我的兴趣，结果转眼就躺下了——你玩我呢？嗯？”

这样的距离是压迫，也是一种无形的亲密与撩拨。

沈彤不由得扯了扯被子，有些局促：“你不是不想听吗？”

男人很不讲道理：“现在想了。”

沈彤眼睛睁大，看着一片漆黑中的天花板：“你刚刚还怪我把你弄醒。”

“我没有，”他道貌岸然，“我只是担心你睡不饱。”

沈彤心里冷笑，但没敢笑出声。寂静的夜放大了男人的声音，他的力量也仿佛跟着变大了，她现在有点儿怕他。

沈彤轻咳一声：“那我说了？”

男人沉沉地笑：“要不要我再给你放点鞭炮欢迎一下？”

“魏北，”沈彤说，“魏北参加过那个反串节目，扮过女装，只要不是我记忆出错，拼图里就是他的女装扮相。”

聂江澜没有马上接话，像是在消化。过了十几秒，他像是想通了什么，道：“我知道了。还有吗？”

“没有了。”沈彤说。

“行，”聂江澜起身，“谢谢沈彤老师的消息。”

那股压迫终于消退，沈彤抿抿唇：“你没什么想说的吗？”

这时候，他应该进行理性的分析，分析魏北的反常，甚至可能分析出别的什么——比如沈彤为什么在这里。

“有，”聂江澜声音嘶哑，“我还想睡三个小时。”

盖好被子，她忍了好半天，终于忍不住了：“你再睡五百年吧，别睡三个小时了，那不够。”

他笑了，声音有点儿低，有点儿沉，还有点儿哑，却意外地好听，像空旷房内响起的大提琴声。

等男人躺下之后，沈彤还是轻叹一声：“刚刚突然把你吵醒了，不好意思啊，我忘记你喜欢睡觉了，而且之前太激动了，没控制住。”

“没有，”男人仿佛很是真挚，“能被沈彤老师吵醒，是我的荣幸。我愿意每晚都被您突如其来的叫声吵醒。”

对话以沈彤一句“聂江澜”开始，以聂江澜的话做了终结，整个过程不超过十五分钟，其实也没怎么耽误他的睡眠时间。

男人躺在沙发上，闭上眼，忽然回忆起方才隐在黑暗中的女人的脸颊和发梢，带着一股难以言喻的柔软和淡香。

这次被关在房间里的沈彤和聂江澜比较幸运，因为在房间里做不了任务，也接不到什么消息，所以他们俩睡到了第二天早上七点，是被窗户外面送早餐的人叫醒的。

刷牙洗脸之后，沈彤喝了一口粥：“我们像不像被养起来的禁脔？”

聂江澜皱了皱眉：“什么？”

她轻咳一声，吹散粥上水汽：“没什么，吃饭吧。”

吃完早餐，“禁脔·沈”和“禁脔·聂”，这才开始继续昨晚的分析。

沈彤咬唇：“所以，魏北到底是幕后大佬，还是我们要寻找幕后大佬的一个线索？”

“魏北应该就是反派，”聂江澜侧了侧头，“我当时就觉得他有点儿奇怪。”

一旦确定下来，再顺着这个线索往回推，其实不难发现很多反常之处。

聂江澜把玩着手里筷子的塑封纸：“比如我们遇到魏北，他没等你说完话就着急打断，并且否认掉你所说的全部，强加给我们他的想法，你不觉得太着急了吗？因为他怕再不打断，我们就要找到他了。

“而且，作为反派，不被发现的最好办法，就是把这个罪名推到别人身上。魏北在说自己人质消失的时候，还特意说了句不是自己干的。换成正常人，那时候一般会回忆事件，而不是着急撇清自己。”

沈彤也对他的话表示赞同：“而且之前我被绑的时候，魏北和我说你可能溜了。现在想起来，有点儿像是早有预谋的离间。”

聂江澜看着沈彤：“这么说起来，元欢的拼图会少的问题就有了答案，你被绑也有了答案。更重要的是，按照节目组的套路，这个人只可能是魏北。”

“所以，”沈彤停了停才继续分析，“魏北才和我们说那么大一段话，把我们引上错误的地方。他说自己的人质才是真人质，却转眼只绑了我一个人——第一是防止你们找到他，第二是……有可能……”

说到这里，她有些不知怎么开口。

“对，”聂江澜仿佛洞悉她要说什么，替她说完，“那个真正有线索的人质，是你。”

魏北之所以会抛下自己的人质，一是人质在，他不好行事；二则是，他可以利用自己人质被绑来做出假象，让所有人放松警惕，他才好各个击破。

就比如昨天，他说出自己的判断，让四个人错认了人质，也让他们放松了警惕。只有这样，他才能找到机会，把真正的人质沈彤给绑起来。

所以沈彤当时才会迷惑，为什么明明她不是真人质，却会被绑到了这里？

“别着急，”聂江澜拍拍她的背，“节目组很快就要公布档案线索了。”

中午十二点，节目组通过蓝牙传来一份简讯：“档案就藏在真实人质的衣服标签后。”

沈彤看完了，不由得道：“就这么短？”

“就这么短，”男人抬起脸，有些疲惫地靠上沙发，“脱衣服吧。”

明明是再正常不过的一句话，偏偏从这个男人嘴里说出来，就多了种难以言喻的味道。

沈彤踟蹰着开口：“你能不能……”

“我？”男人皱了眉，“我帮你脱？”

“不是，你转过去。”

聂江澜轻嗤了一声，转过身子：“脱个外套而已，有必要这么夸张？”

脱个外套当然没必要，但她今天里面穿的衣服有点儿贴身，再加上他刚刚那两句话，气氛顿时就变了味道。

沈彤脱下外套，把外套摊在床上，开始准备剪标签。

“脱好了？”聂江澜问。

“好了。”

剪标签是细致活儿，适合女孩子来做。很快，沈彤就顺利剪下了衣服侧边的标签。

上面弄的也不知道是文字还是图像，看起来一点儿都不明显，像只有一半的样子。

“只有一半吧，”沈彤说，“应该还有一半。”

她话音刚落，聂江澜正要开口，她已经率先发现衣领那里还有一个标签。男人勾勾唇，没说话了。

把衣领处的标签剪下来，翻个面，果然看到了另一半图像。

节目组真狠，连藏个线索都要这么迂回。

聂江澜“啧”了一声，道：“我怎么觉得你变聪明了挺多呢？”

“错觉，”沈彤对着标签拼贴，带了点不易察觉的小得意，正儿八经的萌感，“我没变，一直都这样。”

他轻笑：“沈彤老师还挺会给自己脸上贴金。”

标签才拼好，外面很快传来了脚步声，沈彤把标签交给聂江澜：“你收好。”

聂江澜快速拎起衣服披到她身上：“穿好。”

这点默契还是有的，沈彤当然知道聂江澜是要她装作无事发生一般，蒙混过去。他加快脚步，掩在窗帘后。

在有人推开门前，这里恢复了一片安宁的景象。

有人进来的时候，沈彤很“无辜”地抬起了脸。那人道：“外套给我们。”

“外套？”沈彤“无辜”道，“要外套做什么？我脱掉外套会冷。”

她一边说话，一边不动声色地后退，把人引到角落去。

“你的外套肯定是有用的，”那个人正色道，“你最好还是配合点，如果不给，我们就强抢了。”

“那可别。”很轻易地，沈彤转了个圈，把他们带进了拐角里面。

她抓住袖子：“等一下啊，我这个外套有点儿难脱。”

面前的人很耐心地等着，沈彤自然是一副乖巧模样。

眼见着时机正好，她扯下外套，骤然一抛，音量加大：“给你们——”

外套兜头而下，罩住那个人的脑袋。

沈彤瞥见窗帘后露出来的那截手腕，抓起聂江澜的手腕就往外拔足狂奔：“快跑！”

聂江澜跟她一路加速狂奔，倒也应了“急速燃烧时”这个名字。当他们俩停下来的时候，身后已经没有人了。

方才的画面仍历历在目——昏暗的地下室里，她仿佛一个即将变身的女超人，拉着聂江澜穿过杂物间，绕过复杂的路径，推开那扇有些生锈的大门。

像一场破釜沉舟的逃亡，连她都不知道自己会不会走入死角，也不知道会不会有人追来。

好在聂江澜反应够快，在她拉上他手腕的那一秒，他就洞悉了她的想法，很快与她奔逃，像是要上演一出“亡命天涯”。

“往左边，左边有门。”沈彤慌乱中不忘观察。

“你能不能别抓我这么紧？我手腕酸。”在紧张的逃脱过程中，他居然还“反客为主”，手一翻便握住她的手腕，“像我这样就好，你看，你就不会被我弄疼。”

虽然聂江澜并不是很入戏，但好在二人还是顺利逃了出来。

这会儿，沈彤缓过气来，终于忍不住嫌弃道：“为什么逃跑的时候你话还那么多？”

“有摄像头。”聂江澜答得言简意赅。

“所以？”

“多说点话，方便入戏。”

她默然了好一会儿，扯唇笑了。

到了空旷场地，确定后面不会有人再追来，沈彤手撑着膝盖，发问：“我们俩消失了这么久，会有人找吗？”

"除了我，你还指望有谁找你？"聂江澜轻嗤一声，拿出手机。

"怎么，有人给你打电话吗？"

"有，"他点了点头，"康南打了三十八个。"

五个小时前，康南和任行还在积极地寻找着真人质。

任行智商在线，推了推墨镜："我知道前天晚上工作人员给五个人质都发了衣服，这个线索肯定是和衣服有关的。"

康南问："大家各自都是什么色的？"

"我的人质是绿色，你的是粉色，元欢的是蓝色，魏北的不知道，聂江澜家那个是红色。"

"啊……"康南抓抓脸颊，"那我们赶快把这个图拼起来吧。"

几块拼图被抖落，拼图皆是白底，上面还有字，拼成功之后应当会有什么提示。

两个大老爷们儿靠着出色的"直男天赋"，花了五分钟才拼出来，发现是一句没有写完的诗。

康南艰难地朗读着："'西宫南苑多秋草，落叶满阶……不扫'，啥玩意儿……"

任行没听明白："什么？"

康南把牌子递过去："你自己看嘛，'西宫南苑多秋草，落叶满阶……不扫'，这是让我们做填空题？"

任行接过一看，果然，"阶"和"不"之间有条下划线，是让他们做填空题。

"做对了应该就能知道人质是谁了吧？"任行问，"你会填诗吗？"

康南一脸为难："不瞒你说，我高中没拿到毕业证，就因为语文老师是班主任。"

任行沉默片刻，说："算了，我自己找。"

看任行掏出手机，康南震惊了："节目组给的电话卡不是不能联网吗？"

"节目组不给你开，你不会自己办一个流量包吗？"任行笑了，"看来你真的很遵守节目的规则。"

任行只输入了诗的开头，立即跳出了全诗——西宫南苑多秋草，落叶满阶红不扫。

“红？”康南这会儿倒是很积极，“节目组给的线索是红？那不就是沈彤吗？”

任行很理智：“衣服肯定是早就准备好的，那时候他们怎么会料到沈彤是真人质？所以衣服肯定不是按名字发的，而是按颜色。”

“按衣服颜色的话……”康南咳嗽一声，“那不还是沈彤吗？”

聂江澜和沈彤休整完毕，正要起身继续出发，收到了康南的来电。

康南的声音很是亢奋：“我知道谁是真人质了！是沈彤啊，江澜哥！”

“嗯，”聂江澜道，“我知道了。”

“你知道了？你是怎么知道的？”康南震惊了，“我们也才拿到拼图啊，你在我们身上装了监控？”

“推测的，才确定，”聂江澜说，“如果等你告诉我的那一刻，我才知道她是真人质，这期节目就结束了。”

“啊？为什么？”

“这样，线索早就被别人拿去了。”聂江澜难得解释，但笑容里分明透露着一丝揶揄——“我该拿什么拯救你的智商”。

康南“哦”了一声：“那你看看能不能找出档案线索，找到线索之后发给我们，我们去找你集合。”

“行。”电话挂断，聂江澜长舒一口气。

沈彤摊开手心里拼好的标签，放在他眼下，线条简单的图画拼凑起来，不难看出描绘的地方是个暗楼。

沈彤垂眸：“这地方怎么找？”

“不知道的时候，我一般遵循一个法则。”

“什么法则？”

“看缘分。”

两个人就这么往前走了一程，终于走到开阔的路中央，迎面驶来一辆观光车。

聂江澜伸手拦车，沈彤却愣了愣：“你现在这么有兴致，还准备在这里观个光、旅个游？”

聂江澜懒散地瞥她一眼，没说话，把刚刚剪下来的标签递给观光车司机看：“能去这儿吗？”

司机皱了皱眉，似乎开始思索这是哪里，但到底是老司机了，很快就点了点头：“去倒是能去，但我的是观光车。”

“我可以加钱。”聂少爷仅用简单的五个字，便让“磨推了鬼”，不对，让观光车变专车。

行吧。沈彤妥协，跟着聂江澜一起上了车，末了，她点评道：“你运气真好。”

“你真觉得是运气？”男人看她，眉毛都没动，“一次是运气，两次是运气，十次呢？”

沈彤被噎住，半晌，终于想起来问他：“那你是怎么找到我的？”

“哦，”男人沉吟了一下，抛出结论，“这确实是靠运气。”

起先，发现她不见了，他只是觉得奇怪，到后来越想越不对，总觉得自己是被什么人引着绕进了圈子里，后来听说节目组准备了极限运动，好像还有蹦极，他这才觉得不能坐以待毙。

中午，刚好碰上工作人员分节目餐，还有人开玩笑说这是不是最后一顿，他便皱着眉，跟着送餐车辗转了三四个地方，才在地下室里找到了她。

刚找到她的时候，听见她小声地说“哎”，像羽毛拂过他心间一样。

他一推窗户，就看见她那双眼睛，干干净净的杏眼，琥珀色眼瞳里映着他的身影，特别像那种明明要被推上屠宰场却不自知的小羊羔，满眼都是无辜和试探。

他那会儿就在心里暗笑自己——人家倒是在这儿天真无辜又懵懂，怎么自己跟个傻瓜似的到处跑呢。

沈彤双臂环抱：“虽然你那时候什么都不懂就跳进来了，但我不怪你，还是挺感谢你的。毕竟没有你，我也出不来。”

聂江澜不咸不淡抬了抬音调，像是意外：“哦？”

他腿都快跑断了，这没良心的，居然还跟他说不怪他？他三十米长的大刀呢？

司机似乎很着急，使命感尤为强烈，还挂念着来观光的游客需要他，故而将车开得很快，想尽早结束这段行程。

今儿个天气有些凉，再加上沈彤又脱掉了外套，这会儿坐在观光车上，被四面八方毫无遮拦的冷风一吹，立刻有些瑟瑟发抖。她双臂环抱，蜷成一小团。

男人看她："你很冷？"

"不冷。"沈彤说完就打了个喷嚏。

聂江澜轻声笑，鼻音极浓："我看你带我逃出去的时候挺英勇啊，怎么，女超人还怕冷？"

沈彤揉了揉鼻子，正想说不冷，一抬头，一件外套罩在身上。

不得不说，记住一个人会先记住他的味道，聂江澜的味道太好辨认，以至于外套兜头而下的片刻，沈彤脑海里下意识地映出他那张寡淡又精致的脸。

她用柔软白皙的手指扯住外套："给我了，你怎么办？"

聂江澜偏头，语气淡淡："我可没沈彤老师那么娇贵。"

他刚说完这句话，沈彤便愣了一下，好像她还从没被人用这种词形容过，大家都说她顽强又坚韧，能忍得不行。

自从遇到这个男人之后，他拿来形容她的，好像就换成了另一批词。

在高空的时候，他气定神闲地反问"你不是怕吗"；要去沙发时，男人的揶揄里又带了几分真诚，说怕她硌着；这会儿，她不过是吹了点风，他居然又换上了"娇贵"这种……沈彤完完全全没听别人形容过自己的词。

她拉了拉外套衣领，忽然想到某晚赵萱说的话——哪个女孩子不希望自己被保护着啊。

沈彤百无聊赖地抬头，忽然发现今天的天蓝得不带一丝杂质，真漂亮。

观光车很快把他们带去了暗楼。

沈彤本来坐得好好的，忽然感觉到有只手伸进了她身上外套的口袋里，差点儿叫出声。

"这么紧张干吗？"男人有点儿好笑，"我拿钱。"

给过钱之后，两个人很快走进了暗楼，寻找存放档案的地方。

节目组倒也人道，知道难易结合，没过多久，两个人没怎么费力，就找到了牛皮纸袋里的档案。

沈彤第一时间打开纸袋，把那几张纸叠成一个小块儿，放进了帽子里。

聂江澜看着她，她解释道：“以防万一。”

免得魏北他们再来抢东西，这样的话，就算袋子被抢走，资料也不会丢。

话刚说完，沈彤一抬头，瞥见外面晃进来一个人影。

魏北面上还挂着和善的笑意，朝他们招手，装出一副“人畜无害”且无事发生的样子，跟沈彤打招呼：“沈彤老师，他们说你昨晚忽然被捉走了，你怎么了？没事吧？”

沈彤想，魏北大概还不知道他们已经猜出幕后大佬是他。

她把纸袋藏在身后，踢了踢聂江澜鞋跟：“魏北来了。”

聂江澜转身，看向魏北——好戏要来了。

第五颗心

吃醋心

回身看到魏北的当下，聂江澜便低声同沈彤道：“先不要告诉他。”

沈彤自然知道聂江澜的意思是让她别透露出他们已经知道魏北真实身份的事。她点点头，知道聂江澜已然有所打算。

沈彤露出一个笑容，看向远处的魏北，也装作无事发生一般开口道：“对啊，我也不知道为什么被绑走了。”

魏北仍旧很“关切”地问：“那你是怎么跑出来的啊？”

沈彤耸耸肩：“有人找我要外套，外套脱掉之后，我就找机会出来了。”

不能说谎，因为一说谎就会被魏北识破，所以她必须在不说谎的基础上，尽量把自己的所作所为说得合情合理。

魏北点了点头，又问：“你们是怎么找到这儿的？”看似简单的问话，却包含了太多信息。

“随便试试，”一直没说话的聂江澜也开口了，声音恢复了平日的波澜不惊，“你呢，你是怎么找到这儿的？”

这一句话让魏北愣了一下。他抓了抓后颈，讪讪地笑了笑：“我也是随便试试嘛，哈哈，随便试试。对了，你们吃饭了吗？”

反应再迟钝的人都知，他在转移话题，因为他也不知道怎么回答了。

聂江澜轻巧地接过话茬，很是自然地应着：“吃过了。”

“那……档案找到了吗？”魏北抬头，尽量掩饰着自己那一点点逐渐发酵的野心。

“找到了，”聂江澜装出一副毫无防备的样子，抽出沈彤藏在身后的档案袋，“我们现在把它送去平安台就好。”

“好，那我和你们一起！”魏北看着档案袋，眼睛都在发亮。

聂江澜装作不知道，点点头，问他：“你知道平安台在哪儿吗？”

“知道，应该就在我们刚进来的那一块儿，我特别注意过。”魏北咳嗽一声，站在聂江澜拿着档案袋的那只手边，开始同他寒暄，“对了，你的跟拍师呢？”

聂江澜说：“跟丢了。”

“你肯定早就习惯这个了吧？”魏北继续寒暄。

“嗯。”

“改明儿让节目组给你发一个 GoPro（运动相机）戴在帽子上吧，这样就不用担心摄像师跟丢的事儿了。”

聂江澜点点头，跟魏北靠得还挺近，没有丝毫防备的模样：“刚刚在车上已经发消息了，过会儿跟拍师大概就过来了。”

听到这句话，沈彤想起方才在车上的时候，自己手痒难耐，老感觉缺了点儿什么，便跟聂江澜说：“如果我手上有相机就好了，也不至于一个跟拍师都没有。”

那时候他还笑她：“你是受虐人格？好不容易休息了还想工作？”

她非常赞同地点头：“无时无刻不在担心自己被绑架，已经见不到比我更惨的‘休息中’人士了。”

回忆至此打住，她尾随他们出了暗楼。

刚走出去没几步，聂江澜的跟拍师便大汗涔涔地赶来了，全体人员归位后，节目重新步入正轨。

看着身后浩浩荡荡的工作人员在讨论节目，沈彤觉得导演说得没错，这个节目，工作人员的参与度都挺高，大家有规矩，但也不拘束，能收能放，挺好的。

平安台距离暗楼有很长一段距离，路上，聂江澜给康南打了电话，让他早点儿去平安台集合。

魏北一路上也没有停止试探：“你们找到幕后大佬了吗？”

聂江澜忽而掀开眼睑，一双漆黑眸子盯着魏北，愣了愣。

那个眼神只有一秒，很快，聂江澜轻笑一声，语调里又全是漫不经心的放松："哪能啊？"

沈彤用余光瞥见魏北松了好大一口气。

她心里满是期待，既期待着两个人什么时候把话说破，又期待着魏北露出真面目的那一刻，聂江澜会用什么样的方式进行逆转。

大约还有一刻钟就要到平安台的时候，魏北终于动手了。他说："你等一下。"

正在走路的聂江澜闻言，很是"乖巧"地停下步伐，"不解"地问："怎么了？"

魏北指指一边的摊位："我想买串糖葫芦吃。"

买了三串糖葫芦之后，魏北给了沈彤和聂江澜一人一串，开始了不动声色地收买人心。

聂江澜玩着包装糖葫芦的牛皮纸，缓慢地移动着。

走到一个巷子口，魏北忽然开口："终于快到平安台了啊，我们把东西送上去就可以了吗？"

聂江澜点头："嗯。"

魏北开始顺着轨道，把话题拉到自己最想说的部分："说到这里，我还真的挺好奇档案袋里装的是什么呢，江澜哥，我能看看吗？"

聂江澜不经意道："你看这个做什么？"

表现得太过防备，转折力度就不够大；表现得太随意，又像在引君入瓮，所以聂江澜这个情绪把控得其实很到位。

沈彤咬掉山楂外面的一层糖衣，开始"看戏"。

魏北果然没察觉到任何异样："纯粹好奇嘛，我又不是反派，你不用担心的。"

聂江澜顿了一下，旋即转手，将档案袋递给魏北："看看可以，别拆了，这个不能拆。"

魏北点了点头，拿到档案袋那一秒，兴奋已然呼之欲出。

抵达第二个巷子口时，魏北把档案袋折起来放入口袋，停住了脚步，隐隐酝酿着什么。

聂江澜眯了眯眼："什么意思？"

魏北没说话，面上的表情在那个瞬间变得狎昵又阴险："还没发现？

需要我提示你吗？”

聂江澜看他逼近，只是皱了眉，不说话。

魏北更加得意，尖着嗓子说：“你说你一直要找的人，会在哪里呢？”

魏北一边说话，一边快速从口袋里拿出早就准备好的手铐，话将要说完那一秒，他突然打开手铐，去铐聂江澜的手。

“天哪！”有不明就里的摄影师被吓得捂住嘴，“你们在干什么啊？”

就在魏北打开手铐那瞬间，聂江澜的反应速度更快，他仿佛早有预料般扣住魏北的手腕，一个用力，轻巧地把手铐夺在了手里。

气氛陡至高潮！

围观群众被这两个大反转吓得不敢作声。

魏北瞠目结舌，一下也没反应过来：“等……等一下……”

未有停顿，聂江澜抓住魏北的手腕，干脆利落地一个反手，将他两只手铐起来了。他死命挣扎，但根本挣扎不开，整张脸红得快要滴血了。

“等一下啊，这是什么鬼？江澜哥，你冷静点儿，我在和你开玩笑呢！”

“别演了，”聂江澜抬起头看向魏北，“魏大反派。”

魏北嘴唇颤抖，好半天才开口：“你、你发现我了？什么时候发现的？”

“啊？”聂江澜似乎是愣了愣，“我刚刚随口猜的，没想到你真是幕后大佬。”

身边传来阵阵笑声。

魏北根本想不到，他整整酝酿了三天，本以为可以在现场来一个帅气的反派宣言，亮瞎所有人的眼——结果这一段精心策划的表演，却在聂江澜手下彻底崩坏了。

崩得天地失色，崩得摧枯拉朽，崩得连夸父逐日的速度都救不回来——活着好难哦，想哭。

聂江澜拍拍他的肩膀，以示安抚，而后抬腿便要离开，留魏北一个人被锁在柱子旁。

魏北玩命似的动着手腕：“等等！江澜哥！别走！”

聂江澜回头："你还想怎么？"

"别把我一个人绑在这里行吗？我反叛，现在就反叛，我不做反派了，我就跟着你一起！"

聂江澜垂头，轻笑了一声："你现在轻易反叛，归顺我，我怎么保证下一秒你不会背叛我、归顺别人？"

好有道理，他竟无法反驳。

想了会儿，魏北低头，祭出"最大杀器"："可是你现在把我锁在杆子上，我都没镜头了……"

"嗯，有道理，"聂江澜抬头，表情耐人寻味，"那刚刚是谁打算把我铐起来的？"

为什么要和对面的这个男人说话呢，和他说话难道不是自取其辱吗？

终于，聂江澜折回身来，重新走到魏北面前。

魏北喜不自胜："肯放我了吗？江澜哥！你放心，我绝对赤胆忠心、鞠躬尽瘁、死而后……"

话没说完，聂江澜从他口袋里拿出档案袋："这个忘记拿了。"

魏北的微笑霎时僵在脸上。眼见最后一次机会真的就要溜走了，他也不要面子了，就差跪在地上号啕大哭："江澜哥，我就想和你一起走！哪怕被绑起来，我也无所谓，你把我从杆子上放下来吧，我真的知错了！我知错了——"

不是沈彤开玩笑，魏北这样哭喊真的有点儿像尖叫鸡。

很明显，这如鸡尖叫一般的哭喊声，让聂江澜的面部表情起了变化，他终于妥协："行了，我放开你，你别叫了。"

魏北骤然收声，表情复杂："我的哭声真的那么难听吗？"

聂江澜表情真挚地点头："真的。"他走到魏北面前，问，"钥匙在哪儿？"

"胸前口袋里。"

顺利拿到钥匙，聂江澜毫不含糊地解开手铐。正当魏北以为脱离了杆子会再度被铐上的时候，聂江澜给他把手铐解开了。

魏北看着自己毫无束缚的双手："不、不铐我了？"

"你很希望自己被铐？"聂江澜眯了眯眼，似是想到什么，轻声一笑，“你怎么跟沈彤一样？”

魏北揉了揉手腕，还是难以置信：“真的不铐我啊？就让我这样吗？你不怕我抢你的档案？”

聂江澜气定神闲地摇摇头，语调轻松得像只是让人倒一杯水：“你抢不到。”

他堂堂一个令人闻风丧胆的反派，居然被人放出来，而理由是他构不成任何威胁？瞧不起谁？这是瞧不起谁啊？

虽然心里还是有那么一点点想抢档案的念头，但是跟在聂江澜身后，看着他双手插兜，步伐悠闲得像在散步，魏北忽然就怯了。

聂江澜说得对，他可能真的抢不到。

要是别人吧，两个人卖力地相互厮杀，赢了输了都好说，但跟聂江澜比的结果是，自己拼尽全力，却被他用一根小拇指就轻松碾压。

不行，他受不了这委屈。

三个人往前走，发现了平安台就在对岸，而最后一艘船在五分钟前离开了。

“不好意思，想要过河，只能明早六点再来。”

“明早六点？”沈彤侧了侧头，试图跟妇人沟通，“可我们没有住的地方，您看……”

“谁说没有住的地方？”聂江澜瞅她，“让你回去睡还不好？”

今儿个节目组放行，沈彤真的还挺意外，毕竟还差档案入平安台这最后一个环节，按理来说不该卡在这儿。

回去的路上，她一边注意着自己的帽子，一边思考着这个问题。

看她皱着眉，似有所思，聂江澜挑了挑眉：“我们沈彤老师思考什么呢？”

沈彤看着他：“我觉得明天的环节绝对不只我想的那么简单。”

“嗯？”

“我本来以为找到档案放进平安台就好，”沈彤一点一点地推论，“可是现在明明还有一两个小时可以做任务，节目组却不让做了，你觉得这代表什么？”

聂少爷接得很轻巧：“代表这个环节不是一两个小时能做完的。”

“如果只是将档案送上平安台，一两个小时怎么会不够呢？”沈彤摇摇头。

她根本不知道节目组又在玩什么花样，事到临头，居然还在卖关子。

说完这句话，沈彤看着聂江澜，想着他应该会发表一点儿自己独到的见解。

终于，他在她饱含期待的目光下，薄唇轻启：“休息了还在想，你真的很敬业。”

“哎，我说，”聂江澜侧身，脸朝她压来，靠得近了些，“你怎么这么爱为没发生的事儿操心呢？”

沈彤不服，双手交叠：“我这叫未雨绸缪，把控大局。不像你，永远要到事情发生的那一秒才开始思考。”她停了停又说，“幸好你是和我在一组，不然就你那个速度，真的要错过很多东西。”

要不是她一直催着他，就照他那个散步的速度，怎么可能每次都踩点到？

“哦？”他音调抬了抬，笑了，“那我们还挺配。”

第二天四点半，二人顺利出发。出发前，聂江澜问她：“档案带了吗？”

沈彤难得带了点儿底气：“嗯。”

他瞥她一眼：“藏哪儿了？给我看看。”

沈彤指了指腹部：“我缝到衣服里了。”

半晌，聂江澜失笑，语调里带了点玩味：“您还真是慎重又机敏啊。”

慎重又机敏的沈彤点点头：“我也觉得。”

聂江澜挑了挑眉，一脚踩下油门。

今天他没有坐房车，而是自己开车过去，沈彤便问：“为什么自己开车？”

聂江澜答得轻巧：“他们开车太慢了，我自己开还可以多睡十分钟。”

沈彤抱着手臂看向前方，心中波澜不惊：猜到了，习惯了。

到了目的地，他们坐船过了河，顺利地同几位嘉宾在目的地会合。

聂江澜一到，元欢立刻凑上来：“江澜哥，我们昨天在这儿等了你好久，你怎么没来啊？”

聂江澜挪开目光，眼尾余光淡淡地扫一眼魏北："处理了点事情，耽误了。"

魏北低着头，吞吞口水，难得缩在一边，没作声。

他以为聂江澜会说他就是反派的事，没想到聂江澜没有说。他一边觉得自己好像能逃过一劫，一边又惴惴不安，不知道自己什么时候会被揭发。

很快，五位嘉宾全部到齐。导演开始公布任务："好，现在请拿到档案的嘉宾，把档案放到面前的盒子里。"

五个嘉宾面前是一张长桌，每个人身前都摆着一个一模一样的浅黄色盒子。沈彤拉扯着衣服想把档案从衣服里取出来。

导演继续说："档案放进盒子之后，由工作人员随机打乱，打乱后，五位嘉宾各有一次和别人交换盒子的机会，一切都是盲换，档案最后花落谁家，就看各位的了。"

沈彤顿时了然。这节目组一向不按套路出牌，你以为你输了，也许下一秒就逆转；你以为你赢了，下一秒宝物可能就易了主。

她现在把档案装进聂江澜的盒子里，工作人员打乱后，就不知道真档案盒会去到谁的身前。而后嘉宾在不知道哪个是真任务盒的情况下，再进行交换，有可能把自己的盒子换走，也有可能把别人的盒子换来。

最后的结果……谁都猜不到——沈彤脑袋里正冒出了这个想法，又很快否定了。

不，这不一定全靠运气，如果能在聂江澜的盒子上做下什么标记……到时候不就能一眼看出了？可是……现在手上工具有限，能拿什么来做标记呢？

"好的，现在请我们的跟拍师沈彤，把档案装进盒子里。"

沈彤依言上前，迈出步伐的那个瞬间，她想到了什么。

沈彤不动声色地用大拇指指腹，蹭了一下唇上的口红，看起来只像是有些紧张的人摸了摸嘴唇。

在档案放进盒子的那一秒，她手指轻轻一转——那一抹红刮过盒子一角，顺利地染了上去。

档案放进盒子之后，有人推上屏风，挡在嘉宾和桌子之间。

那屏风只遮了一大半，露出工作人员的头来。他们只能看到工作人员在后面不停地走来走去，这个人移动过去，那个人移动回来，却不知道他们在做什么。

就是在这个时候，导演咳嗽两声，又开口了："现在，我们来公布幕后反派。"

人群里响起一阵哗然。

元欢立刻兴奋起来了："真的吗？真的吗？是谁？"他拉着魏北晃来晃去，"魏北哥，你想知道是谁吗？"

魏北咳嗽一声，尴尬地笑了笑："呵呵。"

工作人员打开左边的屏幕，开始播放画面。

冰冷而高级的灰色建筑里灯光幽暗，保镖站在桌子的两侧，整齐地排作一列。

桌子后面摆着一张甚为豪华的座椅，随着背景音乐慢慢演奏至关键处，背对着镜头的座椅转了过来。神秘的幕后人物给了镜头一个戴着面具的正脸。

视耍酷为生命的任行影帝见了这一幕，双手插兜，笑道："还挺酷啊。"

康南抓着下巴："怎么这么吊人胃口呢？面具底下到底是谁啊？"

派头做足，胃口吊满，魏北看着镜头里帅气又神秘的，具有反派魅力的自己，满意地勾起了嘴角。

下一秒，镜头忽然转换：巷子口，魏北双手被聂江澜一个反手便铐住了，表情失控。

聂江澜的声音低沉又沙哑，还带着洞悉一切的了然："别演了，魏大反派。"

方才在镜头里还帅气无比的魏北，忽然间怯了。

"你、你发现我了？什么时候发现的？"

"等等！江澜哥！别走！"

"别把我一个人绑在这里行吗？我反叛，现在就反叛，我不做反派了，我就跟着你一起！"

看着屏幕里弓着背表情惨烈的人，魏北有那么一个瞬间，不想承认那是自己。

聂江澜的表情没有太大变化，但沈彤就不一样了，她就算再看一遍，还是觉得魏北很好笑，头撇去一边，憋笑。

元欢欢呼："哇，江澜哥好帅！"

过了会儿，康南终于反应过来了，他指着魏北，不可置信道："魏北，你是反派？！你真的是反派？"

魏北张了张嘴，还没说话，康南便走了过来，双手伸手，作势来掐他的脖子："你骗他们就算了，你居然骗我？我们不是发誓过吗？'山无棱，天地合，也不与君绝'。"

魏北张了张嘴，还是不知说什么好。

"骗我就算了，"康南放开手，一副恨铁不成钢的样子，"可是身为一个宁折不弯的反派大佬，你怎么能这么没用啊？我的脸都给你丢尽了！"

魏北张了张嘴，说："对不起。"

这一个反转之后，大家的情绪明显都被调动起来。

导演继续道："因为聂江澜抓到了反派，所以有一个奖励，可以自由选择第几个换盒子。"

聂江澜正要说"随便"，沈彤的眼神忽然一凛。

她以为聂江澜没看到，但很奇怪，聂江澜居然感知到了，他眼尾余光扫向她，示意让她说。

沈彤小声说："最后一个。"

聂江澜虽不知道为何，但还是开口道："最后一个吧。"

导演点头，表示了解。

魏北问："那我还可以参与选盒子吗？"

"可以啊，为什么不可以？"导演笑。

"这都可以？"任影帝道，"反派被捉住了，都还可以靠运气扭转战局？"

"江澜把他放了，所以他现在只是被识破，还是自由状态。"

康南狠狠道："那现在绑还来得及吗？"

导演笑了："来不及了。"

大家叹息一声，齐齐看向魏北，决定一致对外，把魏北弄出局。

魏北做委屈状："是导演组要我当反派的！不是自愿的！北北真

的好可怜！”

康南嗤笑一声：“你活该。”

接下来就是选盒子的环节了，屏风拉开，大家面前是工作人员换好的盒子，没人知道装有档案的盒子是哪个。

因为没有人知道沈彤在盒子上动了小小的手脚，所以大家都是盲换，不过通过盲换也可以看出大家对聂江澜有着“迷之信任”。

第一个选盒子的是任行，他把自己和聂江澜的盒子换了。下一个是元欢，他又把自己的盒子和任行的换了一下……

最后到了聂江澜，他早就感觉到沈彤刚刚不太对——大概是有什么想法，故而选盒子之前，他看了一眼沈彤。

男人嘴角带笑：“小福星，选一个？”

当屏风撤开时，沈彤就从五个盒子中发现了自己做过标记的那个。看了一眼后，为了避免太可疑，她记下盒子的位置，就开始低头玩袖子上的绑带。

这会儿聂江澜一问，她自然是很快答道：“你和康南的换。”

她抬起脸，一双杏眼透亮，琉璃珠似的，眼白干净得几乎不带任何杂质，目光清亮又镇定，语气带着一股笃然，唇上的口红似乎是花了。

聂江澜愣了一愣，只觉得有什么又软又痒的东西滚在喉咙里，让他觉得有些干，有点儿渴。喉结滚了滚，他自己都察觉到自己失神了。

“咳咳……”他转过头，面对着导演，“我和康南换盒子。”

“和我换啊？”康南有点儿惊讶，“我以为你不会换呢。”

等工作人员把聂江澜和康南的盒子换完，导演说：“好，现在我们由左至右来公布。”

一个个盒子打开，全是空的，轮到聂江澜的时候，大家屏住呼吸，心跳加速。

沈彤因为开了“天眼”，并没有特别紧张，注意力反而被一边的某个小东西吸引住了。

那是个很精致的拍立得。其实拍立得这个东西很好买，但怪就怪在这个拍立得的样子，沈彤没有见过。

她本身就喜欢买相机，见到好看的相机就走不动路。对她来说，单反相机样子差别不是很大，所以一些好玩的卡片机、LOMO 机、拍立得，她收了很多，家里有个柜子是专门摆这些的。

这个拍立得是复古款式，零件都很考究，没有那种廉价感，应该是用了很好的材料。

她正被这拍立得的“美貌”所折服，思绪忽然被一阵欢呼打断，原来聂江澜拿到了档案。

任行看着聂江澜：“东西还真换到你这儿来了？！”

康南控制不住地捶胸顿足：“差一点儿！差一点儿我就赢了啊！”

众人羡慕的目光都落在聂江澜的身上，他却浑然不觉似的，看向沈彤：“你怎么猜对的？”

沈彤指指自己的嘴唇，笑里藏着一点儿明媚的羞怯，小声说：“刚刚放档案，我把口红抹到盒子上了。”

他挑挑眉，是真的没预料到，目光顺着她的手指滑向她的嘴唇。唇线有些斑驳，色泽也不如刚见到她时亮，有一点点口红蹭了出来，在她嘴角晕染开小小的一团。

他想帮她抹掉。

聂江澜正要抬手，导演组那边终于发话了。

“大家冷静一下！按理来说应该是江澜获胜，毕竟最后档案是在他的盒子里，但是——”

沈彤一愣，和聂江澜的目光在半空中交汇。

不一样的是，她看聂江澜是意料之外，是下意识想和他分享自己的惘然。

而聂江澜，从刚刚开始……视线就一直停留在某个不该停留的位置。感觉到她在看自己，他才抬起眼看向她。

沈彤问：“你做了什么吗？为什么还有‘但是’？”

她话音刚落，聂江澜没有回答，导演组倒是接着说了下去：“但是，因为江澜犯规了，所以这个不作数。”

犯规？

导演解释：“之前解救人质的时候，本来应该是通过升降解救人质，但是他最后选择了拿钥匙，从后门把人质救出来。”

康南小声道："我也听说了，江澜哥为了救人质差点儿把楼拆了。"

沈彤不知该说什么，思绪一下子被打乱。

导演继续道："但是，我们后面才了解到，被选中的沈彤，也就是我们的跟拍摄影师有恐高症，江澜是为了照顾她的情绪才违反了规则，这点是我们的不对，在这里给沈彤老师道个歉，以后会更加严谨，避免出错。"

沈彤摇摇头，很好说话："没关系，我的恐高症比较轻微，没到很严重的地步。"

"综合种种考虑，节目组决定顺延这一期的奖励，也就是说，下一期的获胜者将得到两瓶药水和两个盒子，还有一个节目组定制的拍立得相机。"

元欢立刻看向一边，道："那个相机真的好漂亮哦。"

相机被锁在一个透明的小盒子里，灯光一打，就连螺丝都美得动魄惊心。

沈彤暂时没心思去欣赏相机的美，此刻的她满脑子都只有一个想法——要不是因为她，聂江澜这期是稳赢了。

导演讲了下期节目规则，本期节目这才结束，大家可以回房休息了。

这期没有获胜者，但他们的情绪都十分亢奋，讨论着下一期自己的打算和想法。

下期节目的主题是嘉宾各自拍电影，也有摄影师拍剧照，最后，剧照和电影都需要观众投票，根据投票决出胜负。

听说节目组找的演员都是新人，拍摄难度很高，每个人都在思考选演员和剧本的对策。

其实沈彤也是关心下期主题的，比如聂江澜会怎么去做一个导演，是否会和前几次一样轻松化解高难度任务，而他的摄影师又会是谁……

但比起这些问题，她还有更迫在眉睫的事需要去做。

聂江澜垂眸，玩着手里黑色的新火机，觉察到她状态不对，噙着笑乜斜她："怎么不说话？"

"不好意思啊，"她轻轻咳嗽，"如果不是我，你也不会沦落到去、去拆楼的地步……"

"哪有拆楼那么夸张？"他眯了眯眼，笑了，"我只不过是拿了把钥匙，从后面把你弄出来了而已。也许也有人想这么做，只是没想到……"他停了停，若有所思道，"你愧疚，是觉得因为你，我没赢？"

沈彤不说话，算是默认了。

"可今天最后换盒子那一环节，不是你帮我的？"他反问。

"可如果没有我，你自己也会想到办法吧。"

"那可不一定。"顿了一下之后，他又问道，"而且，你以为我没猜到这些？"

沈彤感觉在他面前总是无所遁形。

"从我无视楼底那个关卡开始，我就猜到了。"

沈彤皱了皱眉："那你还上来？"

聂江澜手指间灵活地转着那只小打火机："之所以知道还上去，就是因为我觉得你的安全比输赢更重要。懂了吗？"

沈彤停住脚步，抬头看着他。胸腔内翻搅的情绪很奇怪，她一时无法判断，也说不出话来。

看她发呆，聂江澜以为她没听懂，也停下来，换了种说法："知道这样做不行还去做，就是因为有比结果更重要的东西在等我。"

两个人随便走着，早就不知道走到了哪里。

周遭无人，四下阒寂，只有风吹动树叶的簌簌声响。

沈彤眨了下眼睛，又眨了一下，好像有什么东西进了眼睛里，有点儿干涩。

她今晚的反应本就有些迟缓，再配上眨眼的动作，笨拙里带着可爱。

聂江澜失笑，感觉好像有什么情绪卷土重来，驱使着他把之前被打断的动作做完。

他抬起手，把沈彤唇边晕染出的口红，轻柔地抹掉。男人指腹有一点点茧，摩挲着她娇嫩的皮肤，有股轻微火辣灼烫的触感。

沈彤停住眨眼的动作，眼皮颤了颤，目光糅着夜色和月光，落在他身上。

气氛沉默了一瞬，聂江澜忽而问："你是不是挺喜欢那个拍立得的？"

沈彤点点头，说是。

他又开口问："下期你是不是请了两天假？"

"嗯。"

因为下期节目是嘉宾拍电影，只是偶尔需要摄影师拍剧照，不太需要跟拍师，刚好沈彤有点儿别的工作需要处理，就请了两天假。这个工作非同小可，是她打入高端摄影圈的一个重要机遇。假如能拍好，那她离"大满贯"的目标就更进一步了。

等忙完那件事，她再回到《急速燃烧时》节目组，准备下一期拍摄。

聂江澜挑挑眉，眉眼带笑，那双眼睛中竟难得含了点温柔。

"那你等着我把拍立得给你赢回来。"

沈彤愣住："啊？"

"你不是喜欢？"他还是一副云淡风轻的模样，仿佛她问的是句废话，"喜欢的话，我就给你拿回来。"

"赢回来……然后呢？"

"然后……"男人站起身，沉吟半晌，继续说，"你为了感激我，就给我拍个百万张照片吧，时间、地点我来选。"

沈彤回房间的时候，赵萱恰巧在对行程。

"沈彤姐，按照《猎焰》那边的行程，我们明天下午五点左右出发，大概晚上八点到，休整一晚，第二天就可以去拍摄了。"

"可以。"沈彤点头。

《猎焰》是十大时尚刊之一，沈彤还没拍过。

十大时尚刊，她目前拿下了六个，还差四个就能完成大满贯。如果速度快，她搞不好能成为拿到大满贯最年轻的摄影师。

赵萱详细讲解着："这次我们要给《猎焰》拍一组简夏的大片。简夏是大青衣，不久前还拿了影后，现在正火着呢，我们可不能迟到。据说他们团队最不能接受迟到，不管什么媒体、摄影师、主持人，只要一迟到，人家团队准发火。"

"我们一般不是不迟到吗？"

"话是这么说，我提醒一下你啦，知己知彼，百战不殆嘛。"反正赵萱的工作习惯就是事无巨细，哪怕再小的事情，她都要一毫一厘地记在本子上，免得出了差错。

沈彤点点头，垫了个枕头在身后，开了电脑，慢悠悠地准备干点儿什么。

电脑刚打开，赵萱就像是看到了什么不得了的事情一样，惊叹出声：“天哪，《下一秒奔跑》提档了？”

沈彤愣了愣，觉得这名字也很熟悉，说：“《下一秒奔跑》？是综艺吗？”

“对的，”赵萱解释道，“也是一档户外竞技综艺，本来是下个月开播的，谁知道忽然提到了下周开播，而且正好是下周六晚七点半。”

“下周六七点半？”沈彤敲着键盘的手指顿了一下，“我们节目，好像也是下周六七点半首播吧？”

如果她没有记错的话，《急速燃烧时》拍了两期后就要进行首播，后面采取边拍边播的模式，一般拍完之后过一到两周，当期节目就会播出。

下周六七点半，正是第一期“夺玺之战”的播出时间。

赵萱站起来：“就是啊，本来两档节目的定位就差不多，嘉宾的定位也都差不多，竞争力大，谁知道还撞上一起播。我听说《下一秒奔跑》的宣发团队非常牛，果然，上午才宣布提档，下午立刻公布第一期预告片，还上热搜了。”

“上热搜了？这么快？”

“是真的很快，喏，不信你看看。”

赵萱顺手把手机递过来，沈彤看了一眼，果不其然，热搜上挂着“下一秒奔跑首播”，点进去一看，是满屏的预告片。

剪辑师功底好，节目也悬念迭起，第一期宣传照走的是复古风格，亭台楼榭里，嘉宾或笑或闹，或躲或跑，意趣盎然，不由得让观众想要一探究竟。

“他们都动手了，我们节目组会怎么应对呢？”赵萱抓抓下巴，有些关心。

赵萱才说完，沈彤便瞥见状态栏里的工作群闪过一条消息：“朋友们，今晚要加个班，晚上十点在酒店大厅，我们要选宣传照了。”

沈彤抬抬下巴，示意赵萱看消息：“我们节目组也开始接受挑战了。”

谁都没想到两期节目会撞档，可面对突发的变故，最好的办法就是采取新的办法去应对，只有笨蛋才会在这时候自怨自艾。

晚上十点，一身轻松的沈彤去大厅内集合。

大厅侧边有个大房间，房间里有五张桌子，每张桌子上都摆着一位嘉宾的名字牌。和那位嘉宾相关的工作人员，坐在圆桌边即可。

沈彤找到窗边那张写有“聂江澜”的纸牌，抬腿准备走过去。

正当抬起头看的时候，她察觉到不对了。工作人员以女性居多，导演组、灯光组、道具组齐聚一堂，很是隆重。

晚上十点，大家却像是精心打扮了一番，化着精致的妆，穿着晚礼服似的小裙子，戴着流苏耳坠，仿佛下一秒就要奔赴秀场。

就在刚才，她才卸了妆，洗过澡，心想不过是选个照片，带着一台笔记本电脑就出了房间门。

沈彤低头看了一眼手机，确定现在确实是晚上十点，自己也没有走错地方。

正愣怔，赵萱的消息发了过来：“今晚不是要选剧照吗？聂江澜也会在。我听说好多人打扮了几个小时，就为了能给聂江澜留个印象，运气好的，说不定还能跟他一眼来电，顺便就把事儿给办了。”

把事儿给办了？什么事儿？

正倚着窗户看夜景的聂江澜转过头，正巧看见沈彤抱着一台电脑站在门口。

她跟刚刚进来的那批人完全不一样，人家浓妆艳抹，她却天然去雕饰——妆容卸得干干净净，却显得清丽白皙。

纤细身材拢在睡衣里，裤腿卷起一点儿，露出一截脚踝。

头上戴了一个轻松熊发夹，头发随便绾起来了，有几缕发丝贴着脸颊垂坠，随意得仿佛下一秒就要窝进被子里睡上一觉。

他垂着眼睑浅笑，舌尖贴着上排牙齿滑了一圈。

他把自己的手机随手扔在桌子一角，那些人便都围着那手机坐下了。

最后还剩几个位置，沈彤随便选了一个，刚坐下，就感觉到熟悉的气息。手机还在对面，聂江澜却施施然坐在了她的身边。

沈彤明显有点儿愣：“你怎么坐这儿？”

“嗯？”聂江澜皱了皱眉，似乎是问她怎么说这样的话。

“你的手机不是在那个位子上吗？”沈彤指了指那个位子，“大家都以为你坐那里才会围过去吧。”

“我的本意，就是要她们这样以为，”男人稍顿，问道，“有什么问题吗？”

打开电脑等待开机的时候，沈彤恍然。

原来是他故意把手机放在那个位子上，让那些“莺莺燕燕”围过去，等大家差不多落座了，他再选一个比较远的位子坐下，这样就不用坐在那群人中间了。

看来是被这么“围攻”的次数不少，他才能想出这样的办法，沈彤禁不住发笑。

想了想，她问：“选妃的感觉……怎么样？”

他愣了一瞬。

“她们为你打扮的，”沈彤意有所指，“有点儿皇帝选妃大典的感觉。”

他眉一挑，不咸不淡道：“我又不喜欢她们。”

沈彤打开电脑，轻轻耸肩。

人到齐之后，大家很快开始选起了照片。

沈彤的桌面上有两个文件夹，一个里面存着任行的照片，一个是聂江澜的。因为之前跟拍过任行两天，所以她这里还有些影帝“节目风姿”的记录。

聂江澜抄着手，闲闲散散地靠在椅背上，一瞥就看到了和自己并列的那个文件夹。

他有点儿不爽：“为什么你桌面里还有别的男人的照片？”

沈彤的鼠标才移上标有“聂江澜”的文件夹，听他这么问，她一时间没反应过来，反应过来后才答道：“之前我跟拍任影帝啊，拍完之后顺手就把图修一修，放在文件夹里，这不是很正常吗？”

“你现在又不跟他。”聂少爷忽然就不讲道理了。

“我以前不是跟过他吗？”沈彤觉得自己怎么跟这人说不清楚呢，“忘记清理掉了而已。”

她也不知道他忽然跟自己别扭个什么劲儿，鼠标双击，点开他的文件夹："你看，你照片比他多这么多呢。"

听到这句话，聂江澜紧锁的眉头这才松了一下。他垂着眼睑，若有所思。

沈彤刚点开照片，正准备把电脑推过去给大家选，下一秒，那群"莺莺燕燕"就立刻围在了她和聂江澜身后。

"开始选了吗？"

"让我看看。"

"后面的别挤我呀。"

……

电脑里第一张照片是她第一天跟他的时候拍的，留下来的照片主次分明，构图比例好，光线也是好看得不行。

虽然很多人都怀着点别的心思，但沈彤拍的照片一出来，大家的注意力立刻就被吸引住了。

有人倒吸一口凉气。怪不得之前都传这个跟拍师是节目组花了大价钱请来的，还被聂江澜亲自要去，这么一看，水平果然够高。

沈彤一边滑动电脑里的照片一边道："这次选照片，我的喜好是一个标准，你们的喜好也是一个参考，最后我们选五张送上去，然后给节目组选。"

话音刚落，照片正好停在聂江澜看糖画那一张，大家的审美品位在这张照片上表现出空前的一致。

"这个好看！"

"我喜欢这张，既神秘，又有种欲说还休的感觉。"

"我也投这张一票。"

大家一边商量一边选，十五分钟后就选出了五张照片。

因为大厅有 Wi-Fi，沈彤就顺手把照片传给负责的工作人员。传输的过程很枯燥，网速也不是很快，等待的过程中，沈彤百无聊赖地低头刷微博。

聂江澜还是维持着坐在她旁边的姿势，眼神始终锁在电脑屏幕上，看着传输进度条慢慢地走。

安静了一会儿，很快有个细软的声音响起："这次的照片这么好看，还不是得益于模特长得帅？"

“就是，又高又帅，天生适合上镜。”

“哎，不知道我什么时候能和这样的人共进晚餐，我盛世酒店的卡刚好还没用。”

“我的芭蕾舞老师今晚不能给我上课，今晚刚好空出来，也不知道该做什么。舞都练了七八年了，没什么好练的了。”

沈彤本在刷微博，但那些话里的撩拨意味太浓，让她想忽视都不行，她的心情有点儿微妙，有点儿复杂。

她抬头看向被“暗示”的聂江澜，却发现他还是那副提不起兴致的冷淡脸。对于那些露骨的“邀请”，他一个字儿都没说，动作都没换一个，跟听不到似的。

沈彤顺着他的视线看了一眼电脑屏幕，三秒之后，她禁不住皱眉：“电脑屏幕有哪里好看？”

奇了怪了，她的电脑屏幕能比后面这群精心打扮的人还好看？

男人这才收回目光，转而瞅她，眼瞳漆黑，目光微动。

“哪儿都好看。”他的声音懒懒散散，还带着鼻音。

对视间，沈彤败下阵来：“行吧，那你看吧。”

聂江澜忽而转换话题：“其实也不只是想看这个。”

沈彤皱眉看他：“那你还想干什么？”

聂江澜挑眉，意有所指：“你不觉得你电脑运行得有点儿慢吗？”

沈彤觉得这人今晚的脑回路像出了点问题一样。

“不觉得啊，”沈彤挪了挪鼠标，“MacBook（苹果笔记本电脑）不会卡的。”

“我说卡就卡。”

她笑出声，以一副“我输了”的样子看向他：“好吧，卡了。卡了，所以呢？”

他缓缓地眨了眨眼：“因为垃圾文件太多，所以卡了。”

“什么垃圾文件？”这下，沈彤把传输文件的框格最小化，开始对着桌面寻找。

对于电脑，男人一般比女人精通。可能电脑真的有什么问题，而她发现不了。

“我没看出来，”搜寻一圈后，沈彤把鼠标扔给他，“你来吧？”

聂江澜接过鼠标，音节都没发出一个，三下五除二就把鼠标放在一个文件上，而后点击右键，选择“删除”，最后选择“确定删除”。

他把她“忘记删除”的、放着任行照片的文件夹，拖进了回收站。

“怕你又忘记删了。”他一本正经地说道，一副道貌岸然的模样，觉得自己说得颇有道理。

那些照片沈彤已经传给任行的摄影师了，早已没有用，确实只是忘了删。只不过……他怎么跟话里有话似的。

“现在删掉。”聂少爷施施然地活动着手腕，意有所指地说，“不要跟过去藕断丝连，珍惜当下。”

两个人旁若无人地说着，身后那群人看来看去，终于看出了点端倪。

“行了行了，都走吧。”

“可惜我的妆，白化了，”有人摸摸自己的脸，离开大厅后才小声说，“这么好看的桃花妆，他居然看都不看一眼！”

“那有什么办法？我到现在都没看到过他有什么女伴，还以为暗示一下能成，没想到他还真是个清心寡欲的主。”

“真是白瞎了那副好皮囊和家底，我还没见过哪个富二代对女人没兴趣的。选照片不理人，选完照片还是不理人。”

“嫁入豪门要真这么容易，那就不要工作了好吗？”

“话是这么说，谁不想……”

看到姑娘们窃窃私语着离开，沈彤看向聂江澜，若有所指：“珍惜当下？我看刚刚那么多活在当下的，你连看都没看一眼。”

聂江澜装不懂：“什么？”

“暗示得那么明显，你别说你听不懂。”沈彤打开对话框，看见文件快传完了。

聂江澜继续装不懂：“我真没听懂。”

“芭蕾舞老师今晚不能给我上课，我今晚没事做，练舞练了七八年……沈彤模仿了一下刚才一女人的腔说，然后一边托着脸解释，一边准备关机，“人家的意思就是，我身娇、体软、柔韧性好，今夜漫漫，无心睡眠——”

“是吗，”男人扣扣肘窝，“你身娇、体软、柔韧度还好，真的吗？”

不负众望，最后节目组选出的照片果然是聂江澜拿着糖画的那一张。

后期人员加班做完排版之后，拟定在第二天中午十二点正式公开宣传照。

第二天中午十二点，节目组首先公布了任行的宣传照。照片里的影帝戴着一副墨镜，在旷野间疯狂奔跑，仿佛有人追赶。

任行国民度到底是高的，宣传照一出，热度立刻就蹿了上来。

热度上来之后，节目组又陆陆续续地公布了康南、魏北、元欢的宣传照，元欢是当红小生，热度立刻又往上蹿了一倍。

放完元欢的宣传照，节目组提前预告——最后一张宣传照将在下午六点公开。

赵萱一边看着评论，一边同沈彤道："哇，节目组口风真严，到现在都没公布最后一位嘉宾是聂江澜，也没说摄影师是你。我还挺好奇的，假如公布是你拍了那组照片，再加上聂江澜的颜值和照片的神秘感，你们会不会一起上热搜呀？"

"应该没那么夸张。"沈彤翻了一页书，靠在床头看着。

"这有什么夸张的！陶恙给《下一秒奔跑》拍的宣传照都上了热搜，你还不比陶恙厉害呀？"

陶恙也是个摄影师，跟沈彤出道的时间差不多。

沈彤大学读的是摄影专业，大三就拍了好些不错的照片，才毕业就有不少地方抢着要她拍照。今年才二十二岁的沈彤，片约已经多到数不过来。

而陶恙呢，比沈彤大上两岁，摄影技术虽也过得去，但明显不如她。

赵萱说起八卦来一套套的："听说陶恙挺喜欢抢资源的，《下一秒奔跑》的资源就是靠那什么抢来的，原摄影师本来都要签合同了，硬生生被她逼走了。"

身在摄影圈，几乎是半个身子跟娱乐圈接轨，沈彤对于抢资源这种潜规则早就见怪不怪了。

沈彤翻了一页书："想知道我和聂江澜会不会上热搜？"

"当然想啊！"赵萱舔唇。

"等会儿不就知道了？"沈彤看了一眼时间，"走，我们先去片场打个照面，等下出发去拍《猎焰》。"

"还去组里吗？"赵萱侧头，"你走之前还要和聂江澜告个别啊？"

"是跟大家告个别，"沈彤道，"而且我挺好奇这期节目怎么拍。"

到录制地的时候，节目正录制到关键点。沈彤跟工作人员打了个照面，余光瞥见聂江澜在选演员。

"这期节目好难的，"有工作人员说，"他们要先选演员，再选剧本，根本不知道演员适不适合这个剧本。"

不远处，聂江澜戴一顶黑色的鸭舌帽，站在形形色色的演员中间。

他倒是难得认真起来，少了那股平日的懒散轻慢，嘴角的弧度收起，目光沉稳，注视着面前的演员，要从里头选个男主角出来。

演员都没怎么受过训练，带着青涩，每个人的气质都不一样。

沈彤走过去，只能看到他说了句什么话，靠近的时候，他就布置完了任务："十分钟准备时间。十分钟之后从左到右，进行个人表演。"

演员下去准备，沈彤站在树下看着，聂江澜的目光移过来。

刚刚面对着演员时，他还很冷峻，此刻面对沈彤，他倒无缝转换成了惯有的模样。他眉眼带笑："沈彤老师怎么来了？"

"要走了，来跟你们打声招呼。"沈彤抬头，随便问道，"刚刚你给他们布置剧本了吗？剧本不是还没公布？"

"嗯，"聂江澜道，"随便瞎编的。"

"什么故事？"沈彤又是随口一问。

"狗血，正常人编不出的故事。"

他不走寻常路，大约真的有自己的思量，只是不知道他到底有什么样的想法。她这样思量着，坐在了位子上。

因为演员在准备，灯光摄制组就暂时休息，工作人员都去了趟厕所。

沈彤正坐在位子上等赵萱来叫自己，忽而听到他问："在等赵萱？"

沈彤点点头："你……"

"放心，"他胸有成竹，"没有忘记你的拍立得。"

"我不是说这个。"沈彤玩着手边的话筒道具，一句"加油"哽在喉头，好半天也说不出口。

谁知道这个道具不过是被轻轻一扯，包裹话筒的软垫就立刻和话筒“分了家”。沈彤左手拿着话筒，右手拿着被扯开的软垫，一时有点儿瞠目结舌。

“好啊，”男人一副看好戏的模样，“你破坏道具。”

“我不是，我没有，”沈彤把软垫重新装了回去，一霎时的慌乱被掩住，“是这个东西质量不好。”

她刚把话筒放回去，聂江澜便欠揍道：“等道具组老师来了，我要告诉他们。”

“你幼不幼稚”还没说出口，赵萱就跟着几个工作人员一块儿来了。

聂江澜看着道具组工作人员说：“来得正好。”

“啊？怎么了？”

“沈彤刚刚……”

沈彤一个翻身，眼明手快地捂住聂江澜的嘴：“没事，没事。”

聂江澜“不抛弃，不放弃”，挣脱开来继续道：“她刚刚把话筒……”

沈彤被他折腾得没法了，一个转身面对着他，压着他的鸭舌帽，把他的脸用手肘抱住。姿势亲密，就像是聂江澜在她怀里与她深拥。

聂江澜一时愣住，连恶作剧都忘了。

他感觉鼻息间全是她的气味，淡淡蔷薇香气混合着果香，甘甜中带着清爽。

沈彤还在咳嗽，对工作人员解释道：“没事，真的没事，你们别听他胡扯。”

一行工作人员本还一头雾水，看到两个人直接抱上了，吓得“魂飞魄散”，像是白日里见了鬼。

沈彤这才察觉到不对，松开按在自己怀里的那颗头，从沙发上跳下来。

赵萱一张小脸通红：“还、还走吗……”

“走啊。”沈彤血液一个劲地往上涌，她上前，拉着赵萱走到门外。

感觉到有人跟上来，沈彤回头，聂江澜正站在门框边，一脸看好戏的欠揍模样。

沈彤咬牙，放狠话：“等我回来再收拾你。”

男人倚在门框上，笑得一派风流。

“好啊，我等你回来，”他停了停，表情温柔缱绻，挑衅道，“看你怎么‘收拾’我。”

♥ 第六颗心 ♥
讨好心

声讨聂江澜完毕，沈彤带着赵萱去准备开始赶《猎焰》的拍摄行程。

快上车时，赵萱终于“弱弱”道：“沈彤姐，你和……怎么回事？”

沈彤捏捏眉心：“是因为我刚刚不小心把话筒垫掰下来了，聂江澜非要跟我在那儿扯。没什么大事，我后面又把那个装上去了。”

赵萱嘟囔：“我说的不是这个……”

沈彤看她：“那是什么？”

“就……你和聂江澜，拥、拥抱……”

“拥抱？”沈彤皱了皱眉，倒是真的仔仔细细地回忆了起来，回忆到方才那个片段，这才有些顿悟，挑了挑眉，“你说那个啊，那就是简单捂个嘴，也就你觉得像拥抱了，别人是不会误会的。”

《急速燃烧时》的拍摄现场。

拍摄空当，工作人员正在交头接耳，窃窃私语。

“刚刚房间里那么热闹，干吗呢？”

“你不知道吧？”一个工作人员正绘声绘色地说着，手部动作配上面部表情，“我刚一进房间，准备提醒聂江澜的工作，嗬——就这样——”他一个转身，伸手捂住同伴的嘴巴，“沈彤捂住了聂江澜的嘴。”

“天哪，然后呢？”

“然后两人说了几句话，沈彤一个转身——”他转到同伴面前，伸出手，狠狠把同伴拥入怀里，“沈彤抱住了聂江澜的头——就这样，一个激情四射的深拥完成了！”

同伴捂住嘴：“聂、聂江澜？”

“没错，那个看起来对女人无感到让我怀疑他喜欢男人的聂江澜，”他面无表情地点点头，“就这样被我们的长腿跟拍师，征服了。”

他咂咂嘴，抬手鼓了鼓掌。

下午六点，《急速燃烧时》官方微博准时发微博，掀开最后一位嘉宾的神秘面纱：“夺玺之路悬念四起，四方英雄载誉而来。你好，聂江澜。摄影师：沈彤。”

配的宣传照正是聂江澜在沉沉光线中看糖画的那一张，好的照片像在讲故事，只需要角度和光线，就能欲言又止地勾勒出残缺的悬念。而照片里的人，又好看得有些过分。

微博评论几乎爆炸了。

“刚刚刷微博忽然刷到这张照片，以为是哪个杂志的封面，仔细一看才知道是《急速燃烧时》节目组。居然请到沈彤做跟拍师，我先跪为敬。”

“我女神人美身材好，能做模特也能摄影，为女神打跨省长途！”

“照片里的小哥哥是新人吗？！天哪！娱乐圈怎么还会有这样的沧海遗珠？太好看了！为了颜值，不看是狗！”

“这一组搭配真是有奇妙的化学反应，聂江澜 & 沈彤，期待更多。”

“各大小花旦鲜肉通告发得飞起，最后的嘉宾居然是个低调的生面孔，连微博都没有，太神秘了，我喜欢。”

看到这里，沈彤才发现聂江澜的确连个微博都没有。

“一点儿也不像个要进军娱乐圈的人。”赵萱也想到这点，开口说，“有哪个娱乐圈的人不开微博的？”

“他真的想进娱乐圈吗？”沈彤一边翻着评论，一边摇摇头，“我觉得不像。”

如果真要做演员或是歌手的话，团队不应该这么包装才是。

“可能真的是想玩玩吧，我看他的团队也很‘佛系’，”赵萱撑着脸颊，“你没有问过他这些问题吗？”

沈彤摇头，有点儿好笑："我问他这些干什么？"

"你不好奇吗？我觉得他平时虽然特别散漫，但……"

沈彤接口："但一到关键时刻，他又很明白自己要做什么。"

"对对对，就是这种感觉！"赵萱拍手。

沈彤笑笑，百无聊赖地晃晃腿："你说的都还好，我比较好奇的是，这样的人，假如喜欢上一个人，不知会是什么样子。"

聂江澜这人，天生一张冷漠脸，性格也拧到不行，总是反套路，让人猜不到他陷入感情时会是什么模样。

晚上八点，她们准时到了Q市。

"酒店订好了，明天的拍摄任务是十一点开始。"赵萱道，"明早八点起来，九点出发，坐一个小时车就能到，我还多安排了一个小时，以防堵车。"

第二天一早，二人八点钟起来了，赵萱一边收拾东西一边汇报："相机充好电，装好了。纸巾、钱包、手机也都带了，剩下的就是《猎焰》那边准备了。"

沈彤点头道好，锁了房间出发。

刚进了车里，赵萱没刷一会儿微博，就把手机递到了沈彤眼下："沈彤姐，你看！你们俩真的上热搜了！"

沈彤侧头一看，果不其然，"聂江澜 & 沈彤"这个话题，经过一晚上的发酵，已经爬上了热搜榜第十二名。

"之前陶恙给《下一秒奔跑》拍的照片，热搜榜排名最高也才到十七名吧，还不知道营销了没有，"赵萱耸耸肩，"我们沈彤姐果然是自带热度，我看好多人说就是冲着你，也要看这个节目呢。"

赵萱侧头，看见沈彤一言不发地垂眸看着手机。

那一刻，赵萱忽然觉得沈彤超厉害，也许在很多人眼里，沈彤能走到这一步已经够了，但对她自己来说，并不是这样的。

就算已经小有名气，她依然每晚都会翻阅专业书籍，拍完照片后分析自己的优与劣，丝毫不骄傲，会虚心向任何人请教。有的人接商业照大多是应付了事，甲方满意就行了，但她不是，不拍到自己满意的水准，她不会草草了事。

赵萱知道，沈彤并不会止步于此，她在往自己的终点飞奔。而那个终点，比赵萱所能看到和感知的，还要更远。

想到这里，赵萱心中感慨万千，以为沈彤由今天的拍摄展望到了未来，所以才在出神，不由得问道："沈彤姐，你在想大满贯的事吗？"

十大时尚刊，沈彤拿下了六个，她的目标就是做那个最年轻的拿大满贯的摄影师。

沈彤启唇，要说话了。汹涌澎湃之意快要涌出赵萱的喉咙。

沈彤摇摇头："不是，我看微信上有个人加我好友了。"

沈彤又盯着手机屏幕，这个人的头像是一片深蓝色，名字是一个小点。

看这个风格，她隐约能猜出这是谁，但还是有些不能确定，因为那个人好像不久前才说过自己没有微信号。

添加成功，沈彤发了个问号过去。那边显示"对方正在输入"，过了会儿，消息传进来："沈彤老师不在的第一天，想她。"

行吧，看这个欠揍又随意的语气，沈彤已经无比确定，这就是聂江澜了。

沈彤回消息："你不是没有微信号吗？"

另一边的聂江澜抬头，看着何故，问道："谁说我没有微信号了？"

何故说："我不知道啊，不是我说的。不过，别说微信号了，你忘记你是哪种人了吗？"

聂江澜难得有了兴致："哪种？"

何故毫不留情地揭露他："上一秒才打完电话，下一秒就能对要你手机号的人说，你没有手机号。"

聂江澜想了想，笑着回微信："以前没有的，看到沈彤老师之后，我就决定要一个了。"

沈彤想了想，也学着他的句式写道："没见到聂老师的第一天……"

聂江澜看着这个消息，眉一挑，等着她的下一条。

沈彤："真的很快乐。"

聂江澜："就算您这么说，我还是得巴结您，谁让您带着我上热搜了呢。以后，还要多多仰赖沈彤老师提携。"

紧接着，沈彤看见那边发来了一张照片，正是两个人一起上热搜的截图。

其实单单靠沈彤的名气和号召力，是不可能把热度炒得这么高的。所以这个话题能上热搜，一是节目班底本身吸引人，胃口吊得够足；二是沈彤本身也有影响力；三则是聂江澜这人的颜值和气质本就打眼，稍微曝光下，关注度立刻就能上来。

沈彤正要打字回复过去，车子忽然一个急刹，她受力往前一倾，手机落到了地上。

“怎么了？”克服了短暂的眩晕，沈彤抬起头。

司机也心有余悸：“有人闯红灯，从右边转弯闯过来了，看到人我就急刹了！”

沈彤一惊，道：“人没事吧？”

“应、应该没事，”司机作势要解安全带，“真是的，一大早怎么乱骑自行车呢？”

沈彤也解开安全带，降下车窗往外看。有人骂骂咧咧地拍着裤腿站起来：“怎么回事啊？会不会开车？”

司机把车停到一边，下车去沟通，沈彤看情况不太妙，也下了车。

面前的人一头黄毛，怒火正旺：“真晦气，好不容易骑个车出去办事，碰到个不会开车的。我这车多贵，你们知道吗？”

沈彤顿时明白了这人的意思。

赵萱去包里翻找出钱夹：“不好意思，大家相互体谅下。我们也有急事要做，这样吧，我先给你我们的名片，修车费和损失费，我们忙完之后一起报销……”

“不是钱的问题！”“黄毛”叉着腰，“车的维修费是维修费，我的精神损失费是精神损失费，还有伤呢？我身上的伤呢？我现在觉得脖子和手腕特别疼，别是脱臼了吧？”

赵萱没忍住：“可我看你连皮外伤都没有呀，应该根本没撞到你吧？”

“撞没撞到是我说了算，不是你们！”

“两个解决办法，要么加微信，你把化验单、维修费之类的一起发给我，我再加上损失费，把钱转给你，”赵萱道，“要么给你三千，大家和平解决。”

看这人的情况，给三千刚好，不会太多也不会太少，解决问题足够了。

“加了好友之后，你们不认账了怎么办？当我是傻子？我说了我现在不舒服，浑身上下特别地疼！”

赵萱也有脾气了：“那你到底想怎么样？”

“我要叫救护车，你们跟我一起去医院，医药费你们给！”

“这样吧，沈彤姐，”赵萱低声跟沈彤道，“我解决他，你先去拍摄。”

沈彤说了好，正要走，被人拉住衣角。“黄毛”就坐在地上，一副撒泼模样：“不行，不准走，万一你们去找人打我怎么办？”

沈彤垂眸：“我现在要去工作，没心思找人打你。”

“工作是几点？到医院我检查完了就放你走，现在——不行。”

几个人就在这里周旋不是长久之计，沈彤捏捏眉心：“那这样，不要叫救护车了，我们现在把你送去医院，医药费报销完毕，我们就走，明白吗？”

“行。”

到了医院，稀奇古怪的各项化验全来了一遍，即使沈彤明确地告诉他他不需要，他也非要检查。从一楼跑到五楼，如果不是最后沈彤喊了停，她都怀疑那个人要去口腔科，看看自己有没有被撞出一颗智齿。

把化验单放在他面前，沈彤道：“钱都付了，你在这里等结果就行。我们先走了。”

“不行不行，万一我有什么大病怎么办？那我找谁说理去？”

“不会有大问题的，刚刚检查时不都说了？内脏都是正常的。”沈彤拿出手机，软硬兼施，“账号给我，我转你一千块，别再胡闹了。”

“不行！你们不能走！哪有撞了人说走就走的？”“黄毛”闭着眼大喊道，“没有天理了啊，撞了我还不负责到底，怕我讹钱吗？我都说了检查完没问题就让你们走，你们怎么还这么固执？”

医院是公众场合，也安静，“黄毛”这么一叫，大多数人的目光都被吸引了过来。

眼见正常的秩序被他影响，沈彤靠在墙边问他：“你想要什么？说。”

“——我不要钱，只要你们在这里陪我检查完，确认我没问题，你们就能走。”

“好。”沈彤点头，同赵萱道，“萱萱，报警。”

“黄毛”蒙了。

沈彤抬手扣了扣肘窝，陪他周旋：“既然你这么想和我讲道理，那就看看监控，瞧瞧我们的车有没有撞到你。”

沈彤本想着多一事不如少一事，花点钱息事宁人就算了，省得警局内外跑，劳神费力还浪费时间，但看这“黄毛怪”死缠烂打的模样，她现在觉得就是再复杂，也要把这事给解决了。

“黄毛”一看要报警，知道情况不对，急忙讪笑着认错，请求和解：“别、别、别着急报警啊，我这不是担心自己的身体吗？万一有个三长两短，怎么跟家里交代呢？身体发肤受之父母……要不这样吧，我们再等一等，等这个验血的结果出来了，我就放你们走。”

沈彤对他的解释表示十分感动，并选择报了警。

“黄毛”一开始以为她们在开玩笑，直到电梯门打开，看到一身警服的人之后，这才一下子慌了起来。

他吓得腿直哆嗦，被询问“要不要看监控”时，头摇得跟拨浪鼓似的：“不用，不用，是我自己，我自己的错，他们没撞到我，我和他们开玩笑来着……大家心地真的很善良……”

最后，事情解决得非常圆满，沈彤“垫付”的医药费，“黄毛”全额返还。

对他进行了一通深刻的思想教育和批评之后，警察道：“耽误别人那么久的时间，你说句开玩笑就结束了？如果都这么玩下去，那还定法做什么？”

“黄毛”被吓得脸色惨白，一个劲儿地跟沈彤和赵萱道歉：“真的对不起，影响你们了。以后不会了，这次都是我的错，希望大人有大量，不要和我计较……”

出了医院门，赵萱这才觉得郁积在胸腔中的一口气消散了：“看他最后哆哆嗦嗦道歉的样子，真的很爽啊。”

沈彤点点头，看向手机。

赵萱惊诧：“只剩半个小时了？走吧，我们快点儿去拍摄现场！”

明明已经以最快的速度解决了这场乌龙，到拍摄地的时候时间也刚刚好，她们没有迟到，但情况还是有变。

换摄影师这件事来得太过突然，负责洽谈的工作人员鞠躬道：“真是不好意思，因为你们来得有点儿迟，简夏那边已经找了别的摄影师。”

“找了别的摄影师？”赵萱皱着眉，“你们也只联络了我们啊，哪里来的替补摄影师呢？而且我们没有迟到啊。”

“抱歉，这不在我工作范围内，我解释不了呢。”那人躲躲闪闪，明显不愿意说。

越是躲躲闪闪，越是诱人窥探。

她们要离开时，走廊尽头忽然有人边走边唤：“灯光道具呢？上个厕所，人怎么上没了？还不回来，我们家陶陶怎么拍照呀？”

赵萱眉一皱：“这声音……陶恙的助理？”

抬头那一瞬，几个人面面相觑。

陶恙的助理面上表情明显僵了一下，而后，她不自然地挪开视线：“你们谁找到灯光道具，通知一声，我先进去了。”

有人应着：“好好，我刚刚看到小林了，等下喊她快点儿，你是在简夏那个屋子里吧？”

陶恙助理咬咬牙，比了个“噤声”的手势：“别张扬，我先进去了。”助理灰溜溜地钻进拍摄场地。

赵萱愣了愣，转头对若有所思的沈彤道：“还真是，还真是啊！这个陶恙，抢资源抢到我们头上来了？她跟你水平隔了几条街，她心里没点数吗？”

沈彤正对着一面墙上的东西看，不晓得是在看什么。

赵萱咬牙切齿，还没说够，突然收到一条短信，提示音表示是工作方面的接洽。

沈彤问她：“什么事？”

“有个小杂志听说我们到 Q 市了，问能不能给拍个封面，”赵萱低头，“我回绝就好。”

一般来说，以沈彤这个位置，除非是卖个人情，否则是不会接小杂志的。但这次她阻止赵萱回绝：“等等，杂志叫什么？”

赵萱也有些疑惑：“是《捕风》，怎么了？”

沈彤面前正张贴着一张表格，是《猎焰》的展示表。

为了凸显自家销量的强大，《猎焰》跟市面上的小杂志做了排名对比。《猎焰》在第一梯队，而《捕风》也恰好在列，身处第三梯队最末尾。

沈彤顿了一下，忽而道："接吧。"

赵萱不可置信道："啊？真的要接吗？"

沈彤不置可否，淡淡道："总不能白跑一趟。"

赵萱顿悟沈彤话内的两层含义——

都来了Q市，不拍点东西，就是白来了一趟；既然陶恙都这样挑衅了，她们也总该应战。

"行吧，"顿悟后的赵萱点点头，"让销量教她们做人。"

陶恙敢抢资源，那就证明在她眼里，沈彤算不得前辈。而《猎焰》能答应临时换人，也是因为负责人相信二人的拍照水平相差不大。

所有的言语都不如结果有说服力。

所以，沈彤决定直接接下《捕风》的邀约。假如平庸的《捕风》能被她拯救，自此扶摇而上，甚至超过本身拥有一票粉丝的《猎焰》……

那么，还有什么是比这更有说服力的反击呢？

她在赌，赌这一把，她要赢。

"好的，本场拍摄结束，大家都辛苦啦，沈彤老师也辛苦啦。"

沈彤点点头，笑道："成片我回去调整一下再发过来。"

"好的好的，我们不着急，"《捕风》封面部分的负责人笑得嘴角快咧到耳后根了，"您这次能接我们的活动，我们已经很感激了，自然不可能还去催您什么的……"

沈彤和赵萱客客气气地离开后，大家在棚里一边工作一边八卦。

"没想到沈彤都没什么架子，我还记得上次也来了个小有名气的青年摄影师吧，带了三四个助理，那阵仗都快赶上明星了。"

"那我和你的关注点就不太一样了，你知道吗？我们刚刚布景打光什么的嘛，问沈彤要不要布置一个特别好的景出来。她直接说不用，就那边那个窗子加木桌子，自然光线，自然光线哦——就用了半小时，图拍完了，那专业素养，真的不是盖的。"

"我刚刚还看到她包里有本摄影专业书，听说人家没事都会拿出来看的，可怕。”

“真的可怕，比你优秀的人还比你努力。”

“我还听说沈彤拍图，后期都做得很少，达到那个程度需要多少练习啊，我都不敢想。”

忙完拍摄任务，沈彤马不停蹄地赶回《急速燃烧时》拍摄组，赶到拍摄地时，大家还在赶录第三期节目。

刚到棚子底下，她就看见魏北拿了个东西在那里挥舞，他一边挥舞一边跟自己的演员说：“看到没？就这样，要把剑挥舞出精髓……”

康南皱着眉，一针见血：“你是在舞剑还是在疏通下水管道啊？能把动作做得这么没有美感，我还是头一次见，你真的学过表演吗？表演老师没被你气晕吗？”

魏北一脸疑惑：“你没事做，不好好拍自己的戏，来看我干吗？你不知道最后大家的电影是要比赛的吗？”

“我知道啊，但是你疏通下水管道的技巧真的太娴熟了，吸引住我的目光。要不我给你贴个小字条什么的——疏通下水管道，联系电话：188××××2343，魏北。”

“你打算什么时候滚？”

沈彤坐在车上，降下车窗，笑着看他们俩闲扯。“南北”二人看到她，也挥手打了招呼。

车继续往前行驶，再往前不远，沈彤就看到了聂江澜那边搭起来的棚子。

聂少爷升级成聂导演，坐在老爷椅上，注视着显示屏，手里一沓做了笔记的剧本。

沈彤吩咐停车，就在车里看着。

一场戏拍完，机器撤走，聂江澜站起身，顺手把笔夹在耳后，站在演员旁边说了点儿什么，手还往下压了压。

沈彤只能通过他的嘴型分辨，他似乎是在说什么“用力过猛”。

后面又拍了一场，转了几个机位，聂江澜点头，同意过了。

今日的任务完成，工作人员撤了道具准备下班，有人喊沈彤：“沈彤——”

沈彤扬首应了声，下车过去：“怎么了？”

“你怎么才从车上下来啊？你不拍剧照吗？”

沈彤侧目：“什么剧照？”

“这期比赛呀，”那人道，“第三期未播出时，先公布剧照，大家根据剧照自由投票。等节目播完，电影出来了，再投票。”

沈彤顿悟：“原来现在就要开始拍剧照了啊……”

“对的，剧照投票占百分之三十，电影投票占百分之七十。我还以为你要拍剧照呢，你不拍吗？”

“我这期请假了，”沈彤摇摇头，“应该是没有工作任务的，我只是闲着没事来这里逛两圈。”

“啊，这样啊……那你忙你的吧，我下班啦，先走了。”

“嗯，明天见。”

跟工作人员寒暄完毕，沈彤一转头，正对上男人一双冷若寒冰的眸子。聂江澜就站在她身后，眼中着五分的欲说还休。

沈彤没说话，皱了皱眉，以表情向他发去了一个问号。

“我昨天……”他终于开口。

“我昨天给你发消息，”聂江澜低了低头，声音更沉，“你没有回我。”

沈彤这才想起来，赶忙道：“不好意思，不好意思，我正准备回的时候出了点意外。”

他低头玩笔帽，漫不经心地问：“什么意外？”

“遇到了个碰瓷的，”沈彤满不在乎地耸耸肩，“为了道歉，我请你吃东西吧。”

最后，两个人坐车去了几公里外的甜品店。聂江澜刚一推开门，立刻就有店员停住手上动作看了他一眼，回过神后又低头继续工作。

只是点单的时候，沈彤还是能感受到来自四面八方若有若无的目光，目光里带着疑惑和试探，还有点儿憧憬。

终于，沈彤招手，示意想点单。年轻的服务生一脸春心萌动，记录完他们要点的东西之后，抱着本子，声音软软地对着聂江澜问：“你是……聂江澜吗？”

这下，别说沈彤，连聂江澜都愣了一下。

节目组公布不过几天的时间，节目甚至没播出，只是上了个热搜，就有人能靠着照片认出他的脸了。

聂江澜没承认，也没否认，只是噙笑看向沈彤，等服务生走后才道：“真是托您的福，现在出来吃东西都有人认出我了。”

“怎么又成我的功劳了？”沈彤撇嘴，转着手里的手机。

“我之前听了个新闻，”男人支颐，懒洋洋的，语气却不甚清楚，“说是只要被你拍过的男艺人，没有不红的。说你这是有……”

沈彤没上心：“说我有旺夫运是吧？”这种传言她听得耳朵都快起茧了。

他垂着眼睑，情绪不明地低笑一声。

很快，甜点送上来，沈彤还没吃几口，对面挑剔的男人又开口了：“你这个道谢一点儿诚意都没有。”

“怎么就没诚意了？”

“说是黑森林蛋糕，”聂江澜拿叉子戳了戳，意兴阑珊，“但根本没有黑森林。”

沈彤简直想掐他的心都有了：“你可真难取悦。”

说完，她这才发现送来的甜点旁多摆了一个小盒子。

“你点了这个吗？”她问聂江澜。

男人轻飘飘地反问：“单不是你点的？”

“除了我们桌上这些，我别的都没点。”沈彤道，“那就奇怪了，这是什么？”

“看看不就知道了？”他有点儿好笑。

打开盒子，里面是一份做工精巧的马卡龙，盒子内壁上还粘着一张便利贴：期待第一期节目里你的表现。

她转头，看见刚刚那位店员抱着点单牌，满目期待地看向聂江澜。

沈彤笑了，把盒子推到聂江澜面前：“你的‘小迷妹’给的礼物，期待你第一期节目的表现。”

聂江澜挑了挑眉，脑回路“清奇”：“就连陌生人对我，都比你对我真诚。”

说是沈彤请客，最后却还是聂江澜刷的卡。

吃完之后，沈彤又打包了几份小蛋糕，准备顺路送给几个关系好的朋友。

坐车回到酒店已经是晚上九点，沈彤去三楼，聂江澜去四楼。两人乘着电梯同上，她出电梯后，发现有人跟着自己出来了。

她回头，看着比自己高一个头的聂江澜站在原地。暖黄色的灯光照在他发顶，泛出浅浅光圈。

沈彤不由得问道："你站这儿干吗？"

他容色淡淡："在等。"

"等什么？"

忽明忽暗的光线里，男人的侧脸分明而好看。

忽而，聂江澜勾唇笑了："等你'收拾'我啊。"

她站在那儿，一时不知道该回什么，像是忽然被人饱含笑意地揶揄了，却找不到任何能生气的点——毕竟话是她说的。

可为什么她说的时候是正儿八经的，经这人嘴里说出来，就变得这么暧昧了，仿佛还带了点……特殊的指代意义？

沈彤仓促间骂了句毫无攻击性的"神经病"，便立刻转过头，飞速跑回房间。

看她落荒而逃的模样，他心情大好，收起抄着的手，也回了房间。

次日的阳光正好，沈彤没有工作，难得睡了个懒觉。昨日的事被她抛到脑后，吃了点东西，她把电脑打开了。

赵萱看她又开电脑，疑惑道："还有图要修吗？第一期给聂江澜拍的照片，后期都做完了吧。第二期你是人质，也没有拍照。难道这是在准备做第三期的吗？"

沈彤道："没有工作了，我随便做点练习。"

拍照跟画画什么的没差别，也很讲究手感，如果手生了几天，照片就会"不听话"起来。

虽然还在休息着，但沈彤还是要做点小练习，好让自己时刻都保持着手感。

"我觉得你拍聂江澜，其实省了好多事儿呢，"赵萱舔唇，"沈彤姐，你不觉得吗？我看你做他的照片后期，几乎都不怎么需要修，"停了停，赵萱补充道，"我指的是脸啊。"

沈彤拍东西一贯后期做得少，需要大张旗鼓做后期的，基本是本身就需要很多后期的照片。但拍艺人就没这么简单了，很多艺人因为熬夜，精神状态不好，或者是脸上刀子动得多，这时候，沈彤就要细致地给他们“修脸”。

自从跟拍聂江澜之后，沈彤就省去了“修脸”这个步骤。他底子实在是好，好到用手机的后置摄像头随便一拍，就可以出图了。

第二期，沈彤是人质，没有相机，但是遇到一些好的角度，难免会职业病发作，想要拍一两张。那次坐在观光车上，她手痒得不行，直接抽出聂江澜斜斜插在口袋里的手机，顺手那么一拍。聂少爷虽然对她这种行为嗤之以鼻，但也随她去了。

后来看到照片，沈彤觉得挺有感觉，跟他打商量：“回去这个照片传我一份吧？”

聂少爷很跩的模样：“你就这么喜欢我？”

沈彤蒙了：“什么？”

聂江澜不放过她：“喜欢到连手机拍的那种糙图都想拿回去独享？”

“啊？”

聂江澜勾唇：“不用了，改天给你拍个更清晰的。”

后来他没把图传给沈彤，更清晰的图也没发，回味那个场景，她倒只收获了这人的“自恋”。

想到这里，沈彤站起来，跟赵萱道：“我出去一趟。”

“干什么去呀？”

“找聂江澜要东西去。”

沈彤到的时候，聂江澜那边正在忙。他坐在椅子上看着显示器，布景里，有演员正在演对手戏。

拍摄的间隙，何故拿出一个相机，正在给聂江澜看照片。他摇头：“还用问我？你自己看看，你觉得拍成这样行吗？”

何故耸肩：“我当然觉得不行啊，可是有什么办法，人家摄影师水平就这么高——再说了，这个差事本身就很难了好吧，除了你能驾驭得了孙凌，谁行啊？”

聂江澜垂眸，声线依然淡淡：“所以就连拍个照都要我去给他讲形态、动作和场景选择？”

"这不是摄影师拍不出你要的效果吗……"

"一场戏我起码要给他讲十分钟，"聂江澜道，"只有三天时间拍摄了，整部微电影连一半都没拍到。照这样下去，电影不用拍了，一个剧照我们可以拍一天。最后交东西上去，别人是一部电影、三沓剧照，我们直接扔三张剧照上去，多有面子。"他说得不咸不淡，怒意却尽显。

"那……那你说怎么办？拍个剧照而已，归摄影师负责，你本身就不应该参与的，但你又嫌人家抓不住演员的点……"

"既然是摄影师负责，问题就出在摄影师身上，"聂江澜皱眉，"那换个摄影师不就行了？"

何故背过身去，一边找摄影师一边腹诽：说换个摄影师就换个摄影师，你那么高的标准，哪个摄影师能做得到啊？

沈彤远远看着，感觉气氛不大对，一时间也没有上前说话。

余光瞥见一边有个卖牛轧糖的人，她想起小时候母亲常常带自己吃这个东西，后来就吃得少了。

摆盘的两块糖卖相不错，应该还新鲜着，看样子就很好吃。

沈彤走过去，问道："这个怎么卖？"

老人抬起头，笑眯眯地说："今天没有啦。"

沈彤瞥了一眼盖紧的篮子："卖完了吗？"

"是的哇，要明天才有，"老人说，"毕竟手工制作，一天做不了太多。"

沈彤点点头，表示了解，还是有些失落。明天……明天就不知道还是不是在这里拍摄了，毕竟拍电影，总是要来来回回地更换场地。

顿了一下，她继续问："一定要明天才有吗？今天不补了？"

"今天应该是不会再补了，我等下就要回去了，"老人笑了笑，伸手扯了个袋子，"这两块我送给你吧，你明天再来，明天我保证给你留着。"

沈彤半蹲着身，看老人把牛轧糖装进袋子里。

她侧头问："可以敲碎一点儿吗？我不大喜欢吃大块儿的。"

"没问题。"老人和颜悦色，给沈彤把一长条手工牛轧糖敲成块状，装进袋子里。

沈彤转头，看见聂江澜还和何故在一块儿商量什么，就直接坐在一边的石头上，拿着糖，有一搭没一搭地和老人闲聊。

聂江澜说："找到没有？没找到就别耽误我时间。"

"你的要求真的很高，龟毛的处女座真的很难搞。我刚刚找摄影师的时候，有种在鸡群里找仙鹤的感觉，"何故把手机递过去，"大概找了这几个，你看看符不符合你的要求……"

"不符合，下一个。"

何故又翻了一张照片："这个呢？"

"不行。"聂江澜摇头。

"这个？"何故又翻一张照片。

"等一下。"聂江澜指着一张照片问，"拍这张图的摄影师是谁？"

何故的表情一下子变得很耐人寻味："怎么，看上这个了？"

照片里的背景一片衰败，水泥柱坍塌倒地，露出里面结实的钢筋。模特蹲在危险的边缘，情绪刚刚好，明明全身上下都写满了低落，眼神却透出一股笃定的自信。

那就是他要的感觉。

"啧啧，我就猜到你会选这个摄影师，我是不是很懂你？这个摄影师拍得好啊，还好找，而且真的很擅长挖掘模特的性格，跟你差不多，我看大家给她的评价都很高的……"

聂江澜皱皱眉："你平时话没这么多。"

"我这不是吊你的胃口吗？"何故笑笑，"这样，我说这个摄影师的名字时，你才会足够震惊啊。"

何故轻咳一声，正舒展开手臂，准备做一套"雏鹰起飞"广播体操时，聂江澜面不改色地翻了一页剧本："哦，沈彤是吧。"

何故动作顿住："你怎么猜到的？"

"你都做成这样了，我还猜不出来，你以为我跟你的智商持平？"聂江澜伸出手指放大图片，"但我怎么没看到她的水印？"

"我刚刚特意裁掉了……嘿嘿。"

聂江澜捏捏眉心："我给她打个电话吧。"

"如果我没记错，她这几天不用上班吧，"何故耸耸肩，"万一不答应你呢？"

聂江澜动作顿了一下，正要说话，何故拍拍他的肩膀，贱兮兮又神秘兮兮道：“你往后看。”

聂江澜回头，看见有人正坐在石头上，那双白皙的腿屈着，膝盖上摆着一捧不知道是什么的东西。她还在和人说话，身体微晃，很高兴的模样。

“她不是不上班？来这里干什么？”聂江澜蹙了蹙眉。

“那你自个儿去问她啊，”何故道，“别人不上班，你给她布置任务，可要记得语气好点儿啊，别再一副别人欠你钱的语气了。”

聂江澜回味片刻，问道：“那我该什么语气？”

“当然是讨好的语气啊，”何故道，“无事献殷勤，要对她殷勤到让她害怕。要知道，你现在在她身上花一小时，可就是给拍摄节约三小时啊。”

聂江澜嘴边扯出一抹笑来，不知道是想到了什么。

“行吧，我去讨好……”话说到一半，他顿了一下，又改口，“我去求她。”

糖吃到剩下最后两块的时候，沈彤面前出现一双白色的鞋。

之前沈彤还问过他：“你这么懒，白鞋又容易脏，脏了的话怎么清理？”

那时候，他是怎么回答她的呢？

“再买一双。”

沈彤拿起一块牛轧糖送进嘴里，抬头看向聂江澜——日光有点儿刺眼，她眯了眯眼，又低下了头。他为了照顾她的高度，半蹲在她身前。

他还没来得及开口，就看见她极其自然地拿起最后一块牛轧糖，递到他面前。她问：“吃吗？”

那一刻，说不清是受什么驱使，一贯讨厌甜食的聂江澜，居然鬼使神差地点了点头。

甜味儿在嘴里弥漫开来的那瞬间，聂江澜难得因为食物皱了眉头。他刚刚在做什么？他吃甜的了？他疯了？

沈彤撑着脸颊，玩着牛皮纸：“还挺好吃吧？”

聂江澜掀开眼睑，看向面前的人。真的很难吃、很腻，还有一股花生的味道。

他一直不明白这世界上怎么会有“牛轧糖”这种东西的存在，简直完美结合了他最讨厌的两样东西，再吃一百次都是一样难吃，这东西果然不能碰。

男人的喉结滚了滚，音节吐出来，却是与内心所想全然不同的意思：“嗯。”

聂江澜心里有个面无表情的小人对他说：“聂江澜，你真的疯了。”

“可惜今天的已经卖光啦，”沈彤耸耸肩，“不然我还想买一袋子回去吃，小时候很喜欢吃这个。明天也不知道能不能到这里来。”

男人低低“嗯”了一声：“还有没有什么别的喜欢的？”

沈彤奇怪于他突如其来的发问，但还是如实回答：“你忽然让我说，我一下想不起来。但是这个在我心里，应该算排前三的吧。”沈彤侧头问他，“你怎么忽然跑这儿来了？刚刚不是还在指导拍戏吗？”

“你今天不也没工作，”他轻巧地把问题抛回去，“来这儿干什么？”

“来找你要照片的。”她说。

“要什么照片？”

“你还记不记得录第二期节目的时候，在观光车上我给你拍了张照片？”沈彤慢悠悠地回忆，“我拿手机给你拍的那张。”

聂江澜沉吟半晌，道：“记得。”

“我今天没事，刚好想做点儿练习，找点儿没做过后期的图片来修修，”沈彤道，“想起那张照片你还没发给我，又想到你拍东西肯定很忙，索性直接来找你了。”

聂江澜启唇，还没说话，沈彤便已经点头道：“对，我知道你想说什么，没工作还想着工作，我真的很闲。”

“不是这个。”聂江澜低头，从相册里翻出照片，很快发了过去，“还要别的吗？”

沈彤惊讶于这男人今天的反常：“你今天怎么这么好说话？”

聂江澜顿了一下，眯眯眼：“不说今天，以前你哪次找我要东西，我没给过？”

“你是给了，但你也损了我。”沈彤老师非常记仇。

聂江澜很正经地点点头：“对，但沈彤老师每次都不还嘴。”

几乎每次都还嘴的沈彤老师，默默地低下了头。

短暂沉默间，有人气喘吁吁地跑来：“我可算是找着你了，沈彤，从酒店到拍摄地再到这儿，我都快走死了。”

沈彤站起来，看向工作人员：“怎么了？”

“哦，没事，我就和你协调一下后面的行程，”那人拿出本子，“现在，你自己接的工作是做完了吧？我们这期也不大需要……”

两个人聊工作，聊着聊着就去往一边。

聂江澜还半蹲在原地，觉得腿有点儿麻，站起身来，看到身边的牛轧糖袋子。坐上沈彤刚才坐的那块石头，他转头，看向空空如也的篮子。

老人笑眯眯地看向他：“怎么了？”

他问：“真的没有多的了吗？”

“怎么都问这个问题？”老人忍俊不禁，“真的没有啦，带来的都卖光了，刚刚最后两块也给她了。”

一般人听到这句话都会选择放弃，但很显然，聂江澜并不是一般人，所以他并不打算放弃：“每次做的话，应该会有多的吧。”

老人点点头：“的确是有一些多的，但是在我家冰箱里，如果非要今天拿到，那你只能跟我去家里一趟了。”

他张口准备说什么，老人又道：“但是我家真的很远的啊，在那边山上。”

随着那颤巍巍的手一指，聂江澜沉默半晌才说：“行。”

沈彤聊完工作方面的事，再回去时，聂江澜和老人都不在了。

她左顾右盼，大半个小时后，等来了一个何故。他也很是奇怪：“咦，聂江澜人呢？”

沈彤耸肩：“我也很奇怪，他刚刚还在这儿。”

“都说让他求你了，他怎么说不见就不见，玩呢？”

“求我？”沈彤皱眉，“求我什么？”怪不得他今天格外殷勤。

“是这样的，”何故看聂江澜不在，就帮他说了，“这期节目先是选演员嘛，在不知道剧本的情况下看感觉选。”

沈彤点头：“这个我知道，聂江澜选了谁？”

“他选了个……就是还挺自卑的农村少年演员。好死不死，我们拿到的那个剧本，男主跟演员完全不是一个性格的，男主是很自信有底气的那种。

“本身调教演员就很难了，聂江澜硬是调教出来了，但是我们还要拍剧照，你知道吧……最后不只是电影，剧照也要投票的，占的比例还挺大。”

沈彤猜出来了：“摄影师没拍出他想要的效果吗？”

“还真是这样！”何故一拍大腿，“那个小演员，绝了——当时聂江澜在那儿，他一看着镜头，感觉就来了，但是一进摄影师房间，人就没底气了。

“引导太重要了，但江澜忙啊，没时间去引导，就跟我说换个摄影师，我找了很久，找到你拍的一张照片。他不知道是你拍的，只是说感觉对了，要我请这个摄影师来。”

听到这里，像是有和风拂过沈彤心里，她不禁嘴角上扬。

“没多久就要放剧照了，”何故搓手，“你忍心眼睁睁地看着电影和剧照不是一个风格的吗？这是他的处女作啊！处女作！”

沈彤正要开口问，忽然听到一阵脚步声，回头一看，聂江澜提着一个牛皮纸袋来了。

聂江澜走在暮色里，有些喘，轮廓被染上一层淡淡的橘色。他抬手，示意沈彤接过那个纸袋。她忘了回答何故，有些木然地伸手接过袋子，看向他。

他笑道：“看我干什么？打开啊。”

为了这玩意儿，他上山下山，可是费了一个钟头的时间——上山给老人扛着篓子，下山一个人飞奔。

沈彤打开牛皮纸袋，看到里面排着整齐的一小袋牛轧糖。

他的语气有些邀功的意味：“看你刚刚吃小的，我特意让老人家敲碎了。”

沈彤掂量了一下，分量很足。百种滋味涌上心头，最后，她轻轻眨了眨眼：“这个给我，什么意思？”

听到她这么问，男人似是不解，好看的眉头拢了拢：“看不出来吗？”他眉头舒展，竟像是笑了，“我在讨好你啊。”

“你要跟我进去？”进摄影棚之前，沈彤回头，看向跟在身后的聂江澜。

聂江澜这才顿住脚步，面无表情道：“我知道了，逐客令是吧。”

“不是，”沈彤往后看，“你不是还有戏要拍吗？你忙你的就行，这里交给我。”

“你的助理不是还没来？”

“快来了，”沈彤频频看手机，“毕竟我要给你拍剧照这事儿，也是刚刚才确定的。我给她打完电话，她就往这里赶了，应该很快。”

沈彤觉得自己简直好说话到不行。明知道他的“讨好”别有用心，只是为了让自己给他拍个剧照，但她还是把这份好意照单全收。

被他一袋牛轧糖收买后点了头不说，因为剧照要得急，她今天就要加班拍完。

“其实不加班也可以，”倚在门边的男人顿了一下，“要么你……”

“好了，”沈彤把聂江澜往外推，“何故还一直说你忙，你到底怎么忙了？我怎么觉得你这么闲呢？”

“今天收工了，现在是自由时间。”聂江澜抬头，“多少人求都求不来，你现在给我下逐客令？”

看赵萱还没来，沈彤站在门口，有些好笑地看着聂江澜：“我怎么觉得何故在骗我呢？”

“嗯？”

“何故刚刚苦口婆心地劝我，说那个摄影师拍不出你想要的感觉，你又要当导演，没空去给小演员找感觉……”沈彤顿了一下，继续说，“有工夫在这儿跟我浪费时间，就是一个榆木脑袋都能被你催开窍了。”

聂江澜揉揉手腕，忽而抬头，一双眼黑亮黑亮的，问：“那你开窍了吗？”

沈彤一下没反应过来：“什么？”

那双眼睑又落下去，盖住聂江澜眼底并不轻易外露的情绪。他轻笑一声，似嘲似叹：“没什么。”

沈彤正想问点什么，张了张嘴，却不知道自己到底想要说什么。

“我来了！”赵萱在这时候挥着手跑过来，气喘吁吁地把包递给她，“给，相机什么的我都给你装进来了。”

沈彤接过："行，辛苦了。"

"怎么这么突然啊？"赵萱问，"上午不是还说没工作吗？"

她刚刚正好在酒店，接到沈彤一个加急电话，收拾了东西就立刻快马加鞭地赶来了。

"这边要拍宣传照，拍完要投票定排名，还挺重要的，"沈彤长话短说，"但这个演员模特有点儿难调，所以我来试试。"

赵萱顿悟："啊，我知道了。那行，我们进去吧。"

沈彤抬腿往门内走，想了想，回过头看了聂江澜一眼，挥挥手，示意自己先去工作了。

聂江澜看到她进了摄影棚，把那袋牛皮纸袋包着的牛轧糖放在一边，过了会儿，她拿出一块，递给在一边等候多时的孙凌。

聂少爷碾了碾脚底的石子，嘴角扯了扯。

啧，小白眼狼。

刚进摄影棚，沈彤便觉得有些冷清，但也怪不得谁，毕竟工作人员是她支走的。听说这个模特有点儿难搞，她特意遣走了无关紧要的工作人员，决定先跟他聊两句。

毕竟是人文摄影，不像做数学题——通过套路化的运算就能得出结果，她还是要把握住模特的性格，才能够更好地发挥。

刚递给他一块糖，沈彤便感觉到了他的拘谨。许是因为坐了很久，他四肢有些僵硬，掌心也有层冷汗。

这时候让他放松是行不通的，因为"放松"二字对这时候的他而言，只会更像一个累赘，他会因为无法放松而加剧自己的紧张。

沈彤没说话，只是朝他笑笑，吩咐赵萱："萱萱，蓝牙连好了吧，我们放点音乐。"

"好的。"

沈彤看向孙凌："你喜欢什么类型的歌？"

孙凌在裤子上蹭了一下自己沾满汗的手心："都行。"

沈彤放了点轻音乐，试图营造出一个简单轻松的氛围。舒缓的大提琴声充盈着房间，她转身去拿相机，孙凌忽然像看到了什么一样，手臂抬了抬。

沈彤顺着他的目光往自己卫衣帽子里看："怎么了？有什么？"

孙凌伸出手，摘掉沈彤帽子后面沾上的那株植物。沈彤盯着那东西，很明显没太认出来。

孙凌不好意思地笑了笑："这是猫耳草，祛风湿、止痛的。"末了，他又小声问，"你没见过吧？"

"还真没有，"沈彤摇摇头，"是你们那边独有的？"

"也不是，但我小时候采过很多中药……"许是说到自己擅长的话题，他的局促感减淡了很多。

"是吗？"沈彤打开相机，"都有哪些？"

"苍术、半夏、连翘……"

"你很喜欢这些？"沈彤道，"看你记得很牢。"

他点点头："喜欢的，小时候常常和它们打交道，而且很多中药的名字都很美。"

"桔梗也是中药吧，"沈彤边退后边找角度，开始同他闲聊，"小时候看动画片，有个喜欢的人物叫这个，后来才知道是中药。"

孙凌直起腰，开始慢慢和沈彤解释："桔梗啊，算是很好的一种了，可供观赏也可以入药，更能止咳……"

结束时正好是晚上八点，距离进棚过去了一个小时，沈彤还在断断续续地和孙凌交谈。赵萱背着包，走出棚子，双手高举——伸个懒腰。懒腰还没伸完，她就看到门口站着表情淡漠的聂江澜，在他气场的笼罩下，她默默地把伸懒腰转换成吐气。

赵萱捏捏眉心，习惯性地叹了口气。好累，面对这种气场强的人好累，沈彤姐为什么还没出来？

聂江澜看她叹气，皱了皱眉，问："还是没拍好？"

赵萱还没接话，从棚子里出来的沈彤率先开口："你这是怀疑我的专业素养。"

聂江澜神色半分不动，只淡淡地瞥了一眼她和她身后跟着的人。还舍得出来？

赵萱低头玩着手指，替沈彤说话："怀疑谁都不要怀疑她，我们沈彤姐可是号称情感挖掘机，就没有她掌控不了的模特。只要是模特有的，她都能想尽办法给拍出来。"

沈彤脖子上还挂着单反相机，走到聂江澜身前："照片我拍完了，你现在看还是我回去传给你？”

聂江澜没正面回答这个问题，反倒把问题抛给她：“所以今天这个，你掌控住了？”

沈彤看着他，皱了皱眉，这都是什么乱七八糟的问题？

“掌没掌控住，要您看了才知道啊。”沈彤微笑，“就算全世界都说我拍得好，您说不行，那我也是要重拍的。”

他低头嗤笑一声，说：“等会儿看吧。”

她问他是现在看还是回去传给他，结果他说等会儿看？

沈彤问：“等会儿看是什么选项？”

“先吃个饭，然后再看。”

本来说好四个人一起吃，结果孙凌实在是腼腆得不行，百般推却之后溜了。赵萱想了想，也借故溜了。四个人的晚餐，最后莫名其妙变成了沈彤和聂江澜两个人的独处。

沈彤倒没有不适应，一个人坐着看之前拍好的照片。

她感觉面前忽然一暗，又一亮，是聂江澜伸手把桌子中间的蜡烛点亮了。

沈彤疑惑道：“你点蜡烛干什么？”

“烛光晚餐，”他垂着眼，语调七分散漫，三分调笑，“感觉比较浪漫。”

噎了半晌，沈彤很快接过了这个梗：“那你知道比吃烛光晚餐更浪漫的是什么吗？”

他玩着手里的叉子，眼睑低垂，睫毛在眼底覆上细细投影，心里难得添了份期待：“是什么？”

“一边吃烛光晚餐，一边看照片。”沈彤把相机递过去，“喏，看看达到你的要求没。没达到的话，明天再拍。”

聂江澜接过相机，淡淡道：“有点儿难。”他指的是这桩差事。

“当然难了，”沈彤点点头，“毕竟是节目组临时在影视城选的，还没多少上镜经验，五官虽然还不错，但家庭条件没有那么好，难免有些自卑。”

要从有些自卑的人身上挖掘出那种“站在人群里都会发光”的感觉，

简直是天方夜谭。

但聂江澜的关注点有些奇怪，他的兴趣似乎并不在这些照片上："不过一个小时，你连人家家底都打听清楚了？"

"你给的任务这么难，我不沟通，拍不出你要的效果的。"她喝了一口果汁，"我总得去发掘他的闪光点，然后扩大它吧。"

"哦？"他意兴阑珊，"那你是怎么发现他的闪光点的？靠打情骂俏吗？"

沈彤皱眉："我什么时候打情骂俏了？"

"窗户外面，我可看得很清楚，"男人的嘴角勾了勾，"你给他吃糖，他仔细给你整理帽子。"

"什么整理帽子？是有猫耳草沾到我帽子上了，他帮我取下来，"沈彤顿了一下，笑道，"多亏了那东西，不然我没法这么快收工。"

聂江澜敲了敲桌面，声音低沉："嗯，猫耳草引发的浪漫恋曲。"

沈彤没理会他："别看他平时说话腼腆，但是说到他擅长的事情上，还是很有底气的。"

每个人都这样，每个人都有那么一两个顶感兴趣并且了解的事物，只要话题扯到那上面去了——那个时刻，再平平无奇的人都能耀眼起来，话再少的人都能滔滔不绝。一个人真正喜欢一样东西的时候，是饱满鲜活、发着光的。

这回，聂江澜的关注点终于没有再歪了。他动了动身子，垂眸看着照片："他喜欢什么？"

"中药，很多我没听过的中药药名，他都能倒背如流，"沈彤回忆起来，"刚好那些我都不知道。"

聂江澜是多聪明的人，话说到这里，他已经很清楚沈彤的"手段"了。

"所以，为了增强他的自信，你一路都在问他他擅长的东西，并且对他的知识储备量表示震惊？"

"倒没有那么夸张，不过确实一直在旁敲侧击地夸他。"

夸得太厉害了会显得假，不夸又不大可能，她适时抓住模特的情绪和眼神，很容易营造出她想要的气氛。气氛出来之后再拍摄，就很容易了。

聂江澜看着显示屏内的照片，一贯跟随着孙凌的怯懦被藏起来了，取而代之的，是发亮的目光，和一股任何人都无法忽视的气场。

沈彤对模特情绪的拿捏非常到位，收放自如，不用担心人物气场太强而掩盖照片本身，也不用担心情绪表露得不够导致感觉根本出不来。

她手里像是有个调节的按钮，轻轻拨动间，已经完美地完成了他给的任务。

他忽然想起自己第一次捎她进组时，约好的跟拍师临时吹了，有人说要请沈彤来，如数家珍地列举着她的优点。

那时他还不知道她就是沈彤，听着那些话，权当那人只是往夸张了讲，还觉得好笑，现在看来……也没有多夸张。

沈彤看聂江澜紧锁的眉头舒展开，感觉到他应该尚算满意。

他启唇了……不会要夸她吧？

一贯挑剔的聂江澜点了点头："拍得还行，不用重拍了。"

没料到居然是这么个回复，沈彤结舌半晌，没能说出话来。

"我怎么看你有点儿失望？"聂江澜把相机放上桌面，挑了挑眉，"以为我会夸你？"

沈彤耸耸肩："也不是，只是没猜到你会说这句。"

她拍的照片，被人夸奖已经是很稀松平常的事了，今天忽然听到一句勉勉强强的"还行"，反而觉得很新鲜。

"我一般不夸人，"聂江澜双手交叠，神色淡淡，"'还行'这种词，已经是顶级配置了。"

沈彤撑着脸颊，耸耸肩："我的荣幸。"

她仔细回想了一下，发现这男人好像真的不常夸人。

当时从任行手上把她要过来，他也不过是一句话的事。后来她断断续续地跟了他这么久，很难见到他对什么事物尤其上心，一般是得到了最好，得不到算了。

当然，目前为止还没有他得不到的。

一顿"烛光晚餐"吃完，已经到了该回酒店的时候。

电梯里，沈彤顺手按下负一楼按钮，男人制止："走回去吧。"

沈彤愣了一下："有车为什么要走回去？"

他一贯懒得不行，这回有便捷的交通工具，怎么反倒不用了？

“车没油了。”他施施然道。

“说没油就没油？”沈彤仔细回忆了下，“我记得下车的时候油还很多啊。”

聂江澜眯眯眼：“你看了？”

“我就在副驾驶座，能看不到吗？”

说完这句话，沈彤停了一下。聂江澜似乎也想到什么，停了停。

沈彤盯着反光的按钮键，忽然想起自己和他认识也没多久，前几次见面，她还拘谨地坐在后座，而最近几次和他一起，她已经很自然地坐在副驾驶座了。

习惯啊，真是可怕的东西。

半晌，男人再开口时已经笑意盈盈：“是啊，你就坐在副驾驶座——真没想到你还有坐我副驾驶座的时候。”

沈彤不知道如何回答。

“现在开车回酒店没车位了。”聂江澜伸手摁了一楼的按钮，“就走回去吧。”

他说要走回去，她自然不会推却，权当是饭后散步，还有助于减肥。

今晚的聂公子很有兴致，不只提出了散步这个想法，甚至要在路上玩一下游戏。沈彤想着回去反正也没事，就由他去了。

沿路有卖手工糖的小女孩，兴许是帮父母照看摊子，她站在板凳上踮着脚，才露出眼睛。

沈彤笑着看她：“你们家的糖怎么卖呀？”

小女孩儿答得奶声奶气：“一盒一百。”

沈彤转头去看包装精致的糖果盒，却听到女孩儿继续道：“我猜到你要说什么了。”

沈彤弯着腰，低头看她：“那你说说，我要说什么？”

“你会说这个太贵了，”小女孩努力露出一颗头来，“但是这么贵是有原因的。”

聂江澜就站在一边看着。

沈彤低眉问小女孩：“有什么原因？”

她低头噙笑的时候很温柔，长睫低垂，连表情都可爱得有些“犯规”。

“这个糖里面是有图案的，超级难做哦，”小女孩用稚气未脱的嗓音认真讲解，“而且每颗都是独立包装。更重要的是，我妈妈说，这个糖果就代表珍贵，你给那个人越多，就代表你越重视他哦。”

沈彤一开始纯粹是觉得小女孩好玩，想逗逗她，这会儿，听她认真一讲，决定买一盒。虽然一盒一百块钱的确有些贵，但图个乐子，买来也不错。

沈彤正要拿出手机付款，男人递来一张红色纸钞：“我刚好带了。”

“我还是自己付吧，”沈彤说，“你的东西你买，我的东西我自己买。用你的钱买我要买的东西，那这东西算什么了？”

聂江澜差点儿没被她的逻辑绕死，但须臾，很简单地解开这个“圈”：“算我买给你的，行不行？”看她又要说话，他补充道，“感谢你今天帮我救场。”

这么一说，沈彤当然只能答应。出了店，她说：“跟你这么久，我觉得可以概括一下你，给你身上贴张字条。”

“跟我这么久？”聂江澜回味了一下其中的歧义，“多久？”

“你这个人的关注点怎么老是不对？”

“那我要关注什么？”

“你应该问我给你贴什么字条。”

“哦，给我贴什么字条？”他生硬地说出这个句子。

沈彤不跟他计较，道：“此人人傻钱多，速嫁。”

男人带着鼻音满不在乎地笑了一声：“我给你买东西，你还骂我，你说你是不是个白眼狼？”

后来，为了“报复”沈彤，聂江澜一路玩了很多游戏，赚了一大堆礼物。

礼物的品种非常杂，可爱类的有小挂件、小布偶，接地气类的有橘子和零食，神经病类的有一大捧杂草。

值得一提的是，除了这些杂乱的礼物，聂江澜还赢了很多手工糖做礼物。沈彤猜手工糖大概是这里某种有着美好寓意的载体。

赢的东西太多，聂江澜拿不下，顺手往沈彤帽子里放。如果说把小玩意儿往她的帽子里塞也就算了，可是拿到一大捧杂草之后，这人还是作势要往她帽子里塞。

“聂江澜——”沈彤回头以毫无威慑力的眼神瞪他，“不准往我帽子里塞草！”

“我没有。”他嗓音清爽，仿佛很无辜。

之前她拍摄，他就站在窗口，里面的一切几乎都能看到。看到自己挑出来的演员在那儿胡乱摆弄她的帽子，他就气不打一处来。

故而今晚，他就是忍不住翻来覆去地折腾她，还有她身后这个该死的帽子。

沈彤抖了抖身后的帽子：“你今晚对我的帽子到底有什么意见？”

“对你的帽子没意见，”他停了停，说，“对你有意见。”

“我怎么了？”

“为什么别人碰你的帽子，你就很热情，我碰，你就得躲？”他眯了眯眼，很不悦的样子。

“我没有很热情，我只是感谢了一下。再说了，”她补充道，“你刚刚把我的帽子当便利袋，我不也同意了吗？”

“便利袋很好，就适合装草。”这人这么说道。

感觉到帽子后面一重，窸窸窣窣的声响被压在帽底，沈彤终于伸手去掐他：“给我把草拿出来。”

“嘶，你掐人真的很疼。”

“我打人更疼，试试吗？”

聂江澜的手依然没安分下来。

“聂江澜！你再动我帽子，我咬你了啊！”

闹了一整路，到酒店时沈彤已经筋疲力尽了。

一进房间，她就直奔柔软的大床而去，靠在床边休息。

赵萱都准备睡了，盘着腿坐在床头，语调里的雀跃特别明显：“你们怎么现在才回来啊？去干吗啦？”

“他拉着我捡了一路的废品，”沈彤说，“什么东西都塞在我帽子里。”

“怪不得呢，你一进来我就看你帽子里鼓鼓的，还在想是什么东西。”

“现在还有吗？”沈彤咬着后槽牙，“我明明刚刚都让他拿出来了。”

“还有啊，特别鼓。”赵萱很好奇，“什么东西啊？人民币？”

“真往我帽子里塞人民币就好了。”

沈彤三下五除二就脱下卫衣，准备把帽子里的东西倒出来。脱掉卫衣的时候摸出一颗糖，她才隐约想起来那几盒糖都在聂江澜手上。她把那颗糖递给赵萱：“在街上买了一盒，赢了两盒，我忘记拿了，手上只剩一颗了，吃吗？”

赵萱接过糖：“哇，是这个吗？”

沈彤一边倒帽子，一边问：“怎么，你知道这个？”

“我当然知道呀，这边有个小习俗和传说呢，说的就是这种带着祈愿的糖，谁给你越多，就代表你在他心里越珍贵。”

赵萱话音刚落，沈彤便又开始了战斗，迅速把帽子里装的东西给抖出来了——这混账，肯定又往她帽子里塞了一堆杂草。

东西噼里啪啦地倒了一桌子，一声声脆响，珠盘玉落。

见沈彤的身子一顿，赵萱探出身去看桌面上的东西，嘴里还念念有词：“我说得不对吗？可我真的记得这个是代表珍视的呀。”赵萱看了一眼手上的糖纸，一抬头，惊讶地瞪大眼，“天哪，沈彤姐，你帽子里怎么这么多糖？谁装的？”

灯光下，玻璃纸折射出斑斓的色泽，手工糖被玻璃纸包裹得细致，小巧又漂亮，零零散散地滚了一桌子。

他往她帽子里装的不是什么杂草，是整整一袋糖。

第七颗心

糖夹心

盯着桌上那一桌子糖愣了许久，沈彤这才伸出手拿了一颗出来吃。草莓味的手工糖甜中带酸，她心里却感觉说不出的柔软。

没想到他对别人也有不宣之于口的关照，把多余的糖好好装进盒子里，她心里觉得稀奇，又觉得正常。

这一点儿小花样，让她很受用，当晚入睡时，她隐隐觉得梦里也带着甜味儿。

糖要吃，但工作也要继续完成，很快，《急速燃烧时》的首播日临近。

首播日的战况很激烈，有同类型的综艺节目《下一秒奔跑》和他们同时段对打。几乎可以互相抗衡的嘉宾阵容和节目班底，让这场比赛硝烟弥漫且极富悬念。

而《急速燃烧时》的第三期拍摄，也即将告一段落。

“第三期拍摄结束，我们就又要开始工作了，”赵萱坐在椅子上感叹，“这感觉，就像假还没放完就要开学了似的。”

沈彤翻着书：“听说第四期的主题跟前面几期完全不一样，好像很浪漫。”

“浪漫？”赵萱坐起来，“有女嘉宾吗？”

“这倒不清楚，我没问，”沈彤说，“只是上次听她们聊天才知道的，她们也只知道一点儿。”

赵萱开始收拾桌子，边收拾边道：“这期的电影是不是快杀青了啊？

我还蛮想看看大家会拍成什么样的。”

沈彤笑：“你想知道的还真多，都拿本子记下来了吗？”

“当然了，身为一个在工作方面有条不紊，绝不缺事、漏事的小助理，”赵萱抽出自己的小本子，“工作任务后面，我都会做标记的。

“目前大概有这些：《捕风》封面拍摄完毕，记得盯上市，统计《捕风》和《猎焰》的销量以及增长率。如果《捕风》增长率高，后面接触高端杂志的话会有底气，而且可以列入我们的荣誉清单了。

“《急速燃烧时》第三期拍摄完毕，记得盯剧照投票，看看我家是第几名。

“还有一个，是我自己的，我想知道第三期的五部电影，哪个电影得票最高。我估计冠军在聂江澜和任行里面产生。”

因为平时工作忙，很容易丢三落四、忘事，赵萱渐渐地养成了拿本子记录的习惯。

两个人正在讨论着，“咚咚”两声，门被敲响了。沈彤打开门：“有事吗？”

“啊，是这样，今晚《急速燃烧时》第一期首播，导演说图个吉利，邀请大家一起吃个晚饭，有空吧？”

“有空的。”沈彤点头。

“好的，那你们收拾一下吧，我们等会儿出发。”

沈彤看了一眼时间：“现在不是才三点吗？”

“我们坐节目组的车一块儿过去啦，”那人说道，“车等下走，我们先去拍摄地等一下，等大家都收工了，一起去酒店。”

“好，那我们收拾一下，十五分钟之后见，可以吧？”

“可以的，那我先去通知别人了！”

门关了之后，沈彤转头，看向赵萱：“今晚有事了，吃饭去。”

“刚好……”赵萱在本子上画了画，“今晚先吃一顿，明天……刚好没事，我给你接了个拍摄的任务。”

“可以。”沈彤觉得反正闲着也是闲着，工作任务也不是很重，权当练习了。

十五分钟后，车准时出发，他们停在棚外等剩下的人，车内的人下车透气。

幸好每个组的拍摄都接近尾声，沈彤刚走近，就听到一阵标准的"魏北式"大笑。

如鸡尖叫一般的笑声过后，魏北开口了："不行不行，你别动，我要给你录下来，这场面真的太经典了！"

"你快去给我找人来！"

路过的沈彤被魏北扯过去："快来看，一年一度的经典场面——我们在这儿看到了好几个洞，就说大家把头从洞里伸出来做个表情包，结果你猜怎么着？康南头太大，卡住了！"

沈彤定睛一看，果然如此。头被卡住的康南一脸生无可恋，冷漠地看着魏北："笑够了没？"

"笑不够啊，"魏北围着他三百六十度无死角地拍摄，"你的头是真的很大，能不能去申请物质文化遗产？"

康南怒斥："滚！你的戏拍完没啊？一天天就知道笑我！"

后来，几个工作人员合力把康南的头从洞里拔了出来。康南看着魏北，皮笑肉不笑："老子以后再相信你出的损招，我就是狗。"

话音没落，一只狗便从外面跳进了洞。

魏北眼睛一亮："看到没？连狗都能过去，你不配当狗。"

康南和魏北的闹剧收了场，再往前不远，就是聂江澜的拍摄地了。

他的戏正在收尾，赵萱一眼就看到了孙凌："沈彤姐，那个是你昨天拍的演员吧？"

沈彤点点头。

似乎是拍得不太满意，喊了"cut"之后，聂江澜又站起来，低头跟孙凌说了两句话。孙凌扯扯衣角，点了点头，重新开始拍摄。

这场戏就比较顺了，孙凌拍完之后，聂江澜捏捏眉心，没点头也没摇头，只是低着头看剧本。孙凌在心里捏了把冷汗，他自我感觉这段表演还不错，最起码导演要的感觉应该都演出来了。

"可以了，过吧。"聂江澜合上本子，嗓音仍旧淡淡，"收工。"

戏拍完了，孙凌一转头就看到站在一边看着的沈彤。他向她招了招手："沈彤老师！"

沈彤笑着点点头，算是回应。

聂江澜把一切尽收眼底，嗤笑了声，顺手将合上的本子扔上椅子，然后去摸口袋里的打火机和烟。火苗燃起，他吸了口烟，就那么神色漠然地通过朦胧的烟雾，看这两人友好地交谈。

何故在一边叉着腰："不去打个招呼吗？"

"不了，"他动了动嘴角，"免得打扰人家。"

"哎，"何故继续叉腰，"我怎么觉得你这两天都有点儿阴阳怪气的呢？"

"是吗？"他周身气场很冷，抬头斜了何故一眼。

何故立刻"冻"得不敢作声。

这边，沈彤还在和孙凌聊天。

她随口问他："今天状态怎么样？找到感觉了吗？"

孙凌不好意思地抓抓脑袋："我觉得还不错，比之前好些。导演话虽然很少，但都挺切中要点的，每次一听，就觉得某个细胞被打开了。"

"我问你啊，"沈彤来了兴趣，问他，"跟着聂江澜拍戏，压力大吗？"

聂江澜总是一副冷冰冰的样子，不说话的时候，简直全身上下都散发出一股"别来惹老子，不然老子弄死你"的气场。

孙凌如是说："有点儿，但我还是感谢他，因为一开始我根本就没想到我会被选中，我资质平平，表演水平也一般……如果不是导演，我可能根本找不到这个人物的感觉。"

"他夸过你们吗？"

"没有，"孙凌摇头，"一开始我觉得很奇怪，因为有些戏大家都觉得很好，我以为再怎么说，导演也要夸一下的……可是根本没有，他从来不夸人。"

沈彤想起聂江澜也说自己从怎么不夸人，而她很荣幸，得到了一句"还行"的夸赞。

"后来我们知道了，导演性格就是这样的，"孙凌又说，"他说话都会留几分，就、就比如——"

"比如，说一般就是还不错，说还行就是比较满意。"沈彤替孙凌开口。

"对对对！就是这个意思！"孙凌说，"看你们很熟悉的样子。"

沈彤扬扬头，道："我是他的跟拍师。"

跟久了，大约也能了解一些他的生活习惯和行为习惯。有些东西他很爱吃，但每每说起来，都是勉勉强强地说“还行”。话从不说满，还很爱只说一半，就比如最近，他说的话都有些奇怪——

想到这里，沈彤转头往聂江澜那边看去。只不过匆匆一瞥，就和他对上了视线。男人一双眼本来就漆黑又深沉，这会儿看过去，那双眼里不知翻涌着什么情绪，像要变天前压着的灰暗云幕。

不光讲的话很奇怪，最近他的眼神也很奇怪。沈彤如是想，就好像她做了什么对不起他的事一样。

她正想开口跟他说点什么，下一秒，男人弹了弹手上的烟灰，垂下眼睑，挪开目光。

沈彤心想，别扭不死你。

五位嘉宾的拍摄完毕之后，大家就去往了酒店。沈彤和工作人员坐一辆车，比嘉宾坐的房车要早到一些，找到房间之后，她随便找了个位置坐下。

空调的风吹了好一会儿，大家才姗姗来迟。沈彤回头，率先看到了正在整理袖口的聂江澜，他优哉游哉，垂着眼，一副懒散的样子。

其他嘉宾应该也快要到齐了吧，沈彤这样想着，就往他身后多看了两眼。

聂江澜落座在她身侧，淡淡道：“别看了，孙凌没来。”

沈彤奇怪：“关孙凌什么事？”

“你不是在找他？”

“当然不是，我随便看看，”沈彤道，“拍摄结束，演员应该都回去了吧。”

这顿饭是导演组请的，自然只请嘉宾和工作人员。吃过饭，大家再一起看《急速燃烧时》的首播。

“看你这样子，还有点儿不舍？”

沈彤觉得自从她给孙凌拍完照之后，这人就怎么看怎么不对劲，像绷着什么情绪，跟谁较劲似的。

“没什么不舍，他本来跟我就没关系，不是你让我给他拍照的吗？你最近怎么回事？”沈彤摇摇头，“不太正常。”

聂江澜沉默，这些人最近是约好了，都赶着趟儿觉得他不正常？

“哪儿不正常？”他眉毛都没动。

沈彤手摸上他额头，又摸摸自己的：“发烧了？”

“哟哟哟，这是干什么呢？”魏北从外面进来，刚好看到这一幕，“说话就说话，摸来摸去不像话。”

沈彤这才把手放下，皱着眉看向聂江澜：“也没发烧，那是被‘下降头’了？”

坐在一边的何故说：“是吧，爱情的‘降头’。”

沈彤没听清：“什么？”

聂江澜瞥了何故一眼，他乖乖地改口：“我说感冒的‘降头’，可能是感冒了。”

也不知道是自己的哪个动作或哪句话又取悦了他，沈彤感觉到接下来一顿饭的时间，身边人的情绪又好转了一些，不再连发丝都表露着不爽了。

菜上齐，有人举杯。

“祝《急速燃烧时》收视长虹！”

“收视冠军！”

“爆款综艺！”

一顿饭吃下来，大家情绪高涨。

节目组共开了五个包间，包间里正好有电视，吃了饭，刚好节目开播了。有人开了汽水和啤酒，放在桌前：“想喝什么自己拿啊，还有水果，随意点儿啊！”

不过是个首播日，大家硬是玩出了开庆功宴的气氛。沈彤随手拿了瓶柠檬汽水，抽了根透明的管子放进去。

汽水是玻璃瓶的，跟小时候在学校门口喝的一模一样。吸管放进去，气泡从瓶底蹿上来，细软的吸管还没触到瓶底，就已经被冲上来了。

吸管就那么悬在汽水里，没有完全沉下去，也没有全部浮上来。沈彤压着吸管碰到瓶底，手一松，吸管就又升起来了。看她这么来回玩了几次，聂江澜终于开口了：“好玩吗？”

他眯了眯眼，不知道是不是在笑：“你闲不闲？”

“比起玩这个，”沈彤转了转管子，“看我玩这个的你才更闲吧。”

她抬起头，示意他看电视，“怎么，对自己的盛世美颜没有兴趣吗？”

“没有，”他说，“每天看，看厌了。”

沈彤继续和瓶子里的吸管做斗争：“那你对什么有兴趣？”

“你……”

她停了一瞬，很快抬头。

“你拍我的时候，不觉得很好拍吗？”男人终于舍得把话说完。

这断句断得……

沈彤侧头：“特别好拍，你就是‘不修’本人。”

聂江澜像是听到新鲜词汇，停了半晌：“嗯？”

“拍照不用修图，简称‘不修’，”沈彤喝了口柠檬汽水，挑了挑眉，“‘聂不修’这个名字送给你，喜欢吗？”

“沈彤老师送的，”他停顿片刻，说，“哪敢不喜欢？”

喝了两口汽水，沈彤被赵萱叫出去聊一下明天的行程安排，包间里闹腾，外面比较适合商量。

沈彤出去后，没人和聂江澜聊天了，他只能抬头看向屏幕。里面正播到在树下找盒子的那一段，沈彤用声音缓缓地引导着他，让他说出自己的思路。

明明是已经听过很多遍的声音，怎么现在忽然从屏幕里听到就有了点儿别的感觉？

包间忽地安静下来，她的声音就更加清楚。明明能够听见她在说话，却不知道她具体在说什么，只是感觉到她的每个音节、每个尾音都像是上膛的子弹。

在她笑的那一瞬间，仿佛有只无形的手扣动扳机——砰，仿佛经历了一场没有血也没有硝烟的战争，他是枪支下的俘虏，自此阵亡，自此沦为囚徒。

聂江澜觉得口渴，心跳的频率也快得不大正常，他顺手拿起手边的柠檬汽水喝了一口，冰凉的液体滑过食道，他稳住心神。吸管离开嘴唇的瞬间，他察觉到什么不对，低头一看，吸管上还留着她水红色的唇印。

他忘了自己根本就没有拿水来，手边放着的这瓶，是她刚刚喝过的。

把玻璃瓶放回原位，聂江澜感觉到汽水的余味这才涌上来，整个口腔都残余着那股淡淡的柠檬香气。

商量完行程的沈彤推门进来，重新坐在他身边。跟旁边的人说了两句什么，她拿起面前的柠檬汽水，就着吸管喝了两口。唇瓣压上吸管，抽离的瞬间，绯红重新染上吸管。

聂江澜眸中晦暗不明。

沈彤察觉到他的失常，看了看自己手里的汽水，又看向他："怎么了？"

男人喉结滚了滚，克制道："没事。"

那晚，聂江澜做了一个离奇且无法描述的梦。

梦醒的瞬间，他看了一眼手机，清晨五点半。他坐起身，愣了一会儿，感受到某种奇妙的反应，掀开被子，进了洗手间。冲完冷水澡之后，他坐在沙发上。头一次有种不知道怎么支配自己的感觉，他掀开眼睑，直勾勾地盯着面前的柜子。

柜子里有新鲜的咖啡豆和咖啡机，他也不爱喝这个，不知道为什么，这些人就是孜孜不倦地每天换着。想了会儿，他煮了杯咖啡。

何故进来的时候，就发现男人正撑在桌边，两只手臂青筋鼓起，他盯着那个正在工作的咖啡机。何故用力吸了吸鼻子："不是吧？有生之年看到你起早床？而且大清早还在煮咖啡？"

要知道，聂江澜前二十来年可是碰都不碰这种东西的。何故也问过他原因，那时候，他淡淡地答："对睡眠不好。"

整个房间都是咖啡豆的味道，何故咳嗽一声："你大早上煮这个干吗？你疯了？"

聂江澜捏捏眉心："我想让自己清醒点。"

"你是该清醒了，"何故道，"沈彤这才刚走呢，你就开始发疯了。"

"刚走？去哪儿了？"

"去工作吧，具体干吗我不知道，"何故拍拍桌子，"看你这'一秒不见，如隔三秋'的样子，啧啧啧。"

聂江澜紧盯着他，眼睛里各种情愫在翻涌。

"别装了吧，你瞒得了别人，还瞒得了我？"何故抄起手，"你觉得我真的会相信，以你的臭脾气，会因为一个摄影师而献那么大的殷勤？你以为我是傻狗吗？”

聂江澜不说话。

何故感到奇怪：“不是，要你承认喜欢人家就那么难？”

聂江澜面无表情地扯了扯嘴角：“我不喜欢她。”

“不喜欢她会因为孙凌跟她说了两句话就吃醋？你别以为我没看见，后面拍摄的时候，我看到你对孙凌的要求直线上升……”

“那是导演最基本的的职业素养，”聂江澜淡淡道，“我从不公报私仇。”

“哦——”何故拉长尾音，“所以你承认沈彤是你的‘私’？”

“你大早上很闲，跑我房间来干吗？还不出去？”

“我看你手机这么早就开机了，以为你有意外情况，所以来看一眼嘛。”

“我没有情况，我好得很，”聂江澜面无表情，“好得不能再好。”

除了昨晚做了个梦，今早洗了个凉水澡，还喝了很难喝的咖啡，他过得的确很好。

看他这样子，何故腰一叉，那股子倔劲儿也上来了，非让他承认不可。

“不是，我真的就不懂了，你这么别扭是为什么？”何故皱着眉，很费解，干脆打破砂锅问到底，“这么多天了，你不拧巴吗？我都替你拧巴！”

聂江澜掀开眼睑，一双眼瞳漆黑：“你是心理健康老师？”

“那你拧巴着吧。”何故点头点头又点头，“我听说沈彤今天去那地儿，会遇到薛丞。薛丞，你知道吧？她的前男友。”

“她没前男友。”

“那就是绯闻男友，”何故咂咂嘴，“绯闻男友更可怕，稍有不慎就点燃爱火，擦枪走火……”

“跟我有关系？”聂江澜皱着眉灌了一大口咖啡，“她跟谁在一起跟我都没关系。”

“是没关系，顶多就是有人吃醋吃到飞起，然后摆脸色给我们这些人看，把气发在我们身上。”

聂江澜长指拢着瓷杯，垂了眸，竟无言以对。

“你就是喜欢人家，为什么不认呢？喜欢就喜欢，又不丢人，喜欢就去好好追……”

何故苦口婆心，铆足了劲儿地想说服他。至于原因嘛，看他拧巴是一个方面，另一个方面就是，这事儿不解决，何故自己也没什么安生日子过。

“我喜欢她？”聂江澜扯扯嘴角，把咖啡一饮而尽，“我疯了？”

何故一屁股坐上沙发，坐在他身边，翻了个白眼：“你这话我没法接。”

聂江澜不说话，看着窗外的晨色，破晓的天光泛黄，太阳匿在云层里，绕在高楼大厦的顶端。他忽然想到那天，沈彤也是这样被绑在高处，声音颤抖着向他求助。明明已经过去了这么久，再想起来的时候，他居然还是会觉得后怕。

他合上眼睑，幽幽地叹了口气。

不知道过了多久，他终于认命地抬手，温热手掌覆上眼皮，启唇：“对，我疯了。”

何故猛然一抖，侧头看着聂江澜：“你说什么啊？你再说一次？”

“我疯了，”聂江澜说，“你说得对，我疯了。”

他态度的转变突如其来，搞得何故都蒙了半晌。他张了张嘴，好半天才说：“那、那……”

聂江澜面无表情：“说人话。”

“我不知道说啥，”何故攥了攥裤子，“明明主角是你，我怎么紧张激动得跟要‘孕吐’了似的……”

“怀孕了就回去休息，”聂江澜下了个有声的逐客令，“让我一个人静静。”

“这有什么好静的？”何故皱眉看他，“咋的，你是仙女？喜欢上凡人还违背天条？我看你这人，就是别扭、死不认账还傲娇，沈彤多好啊，喜欢人家怎么了……”

聂江澜腾地一下坐起来，眉间紧皱：“我这不是承认了吗？你总得让我想想办法。”

“好好好，你想吧，我不打扰你了，”何故站起来，做了个“停止”的手势，“二十多年来第一次动心，还要自己承认，对你来说是有点儿难，能理解，能理解。”

“滚。”

何故走到门口，故意做出举杯的动作：“敬我们聂老师的第一次哦。”

聂江澜神色冷峻，作势就要关门。门快关上的那一瞬间，何故又把头挤进来：“哎，我问问，你什么时候发现自己喜欢她的？”

聂江澜伸手把那颗头推出去，一言不发地关了门。

房间内终于安静下来，聂江澜看着手里的门把手，不知道想到什么，又忽然笑了。

什么时候发现自己喜欢上她的？

他不知道，好像是无数个细小的瞬间堆砌，一开始，只是觉得她很特别、很好玩，而后有了简单的关切，又从关切到担心，慢慢地，会不知不觉地用各种小手段讨好她——没别的原因，就只是想看她开心，想看她被自己逗得跳脚的模样，最后，居然连她对别人稍微亲近点都接受不了。

真正确定下来的那一刻，就是在昨晚。他完全感知到那股陌生而特别的情感，就是动心。

而另一边的沈彤，还在赏月。

沈彤坐在礁石上，听着海浪细细翻涌，抬头就看到月亮：“今晚月亮挺圆的。”

“是很好看，”赵萱点点头，“节目组今晚是不是组织去赏月了？我看到好多人在朋友圈分享拍到的月亮。”

一天拍摄结束，沈彤也有点儿累了，坐在海边放松心情。没过一会，有通电话打进来，号码很陌生。平时这种陌生来电，她一般不会接，但今晚像是被某种东西驱使了一样，她看了一会儿，按下了接听键。

“喂？”她低眉，“哪位？”

“是我。”男人声音很低，很有磁性，非常容易辨认。

“聂江澜？”沈彤有些意外，“怎么，你换号了吗？”

“没有，手机没电了。”

简单说了两句话之后，没有人再出声，沈彤看着脚底层层叠叠的海浪，轻轻晃动着小腿。

聂江澜听着她的呼吸声，安宁又静谧。

过了会儿，沈彤开口：“听说你们今晚看月亮了？”

“是吧。”他说着往外看了一眼，工作人员都围坐一团，举着手机边拍边笑。

沈彤问：“你也看了吗？”

沉默了很久，聂江澜才说：“我没和他们一起。”

她抱着膝盖，下巴撑在膝盖上：“为什么不一起？”

又是长时间的沉默，如果不是听到他的呼吸声，沈彤甚至以为这通电话已经挂了。

再开口的时候，聂江澜的声音已经很平稳，像是在讲一件再平常不过的事：“因为我刚刚忽然觉得，这样的月亮，你不和我一起看，好浪费。”

晚风微醺，海浪翻涌，礁石沉默。

沈彤眨了眨眼睛，忽然笑了声：“那等我，我很快就回去了。”

欣赏了一晚上的月亮，当晚，在睡梦中，沈彤仿佛都能窥见那个饱满圆润的小东西。睁眼时虽不记得梦的内容，但能隐约感觉到是个美梦，故而醒来的时候，她感觉到自己嘴角还是带着笑的。

封面拍摄已经收工，休整一晚，她和赵萱准备回《急速燃烧时》的录制现场。

刚到片场，还没来得及休息，工作人员便发现了她，急忙朝她招手：“回来啦？快来快来！”

沈彤揉揉眼，走过去，问道：“在看什么？”

“看收视率！昨晚节目不是首播吗？看看我们和《下一秒奔跑》哪个更高。”

沈彤还没说话，那人已经叫起来了：“哇！我们险胜啊！”

“高多少？”沈彤笑。

“0.1。你别瞧不起 0.1 啊——0.1 是情，0.1 是爱啊。”

“热搜也上了，”一直在看手机的赵萱也开口了，“哇，上了三个话题？”

沈彤打开手机一看，热搜榜上果然挂着三个和节目有关的话题——

第三名是“聂江澜”，第十二名是“元欢玉玺”，第二十三名是“聂江澜＆沈彤”。

“沈彤？你怎么也上去了？”

沈彤点进第二十三名的话题，摇摇头：“我也不知道怎么进去的。”

第一期她没有多少镜头，不该上热搜啊。

点进话题之后，沈彤才发现节目组放了一组她拍的照片。

昨晚，《急速燃烧时》首播，官博在广告时段便和大家互动——

“第一段节目播出，大家猜猜下一个拿到玉玺的会是谁。”

“玉玺首次易主，好奇它的下一个主人是谁吗？”

“悬念迭起，买定离手，最后一次押注了，最后的胜者会是哪位嘉宾呢？”

沈彤点进去看了看，一大半的人都在猜聂江澜。

除了发博互动，官博还会定时放出跟拍师们拍的照片，吸引观众们继续往下看。昨晚发了元欢和任行的节目照，大获好评，二人借此又吸引了一批粉丝。

元欢本就是元气少年，在旷野间自由奔跑的时候就放大了他的优点；任行一贯高冷，这回忽然接地气，“逃亡”了一把，大大拉近了和观众的距离。

因为聂江澜第一期出众的表现，昨天刚播完，今天一早就上了热搜。这点沈彤确实可以猜到，就凭他那游刃有余的行动力和好看得过分的脸，不上热搜才是奇怪。

节目组趁热打铁，在聂江澜登上热搜的时候，放出了沈彤给聂江澜拍的第一期照片，并配文：“昨晚的节目还没看够吗？没关系，今天放出聂江澜九宫格高清图，让大家感受一下来自高颜值的暴击。”

节目组很讲良心，每次发了照片，都会在评论里提一下摄影师。

这次也不例外，节目组在评论里补了一条“摄影师 @ 沈彤”。

底下的评论也很精彩——

“救命！聂江澜好帅……”

“看这个节目百分之八十是因为沈彤，从一开始就超级喜欢小姐姐的摄影风格，没想到节目也很好看，加油，会继续追的。”

“太好看了吧！摄影师是谁？我要粉她！”

“点开摄影师的微博，大家会发现一个新世界，摄影小姐姐也非常貌美,我自己本身很期待两个人一起露脸,希望以后节目里会有‘wuli’彤的身影。”

“身边的人都是被之前那张聂江澜看糖画的照片吸粉的，拍得真的很好啊，怪不得之前听说沈彤拍过的好看的艺人基本没有不红的，她的能力简直一流啊。”

当然，沈彤很清楚，一组照片所带来的流量，是远远不能把她送上热搜的。

退出节目组这条微博后，沈彤又看到了一条高转发量的微博：“做聂江澜的跟拍师真的太难了，我甚至从屏幕外感觉到了摄像大哥的绝望……”

后面还跟了个视频，沈彤点开，发现是在楼梯间抢玉玺的那一幕——开始一切都很正常，摄像大哥举着摄像机，拍摄着聂江澜的一举一动，下一秒便令人猝不及防，恶战开始，聂江澜快速顺着楼梯奔跑起来，举着相机的沈彤紧随其后，摄像大哥跟着跑了两层楼，渐渐体力不支，画面越拉越远，最后，二人的身影消失在镜头里。

节目组配了波浪字幕：聂江澜：只要我跑得够快，摄像大哥就追不上我。

后来，摄像大哥好不容易追了上来，结果聂江澜又开始跑。还是老样子，沈彤快速地跟了上去，而摄像大哥被落在远处。

字幕：第N次跟丢聂长腿的摄像师有些崩溃，甚至开始怀疑人生。

沈彤点开评论，大家已经给聂江澜起了许多外号：

“哈哈哈！为什么跑得这么快？简直是‘综艺一阵风’啊。”

“室友说这人不该叫聂江澜，应该叫澜不住（拦不住），我笑出猪叫声。”

“楼上说澜不住的，我觉得江你军（将你军）也很好。”

“太惨了，全程只有跟拍摄影师跟他一样快，不然我们连照片都看不到了。沈彤太敬业了，应该加钱。”

那条微博被转了一万多次，大家都觉得好玩又好笑，沈彤的名字也被带着出现了好多次，热度自然而然上来了。

“你们俩这热度来得也太容易了，观众缘真好啊，”工作人员跟着沈彤一起在手机上看完微博，发出如此感叹，“真是天生适合演艺圈。”

沈彤想了想，还是道：“其实我的知名度还好，应该是聂江澜自带的综艺感强。”

他这人虽然话少，但胜在反差够足，有意无意间就能制造笑点。

“说曹操，曹操到，”那人示意沈彤往后看，“聂江澜来了。”

沈彤回过头，他就站在离她几步路远的位置。聂江澜看向她，声音很低：“有事叫我？”

“没，”沈彤如实道，“刚刚在讨论你而已。”

他挑了挑眉，有些意外的样子：“讨论我什么？”

“上热搜的事啊，”沈彤觉得有意思，“因为你跑得太快了，看到有人给你起外号叫‘澜不住’。”

他低眉轻笑一声，转了转手里的手机，无所谓道：“比起‘澜不住’，我觉得‘聂不修’更适合我。”

“聂不修？”赵萱在一边重复了一遍，笑开了，“这名字谁给起的啊？”

聂江澜看向沈彤，似笑非笑：“除了我们沈彤老师，还能有谁？”

“这名字确实很好啊，”沈彤回嘴，“不是你自己说拍你省时又省力的吗？”

聂江澜挑挑眉，不置可否：“那也得看拍我的人是谁，沈彤老师拍的当然不一样。”

赵萱插话道：“真的，大家现在都说你们俩有奇妙的化学反应，还给你们俩开了个话题，粉丝还不少呢。”

沈彤一愣：“真的假的？”她还能享受开话题这种流量明星才有的待遇？

聂江澜的关注点倒是不同：“很荣幸，我又蹭上沈老师的热度了。”

沈彤更正：“不是谁蹭谁，是奇妙的化学反应，我们俩的。”

他很自然地接茬：“哦？那是什么样的化学反应？”

“可能是 H_2O 和火。”沈彤说。

“嗯？”

“水火不容。”

这个上热搜的时间很巧妙，因为不久之后，《捕风》就要预售了。

预售不是正式上市，而是预备发售，杂志后期的售卖情况从预售也能看出个大概。

因为在热搜榜上挂了一天，聂江澜又没有微博，所以沈彤的微博粉丝以可怕的态势疯狂增长。

关注她微博的大概分两类人——

疯狂表白类：“超喜欢你的摄影风格，期待你出个人摄影集，钱已经准备好了！”

聂江澜粉丝催图类：“‘聂机智’没有微博，哭了。只能找到跟拍师小姐姐的微博了，有机会的话希望小姐姐发一些他的图，我们实在是太喜欢了！”

无论哪一种类型的粉丝，都有一个共同点，就是喜欢沈彤的摄影风格。在这样猛烈增长的人气中，《捕风》和《猎焰》的预售期到来了。

“《捕风》明天中午十二点预售呢，”赵萱把本子翻了一页，在上面记录着，“负责人希望你转一下微博。”

“好，”沈彤问，“《猎焰》什么时候预售？”

“我看看……后天下午两点。两个杂志差不多，都是做的下月刊，上市时间不会差太多。”

既然上市时间差不多，那销售量也会有个更直观的比较了。当天下午，沈彤转了微博，各方的热度都还没散，加上这次《捕风》的封面确实拍得好看，第二天十二点预售一开，一个小时就卖掉了五百多本。

短短一天，《捕风》的预售量上涨了四千多本。沈彤预料到会卖得还不错，但没想到能卖得这么好。

晚上要睡觉的时候，沈彤接到了聂江澜发来的微信，是他的风格，消息只是一张简洁的图片。她点开图片，发现是他的购买订单。

就在刚刚，聂江澜买了一千本杂志……

沈彤回复微信：“你买这么多干什么？”

聂江澜：“好看。”

沈彤：“好看的话买两本不就行了吗？买这么多很浪费呀。”

聂江澜：“我有钱。”

沈彤："OK，那你买的一千本打算怎么办？发放去希望小学吗？"

聂江澜："垫桌脚吧。"

看那边正在输入，沈彤先发制人："不应该啊，你这么有钱，不该有桌脚长短不一的桌子啊。"

聂江澜："你说得有道理。那就送去希望小学吧，我再去买两千本。"

沈彤看着手机，陷入了奇怪的情绪里。

赵萱看到她失神，便问："怎么啦？你脸上的表情怎么这么难以描述？"

沈彤有点儿担心，有点儿不好意思，但又有点儿隐约的期待。

"不应该啊，"沈彤盘着腿叹息，"我怎么有种被包养的感觉？"

沈彤沉湎在自己的情绪里没出来，过了大半个小时才想起来自己没有回消息。遥想上一次她没给他回消息，这男人别扭了好一阵子。

这下想起来，她立刻点对话框，发了一句："不好意思，刚刚有点儿事。"

聂江澜回了个问号。

沈彤："不是故意不回你消息的，你别放在心上。"

聂江澜顿了一下，发了一条："在你心里，我就这么点儿气量？"

沈彤："也不是……比一点点再多一点点吧。"

沈彤："不能再多了。"

聂江澜："我买了三千本杂志，你就是拿这个态度对我的？"

沈彤咬唇，笑了："对不起，为我的鲁莽自罚一杯。"

沈彤："那聂少爷需要我什么态度呢？"

过了会儿，聂江澜的消息发过来："下次给我拍封面照，当赔罪。"

沈彤洗完澡出来，看到这条消息，愣了愣，这才回："好。"

聂江澜："要比《捕风》拍得更好。"

她靠在床头，往被子里钻了钻，床头有淡淡的安神的薰衣草香气，四周气息柔软而清和。她回复："没问题。"

《猎焰》紧急会议。

"这次十月刊封面谁负责的？站出来。"坐在主位的男人一身黑色西装，表情很臭。

底下鸦雀无声，半晌无人应答。

“我花钱是请了一堆哑巴？没人能说话？”

终于有人小声道：“是、是郑光负责的……”

男人鹰隼般锐利的视线向下扫：“郑光呢？”

底下终于站起来一个厚嘴唇男人：“我在、在这儿。”

“说吧，”西装男人解开一颗扣子，“说好的约沈彤，你这约的是个什么野鸡摄影师？”

郑光支支吾吾：“也不是野鸡摄影师，还是有点儿知名度的……”

“叫什么？有过什么作品？”

“叫陶恙，拍过一些杂志封面的，”郑光有些没底气，“奖也是拿过一些的。”

“都拿过哪些奖？给我看看！”

郑光拿出手机搜索，半晌，把手机拿过去。男人低头看了半晌，竟是笑了：“你工作了这么多年，不知道公司的定位？”

郑光低头：“我、我……”

“公司定位是什么？三线小杂志？”男人走下来，抓着郑光的衣领，把他直接甩到墙面上，“说啊！”

“定、定位是高端……高端……”郑方嘴唇发乌，眼睛发红，整个人都在抖。

男人松开手：“月销近五万的杂志，十大时尚刊物之一，你这么干？你嫌公司这两年过得太好，想让公司倒闭，还是怎么着？我告诉你们！公司倒闭了，你们统统没地儿吃饭！

“半个月了，线上才卖了八百本，看看《捕风》，线上销量已经几千了，明儿就要破万了。我告诉你们，前两年这个杂志名不见经传，卖得连我们的零头都没有！”

郑光低着头，不说话，底下一个组的人员，也都大气不敢喘。

“怎么，不说话？办法要我想是吧？”男人咬牙切齿，“这个项目不做好，下个月就不用来了，都给我回家睡大觉去！”

郑光小声道：“还有线下，线下也许我们可以逆转呢……”

“线下还逆转？看到退货量了吗？高得离谱！还怎么逆转？你倒是说说看啊。”

郑光不敢说话了。

男人扯扯领带："三个小时内给我方案，办不好就都走吧，《猎焰》不需要废物。"

郑光崩溃地抓着头发，心里后悔得几乎呕血，恨不得回到过去，把当时做决定的自己狠狠扇上几巴掌，扇得越重越好。当时就不该接陶恙助理的那个红包，还信了她们的鬼话，居然信她和沈彤水平没差别！要不是因为沈彤出于信任还没签合约，结果他们爽约了，沈彤临时丢了一个行程，她也不会接《捕风》的邀约，事情也不会落到这个田地。

终于有人站起来，凑到男人身边递了个什么东西过去。

半小时后，男人扯扯领带："行，你去联系吧。至于郑光……明天不用来公司了，让他和他那个野鸡摄影师抱团取暖吧。"

那边协调完毕，电话很快就打到了赵萱这边。

"喂？是的，我是沈彤的助理，工作方面都可以和我联系。"

"吃饭？要重拍是吗？"

"明天？应该可以，那先留一下您的联系方式，我们这边协调一下，给您答复。"

"好的。"

赵萱挂了电话，忽然拍了一下桌子。

沈彤看她："怎么？接到什么工作了，这么高兴？"

"《猎焰》换负责人了！那边说上次换摄影师真的很抱歉，非常后悔，希望有个见面赔罪的机会。"赵萱挑眉，"最后他们说什么，你知道吗？他们说这期上市的杂志全部紧急召回，要我们重拍封面，做十月和十一月的合刊！"

"紧急召回？重新拍合刊？"沈彤有点儿惊讶，这个力度实在太狠。

"我也很惊讶，"赵萱说，"这样，陶恙也太丢脸了吧，因为摄影师封面拍得不好就紧急召回，还把两个月的合并，做合刊……古往今来，这是第一例吧。不过本来问题就出在陶恙身上啊，"赵萱又开始数落，"封面拍成那样，人物和场景完全是分离的，一点儿整体感都没有，更别说美感了。"

陶恙这次完全是一手好牌打得稀烂，《猎焰》十月刊的销量遭遇滑铁卢，比以往最低的时候还要低上一半。为了名声和面子，杂志社紧急召回已发售的杂志，并重新制作是唯一的办法了。

沈彤彼时虽被《猎焰》放了鸽子，但她掌镜的那期《捕风》一跃成为当期黑马，加印多次，比最好成绩翻了几倍。原本名不见经传的小杂志，就因为那如神话般的销量，迅速打开了知名度，甚至有望进入一线杂志的队伍。

《猎焰》的人不傻，自然知道沈彤这块“香饽饽”拥有多大的市场价值，故而这次，不惜打陶恙的脸，转而来讨好沈彤。

赵萱看了会儿手机，忽然笑了，雀跃道：“我有个朋友跟陶恙团队的人认识，说团队现在乱成一锅粥了，又气又急，跟热锅上的蚂蚁似的……还说《猎焰》这回下手太猛了，陶恙整个人都有点儿撑不住，一直把自己锁在房间里。不过啊，摄影师拍得不好，影响销量，大刊紧急撤回所有刊物……这太丢人了，谁能受得住这个？简直是把辣椒水往脸上泼啊。”

“对了，”赵萱又道，“后面合刊上市的时候，我们好像还要参加一个慈善晚宴，说不定还能和陶恙遇到……希望合刊也能大卖，我们要昂首阔步地走过去，在她面前挺直了腰杆，让她知道自己抢资源有多不自量力。”

沈彤被赵萱夸张的形容弄得哭笑不得。

当晚，沈彤去天台透气的时候碰到了聂江澜。

她原本只是想着忙完《猎焰》新封面的事就要立即进组，准备《急速燃烧时》第四期的相关事宜，没想到能在这里遇到他。

见她来了，他并不意外，但还是装作意外的样子，揶揄道：“沈彤老师上来做什么？”

“明天要进组了，上来休息一下。”她说。

男人皱皱眉：“你是陀螺？都不用休息？”

沈彤愣了一下。

“你怎么跟普通人的想法不一样？”她找了个位置坐下，“一般人都会夸我高产又敬业。”

聂江澜停了停，转瞬道：“我和他们本来就不一样。”

沈彤耸耸肩，拉长音调：“行——您和别人本身就不一样。”普通人他有你这么毒舌又傲娇？

毒舌又傲娇的某人继续道：“你还没回答我的问题，为什么总是接那么多工作？”

“闲着也是闲着，还不如刷刷存在感，”沈彤如实道，“这个世界更新换代太快了，有想做的事，一定要立刻去做，不然会错过机会的。”

夜色里，男人的身形顿了一下：“嗯？”

沈彤伸出手指比了比：“你看，机会永远只有这么一次，错过一秒，就是错过全部了。”但凡错过了任何一个有可能的机会，她都不会有现在。

他一直不说话，沈彤不知道他在酝酿着什么。

“你呢？”晚风把她的笑声捎到他耳畔，“你没有想做的事吗？”

聂江澜不说话。她以为他是在否认，不由得继续补充：“想见的人也没有？”

“有，”出乎意料地，男人开口了，“但你形容得不够贴切。”

沈彤撇嘴：“那……喜欢的、想见的人？”

她完全是随口跟他开玩笑，但这次，他居然点头了：“是。”

沈彤惊了好一会儿才回过神，感觉自己的世界观像在一瞬间重塑了一样：“你还会喜欢人？女的？还是男的？”

聂江澜眯了眯眼，眼神有点儿危险。

她放弃跟他开玩笑，道：“可是马上就要开始拍第四期了，就算有想见的人，忍一下吧，等有时间了再去……”

他的声音变得遥远而不甚清晰：“忍不住，怎么办？”

沈彤愣了一下：“真忍不住吗？”

“真的。”

沈彤站起身来，想了想，道：“如果真忍不住的话，那就去吧。”

男人缓缓站起身来，掀开眼睑，墨黑的眸子像一汪沉沉潭水。他又望了她一眼，声音低沉：“那我去了？”

“去吧。”沈彤说。

见他转身往楼梯口走，沈彤心中有了点什么别的情绪，正巧一低头，赵萱的电话打了进来。她按下接通键，手机贴在耳畔，习惯性地抬起头——抬头的一瞬间，往楼梯口去的男人忽然转身，大跨步朝她走来。

电话接通的瞬间，沈彤的手腕被人握住，她眨了眨眼。

下一秒，男人一个用力，把她拉进怀里。撞进他胸膛的瞬间，他的气息像一张网将她包裹，那味道熟悉、神秘，又带着难以言明的压抑和渴望。

沈彤完全蒙了，脑子里霎时间空白一片，像被人拿涂鸦笔染白。

她的手一软，手机从手中跌落，“砰”的一声落在地上。手机离手的瞬间，她下意识地伸手去抓，身子动了动，却被他误以为是在挣扎。

她腰间一紧。他没说话，双臂将她圈住，禁锢得更深。

她忘了自己是怎么仓促又茫然地离场的，只记得离开的时候，男人拥抱的触感似乎还没有消弭，像箍在了她身上。

第二天，沈彤拍摄完《猎焰》合刊封面之后，还是有些心不在焉，不住地回想那个片段。

按照以往，收工后她满脑子只会是自己拍摄的照片，不会还在想其他的事。

她把相机装好，冷不丁听到有人推门而入。

那人情绪很亢奋：“你们猜我刚刚在化妆间看到谁了？”

旁人没搭话，此次参与拍摄的小花旦叶晚倒是率先开口了：“看到谁了啊？这么激动。”

这次，《猎焰》为了扭转局势，特意邀请当红歌手叶晚做封面人物。叶晚生得美艳，特立独行，骨子里也有点儿小八卦，一听那人发问，立刻加入了讨论。

“薛丞！”叶晚的御用化妆师双眼睁大，“你知道薛丞吧，晚晚？”

听到熟悉的名字，赵萱用手肘抵了抵沈彤。沈彤轻轻眨眼，摇了摇头。

“我怎么会不知道他？”叶晚红唇微启，“不久前还和他在红毯见过的。”

最先挑起大家八卦欲望的人说：“听说他最近和女朋友分手了，是真的？”

“肯定是真的，”一边的一个打光师也加入八卦阵营，“我有个朋友是娱乐公司的，分手的照片就是他们公司拍的。”

那人又道：“不过也不是什么大消息啦，业内都知道，薛丞换女朋友跟玩似的。”

“那倒没错，”赵萱小声地接道，“以前还真信了他的人设，什么纯情大男孩，喜欢纯净得像矿泉水一样的女孩……私下完全是个浪子，跟访谈和综艺节目里的完全不一样。”

沈彤沉吟了一下，说：“矿泉水其实不是很纯净，他应该去喜欢蒸馏水。”

“沈彤姐！”赵萱嘟囔，“你完全不气他吗？还在这儿开玩笑。”

“气他？我气他干什么？他又不是我的谁。”沈彤耸肩，一副无所谓的样子。

收好东西出了摄影棚，赵萱迈着小碎步跟上沈彤：“我就是觉得他这人挺假的。”

沈彤没说话，赵萱继续道：“当初追你的时候那股劲儿啊，矢志不渝，好像真的对你情根深种，结果转眼就跟别的艺人去开房。”

这话没错。

之前在《长歌》剧组，薛丞追沈彤追得可谓是轰轰烈烈、人尽皆知。各种或浪漫或低调或夸张的手法他都用过，就差把整个世界装在水晶球里送给她了。

说实话，她始终不清楚薛丞到底喜欢自己什么。面对他的猛烈攻势，她倒不是丝毫不为所动，只是觉得他的追求看起来用心，实则还是差了些真诚。

就在她想着看他还能坚持多久的时候，薛丞的戏份杀青，离组之前，他还含情脉脉地对她说：“别以为你的冷漠会推开我，我不会放弃的。”

五天后，媒体放出了薛丞跟某嫩模相约宾馆的照片。

算薛丞运气好，团队到底还是花了大价钱把这组照片压了下去。那会儿他正在上升期，任何一点儿负面新闻都可能让他断送前程。

虽然新闻压了下去，他的粉丝和吃瓜群众对这事一概不知，但在圈子里，这事已经成为人尽皆知的秘密。

赵萱刚知道的时候，很是义愤填膺：“这渣男过分了吧，上一秒还一副非你不可的样子，下一秒就跟别人去宾馆？这还是被拍到的，没被拍到的有多少次？”

沈彤却一副“预料到了”的表情：“很正常，这圈子本来就浮躁，要面对的诱惑比别的地方更多。薛丞并不是真的喜欢我，也许就是无聊，追着玩玩，追谁不是追？杀青离组之后，面对五花八门的诱惑，哪个男人不动摇？”

就像很久之前，她刚进《急速燃烧时》节目组，跟周旭换了房间，后来正房找上门来，以为她是小三。从那时他们吵架的情况中不难听出，周旭有过前科，而且那时候，黎蔓也说过那么一段话——

“男艺人时常不在家，只身在外，面对的诱惑大，日久生情之后做露水夫妻这种事情，我见过的可不少。”

这圈子比大家表面上看到的更乱，不少夫妻结婚之后各玩各的，在一起时还可以假扮“恩爱夫妻”，引起话题。更何况，婚姻这东西，也不见得有多牢靠。

赵萱觉察出她失神：“想什么呢？”

沈彤摇摇头：“没什么，上车吧，我们回去。”

坐上车，她几乎是无法控制地想到了昨晚——虽然忘记是怎么结束的，可她记得他灼热的呼吸，发烫的胸膛，以及缠在她腰间的那双绷紧的手臂，画面犹在眼前。

他说想要去见喜欢的人，她说：“再忍忍吧。”

可他说忍不住，沈彤便妥协道：“那就去吧。”

他说好，转身往外走，却在即将踏出去的那个瞬间折返回来，一把将她揽进怀里。

她全无准备，是以完全敞开的姿势被他抱住，一开始以为只是一个小玩笑，或者是离别的拥抱，但他抱了她很久，久到拥抱变得不再纯粹，不再像是会发生在“简单朋友”间的拥抱。他横在她腰间的手是禁锢，是绝对的占有。

男人声音沉沉，语调嘶哑，隐忍也压抑：“你觉得除了你，还有什么人值得我去见？”

这人的告白和他本人如出一辙，张扬又内敛，话只说一半，感情却已经表露得淋漓尽致。

她现在想起来都觉得不可思议，那样的男人，懒散又轻慢，仿佛永远不会对什么事上心。那双永远无波无澜的眼睛，薄情得让人无法想象，他居然会喜欢上别人。

并且这个他“喜欢”的人，还正是她。

赵萱坐在车里，抱着枕头，忽然想聊一个话题：“沈彤姐，在圈子里待太久，你会不会……失去相信一些东西的能力？或者是很难去相信？”

沈彤靠着窗户，抬头问她：“比如呢？”

“比如，如果现在有人跟你告白，说喜欢你，你会不会也觉得他是一时兴起，觉得他只是想找个人解决一下寂寞，不会立刻相信？”赵萱掰着手指，“或者，只有他做得足够多了，他花很多时间向你证明他和薛丞不是一路人，你才会信他真的喜欢且只喜欢你？”

沈彤垂着眼睑，掩饰自己的情绪：“再加一个条件，这个人是艺人，并且又高又帅又有钱。”

“那这就更悬了，”赵萱还在追问，“我刚刚问的那个，是不是？”

沈彤脑海里浮现聂江澜那张清心寡欲的脸，又想起他身边那些“莺莺燕燕”，还有他那看任何人都漫不经心的眼。

沈彤挑了挑眉，点点头，说：“那肯定了，追求别人要有个考察期，被追求的人确定对方心意不也应该有个时间？”

赵萱提出问题是因为薛丞，但沈彤回答问题时，满脑子都是昨晚的场景。这个答案对所有人适用，自然也对聂江澜适用。

一是他们的身份悬殊，让她还没有办法立刻接受；二是他喜欢她，这件事本身听上去就不可思议；三是……薛丞之事教训在前，她很难立刻因为一次告白，就完全相信爱情，也袒露自己。

她有自己的感情观，这么久都没有恋爱不是因为没人追，是因为不想将就。她需要时间去确定一段对的感情、一个对的人，在不彻底思考清楚之前，不草率决定，是对一段感情和双方负责。

只有彻底确定了聂江澜是真的喜欢她，后面的故事才有可能发生。她在感情这方面有股纯粹得几乎理想化的固执——要么不确定，确定了的话……就不会变了。

车晃晃悠悠地开了一路，往节目组开去。沈彤在车上眯了会儿，睁开眼就到了目的地。

刚到节目组，她就被人喊走："沈彤来啦？快来快来，正在拍宣传照呢！"

沈彤问："现在就开始拍第四期的宣传照了吗？"

"是呀，"那人道，"负责拍摄的小姑娘被聂江澜的冷脸吓到怀疑自己，刚刚给我发微信，问是不是自己水平太差才被嫌弃……哎，明明刚开始知道要拍聂江澜时，她还挺高兴的。"

沈彤翻出相机，说："行，那我去吧。"

赵萱跟在她身后："唉，我们的生活就是从一个摄影棚到另一个摄影棚。幸亏是喜欢的工作，不然简直是又累又不快乐。"

进了棚子，沈彤看到负责聂江澜的摄影师手都在抖，整个人身上写着大大的两个字——紧张。她从身后拍拍摄影师的肩膀，说："我来吧。"

"啊，好的，"那摄影师忙不迭地点头，应完声才发现那人是沈彤，急忙跟了句，"总算见到真人了，你、你好，我超喜欢你的摄影风格！"

摄影师在裤腿上擦了擦手，朝沈彤伸出手来，沈彤笑着握了握。

打光师准备就绪，场景也早早就布置完毕，沈彤什么也不用担心，要做的只有拍摄。

刚进来的时候，她可是清清楚楚地看到聂江澜脸上的表情，眼睫敛着，唇线平直，一双眼散漫地瞅着镜头，除了够放松，没有一样是个模特该具备的品质。

沈彤站在他面前，低头调试相机参数的时候忽然问道："我和你有仇吗？"

虽然刚进来时，想到之前的事还有些尴尬，但又想着反正八字还没有一撇，她便很快将这些私事抛之脑后，认真投入工作，和他正常相处起来。

在她进来的那一刻，男人的表情已稍有柔和，但听到她这句话，还是不免僵了一下。

"表情那么臭，"沈彤挂好相机，抬头平视他，耸耸肩，"不知道的还以为我欠你什么。"

一句话终于说完，聂江澜勾起嘴角，意味不明地笑了声。

过了那么十秒，他用不大不小的声音自嘲道："可能我欠你什么吧。"

沈彤已经彻底陷入工作状态，自然是没听到他这句话。她举起相机，开始调动他的情绪："来，笑一笑。"似乎是刻意跟她对着来，男人抿唇来了一个假笑。

"我说你这人……"沈彤挪开相机，咬了咬牙，一副作势要骂他的模样。

许是她这个表情太可爱，聂江澜没忍住，低头笑了一声。

"别动别动！"沈彤及时捕捉，"好，就这样，别动啊。"

他低头轻笑，克制着笑意，藏了那么七分，但透出来的那三分，已经有种独特的风流。

沈彤站上一边的三层小阶梯，因为捕捉画面的情绪来得太激烈，导致她根本没有看清头顶还有个小挂灯。"砰"的一声轻响，她的头撞上了挂灯底部。

聂江澜一抬头，便看到拍摄完的人眼里装着一股委屈和愠怒。

"我们沈老师还真是敬业啊。"聂江澜如是品评道，"头撞了还要坚持拍完。"

沈彤有话要说："要不是你的表情太难捕捉，我至于这样吗？"

聂江澜眉一挑，不住点头，意味深长地说："行，全怪我。"

沈彤把吊灯拉去一边，举起相机准备继续拍照——奈何吊灯旁边还有一堆装饰物，发冠似的落了她一头。她满脸黑线，脸颊微微鼓起，伸手去跟那群装饰物做斗争，这个拨过去，那个又弹回来，那个移走，这个又重新出现……

聂江澜终于没忍住，眯着眼笑出了声。沈彤觉得屈辱极了："你还有脸笑？"

他笑得更畅快了。

一边的工作人员面面相觑，眸中惊讶之意更甚：不是吧，聂江澜他笑了？还笑得这么开心？！就因为沈彤头上的东西？有、有生之年啊……

"有生之年"系列照片的拍摄终于收工，虽然过程"艰难"了点，好在结果还不错。沈彤看着相机里总算是和缓起来的男人的脸，松了口气。

《急速燃烧时》第一期节目收视率很高，话题度也居高不下，所有嘉宾的人气都在快速增长着。聂江澜作为人气增长得最快的一个，迅速接到了不少邀约。

沈彤也问他："你为什么不开通微博？"

他很淡然："麻烦，不想开。"过了会儿，又问她，"你希望我开？"

"艺人不都有吗？"沈彤眨眨眼，"没有微博，怎么互动？"

他若有所思地点点头，说："有道理。"

当晚，聂江澜就开通了一个微博。

十点的时候，沈彤收到他那条状似邀功的消息。消息很简单，只是一张他微博的首页截图。个人简介没有，微博也是一条都没有。要不是那个认证，沈彤都怀疑他是去买了个僵尸号。饶是如此，庞大的粉丝军团加上流量爆发，还是迅速把他送上了热搜。

从热搜话题里出来之后，沈彤给他发消息："你不发微博吗？"

聂江澜："发什么？"

沈彤："起码要说两句话吧。"

十分钟之后，聂江澜发微博了。

话题内掀起一场狂欢，粉丝奔走相告，呐喊着："今晚不睡觉了！为我的聂聂刷话题度去！"

沈彤点进去一看，男人的微博简单得几乎想让她吐血："两句话。"

转发量和评论量每秒翻倍增长。

她让他说两句话，他还真的就说了"两句话"？拍摄的时候他怎么没这么听话呢？

路过的赵萱看了一眼沈彤的手机，看到她是在和聂江澜聊天，忽然像想起来了什么一样，不禁问道："对了，沈彤姐，昨晚我给你打电话，接通后，你怎么不说话？"

回忆涌上脑海，沈彤这才想起要庆幸一下——手机够牢固，居然没有被摔坏。

赵萱继续回忆："好像还有'砰'的一声响，什么东西掉到地上了？之后还有脚步声，有谁说了句话，然后……"

"好了，"沈彤及时打断，"是你听错了，我不小心接了电话，把手机放一边了。”

赵萱摸了摸眉毛：“真的吗？”

沈彤不打算跟她深究下去，看她抱着电脑，便转移话题道：“抱电脑是过来找我的吧？怎么了？”

赵萱的表情在一瞬间变得耐人寻味：“我觉得我好像，发现了什么不得了的东西……”

“什么东西值得你这样？”沈彤把电脑接过来，看向屏幕。

赵萱一边滑动鼠标一边说：“我刚刚在一个群里接的文件，是聂江澜的一些照片，注意看表情。”

照片里的人维持着一贯淡漠的神情，面无表情地看着镜头。一张张滑过去，每张照片都像是时尚大片，酷且带着分明的棱角感。

“然后哦——”赵萱拉长音调，“你再看看他看向你的镜头时是什么样子的。”

照片拉到底，场景沈彤很熟悉，是她下午刚刚拍过的。仿佛雪霁初晴，他嘴角轻挑，眉眼微弯。一贯冷着脸的男人，看向她的镜头时，忽而温柔，忽而有了笑容。

❤ 第八颗心 ❤

少女心

第二天清早，节目的第四期录制准时开始。就算有一期沈彤没有参与拍摄，但再参与的时候，她发现自己依旧轻车熟路。

抵达拍摄场地的人并不多，聂江澜算一个。她正惊讶于这人居然会早到的时候，他也发现了她，眉一挑，手一抬，把一个东西抛了过来。

沈彤下意识地抓住：“什么？”

“好吃的。”他说。

沈彤摊开手掌，发现是一块饼干。路过的工作人员脚步顿了一下，顿悟道：“怪不得刚刚他找我多要了一个。”

沈彤把饼干拆开，小小的一块，很快就吃完，饼干里包裹的牛轧糖奶香浓郁，味道不错，应该是今早节目组准备的早餐中的一部分。

很快，全体嘉宾到齐。

“首先，恭喜大家，上期节目的任务圆满完成，”导演笑道，“第三期的结果，我们将通过观众投票决定，所以请大家静候佳音。”

康南抬手就鼓掌，鼓了两下，发现没人跟自己一起鼓，又把手放下了。

魏北惊奇地看着他：“上次卡头把你脑子卡坏了吗？头拔出来的时候把你的智商落在原地了吗？”

康南愤愤道：“你一天不羞辱我是不是会死？”

魏北摇摇头，像是思索了一会，说：“不会。”末了，又补充，“但是会全身难受。”

导演提醒：“康南、魏北，如果你们因为斗嘴错过我接下来的话，可能会很后悔。”

康南听了这句话，赶紧问道：“后悔什么？你下面要放爆炸性消息了吗？”

康南猜测道：“总不会是邀请女嘉宾了吧？昨晚我和魏北还在讨论，我们会不会到节目结束都看不到女嘉宾的影子。”

导演笑得莫测高深，点点头：“本期……确实有女嘉宾。”

几个嘉宾一下就沸腾了。

魏北：“哇！真的吗？”

康南：“不会吧，我们‘直男’节目组良心发现了？”

元欢：“是真的女嘉宾吗？”

任行：“你们别这样，我是有家室的人。”

一个一个说完，还差一个人没说话。大家的目光落在聂江澜身上，他抬了挑眉，“啧”了声，很是为难的模样：“这可有点儿不好啊。”

“请女嘉宾哪里不好了？”魏北生怕聂江澜把嘉宾吓跑，“非常好！我们‘速食’节目组很需要这样的新鲜血液！可以激发我们的战斗力！”

《急速燃烧时》名字太长，大家就给节目组起了个别称，取了“速”和“时”的音，组成了“速食”这个简单粗暴的词。

康南看着魏北：“是你比较需要吧。”

魏北不服：“我真该让你看看你刚刚的样子，眼睛都直了。”

聂江澜轻笑一声，不知道是不是看了沈彤一眼：“我这才……你们就给安排女嘉宾，太不人道了。”

“你才……你才怎么？”元欢探头，“江澜哥，你背着我们结婚了吗？”

“婚倒是没结。”他摇头，“但是在做一件重要的事。”

元欢正要猜是什么重要的事，冷不丁被导演打断：“哦，对了，再提醒大家一句，本期女嘉宾长得都很漂亮。”

“都？都？”康南捕捉到关键字眼，“原来不止一个女嘉宾？”

大家亢奋得头顶几乎冒出火焰来。

“没错，”导演说，“而且本期主题是——”

他特意拉长声音，沈彤的兴趣都被勾起来了。

任行问："主题到底是什么啊？"

"童话的正确打开方式。"导演神秘一笑，"跟前几期简单粗暴的关卡完全不一样，就快到七夕节了，这次我们要做一期和七夕有关的浪漫节目。"

元欢兴奋得就差原地跳起来了："天哪，节目组改走温情红娘路线了吗？我怎么有点儿不信啊……"

导演继续说："每个嘉宾都有一个能开启的单元童话，每个人都不一样，每个人都是特别的。"

童话故事无外乎就那么几种，沈彤一边玩着相机一边想，那女嘉宾会扮演谁呢？辛德瑞拉、白雪公主、美人鱼？就聂江澜那张适合拍偶像剧的脸，无论去到哪个故事里，估计一样养眼。

她正想着，一抬头，又和他目光对上。那双眼笑意盈盈，似乎是想看看面对这种会威胁她"地位"的节目，她会有何种反应。

沈彤拿着相机对上他的视线，两个人的目光相撞不过须臾，又挪开。

"但是，"果不其然，导演来了个转折，"本期只有四位女嘉宾。"

沈彤一顿，四个女嘉宾？那就是说，有一个嘉宾……是没有搭档的？

魏北摇头："这个节目没有爱，真的，你们太绝情了。"

聂江澜收回目光，像是想到了什么。

聂江澜没说话，一边的任影帝也沉默很久，忽然把手搭在聂江澜的肩膀上，笑着对导演组道："说了这么久，也没见女嘉宾出来，让我们看看啊。"

导演放话："这是要你们自己去找的，先找到的先得到。"

听了这话，康南马上转身："那还有啥可说的，赶快去找啊。我先走了，各位，拜拜。"

大家都着急地散开，生怕自己是落单的那个。导演笑眯眯地看着嘉宾们着急，一副颇有"成就感"的模样。

只有聂江澜还在慢吞吞地踱步，跟刚喝完下午茶，悠闲散步似的。

沈彤看他："你还不跑快点儿？不怕女嘉宾被抢走了？"

他们都摸不清节目组的套路，现在都不知道怎么去找人，更不知道落单的嘉宾要怎么完成任务。聂江澜眯着眼，状似无意道：“我要是跟她们碰撞出火花了呢？”

男人的一双桃花眼完全打开，漾着几抹轻佻的春色。

“那还能怎么办？”沈彤耸耸肩，四两拨千斤，把话题抛回去，“我难道拿法律处置你们？”

走出一段路之后，聂江澜忽然问道：“浸猪笼？”

古代偷情的男女，被发现之后是要浸猪笼的。

沈彤瞅了他一眼。

因为本期有个浪漫主题，所以除了故事线和基本的悬念，节目组没有把关卡设置得太难。

不过这次，节目组非常有先见之明，给聂江澜安了一个运动相机，以防他再一次跑太快导致跟拍师丢了。节目组还是没在开头放出任何任务消息，要靠嘉宾自己去找线索。

左边是一排红砖砌起来的墙，一路向前延伸，右边不远处有个蘑菇状的小音箱，里面正传出抒情的情歌。聂江澜听到这情歌，脚步停了停，看向那个音箱。

沈彤觉得奇怪：“怎么不走了？这歌这么好听？”

“你真觉得节目组这么好心，给我们听歌？”他笑着掰了掰音箱，“节目组这么抠，不可能为了气氛做这个的。”

果然，就在他转动音箱的那个瞬间，身后什么东西动了动。聂江澜迅速站起来，找到藏在一排红砖中的木盒子，木盒子颜色和砖色太像，如果不是洞悉节目组的套路，谁又能发现墙里还暗藏玄机？

聂江澜准备抽出盒子的瞬间，感觉到盒子被什么东西卡住了。墙后面幽幽传出一道人声：“请清唱两句你刚刚听到的歌，才能拿走这个任务盒。”

聂江澜言简意赅：“我不会。”

“不管谁会谁不会，规定是，只有听到歌才能放盒子。”

聂江澜蹙眉，转身就往音箱处走，正当他准备拿出手机录音的时候，沈彤站在了他原来的位置拍他。他忽然想到什么，噙笑道：“你是不是会唱这首歌？”

突然被问到的沈彤没反应过来，她问："你为什么觉得我会？"

"你有什么是拿不下的？"他眯了眯眼，单手扶腰。

这话不像是单纯指这件事情。

"没什么拿不下"的沈彤思索片刻，说："还是有挺多拿不下的，但唱个歌还是可以的。"

聂江澜猜中，轻笑一声。沈彤唱完歌，把盒子从砖瓦里抽出来递给他。

她伸出手的那个瞬间，他忽然想到她刚刚站在红墙下唱歌的模样。

她的肤色被衬得更加白皙，五官清丽，瞳仁濯过水似的亮。唱歌的时候嗓音清亮又温柔："只要你在，所有乌云都能散掉，你说多奇妙……"

男人拨开盒子按钮，忽而自嘲地勾唇，嗤笑一声："是挺奇妙的。"

盒子拿到，任务浮现。明明主题是找"失散"的女伴，节目组给出的第一个任务，居然是让聂江澜去吃早茶。

聂江澜看任务的时候正好碰上康南。康南正想说"这是什么环节，怎么还不进入正题"的时候，听到了聂江澜赞叹的声音："这比找女嘉宾有意思多了。"

二人被分去相邻的桌子吃早茶，没等多久，餐点就一道道被送上来了。

听到脚步声，康南抬头，忽然惊叹一声："哇。"

沈彤循着他的视线看过去，送餐的人都十分漂亮，身材又好，穿的是旗袍，旁人的视线很难不被吸引走。沈彤低头，想着这应该不是女嘉宾，顶多是节目组请来的模特，因为都不是很眼熟。节目组要请的话，肯定也会优先选择国民认可度高的女星。

她看向聂江澜，后者的视线已经开始不住地在模特身上流转。果然，男人都是视觉动物。

早茶上完，面前的屏幕一亮，问题浮现出来了：请问端第三道餐点的送餐人员穿的是什么颜色的鞋子？

拿着筷子的康南陷入焦躁："不是吧？你们过不过分啊？谁那个时候还去看鞋子啊，看了也不一定能记……"

“浅紫白底绣花，绣的是山茶花，”聂江澜支颐，轻松得仿佛探囊取物，“是吧？”

他的眼睛是摄像机？脑子构造和平常人不同？

“恭喜，聂江澜回答正确！送上定制券一张。”

康南直接跑到镜头面前哭诉了：“聂江澜不是人，是怪物！”

因为康南没记住，没办法，他只有再来一轮。在等着康南的时候，聂江澜低头看着那张定制券。

沈彤觉得这人的脑子肯定是个扫描仪，看东西的时候，会自动弹出很多“分支”来分析，然后把没用的信息摒弃，有用的才会留下。

比如这时候，谁也不知道他在研究什么，能从这简单一张纸里发现什么。

忽然，他转头看向沈彤：“想不想知道我为什么在等康南？”

“你为什么等他？”

“这期主题是‘童话新解’，每个人肯定都有不一样的定制故事线，”聂江澜把手里的东西翻了个面，“具体哪里不同，我想，从定制券上应该能发现。”

“你想从券里知道你们拿到的都是什么故事？”

“对，”他点点头，“知道自己拿的是什么故事，对后期做任务肯定有很大帮助，不会做无用功。”

定制券背后，右下角处，有个小得不行的二维码，聂江澜给沈彤指了指：“这里面肯定有东西，等康南出来再分析。”

“你还真是观察得细致。”

“不细致的话……刚刚那个环节我怎么可能猜对？”

说到这儿，沈彤不禁道：“盯着别人看了那么久，还能记住这些细枝末节，你脑子真的很好用。”

“细枝末节？谁说是细枝末节？”聂江澜皱了皱眉，“我刚刚一直都在记这些，不然你觉得我是在看人？”

“当然是，”沈彤道，“她们腰细、腿长、身材好，我是女的都被吸引住了，你没有？”

“没有，”他倒是很真诚地摇摇头，“我对别的人没兴趣。你不说，我都不知道她们是女的。”

“吃一堑，长一智”的康南这次一把就过了关。

过关之后，他看到聂江澜还在等他，有些惊讶：“咦，江澜哥，你怎么还在？”

聂江澜伸出手，说：“研究一下这期每个人的故事线，你有定制券吧？”

“有，”康南老老实实地双手奉上，“刚拿到，还是热乎的，我没看。”

把康南的定制券翻开，背面果然也有个小小的二维码，聂江澜拿出手机扫了一下，等待页面弹出的时候，他看向欲言又止的沈彤：“你觉得是什么？”

沈彤说：“可能是节目组的支付宝转账码。”

扫出来并不是转账码，是一堆二维码。聂江澜又扫了扫自己的，出来一张苹果图片，里面隐藏着一个二维码。这时候，事情多少有了些眉目。康南也拿出手机扫了一下自己定制券上的二维码，仔细一看，大家这才看出二维码拼出来一个图形，是高跟鞋。

“灰姑娘？”

“辛德瑞拉？”

两个人几乎是同时开口，过了会儿，聂江澜问：“我说的和你说的有什么区别？”

“没什么区别，”沈彤说，“我的名字显得比较高级而已。”

他抚着额头，问她：“和苹果有关的有什么童话？”

沈彤想了想，道：“应该是《白雪公主》。”

康南打了个响指：“那就是了！你的故事是一个主线，我的故事又是一个主线，其余的人肯定是别的什么童话。”

聂江澜指指自己的二维码：“我的二维码扫出来，里面又有二维码，但你的没有。”

康南看着自己的定制券：“咋了？”

“证明我和你的不一样，也就是说，我们俩之间，有一个人的主线是没有女伴的。”

聂江澜扫了一下苹果图片里的二维码，出来了一个女人的剪影。

康南哭了：“你的故事线肯定是有女伴的！我没有！天哪！老天

怎么舍得这么对我？”

虽然这一切都是猜测，还不知道后面会不会有什么别的反转，但从目前能拿到的所有线索可以看出，聂江澜的分析没错。

忽然，康南拍了一下桌子：“对了，江澜哥，刚刚介绍节目背景时，你是不是说自己不想要女伴？”

这个问题让在场各位都愣了愣。如果聂江澜说“是”，那这个机会可以让给康南，他若是和康南对调故事线，他将成为没有女伴的那个，迎接所有未知挑战。

但沈彤没有想到的是，男人只是兴味索然地看向她，把问题全部抛给了她：“你说我应该要呢，还是不要呢？”

突然被提到的沈彤蒙了一下：“我？我怎么知道？”

聂江澜依然轻巧地反问：“你怎么不知道？”

气氛凝滞了一下，沈彤眨了眨眼，说：“随便你吧。”

聂江澜点点头，沉吟道：“那看来，我不成全康南——”

康南听他说到这里，神色骤变。

聂江澜把话说完：“是不可能的了。”

聂江澜把自己拿到的定制券递给康南：“拿着吧。”

“真、真的啊？”康南用手心磨蹭了一下裤子，“你真的不要女嘉宾了啊？”

“以后的事怎么发展还说不准，”聂江澜抬抬下颌，“你就别操心我了。”

“好好好，那我先走了啊！您自求多福，我会为您祈祷的！”康南妥帖地把定制券贴在胸口，生怕被人抢走了似的。

聂江澜神色淡淡：“与其为我祈祷，你不如为自己祈祷。”

康南笑容凝滞，走之前，弱弱地放狠话：“你等着吧，我会努力赢的！”

等康南走之后，沈彤回想起他那句“会努力赢”，不禁道：“还不知道这期输赢的规则怎么定。”

聂江澜评价她：“该你操心的你不关注，不该你操心的你倒是很上心。”

过了会儿，大家启程去解锁这条故事线。午休时，聂江澜忽然问她：

“没有奖励吗？”

沈彤皱了一下眉头：“奖励？什么奖励？”

“美色当前岿然不动，”他垂了垂眼，声音轻柔，居然有些撒娇的味道，“我以为是会有奖励的。”

“岿然不动？”沈彤回味了一下，“没有吧，你也犹豫了。”

“我故意的，吊着你，想看你的反应。”

沈彤笑了笑：“那我要是让你就拿着自己的券，走自己本该走的故事线呢？”

这期主题是“童话新解”，虽然肯定会有创新的部分，但整个故事大概的走向或人设，应该不会变化。

听到她这个问题，聂江澜顿了一下。旋即，他道：“那我就和别人双宿双飞。”

沈彤失笑，比了个“OK”的手势：“行，有想法。”

午休结束，重新开始工作。沈彤站起身往前走，忽然听到身后传来他闷闷的声音。

“不会的，”他说，“除了你，不会有别人的。”

寻找辛德瑞拉的任务没有停止。

聂江澜和康南对换了任务后，寻找未知女伴——也就是辛德瑞拉的重任，便落在了聂江澜肩上，根本没人知道节目组这次又在玩什么花样。

聂江澜找到第二张任务卡，展示在镜头前：“现在我们需要去贝湾街36号的店铺里，找一双辛德瑞拉的鞋。”

人都还没找到，不知道现在找鞋有什么用处。虽然这么想着，但沈彤还是快速地跟上了聂江澜的步伐。

他沿路找，她沿路拍，换了几个角度后，男人忽而开口：“你怎么老是晃来晃去？”

沈彤眉头轻挑：“怎么了？”

“晃得我眼睛疼。”他语调悠闲，像是刻意在找碴。

沈彤不理会他没完没了欠揍的话，低声提示：“你别以为节目后期有剪辑，你又有点儿本事，就可以为所欲为了。到时候万一节目组把我们俩剪进去，你就等着吧。”

“剪进去就剪进去啊，”他倒是一点儿都不在意，“我怕什么？我又不怕被别人看。”

刚红起来的男艺人，敢坦然讲出这样的话，沈彤是很服气的。她耸肩：“行吧，那您就为所欲为吧，到时候万一有什么流言蜚语，后悔也来不及了。”

“流言蜚语还不好？你怕我蹭你热度？”

这个人脑回路怎么是这样的？

“等等，”他忽然停了停，回味道，“所以你刚刚……是在威胁我？”

沈彤行了个礼：“没有，不敢，您万福金安。”

抵达贝湾街 36 号的时候，沈彤就知道这注定不会是一个简单的任务。

五双鞋被锁在五个透明的密码箱内，每个密码箱开启后，会触动不一样的任务线。

聂江澜看着安安静静、乖乖巧巧地站在他身侧的沈彤：“一路这么静不是你的风格啊，怎么不在我面前晃了？”

沈彤微笑：“怕你眼睛疼，这么好看的一双眼睛要是受伤了，我可赔不起。”

他一愣，旋即低笑一声，意味深长道：“你还挺记仇。”

沈彤托好相机，做拍摄准备：“你真难取悦，晃也不是，不晃也不是……”说完，她抬腿又要往前去。

聂江澜拦住她，抬抬头：“别走了，里面有红外线。”

面前的店面黑黢黢的，只有透明密码箱上悬着灯光，五双繁复华美的高跟鞋像最高处的宝物，仿佛每一处都写满了“待人采撷”，却危险至极。

“哪是什么找鞋，明明是偷。”聂江澜舔舔唇，看向沈彤，“你说，要是我们被人发现了，会怎么样？”

沈彤被他的语气吓到：“你能不能别自己吓自己？”

黑暗中的街道安静得不像话，恐惧在寂静中被加倍放大，沈彤屏住呼吸。她要拍聂江澜，自然走在最前面，第一道红外线就悬在她腰处。

沈彤把相机放到地上，尽己所能地去回忆，在幼儿园上舞蹈课的时候，是不是下过一次腰？当时是怎么下的？

也不知道到底对不对，沈彤下腰，慢慢地挪了过去。顺利越过第一道红外线的时候，她总算松了口气。

看聂江澜盯着自己，沈彤以为他想询问自己，正打算分享一些下腰诀窍的时候，他忽然抬手，把墙上的开关摁下去，红外线应声消失。

她还是太年轻了，节目组的套路都忘记了：看上去越轻松的环节越难，越紧张的环节……越幼稚。

聂江澜看沈彤面上表情复杂，勾了勾唇，大跨步走到她面前："走吧。"

沈彤从地上拾起相机，把相机带子挂在脖子上，默默叹气。

通过了虚有其表的红外线灯，聂江澜站在透明的保险箱前。看着面前的五双鞋，他觉得自己的审美出了点问题。

沈彤也跟随着他的目光，看着面前一双双几乎要溢出"仙气"的高跟鞋。不知道这是哪个组的工作人员选的鞋，真应该好好夸夸这种审美。

她正在看，聂江澜忽而侧头问她："你喜欢哪双？"

"都很好看，"沈彤说，"但是鞋码是不一样的。"

聂江澜等她说下去。灯光从他发顶洒下，在他下眼睑处投出一片暗影。

沈彤从左到右指："这双 37，这双 38，还有 35、36 和 36.5 的。你应该发现了。"

毕竟以他观察入微的能力，不可能没发现这些。

他像是在想什么，眯了眯眼，问她："一般女孩子穿多大？"

"36、37 比较多吧，"沈彤说，"我们一个寝室的人都是穿 37 码的。"

聂江澜点点头，表示明白。沈彤提示道："鞋一定要认真选，这也许会是你找辛德瑞拉的过程中最重要的一个线索。"

童话里，辛德瑞拉在舞会上跑丢了一只水晶鞋，最后，男主角是靠着那双刚好合她脚的鞋子，才确认她身份的。

也许，这个环节是最重要的环节，选择不一样的鞋子，就代表了选择不一样的女伴。

聂江澜摸摸嘴唇，说："知道了。"

最后，聂江澜选了中间的那双鞋子。

选好了高跟鞋，接下来的任务就是打开这个保险箱。目前他们手上什么线索也没有，却要找出一串密码，诚然有些难。

聂江澜双手撑在桌侧，手指缓缓地敲着桌沿，低头思索。

他打开手电筒，慢慢地观察这个屋子的构造，不放过任何微小的一处。

过了会儿，他转头，往左侧看去，沈彤跟着他的目光往左边看。左边是一堵写满了数字的墙，排列得很有规律，但让人摸不着头脑。

顿了一下，聂江澜又往身后看去。过了会儿，像是有了想法，聂江澜站到进门处的开关里，打开红外线灯。

光源在右边，光束尽头落在左边的墙上，这样一照，刚好照出了六个数字。

“960824。”聂江澜次第念出墙上的数字，然后看向沈彤，“你开一下，看对不对。”

沈彤顺着他念出的数字拨着密码，每个数字都到位之后，她按下一边的按钮，“咔嗒”一声，锁开了。

“开了开了！”沈彤屏着呼吸把那双高跟鞋拿出来，目光始终落在上面。

这双高跟鞋，不仅看着这么好看，摸起来的手感简直也不能再好，她甚至开始有点儿羡慕能穿上这双高跟鞋的人了。因为常年工作的缘故，她能穿高跟鞋的机会少之又少，平日都是平底鞋、板鞋、运动鞋居多。

“这么好看？”聂江澜笑着从后面走来，揶揄她，“都不说话了？”

“我刚刚忽然在想……”

“什么？”

“这个密码，可以打开所有的保险柜吗？”

聂江澜失笑：“有一双还不够，你还想把这些都拿走？”

“这鞋是你的女伴的，又不是我的，”沈彤提着鞋道，“我只是做一个假设。”

“试试不就知道了？”

试试——聂江澜的人生准则。

他正伸手想去碰第二个密码箱，头顶忽然传来连绵不断的鸣笛声：

"嘀——嘀——嘀——"

沈彤抬头看："什、什么意思？"

下一秒，从内间冲出来一个人："谁撬开了保险箱？"

聂江澜手疾眼快，一把拉着沈彤就往外跑："走，快走。"

身后的人跑得很快："站住，鞋子还回来！"

沈彤一边跑，一边腹诽：节目组真是疯了，拿个高跟鞋还安排人守卫，追得还跟真的似的。

后面的人穷追不舍，聂江澜加快速度，如离弦的箭一般飞奔起来。跟着他奔跑的过程中，沈彤感觉到摄像大哥再一次消失在身后，但她无暇顾及，只是一个劲地往前跑。

这节目本来就允许嘉宾带着工作人员一起做任务，权当跟一些素人搭档，因为现在电视台出了新规矩，黄金档综艺必须"星素结合"，除了有艺人嘉宾，还需要有素人参与。沈彤和聂江澜关系好，才会有这么高的参与度。

不知聂江澜是不是跑上瘾了，就算已经跑上山坡，他也没有任何停下来的打算。

沈彤回头看了一眼，身后空旷，哪还有什么人？

"等、等一下……"她气喘吁吁地喊，"目前追的人还没赶上来，你跑慢点儿吧，我真的追不上你了。"

聂江澜停下脚步，仿佛早有预谋，转头看向她，目光沉沉："那就别追了。"

夕阳的余晖洒在男人好看的眉眼上，在眼尾落下极小的三角暗影，是日色这"打光师"给了他最肆无忌惮的偏爱。

沈彤心跳失序，脑子里也一团糨糊似的，思考不过来，蒙着问了句："啊？"

他睁大双眼，目光灼灼："现在，换我来追你。"

那一瞬间，她的心跳加速，她感觉到每一寸血液都在沸腾，失去反应和感知能力，只能看到如黛青山于周围环绕，夕阳沉沉欲坠，余晖一片。

后退了两步，她竟不晓得这时候自己该回应什么，说"好"似乎不太负责任，说"不好"，他肯定也不会听。他不是在请示她，是在通知她。

而他这句话，他这两天的行为，究竟是临时起意的玩笑，还是有认真的？她现在无法思考，也不能思考。

沈彤抓住手里的相机，眨了眨眼，道：“很晚了，该……回去了。”

收工回房间之后，沈彤还是久久不能平静。甚至那一整晚，她脑子里都萦绕着那句突如其来的“我追你”。

她不是欲擒故纵，也不是吊他胃口，而是想确认他的心意，也想看清自己对他的感觉。她喜欢他吗？喜欢到想要在一起吗？

毕竟他的身份已经注定这不会是一场普通人的恋爱，而她早已怕了“玩玩而已”。

沈彤摸着自己的心脏，在思考自己那一瞬间心动了没有。那时候心跳得是挺快的，不过好像是因为跑得太快了……到底是心动，还是运动导致心跳加速，她作为当事人，竟然无法贸然下定论。

她抚上额头，想让自己重新温习一下那瞬间的感觉。

看她按着头，一边的赵萱问道：“怎么了？头痛吗？”

沈彤摇摇头：“还好，没事。”

“今晚有人请吃夜宵呢，”赵萱看着工作群里的消息，“你想去吃吗？听说人还挺多的。”

“我想想。”如果今晚她一直待在房间里，只会不断地思考一个问题，然后把自己绕进去，所以这时候还是出去放放风比较好，斟酌了一会儿，她扔下手机，说，“走，去吧。”

沈彤和赵萱来得比较晚，只有最后一桌有两个位子了。

她们俩低调地坐下，跟朋友们打了简单的招呼，就开始吃东西。

后头坐的是谁，沈彤倒没有留意，只是猝不及防地听到一阵笑声，才回头看了一眼。

一边的阿姜说：“瞧着挺眼熟的吧？那是杨韶。”

“杨韶？”沈彤拿了一串脆骨，“演《太安公主》的那个是吧？”

“对对对，就是那个，目前准一线小花旦呢。”阿姜说，“节目组真厉害，她也能请来，听说是任行那个故事的女嘉宾。任行也厉害，大家都没找到女伴，他最先找到。搞得我也有点儿开始好奇后面的女嘉宾了。”

“肯定也不会差的，”沈彤说，“节目组肯定也要为收视率考虑。”

阿姜附和：“那倒也是，杨韶平时在电视里看着好看，真人不是那么精致，但也挺好看的，就是妆太浓了，不知道底子怎么样。”

沈彤嚼着脆骨，应和了两句。他们这桌没人说话，后面那桌说些什么，很清楚就能听到。

杨韶的声音也很甜：“江澜，你呢，喜欢吃什么？”

“随便。”听到熟悉的懒散腔调，沈彤才发现聂江澜就坐在自己后面。

一种奇异的感觉涌上来，她又低着头拿了一串烤肠。晚上吃这种东西真是一种奢侈的放纵，她已经不记得多久没在晚上吃过这些了。

杨韶还在说话：“嗯……老是叫你‘江澜’感觉太生分了，我想换个称呼。”

聂江澜没答话。

杨韶接着说：“我给你起个外号好不好呀？不想用‘江澜’这么生分的名字。”

阿姜用手肘顶了顶沈彤，小声道：“杨韶肯定对聂江澜有意思，今晚一直找他说话呢。”

没过多久，沈彤忽听到男人轻笑一声：“是挺生分的。”

没料到聂江澜会这么回答，杨韶眼睛霎时间就亮了，他这是默许她可以更进一步了？她内心欣喜无比，激动得血液上涌，等待着他开口。

沈彤拿了一串火腿，咀嚼食物的速度放慢。

沉吟片刻，聂江澜开口，嗓音冰凉，一丝温度也无：“以后直接叫‘聂江澜老师’就好。”

回去的路上，提到这件事，赵萱和阿姜几乎快笑晕过去。

“真的，我全程看着杨韶的脸色，聂江澜刚说完第一句，她真的欣喜若狂，以为自己可以跟他亲密了，你知道吧……结果聂江澜转眼让她叫‘聂江澜老师’，一下把她推得更远，她的脸一下就垮了！太绝情了！”赵萱笑道。

阿姜道：“真的太绝情了。如果你是杨韶，你还笑得出来吗？你为杨韶想过吗？没有，你只想到了你自己。”她打趣赵萱。

“哪是只想到我自己啊？明明跟我没有半毛钱关系，我只是不太喜欢杨韶，”赵萱说，“她跟一个摄影师关系很好，那个摄影师叫陶恙，之前抢我沈彤姐的资源。”

这点沈彤倒是不知道：“杨韶和陶恙还认识？”

时刻走在八卦前列的赵萱如数家珍：“她们关系很好！而且杨韶仗着自己有点儿资源，各种挤新人，扶陶恙上位，她俩一个林子里的鸟。刚刚你们俩讨论的时候人太多，我没好意思说。”

“居然还有我不知道的内幕，”阿姜摸摸下巴，“怪不得我看杨韶第一眼就不太舒服，相由心生啊。”

“就是，所以我看聂江澜今晚对杨韶这么冷漠，还挺痛快的，”赵萱兴奋地说，“对了，说到这儿，《猎焰》的合刊下个月就要上市了吧！”

“上市的时候，刚好碰上《晚秋》的慈善晚宴，搞不好能遇到陶恙呢。”阿姜挑眉，“之前是侧面打她脸，这次你们可以正面吊打她了。”

八卦是要八卦的，但工作也还是要工作的。

第二天，两个人依旧早起，沈彤出门跟拍，赵萱开始协调工作。

这是第四期节目，如果不出意外的话，《急速燃烧时》的计划是录制六期，这已然是倒数第三期。

寻找辛德瑞拉的任务依旧在如火如荼地进行中。

高跟鞋已经顺利被他们找到，哦，准确地说，是被“偷”到，那么下一个任务就是……

聂江澜拎着那双高跟鞋，看向沈彤：“童话故事听过没有？”

沈彤猜到他不会找袋子装鞋，从包里拿出一个纸袋，打开，示意他把鞋子装进去：“具体是哪个故事？”

“就《灰姑娘》这个，”聂江澜道，“还记得吗？”

沈彤思忖了一会儿，说：“已经很久没看过了，上次看还是在我八岁的时候。”

聂江澜正要说话，沈彤又开口了：“不过粗略记得一点儿。”

男人鼻音微沉：“嗯，那你说说。”

“但是这个故事版本很多，我只知道一个版本。”她说。

他纵容道："那就说你那个，你那个就是我要找的版本。"

两个人坐在长椅上，手上还捧着刚刚买来的奶茶。

节目还没开始录，现在是自由时间。

摄像大哥还站着，沈彤劝他坐下休息会儿，他本打算就坐在沈彤旁边，但转头一看，这俩人坐在一块儿养眼极了，自己实在不适合掺和进去，破坏画面原有的美感。

想了想，摄像大哥独自坐在了另一条长椅上。

沈彤看着手里的奶茶，一字一顿地回忆道："辛德瑞拉原本是富商的女儿，家庭氛围还算融洽。后来母亲患病去世，家里迎来了继母和两个姐姐。"说到这里，她停了一下。

聂江澜靠上椅背，颇为惬意地眯了眯眼："然后故事就出现转折了。童话里故事的转折，大多出现在继母、后爸、姐姐身上。"

"也不是所有继母都那么差劲的。"

"行行行——您继续说。"

"但是辛德瑞拉的继母和姐姐很差劲。她饱受欺侮，每天都要洗衣、烧水、生火做饭，穿的衣服也满是灰尘，所以她们叫她'灰姑娘'。"

聂江澜手肘搭在椅背上，慢悠悠地说："她们那个时候还要生火做饭吗？"

"你根本不是想听我讲故事，你只是想玩'大家来找碴'。"

男人往侧边看了一眼，道："节目开始录了"

沈彤转头一看，摄像大哥果然举着摄像机开始拍了。

聂江澜挑了挑眉："以沈彤老师的聪明才智，难道不知道这个时候如果只是干巴巴地讲故事，整段都会垮掉吗？"

"行，那你疯狂挤对我吧，"沈彤点点头，凛然道，"就像继母对辛德瑞拉那样。"

沈彤转了转杯子，喝了口奶茶，入戏了："等下拍摄也不用带我了，让我一个人在这里打扫卫生，就像故事里男主角开舞会，辛德瑞拉一个人在家里打扫卫生一样。"

聂江澜沉默半晌，道："那我是不敢的，我只会放你一个人在这里享受荣华富贵，我去大街上扫马路，这才是急速燃烧时的《灰姑娘》剧本。"

沈彤笑了笑，看他：“故事你还听不听了？”

“听——”

沈彤开始认认真真地继续道：“大家都去参加舞会，但是辛德瑞拉留在家里。就在她心灰意冷的时候，有一个……”她努力回想，“有一位老人，愿意帮助她。

“那人点了点南瓜，将南瓜变成一辆南瓜马车；指了指老鼠，将老鼠变作马匹和车夫；碰了碰她破旧的衣服，衣服变成一件新的晚礼服。”

聂江澜“啧”了声：“你不去写童话故事真浪费。”

沈彤慢悠悠道：“写故事是不可能写故事的。”

看她像是个有故事的人，聂江澜问：“怎么？”

“我有个出过书的作者朋友，”沈彤想起徐叶羽，“她的至理名言是——上辈子杀猪，这辈子教书；上辈子杀人，这辈子写文。”

沈彤想到徐叶羽，不禁弯了弯嘴角，站起身道：“走吧，边走边说。”

聂江澜也站起来，示意摄像大哥跟着他们一起。

“后面的故事你应该知道了吧，广为传颂的十二点魔法。”

他答非所问：“你还记得？”

“记得，”沈彤猜他可能不知道，“那我长话短说。

“虽然有了去舞会的条件，但是辛德瑞拉必须在晚上十二点前离开，因为十二点一过，所有的魔法会失效，马车、马匹和车夫，还有晚礼服，统统会消失。

“就是这么巧，男主早不和她跳舞，晚不和她跳舞，偏偏十一点多跟她跳舞。正跳着舞，十二点的钟声快敲响了，辛德瑞拉转身就跑，因为跑得太匆忙，跑丢了一只水晶鞋。”

聂江澜认真地听着。

沈彤指了指聂江澜手上提的鞋子：“后来王子挨家挨户地找姑娘去试鞋，只有辛德瑞拉能完美地穿上这双鞋。他靠这双鞋找到了她，然后二人就过上了幸福的生活。”

也许听得太入神，也许太自恋，聂江澜莫名觉得自己就是童话故事中的王子。

“我为什么要你仔细选高跟鞋？”沈彤抿抿唇，“就是因为故事里，男主角就是靠鞋子分辨出女主角的，你应该也是要通过这双鞋，找到你的女主角。”

聂江澜挑挑眉：“我知道。”男人又揉揉后颈，“辛苦了，你喝点水吧，我们现在去找车子和礼服，还有我的……女主角。”

第二个找到的任务盒，指引他们去往下一个集市。

“先找马车还是礼服？”

聂江澜顿了一下，这才道：“礼服吧。”过了会儿，他眯了眯眼，“有没有可能我找了这么久，最后男主不是我？”

“不是你，还能是谁？肯定是你。”沈彤撇嘴，“与其操心你自己，不如想想女主怎么找。”

那个“辛德瑞拉”到底就在他们的身边，还是隐藏在某个角落，或者……其实根本不存在？

他们沿着集市找了十分钟，终于找到一家有节目组标志的服装店。聂江澜推门进去。

老板娘笑眯眯，很是热情地问：“你好呀，要什么？”

“你好，”聂江澜亮了亮任务卡，“是《急速燃烧时》的服装店吧，我要找一套节目组留在这里的晚礼服。”

“《急速燃烧时》？”老板娘皱眉，“我没听过，你找错了吧。”

事到临头，老板娘居然和节目组一起忽悠他们。

聂江澜指了指后面一个印有节目组 Logo 的小盒子，又指了指头上的摄像机。

老板娘耸肩：“好吧，节目组给你留了一个任务。”

“什么任务？”

“把线穿进针里，这个任务才算过关，”老板娘把身后的盒子拿出来，“把盒子打开就可以看到工具了。”

聂江澜接过盒子，垂眸：“穿针引线？”

老板娘撑着脑袋，一副看好戏的表情：“对，你们不擅长这个吧？”

“以前是不擅长……”聂江澜目光挪向沈彤，“但前段时间，有人教过我。”

前段时间，他从瓢泼大雨里救下沈彤，住客栈的时候，他的扣子掉了一颗，坐在桌前绞尽脑汁地想缝起来，奈何他在这方面就是没有天赋，路过的她看不过眼，传授给他方法，并顺便帮他把衣服缝好了。

原来才过去几个月，她还以为已经很久了。

沈彤撑在桌边，准备“验收”一下，看看他的表现如何。她挑挑眉，示意他可以开始了。

他垂头浅笑一声，抬抬下颌：“有水吗？”

沈彤手边正好有个水壶，她拿了个杯子放到他面前，提起水壶往杯子里倒水。

水汩汩流入杯中，未几，聂江澜抬手，手指贴着壶嘴，往上抬了抬。

“够了……”他嗓音沉了沉，“水太多了。”

沈彤咳嗽一声，提着水壶闪出镜头。

聂江澜回忆那个画面，那晚电闪雷鸣，她穿一件水红色衬衣坐在他旁边，跟他说着穿针引线的方法，声音很轻，带着一股特有的柔软和耐心。

他喉结滚了滚，食指指尖沾了点水，触上线头，一捻，手法和她如出一辙。

看着面前的景象，沈彤勾了勾唇，颇有种学生出师了的成就感。

聂江澜皱着眉头，眼睛微眯，锁定了位置之后，很轻松地就将线穿了进去，一气呵成。

“嗬，”老板娘惊讶了，“挺厉害啊！”

聂江澜眉一挑，淡淡地笑了：“沈彤老师教得好。”

沈彤老师点点头，品评：“还不错，出师了。”

他抬头看她，语调里隐有愉悦：“老师谬赞了。”

任务完成，自然是到了发放奖励的时间。老板娘说：“跟我来吧。”

推开旁边侧间的门，沈彤倒吸一口凉气。一眼望去，正厅摆着数十件晚礼服，一件件纯手工制作，刺绣精巧。节目组说这期应和七夕节，来个浪漫专辑，真是下了血本，她光是看到这些衣服和鞋子就觉得浪漫得几乎到了顶。

几乎没有人能抗拒这些吧，只是，目前的问题是——

“女主角都没出现，怎么选衣服？”

“节目组不就这个意图？”聂江澜道，“见不到人就得选衣服和鞋子，见不到剧本就得选演员，他们就喜欢这种极具反差的套路。”

沈彤点点头，极为赞同。

“先随便试一下吧，”聂江澜道，“穿37码鞋的女生应该有的身材，我们粗略做个估计。”

说完，他看向沈彤。

沈彤眨眼：“看我干什么？”

“你多重？”

知道自己又要做“小白鼠”了，沈彤如实招来：“九十斤。但我先说好啊，根据鞋码来预测还是不怎么准的……”

“自己的不准就直说，”他笑，“别把锅推到鞋子身上。”

是可忍，孰不可忍，被激将法激到的沈彤不打算跳过这个话题：“我这个身材很标准了好不好？”说完，为了佐证自己身材标准，她站直，还挺了挺胸脯。

聂江澜笑了笑，指指正中央那套礼服：“你能穿下吗？”

“怎么不能了？”沈彤磨了磨后槽牙，不服道，“怎么，你觉得我很胖是吧？”

“我没有。”

老板娘也笑了：“她可以穿下的，只是她可能偏瘦，后面要用别针收一收礼服的腰。”

沈彤扬起一个“谦虚”的笑：“听到了吗？”

“行，”聂江澜状似无意地一挥手，“那你进去试一下，在你码数能接受的范围内，选一套最好看的就行。”

因为“辛德瑞拉”迟迟不现身，沈彤只好代劳，为她试一试衣服。算了，能过过瘾也不错。她选了一条自认为最好看的，提着进了试衣间。聂江澜正在外面候着，见她试完衣服出来，抬头看去。

灯光下，她皮肤白皙剔透，甚至可以看到锁骨往下那片肌肤里，隐隐透出的青色血管。

抹胸星空长裙把她的身材衬得刚刚好，玲珑有致，裙子的颜色亦漂亮至极，深蓝色从中间向外渐变，至纱裙两端，过渡成一片银白。

随着她步伐晃动，裙摆折射出粼粼浅光，似星辰镶嵌其上。

在座各位屏息。

沈彤提起裙摆，轻轻晃了晃：“可以吗？”

聂江澜挪开目光，指了指沙发：“你先坐着吧，我思考一下。”

沈彤也没多想，坐上沙发的时候，聂江澜提着那双鞋走到她面前了。

男人的声音很沉，像有所压抑：“你不知道吧？”

沈彤抬头：“什么？”

他单膝跪地，和她对视：“这期其实没有真正的‘辛德瑞拉’，那个人是由我来选的。今天下午六点前，我必须确定人选。”

沈彤抬头一看，已经五点五十五了。

“那你不早说？现在来不及了，”沈彤手撑着沙发边沿，就要站起来，“那你怎么找？”

男人灼烫的手握住沈彤的脚踝，把她穿的帆布鞋迅速脱了下来。还没来得及挣扎，他已经把那双高跟鞋套上她的足尖……他动作很慢，有点儿生涩，又怕弄疼了她。

高跟鞋穿上的瞬间，沈彤眨了一下眼睛，又眨了一下。

“我这不是找到了？”

室内光线昏暗，他的脸在光影间好看得不甚真切，恍若梦中。

聂江澜垂下眼，抬起她的手背，低头，落下一个吻。

“电流”在浑身乱窜的瞬间，她听见他沉哑的嗓音：“等你很久了，我的公主。”

被他紧握住的那只手仿佛失去知觉，沈彤全身血液上涌，几乎凭空生出一股眩晕感。

聂江澜托着她的手，将她扶起来，仍旧是笑：“马车在外面等着了，上去吧。”

他从她的表情中读出她无声的应允，发现她喜欢这些，他整个人都愉悦了起来。

沈彤提着裙子，踏出门框后，终于慢慢反应过来——她其实是落进了聂江澜的陷阱里。

一开始拿鞋子，他顺口问大家一般穿什么码数，她立刻着了他的道，用自己类比，把自己的鞋码和盘托出。选裙子时，他很自然问她有多重，然后激她，她就顺便换上了礼服。换完衣服，他假意思考，让她坐上沙发，给她穿上那双本就是给她选的高跟鞋。他就这样顺理成章地做完一切。

而她在整个过程中，居然都惦记着那个真实的“辛德瑞拉”，从而确定自己置身事外，只是帮他参考，对这一切毫无察觉。

高手，真是高手。

沈彤正想着，面前忽然冲出来一个很迷幻的东西——头顶一团乱蓬蓬的枯草，脸上长满了绒毛，眼皮被画上颜色，整张脸只有四个字能形容——一塌糊涂。

说是个人吧，看脸不太像，说不是人吧，又有两只手，两条腿。

聂江澜正从门外走出来，看到这东西冲过来，皱了皱眉，把沈彤拉到身后：“什么玩意儿？”

“江澜哥！是我啊，江澜哥！”那东西张嘴了，是元欢的声音。

聂江澜有些不确定：“元欢？”

“是我！我就是……”

他伸手抓了一把元欢的头发，问道：“这是什么？你怎么变这样了？”

“我的主题啊！”元欢崩溃，“《美女与野兽》，我是野兽！”

“你的故事线是《美女与野兽》？那你的‘美女’呢？”

“还没找到，”元欢泄了气，“找到了还要让她爱上我，我才能变身，我都要哭了。”元欢探头看向沈彤，“沈彤姐，你怎么穿成这样啊？”

聂江澜率先开口：“我的故事线，我的辛德瑞拉公主。”

“哇！你们是《灰姑娘》！”元欢张大嘴，“我小时候超喜欢的故事！不过，不是说你的故事线没有女嘉宾的吗？”

聂江澜不置可否：“所以这不是嘉宾，是我求来的公主。”

元欢笑了：“行行行，你的公主，你的辛德瑞拉。看裙子这么好看，应该已经开始变身了吧，一过十二点，美梦就要醒了哦，你们小心点。”

沈彤耸耸肩：“我们现在可以凑一个经典童话组合了。”

“那倒是，”元欢掰手指，“一路走来，大家的故事我也都看到了呢，任行哥和杨韶的是《海的女儿》，康南哥的是《白雪公主》，魏北哥的是《阿拉丁神灯》。”

“任行哥好惨，为了找自己的女主，在海里泡了两个钟头。

“康南哥最幸福，故事里，公主吃了毒苹果，被王子吻醒。他现在的日常，就是催女主角宋流萤吃毒苹果。”“魏北哥可能是之前当卧底造孽太多，现在一直在满足叶晚小花旦的各种愿望。”

聂江澜微不可察地一扯嘴角：我的沈彤公主可一直在身边。

“对比下来，”元欢进行总结性发言，“你的最好啊，江澜哥。”

“我的最好？不一定吧，”聂江澜挑眉，抛了抛手上的打火机，“康南的《白雪公主》还有吻戏。”

元欢忽然亢奋：“对的，我听康南哥说这个还是你让给他的！”

“是啊，”聂江澜揉揉头发，装作感叹，“唉，早知道不让了。”

他回头看沈彤，忽而低笑一声。

舞会在晚上十点开始，所以沈彤暂时由马车护送回家。车颠簸着行驶到一半的时候，她察觉到什么不对了，掀开帘子的时候，果然发现车夫换了。什么时候换的？

“等等，停一下，”沈彤咳嗽一声，“我们现在去哪里？”

前面的人不说话，沈彤以为是没听到，敲了敲柱子，道：“您好，停一下吧，我想下来看看路。”周围一片黑，要不是有摄像师跟着她，她真觉得自己要被拐卖了……

前面的人毫无反应，沈彤这次大声说：“您好……”

“闭嘴！”前面的人忽然开了口，恶狠狠的样子，“我让你说话了吗？”又阴阳怪气地笑一声，“嗬，攀上枝头真以为自己要变凤凰了？”

沈彤被这突如其来的恶劣态度给惊了一惊，转念一想，像是明白了什么。

她继续询问，以佐证自己的猜想：“你是……家里的用人，是吗？”

“少用那种词称呼我，你是用人，我才不是！”那人咬牙切齿，“大小姐和二小姐要是知道了，有你的好果子吃！”

猜对了，这果然是家里面的用人。

沈彤知道自己现在并不是“沈彤”，而是“辛德瑞拉”，所以这人态度才这么恶劣。故事里，辛德瑞拉在家里，是受尽欺辱的灰姑娘。

节目组找的这个群演还真不错，能接得了戏，反应速度和随机应变能力都很强。

沈彤问：“是大姐让你来的，还是二姐让你来的？”

“这不重要，”那人道，“重要的是，你今晚并不需要出现在舞会上。”

并不需要出现在舞会上？

作为节目的参与者，她被节目组套路了？

化身为故事里的辛德瑞拉，她因为得到了这种好待遇，被姐姐们嫉妒，姐姐们从而决定将她今晚抛弃在某个地方，好让她无法顺利赶回舞会。

“我明白了，这期节目组布置给我的任务，是让我靠自己的能力，在十点钟之前赶回舞会。”沈彤看着镜头，“行吧，看看他们会把我送到哪儿去，实在不行，我还可以跳车。”

不过跳车这事儿还是太危险了，不到紧急关头，不需要以自己的安全来搏。毕竟只是一个综艺节目，比起来的话，还是自己的小命要紧。

车子慢慢地往前走，知道了节目组的想法之后，沈彤反而不紧张了。囿于故事背景，她顶多被关在一个偏僻地方，只要不把她送上高处，一切都不是问题。

她靠在窗边小憩，等到醒来的时候，马车已经停了，车夫早已不见踪影。

她招呼摄像师：“我们下车。”

这是一个密林，地势十分复杂，各个地方都长得一样。

沈彤开始仔细分析了一下，因为摄像师还在拍摄，所以她一边拿着树枝在泥土上写写画画，一边开口：“我想想……之前分别时，聂江澜说过九点钟会来接我。

“到时候九点一到，他看不见我的人影，我的‘家人’——也就是节目组请来的群演，会找尽各种办法搪塞他，估计会说我提前走了。但，出于对他智商的信任，结合他前几期的超好表现，我们不妨假设……他会知道我被困在这里。

“节目组嘛，也不会太绝情，多少也会留一点儿线索下来，让聂江澜找到这个地方。但只是让他知道地方，不会让他知道具体的地点。”

仅靠自己出去是很难的，多一个人多一分力量，这个任务看似是个人战，实则是团体战。沈彤眨眨眼，打算再赌一把。

“我再拼一次吧，”沈彤说，“我得做一个标记，让聂江澜知道我被关在哪里。不然我一个人出去太难了，等我找到办法的时候，舞会都结束了，辛德瑞拉的魔法也会消失。”

转钟时刻，辛德瑞拉的美梦会就此破碎。

沈彤抬头，用树枝在地上胡乱画着，能找个什么办法呢……

她咬唇思考，过了三分钟，看到不远处隐约有一丝光亮。

此时天幕已经昏暗，那发光体便尤为明显，光亮分散时只是细小微光，聚拢在一块儿的时候，却仿佛一团小小的光灯。

如果以这团小光灯作为讯号，聪明如聂江澜，应该很快就能发现她吧。

因为常年待在这种大环境下，沈彤毫不怯场，对镜头更是熟悉无比。她伸手，示意摄像师跟上："我们现在去捉萤火虫，过一会儿就放生。"

萤火虫盘旋在低空，捉起来并不费力，她把手握成空心状，放在镜头下："这样捉的话，不容易伤害到它们。"

上午买奶茶的时候，顺道买了一罐布丁。她看着手里用玻璃瓶装的布丁，想了想，决定把布丁吃完，用这个玻璃瓶来装萤火虫。

吃完布丁之后，她用随身携带的矿泉水冲洗了一下瓶子，就开始干正事儿了。

她往空中一揽，轻松捉到两只，放进瓶子里。先抓到两只，后面就容易多了，其他的异性萤火虫会被慢慢吸引过来，没过多久，沈彤已经捉了十几只。

"差不多了，挺亮的。"她把瓶子放远看了看，"盖子就不盖了，它们不爱动，一段时间内不会快速飞走的。"

手边根本没有细线，沈彤想了想，把自己之前穿的帆布鞋的鞋带拆下来，系在瓶颈处，一切卡得刚刚好。

摄像师被她的动作和反应能力惊到说不出话，真不愧是聂江澜的御用摄影师，智商都跟他一样高。

沈彤提着线，看着手里的小光灯，思考怎么把它挂上高处，好让聂江澜看到。

她有些为难地看着面前的树干……真的要徒手上树吗？正在她一筹莫展间，抬头便看到左侧低矮的城墙，天无绝人之路，墙边有小小的楼梯。

穿着礼服本来就不方便，更何况还蹬着一双高跟鞋，沈彤把高跟鞋脱在一边，赤着脚上去了。走上城墙，她踮着脚，把"萤火虫光灯"系在了树枝高处。

系好之后，她还弹了弹玻璃瓶，做了个小小的祈祷："拜托大家了，晚一点儿再飞出来吧。"

做完这些，沈彤就坐在墙上："行了，现在等等吧，看聂江澜能不能找到我。"

等了五分钟，她嫌太过无聊，下去收拾自己刚刚拆开的东西。

将鞋子装好，矿泉水盖好，垃圾收拾了一下，她便听到鞋底压过枯枝碎叶的声音。她回头去看，聂江澜胸膛起伏，身形轮廓和夜色融为一体。

沈彤看了一眼表："七分钟。"

聂江澜声音带喘："什么？"

"我说你用了七分钟。"

"不止。"他很快接话，带着一股笃定。

在他耐人寻味的眼神的指使下，沈彤无奈地叹了一口气："我说的是找我的时间，你想成什么了？"

"我想的也是这个，"聂江澜"虚情假意"地看了看表，"应该是八分三秒。"他顿了一下，转而问她，"你想成什么了？"

沈彤点点头，行，说不过他。她转移话题道："你靠什么找到我的？"

"灯，"他指指高处的灯，"我一开始说要来，他们都不信，非说我敏感。"

一开始看到这个灯，他就有股很强烈的直觉，这就是她给他的暗号。

沈彤笑出声："没想到你猜对了，这真的是我挂的。"

"我当然知道是你挂的，"聂江澜轻嗤一声，"我们连这点默契都没有？"

这独属于他们的一点点默契，可能任何人都不会知道，单是想到这一点，聂江澜的心里便有种难以言明的畅快，只是……他指了指光灯："你真的徒手上树了？"

看来这个梗是过不去了，沈彤点点头："是的，徒手上树，飞檐走壁，凌波微步，我都会。"

他扶着腰，饶有兴致的模样："再表演一个，我看看。"

把萤火虫放生，垃圾带走，他们在晚上十点之前，终于顺利赶上了舞会。

正厅内光怪陆离，觥筹交错，富丽堂皇的装饰像一座古堡，包裹起层层叠叠的浪漫与奇妙。她跟着聂江澜走进舞池，沿路有人鞠躬打招呼。场景布置得太过华丽，刺目的光线扰乱人的神思，沿路金碧辉煌，所有人的声音不太清楚，像是隔了层水雾响在耳边。

一时间，沈彤甚至分不清这到底是现实还是梦境。也许辛德瑞拉的美梦，就是这样的吧。

沈彤合眼，食指揉了揉太阳穴，再睁开眼的时候，那张好看得有些过分的脸，已经出现在她面前。

他换上了正式的西服，那股桀骜不羁被正统的西服纽扣扣住，藏在深处。

可能是今晚的夜色太朦胧，歌声太温柔，这人身上那股漫不经心的风流和那一点点隆重交相结合，竟让人有些挪不开目光。

他眉眼带笑，鞠躬，伸出一只手来："我的公主，可以请你跳一支舞吗？"

她被他揽着腰带进舞池，几度旋转间，眩晕感更甚。她的手搭在他肩膀上，另一只手被他的手掌握着。

不知道为什么，以往都游刃有余的男人，此刻手心有一层薄薄的汗。

他也会紧张吗？

他进，她退；他退，她进，这种带着距离恰到好处的周旋，让人有种心尖都在发痒的感觉。

她知道他一直在看着自己，所以没有抬头，只是盯着自己的足尖来回挪动。

聂江澜轻笑一声，低头，凑到她耳边："地上是有面包还是有爱情，值得你看得那么认真？"

那灼热气流喷上皮肤，沈彤松开手，乍然往后退了两步。她也不知道今晚的自己怎么回事，好像一只随时都在担惊受怕的兔子，一点点风吹草动都能吓得她撒腿就想跑。

她抬起头，那双杏眼明亮动人，无辜又生动。

聂江澜还是笑，正要开口，忽然间，有钟声响起，一下，两下，三下……

敲到第十下的时候，沈彤反应过来了，这是辛德瑞拉的十二点啊！

这是故事分界线，是美梦转醒的警钟。

伴随着第十二下钟声敲响，沈彤提起裙摆往外跑去。十二点后，童话里女主角身上的魔法会自动消失，那她身处现实，又会被怎么安排呢？

身后传来怒斥声："就是她，给我捉住！"

沈彤回头，看到一群黑衣人。她这才在电光石火间反应过来，她的十二点，会召唤出一群要把她捉走的人。奔跑的时候她思索着，这里这么多路，她能躲在哪儿？

沈彤跑进长廊，正慌得大脑一片空白时，房间内忽然伸出一只手，将她拉了进去。

"嗯……"她要挣扎，嘴巴被人捂住，心脏剧烈弹跳的时候，她闻到了熟悉的味道。

聂江澜说："别叫，是我。"

她回过神来，看着他，着急地跟他分享情报："辛德瑞拉的十二点，魔法消失；我的十二点，是被人抓走。"

说完，她才发现自己太入戏了。她又笑笑，平复下来，安慰自己道："想想其实也没什么，这就是大家给我织的一个梦。过了这么久，也差不多该醒了。"

门外传来脚步声，沈彤捂住嘴，听着外面的动静。

聂江澜手越过她，死死地抵住门把。男人长睫微敛，嗓音沉稳又冷淡："不会醒的。"

他所做的一切都在告诉她——

我给你的这个美梦，你永远不用担心会醒。

我会为你，保驾护航。

♥ 第九颗心 ♥

撩拨心

聂江澜虽是这么说了，但总不可能真的不出去。

沈彤听着门外来来回回的脚步声，知道有人站在门口徘徊，不敢往里闯。

她抿抿唇，道：“算了，我出去吧。”

聂江澜看着她，不说话。

她还是有所思量：“也不能一直在里面吧，这毕竟是在录节目，不按照流程来，节目拍不下去了。”

聂江澜自然是不愿意让她走的，但不爽归不爽，她现在的确得被抓走。

沈彤慢慢拧动门锁：“那我出去了？”

聂江澜抄着手，倚在门框边：“你去吧，我就不出去了。”

虽然是废话，但她还是忍不住问了句：“为什么不出去？”

他扶着手腕，慢慢转了转：“怕我会打爆他们的狗头。”

想了想被绑走时可能会出现的画面，沈彤默默出了门，过了会儿，她又回来了。

聂江澜看着她：“怎么，改变想法了？”

“不是，”沈彤说，“想起我的鞋子还没脱了给你。”

下一秒，她扶住高跟鞋后跟，将鞋子脱下来，扔了一只在他脚边。童话里的辛德瑞拉，就是在逃跑时跑丢一只鞋子。

聂江澜本还绷着的表情没收住，一刹笑出来："你还挺考究。"

"行，我走了，拜拜。"沈彤走的时候，还不忘有礼貌地告别。

最终，她被扣进了一个小房间里，一抬头就看到了四个女嘉宾，叶晚、杨韶、宋流萤和付柔。大家的装扮各不相同，有穿着鱼尾服的"小美人鱼"，有一身黄衣、戴着皇冠的"贝儿"，还有吃过毒苹果的"白雪公主"。

沈彤跟其中的叶晚和付柔都认识，因为不久之前还给她们拍过照。

叶晚显然有点儿惊讶："沈彤？你也进来了？"

沈彤耸肩："是啊，我也被抓了。"

"看你这样子……"付柔接口道，"是辛德瑞拉吧？"

"对，所以十二点一过，就有人来追杀我了。"

"你这还算好的，"付柔指指身后的宋流萤，"流萤他们那个故事是《白雪公主》，你知道吧？有吻戏的。"

杨韶加入讨论："真亲上了吗？"

"没有啦，"宋流萤双臂环抱在胸前，拨开刘海，指指眉心，"就亲了一下额头。"

"谁比我惨？"杨韶说，"我是小美人鱼，等男主角来，在水里泡了一个多小时，还得游泳。"

大家还没来得及具体交流，门又被人打开，大家被分散去五个不同的房间。

可能是见惯了节目组的套路，这次沈彤没有那么紧张。这期节目是浪漫主题，跟前两期的"大风大浪"比起来，这算是小儿科。

过了一会儿，工作人员拿了一套器具来。

沈彤脚上只剩一只高跟鞋，索性没穿，单独拎在手里，赤着脚后退了两步："这是什么？"

"印脚印的，"工作人员把东西铺开，"踩上来，我们会给你记录下来。"

"记录了之后呢？"沈彤问，"让聂江澜靠这个辨认我吗？"

工作人员笑了笑："这个我不能讲。"

虽然工作人员搞得神秘至极，但根据"灰姑娘"这个主题，其实发散一下思维，不难想到节目组会设置的环节。

既然故事里，男主是靠一只鞋认出了女主，那么接下来这个环节，估计跟鞋也脱不了什么干系。沈彤把包扔到一边，暗想着临走时把包背走，果然是个明智的决定。

“赤脚走了太久，我冲一下，”沈彤从包里拿出水和小瓶子，把瓶子搁在软泥旁边，自己到一边去清理脚上的泥土，“没去多少地方，还挺干净的，冲一下就好。”

要印脚印的时候，她特意看准时机，抬腿的时候踢倒那个小玻璃瓶，瓶子吧嗒一声，反扣在软泥上。

沈彤“着急又愧疚”地红了脸：“哎呀，不好意思，不小心踢倒了，对不起，对不起……”

本来工作人员打算换一个，看她这么小心翼翼地道歉，就不好意思再追究，把瓶子扶起来，道：“没事，就这样吧，不影响。”

“真不好意思啊……”沈彤还在道歉，不住地鞠躬。

最后印好的脚印，一边是正常的，另一边则扣上了一个圆形的瓶口形状。工作人员端着东西出去，房间内又回归一片安静。

他应该能发现吧，沈彤坐在椅子上想，她可是特意用的之前装萤火虫的玻璃瓶，就为了给他这个暗示……这点默契，他们应该是有的吧？

不过多久，面前屏幕忽然亮了，浮现出聂江澜的脸。沈彤立刻紧张起来，手乖巧地搭在膝盖上。

“现在，你要从这十个脚印里先挑选出三个脚印，然后我们才会给你下一步线索。”

沈彤微愣，十个？这么多？

从屏幕中放眼望去，他面前清一色的十个左脚脚印。而沈彤的线索，恰好藏在右边的那个脚印模具里。万一聂江澜没有撑过这一关，那就算她留给他再明显的线索，也是没有用的。

她屏住呼吸，看聂江澜从身后拿出一只高跟鞋。

哦对……临走前，她为了配合故事线，也为了做两手准备，特意脱了一只鞋给他。

果不其然，聂江澜勾勾唇，低声道了句：“还真有远见。”

声音很小，但沈彤还是听到了。

他蹲下身，照着鞋码仔仔细细地比对了之后，只剩下三个适合的，刚刚好。

聂江澜指了指：“二、六、八留下。”

工作人员把其余的撤走：“选对了，现在这三个脚印里面，只有一个是正确的，然后我们会把相应的右脚脚印拿上来。”

三个右脚脚印被拿上来，只有一个脚印旁边有个圆圆的印记，乍一看，有点儿像节目组特意用来混淆视听的。

这三个脚印的相似度极高，若不是沈彤自己做了印记，连她自己都分不清楚。

果不其然，镜头里的聂江澜已经开始低头分析起来了。

那只高跟鞋能派上的用场毕竟有限，到了这一步，她给他的线索已经……等等，如果第一个环节她会给他留一个线索，那第二个环节，她应该……

聂江澜这才开始留意脚印旁边的那个小圆环，圆环厚薄得当，看起来有点儿像之前装萤火虫的瓶子……树林里她取萤火虫光灯的场景浮现在他脑海里，那个时候，她说了什么？

“幸好早上买了布丁，我把布丁吃了，拿玻璃瓶装的萤火虫。与其说是我和你的默契，不如说是这个瓶子带给我们的默契。”

“这个，”聂江澜指着身前的脚印，“这个是她的。”

工作人员看了一眼脚印旁边的圆环：“确定吗？不担心是刻意为之什么的？”

“很确定，”聂江澜直起身，长舒一口气，“当然就是刻意为之。”

只不过是他和沈彤刻意为之。

毋庸置疑，聂江澜最先救出沈彤。她出房间门的时候，别的房门还紧闭着。

看她不停地往别的房间看，聂江澜道：“怎么，忧国忧民？”

“不是，”沈彤说，“纯粹想知道这期怎么定输赢。”

“各项占比来算的，”聂江澜扬首，“第一是找女主那个部分，根据嘉宾寻找到的顺序定出排名。然后就是这个环节，根据救出女伴耗时长短定出排名，最后计算平均排名，谁是第一，最后谁就能拿到药水和拼图。”

沈彤穿上高跟鞋，坐在一边等待。她随口问："那你觉得谁会是第一？"

"这我哪清楚？在你心里我是万事通？"聂江澜挑眉，"那时候光顾着给你找衣服和鞋子去了，哪知道他们的进度？"

光顾着给她找衣服和鞋子？沈彤回味着他这句话，抬头就看到康南和宋流萤出来了。

康南显然还对节目组的变态套路耿耿于怀："这都怎么想出来的啊？根据咬苹果的牙印分辨哪个是我的女伴？节目组编剧在哪儿？来，你出来，我们聊聊。"

聂江澜玩着沈彤裙摆处的亮片："可你还是很快就出来了啊。"

"我瞎猜的，"康南道，"十个里面选三个，三个里面选一个，这都能被我猜对，我今天运气比较好。"

"哦，我刚刚出来顺路看了一下任行哥的情况，更变态，根据腿的剪影猜哪个是他的'美人鱼'，行吧，我看这个不是'浪漫专辑'，是'报复社会专辑'。"

聂江澜笑而不语。

康南发问："那你是怎么找到你的女伴的？""我们？"聂江澜眯了眯眼，似乎是思考了一会儿，不过半晌，他眉头舒展开来，淡淡地笑道，"我们有默契啊。"

这期的节目完成得很快，等待别的嘉宾出来的时候，聂江澜跟沈彤随处闲逛。

似乎是忽然想到了什么，他淡淡道："马上第三期要播出了。"

沈彤"嗯"了一声。

"我答应你的拍立得，不记得了？"他眯了眯眼，似乎有点儿不爽，"别人的你记得挺清楚，我的东西你怎么一个都不记得？"

沈彤沉默半晌才小心翼翼道："也没有不记得，就是事情太多，忽然忘记了。"

"忽然忘记？"男人哑着声音，"那你还记得什么？"

"只记得徒手上树和凌波微步了。"沈彤道。

第三期节目不仅有聂江澜的任务，还有沈彤的任务。毕竟到时候剧照投票也占一小部分，如果她的剧照投票能拿到第一，对聂江澜取胜也有很大的帮助。

正思考着，元欢也出来了。出来了三组，节目组发放了六个用绑带绑着的号码牌。沈彤领了一个有红色绑带的，系在手腕上，号码牌上是一个“1”。

因为她手腕灵活，很快就绑好，聂江澜就在一边看着她，拿着带子，没动作。

沈彤转头：“你怎么不系？”

他摇摇头：“我不会系。”半晌，他把手腕和绑带递过来，“你帮我。”

沈彤撇了撇嘴，接过绑带，捏着绑带两端打了个结，想了想，又解开，改成系了个蝴蝶结。看聂江澜蹙眉，沈彤问他：“不可爱吗？”

他皮笑肉不笑：“可爱。”

沈彤笑道：“很符合你高冷的气质……”

话没说完，绑完东西的元欢已经窜到了他们面前。少年手上的绑带是黄色的，号码是“3”。

他看了看两人手腕上的东西：“哇，你们的颜色……”

沈彤看了一眼手腕上红色的东西：“怎么，你也觉得我的像红领巾？”

“不是，”元欢指了指她的，“红色，”又指了指聂江澜的，“蓝色，”顿了一下，元欢把话说完，“自古红蓝出CP（couple的缩写，出自漫画，一般是指粉丝把自己喜欢的角色凑成一对）。”

跟元欢聊了几句之后，聂江澜嫌现场太闹，想到处转转，沈彤就顺道跟他一块儿走了。

两个人就边走边说，走走停停，沿路碰到了一个卖转糖的老人。以前流行在转糖上画画，现在大家倒喜欢在转糖上写自己的名字了。

“要买一个吗？”卖转糖的老人问，问完又笑了，“裙子在哪里买的呀？怪好看的。”

“我们做节目，节目组买的。”顿了一下，她说，“写个我的名字，可以吗？”

小时候母亲也常带她吃这个，现在已经很久没吃过了。

“可以，”老人问，“你叫什么？”

“沈彤，‘沈阳’的‘沈’，表示红色的‘彤’。”

老人很快写完，把转糖递给她。沈彤咬下第一口的时候，老人转头问聂江澜：“你们是一起的吧？你也要来一个吗？”

聂江澜想着看看也不错，眨了眨眼：“嗯。”

老人问他：“你叫什么？”

“聂江澜，‘聂耳’的‘聂’，‘江河’的‘江’……”顿了一下，想起她刚刚那句“表示红色的‘彤’”，聂江澜继续道，“‘蓝色’的‘蓝’。”

两个人吃完转糖，回去的时候，四个嘉宾全部都出来了。此时已至深夜，听说这期需要通宵录制。沈彤不经常熬夜，今天倒觉得还好。不过对娱乐圈的艺人来讲，熬夜拍戏、录节目，几乎是家常便饭的事。

等导演组统计的时候，沈彤双臂环抱着打哈欠，问聂江澜：“困吗？”

聂江澜坐在她旁边，垂着眼：“怎么问这个？”

“你不是喜欢睡觉吗？”沈彤伸手遮住眼睑，“要你熬夜不会生气吗？”

“以前会，”他说，“现在还好。”

沈彤点头：“但是做了艺人，以后会经常需要熬夜。比如拍电视剧、拍电影，赶行程到处飞，有时候节目一录也会录到凌晨三四点。”

“艺人？”聂江澜摇摇头，“我不做艺人。”

尽管之前有所猜测，但当真正听到这句话的时候，沈彤还是愣了一下：“不做……艺人？”

他在夜色中撂下一声轻笑，问：“怎么，我看起来像要当艺人的人？”

“不像。但……既然不当艺人，你来参加这个节目干什么？”现在时机刚刚好，沈彤就顺便问出了这个问题。

他倒也没什么隐瞒，双手交叠，漫不经心地说：“不是我自己要来参加的。”

“不是你要参加的，那节目组给你发的邀请，是你接的吧？”

“不是，”出人意料地，聂江澜摇摇头，“是聂熠把我送来这里‘变形’的。”

沈彤一愣。这才回想起来，他家里的公司叫盛熠，那他口中的“聂熠”应该是他的父亲。

“因为你们家投资了，所以你爸就把你送到这个节目里来了？”

“对。”

“送你进来的原因是什么？”

“想让我知难而退，”聂江澜说，“因为我……”

他话没说完，导演组已经统计完毕了：“好，所有嘉宾现在来这里集合，我们宣布一下排名。”

聂江澜捏捏眉心，伸手扶沈彤起来：“先把节目做完，早点儿回去吧，这个一时片刻讲不完，我过两天找机会再告诉你。”

等他们走到了场地中央，导演开口了：“忙了一天了，我们的嘉宾都辛苦了。不管是固定嘉宾，还是请来的女嘉宾，都辛苦，给大家鼓鼓掌。”

等一阵掌声响过之后，导演手里拿着名单，继续道：“这期的主题是‘童话的正确打开方式’，我很高兴大家都完成得很好，画面也很美，经过各种考验，‘真爱’最终还是走到了一起。”

听到“真爱“两个字，聂江澜看了一眼聂江澜。

“第一个环节是寻找女伴，大家极尽所能，速度都非常快，那么，最快找到女伴的是——任行。”导演停了一下，说“第二个环节，最快辨认出女伴的是聂江澜。那么，最后第一名，是任行……”

沈彤呼吸顿了一下。

导演故意吊大家胃口：“还是聂江澜呢？”

聂江澜低笑一声，似乎已经习惯导演的套路。

“根据精确到秒的记录，”导演看着手里的台本，“我们最终算出了获胜者，他以快五分钟的优势获得第一。他就是——站在我旁边，完成了《辛德瑞拉》剧本的聂江澜，恭喜！”

发下药水和碎片的时候，元欢忽然有些惊讶：“哇，好像还是第一次看江澜哥拿奖。”

“对，我也很震惊，”康南抓抓下巴，“明明是第一次，但怎么感觉每期都是他在赢？”

“可能是他在智商方面碾压我们吧。”魏北说。

男嘉宾的关注点都在节目上，女嘉宾的关注点却截然不同。收工后的房车里，沈彤还听她们在慢悠悠地讨论。

“节目组租的衣服实在是好看，这回肯定是下了血本，我的经纪人已经加了服化师的微信，下次租衣服找他们。”

“说实话，我还是觉得沈彤那套最好看，”宋流萤回头看沈彤，“一走起来跟带着星星似的，是聂江澜给你选的吗？”

“不是，我自己选的。”沈彤道。

“自己选的？”叶晚也是一愣，“等下……在选衣服的时候，他应该不知道是你吧。”

此时礼服已经换下来，沈彤在整理相机里的照片，顺势笑道：“他当时只是让我随便选一套。”

“哦，对，”宋流萤说，“聂江澜那边是没有女嘉宾的，好像是要他自己找，想找谁就找谁，我听节目组那边的意思是找围观群众也是可以的，但是好像……”

叶晚也颇有些八卦：“聂江澜那么有想法，一看就知道肯定不想找围观群众啊。这么看来的话，他肯定是一开始就决定找你了，沈彤，不然鞋子和衣服不会那么合你身的。”

沈彤没说话。

宋流萤撞撞她肩膀：“一个摄影师被带着经常在热门综艺节目里出镜，几十万的衣服想也不想就给你穿，所有的好机会只给你，真的，我要是你，值了。”

她在相机上摁着的手指忽而一顿，值了……吗？

第二天起床时已经是中午，沈彤坐在电脑前，一边看着电脑屏幕，一边发呆。

“开始投票了吧！”赵萱把洗好的草莓放在沈彤旁边。

沈彤回过神，盯着面前的投票栏，是《急速燃烧时》第三期的投票要开始了。

第一轮是剧照投票，占比百分之四十，然后是嘉宾拍摄的电影投票，占比百分之六十。

“是聂江澜把你紧急喊去拍摄的那期吧，”赵萱吃了颗草莓，“我们加班拍的孙凌，靠聊中药找到了我们想要的效果。”

赵萱勾起沈彤的回忆，她点点头，道：“对，就是那期。”

“如果这次你拍的剧照拿了第一的话，”赵萱构想，“对他获胜帮助很大吧！说到这儿，还不知道聂江澜拍的电影怎么样呢。”

“节目播出就知道了，”沈彤移动着鼠标，回忆之前工作人员说的话，“剧照是先行照，先投票，电影是直接剪进节目里播的，播出之后再投票。两个环节票数一加，就知道谁赢了。”

她可没忘记聂江澜和自己的“拍立得之约”。

“投票通道十二点开吧，”赵萱说，“为时一天，明天就知道结果了吗？”

“嗯。”沈彤撑着脸颊，有一搭没一搭地应着。

等着投票通道开启的时候，赵萱就抱了个抱枕坐在沈彤后面：“我今天出去买草莓，在电梯里遇到工作人员，他们还在说你的事呢。”

“说我？”沈彤转头，“说我什么？”

“说聂江澜很照顾你，第四期节目的衣服和鞋子都是节目组重金砸的，而且都很好看，多少人眼红，但偏偏选女伴的时候，他只选了你，是不是？”

沈彤还没回答，赵萱已经直接说道：“不过，那套衣服我看到了，有路人拍了照片，真的很好看，而且特别衬你肤色。随便选一个来穿还不一定有这么好的效果咧。”

沈彤笑了笑。

过了会儿，赵萱抱着枕头，忽而幽幽道：“可能大家会觉得你特别受照顾什么的，可是我觉得你值得啊。聂江澜是在照顾你，但是你……你也一直在帮……哇，沈彤姐！”一句话没说完，赵萱忽然跳起来，“投票开始了！”

赵萱似乎看起来对这个投票尤其上心：“就这个！证明给工作人员看，你也是有你自己的魅力的，真是的，没点才华怎么拿得下聂江澜？”

为什么话题越来越歪了？

值得一提的是，第三期投票通道开启时间在第二期节目播出之后没多久，第二期的热度又顺延了过来。而第二期里，作为人质的沈彤刷够存在感，大家除了对聂江澜的高智商表示惊讶之外，还注意到了一边的沈彤——

"不知道是自己太敏感了还是怎么样，我总觉得聂江澜这期怎么比以前都要着急和慎重啊？"

"聂江澜到底是因为要救人质才这么紧张，还是因为人质是沈彤才这么紧张？"

"对不起，我什么都没看出来，我就觉得聂江澜好帅……"

"因为是人质才想保护，还是因为是沈彤才想保护？我跟室友已经就这个问题讨论半个小时了。"

当时身在其中不觉得，现在单独抽离出来，沈彤才觉察到了一点儿别的什么情愫。她顺着观众的猜测去想，只能发现到一点儿小小的端倪，再仔细去分析，就一点儿线索也没有了。

"看大家拼命捕捉你和聂江澜的小互动，"赵萱停了停，眯了眯眼，说，"我怎么有种你们在搞地下情的感觉？"

沈彤看她："你又开始乱形容了吧？"

"我没有，"女孩子的感知能力总是特别敏锐，"我总觉得这段时间，你跟聂江澜在暗中搞着什么，是我一点儿都不知道的那种。"

有什么气流在沈彤唇中荡了圈，她一下子竟有点儿接不上话。

赵萱手握成拳，慢慢转："就是感觉你们俩之间的关系和气场一直在变，但外面的人什么也不知道，跟暗度陈仓似的。"

"暗度陈仓"的沈彤咳嗽两声，跑赵萱身后去倒水了。

热度未过，二十四小时投票通道开启。

投票刚开始，沈彤转发了相关微博，宣传了一下，没料到粉丝竟自发地开始给她转发和留言。不过一个小时，转发量忽然呈爆炸式增长。

沈彤奇怪地点开自己的微博仔细查看，发现是聂江澜转发了，就两个字："好看。"

乍一看，甚至不知道他在夸谁。

但很快，有人发现端倪——

"本来还不清楚在说什么，还以为是节目组让发的广告。但是去别的嘉宾的微博溜达一圈，发现大家都没发，刚刚搜了一下第三期的路透才知道，原来你的剧照是沈彤小姐姐拍的呀。"

“合作合作合作！啊啊啊啊，又合作了！”

“官方发糖，最为致命。”

沈彤点开聂江澜的微博，发现他的微博只发了两条。

上条微博还是他刚注册的时候发的，沈彤看他什么也不发，就旁敲侧击，说“起码要说两句话吧”，他才发了简单的“两句话”三个字。这第二条微博，又是转发她的……

本来沈彤的票数就领先，再加上聂江澜一助力，票数立刻“噌噌噌”地上涨。

各嘉宾一看不对劲，纷纷前来拉票。

元欢转发聂江澜的微博：“我的也好看。”

康南转发元欢的：“我的更好看。”

魏北转发康南的：“我的绝对比康南的好看。”

任行转发魏北的：“我的超好看。”

大家都开始转发，热度自然起来了，这时候，不知是哪个工作人员刚好放出了一组视频。视频中，正在休息的孙凌低着头不住地玩着袖口，看起来极为紧张。

很快，沈彤带着相机走进去，交谈了十多分钟后，她开始边说话边拍摄。不过是短短半个小时的工夫，孙凌就跟换了个人似的，整个人从内到位焕发出一股子勃发的生机来。

《急速燃烧时》本来就因为大家的转发上了热搜，那条微博恰好发在《急速燃烧时》的话题里，底下的留言和评论也不少——

“大概这就是天生吃这碗饭的人吧，摄影专业小透明跪了。顺便提一下，沈彤除了在调动人物情绪方面很厉害，光线把控也是一流，很多图不用后期就能出，好奇的话可以去搜搜看。”

“有点儿惊喜，孙凌这一组图拍得真的很好，有种乖张叛逆又谦虚的感觉，让我有点儿期待电影了。”

不知道到底是运气好，还是一切都掐得刚刚好，沈彤靠着孙凌这组照片，人气又上了一个台阶之时，《猎焰》十月和十一月合刊也上市了。

宣传、预售、上市，一切都有条不紊，一切都很顺利地进行着。

《猎焰》本就有不少读者群，再加上沈彤的名号，第一天就预售了六七千本，简直跟以一线巨星做封面的售卖量不相上下。

《猎焰》合刊的负责人本还捏一把汗，看了预售量和订货量，心里的石头终于落了地："早就说要沈彤拍了，你们非不信。看看吧，起死回生，被陶恙搞得乌烟瘴气的局面，一下就解决了。"

杂志不断加印，沈彤也收到了慈善晚宴的邀约。

晚宴上各界名流很多，陶恙自然没有放过这个机会。

沈彤到场的时候，陶恙正在巴结《不凡》的主编。十大时尚刊里，《不凡》也是颇有地位的，稳居前三的位置。

这个晚宴对沈彤来说可有可无，大可以不必参加，但是考虑到人脉和封拍，她还是选择了出席。

赵萱提醒道："十大刊我们拿下七个了，还差三个，《不凡》就是其中一个。"

看陶恙还在滔滔不绝地拍着《不凡》总编封安的马屁，沈彤点点头，端了杯香槟："现在他们还在说话，我们绕一圈，等回来再看看吧。"

"好。"赵萱接茬。

沈彤准备离开之时，一抬头却见封安竟无视了正在说话的陶恙，目光都没晃一下，直直地朝沈彤走来。

陶恙本来还在说话，也因为之前的风光，好些人都在明里暗里讨论她。这会儿在众人眼下被无视，众人打量她的目光，跟针似的，直接又锋利，还有对她的讽刺和不屑，她觉得面上无光，表情立时尴尬得要命。

封安却浑然不觉，只是笑着看向沈彤："沈彤吗？之前在微博里看过你的摄影图片，当时心里很是喜欢，没想到今天还能一睹真容。"

沈彤谦虚道："封总这就折煞我了，我看《不凡》的很多封拍都比我拍得好，我还得多多学习。"

封安却只是摇头，目光柔和："我很喜欢你拍的照片，《捕风》的封面，还有《急速燃烧时》里那组聂江澜看糖画的照片，都很好。封面不仅拍得好，还能带动杂志销量，这点很不错了。"

身后的陶恙听到这句话，立刻想到了《猎焰》销量滑铁卢事件，被刺激得手抖了一下，杯中酒洒出一点儿，沾到租来的礼服上。经历《猎焰》那件事后，她在时尚圈地位难保，连一套礼服都难借来，如今好不容易借来了，以为能凭借这次晚宴多认识一些人，搭个东风，谁知道……

她借故整理衣服，匆匆离场，背影有些狼狈。

封安却仍是微笑着向沈彤举杯："有机会的话，希望我们能合作。"

"一顿晚宴并未耗时多久，还轻轻松松地捡了个封拍的邀约。"回去的路上，沈彤对赵萱道。

赵萱对沈彤的说法表示不满："什么叫'捡'啊？不属于自己的东西，忽然得了个便宜，那叫'捡'。我们这是人家特意来约的，而且一看就是早有打算，这叫'请'好不好？"

"行行行——"沈彤服气，"你总是有道理的。"

"不过说到这里，我也能理解陶恙的愚蠢了，毕竟如果不是她，不是这场有名的——"赵萱顿了一下，想给这次《猎焰》事件找个合理的名字，"如果不是这场有名的反超销量战，你在业内的认可度和口碑还不会到这么高的地步。你想啊，古往今来，那种率千军万马打胜仗的叫大将军，能力挽狂澜的才是大英雄。"

赵萱暗笑，对滔滔不绝的赵萱表示佩服。

"要不是陶恙，我们怎么可能又这么快拿到《不凡》的资源？过了下周三，十本里面，我们拿到八本，只剩下《华装》和《平意》没有攻克了……"赵萱正讲这里，冷不丁话一停，看着窗外，"停一下车吧。"车停下来，赵萱摇下车窗。

窗外，两个熟悉的人影正在纠缠。陶恙狠狠甩下那人的手："别找我了！该给的都给你了。"

"该给的都给了？胡扯吧，"那人咬牙，"你们是不明白这行的规矩？不管最后怎么样，这件事我替你办成了，你就要给我全部款项，现在还有一半没到账，骗小孩儿呢！"

"你看你自己办的是什么事？"陶恙扯出一个冷笑，"人拖住了？不仅没拖住，还让她按时到，招来了警察，就这点办事能力还要全款，谁给你的自信？"

"你这就过分了啊！一开始只说尽我所能拖着，可没说要怎么样，"那人阴阳怪气地说，"我看你是自己东西没拍好，名声臭了，想拉我一起……”

陶恙似乎是发现了什么，着急地往沈彤车子的方向看了一眼，随即二话不说，迅速上车离开，那人也开着车迅速追上。两辆车就这么追赶着绝尘而去。

“这是之前去拍封面的时候，碰瓷的‘黄毛’吧，”赵萱认出来了，“怪不得当时我觉得奇怪呢，原来是陶恙找的托儿啊。”末了，赵萱讽刺道，“自己一肚子坏水，哪能拍出什么好东西？”

回到酒店的时候已经逼近午夜十二点，沈彤肚子有点儿饿，去酒店楼下的便利店里买酸奶和关东煮，一抬头便看到一张熟悉的脸。她惊讶得够呛，面前的人却一脸平静，仿佛见怪不怪。

沈彤看了一眼时间，不确定道：“现在是十二点吧？”

男人手里拎了一个中号不透明便利袋，颔首：“是。”

沈彤侧头看他：“你不睡觉，跑楼底下来买什么？”

聂江澜手往后收了收，好像买了什么不能见人的东西一样：“没什么，瞎买的。”

“有时间瞎买，你怎么不去睡觉？”沈彤这下是真的不明白了，“你不是视睡觉为人生头等要事吗？”

“长夜漫漫，你不在……”男人半倚在货架上，懒懒散散地掀开眼睑，瞳仁幽黑，微顿后吐出四个字，“无心睡眠。”

最终，“无心睡眠”的聂少爷还是跟着沈彤一起进了电梯。

沈彤只按了自己那层的按钮，得到男人询问的眼神之后，她还很是无辜：“你不是无心睡眠吗？那就别回房了。”

他抄着手，愣了一秒，很快，像是被逗笑了：“我不回房，那去你房间睡？”

赵萱接茬，问沈彤：“那我、我先搬出去？”

沈彤有些好笑地看向赵萱，扬扬下颌：“他胡扯的，你都信？你就算真的搬出去，他也未必敢进我房间。”

“挑衅我？”聂江澜嗤笑一声，“你看我敢不敢啊。”

逼着沈彤承认了他“威风凛凛”，他这才眯着眼，心满意足地回了房。

赵萱一边准备洗澡，一边小声道：“我怎么觉得他一晚上不睡，就是为了来跟你撩骚？”

“撩骚？”沈彤失笑，敲敲她脑袋，“你脑子里能不能有点儿正儿八经的词？”

赵萱一本正经道：“是真的，我真这么觉得，好像一定要撩拨一下你，他才会爽的样子。”

沈彤问：“他刚刚很爽吗？”

“好像也没有特别爽吧，这种事再爽能爽到哪儿去呢？”说完这句话，赵萱看了沈彤一眼，想到了什么不好的东西，猛地咳嗽两声，“话题好像跑偏了。”

沈彤及时将话题引入正轨，催促她：“行了行了，别爽不爽了。快去洗澡吧，明天还要起来拍摄。”

唯一能给沈彤慰藉的就是，虽然今天睡得晚，但明天的录制可能下午才开始，她可以睡个懒觉。平时节目都是上午开始录，但今儿个任行的航班延误，明早才能到节目组，所以节目就顺延了，真感谢任影帝繁忙的行程。

次日十二点，节目开始录制。

沈彤提前十分钟到了，十二点整的时候，有工作人员来传话：“我刚刚收到影帝助理那边的消息，说是要晚半个小时才到，实在不好意思，要大家再等等了。”

虽然是影帝，但除了爱耍帅装酷，任行平日也不摆什么架子，更不会无缘无故耍大牌，所以这次晚点，纯粹是意外情况。

“没事的，”魏北打开房车窗户，“不可抗力嘛，能理解，刚好半个小时够我做个造型。”

聂江澜从房车上下来，对这种事自然也不怎么上心，只是点了头表示收到。

沈彤看着他悠闲地踱步到自己身边，然后找了个位置坐下，他手里拿着瓶菠萝混巧克力豆的酸奶，是昨晚她在便利店顺手买给他的。

沈彤指着他的酸奶：“你现在才喝啊？”

“没有，昨晚的喝完了，”聂江澜慢条斯理地说，“这是今天的。”

“你喜欢喝这个？”沈彤热情洋溢地开始给他“安利”，“杧果混巧克力豆的也挺好喝的，好像还有别的两个口味，但是因为总是买不到，我就很少喝，忘记口味了。”

过了会儿，男人看着手里的酸奶，垂着眼睫，眼下有层浅浅的暗影。

他幽幽道：“我其实不是很喜欢喝这个。”

“不喜欢喝这个，那你买它干吗？是熬夜把智商也留在夜里了吗？”沈彤不解。

未几，他缓缓地掀开眼睑，舌尖舔了一圈上唇，卷走停在唇上的酸奶：“为了想个办法让你主动找我讲话。”

“我买了十瓶，货架上的全买走了，”聂江澜继续道，“还可以承包你十天的主动吗？”

想了想，沈彤道：“这十天我们不一定都能见面的。”

聂江澜毫不犹豫道：“有机会就见。”

这个发言有点儿不像聂江澜的作风，沈彤惊讶：“哦？”

他又说：“没机会，创造机会也要见。”

“那你真有所坚持。”沈彤很流于表面、很不走心地表扬了下。

“不只这件事，别的事我也会坚持。”他眼睑轻合了一下，转着手指把酸奶盖子拧紧。

沈彤十指相扣，正在绕着圈玩的食指停了下，此刻心里升腾起的情绪有些微妙。

目视着前方，晃了晃小腿，沈彤轻笑着开口了：“其实我也可以天天主动找你讲话的。”

聂江澜一听就知道她不会说什么正经话，但还是配合着，想看看她到底想说什么：“哦？”

“楼底下胡子拉碴的老大爷，我每天都会去问他我拍的杂志到货没。”

坐在他们身后，听了整整十分钟你来我往的口水对话的阿姜忍不住开口了：“你们俩每天的聊天内容都这是这样的吗？”

沈彤知道阿姜坐在自己身后，但是没想到她全程在听，被她突如其来地问话吓了一跳，回头看着她：“这样是怎么样？”

“怎么说呢？你们话题的琐碎程度，让我觉得你们在路上看到一朵云和其他云长得不一样都要和彼此分享。”

聂江澜本来一贯不参与讨论，但是听到这句话，还是禁不住微微蹙眉：“如果这朵云长得和她很像，那确实有分享的必要。”

“那我和他不一样，”沈彤说，“我不会的。”

聂江澜眉间“川”字加深。

阿姜奇怪道：“怎么呢？”

“长期身处有紫外线的户外，我打太阳伞，”沈彤往上指了指，“看不到头顶。”

他们就这么七嘴八舌地聊了半个小时，任行还是没有来。他平时都不迟到，估计这次是航班延误得厉害，大家都是受害者。

聂江澜手里的酸奶喝得差不多了，他起身，打算去丢垃圾。

“这期大家都怎么了？”阿姜托腮，“有个跟拍师也是迟到，但是要迟半天才能到，任行哥这边也因为飞机迟了。”

沈彤有点儿担忧：“有个跟拍师迟到了吗？那拍摄怎么办？”

“她找了自己的好朋友代班，”阿姜神秘兮兮，讲着自己听来的小道消息，“听说说是朋友，其实不是很熟呢。”

“那还帮着代班？跟拍我们嘉宾挺辛苦的，”沈彤绞着手指，“这是人间自有真情在啊。”

阿姜促狭地挤挤眼睛：“才不是，很多人都想进我们节目组好不好？这可是千载难逢的机会，挤破头都有人想来，恨不得花钱来。”

“花钱来？”沈彤笑，“花钱找罪受？他们的想法挺别致的啊。”

“肯定有原因的嘛，也不是受不受罪什么的。”

“因为什么？因为明星多？”

“这是一个方面，再加上……”阿姜特意顿了一下，看了看聂江澜，“聂江澜在这里面呀，他最近有多红，你又不是不知道。”

沈彤耸肩：“我最近都没关注这些，是真的不知道。”

“微博粉丝过千万，转发量十万起，十个博主有八个都认识他，你没关注？”

明明这人跟沈彤也没什么实质性的关系，但是听到人夸他，她心里还是有些微的得意和愉悦，看来大众的眼光还算不错。

聂江澜去丢垃圾，回来的路上遇到元欢，两个人就靠在树边聊了两句。沈彤看着树荫下男人的身影，明明自己也是欣赏他的，但是话说出口，忍不住就变成了——

“你说他这人，也不是特别正统的偶像人设，也不是传统意义上的好性格，节目里露脸也不多，怎么人气就这么高？”

“这有什么奇怪的？”阿姜很自然道，“他的性格很讨喜啊，你不觉得作为一个艺人，他很真吗？全民真人秀的时代，大多数艺人的人设完美得有多虚假，粉丝不知道，我们圈内人还不知道吗？

“聂江澜就很真实啊，不做作，不拧巴，有什么说什么，智商高，还长得帅，你觉得他红很奇怪？我觉得他人气不高才奇怪咧。”阿姜皱眉，“多少小姑娘就喜欢这种啊，神秘又不过分端着，有分寸会拿捏。当然，最主要还是长得好看。”

沈彤无奈地笑笑：“所以重点在长得好看吧。”

阿姜嘿嘿一笑：“算，但是不只是这样嘛。之前就有人说聂江澜是综艺史上的一个谜团——历史上镜头最少，但人气最高的嘉宾。”

“观众缘也占很大一部分，”沈彤扶了扶脖子，“有的人站在那儿，天生就有吸引好感的目光。”在娱乐圈看久了，她知道观众缘是最无法解释的一个东西。

有艺人长得也不错，有着好人设、好资源，被包装到飞起，观众缘照样一般，拍的戏不温不火，电影票房也勉勉强强；有的艺人没有人设，曝光率也不够高，却偏偏是看一眼就让人心生好感，揽尽了大家的喜爱。

虽说聂江澜在节目里的表现委实出彩，但没有团队的包装营销，数据都是粉丝自发刷出来的。能到这种地步，他本人的吸粉能力确实不容小觑。

“但是看起来他不想往流量方向发展，”阿姜说，“感觉不是想拍戏或者唱歌，他是不是根本对当艺人没兴趣？大家都在猜他以后要做什么呢。”

此时的沈彤有种“众人皆醉，我独醒”的感觉，她说：“聂江澜确实不想当艺人。”

“真的？他这都跟你说了？为什么啊？”

“至于为什么，暂时还没说，哪天有空了，”沈彤抬头看任行来了，道，“我到时候问到了再告诉你。”

影帝姗姗来迟，手里还拎着咖啡和蛋糕，准备给大家赔罪，大家纷纷起身。

“实在是不好意思啊，”任行把手上的东西发放下去，“没想到飞机延误这么久，大家久等了。我买了点咖啡和蛋糕，大家吃点儿吧。”

下了房车的魏北抓抓头发，不客气地拿了块蛋糕：“理解万岁嘛，任行哥，谁没遇到过意外事件啊？航空公司又不是我们开的。不过就算是我们开的，这飞机延误，我们也决定不了……”

任行前脚刚到，不过一会儿，阿姜推推沈彤的手臂：“你看，李苏到了。”

沈彤正在喝咖啡，卡布基诺的味道盈满口腔。闻言，她愣了愣才问：“李苏？谁啊？”

“就那个，”阿姜说，“有个跟拍师迟到了，找人顶替，这个李苏就是顶替的新跟拍师。”

沈彤点点头，表示知道了：“她是主跟拍师，还是只是在一些固定场景拍？”

“固定场景吧，”阿姜道，“主跟拍师还是你们五个摄影师，没换。”

两个人没聊几句，节目组工作人员便已经准备好，导演开始公布这期的主题。

“大家应该也知道，节目录到这里，已经是倒数第二期了，”导演比了个手势，“因为马上就要结束了，所以我们这期玩一票大的。”

众人还没从即将离别的伤感情绪里走出来，忽而听到导演组说这么一句话，都顿了一顿。

康南不解：“玩一票大的？什么叫玩一票大的？”

魏北道：“咱们之前玩得还不够大吗？又是卧底又是绑架，还拍动作电影。”

“那都不算什么，”导演说，“我们这期的主题是‘荒岛逃生’。”

一听这话，众人纷纷倒吸一口凉气，沈彤也不例外。

荒岛逃生……光是这四个字，加上导演组层出不穷的套路，她就已经预想到等待着他们的会是什么了。

元欢还在持续“傻白甜”中，他目瞪口呆地问：“今晚就要开始逃吗？”

“今天只是做准备活动，”导演道，“还没这么快开始。”

“那今天做什么？”聂江澜掀开眼睑，“筹备物资？”

导演蓦地打了个响指：“江澜猜对了啊，今天下午咱们做个游戏，根据名次发放食物和水。后面几天的游戏也是用来赢取物资的，到时候，这些东西对你们逃出荒岛有很大的作用，最快逃出荒岛的是胜者，获得药水和线索。”

“大家不是都很好奇，前几期获胜的药水和线索到底有什么用吗？我们下期就来揭晓答案。”

做了五期的铺垫，最后一期到底是怎么个玩法，谁又会获胜，得到一线卫视跨年晚会 Solo 的机会，无疑是《急速燃烧时》从一开始就抛出的一个悬念。

任行说：“行吧，那我们就快点儿开始。”

“接下来的游戏是枪战，每个嘉宾可以获得一把定制水枪，每把水枪的颜色都不一样，大家可以任意选择地点藏匿和伏击，被水枪击中者出局，最后留存下来的唯一一人，为胜者。”导演继续道，“当然，本场比赛为可复活赛制，共有六张复活卡藏匿在各处，持有复活卡的出局者，可复活重新参战。”说完，导演宣布比赛开始，嘉宾们都一溜烟儿地跑开，开始找地方躲起来。

这附近路不好走，到处都是碎石，聂江澜带着沈彤，依旧以一种很悠闲的步调走着。

沈彤忍不住问：“走这么慢不怕被击杀吗？”

“怕什么，”他双手插兜，“不是还有复活卡？”

“你就这么自信？能找到复活卡？”沈彤撇嘴，“这块儿这么大，现在可是连东西在哪儿都不知……”

话还没说完，聂江澜身子一顿，走到一张巨幅海报前。海报是酸奶的广告，他却像是发现了别的什么，伸手从海报底下扯出了一张小卡片。卡片上的字赫然在目：《急速燃烧时》复活卡一张。

聂江澜挑挑眉，用食指和中指夹着卡片，在沈彤面前晃了晃：“是谁说我找不到的？”

“我没说你找不到，”沈彤侧头调整了一下脖子上的带子，“我只是有一丝质疑。”

“我的能力不允许被质疑。”他抬抬下颌，“走吧。”

沈彤顺势往前走，路过他的时候，感觉到帽子又一沉，正往她帽子里装完复活卡的某人一脸心平气和：“这个帽子不错。”

“要不这样吧，”沈彤看他这么喜欢自己的帽子，继而道，“我把我这件衣服的帽子剪下来送给你，你看怎么样。”

他顺势而问：“那你穿什么？”

她只是随口一说，没想到他认真了，她也只好认真起来：“你这么喜欢的话，我把牌子发给你，你下次去买一件。”

“但这是女款，”男人目光无波无澜，“我一个男人买女装，你让别人怎么想我，女装大佬？”

“你给别人穿不就行了？”沈彤说，“今天要见谁，就把这衣服给她穿。”

聂江澜闭了闭眼，寡淡地摇摇头：“我只想玩你的。”

沈彤刚收好复活卡，身后冷不丁出现一道声音：“哇！你们找到了？”

沈彤正在下台阶，还在整理相机里的照片，忽然听到这声音，迈步也不是，不迈也不是，不过是停了那么一秒钟，就感觉到脚踝处传来一阵钻心的痛感。

她皱了皱眉，“咝”了一声。

聂江澜察觉到她突然停顿，皱眉问道：“怎么了？”

沈彤维持着那一个动作，把重心转移到没有受伤的左腿上：“刚刚元欢说话，我忙着回头看他，没注意路，右脚扭了一下。”

元欢这次来，本来目标在复活卡，还想着能不能偷偷找个机会解决聂江澜，但看此时情况不太对，也放下了战斗欲。他跑到沈彤身边来，问道：“怎么了？”

“脚扭了，”沈彤说，“还好，没事，不是很严重。”

聂江澜扶着她在石头上坐下，托起她的脚踝，左右比对了一下，说：“有点儿肿了。”

沈彤咬咬唇，还是道：“没事，还能撑几个小时，等录制结束，我回去敷一下。”

他立刻蹙眉：“不行，你现在就休息去。”

“现在休息？现在去哪儿休息？”

“节目组应该给被淘汰但是没有复活卡的嘉宾准备了休息室，”聂江澜说，“你去休息室坐着。”

沈彤愣了愣，问：“那谁拍你？”

沉默间，有一道声音从墙后窜出来，那声音很亢奋，还有点儿小小的激动：“我，我可以的！”

沈彤转头，看到了替人代班的李苏。刚刚阿姜才和她讨论过李苏是聂江澜的迷妹，没想到下一秒她就因“负伤”而无法拍摄。

一边的跟随导演也劝沈彤：“行了，沈彤你去休息室休息着吧，刚好李苏今天可以跟一下聂江澜。”

沈彤低了低头，聂江澜看出她欲言又止，道：“反正你不能再跑了。”

“行吧，”沈彤说，“那我就去休息室休息，李苏跟聂江澜吧。”

协调完毕，阿姜扶着沈彤去往休息室。阿姜是道具组的，正好也要去休息室拿点东西。

在路上，阿姜禁不住道：“你们刚刚走了，我听到李苏给朋友打电话，说自己会努力勾搭聂江澜的。哇——聂江澜真是炙手可热啊。”

沿路很安静，只有鸟鸣啁啾。沈彤脚崴了，只是沉默着低头走路。

阿姜忽然说：“你不对劲啊！”

沈彤盯着鞋尖：“哪里不对劲？”

“要是平时，你肯定会告诉我，‘炙手可热’这个词是不能用在他身上的。”不过半晌，阿姜顿悟般“噢”了声，“你有危机感了？”

“别胡扯。”沈彤不屑道。

“不过李苏长得确实也挺漂亮的，小脸，大眼睛，就是那双眼睛眼尾太高了，有点儿狐媚，但挺多人喜欢这种勾人的眼睛的。”阿姜继续添油加醋地说。

沈彤盯着面前的石头，没出声。

阿姜“扑哧”一下笑出声：“你表情为什么这么凝重啊？哎呀，我开玩笑的，聂江澜见过那么多美人，肯定不可能因为一张脸就动摇。”

“这人你怎么说得准？”沈彤扯了扯嘴角，“谁猜得透他？”

李苏确实漂亮，还是他的粉丝，肯定很了解他。男人嘛，面对自己狂热的小粉丝，多少会给两分面子，聊聊天或给个微信什么的。

进了休息室，阿姜拿完东西离开，沈彤坐在沙发最右侧，给赵萱发微信："我脚扭了，你记得给我买瓶喷雾，录完节目，我回去喷。"

赵萱立刻打了个电话来："啊？怎么把脚扭了？严重吗？要不我买了喷雾给你送过去？"

沈彤说："不用，不是很严重，你就买一瓶喷雾，我回去……"

"不用买了。"聂江澜从门外走进来，"有个工作人员听说你脚扭了，送了膏药来，说贴一下就会好了。"

正在录节目的人忽然出现在休息室，沈彤愣了片刻："你怎么来了？不做节目了？"

"我被淘汰了。"他转身，指了指自己的后背——上面有水枪印迹。

沈彤点点头，接过膏药，撕开，贴在患处。

"啧，"聂江澜眯了眯眼，"看你这样子，好像对我的回答不是很满意啊。"

她耸肩："没有啊，我满意，一百个满意。"

男人的面颊寸寸逼近，呼吸几乎要洒上她脸颊，噙笑道："我不太信，你抬头看着我再说一次。"

沈彤指指面前："这里有摄像机，你注意点。"

"摄像机怎么了？我又没跟你干什么事。"他满不在乎。

坐在沈彤身边，聂江澜挑眉："那我修改一下回答——为了给你送药，我特意让自己被淘汰了。"

沈彤"嗤"一声："不信。"

"真不信？"他站起来。

"不信。"

男人揉揉后颈，从她帽子里拿出那张复活卡："好吧，你猜对了，我是来找你拿复活卡的。"他慢吞吞地拉长尾音，"我现在继续去录制了——"

"去吧，跟你的粉丝小跟拍师仗剑走天涯，"沈彤努努嘴，"门在那儿，好走不送。"

聂江澜点点头，二话不说就顺着进来的路线离开。

一分钟后，沈彤看着空荡荡的休息室，眨了一下眼睛。果然，这就是男人，上午还说什么自己有自己的坚持，下午就和漂亮跟拍师浓情蜜意。

沈彤磨了磨后槽牙，十分钟后，“身残志坚”的她站起身，走到门口往外看——空荡荡的走道里，有人正倚着墙抽烟，袅袅烟雾起，他的眉眼被浅薄的雾晕染出模糊的形状。

居然……没有走吗？

看沈彤站在原地，聂江澜好笑地挑挑眉。

她问：“怎么不走？迷妹摄影师不是在等着你？”

他弹弹烟灰，轻吸一口，烟尾一转，大拇指和中指捏着烟，食指轻敲一下，烟灰乖巧地落进鹅卵石里。最后一缕雾消散，他整个人完全靠着墙，微侧着一点头，看向她。

这个角度，她能看到他高挺的鼻梁和微微张开的薄唇。

他勾唇，眼里笑意清浅，似哄似诱：“没想找别人，只想让你拍我。”

第十颗心

有一点儿动心

聂江澜说到做到，说只让沈彤拍他，就真的只让她拍他。哪怕任行听说他被淘汰，给他打电话说自己那边找到一张多的复活卡，问他要不要去，他都只是摇摇头婉拒，说自己累了，让他们好好玩。

沈彤看着自己脚踝处的膏药贴，下巴抵在膝盖上：“你不出去的话，会不会太可疑了？”

他像是听到什么好笑的，忽然笑了：“哪里可疑？”

沈彤想到什么，又问：“你怎么来的？”

“有人给了我药膏，刚好元欢在，我就让他对我开枪，然后就被淘汰了。”

“那李苏怎么想？”

“李苏是谁？”

“你的新跟拍师，还是你的粉丝。”

聂江澜略有停顿，思索片刻后，他有些奇怪地蹙起眉：“我为什么要管她怎么想？”“再说，”聂江澜转头看向沈彤，“就算她有什么想法，对我来说，不是正好的事儿？”

沈彤找了个枕头抱着，默默挪出摄像机能拍到的范围：“我就是觉得你来得太明显了。”

聂江澜不置可否地点头：“是挺明显的，有什么问题？你不在后面，我连跑都没兴趣。”

后来，魏北、元欢、任行都陆陆续续地进来了，房间里逐渐热闹了起来。大家跟沈彤关系也都不错，来问了两句，得知她没事后才放了心。

聂江澜倒是很惊奇："康南怎么没来？这次是他赢了？"

"别提了，"魏北咬牙，"他太奸诈了，跟工作人员换了衣服，假扮成工作人员路过，然后'砰'地给你一枪，你就死了。"

"元欢呢？"聂江澜又问。

"我被任行哥射杀了。"元欢回答。

最后，康南得意地从外面晃悠进来，还扭着脖子："难以置信，这次居然是我赢了！"

魏北"嗤"了一声："就算这次你拿到物资，也未必能赢。"说罢，他看向聂江澜，"江澜哥，我的尊严就靠你捍卫了！你一定要赢过康南！"

康南还沉浸在胜利的喜悦里，笑嘻嘻疲乏："我可以和江澜哥组队，我提供物资，他是智商担当，碾压你们没商量。"

"话也不能说得太早，"元欢说，"搞不好明天有更好的道具提供给我们呢。"

听了这话，康南略有微词："欢欢，是哥哥对你不够好吗？你为什么老和哥哥唱反调？"

魏北说："我也觉得你不适合高兴得太早，乐极生悲，太嘚瑟了，说不定剧情会有反转。"

康南不屑："你们就只是嫉妒我赢了而已！"

"好了，"导演笑着打断，"今天的录制暂停，大家先去拍这期的宣传照，拍完就能收工了。"

这期宣传照的拍摄地点拟定在咖啡厅里。

导演想放出两组宣传照，第一组是嘉宾在温暖的咖啡厅里边喝咖啡边聊天，第二组则是荒岛上迷雾重重，天色阴沉，营造出一种反差感。

还没到场地，导演开始分摄影师，到聂江澜的时候，导演道："沈彤的腿受伤了，暂定李苏来拍你。"

他皱了眉，正要说点什么，一转头就发现沈彤已经走了。

"人都走了，"出现在他身后的何故笑眯眯的，语气里掩不住地得意，“还看什么呢？”

聂江澜问：“她去干什么了？”

“换药吧，”何故说，“我也不知道，有个工作人员好像蛮有经验的，不知道带她去哪儿了。”

“工作人员？男的女的？”

“管他男的女的，你现在又找不到她。”

这下换聂江澜沉默。

沈彤去换药了，故而摄影师换成了李苏。

到了拍摄场地，看着面前毫无感觉的布景，聂江澜神色淡漠：“这就是你们布置的咖啡厅？花十分钟布置的吗？”

今天负责布景的几个人，恰好都是新手，业务能力不够强，而以前的布景，沈彤都会检查，也会做点修改，所以布景一直都很漂亮。

大家低着头，不说话，过了好半晌，才有人弱弱地问一句：“沈彤不来吗？”

“沈彤来不来跟你们的布景有什么关系？”聂江澜看着面前的圆木桌，“她要是来了，看到你们这样，你们觉得她不会生气？”

“她可以、可以帮着修改一下的嘛，沈彤老师这方面做得还是蛮好的，毕竟是摄影专业出身，感觉她比我们拿手多了。”

聂江澜的神色，不知因为这其中的哪句话，而稍微缓和了一些：“不只这方面好，她有很多方面都很好。”说完这句后，他停了一下——无缘无故说这种话干什么，半晌后，轻咳一声，他继续说道，“她今天脚扭了，可能来不了。”

“啊……上午我们还约好，她下午来帮我们检查的呢。”

聂江澜眯眯眼：“你跟她关系很好，还私下约时间？”

那人立刻低头，头摇得跟拨浪鼓似的：“没、没有。”

环视四周后，聂江澜抄起手，淡淡道：“你们既然没人能拿主意，那就听我的，把这边格局换一下，桌子挪到这边，挂灯和壁画挂到右边，这个灯也要换，换成暖黄色光源。再多派一个人买点咖啡和华夫饼来。”

话音甫落，大家睁大眼睛：“啊？”

事情发生得太突然，没人想到聂江澜还有这种隐藏技能。

聂江澜皱眉：“动作快点儿，不想收工回酒店了？”

就算这群人不想回，他也希望早点儿收工，毕竟过了几个小时，也不知道沈彤的扭伤好点了没有，如果没好，就直接影响后面的拍摄了。

面前一堆榆木脑袋虽然反应慢，但好在够虚心，大家回过神来之后，立刻按照聂江澜给的建议开始布置。

聂江澜讲话是冷了点，可大家知道他是为了照顾大局，为节目服务，故而都没什么抱怨。像他这样的人都亲自来指点布景，他们还有什么可说的呢？

但大家毕竟是生手，做起事来就没有那么麻利。

聂江澜看了一会儿，叹了口气，摸摸口袋里的烟盒，折身向外走去。刚推门出去，发现对面长椅上坐着一个人，沈彤手里把玩着一个小东西。

说好离开的人突然出现在这里，聂江澜挑了挑眉，从口袋里摸出一支烟，绕到她身后："你怎么来了？腿好了？"

"好多了，"沈彤抬了抬腿，"本来就不是很严重，快速处理之后就好多了。"

聂江澜没吭声。

想了想，她觉得还是有必要说说："因为这期比较玄乎，好几个老师都请假了，几个不是很熟练的人当助理，我还是有点儿不放心。加上上午和他们约好下午会来，我就来这里看两眼。"

聂江澜站在她右后侧，风吹动他额前的碎发。他笑："然后呢？"

"然后？我本来想来帮忙，但是刚来的时候你已经在吩咐任务了，我就没掺和，免得进去耽误进度。刚好看到这里有椅子，就在这里坐一会儿，看看你布置的是什么样的。"沈彤回头，看向正在按打火机的男人，"你对这方面还有研究？"

说完，她很自然地等着他点燃这支烟再开口说话。火苗从打火机里蹿出，在晚风中摇曳了一瞬，很快被吹熄。

聂江澜再按一次，火苗抖了抖，还是逃不过被吹熄的命运。

"你那儿有风，"沈彤指指自己这里，"换我这个角度就不会被吹了。"

聂江澜含着那支没点着的烟，双手撑在她身后的椅背上，目光晃了一晃："你手边那是什么？"

沈彤顺手拿起那个小盒子："噢，你说这个啊——上期节目不是关于童话吗，本来童话里有《卖火柴的小女孩》的，后来不知怎的还是取消了，但是道具多了一个，我刚刚去找人的时候看到了，看着好看，就要来了。"

这个火柴盒也是节目组定制的，表面看起来是普通的火柴，但每根火柴上面都有一个手绘的图案，火柴头上还有小表情。

聂江澜凑近去看她手上的火柴盒。沈彤摇了摇火柴盒，里面的火柴相互撞击，发出一片"唰唰"的响声。她说："很可爱吧？我要是有这么可爱的火柴，是不会点的，放着欣赏就很好了。"

"嗯，"聂江澜颇为赞许地附和道，"拿这个给我点支烟吧。"

沈彤惊呼："什么？"

男人一脸无辜道："不是你说你这边能点着火？"

沈彤说："那你过来不就好了？"

聂江澜淡淡道："不想走，懒。"

她咬牙："怎么不懒死你呢？"

虽然嘴上说不要，但沈彤的身体很诚实，她拿出一根火柴棒，在火柴盒边沿一划，"刺啦"一声摩擦后，火柴头上火光闪耀。

沈彤用手护着火，正准备伸到他面前去的时候，他却忽地压下身子，凑上前来，就借着她还没挪动的手，"借"走了那一团火。

他就站在她右后方，手还撑在她靠坐的椅背上，这样一压下来，二人靠得很近，两张面颊之间只剩下一个手指的距离。

点燃了烟，他轻吸一口，喉结微动，呼吸声响在她耳畔。男人轻轻吸烟时眯起来的那双眼，有种漫不经心的性感。

沈彤挪开目光，轻轻一甩，把火柴头上的火苗甩灭。

聂江澜似乎是轻笑了一声，脸颊却没挪开。

沈彤抿了抿唇，目光些微闪烁："你想让我抽你的二手烟？"她自己都没意识到这句话里表达的意思有多微妙。

聂江澜把烟拿下来，声线淡淡道："我又没抽。"顿了一下，他又道，"再说了，我什么时候在你面前抽过烟？"

这么一说，好像确实是，他偶尔抽烟，每次抽烟都会去人少通风的地方，并不会"殃及"他人。这种如影随形的隐形教养，不被提及的话，她几乎快要忽略了。

她眨眨眼："那你还站在这儿？"

很快，他反手把烟摁熄，表态道："忽然又不想抽了。"

扔掉烟头，聂江澜坐到沈彤身侧，两条大长腿潇洒地随意交叠着。她看着他，一脸"我看你还能做出什么"的表情。

"不是想知道我为什么还会这个？"男人扬扬下颌，指向前方，"现在有空，我可以讲给你听。"

沈彤挑了挑眉："不是胡说的？你真的会一点儿？"

他沉吟半晌，说："也不能说会……因为看得多了，耳濡目染就学到一些。"

沈彤没有料到："看得多了？看什么能学到这个？"

"电影。"他说。

在他说出这两个字的片刻，沈彤觉得自己似乎是悟到了一点儿什么。

第一期节目录制的时候，有一个选择题是有关于电影术语的，那个题目其实有点儿冷门，不是科班出身的他却答对了。

沈彤张了张嘴，感觉零碎的想法拼凑出了一个猜测，却不敢贸然下定论。

这时候，聂江澜舌尖抵了抵下齿，又开口了："还有，你之前不是还挺好奇，我为什么明明不想当艺人，却接了这个综艺？那时候我回答你——不是我接的，是聂熠把我送进来的。"

沈彤双手撑在椅侧，手指无意识地在椅子上磨了磨，问道："不难看出来，你其实很喜欢电影，是吧？"

他余光扫过她，竟像是惊讶了一瞬，很快扯出一个笑容："对。所以，因为想要拍电影，没有按照聂熠给我的路去走，没有想要接手集团的想法，他很生气，用尽无数办法让我离开这个圈子，但都失败了。

"那时候盛熠刚好投资了这个综艺，聂熠很笃定地认为，让我放弃拍电影的想法，唯一的方法，就是把我送进来，让我认清这个圈子的现实，让我所有的想法幻灭。"

沈彤明白了："之所以选这个综艺，是他想让你看看圈内人所要面对的困难，想让你知难而退。"

既然身处这个圈子，就必须要面对到处奔波的辛苦、舆论的压力和明里暗里的算计。聂熠想让他看清现实，看清这条路有多难走。

聂江澜没想到沈彤猜得这么准，挑了挑眉，缓缓地点了点头。

“是，他跟我哥说过，虽然导演和艺人不一样，但身处一个圈子，大环境一模一样，各界规矩也都大同小异，艺人是参演电影的一小部分，而导演是掌控整体走向的大关键；好的演员不代表好的电影，但好的导演一定要有好的作品。

“所以导演只会比艺人更辛苦。他让我提前感知到艺人的辛苦，已经是对我的仁慈了。”

沈彤点了点头，问：“那你觉得辛苦吗？”

他没回答，嘴角勾了勾，竟是把问题抛回给她：“你呢，你觉得辛苦吗？”

摄影之于她，跟电影之于他，没什么很大的区别。

她几乎是毫不犹豫地开口：“既然是在做最想做的事情，那这些苦，都不能叫苦。”

她话音刚落，聂江澜像是听到了什么了不得的回答，一贯沉稳的男人忽然失了手，玩着打火机的手不慎滑了一下，一缕火光闪现。

在这方面，他们倒有点儿志同道合，也有点儿默契，他偏头看她，像是笑了，眼睛里仿佛还有一丝火光，显得尤为明亮。

夜色静寂，好半晌后，男人开口了，简简单单的一个字，带着笃定：“对。”

沈彤知道，他很少说这么长的一段话，今晚说了这么多，是因为想要把自己的事情分享给她，不管是好的、坏的，还是面前风光的、背后所不为人知的。

她以前以为他就是个单纯的富二代，懒散轻慢，人生全无拘束，视舒心为最大真理，但了解之后才发现，他同自己感知的大相径庭。

虽然轻慢，但他永远能掌控大局；虽然懒散，但他要做的事都努力做到；虽然追求舒适，但交给他的任务，永远都能出色地完成。

表面看来他轻松得毫不费力，但要把事情完成到这个度，怕还真不是普通人能做到的。想到这里，沈彤忽然笑了。

聂江澜问：“你笑什么？”

“我以前觉得你就是个标准的富二代来着。”

“标准的富二代……定义是什么？”他来了兴趣，问道。

沈彤老师给出自己的回答：“无所事事、不学无术、混吃等死、挥金如土、自由散漫、花心。”

他垂头玩着打火机，忽而一笑：“你概括得还挺准，不过……”“不过”二字惹得沈彤一愣，他扯了扯嘴角，补充道，“除了最后一条。”

他手里的打火机闪了一瞬，沈彤却觉得自己仿佛被余温烫到了指尖。她缩了缩手指，指尖的热度蔓延。

咖啡厅被布置好，很快有工作人员出来叫人。

他正走到门口，看到外面的长椅上有两个人正坐着聊天，脚步一下子顿住了：“沈彤来了啊！”

正摆好椅子的人也凑过来，贴在玻璃门上往外看：“我看看——真来了啊？我就说刚刚聂江澜怎么无缘无故出去了，原来是有原因的。”

“那……我们要出去叫他们吗？”

“怎么叫？出去喊？你敢吗？”

“我不敢。”

就这样，众人叫也不是，不叫也不是，出去也不是，回去也不是，只好趴在玻璃门上往外看。

沈彤一抬头，看见几张贴在玻璃门上的脸，着实吓了一跳。聂江澜看过去，神色不虞。

“可能是布置好了，”沈彤道，“他们又不敢出来喊你，只能贴在门上往外看。你赶快去拍吧，拍完就收工了。”

他回过头，问她：“那你呢？”

沈彤略有犹豫：“我？你要我在这里等你吗？”

“不是，”男人摇头，“我说你进去拍我。”

沈彤有所顾虑：“你有摄影师吧，临时换我，不好，坏了规矩。”

聂江澜不依不饶：“之前有次不也换了原摄影师？”

“那是摄影师提出来的，跟自己自作主张不一样。”沈彤莞尔，“好了，你先进去拍吧，我在这里等你出来，不会走的。”

听到这句回复，他才算是稍微满意了些，抬腿向咖啡厅内走去。大家见他来了，纷纷散开，该干吗干吗，一副认真工作的样子。

聂江澜抄手站在门口，眯着眼往内看："椅子再往左移一点儿，桌子往我这里推，东西别摆得那么工整，乱一点儿。"

结束拍摄是半个小时后，咖啡厅内灯光一暗，聂江澜扯开身后的椅子，朝门外走去，看见沈彤正在外面端着手机打游戏。

他正要推开门，有双手伸了过来，拦在他腰处。

李苏的手有些抖："一、一起走吧？"

"不了，"他摇了摇头，"我有约了。"

聂江澜到沈彤面前的时候，她还在打游戏。

感觉到面前的光变暗了，还有呼吸声，她一仰头，对上聂江澜那张帅气的脸。这么近的距离，她发现他的鼻尖上有颗淡褐色的痣。这人五官还真是精致得无可挑剔，就连仰视的角度都不能撼动他的颜值半分。

如果不是知道他基本不化妆，只是做做发型，沈彤几乎要怀疑这么好的皮肤状态，是妆前乳和粉底液的功劳。

聂江澜明显有话要说，他拧起眉头，伸手，指腹蹭过她的眼尾："你的眼睛怎么了？"

大拇指指腹上立刻沾上红色，他垂眸看着，神情严肃："眼睛也肿了？"

沈彤凝噎片刻，将另一边的眼线也给抹掉："不是，我今天用的红棕色眼线笔。"

聂江澜垂眸："哦。"未几，他直起身看向沈彤，"走吗？"

"拍完了？"沈彤拾起一边的火柴盒装进口袋里，"那走吧，你今天收工还挺快的。"

"想着沈彤老师在外面等我，不敢不快。"他眯了眯眼，嘴角勾了勾。

见沈彤站起来，他伸出一只手，勉勉强强道："如果需要，我这只手勉强借你扶一下。"

沈彤努努嘴："要不你直接给我买根拐杖算了？"

"要不给你买个轮椅？"

"轮椅不行，太贵了，无功不受禄。"

其实她腿上的伤还好，算是比较轻的，来的时候是坐的车，本来回去也打算让赵萱来接，但聂江澜开了口，要和她一起回去，她也就把喊赵萱的这个想法给取消了。

她刚站起来，聂江澜便率先喊停：“你在这里等我一下。”

沈彤莫名其妙地看着他的背影问道：“怎么了？”

“我让何故把我的车开过来，”聂江澜道，“你还是别走了，我怕你的情况加重。”

等何故的时候，两个人就慢慢晃荡进一边的公园里，扯些有的没的话题。沈彤撑在栏杆上看风景，聂江澜站在她身后。

他道：“一开始他们都指望着你会来，里面布置得乱七八糟的。”

“你后来不是重新弄了吗？”沈彤耸耸肩，回味道，“后面我看了，布置得还不错。”

男人眉一挑：“是吗？”

“是啊，还挺像模像样的。”沈彤转过身，面对着男人。

看着突然而至的清丽脸庞，他有些失神。

过了会儿，不知为什么，她蓦然开口道：“我觉得你挺适合拍电影的，真的。”

他现在有点儿心痒难耐，不知道是因为刚刚那支烟没抽成，还是别的什么缘故。

聂江澜取了支烟出来，正准备点，听了这句话，手忽然一顿。他牵了牵嘴角：“怎么这么说？”

沈彤靠在身后栏杆上，有些惬意：“一种感觉吧，像你这种人，跟普通人不一样，也适合做点不一样的事情。”

这里没风，他很快就点燃了那支烟，本来想聊以慰藉，但听了她的话，忽然又没了打算，只是垂眸看着手里的烟，等它一点点燃尽。

“你觉得我能拍？拍是挺容易的，但拍不好就很惨了。你不知道多少双眼睛在背后紧紧地盯着我。”他淡漠地笑了笑，又摇摇头，“我不能摔。”

“拍不好是挺惨的，”沈彤无不赞同地点点头，“没混出点名堂的话，就要回去继承几个亿的家产了，真的很惨。”

沉默了片刻，聂江澜笑了一下：“他把我送到这里来，就是想给我第一个坎。”

“我知道，但是你没被打倒啊，”沈彤说，“所以我相信你，后面也一样。”

“以前可没有这种先例，”聂江澜盯着手里的火光，“这你都信我？”

她知道他的意思，不是导演专业出身，也不是演员转行做导演，在这之前，他出现在观众视野里的身份，仅仅只是综艺嘉宾。

他要尝试的那条路，是没人尝试过的。

“信啊，为什么不信？”她偏头，声音很柔，“最开始也没人相信我可以去掌镜十大时尚刊的封拍。”

聂江澜忽而抬头看她。

沈彤继续说：“那时候我参加一个比赛，我是里面年纪最小的，资历很浅，我身边的摄影师朋友都不敢去。有很多事情，年纪和能力是不成正比的，但是年轻就意味着会有争议，这时候露出锋芒，没有躲在人后好。我一开始也怕，但是……”

聂江澜静静地听着，他很乐意听她说自己的故事。

“如果活得和所有人都一样，那该多无聊啊。”她看着远处缠绵的云，“不一样肯定会很累，因为那条路是没人走过的，但至少是一种历练，至少不会后悔。”

如果不是那时候坚持下来了，她又怎么知道自己会拥有完成七本时尚刊封拍的成绩？如果不继续去尝试，她也不会知道自己究竟能不能做拿下大满贯的最年轻的摄影师。

这世界上太多一样的人了，太多一样的人走一样的路了，偶尔也需要一些不一样的人，去看看不一样的风光。

她声音很轻，但很说得坚定，和她说相信他的时候一样坚定。

可能是太久没有听到这种绝对的相信了，聂江澜内心微微震惊，垂着眸，没有说话。

他弹弹手上的烟，零星火苗在夜里闪着灯塔似的微光，忽明忽暗。

“你明知道自己跟我说这些话，我会更心动。”他低笑一声，再开口时声音沙哑，“你还逼着我一脚踩得更深。”

他这话突如其来，沈彤张了张嘴，不知该说什么。她慢慢理清一点儿思绪，试图让自己理出一句完整的话来。

凉风拂面，聂江澜没等她开口，脱下自己的外套披在她身上，像是笑了声："算了，我也没的选。"

身上蓦然一重，沈彤下意识地抓住那件牛仔外套，转头去看他。

"又不是只有你说话，我才心动，"腾起的烟雾绕在他指间，他的字句又被吹熄在起伏的烟雾里，"又不是你不说话了，我就能抽身而出。"

沈彤低下头，不敢看他。

"心动这件事，我哪有的选？"他把烟头摁灭在一边的鹅卵石里，拍拍她身后的浮雕石栏，"走吧，送你回房间。"

何故把聂江澜的车开了过来，上车之后，沈彤看了一眼手机，徐叶羽的消息简直堪称狂轰滥炸。

徐叶羽："你的腿到底有没有事啊？"

徐叶羽："为什么消失了，大兄弟？"

徐叶羽："有没有事，吱个声好吗？"

沈彤按住语音键，发了串语音："刚刚手机放口袋了，没看到，回房间之后给你打个电话。"

她在发语音，聂江澜在和何故说话，背景音有点儿杂，但徐叶羽应该能听清。

回去之后，她打了通电话过去，不过几秒，徐叶羽立刻接了起来："喂？你个没良心的还知道打电话来？"

"我怎么没良心了？"沈彤"嗤"了一声，"我刚刚在外面。"

"你刚刚为什么还在外面？他们跟我说你早下班了，"说到这里，徐叶羽立刻拍拍桌子，"我刚刚听到聂江澜的声音了，你如实招来，下班了还和他厮混在一起干吗？"

"怎么能用'厮混'这个词呢？"沈彤摇摇头，"正常的聊天。"

"不只吧，"徐叶羽一副看透一切的语气，"正常聊天不可能聊那么久的，你们是不是一起看雪、看月亮，从诗词歌赋聊到人生哲学了？"

沈彤顿了一下，说："雪还是没看过的。"

徐叶羽打了个响指，语气都亢奋了："我说，你对聂江澜有点儿意思吧？"

沈彤正在开电脑的手指一顿："你怎么想到什么说什么？"

"你瞒得了别人，你瞒不了我。他给你告了白吧，示好也无数次了吧？要是别人，你早拒绝了，还从诗词歌赋谈到人生哲学？而且听你这语气，你还挺愉悦。"

沈彤的小心思被她说穿，没能说出反驳的话来。

徐叶羽说个不停："怎么，不服？所以我说错了，你拒绝他了？"

沈彤噎了一下，抿了抿唇，说："没有。"

"我就说吧，你对聂江澜是有好感的。面对他那种人，谁能没好感啊，是不是？"徐叶羽小声地笑，"但是也没到能托付终身的程度，我懂，你还是想和他磨合一下，试一试的。"

沈彤盯着电脑屏幕里那个"聂江澜"的文件夹发呆，那边，徐叶羽还在继续讲。别的不说，她对徐叶羽的话痨功力还是很有信心的。

"但是我看聂江澜的那个综艺节目，什么《急速燃烧时》是吧？"徐叶羽还在讲，"他真的挺帅的，而且智商很高，我觉得挺靠谱的，比薛丞那个骚包靠谱，你觉得呢？"

沈彤捧着手机："比薛丞值得托付是肯定的，但是目前还没有什么实质性事件，让我觉得他真的靠谱到让我特有安全感。"

"咳咳，"徐叶羽立刻咳嗽两声，"行吧，那我就期待在不久的将来，你们从诗词歌赋聊到人生哲学，然后唱着'海可枯、石可烂，天可崩、地可裂，我们肩并着肩、手牵着手'……"

沈彤一脑子问号，还没来得及说话，唱得正兴起的徐叶羽被一道凉薄低沉的嗓音打断。

那边的说话声透过听筒，传到沈彤耳边："我让你来我办公室，是让你今晚在这里唱歌的？"

徐叶羽慌慌张张、老实巴交、可怜兮兮地说："陆、陆教授……"

下一秒，电话被手忙脚乱的徐叶羽挂断。

赵萱看沈彤对着自己的手机屏幕笑，狐疑道："听这声音不像聂江澜啊，你刚刚和谁在打电话啊？"

"徐叶羽，我闺蜜，写书的那个，"沈彤还是忍不住笑，"她旁听自己教授课的第一天，戏瘾发了，被教授盯上了，几乎每次上完课都要往教授办公室跑。"

“啊？”赵萱有点儿为难，“这不会就是新闻里说的那种无良教授吧，借各种名义轻薄学生……”

“你想多了，对于徐叶羽，只有她轻薄别人，没有别人轻薄她的可能。”

“那教授不好看的话也是一种折磨吧。”

“我这么跟你说吧，”沈彤托着脸颊，“教授的模糊照片我看过一张。”

“嗯嗯。”

“那张照片爆出来之后，他红到……当天晚上的课，学生需要早上六点半起来，才能占到位子。”

第二天，拍摄继续，上午有比赛，获胜者可以拿到帐篷。

这次的比赛比较人性化的是，帐篷分五个级别，从好的到一般的再到差的，一应俱全，按照比赛的名次来进行发放。

导演讲规则的时候，聂江澜皱着眉，打着哈欠。

“怎么着，昨晚没睡好？”任行问。

聂江澜还没回答，康南倒是开口了：“昨晚我路过他房间，顺便给他送个吃的，听到他在看什么视频……”

魏北凑过来：“视频？什么视频？”转头看见还没开始录，他小声道，“不能一个人独享，给我发一份，我帮你看看清晰度。”

康南斜睨他一眼：“你这就有点儿道貌岸然了吧，魏北？”

元欢一头雾水：“你们在说什么呢？”

任行面无表情地捂住元欢的耳朵：“你还小，不能听。”

康南骂完魏北，自己也伸出一只手来：“我，康南，光明正大，实名制求视频。”

聂江澜神色淡淡地点点头：“嗯，回去发给你们。”

上午的比赛比较温和，动脑力的环节比较多，但偶尔也需要跑一跑。

本来沈彤今天是不必到场的，导演和聂江澜都让她休息，但她觉得自己没有那么娇贵，这点无关痛痒的小伤没什么问题，还是到了录制现场。

一开始，聂江澜还不同意，男人抄着手，挑眉："走两步让我看看。"

沈彤虽有微词，但还是走了两步，表示自己真的没病："真的好得差不多了。"

本来他不想让她来，但她来都来了，加上……她在这里，他好像确实有兴致一些，便也半推半就地同意了。

上午录制结束，明天就要去往荒岛了。除了聂江澜外的各嘉宾纷纷惴惴不安，不知道自己到底以什么方式被送去荒岛。

想了想，大家决定及时行乐，在有限的时间里狂欢一把。任行请客，今晚在酒店大吃一顿，这次请的人不多，五个嘉宾加上一些关系比较好的工作人员，还有导演。

聂江澜任务做完得快，带着沈彤到得比较早，他们到的时候，房间里一个人都没有。

沈彤在沙发上坐下，聂江澜坐在她身侧。过了会儿，他说："面对我侧坐，腿抬起来一下。"

沈彤不解："干吗？"

"我看看肿的地方好点没。"

沈彤把腿抬起来，说："没事……"

"了"这个字还没说出口，聂江澜已经把她的腿放到了自己大腿上，这种姿势有种难以言明的暧昧。他说："我觉得跑了一天，好像严重了一些。"

沈彤轻声说："没有吧？"

"我学了一点儿按摩手法，"男人修长的手指抚上她的脚踝，"帮你按摩一下。"

沈彤来不及反应，男人的手指已经从下往上缓缓地推拿，刺激着她每一寸神经。她从来没想过这双"指点江山"的手会帮人按摩，并且那个对象还是自己。

沈彤面颊上浮起热意，推他："等一下，工作人员来了……"

聂江澜回答得很快："怕什么？"

"你不怕他们知道你跟我……"

话还没说完，沈彤看到康南和魏北带着一大帮工作人员顺利地走到了门口。

康南正在和魏北说话，不知道聊到什么话题，说得正兴起，走到门口，一抬头就看到眼前这一幕。

康南顿时傻了，站定。魏北走在他身后，猝不及防地撞上他的后背："我说你……"

话没说完，看清了康南在看什么，魏北也愣了，过了好半天才意识到自己看到了什么。

聂江澜……这双从指甲盖里都透出金贵的手，会在这种情况下，放下身段，给沈彤做按摩？这种画面带来的冲击力，不亚于他亲眼看见康南头围缩小一圈啊。

一堆人在外面，两个人在里面，没人说话，像在演一出哑剧。

聂江澜在用新学的按摩手法，帮她舒筋活血。

男人垂着眼睑，头顶灯光高悬，浓黑的睫毛根根分明。没有任何讨好和邀功的味道，他只是单纯地在完成手上的事情。

会聚在门口的人渐渐回过神来，你看看我，我看看你，嘿嘿一笑，然后装作无事发生般推搡着往里走："往里去啊，往里去啊，都杵在这儿干什么！"

过了一会儿，人渐渐到齐，大家若无其事地坐上桌喝水喝茶，余光却往聂江澜那边瞥。

有人讲着一个话题，目光却止不住往聂江澜那边瞟："听说最近有个电影节。"

另一人附和："是的，是的。"

那人继续瞟，话题逐渐往别的方向走了："我觉得还、还不错，气氛不错。"

"我也觉得，很好的样子。"

那人还在瞟："有生之年啊……"

"能被这样对待蛮幸福的……"

沈彤听着这对话，感觉偏离"电影节"的话题已经十万八千里。

聂江澜收了手，浑然不觉，侧头看她："好点没？"

沈彤含糊地点头："好点了吧……"

她把腿收回来，端坐在沙发上，感觉站也不是，坐也不是，目视前方也不是，低头也不是，如坐针毡，坐立难安。

这时候，八卦的魏北捧着杯子来了："不是，我说你俩，刚刚在干什么呢？大保健呢？"

聂江澜掀开眼睑："知道还问？"

"就是因为知道才觉得离奇啊，谁能想到有朝一日，聂江澜会帮人按摩呢？"魏北促狭地挤眉弄眼，"你怎么忽然对我们沈彤老师这么好啊？不知道的还以为你在追她呢。"

听了这话，聂江澜停了停，侧头问道："是什么给了你们这种误解？"

魏北捧着杯子"石化"了："哈？"他只是开了个玩笑，没想到聂江澜会反驳。

沈彤愣了一下。

聂江澜十指交叠，眼神暗了一暗："不需要以为，我的确是在追她。"

魏北瞪大眼，手一抖，杯子里的水差点儿洒出来，他这会儿只会重复那一个词："哈？"

一石激起千层浪，在座各位全傻眼，面面相觑，嘴巴都张开了。艺人追摄影师本来就比较离奇了，更何况这人还是聂江澜。

聂江澜在追人？老天爷，给他们一百个胆子，他们都不敢做这种假设。那个看起来性情冷淡到不需要女人的聂江澜，居然在这么多人面前说自己在追沈彤？

意外是真意外，但又在某种意料之中。过了几秒，大家消化了一下，不知是谁轻咳一声，交换了一个眼色："都愣着干吗？继续吃饭啊。"

他低下头摆弄餐具的时候，却因为激动，把手下的餐具弄得乒乓响。紧接着，一阵一阵的响声从桌面上各处传来。

沈彤轻咳一声，很淡定是不可能的，走到位子上的时候，腿都有点儿发软。

当初被薛丞大张旗鼓地追，她尚且能面不改色地微微一笑，然后继续自己手头的事情。不过那是因为他这人本就张扬，在路边看到一只甲壳虫都恨不得拿个大喇叭全剧组通报，更别说追人了。

阵仗越大，薛丞膨胀的心越容易得到满足，他就喜欢满城风雨、沸沸扬扬的效果。沈彤知道了，也觉得没有什么。

但聂江澜跟薛丞完全不是同一种性格，他不是喜欢公然讲这些话的人。他低调、漫不经心，几乎没对什么事情上过心，此刻却光明正大地告诉大家，他喜欢她，他在追她。

她之前一直想要知道的他是否真心喜欢她这件事，好像也在今天这顿饭局中，隐隐有了眉目。

后面吃饭的时候，大家的视线多多少少都往沈彤身上扫。

大家正吃着饭，忽然听到一阵铃声，是何故的手机响了。他站起身："我出去接个电话，你们先吃。"

没过多久，何故快速地走回来，但没有直接坐下吃饭，而是拍了拍聂江澜的肩膀："出来一下。"

聂江澜问："怎么？"

何故压低声音道："出来你就知道了。"

聂江澜离席，跟着何故出去了，倒像是真有什么事儿。

聂江澜走之后，赵萱轻轻地推了推沈彤的手臂："以聂江澜的性格，能在这种场合下公然说这种话，是真的认认真真地在追你吧。"

沈彤没回答，只是在等着他回来，但一直到她吃完，他都没有回来。

赵萱有些奇怪："他们俩出去干什么了？怎么这么久？"

刚好沈彤吃完，去了趟洗手间，回来的时候听到走廊里有熟悉的人声。她往声源处看了看，看到了背对着自己的聂江澜和何故。

何故双手叉腰，声音透露出不解："你真的不去？这个电影节有很多大导演啊！"

聂江澜不甚在意道："又不是只有这一个电影节，以后还会有很多更好的。"

"理是这个理，但现在也是个机会啊，你为什么不愿意去呢？"何故皱了皱眉，"也不用多久，一两天就好，你这么干，等于平白无故就把机会浪费了啊，明天那个谁是不是也要来……"

"跟那个人没关系。"说到这里，聂江澜停了一下，淡淡地接着道，"沈彤的腿还没好，我不放心。"

何故眉头皱得都可以夹苍蝇了："沈彤这么大个人了，还要你操心？"

聂江澜只关心沈彤的腿："按摩的话，会好得快一些。"

"她那个也没多严重吧，我觉得是你大惊小怪……"何故话没说完，聂江澜斜睨了他一眼，他立刻收口，摸摸鼻子，转移话题道，"那你让她学一下不就行了吗？”

“那个很难。”昨天他都看视频学了一晚上。

不远处听到对话的沈彤愣了片刻：他这是在……担心我？

下一秒，男人的声音传进她耳朵里：“她学不会。”

沉默了好一会儿，何故把外套衣角甩到身后，抖了抖腿，说：“行吧，你都决定了，那我没法说什么了。”

此刻的聂江澜也没法说什么了。

半晌后，何故好奇道：“不过……你真的就这么喜欢她啊？”何故捏着嗓子，手虚虚一握，做话筒状，递到聂江澜嘴边，“你有多喜欢她，来，说一下，我先做点心理准备。”

聂江澜一时间也没有作声。

寂静的氛围里，远处走廊的歌声悠悠传来，歌手嗓音纯澈，娓娓吟唱：“我对你有一点儿动心 / 却如此害怕看你的眼睛 / 有那么一点点动心 / 一点点迟疑……”

男女情歌对唱，曲调柔和而婉转，歌手的声线也很干净。一时间，沈彤的注意力被这首情歌分去了一大半。

正当她以为聂江澜不会开口的时候，他蓦然道：“有一点儿吧。”

“什么？”问完之后，何故顿悟，“哦，你回答我刚刚的问题是吧？有一点儿，有一点儿什么？”

男人简明扼要：“有一点儿动心。”

没听完全部对话，沈彤便率先回了位子上。

赵萱看她：“你上个厕所怎么去了这么久？脸色怎么也不好？遇到什么不高兴的事了吗？”

沈彤摇摇头：“没，吃饭吧。”

也没什么，无非就是前一秒还感动于那个男人“突破自我”般示好，下一秒就听见他跟别人说他只是“有一点儿动心”，情绪有点儿复杂。

后来宴席散场，大家寒暄几句就各自离开，沈彤要去买东西，所以和赵萱分别，一个人先上了路。聂江澜一直跟在她身后，步伐悠悠，始终和她保持仅有一肩宽的距离。

走了十分钟，沈彤想到之前的对话，还是开口问他：“有人请你去电影节了？”

聂江澜有些惊异地挑挑眉：“你怎么知道？”

“听人说的。”

聂江澜点头：“对，是接到邀请，但我没去。”

“为什么不去？”沈彤双手插兜，想到走廊里他和何故的对话，故作潇洒道，“去吧，我一个人也可以。”末了，装作浑不在意似的补充一句，“反正我也不是很重要。”

聂江澜脚步放慢了点，他蹙了蹙眉，很快知道了什么：“你听到了？”

“从洗手间回来的时候听到的。”她耸耸肩，“反正只是有那么一点儿感觉，你也没必要因为我放弃一个好机会。”

他不置可否地一挑眉，却是什么都没说。过了会儿，他说道：“去买奶盖茶吧。”

沈彤抱臂，撇了撇嘴，心想，真是个顾左右而言他的男人。

因为她喜欢喝奶盖茶，所以经常去奶茶店买来喝。平时两人待在一起，聂江澜就会和她一起买奶盖茶，次数多了，他也会顺手买一杯。渐渐地，他也喜欢上喝奶盖茶，但和大多数人不一样的是，大多数人买奶茶都会加奶盖，或是要五分甜，或是要七分甜，他却要无糖的。

每次沈彤和他一起去买，她买一杯红茶玛奇朵，七分甜加奶盖，他买一杯无糖纯茶，都显得她特别不健康。因为买茶的风格独树一帜，导致去一家奶茶店不过几次，店员都记得他了。

一杯茶买完，沈彤靠在吧台上，转头随口问他：“这东西这么好喝？你这么喜欢？”

聂江澜淡淡地答：“还好。”

“还好？”想起他大晚上还特意绕路跑这儿来，沈彤不禁道，“你明明喜欢得快要发疯了好不好？”

她在等他反驳，但过了很久，他都没说话。沈彤抬头，对上男人一双黑如沉潭的眼。

他忽而开口，说：“对。”

沈彤没跟上他的思维模式：“什么？”

他把手上的东西放到一边，抬腿向她走近：“我这人，从小不把话说满。好吃的菜，我会说一般，怕厨师骄傲；很不错的剧本，我会说还行，怕编剧自满；很惊艳的服装，我会说好看，怕设计师得意……”

沈彤愣愣地看着他。

男人的目光极具侵略性，像休憩已久的狼在夜幕来临时完全觉醒，自眼神到步伐，用他的气场将她笼罩：“对你，我也一样。”

沈彤不自觉地往后退了两步，可根本退无可退，她站在死角里，就这么眼睁睁地看着他靠近。好像是身体某个枢纽被打开，她脱口而出：“你话不说满，只说一成，那别人怎么知道你的喜好呢？靠猜吗？”

聂江澜轻轻摇头：“不用猜，我已经告诉你了。”

“你哪告诉我了？”沈彤不知为何心跳加速，“连你喜不喜欢喝这个，你都不讲真话——明明喜欢得要死，偏偏就是不肯说实话。”

很意外地，男人点点头，声音沉沉：“对，明明喜欢到十成，我却只说一点儿。”沉默片刻后，聂江澜又问她，“那我说的那五个字，你知道什么意思了吗？”

五个字？什么五个字？沈彤看着他脚步由远及近，脑子里一团乱麻。他的阴影完全将她覆盖的那一刹那，她蓦然想起了走廊上，他和何故的一段对话——

何故问：“有一点儿什么？”

聂江澜说：“有一点儿动心。”

“有一点儿动心。”在她想到这五个字的瞬间，他已经完全把她抵在墙角。男人的腿压在她的腿上，只是稍微用力，她的腿便开始软。

他伸手撑住两边墙面，把她完全圈在自己的领地里，倾身，嘴唇压在她耳边。

“意思是……”他嗓音低沉，语调轻淡，似漫不经心地勾引，“我喜欢你，喜欢得快要发疯了。”

深夜里的呼吸声，压抑又克制。

【上册完】

番外一

欠我的拍立得照片

沈彤还记得某期节目录完之后的第二天，节目组放嘉宾们休息。她下楼买了瓶水，正要上楼回酒店，推开旋转门，看到倚在浮雕柱子旁的男人。

他站在水晶吊灯下，极其漂亮的灯光在他鼻尖回旋，微冷的空气加剧他周身的气场。

他抄着手看她，眉眼捎着一点儿惯有的揶揄笑意："啧，沈彤老师下来买水？"

"是啊，"沈彤顺手把自己买的维他命水往前递了递，"喝吗？"

他摇摇头，意有所指："我们沈老师还挺有闲情雅致，无聊到下楼买水喝。"

沈彤的手还伸着，没懂他在说什么："怎么了？"

男人顺手接过她手里的水，替她拧开之后交还到她的手上，眼神淡淡，却蕴着一层稍锐的光："你今天有行程安排吗？"

"没，"她摇头，以为是他找自己有事，"我的工作安排都被赵萱记在本子上了，你想知道可以找她要。"

"你自己会加吗？"

"不会，我的工作内容她全知道，这阵子没有什么她不知道的行程。"她如实回答。

男人眯了眯眼："那沈彤老师记不记得自己还欠我一件事没做？"

“是吗？”她明显不记得了，问，“什么事？”

“给我拍照片，”他拿出那个拍立得，“不知道这个行程，沈老师还记不记得。”

当时她喜欢节目里某个拍立得，他说自己会给她赢过来，还要她报答，男人当时随口说了句——就给我拍一百张照片吧。现在拍立得拿到了，她居然把这事给忘了。

“你今天有事吗？”她准备找个时间给他把拍照补上，遂问。

“有事。”

所以他其实只是来呛声的吗？

她还没来得及问什么，聂江澜欠揍似的继续道：“今天要让沈老师给我拍照，没空接别的。”

沈彤被他的套路搞得无语凝噎片刻，轻叹一声：“那你等我上去换下衣服。”

换好衣服下来，沈彤看见他的车已经停在外面等着了，便径直上了副驾驶座。他干脆利落地点了火，车一路平稳行驶，开了约莫十分钟后，她才随意问了句：“我们去哪儿？”

他答得很快：“不知道。”

她舔舔唇：“不知道去哪儿，那我们怎么拍？”

“随便开，到哪儿是哪儿。”聂少爷维持一贯作风，将随意贯彻到底。

等着他开着车随意找目的地的时候，沈彤忽然想起第一次见面，男人也是这样随意地握着方向盘，跟着感觉胡开。画面仿佛还在昨天，却又好像过去了很久。

后来，他在某个并不热闹的地方找到了一个咖啡厅，咖啡厅布置得很有感觉，也没客人，聂少爷花了几千块包了场，甚至把老板都支走了，只剩他们俩留在那里。

先拍了几张照片，适应了机器，找到手感后，她便抬头道：“你随便干点儿什么吧，我来抓拍。”

“得令，”男人勾勾唇，又道，“您说的话，我不敢不听。”

他先是看了看窗台上的多肉植物，又拿来一边的杂志翻了翻，值得一提的是，那里面的杂志居然还有沈彤掌镜拍摄的。

拍了十几张照片，沈彤换相纸的时候说：“幸好你带的相纸够，不然我们拍不了多久。”

聂江澜的语气有点儿欠揍：“都说要你拍一百张了，我肯定不会少带的。”

她撇撇嘴：“你要那么多做什么？到时候送一些给粉丝吧，当是福利和宣传了。”

“这么无情啊，连让我私藏都不准？”他靠在窗边，手臂枕在脑后，低头觑她。

“你想要，我什么时候不能给你拍？这组也没什么稀奇的，留太多没意思，你自留几张喜欢的就行了。”

她的第一句似乎是取悦了男人，留给他们的时间的确还有很多，他终于点了头，愿意换个场景，起身走到咖啡厅最里面，抬头瞧了瞧头顶那盏复古挂灯。

沈彤及时按下快门捕捉了一张，正等着照片出来的时候，忽然听到什么响声，然后灯灭了，整个房间一片黑暗。不知道是停电，还是他按了什么，她转头伸手摸索着：“聂江澜？”

她一伸手似乎摸到了什么，软硬兼具，最外层还有什么柔软的料子。

下一秒，灯打开，聂江澜就站在她身后，带着鼻音懒懒地问：“怎么？这是以公谋私吗？”

沈彤一回头，发现自己的手居然搭在他的腰上，怪不得又硬又软。她脸霎时间红个透顶：“你、你怎么忽然站到我后面了？”

“我刚看这些开关挺有意思，就试着按了一下。”他无辜地一挑眉，“谁知道我不过是走了过来，就有人趁黑对我‘上下其手’。”

“你别胡扯了，我又不知道后面是你！”她气冲冲地把照片拍他胸前，“收好了，我可不想帮你拿。”

他更无辜，耸肩：“摸了我的腹肌还不够，现在还趁机摸我的胸肌。”

沈彤真想打死他。

后来，他们到底没拍满一百张照片，拍了五六十张后就收工了。回去之后，聂江澜让节目组发了微博，说是转发可以拿拍立得照片。

何故看他大多数照片都给了节目组做礼物，自己却留了几张差不多场景的，问：“为什么你留着的都是站在这个灯周围的？”

他看了何故一眼：“不知道。”

大概是因为……被以公谋私的感觉，还不错。

番外二

关于聂不修

与单纯看综艺节目不同，聂江澜和元欢这种带了点热度的流量艺人，免不了要和粉丝做些互动，作为一些小彩蛋。元欢的粉丝给他出了张试卷，里面都是关于他的问题，不只有选择题，还有问答题和对错题。

彼时，聂江澜还在笑他，结果转眼，自己也收到一张“聂江澜期末考试卷”。

何故把卷子打印出来给他：“本来应该是你直接对着镜头念答案的，像元欢那样，但考虑到你可能不喜欢，就直接给纸质版你做了。”

聂江澜点头，从一边取了支笔，跷着二郎腿慢慢悠悠地做着。

何故站在他身后，偶尔直播：“对，这一题我还挺好奇的，第五题你会选什么啊？”

第五题是这样的——

你最喜欢自己的哪个外号？

A. 澜不住 B. 江你军 C. 聂机智 D. 聂霸天

聂江澜用笔尖在纸上点了点，鼻音愈浓：“最后一个是怎么回事？”

“就是夸你酷炫，可以和天斗的意思，”何故叉腰，“所以你选什么？”

“我喜欢哪个外号？”他低低笑一声，竟是回答了一个上面没有的，“聂不修。”

“聂……不修？”何故奇怪道，“谁起的啊？我怎么没听过？”

一边的工作人员也说：“我也没听过。”

恰逢这时候沈彤来找他，自远处走来，不知道这里发生了什么，便道：“不修老师，过来一下，要去拍照了。”走近了才发现他在做题，“那你快点儿做，做完我们去拍照。”

“不修？”一边的何故顿悟了，问沈彤，“聂不修是你给他起的外号吗？”

“是啊，怎么了？”

“怪不得他说自己喜欢这个外号。”何故一副没辙的样子。

没过多久，男人快速地做完后面的题目，跟她一起去拍照了。

回去之后，沈彤才发现他在微博上公开了他那张卷子的答案。

她之前就猜测会有一道问他喜欢哪个外号的题，没想到真有。她也本以为他说喜欢聂不修只是说着玩玩，没想到目光挪到填答案处……

那是唯一一道他自己有添补的题目，男人在最后补充：“E.聂不修”。

他其他四个大众给了起的外号都没选，选了一个她给他起的，杳无人知的聂不修。

小剧场

团宠与主动

某次节目组聚会，工作人员们不知怎的就讨论到了“团宠”问题。

团宠，就是一群人里最受大家宠爱的那个，一般是年纪最小的。

有人问：“哎，你们说咱们‘速食’里的五个嘉宾，谁是团宠？”

回答声不绝于耳。

“康南和魏北之前对元欢有愧吧，所以他们俩应该宠元欢。元欢两票。”

“任影帝呢？影帝似乎比较喜欢聂江澜，不修老师一票。”

“那元欢呢？元欢好像比较崇拜聂江澜，也能算是聂江澜又得一票了吧，现在聂江澜也两票了。”

“对了，那聂江澜比较宠谁呢？”

元欢和聂江澜的票数持平，聂江澜这边的答案便尤其重要，可大家一时间说不出聂江澜到底宠谁。

七嘴八舌地讨论好半天，赵萱忽然怯怯道：“我觉得他、他好像、好像只宠沈彤姐……”

大家沉默了几秒，旋即以从没有过的默契，对赵萱的说法表示肯定。

沈彤莫名其妙成了工作人员选出来的“团宠”。

在一起之后，沈彤某次带着聂江澜去和徐叶羽见面。

那时候徐叶羽已经说穿自己身份，和陆延白确定了恋爱关系，沈彤和聂江澜去办公室找他们，谁知还没进去，就听到陆延白无奈又宠溺的声音："你找我开流量，就是拿来看这种东西的？"

徐叶羽支支吾吾地说了半天，不知道该说什么，还是沈彤敲了敲门，才让她如获大赦般换了话题。

后来四个人一起，在外面玩了一天。回去的时候，聂江澜忽而道："你什么时候能像徐叶羽一样，主动一点儿？"还没等她回答，男人低叹一声，"算了，是我奢求。"

回到家之后，沈彤把切好的水果放到他面前，还没等他拿叉子，便率先叉了一个水果放到他面前。

男人被她破天荒的举动弄得一愣："怎么忽然……"

沈彤笑笑，晃晃手指："这下够主动了吗？"

魅丽文化 花火工作室

·下·

有一点动心

鹿灵 著

LuLing

You yi dian dong xin

贵州出版集团
贵州人民出版社

C O N T E N T S

目录

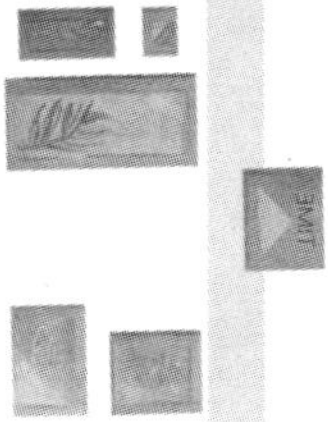

C O N T E N T S

目录

♥ 第一颗心 ♥

既见君子，云胡不喜

沈彤攥着自己的衣角，连太阳穴都在隐隐胀痛。

耳边他的呼吸声带着轻喘，勾着喉咙底那点儿磁性，在夜色里被无限放大。

花了好一会儿，她才梳理清楚他的逻辑——因为话从不说满，十分的喜爱只表达出一分，所以喜欢的东西，他也只会说一般。

所以那句“有一点儿动心”的意思是他很喜欢她，喜欢到快要掌控不住自己。

沈彤慎重地呼吸了几声，缓缓道：“我，我知道了。”

他仍旧埋头在她颈间，鼻尖是她柔软的发丝，他问：“还怀疑吗？”

“不怀疑了……”想了想，她还是弱弱地带出一个语气词，“吧……”

他笑一声，喉结滚动：“吧？”

沈彤一咬牙，从他臂弯中钻出去，终于触到了新鲜的空气，她深呼吸时，对上男人颇有兴味的目光，她知道他在等她说话。思虑良久后，沈彤终于启唇。聂江澜眼睫轻抬，见她指着自己身后的袋子说：“这么久没喝，你的茶是不是已经冷了？这个要趁热喝。”

他捏了捏眉心，忽地轻笑一声，无奈地摇了摇头。

提起一边的奶茶袋子，聂江澜道：“走吧。”

沈彤攥了攥手心，跟上他的步伐。

这一路两人都很安静，沈彤走在后面，时不时地踩着他的影子，平复有些紊乱的心跳。刚刚他附在她的左耳边讲话，搞得她的左耳耳根直到现在都又热又麻，还很痒，她禁不住抬手揉了一下。

通过影子发现她的小动作，目视前方的男人忽然回过身，淡笑一声：“揉什么耳朵？”

沈彤的手顿住。

聂江澜继续问：“怎么，我刚刚是咬你了吗？”

她反呛道：“你还不如咬我呢。”

男人眯起眼，“啧”了一声。

沈彤被他暧昧的目光弄得很不自在，挪开视线，道：“咬伤我算工伤，医药费可以报销。”

“就这样？”聂江澜满不在乎道，“做我的女朋友，你掉根头发，我都给你算工伤，给你报销……”末了，他诚恳建议，“还挺划算的，要不试试看？”

“你一天两天的没一句正经话。”沈彤抓着耳垂，“你做个人行不行？”

男人面色如常：“不想做人，只想做你男朋友。”

送沈彤回了房间，聂江澜折身进电梯的时候，拿出手机想要看一眼时间。晃了晃手机，见没有亮，他才意识到是关机了。

每日节目开录时，工作人员都会收走大家的手机，等一天的节目录完才会发下来，以防嘉宾用自己的手机做任务，影响节目效果。

聂江澜是个不爱随便开关机的人，哪怕开关机的时间仅仅几秒，他也觉得浪费时间。

回房间之后，他打开手机给何故打电话：“你之前来的时候是不是给我装了块表？”

“对啊，当时怕这里太偏僻，手机没法充电，就给你装了块表，方便看时间。”何故说，“但你不是嫌那玩意儿戴在手上很重，让你不自在吗？”

“现在手机总被关机，也不方便。表在哪里？我明天戴一天试试。”

“黑色行李箱的夹层里，拿绒布袋包着的。”末了，何故不放心地补充一句，“表很贵的，您悠着点儿。”

聂江澜从行李箱的夹层里翻出一个盒子，把表拿了出来，看到腕表表带在灯光下折出圈圈碎光，再看看牌子，就知道价格肯定不低，就是太晃眼睛了。

他随手把表扔在桌上，把何故刚刚“悠着点儿”的嘱托抛在脑后——左右不过是个消耗品，总要换的，也没必要那样当宝贝。

洗过澡出来，他收到一条短信和一条微信消息，短信很简单：“大概明天下午到，拜托你的事不要忘了！”

他看了一眼，并没回复。

点开微信，魏北也给他发了条消息，是说“小视频”的事儿。他差点儿忘了，在消息记录里点了转发，给康南和魏北一人发了一份。

……

夜深人静，魏北关了灯，猫在被窝里，深吸一口气，打开了与聂江澜对话框，点开消息。小视频还有名字？魏北觉得太神奇了，他还没见过有这么长一串名字的小视频——

舒筋活血，化肿祛瘀，×××独门按摩秘籍，解救跌打扭伤。

“惊险”的一夜过去，又是崭新的一天。

话彻底说透了之后，聂江澜完全不在意了似的，开始想什么说什么，想做什么做什么。

昨天在饭桌上，工作人员虽然不多，但八卦嘛，都是一传十，十传百的，没过多久，节目组的人看向沈彤的目光中都带着一丝钦佩，就好像她是神话故事里能征服野狼的女将军一样。

沈彤低头看着手里的单反相机，一张张地滑着照片。

今天也是靠比赛来发放奖品，这次的奖品是一些野外必备用品，前三名都有不同等级的物品，最后两名没有。今天录制结束，明天就要赶赴荒岛。

临到收工时，沈彤看着纹丝不动的各位，问正在搬道具的阿姜：“大家怎么都不走？”

“噢，今晚有人请吃饭，没人通知你吗？”阿姜道。

沈彤摇头：“没人告诉我啊。”

想了一下，阿姜才道：“啊，好像是。可能大家不知道怎么和你说吧……”

“怎么？”沈彤皱眉，“吃个饭也不知道怎么和我说？”

阿姜酝酿着：“这次好像是……聂江澜的师妹请客……”

沈彤沉默了一秒，抛出一连串的问题：“师妹？我怎么不知道他有师妹？师妹来找他干什么？是圈内人吗？”

看着阿姜一脸问号的模样，沈彤咳嗽一声，搬开一边的器材：“我随口问的。”

阿姜了然地点点头，说：“你问的我都不太清楚哎，我只知道师妹是吴菁，也算是圈内人吧，毕竟是个二线花旦。”

吴菁这个名字沈彤略有耳闻，不是科班出身，但演技还行，脸也长得不错，真正走红的点是她的身材。那时候曝光过她时尚大片的拍摄花絮，里面的吴菁细腰翘臀，前凸后翘，走起路来风姿绰约，一双长腿简直是万千人的心头好。

她和聂江澜是师兄妹？这两人看起来还真有点儿八竿子打不着。

沈彤难得继续问：“聂江澜同意吴菁来了吗？怎么……”

下一秒，就看见一辆房车在不远处停下。

阿姜好奇道：“哎，是不是来了？”

果不其然，车门打开，吴菁下车深呼吸一口，伸了个懒腰，朝工作人员摆了摆手：“让大家久等了，不好意思。虽然没堵车，但是路太难走了，绕了好半天才绕过来。”

“没事没事，你也辛苦了，我们才收工。”

跟工作人员打了招呼之后，吴菁又跟在一边坐着的聂江澜打招呼。聂江澜站起身，点了点头，算是应了。

看来还真是师兄妹。

吴菁身为小花旦，工作肯定也忙，愿意挤时间来这荒郊野外，又累又苦，仅仅是为了请剧组的人吃饭……想起来有点儿奇怪，简单的师兄妹关系不足以支撑至此吧。

吴菁抓抓头发，环视四周："节目就是在这儿拍的啊？还挺有意思的。以前都是在电视里看《急速燃烧时》，还没见过画面外的情景。这里虽然路难走，但风光还真好。"

聂江澜颔首："出发吧，早点儿吃完早点儿走。"

"怎么，你们明天也要早起吗？"

"嗯。"

"行，那快点儿走吧，免得耽误你们今晚的睡眠时间。"吴菁转头朝大家挥手，"大家上车吧，我们去吃饭。"

工作人员陆续上车。

似乎是发现聂江澜眼下的淡青色，吴菁大骇："你都被折腾出黑眼圈了？天哪，别的嘉宾也有吗？节目组这么残忍？"

沈彤把相机包扔进背包里，心想：看来两人认识得还挺久——吴菁都知道原来的聂江澜没有黑眼圈，是这段时间才有的，故而才这么惊讶。

"昨晚熬夜了。"聂江澜淡淡地回道。

"你还熬夜？连你这种一般十点睡的人都熬夜，别人不会也熬夜吧？"吴菁道，"压力大睡不着，还是太累的缘故？"

阿姜戳戳沈彤："看起来两个人关系还可以。"

沈彤点头，说："关系不好也不会请客吃饭了。"只是她还真没想到聂江澜这种性格，居然还有关系尚算不错的女性朋友。

面对吴菁的大惊小怪，聂江澜还是一派淡定："昨晚去做了点儿重要的事。"

"噢……什么重要的事啊？"吴菁显然想打破砂锅问到底。

聂江澜往沈彤这边看了一眼，旋即扶了扶腕表，觉得这玩意儿真有点儿不舒服。他皱着眉，只对吴菁说了四个字："少管闲事。"

聂江澜没什么东西可收拾的，通常是怎么来怎么回，不像沈彤还经常背着包。沈彤收拾完东西，听到那边有了出发的动静。

阿姜顺手把酒店的地址发给沈彤："我们今晚去这边吃。"

沈彤点点头，正想问两个人是叫车还是开车去的时候，聂江澜走到她身边。阿姜立刻睁大眼睛，眼珠滴溜溜地转着。他把沈彤的包提起来，替她背好，问："收拾好了？"

"差不多了。"

"那你坐我的车走。"

沈彤挤出一个礼貌的笑："难得您还记得我。"

男人挑了挑眉。

东西都收好，就到了出发的时间。吴菁坐自己的房车去，聂江澜自然也是坐自己的房车。

走到聂江澜的房车门口时，沈彤发现里面已经坐了几个聂江澜这边的工作人员，便有点儿犹豫，聂江澜的脚步也顿住了。

他道："你们先走吧。"

"你呢？"

"我开我自己的车去。"聂江澜道，"这里面太挤了。"

"哪里挤？这不是还有两……"

"我说挤就挤。"

众人立马闭嘴。

后来，嫌挤的聂江澜带着沈彤开了自己的车过去。

因为戴了腕表的原因，聂江澜等红绿灯的时候，时不时会调一下表带。

沈彤看到了，也奇怪他怎么戴了块腕表，却没有问出口。

到酒店的时候正好七点，其他几位嘉宾和吴菁都到了，大家坐在沙发上随便地聊着天。魏北还记得前一晚的事，一看聂江澜进来，就指向他："你！骗子！"

"我怎么骗你了？"

"你自己说说，你昨晚给我发的什么小视频！"

康南抢先回答："按摩小视频。"

任行插话："这种还有按摩的？"

"不是这种有按摩的，就是按摩，单纯的按摩，活血化瘀的。"魏北咬牙切齿。

大家你一言我一语地说开了。

元欢却还是一脸蒙：“你们到底在说什么？”

“没什么，小孩子别听，跟吴菁聊天去吧。”任行说，“刚刚她说自己去美国进修过，和你好像还是同一个老师。”

元欢回头看着吴菁：“啊？是吗？”

“是，而且你们年纪也差不多。”聂江澜道，“她还看过你的剧。”

“这么巧？”经这么一介绍，元欢还真有点儿惊讶，“喜欢我哪个角色啊？”

“你问当事人去，问我干什么？”男人抬抬下颌，“她就坐在你旁边。”

……

看那边貌似聊开了，阿姜伸长脖子：“还挺热闹哎，是在互相介绍吗？”

“应该吧。”

“不过也是，吴菁在这里貌似只认识聂江澜一人，聂江澜介绍一下也是应该的。”阿姜说，“就是不知道她为什么要请客。工作人员都说可能是感谢大家对聂江澜的照拂吧。”

沈彤撑着头看向那边，聂江澜抬腿朝她走来，坐在她旁边。

她是七分钟前坐在这里的，也就是说他在那边说了七分钟。她以前都没见过他用这么长时间介绍一个人。

菜很快上来了，魏北、康南、任行、元欢、吴菁等人坐在聂江澜的右手边，大家聊了几句，饭桌上的气氛还不错。

康南话还是很多：“没想到你这么喜欢看我们节目。你说的那些我都没注意，真的。原来欢欢第一次被我骗走玉玺就开始惆怅了，我还以为他没事，后面才继续抢，真是没想到结尾时他忽然情绪爆炸，我那时候真的吓傻了，哈哈哈！”

元欢自嘲地笑：“太突然了好不好？一而再，再而三地打击我的玻璃心。”

沈彤自然而然地联想到第一期节目，神游了一会儿，不知道那边又说了句什么，一直没说话的聂江澜倾身过去，也不知道是说话还是在递东西。

康南又扯了些七七八八的。

吴菁点头道："那我应该感谢一下大家对……的照顾。"

沈彤没太听清，不知道吴菁说了谁的名字。

这顿饭吃得倒是挺快，吃完之后，魏北兴致来了，还要扯着大家一块儿玩游戏："别走别走！人生得意须尽欢啊。明天就要被关起来了，今天不玩个天昏地暗怎么行？"

众人都点头同意。大家玩得高兴，不知是谁提到沈彤："沈彤玩吗？"

沈彤笑笑，站起来："我就不玩了，去趟洗手间。"

聂江澜说了句什么，环境太嘈杂，她没听清，转身的时候只听到魏北明显玩嗨了的嗓音："吴菁输了！来来来，愿赌服输，这杯白酒归你干！"

吴菁明显被吓住了，慌忙摆手道："我，我酒精过敏……"

"什么过敏不过敏的！刚刚怎么不说？你们这种女演员我见多了啊，一说到喝酒就过敏……"魏北说，"虽然是玩，但是也要遵守游戏规则不是？你要是不想喝就找人代你喝。"

吴菁沉默了好一会儿，然后把杯子放到桌面中间："我也不知道谁能喝，谁不能喝，这样吧，谁愿意替我揽这个活儿，就把杯子拿走。"

沈彤侧眸，余光闲闲扫了一眼，想看看谁会接过杯子。没过一会儿，有一只手伸了过去，取走了杯子。速度太快，沈彤只看到了那手上被灯光折射出的刺眼光亮……好像是聂江澜的……腕表。

沈彤垂了垂眼，加快脚步，走出了房间，把那阵快要掀翻屋顶的尖叫抛在脑后。

走出走廊，沈彤靠在栏杆上，用手撑着下巴往池塘里看。她捏捏眉心，感觉心里有点儿乱。

她其实不应该想那么多的，那只是再正常不过的交际。

她闭上眼放空的时候，身后传来熟悉的声音："你一个人在这儿干什么？思考人生？"声音很低，许是喝过酒，还很醇厚，随夜风一弥散，似雾一般缠绵。

沈彤眨眨眼，随口回道："思考你不会思考的东西。"

聂江澜淡淡一笑，凑近了两步："那沈彤老师说说看，在思考什么？"

他一靠近，沈彤就闻到了他身上的酒味儿，有些凛冽甘醇。想到他是代吴菁喝酒，还不知道喝了几杯，有股莫名其妙的感觉钻到她心中。

沈彤抿唇，往后退了两步，说：“随便想的，记不起来了。”

聂江澜目光蒙眬，似带了些醉意，语调竟难得柔和起来：“怎么？”

“你喝酒了。”沈彤摇头，“我不太喜欢酒味儿。”

“那你喜欢什么？”男人颇有兴致地瞧着她，揶揄道，“喜欢醋味？”

他其实并未喝酒，只是大家都喝了点儿，他衣服上这才沾了点儿味道。

沈彤又往后退，直到背部抵上墙面，她才停住脚步。

聂江澜偏头看着她。他刚刚以为她只是去洗手间，结果等了半天，她都没回来。他生怕是出了什么差池，立刻起身，从门口一路找到池塘，这才找到她。

只是……她的表情，好像有点儿不太对劲。

沈彤低头看地面，眼睛扫到男人空空如也的手腕。她忽然皱了眉：“你的表呢？”

聂江澜转了转手腕：“元欢觉得好看，拿去戴了戴。那东西确实戴着不舒服，我就让他先戴着，回酒店了再给我。”

沈彤太阳穴发胀：“什么时候给他的？”

“开饭后不久，”聂江澜思索片刻，强调道，“玩游戏之前。”

所以那只手其实是元欢的？是元欢帮吴菁挡的酒？

沈彤叹息一声，老大，她今晚到底都在干什么啊？

聂江澜是多聪明的人，看着她变幻的表情，听她提到那块表，自然就联想到了刚刚的挡酒事件：“你以为是我帮吴菁喝的酒？”

沈彤沉默。

聂江澜想了想，仿佛有所领悟。男人一贯无波澜的眼神，亮了起来：“所以并不是不喜欢酒味。”

沈彤想张口辩解，却说不出口。

他勾勾唇，上前了一步，屈腿，手搭在膝盖上，自下而上看她，一脸兴味：“是不喜欢我替别人喝酒？”

“没有的事，你别往自己脸上贴金。”沈彤吞了口口水，别开脸。

聂江澜点头，逼到她身前："那你怎么不敢看我？"

他不说话，眼中的醉意退去，锐利的眸子紧锁着她，像是在欣赏什么有趣的东西。

今晚的他和以前都不一样，沈彤想，大概是酒壮人胆，他有点儿醉了。

"你还看我？"沈彤皱着眉迎上去，"是觉得很……"

四目相对的瞬间，她收了声。

男人的目光不太寻常，卧蚕微弯，眼底暗流涌动，意味不明。

意识到自己的失常，沈彤长舒一口气，抬腿想离开。

他怎么可能放她走？

她往左走，他伸出右手抵在墙面上；她往右走，他伸出左手拦她。

沈彤定在那儿，不知道自己在想什么，又感觉自己是想要什么，空虚的感觉把自己罩住了。

夜色幽幽，漫无边际，远处虫鸣听不真切，夜风拂来，吹起脸颊边的发丝，带起一阵空泛的痒。

聂江澜敛去散漫的笑意，再开口时，声音笃定："你喜欢我。"

沈彤身子一颤，手指扣上身后的木板，轻微的嘎吱声传出。

像是怕她没听清，又像是只想重复，聂江澜声音低哑，和着夜风，贴在她耳边。

"沈彤，你喜欢我。"

一瞬间，有灼烫的热意贴合着手指上涌，顺着血管肆意开疆拓土，快要烧着的时候，沈彤发现自己居然还能保持着理智，看着面前的人。

他眼睑半垂，耳垂难得沾了点儿绯色。

无论如何，现在都不是说这个话题的时机——他们都在情绪里，不太清醒。况且，他今晚的所作所为确实有些反常，不像是有感而发，倒像是……喝醉之后的死缠烂打。

她没有正面回答他，只道："你喝醉了。"

他目光幽深，反驳："我没有。"

她双手并用，想要推他，他却反客为主，在她抬手的瞬间，蓦然扣住她的腰。被人抱在怀里的时候，沈彤蒙了。

他低头，把脸埋在她颈间，似呓语，似轻哄：“你说得对，我喝醉了。

“我跟她没别的关系。我们以前是师兄妹，她入圈之后帮我引荐过几个导演和老师，算是有点儿交情。这次来并不是因为我，她看上元欢了，打着找我的借口，结识元欢而已。

“我们平时不联系，连微信都没加，是靠短信交流。我想着她只是个无关紧要的人，今天之后也不会怎么联络，就觉得没必要单独跟你说，说了还显得有什么事似的。

“今天统共也没和她说几句话，只刚进去的时候介绍了一会儿，是为了让她和元欢多了解，毕竟这是她的嘱托。

“没在第一时间捕捉到你的情绪，是我的错，我以后一定成为第一个追出来的人。

“没想到会惹你不高兴，以后不这样了。”这样的男人说出示好的话，深沉的嗓音难得放软，竟然像是在撒娇，“没有以后了。”

说完，他用鼻尖蹭了蹭她的脖颈。

解释很真诚，也能对上所有微小的让人疑惑的细节。

沈彤眨了眨眼，觉得心脏仿佛塌陷下去了一块。她一动不动，任他抱着。

不知道过了多久，贴在她颈间的脸离开。沈彤一抬脸，和他鼻尖对鼻尖，距离不超过一厘米。

这个角度很微妙，让他想不做点儿什么都很难。

聂江澜眼睑合了大半，缓缓朝她的面颊靠过去，目标再明显不过。

她大脑当机，看着他的脸颊逼近，灼热的呼吸离自己越来越近，感觉到他微凉的鼻尖点在自己左脸颊上。她头皮发麻，每一寸皮肤都被点燃、爆炸。

嘴唇即将贴合的时候，沈彤感觉到他的动作顿了一下。

只是那样简单的一秒，于她而言像是过了很长时间，无数个可能在脑内疯狂回荡。只要她选择一个别的可能，故事就会往另一个方向发生，她后知后觉地想要挣扎。

他摇摇头，声音又沉又哑：“我刚刚给你机会了，你没有拒绝我。”

沈彤呆呆地看着他，像极了一只无辜的羔羊。

“现在拒绝，已经来不及了。”男人眼明手快地钳住她的两只手腕，扣在墙上。

“吧嗒”一声，沈彤脑子里像是有根弦断了。

她看见他根根分明的黑色眼睫，看到他轻微发颤的眼睑，看见他的鼻梁和鼻尖，再往下，看不见了，因为他的嘴唇已经压了下来。

他柔软的唇，带着轻微的酒气和他独有的味道，贴在她的唇上。

沈彤的身体像不属于自己了一样，唯一有感知的只有和他相贴的那一小部分。

他轻微辗转着，下唇瓣贴着她嘴唇，从左至右轻咬着掠过，那么随意，又像蓄谋已久。

那是很简单却又很缠绵的一个吻，他像是什么都没做，又像是做了很多。

分离时，两片下唇流连地合了一下，又很快分开。

有人在外面敲门：“江澜哥？沈彤？你们在哪儿？”

来的时候，聂江澜掩上了从走廊通往这里的门，此时门被一敲，沈彤出窍的灵魂即刻归了位。她别开脸，眼睫不自然地眨了几下。

轻咳一声，沈彤准备去开门——太久没开门，外面的人会乱想的。

才迈出去一步，聂江澜扯住她的手腕：“等一下。”

下一秒，身子被人拉回去，男人伸出手掌，贴在她唇上。沈彤这才反应过来，他要帮她擦拭嘴唇上的……

老天……死了算了……她不要这张脸了还不行吗？

他才收手，她立刻像只狐狸一样逃之夭夭，拉开门就往女卫生间跑。

站在门口的魏北狐疑地看着双手撑在墙壁上的聂江澜，又转头看向沈彤背影消失的方向：“你们俩这是……怎么了？她跑这么快干什么？”

男人拭了一下嘴唇，指腹轻捻，意味不明地笑一声：“没什么。”

一顿饭这才散场，元欢看着姗姗来迟的聂江澜：“你都错过果盘了，江澜哥。”

聂江澜的心思明显不在这上面，玩着火机，粗略地“嗯”了声。

元欢颇为关切：“我看刚刚你吃得也不多，会饿吗？”

会饿吗？

男人舌尖勾了勾嘴角，想起方才那个……吻。

他合眼，仿佛心情很是愉悦："不会，我吃得很饱。"

奔波了一天，沈彤乏了，故而倒上床时也没怎么思考今天发生的事，便很快睡着了。

第二天依然要早起，四点钟，沈彤的脑子还处于生锈状态，无法运转。她迷迷糊糊地出了电梯门，看到有工作人员别着有"急速燃烧时"几个字的牌子，立刻条件反射地往后退了两步。

直觉告诉她，一大清早看到工作人员没什么好事，更何况今天节目还要录。

那人笑了："放心，今天不绑你，是喊你去吃早餐。"

"吃早餐？"今天节目组怎么大发善心，这么好说话？

工作人员点头道："对的。考虑到大家马上要过一段比较艰苦的生活，节目组决定造福一下大家。"

沈彤将信将疑："在哪里吃早餐，不是牢房吧？"

"不是不是。"工作人员被她逗笑了，"不是节目组的地方，你大可以放心，就在后面那个厅，你绕过去就能看到了。"

深谙节目组套路的沈彤决不因此松懈，即使没有摄像机，她也像是有摄像机在一样打起精神，何况她还不知道这里有没有隐藏的摄像机。

她问："你跟我一起去吗？"

"不了，我要继续通知别的嘉宾，你去吃就好。"

聊到这里，沈彤才算是稍微放下心来，这么一警惕，她原本的瞌睡也消了一大半。

走到餐厅门口时，她听到里面传来对话。

是何故的声音："你别给我装傻啊，我昨晚说什么，你不记得了？"

聂江澜当然记得他昨晚说了什么。

实在是件无关痛痒、不值得费神的事情——某个一线花旦对他有好感，点名想和他合作一部电影。本来何故也知道聂江澜不想拍电影，但眼见着这个电影资源实在是太好，就跟迎面砸下来个金球似的，便有点儿舍不得拱手让人。

昨晚，除了吃饭，绝大多数时间何故都在给聂江澜洗脑，先是说“演而优则导”，又说“你演好了，有热度，对以后也有帮助”，最后直接说：“我觉得你真的要考虑一下，这个资源前期、后期对你的好处加起来大于八位数，我实在没法眼睁睁地看着八位数跟你擦肩而过。”

的确，电影资源很好，剧本也不错，还有福利：吻戏三场，床戏一场。

所谓“福利”还不错，但他确实心不在此。

看聂江澜只顾低头吃汤包，何故忍不住催促：“你别不说话啊你，我昨晚说什么了？你倒是先给我个回答。”

早上起来心情很好，天气也不错，聂江澜实在不想在这种无聊的事上浪费口舌。

“不记得了。”他睁着眼说瞎话。

“不记得了？！为什么不记得了？”何故不信。

聂江澜信口胡说：“我昨晚喝醉了，什么都不记得了。”

他不记得昨晚的事了？

刚刚她还在想要怎么面对他，转瞬就发现自己白费了力气。行，不记得最好。

沈彤调整好心情，抬头走进了餐厅。

何故打招呼：“哎，沈彤来了啊？”

沈彤也笑着跟何故打了个招呼，为了配合聂江澜，毫无芥蒂地、不带羞赧地、自然地坐在了跟聂江澜还有一位之隔的地方。聂江澜微微一滞。

何故随口问道：“对了，沈彤，昨晚你跟聂江澜去池塘那边干吗了？”

正伸出筷子夹烧卖的沈彤手指一顿。

是福不是祸，是祸躲不过。

这个问句也成功引起了聂江澜的兴趣，他慢条斯理地咀嚼完嘴里的东西，放下筷子，看向沈彤。

面对着两个人的目光，沈彤选择了看向聂江澜，这个举措让聂江澜有一丝意外。

“昨晚啊……”沈彤似乎是在回忆，停了一下，才继续说，“你不记得了是吧？”她看向聂江澜，“我也不太记得了，事情太多，忘记了。”

毕竟那不是适合当众讨论的事，他都不记得了，她总不能强求别人“给个说法”吧？再说了，如果真说到“吻”，还不知道这人会有什么反应，搞不好还会把她取笑一通。

万万没想到她是这个回复，聂江澜眉一抬，道：“我？”

“嗯，你刚刚不是说你不记得了吗？”沈彤指着门口，“我听到了。”

聂江澜一时有种搬起石头砸自己脚的感觉。

她语重心长道：“不记得了没关系，以后少喝酒就好了，喝酒耽误事。”

何故看着面前揣着明白装糊涂的两人：“你们俩约好一起失忆是吗？”

聂江澜看沈彤低下头吃东西，神态如常，仿佛昨晚的一切真的只是一场梦。

他意味深长地揉揉手腕：“既然我喝醉了，不记得，那她不记得，也挺正常。”

沈彤正常地点头，吃了几个正常的烧卖，喝了几口正常的牛奶，然后迎来了不正常的黑暗。

被蒙着眼塞进车里的时候，沈彤脑子里回荡着偌大的四个黑字——我就知道。

就知道节目组一大早给这么好的款待没什么好事。

早点才刚刚吃完，节目组立刻脱下羊皮，对他们这群小羔羊伸出邪恶的手。但这次比之前人道一点儿，聂江澜和她在一起。

车子颠簸地行驶着，聂江澜开口唤她：“沈彤？”

“我在。”沈彤伸出脚去找他的足尖，“你也被绑了？”

“嗯。”漫无边际的黑暗里，男人的声音给人一种脚踏实地的安全感。

他从声源分辨出她应该在自己左侧，便往她那边挪了挪：“别怕。”

渐渐地，沈彤感觉到窗外的热闹散了，他们似乎进入了一片很安静的区域。没开多久，车停下了，有人搀扶着他们往外走。黑暗中，沈彤摸索到一个软软的东西，像是床单。

紧接着，“砰”的一声，像是门被带上了。

过了约莫五分钟，聂江澜道：“人应该走了。”

“是的，应该走了。”角落处传来摄像大哥浑厚的声音。

沈彤讶异道：“孟哥，你也被绑进来了？”

孟厉很委屈：“是啊，为什么这次连摄像师都要被绑？”

“辛苦你了。”沈彤表示了一下关怀，然后抬起肩膀，蹭掉了脸上的眼罩。

孟厉只能苦笑。

环视一圈，她分析道：“是个小房间，门关了，不知道怎么出去。”

聂江澜疑惑：“你怎么看到的？”

“我把眼罩蹭掉了。”

“怎么蹭掉的？”男人显然对她这个技能惊奇不已。

“用肩膀。”

孟厉小声道：“那你能不能想个办法，把我们的也弄下来？”

沈彤想了想，道：“我先和聂江澜合作把手上的绳子解开，这样就好办多了。”

聂江澜点头，表示可以。两个人的手都被捆在后面，沈彤和聂江澜背对着背，摸索彼此的绳子。

沈彤抬手，摸到男人的指尖。他的手指很好看，没想到触感也不错，骨节分明，能清晰地摸到皮肤和骨骼。

她在找他的绳子，他也在找她的绳子。两个人就这么胡乱摸着，四只手像是在打架。

过了会儿，男人终于伸出大掌包裹住她的手，象征性地捏了捏：“你别动了，我来。”

手指猝不及防被他的手掌包裹，沈彤顿了一下，这才没有动了。

聂江澜松开手，找到绳结，很快把结解开。沈彤的手得到了自由，接下来就轻松多了。她把聂江澜的眼罩揭开，将他手上的绳子解开。聂江澜去尝试开门的时候，她又把摄像大哥孟厉的绳子解开了。

孟厉把绳子和眼罩丢在一边，气鼓鼓地托起摄像机："这个节目真是越玩越大胆了。"

沈彤跟他聊了两句，一转头就看到聂江澜从角落里找出了一个小盒子。盒子打开，里面只有一个字：床。

沈彤问道："床上有什么？"

"应该是钥匙之类的，反正总有用处。"聂江澜道，"找一找。"

这是个小房间，被节目组制造出了密室的效果。里面有一个大柜子、一张床，床边有个床头柜，柜子上有个台灯。

密室逃脱的游戏沈彤玩过一些，无外乎就是在各种犄角旮旯里找各种道具，然后在关键时刻使用这些道具。

床有些复古的味道，床脚支柱做得很精美，最顶端被透明玻璃包裹着。本着细致的原则，沈彤往里面看了一眼，发现了一个圆圆的东西。

她手扶玻璃盒最顶端，想看看这个东西能不能打开，果然，轻轻一拧，开了。里面是一把钥匙。

与此同时，聂江澜也在三个床脚处找到了藏着的三把钥匙。

沈彤把自己的钥匙给他："你先看看有没有能开门的钥匙，我在别的地方再找找。"

"在别的地方找？"男人挑眉，"还找什么？"

"把我们锁在这里面，总不可能只有钥匙这一条线索吧。"沈彤道，"我玩过类似的手游，往往第一个房间里线索最多。更何况我们这还是个求生主题，所以多找点线索，至少不会出错。"

聂江澜偏了偏头，笑道："行，那你找吧。"

沈彤开始找别的线索，聂江澜则试着用钥匙开门。试到第三把的时候，门开了。未等候多久，沈彤也收获了不少"线索"。

有用的没用的，她觉得有那么点可疑的东西，都拿走了。

聂江澜对她的战利品表示意外："要不我给你准备个装运车，你把整个房间都搬走？"

"别准备搬运车了，"沈彤把东西扔进自己的卫衣帽子里，"如果有车，我首先会让它把我们带出去。"

第一个关卡被攻克，沈彤带着相机，孟厉带着摄影机，跟着聂江澜踏上了征程。

一路都有摄像头，每隔一阵子就会看到一所小屋子，沈彤知道，屋子里坐着大批工作人员。

毕竟是户外节目，安全方面要上心，节目效果和情节走向也要随时掌控。一个好的综艺节目背后，少不了大批专业的幕后工作者。

一路往前走，沈彤渐渐感觉到凉意，她不由得想到自己玩过的某个手游："聂江澜。"

忽然被叫到名字的人侧头："怎么了？"

"我总觉得有狗。"沈彤说，"以前玩一个游戏，出了屋子，拐角处就有一只……"

"汪！汪汪！"

有时候女人的直觉总是超乎想象的准，在这种背景下，就连狗叫都显得无比瘆人。

那只狗受过训练，龇牙咧嘴，朝他们扑来。聂江澜知道沈彤怕狗，带着她往另一条路跑，等停下的时候，狗没了，摄像大哥也没了。

沈彤喘息道："失策了，我后面才意识到那只狗是被拴起来的，咬不到我们，白跑了。"

"跑倒是没白跑。"他忽而道。

沈彤没懂她的话："啊？"

聂江澜摇摇头："没事。"

沈彤已经习惯了他话说半截，也没太放心上，就往前走了两步，想看看这附近有没有什么东西。

二人越过一条白线，踩在一张软垫上，头顶立刻发出声音："人数：两人。"

沈彤抬头往上看："什么在说话？"

聂江澜道："我们应该到第二个关卡了。"

那个播报，让沈彤内心隐有不安。

到底是做过四期节目的人，很快，聂江澜从一片碎石中扒拉出一个小盒子。他低头看了一会儿，复述卡片里传递的信息。

"这次的关卡是射击。我们要穿好节目组准备的衣服，躲避这栋楼里会传来的射击。身上‘中枪’次数少于十次，才算过。”

语毕，工作人员从楼内的窗口处递出来两套衣服。沈彤指着自己，不可思议道：“我也要穿？”

“估计是。”聂江澜接过衣服，“最开始在房间里，摄像师都被绑起来了，所以这期节目大家应该都会参与。”男人又指指那边的软垫，“我们两个刚刚一起踩上去的，识别人数是二，所以也要一起参加。”

“好吧。”事已至此，沈彤只能原谅节目组。

聂江澜把衣服递给她，她虽有微词，但还是乖乖地穿。

沈彤一边穿，一边怯怯道：“我没怎么玩过射击类游戏哎，可能不会躲……”

“没事，我教你。”

既然他这么保证了，那她也就放心了。

沈彤慢慢把衣服穿好，手臂钻过袖子，正低头绑腰带，忽然听到一声枪响——“砰！”

音效太过逼真，身后屏幕中的玻璃也做出碎裂的效果，沈彤没料到节目组会搞出这样的阵仗，一时间也傻了。

手指还搭在扣子上，身子整个僵住，反应过来的那瞬间，她即刻抱着头预备蹲下。

她没料到聂江澜这时候会来拉她，也没料到自己被他扯过去的时候会绊到什么东西，最没料到的是，借着她靠过去的那点冲击力，两个人一起倒在了地上。

聂江澜反应速度倒是够快，在她倒下去的时候眼明手快地伸手，垫在她脑袋底下，防止她的头磕到什么东西。

沈彤睁着眼，感觉到气氛很微妙。这个体位，不是，这个姿势，她能刚好感觉到他的压迫，也能看清他细腻肌肤上的每一寸纹理。

男人神色微动，沈彤盯着他的耳垂：“你再不从我身上下去，我就要被你压死了。”

他的手臂撑在她的脸侧，半压在她身上，悠闲自在：“真要被压死了，还能说出这么长一串话？”

沈彤正要反驳，抬眼就看到有枪伸出窗户，朝他们这边瞄准。

枪响的瞬间，沈彤下意识地抱着聂江澜的肩膀，带着他往一边滚去。做这个动作的时候，她心里纯粹是想着躲子弹，然而结果跟预想中的大相径庭。

沈彤没料到自己左侧有个小坡，两个人滚作一团，顺着斜坡往下滚。沈彤面前的场景须臾间变换，一下是湛蓝天幕，一下是青青草皮和聂江澜的脸。

这个转机发生得太突然，在那样的时刻，聂江澜的第一反应，居然是伸手护着她的后脑勺。斜坡不陡，两个人滚了十几下，就停在了平地上。沈彤仰面躺在地上，聂江澜从她身上下去，躺在一边。

两个人躺着平复呼吸，就像完成了一场低配版的古装坠崖大剧。

男人发丝上沾着青绿草屑，躺在她身边，手掌还垫在她脑袋底下。

聂江澜侧头看她："怎么，这下够爽了吗？"

她这才后知后觉地坐起来，捂着自己的后脑勺："你没事吧？"

男人轻飘飘的声音响起："没事，没失忆。"聂江澜收回手，揉了揉手腕。

沈彤看着他。刚刚那种时候，虽然不是什么紧急时刻，但也算安全范围内的小意外了。

他居然能够在第一时刻护住她，并且在接下来的翻滚中一直记挂着照顾她……自知事起，除了父母，她很少遇到这样将她放在心上，并且第一反应就是保护她的人了。

以前的那些追求者大多只是做做表面功夫，她也不觉得对方有多喜欢自己，更别说觉得他们可靠、值得托付。但是在这个瞬间，她忽然心头一热。

聂江澜察觉到她的注视："看我干什么？"

"受伤了吗？"沈彤盯着他的手。

"没。"

她不信，扯过他的手一看，手背上有一道浅浅的伤口。

虽说参加户外综艺节目时受伤是常有的事，这点小伤不足挂齿，但他毕竟是为了保护她才受的伤，她怎么看怎么过意不去。

偏偏这时候，男人还一本正经道："这是我第一次为女人流血。"

沈彤用手指在伤口边轻轻按了按，忍不住道：“小时候上美术课，削笔的时候没被刀子划过吗？”

“划过，但美术老师是男的。”

她牵了牵嘴角:“我给你找点清水冲一下吧,应该过两天就愈合了。”

正要站起来，他扯住她的手腕，轻轻一翻，发现她的手臂处也有淡淡的瘀青：“怎么弄的？”

“昨晚出去散步的时候，不小心磕在柱子上了。”

“昨晚？”男人似乎对这个话题来了兴致，“昨晚怎么忽然出去散步了？”

沈彤沉默。

聂江澜缓缓眨了一下眼：“还有，听说你是一个人出去散步，之后和我一起回去的？”

沈彤感觉胃有点儿痛：“也不是一起回去的，我比你先回去。”

“你怎么先回去的？路上我们遇到了吗？”仿佛真的不记得了，他步步紧逼。

沈彤心虚地低下头，舔了一下唇。

半晌，想到他喝醉了，忘性大，她决定搏一搏。

沈彤轻咳一声：“嗯，在池塘旁边遇到了，说了两句话。”

对着他的眼睛，她怎么也没办法把实情说出口，总不能说他把她抵在墙角，他们做什么了吧？

没想到有生之年还能窥见沈彤害羞的神情，聂江澜来了兴趣，继续陪她演。

他茅塞顿开般点头：“都说什么了？捉鱼了吗？”

沈彤继续瞎编：“你说荷叶很好看，锦鲤也不错，我说是的。”

聂江澜合了合眼，再掀开眼帘时，眼仁漆黑，眸中翻涌的情绪不明。

他抓着她手腕，声音如清泉击石般，缓缓流淌，意味深长。

“沈彤，你是不是真以为我喝醉了，就什么都不记得了？”

被聂江澜握住的手腕处开始发烫，沈彤强装镇定，眨眨眼：“不是你说自己什么都不记得了吗？”

“那是因为何故废话太多，我为了堵他的嘴，”聂江澜稍稍顿了一下才说，“胡说的。”

晴天霹雳，惨绝人寰。

沈彤有些犹疑地开口：“所以……昨晚的事，你都记得？”

“没错，”他干脆利落地点点头，“从天气到场景，从场景到人物，从人物到触觉……”

沈彤捏捏眉心，打断道：“好了。”

她居然真的信了他的话，以为他真的什么都不记得，还在这个洞悉一切的男人面前胡扯。当她胡扯的时候，他肯定会想到昨晚……这个认知让她觉得头好痛。

看沈彤神色复杂，聂江澜舌尖微卷，眼中露出愉悦。

他似是回味了一番，开口道：“再说了，那么重要的事……忘记了，岂不是很亏？”

两个人整理好衣服，以最快的速度回到了事发地。

沈彤看到地上一片狼藉，问：“要重新过关吧？”

“为什么？”男人眉头轻拢，“射击结束了，我们身上总共中弹不超过十发，我们过关了。”

她对聂江澜的强盗逻辑表示叹为观止。

规则本来就有漏洞，只说了中弹数量，没说射击范围在哪儿。他们两个人“滚”出了射击范围，自然是躲过一劫。

聂江澜问道：“怎么，我说得不对吗？”

“那你让工作人员说。”

工作人员只好说：“聂江澜说得对，你们总共中弹的确不超过十发，你们过关了。”

可以，非常可以。嘉宾随机应变，工作人员也套路深。

大家都不追究，沈彤作为参与者，免受一次折磨，其实还算是赚了。

过了这个关卡，他们继续前行。

沈彤目视前方，眼前一片辽阔。空旷荒岛上天幕阴沉，自由生长的树极尽所能地伸展开枝丫，几乎遮天蔽日。这荒岛，像一个巨大的迷宫，把大家兜入其中。

拿聂江澜来说，从房间内出来之后，他有三条路可以选择。

不知道哪条路是最快的，不知道哪条路是最简单的，甚至连这三条路是不是都能出去尚且不确定，他们唯一能做的，就是过关。

只有通过关卡，才有步数可以用，才能通往下一关。所有关卡都通过，才能找到出口。

没人知道等待着他们的会是什么，也没人知道节目到底怎么玩。

大家小心翼翼又满怀期待地到了下一个关卡。

这个关卡还是射击游戏，嘉宾要埋伏在草丛里，射击面前出现的纸片。纸片有大有小，难度也是有高有低。

聂江澜拿到节目组的定制枪后，走入了草丛，恰巧康南和魏北也在那里。见了聂江澜，他们俩的目光一下子亮了。

“天哪！终于又见到活人了！”

“再看不到嘉宾，我真的以为我们在拍恐怖片了。”

聂江澜颔首：“你们还挺快。”

“我们俩一起过关的。”康南伸出两根手指，“两个臭皮匠，顶个诸葛亮。”

短暂的交流后，工作人员把聂江澜带到了另一边。这次沈彤终于不用参加节目，站在一边拍摄就好。

聂江澜伏在草丛里架好枪，有夹好的纸片，从左向右快速移动。

聂江澜面前有很多排道具，每一排都有纸片在移动，前前后后不断变换，沈彤都看得有点儿眼花。

男人端着枪，一只眼微眯，另一只眼确定着方位，绷起的下颌角轮廓分明，好看又端正。

五分钟后，他靠着极高的命中率过关了。

男人站起身，皱眉，仔仔细细地把身上沾上的草屑拍掉。

沈彤也抬腿，把脚踝处的杂草拍掉。

这块儿的草长得很深，没到她小腿处，拍聂江澜的时候四处走动，草尖刮过小腿，有点儿麻，还有点儿痛。

看她整理完，聂江澜道：“好了？”

沈彤点点头，跟摄像大哥一块儿跟上聂江澜。小腿有点儿发痒，她只想着这是在野外，可能小虫子有点儿多，也没注意。

又做完两个关卡，已经到了中午。

摄像机关掉，大家进入中午休整期，魏北和康南也跑过来跟聂江澜一块儿吃饭。

这次节目组没有给嘉宾提供工作餐，他们靠着自己之前赢来的物资来填饱肚子，有干粮，也有菜。三个嘉宾的物资加起来，撑几顿没问题。

聂江澜在一边生火，抬头就看见沈彤端着工作餐盘站到他面前。

沈彤夹起一块牛肉："你加油。"

三位嘉宾自己动手，好不容易准备好了午餐。吃着吃着，魏北提出了一个请求："江澜哥，要不我们三个组队吧？"

聂江澜拿筷子的手停了一下："组什么队？"

"就是一起通关……"魏北说，"多一个人，多一分力量嘛。"

"我倒是无所谓。"聂江澜道，"只是最后奖励排名怎么分？怎么分都有人不满。"

康南立刻说："那肯定是你的啊！不管组不组队，冠军都是你的，我们俩就'石头剪刀布'，争争亚军……"

聂江澜不置可否："这是个人战，你们知道个人战是什么意思吗？"

魏北有些呆滞："什么个人战？"

"组队也可以，但节目组最后会把我们拆散。"聂江澜指指远处，"要从这里逃出去，无非就是坐船或坐车出去，交通工具都是单人位置，几个人一条路，只有一个人能走。"

康南一下呆了："啊？我怎么不知道？"

"你当然不知道，节目组又没明说。"聂江澜垂着眼笑了声。

"节目组没说，那你怎么知道的啊？"

"你们没发现每个关卡都有一种颜色吗？"聂江澜用筷子的另一端在桌上画着，"所有红色关卡连在一起，是一条路；紫色关卡连在一起，是一条；蓝色连在一起，也是一条……这么算下来，我们有七条路。

“一开始进来的时候，我被绑在房间里，房间里有张小字条，字条上介绍了节目规则，说是完成一种颜色的全部关卡之后，可以得到颜色球，开启颜色对应的交通工具，一种颜色有且仅有一个球。”

魏北瞠目结舌。

“简单来说，就是一条路径只发放一个球，一个球对应一种工具，所有的人都只乘坐一种工具走。你们觉得以节目组的水准，会做那么大的交通工具吗？”男人叩叩桌子，“一个嘉宾可带着不少工作人员一起。”

魏北还是没回过神来：“不是，你怎么找到字条的啊？我怎么完全不知道？”

“不是我找的，”聂江澜目光慢悠悠地晃到沈彤身上，“她出房间的时候拿了不少乱七八糟的东西，我刚刚准备筛选一下，就看到了那个。”

沈彤不服：“什么是乱七八糟的？我拿的都是有用处的好吗？”

“你为什么拿那种东西啊？”康南好奇地问。

“以前玩密室逃脱都会找很多道具，后面都会用得上。”沈彤分享自己的“密室经验”，“加上我看有些东西藏得挺隐蔽的，比如灯罩下面粘了个钥匙，就很可疑。为了避免到时候后悔，就觉得还是带着比较好。”

康南很是佩服：“哇，这么厉害！那你们那些杂七杂八的东西放哪儿呢？”

聂江澜指了指沈彤卫衣的帽子：“塞在她帽子里。”

魏北兴奋地搓手道：“我这里也有个东西拿不了，能不能也塞你帽子……”

话没说完，聂江澜就摇头打断：“不能。”

语毕，他还伸手整了整沈彤的帽子，以示宣告。

只有在吃饭的时候，沈彤才能在这荒岛感觉到烟火气。等任务一做起来，大家纷纷躲进房间里各司其职，这岛上就又变得冷冰冰、空荡荡了。

边说边吃，方吃完，导演就伸手招呼摄影师："摄影师来这边集合一下啊，我们要找角度，看看哪边角度比较好。"

沈彤背着单反相机站起来，跑到导演跟前。

"沈彤，你先去那边石头处蹲一蹲，看看那边拍摄效果怎么样。江澜也是，你们俩搭配着找找角度。"

"好。"沈彤按照导演的吩咐蹲上石头，看怎么拍最好看。

这边有个大草垛，长了大片杂草，旁边还有个池塘，蚊子有点儿多。

沈彤跟聂江澜配合着，喂了十分钟蚊子，蹲角度的活儿才结束。

也不是她一个人受罪，其他摄影师也都喂了蚊子，腰酸腿麻的。这行本就这样，更何况户外跟拍，吃的苦还要翻倍。

"好了，下面继续做任务吧，大家辛苦了。"

沈彤下午跟着聂江澜又做了两个任务，一天的录制便结束了，嘉宾要在这里歇下。

沈彤问一边的工作人员："那我们去哪儿睡？"

工作人员拍拍手："可以选择跟嘉宾一起住这儿，搭个帐篷体会一下野外生活，也可以去节目组准备的酒店住，你们自己选。"

"谁想在这大野外住啊，蚊子又多……"有人拍着手臂，"我感觉我今天快要被咬死了。"

"不过大家都走了的话，嘉宾会很无聊吧？他们住得又分散，这边还冷冷清清的，一入夜，肯定特别寂寥。"

沈彤咬着口腔内的肉，思索了一会儿，道："我就住这儿吧。"

"哈？你住这儿？"

"嗯，"她别开目光，"以前没在外面住过，想试试。"

况且，如果大家真的都走光了的话，聂江澜一个人住这儿，她还能跟他说两句话，顺便分析一下节目，理清思路，好早点儿过关，离开这个鬼地方。

对，就是这样。

大家收工，陆陆续续离开场地，沈彤坐在一堆包裹面前，呆呆地看着里面的帐篷。

聂江澜不知道去哪儿了，帐篷没人搭，只剩她一个人跟这堆物资面面相觑。

坐了一会儿，好不容易身后传来脚步声，沈彤以为是聂江澜来了，一回头，却是阿姜。

沈彤问道："你怎么来了？"

"我东西掉这里了，来拿东西的。"阿姜说，"不过，你怎么一个人在这儿？"

"我？我住这里。"沈彤指指面前的包。

阿姜拍拍衣服："你一个人在这儿住吗？"

沈彤屈起腿："还有聂江澜吧。"

"聂江澜应该不在这里住吧。"阿姜往东边看了看，"我刚刚来的时候，看他在魏北那儿呢。"

沈彤一下没反应过来："在魏北那边？他在魏北那边干吗？"

"魏北和康南鬼点子多，又留了几个工作人员，现在大家在开什么篝火晚会，围着篝火又是跳舞又是唱歌，还挺快活的。"阿姜道，"也不知道他准备在哪儿睡。"

沉默片刻，沈彤道："不管他在哪儿睡，我已经留下来了，肯定只能在这儿睡了。你东西拿好就赶紧回去吧，现在天黑了，我怕再晚了不安全。"

"嗯嗯，那需要我帮你去叫聂江澜吗？"阿姜很是关切地问。

沈彤摇摇头："不用，让他自己决定就行。"

拿完东西的阿姜转身挥手："那我走啦。"

阿姜走了之后，沈彤看着面前的工具，还是觉得等聂江澜回来的这个想法不是很靠谱，便决定自己搭一个帐篷。

她从帐篷包里翻出支架和零件，正准备蹲下身拧紧螺丝的时候，身后传来漫不经心的嗓音："你到底还有多少技能是我不知道的？"

沈彤不用转头都知道这人是谁，她问："你住这儿？"

"当然，"男人颔首，"我不住这儿，能住哪儿？"

沈彤耸肩："我以为你住魏北那里去了。"

"我不过是去生了个火，你就觉得我不回来了？"聂江澜捏捏眉心，

“行吧，下次早点儿回来。”

这样的对话让沈彤恍若置身某个温馨小家里——她穿着围裙，端着锅炒菜，一道菜装盘完毕，侧身看到某人归家，忍不住讲了两句话。

打住打住，她都在想些什么乱七八糟的?

聂江澜来了，搭帐篷的活儿自然就交给他了。她站在一边，看着男人忙着装螺丝，螺丝却不听话，总是四处乱弹，不听指挥。沈彤本还有点儿郁闷的心情稍为好转，竟是忍不住莞尔。

聂江澜皱了皱眉，轻叹一口气：“很好笑？”

沈彤抿抿唇，品评道：“还行吧。”

装完了帐篷上面，聂江澜蹲下，准备紧底下的螺丝。

余光一晃，他看到她的脚踝，忽然顿了一下，问：“腿上这是什么？”

沈彤低头看了一眼，说：“虫子咬的。”下午她就发现了。

这块儿草丛多，也潮湿，因常年无人，各种小虫特别多。在这种环境里穿梭一天，免不了要被叮咬，她都习惯了。

“没事，等下抹点青草膏。”沈彤晃了晃脚踝，“我带了青草膏，可以驱蚊的，等下给你也抹一点儿。”

男人蹙着眉，扯了个凳子来，把沈彤按到上面。

沈彤不明所以，他已经卷起了她的裤腿，托起她的脚踝，手指碰了一下她的肌肤。

“只是单纯的虫咬？怎么这么红，还有小疱？”

“毒虫，我经常出外景，有经验。”顿了一下，她继续道，“你以前没到过这种地方，可能没见过这些吧。”

“药在哪里？”

“第三个包的侧边袋子里。”

拿了药膏，聂江澜从盒子里挖出一点儿，敷在沈彤被叮咬的地方。

他愈看，眉间“川”字愈深，仔细“盘查”道：“在哪儿咬的？”

“一直都在被咬，但是中午选位置的时候被咬得最多。”沈彤如实招来。

“那怎么不跟我说？”聂江澜道，“我要是知道，就不会让你站在那里。”

沈彤道："那时候大家都被咬了，我不好搞特殊化吧。"

他托着她的脚踝，把冰凉的药膏大面积涂开，沁凉的感觉从脚踝处弥漫开，她感觉舒服得不行。

他仔细涂抹着，微凉的指尖压在她脚踝处，垂下的眼睫似一把羽扇，语调稀松平常："他们跟我又没关系。"

沈彤心尖一颤。她看着男人在暮色掩映下过分认真的五官，和他微微拢起的眉头，呆了半晌。有柔软的触感从脚踝处传来，某种奇异的感觉翻江倒海地涌上心头。

心跳的频率全无章法，像是有人握槌敲击鼓面，手起手落的瞬间，传出巨大的声响。

不同于剧烈奔跑后加速的心跳，也不同于被逼近时紧张狂乱的心跳，在这个晚风柔软的瞬间，她终于能够确认，这一秒，她的心脏，是为他而跳的。

那样确切而笃定的心动，是因为他。

她喜欢的人，那个对的人，此时，在她身边。

第二颗心

交付心

明了了自己的心意之后，再看周遭的一切，好像还是一样，但好像什么都不同了。天更湛蓝，树更翠绿，甚至连吸入肺腑的空气都更让人身心舒畅了。

她从来不知道那一刻会是这样的。万般情绪奔流涌动，袭击过来，让她束手无策，有一瞬间的怔忡。可她感到很愉悦，每一个细胞都在雀跃着，又感觉自己的心思一瞬间走了很远，很怅然。

就这样，她一个人怀着少女时代才会有的微妙心思，钻进聂江澜给自己搭起的帐篷里，刚躺下，拉链被人从外拉开。

沈彤坐起来，男人逆光的身影被杂糅成一团淡淡的黑。她问：“怎么了？”

聂江澜看着她，挑了挑眉，似笑非笑：“青草膏还没给我。”

“噢。”沈彤这才记起来，从枕头底下摸出那个小盒子，递入他掌心。

聂江澜接过去，侧头：“行，那我走了。”

“嗯。”沈彤躺下，脸偏向一边，胸腔内隐隐悸动。

她把被子拉到下巴底下，轻声道了一句：“晚安。”

男人的步子顿了一下，又折回来，目光灼灼地看着她。

沈彤被他看得心里发毛，感觉有什么隐秘的心事快要被拆穿了。

过了一会儿，男人掂了掂手上的药膏，问道：“沈老师的睡衣怎么一点儿都不性感？”

沈彤语塞。

第二天，她是被工作人员带来的公鸡的鸣叫声叫醒的。

收拾了之后，大家继续出发。下一个关卡设立在河口，沈彤看着河面涌动的水流，感觉有些不妙。

当工作人员介绍这个关卡设置的屋子在水下之后，沈彤心想，自己的预感实在准了。做节目这么久，他们还从来没去过水下。

当聂江澜一行人要进入屋子的时候，沈彤和摄像大哥却被工作人员拦住了。

负责摄像的孟厉不明所以地问：“怎么，我们不用进去？”

“嗯，里面太小，人太多，不方便。”戴着小牌牌的工作人员道，“里面有防水摄像头可以拍摄，这一关你们暂时在外面等着就好了。”

沈彤咽了咽口水，总感觉这一关支开摄影师和摄像师，不只是因为屋子太小。

孟厉后退了两步，忍不住惊叹道：“哇，这次是要干什么？”

突然被支开，倒让沈彤担忧起接下来的节目了。她一边觉得节目组应该不会玩得太狠，聂江澜应该可以招架住，一边又禁不住有点儿担心。

聂江澜独自去过关，沈彤和孟厉在工作人员的屋子里坐着休息，好在屋子里有个小屏幕，切了四个画面，能让沈彤看清那个水下房间里的情况。

房间四面墙壁上都有东西，应该是聂江澜需要完成的任务可能会用到的道具。

首先，聂江澜要对着墙面，靠心算完成挂在左边的数学题。

根据房间里的摆设，沈彤原本猜测游戏的难度应当是中等。

直到开始计时，她才深刻地意识到这个关卡的可怕之处——聂江澜通关之时，外面不断有水涌进来。也就是说，如果聂江澜没有在规定时间内完成任务，整个房间就会被水淹没。

按照正常情况来说，聂江澜需要在水漫上脖子以前，解决掉里面所有的任务。

“这水是从河里引进来的吧？”孟厉指着右下角画面中的一个小口，“水从这里涌进来的！节目组真狠，编剧也狠啊！”

沈彤在心里附和：是够狠的。

孟厉担忧道：“水进得这么快，聂江澜又没有戴潜水面罩，万一有危险怎么办啊？”

虽然知道节目组的安全措施肯定会做得很好，但就这么干看着监控画面中，屋子里不断上升的水位线和没有任何保护措施的聂江澜，沈彤心里头一次生出极度的担忧。

她实在害怕他受伤，害怕他有危险。

她对着孟厉摇头，却明显是在安慰自己：“不会有事的。”

镜头里，聂江澜很快解出那道数学题，而水已经漫上他脚踝。沈彤心跳加快。

下一个任务，他要从一盒子乱七八糟的模具里，选出能和墙面上挂画框契合的模具，然后像贴贴纸一样，把模具贴进去。做完这个任务，水已经淹到了他膝盖处。

孟厉皱眉道：“我怎么感觉水的涨势越来越猛了？”

“你应该没看错。”沈彤说，“水位上涨得的确是越来越快了。”

做完第三个任务，聂江澜下半身已经全泡在水里了。好在做第三个任务时，把小容器打开，里面有一个面罩，他取出面罩戴好，慢条斯理地做第四个任务。

“他怎么一点儿都不慌啊？”孟厉抓抓下巴，“他没发现水流变快了吗？照这个速度做任务的话，万一被淹之前没出去，就危险了。”

沈彤觉得手掌有些凉，她合掌道：“他应该发现了吧。”

毕竟那么高智商的男人，应该不会让自己陷入危险中吧？

水一点点涨上去，逐渐到了聂江澜喉咙口。他低头，努力找着最后一块七巧板。

沈彤仿佛身临其境，紧张地站起身，看他能不能顺利拼上。如果拼不上，就真的没时间了。她都不知道接下来会发生什么……

男人转了转板，没拼上。

沈彤揪着一颗心，看他把板子翻了个面，拼上了。沈彤长舒一口气，看他按下了一边的通关按钮。按下通关按钮的瞬间，停止进水，一块玻璃挡板落了下来，堵在水流入口处。

隔着那块玻璃挡板，他隐约看到外面有个箱子。

头顶通道打开，工作人员唤他："可以出来了！"

接着就有梯子放下来，聂江澜顺着梯子上了两步，又顿住，回身看了一眼被玻璃挡板堵住的入水口，这才离开。

孟厉觉得奇怪："他看什么呢？"

"觉得堵入水口的装置比较有意思？"沈彤站起来，"走吧，我们去找他。"

两个人出了门，绕了半天才找到地方，却听见有人一声惊呼："从这里？你确定？"

一个扎着马尾辫的人点头，指着河，语序明显乱了："是啊，就是这里，我刚刚还看聂江澜站在这儿的……他刚出来嘛。这段关卡录完，工作人员都去上厕所什么的，我在这边确定了一下机位，就听到'扑通'一声，回头一看，人不见了！这可怎么办啊？他应该不会有事吧？"

沈彤头皮一紧，连相机都顾不得挂好了，走到扎马尾辫的工作人员身前："什么意思？聂江澜人呢？"

"可能……在水里？""马尾辫"皱着眉拍手机，"我也不会游泳，没办法第一时间确定情况，已经给安保工作人员那边打过电话了，他们马上就来。"

沈彤急切的目光四处搜寻。

"马尾辫"又道："应该不会掉进水里去了吧？我刚刚看他一直往这边……"

沈彤喊了两声聂江澜，没人应。她焦急地问道："他们什么时候能来？"

"大概再过两分钟。"在场的人也有点儿急，但惊慌之余，又因为这个人是聂江澜，而生出一丝相信他会没事的念想来，"要不再等等？"

“等不了了，万一是意外情况呢？”沈彤咳嗽一声，就开始扯外套，“我下去找他。”

“别别别！聂江澜是什么人，你不清楚？他不会有事的！”孟厉一把将她拦住，“再说了，你现在下去是个什么事儿？万一你出了什么事怎么办？虽然这个可能性很小，可万一呢？”

“聂江澜也可能有事啊，”沈彤不听劝，“你说得对，这个可能性也很小，但万一发生了呢？”

哪怕出事的可能性微小到千分之一，光是想想，她就觉得全身发凉。她担心他，比任何人都担心他。

沈彤说完，正要下水，有人飞奔过来：“不用、不用找了！聂江澜在那边浅滩上呢！”

“喝吧。”沈彤递过去一杯热水。

聂江澜观察着她的神色，若有所思地接过热水。他拧眉：“你不高兴了？”

“没有。”她抿抿唇，仍心有余悸，“我只是有点儿好奇，你为什么不拿自己的安全当回事？”

“我没有。”男人说，“那片水浅，而且我会游泳。”

她现在想到那一刻都后怕：“水浅就能去了吗？万一出意外了怎么办？你知不知道，我上小学的表弟都要专门背诵不能去河边玩耍这种条规。”

她刚刚担心得丢了三魂七魄，现在情绪自然不太好。

“你也说了，他读小学。我已经大学毕业好几年了。”

听他如此回答，沈彤太阳穴开始作痛，她捏捏眉心，看向男人的目光中略带怨怼：“你今天是存心来气我的吧？”

“我哪舍得？”男人把她拉到身边，“消消气。”

她垂下眼帘，说：“我没生气。”却还是感觉有一股无名情绪全身乱窜，“你知不知道大家有多担心你？”

聂江澜正要开口，孟厉抢先开了口：“大家虽然也比较担心，但感觉你应该没有大的问题……沈彤就不一样了，她脱了衣服准备下水去救你。”说完，孟厉弱弱地缩到一边。

“哦？还有这回事？”聂江澜揶揄地看向沈彤，“你这么担心我？”

“我怕你出事了，没人付我钱。”沈彤撇嘴，语气硬邦邦的。

“她是真的很着急。”孟厉道，“刚刚都有小姑娘跟我说，还是第一次见沈彤那么严肃的样子，一副你若出一点儿事就要把整个小岛夷为平地的模样。”

“野外是真的很危险。”沈彤又反驳，“假如真有什么意外来，反应都来不及的，那时候你们就等着哭吧。”

孟厉神色有些为难：“我觉得他要是出了事，可能最先哭的是你。”

沈彤呼了口气：“孟哥，你今天特意和我作对？”

“我没啊，这怎么能算和你作对呢？”孟厉小声地同她耳语，“我只是觉得，担心就担心嘛，也不是什么丢人的事。偶尔来点别的情绪也是正常的，毕竟大家跟聂江澜的关系，肯定不如你跟他这么好。因为你重视他，关心则乱，大家也明白的。”

沈彤不再说话，看向孟厉。

正在这时，有人抱着一床被子进来：“谁要的被子？”

沈彤抬手：“我。”

聂江澜看向她的目光中，难得带了些震惊。

许是意识到自己是有些反应过度了，沈彤轻咳一声：“看我干吗？要不是你穿着湿衣服在浅滩吹了十分钟冷风，我能找人给你搬被子过来吗？”

聂江澜挑挑眉，竟是二话不说盖好被子：“行，我今天宁可热死，也不惹您生气了。”

“你热死了，我要赔钱，我会更生气。”到了这个程度，沈彤还有闲工夫跟他开玩笑。

聂江澜笑了：“那要怎么样？”

“不怎样，”沈彤感觉到陌生的情绪在身体内翻涌，转了身，“我出去一下，马上回。”

走出房间，沈彤深呼吸一口，终于感觉到哪里不对了。

不对，真的不对，哪儿都不对。

刚刚的情况确实是小意外，着急也正常，但急得仿佛失去了自我……就太不正常了。

好像……好像只要一想到他可能真的会出事，她就坐立难安，喘不过气来。那一瞬间的慌乱找不到由头，整个脑子里一团乱麻，根本无法理性思考。

沈彤很清楚，这种程度的关心和害怕，已经超出了正常的范围。

昨天才确定自己的心意，今天发生这样的事，她才深切地意识到她比自己以为的更重视他，也比自己以为的……更喜欢他。

想到这里，她又想到孟厉的那句“关心则乱”。

局外人都窥出了三分，偏偏她到现在才发现自己的心意竟到了这种程度。

她也不是什么拖泥带水的性格，想清楚之后，立刻进了房间。

闲杂人员退得差不多了，房间里只有聂江澜。

高大的男人窝在折叠的单人床上，盖着一床被子，手捧着一杯热水，一副乖巧的模样。画面有股诡异的违和感。

她问：“你刚刚下水干什么？”

“在房间里看到河里有个小箱子，我以为是节目组安排的东西，以为里面有逆转整个关卡的什么重要元素，出来之后就去那个位置看了一眼。”

“所以找到什么了吗？”

“没有。”男人摇摇头，“我发现装在箱子里的是个收音器。是我想多了。”

答案真是出人意料。

沈彤在一边收拾着东西，看他捧着水不喝，问：“怎么不喝？”

聂江澜看着她，不说话。

沈彤被他看得浑身发痒，解释道：“穿湿衣服吹冷风容易感冒，喝点热水对身体好。”

“你在管我？”男人侧头，忽而开口。

听到他的话，她停了几秒，而后颔首：“你说是就是吧。”

“只有我女朋友能管我。”他牵了牵嘴角，扶住后颈，悠然道，“别人不行。”

他随口那么一说，沈彤收杯子的手一滞。方才的后怕一股脑儿地转换成某种坚定的心意，一瞬间，无数个回答在她脑子里翻滚生成，最终，她选择了一句——

“女朋友管你的话，你听吗？”

男人怡然一笑，舔了一下嘴角：“听啊，怎么不听？”

沈彤心跳加速，却还是镇定自若道：“以后不准穿湿衣服吹冷风，不准做危险的事，不能贸然行动，也不能让别人担心。”沈彤把东西收拾干净，转头看他，“从今天开始，我管你。”

那一串话的信息量太大，饶是反应速度极快的聂江澜，握着杯子的指尖也是一顿，接着眼尾便勾出浅淡的情绪。

沈彤抽了个枕头垫在他腰后：“别想抵赖，你自己刚刚说女朋友管你，你会听的。”

五秒之后，如雕塑般坐着的男人忽然抬起头，眼睛直直地盯着她：“什么意思？”

“字面意思，”沈彤看着他，指指自己，又指指聂江澜，“我，沈彤——你女朋友。有没有什么问题？”

手中的水杯里漾起层层波纹，他却并未回应。沈彤很少看到他这么默不作声，只拿一双漆黑眸子盯着人看，看得人莫名有些怵。

话都说出口了，她总不能再退缩，便迎上他的目光。

过了一会儿，似乎意识到她是认真的，聂江澜指了指桌子上的白纸，又指了指她身后印着黑字的宣传单。

沈彤不明所以：“什么意思？”

“白纸黑字，”男人语速有些快，“我记下了，你就不能反悔了。”

沈彤有点儿想笑：“一言既出，我不会反悔。”

聂江澜有些愣怔，不知在想什么。

过了一会儿，见他没有说话，沈彤抿了抿唇，开口道：“你不说话，我就当你没有问题了。”

男人揉揉手腕：“什么没有问题？”

“我做你女朋友，”她面颊上火烧火燎，蔓延一片，“没有问题。”

空气静默了片刻，让沈彤几乎要怀疑前些天的种种是否都是幻想。

猝不及防地，男人轻笑一声。那笑带着点儿鼻音，听到的瞬间，沈彤甚至都能想到他是什么表情。

沈彤被这个笑勾得心都悬起来了：“怎么？”

聂江澜挑眉，拍拍床沿：“坐过来，让我抱一下。”

他的脑回路怎么总是快得让人跟不上？

沈彤抬起头，就撞进他眼睛里。他很少笑，但此刻那双桃花眼弯着，潋滟得仿佛两汪波光。

她从来不知道这一贯薄情寡欲的眼睛，真正愉悦起来，会这么勾人。

沈彤捏捏耳垂，步子才踏出去一步，便听见有人敲门。去开门的时候，身后传来聂江澜不爽的声音：“先抱了再去不行吗？”

沈彤并不理会，走到门口，把手搭在门把手上，侧头看聂江澜：“让别人等久了，不好。”

“等一等怎么了？”男人抄着手，一脸的不愉快，“等那么一分钟会怎样？”

沈彤询问道：“一分钟？你确定吗？”

聂江澜扬了扬嘴角，皱起的眉头一秒破功，舌尖滑过上齿关。

她还挺了解他？

他头一遭露齿笑了：“三小时吧。”

沈彤撇撇嘴，遏制住自己想翻的欲望，转回头开门。

压下门把手的前一瞬间，觉得到底还是要照顾一下他的情绪，想了想，沈彤安抚道：“别人和你可能只有这一分钟，但我们以后，还会有很多个一分钟。”说完，将门打开了。

“什么一分钟几小时的？”魏北探头进来，感觉事情并不简单，“怎么这么久才开门？”

聂江澜收回落在沈彤身上的视线，看着魏北：“你怎么来了？”

“听说你有事儿啊，不是闹得挺大的？”魏北道，“来看看你。”

“没事。”聂江澜掀开被子。

魏北不太信：“没事？我怎么听说你情况紧急，沈彤急得差点儿跳河？”

沈彤为自己打圆场："我弄错了。"

"弄错了？"魏北还是一脸狐疑，"哦，我知道了。"

她才松一口气，便听到魏北点着头陈述道："弄错了，就像第二期节目里，聂江澜为了救你差点儿把楼拆了一样吗？"

他们并没在房间里待多久，中场休息很快结束，魏北看看表："行了，既然没事，咱们就快点儿出去吧，后面还有任务要做。"

把被子还回去后，三人接连离开，沈彤最后一个走，带走房间里用过的一次性水杯和其他东西，出门时，看到聂江澜正站在门口等她，便说："等下，我丢个垃圾。"

男人却扼住她手腕，不由分说夺走她手中的东西，扔进垃圾桶。

沈彤正不明所以，他捏住她手腕的右手顺着往前一滑，顺利握住她空无一物的掌心。

原来是想牵她。

他握紧她的手，塞进自己外套的口袋里，惬意地眯了眯眼。

沈彤用手指挠了挠他的掌心："等下有人来了……"

聂江澜垂眸看她："我牵我自己的女朋友，是犯法了还是怎么的？"

"我就提醒一下你，"沈彤收回指尖，"这不是怕你要面子吗？"

圈内恋爱，有的人会想要避嫌，或者不希望恋情太早曝光在大众视野下，沈彤见得多了。她倒是没什么，只是怕他有所顾虑。

聂江澜没有正面回答她，只是若有所思地抬了抬下颌："你知道我刚刚在想什么吗？"

"想什么？"

"想做个 LED 滚动灯屏，二十四小时不间断在市中心播放。"

沈彤明知故问："播放什么呢？"

他舔舔唇，悠然开口："热烈祝贺聂江澜……"

沈彤默默等待着他的下文，想，他会怎么形容这段关系呢？

男人却道："中午吃了两个梨。"

"哦。"

聂江澜看着她的表情，嘴角弧度拉长。

沈彤抿唇笑，眨眨眼，瞳仁里水光潋滟："你今天……很膨胀啊。"

他的手指钻进她五指缝隙里，十指紧扣，猝不及防地贴近她耳边："我还可以更膨胀，试试？"

"哦？"沈彤接茬，"怎么膨胀？"他眼神须臾间一变，正要开口，她摇摇头，点了点他的鼻尖，"算了，想你也说不出什么正经话。"

"荒岛之行"继续进行，沈彤跟着聂江澜前往下一关卡。

一路上，他问她："会不会觉得无聊？"

"无聊？"沈彤以为他在说录节目的事儿，"不无聊啊，大起大落，可以说是很刺激了。"

"不是指这个。"

"那指什么？"

好半天，聂江澜都没有应声，沈彤催促他："什么？你倒是说啊。"

"约会。"男人忽然道，"这样的约会很无聊。"

沈彤脑袋有点儿发昏："在你们直男的认知里，这算约会吗？"

荒无人烟的孤岛上，阴沉的天色下，他们像离群的动物一样，穿行在森冷的草丛里，随时都有种哪里会钻出什么怪物的感觉。

若有台鼓风机把头发和衣服吹起来，简直可以本色出演下一部实景拍摄的惊悚片。

聂江澜摇头："我觉得不算，但怕你觉得这就是。"

"我不会这么觉得。"沈彤说，"起码我约会时不会这么穿。"

节目里，她的衣服都是以简单舒适为主，一是考虑到舒适度，二是考虑到万一自己入镜，也不会太打眼，抢去嘉宾的风头。

听了这话，他饶有兴味地挑了挑眉："哦？那您约会一般穿什么？"

"瞎穿。"沈老师开口道，"纯色丝巾加喇叭袖碎花上衣，配纯黑喇叭七分弹力裤，再加一双老北京绣花鞋。"

聂江澜接口："然后给我表演一段打腰鼓。"

沈彤赞许地点头。

他当然知道她在信口胡诌，垂眸笑了："我很期待。"

"期待就对了。"沈彤腾出手打了个响指，"哦，还差一个翡翠手镯和一对金耳环。”

聂江澜目视前方：“等我们出去了，我会好好补给你。”

他在心里补充：约会补给你，带你去好玩的地方，还有我家。

沈彤叹了口气。

“怎么？”

“你这个语气说得真的很像我们在坐牢，等待着几周后刑满释放，逃离禁锢，去追求人生的真善美。”

“真善美就不用追了。”聂江澜说，“人生苦短，追那个没意思，还不如追你。”

这个话题刚结束，打光师就位，摄像机打开，录制开始。

因为荒岛地势复杂，很容易迷路，故而这个关卡是走迷宫。

由一大排花墙围绕成的迷宫曲折盘旋，乍看，简直是这个荒凉之地最具生命力的地方——如果它不是一个复杂的迷宫的话。

“祝你们成功。”工作人员语气中带着些幸灾乐祸的味道，“上一个走迷宫的嘉宾被困了三个小时都没走出去。”

进了迷宫，聂江澜并没有选择一条路往前走，而是停住脚步，似乎在想什么。

沈彤靠在花墙上拍他，这样的人跟花在一起，竟有种出人意料的和谐感。清俊的面容，被小朵的垂丝海棠一衬，清冷中显出温柔，温柔里带着英气。

她擅长捕捉这些细节，更何况这个模特她熟悉无比，镜头轻轻一转就能调出最适合他的角度。

她才拍了两张照片，他忽而一跃，双手搭上花墙，一个使力就攀了上去。

沈彤在底下疑惑地看着他。

摄像大哥个子高，将摄像机放到一边，很快也爬了上去。

做这一行，若没点飞檐走壁的特殊技能，稍一犹豫，嘉宾早就跑光了。

沈彤把相机挂在脖子上，伸手试了一下花墙的牢固度。

“不会倒的，”聂江澜伸手，“抓着我，我拉你上来。”

上墙之后，她很快就明白聂江澜的意图了——看清迷宫的布局，用纸上走迷宫的方式确定路线。

哪有人这么走迷宫的……但，不这么走迷宫，他就不是聂江澜了。

聂江澜朝沈彤伸出手："相机借我一下。"

沈彤踩着花墙边沿走到他面前，正准备取下相机，他忽然伸手，搭住她肩膀："算了，就这样吧。"

男人按着她转了个身，将她背对着自己。

然后，他直接举起她托着相机的手，为脚底的迷宫图取景。他的手覆在她的手背上，温热的触感渗透肌理，一寸寸蔓延至全身。

他低头，选好角度，按下快门，动作熟练得好像已经做过许多次。

摄像大哥觉得自己的眼睛好痛，他上辈子是做错了什么才要看这种画面?

拍摄完，从墙上下来，将相机搁在地上，聂江澜看着照片，用眼睛走迷宫，手上也没闲着，扯了几株花，随手绑在一起。花绑得差不多的时候，迷宫也走完了。

"节目组厉害啊，"聂江澜嗤了一声，"弄了一个根本走不出去的迷宫。"

"你才走了五分钟。"沈彤小声道，"是不是看花眼了？"

"没有。"聂江澜肯定地说，"走不出去的迷宫才是《急速燃烧时》的风格，能走出去的就不是了。五个路口全封死了，除非能穿墙，否则出不去。"

如果有绝世武功，沈彤相信他一定会穿墙。

聂江澜把相机递给沈彤，说："我们直接从上面走出去。"

活了这么久，沈彤还是第一次从上面走迷宫。

该跳的地方跳，走窄路还要维持平衡，下地的那一瞬间，沈彤感觉这个节目简直刷新了自己二十多年来的所有惯性思维。

在平地上走了两步，聂江澜忽然停了下来："对了。"

沈彤回过头看他："什么？"

聂江澜晃了晃手里的那束花，顺手插进沈彤发间。

沈彤一瞬间恍惚起来，仿佛回到了很久之前的某期节目，他为了任务，绑了一个花环送给她。

似乎洞悉她在想什么，聂江澜点点头："做人要有始有终。"

沈彤抬手摸了摸那束花："所以现在是'终'了？"

他笑着不说话。这一关卡已经结束了，从这一刻开始，就是崭新的征程。

和她一起的，崭新的人生。

一天的录制结束，沈彤赶回酒店洗了个澡，正准备回去时，看赵萱似乎是有话想说，便一边收拾衣服一边问："怎么了，要说什么？"

"有挺多话想说的，"赵萱道，"如果拉着你讲个没完的话，等你过去就天黑了。要不等你过去了，我们打电话说？"

"行，"沈彤问，"工作的事？"

"都有。"

"好，我们八点会把手机发下来，我到时候给你打电话。"

回"原始居民居住地"的时候，刚好九点。沈彤到帐篷里翻出驱蚊手环戴好，又抹了青草膏，坐在一边的长椅上给赵萱拨电话。

赵萱很快接通。

沈彤手里拿着小扇子扇走飞虫："怎么了？说吧。"

"是这样，"赵萱哗啦啦地翻动自己的小本子，"今天上午放消息，说是《华装》跟摄影比赛合作了，负责《华装》十二月封面拍摄的摄影师，将在比赛里面产生。

"我们还没有拍过《华装》，我记得你蛮喜欢这个杂志的吧？他们家一般都是直接找摄影大师，咖位都挺高的，很少给机会让大家都参与。

"这次是个好机会，要参加吗？"

沈彤想了想，问："比赛是什么样的？"

"这个比赛方式还蛮新颖的，你等下，我找页面给你读一下。"

那边传来点击鼠标的声音，不过一会儿，赵萱的声音也传了过来："大概是将参赛者聚集到一个什么地方，也是封闭性的，跟我们《急速燃烧时》差不多。活动为期三天，前两天是一些殿堂级老师的指导和授课，最后一天进行拍摄。”

沈彤抓住了重点：“只有一天的时间拍摄？”

“对，”赵萱继续道，“而且那一天会被全程录制下来，包括摄影师选了什么场景，怎么沟通，怎么构思，每个参赛者都会被从头至尾拍下来。”

“参赛者那么多……怎么拍？”

“二十四个参赛者，不多，提交简历后，他们要筛选的。”赵萱说，“一举多得，《华装》和摄影比赛借彼此的名气宣传，还能拓宽业务渠道。再说了，参赛者肯定多多少少都是有点儿名气的，评委还能借此涨涨人气，大家互惠互利。”

沈彤边摇扇子边想，的确，这个比赛看起来还不错，热度应该不会差，而且比赛的奖品也很诱人。如果能拿到《华装》的封拍，她离大满贯，就只差一个杂志了。

“比赛的冠军能拿到拍摄封面的资格是吗？”

“对。”赵萱点头，“不过，竞争很激烈啊。《华装》正红火，这两年势头很猛，很多人都想上一次，涨涨身价。”

不用过多思考，沈彤便道：“好，那就给我报一个吧。”

“嗯，行程我对了一下，刚好这期节目结束之后，我们有一周的休息时间。比赛刚好在休息时间里。”赵萱敲着笔头，“《急速燃烧时》最后一期节目，你还想录吗？不想录的话，拍完这期，下期我就给你请个假。省得比赛完了，休息不了几天又要赶这种高强度的工作。”

沈彤毫不犹豫地说：“不用请假，毕竟最后一期了，挺有纪念意义的，累也就累几天了。”

赵萱也就不劝她了，磕巴了一会儿，似乎还有话想说。

见赵萱这么磕巴，估计不是跟工作有关的事，沈彤道：“还有什么要说的？”

赵萱抓了抓脑袋：“我也是听的小道消息，说陶恙也参加这个比赛。一开始我没觉得有什么，毕竟她能不能被选中还不知道，而且这段时间她被主流摄影圈排斥，想要抓住机会翻身也是可以理解的……”

沈彤点头：“但是呢？”

“但是我听说他们团队已经在做通稿了。”赵萱鄙夷道，“还没参赛，就已经写好了这次比赛拿冠军，接下《华装》封拍的通稿。据说等比赛结果一公布就开始发——不仅联系营销号发微博，也会在各种网站发。通稿全篇都是赞美洗白风，夸奖她技术好，《猎焰》那次只是一时失手。”

“而且我发现，”赵萱“啧啧”两声，“她好像走起了你的路子。”

“什么意思？”

“就是那事儿之后，她换了个团队，新团队现在正在疯狂包装她、捧她。也不知道她是攀上贵人了，还是怎么着，”赵萱看着网页里的简介，“她现在也从你拍过的那些杂志入手拍摄了，团队挺厉害，还接了两个别的活儿。

“我们目前的目标不就是拿顶尖杂志大满贯，还有可能做最年轻的那个吗？她的团队给她搞了个什么内幕网页投票，说她是‘最有希望拿下大满贯的最年轻的摄影师’。我也是醉了，还放到简介里了。”

沈彤默默地听着。

赵萱弱弱地问一句：“那这个比赛还参加吗？沈彤姐……”

意思是，虽然沈彤拿冠军的可能性很高，但是，陶恙可能买通了什么人，也许比赛会有黑幕。沈彤若参赛，有可能耗费了时间，却只是给人陪跑，给节目增加热度而已。

沈彤揉了揉后颈，抬头看向散落星子的天幕。

“参加啊，”沈彤深吸一口气，“无论如何，让我会会她。”

电话挂断，她看着黑屏的手机，一边摇着扇子一边发呆。

想了想，她回帐篷里取了一瓶矿泉水出来喝，刚走出帐篷，发现聂江澜坐在了刚刚那条长椅上。

沈彤回身看了一眼帐篷，惊讶道：“你什么时候出来的啊？刚刚都没看到你。”说完她抿了口水，晃着瓶身。

聂江澜没回答她的话，左手搭在椅背上，右手拍了拍自己揽住的那片“女朋友专属区域”：“过来坐。”

沈彤侧了侧头，颊边笑意加深，故意拎着水瓶站在原地，眼尾漾出光来：“怎么？”

刚刚在取水时随手往口袋装了个果冻，也不知道是什么味道的，沈彤乱七八糟地想着。

闪烁银河下，他音色迤逦："今天中午，我们是不是还有什么事没干完？"

晚风带着凉意，枝叶随风簌簌作响，耳边细小虫鸣听来竟有点儿悦耳。

沈彤抿唇，抬腿走到聂江澜身边坐下。

坐下之后，她很自然地往后倾斜，靠在他手臂上。背后的触感很软，沈彤听到自己有些嚣张的心跳。

聂江澜弯唇："刚刚在说什么？"

"跟赵萱打电话来着。"沈彤说，"你听到了啊？"

"我就在后面，你说呢？"

她挥着小扇子，说道："这期录完有一周休息嘛，我要去参加一个比赛，比赛完了再回来拍最后一期。"

聂江澜故意皱眉："你怎么这么残忍？才确定关系几天，你就要出去比赛？"他声音沉下来，"比几天？"

"三四天。"

虽然知道聂江澜是在和自己开玩笑，沈彤还是眨了眨眼，有些虚。

过了会儿，她戳戳他的手臂，小声说："别、别生气，我不知道那几天你想跟我一起，才接了那个比赛。而且赵萱打电话来说比赛挺重要的。"

聂江澜当然不可能为这种事生气，只是逗逗她。

他说："有哪天我不想和你一起？"男人摇摇头，"没有的。"

沈彤真的内疚起来了，抿着唇，掀开一点儿眼睑瞥他，有点儿小心翼翼，又带着点儿央求的味道，那样轻轻一扫视，像在他心上踩了一下。

像无声轻哄，又像是……撒娇。

聂江澜在心里暗骂一声，喉结滚了滚，压住涌起的强烈情愫。

再开口时，他声音有些哑："那你怎么补偿我？"

沈彤看还能商量，还能哄，急忙道："你觉得呢？"

“我觉得……”男人拉长尾音，眼睛一眯，“要做点事。”

他抬起手，在自己唇边点了点，目光灼灼，一言不发。

沈彤看着他指尖点的位置，目光下滑，又看到他的手腕，道：“知道了，回来的时候带个礼物给你。”

聂江澜没说话，神色晦暗不明。

看着他明显不对劲的神色，沈彤舔舔唇：“不是吗？”

“你觉得呢？”他眯起眼睛。

沈彤顿悟：“啊，是这个吗？”

聂江澜正想问她“哪个”，只见这人居然站起了身，往帐篷跑去。

不过一会儿，她从帐篷里搬出自己的小背包，从里面翻出一袋虾片和两瓶提子酸奶，目光里带着了然：“你是饿了吧？喏，吃了就好了。”

聂江澜手搭在椅背上，眯着眼瞥她。

沈彤看他吃瘪，心情非常愉悦，憋着笑，在他灼灼目光的注视下，装作什么都不懂，撕开盖子，一勺一勺地舀着酸奶喝。

喝了几口，她“好奇”地问他：“你怎么不喝？”

男人舔舔唇：“我在等你。”

“等我？”沈彤又舀了一勺酸奶，“等我干什么？”

青提味儿不算太甜，有种清甜的口感。

“你觉得呢？”

“等我帮你开酸奶吗？”沈彤咬着勺子，含混不清地指指他身边的酸奶，“自己的事要自己做，指望别人是不可以的。”

下一秒，男人抽走了她嘴里的勺子。

她杏眼睁大，那双瞳仁缀了亮光，一副迷茫的样子。

他的速度太快，勺子上的酸奶沾在她唇边，唇瓣亮盈盈的，像在索求什么。

沈彤后知后觉：“怎么了？”

“你说得对，”他惬意地眯了眯眼，“自己的事要自己做，指望你，不行。”

她还没来得及说话，便被他封住嘴唇，所有的音节只来得及概括成一个“唔”字。

沈彤被这个突如其来的吻惊得手一滑，酸奶差点儿没拿稳，聂江澜接过来放在一边。

他掰过她肩膀，食指指尖顺着她的后颈往上滑，抵在她后脑处，轻微用力，将她的头往上仰。

沈彤睁着眼，看他十分投入地合上眼睑。

好像很少见他这么投入，这模样太温柔，像婴儿，毫无保留地将自己展示给她看。沈彤缓缓闭上眼睛。

他惩罚似的轻轻咬住她的嘴唇，顺着唇珠延绵地舔了一圈儿，细致又认真地舔吮。

她被亲得发软，脑袋也是蒙的，等她要喘不过气来的时候，聂江澜才放开她的嘴唇。

他嘴角隐有水光，像一片羽毛在她心上若即若离地撩。

他指尖轻轻在她颈后一刮，刮得她全身一麻。

“你以后再装听不懂我的话，”男人抵着她额头，嗓音沙哑，“试试看啊。”

“要求”得到满足，某人心情愉悦地回去睡觉，甚至有点儿感谢那个突如其来的比赛。

虽然害得他几天不能和她见面，但……讨了点东西，还有她的哄，这么算来，赚了。

第二天，节目继续录制，别的嘉宾进展得怎么样，沈彤不太清楚，但聂江澜这边的任务已经到了尾声。

最后一关的任务是寻找打火石和干稻草，点着火，能在荒岛上吸引到过路者的目光，就算过关。

这对聂江澜来说并不是难事，火点着的那一刻，沈彤仿佛看到了希望的曙光。

她虔诚地拍的照片都像带着仪式感——终于能离开这个鬼地方了。

“恭喜你们，完成了所有的关卡，得到一个粉色球的奖励。”工作人员递来一个粉色的小绒球。

聂江澜皱眉：“为什么这么女性化？”

工作人员又说："接下来，可以打开这个球了。"

聂江澜嫌弃球的颜色太女性化，沈彤只好替他接过小绒球，打开一看，里面写着一个"船"字。看来，他们出去的交通工具是船。

导演举着话筒："好，计时开始。"

沈彤茫然地抬起头，聂江澜发问："计时，什么计时？"

"停泊在此处的船将在五分钟后离开，五分钟之后，喇叭会播出开船的通知，届时船将起航。能不能赶上，就看你们的了。"

沈彤难以置信地站在原地。她居然以为节目就此结束，看来是她太天真了。

聂江澜问道："只说了船，没说方位吧？"

导演不置可否："嗯哼，具体的位置需要你们自己找。"

聂江澜见导演一副看好戏的表情，不由得道："嗯哼？看起来要我很愉悦？"

导演赶紧收起表情，假装严肃。

两个人说话的时候，沈彤手伸到身后，从帽子里抓出了一堆东西。

里面有没用上的钥匙、手电筒、墨水，也有用上了的道具，最底下，被压在所有物件下的，是一张纸。她怀揣着最后一丝希望把纸抽出来，打开——是地图。

用动漫画风勾勒出的简笔地图，跟节目风格一点儿也不符合，当时沈彤拿到的时候觉得太违和，所以感觉暗藏玄机，没想到地图里真的记录了交通工具所在的位置。

她把地图放在聂江澜眼皮底下。聂江澜笑了声："还真派上用场了。离我们多远？"

"还记不记得之前那个射击场？在那儿附近。"

"粗略估计，要二十分钟才能到？"

沈彤沉默了片刻，还是承认现实，点了点头。

导演提示："你们还有四分钟。"

聂江澜抬头看着跟随导演，待导演被他看得直发怵后，开口问："四分钟之后，会有通知声响，然后船应声而动，是吗？"

"对，"导演还特意给他指了指不远处的喇叭，"就是那个。"

“隔这么远，能听到吗？”

“可以的，这个声音很大的。”

聂江澜点点头，绕到喇叭后面，仔细地观察了一下。过了一会儿，他问沈彤：“有剪刀或小刀吗？”

沈彤没有，但幸好有个工作人员有。小刀递上来之后，她问：“干什么？”

男人合了合眼：“既然有通知的声响，船才会走，那没声音了，船不就不会动了。”

导演一愣。

下一秒，聂江澜走到喇叭背后，拿出小刀，把后面的线挑开，电源灯灭了。

他转向沈彤：“好了，走吧。慢慢走过去，多慢都可以。”

导演看好戏的笑容僵在脸上。

聂江澜带着沈彤离开，只剩工作人员看着他们离开的背影暗叹。

猜不到，真是猜不到，真是叹为观止。别的嘉宾被节目组玩弄于股掌之中，聂江澜却是那个玩弄节目组的人。

两人一路踱步去了码头，非常悠闲。

被挑断线路的喇叭非常听话，一路都没有叫唤，船自然一直按兵不动，二人顺利上了船。

不知道其他几位嘉宾何时能逃脱出来，也不知道是今天还是明天。

先出来的人先去酒店休息并等通知，等到大家都顺利逃出来了，再集合。

因为不知道集合时间是什么时候，况且公布结果的时候也不大需要沈彤，所以和聂江澜及相关人员商量了一下，她决定第二天就动身去 T 市参加比赛。

临走时，为了安抚聂老师的心，她做出承诺：“等我回来给你带礼物呀。”

聂江澜抄着手，明显不信：“搪塞我。到时候指不定随便买个什么给我。”

“不，”沈彤摇摇头，“我早就想好了礼物。”

不是拿来敷衍他，她是真的有东西想给他。

聂江澜一挑眉："哦？"

"真的，"沈彤伸出三根手指，"我对天发誓。"

他漫不经心地点点头："原来你早就想好了什么时候抛弃我。"

聂江澜倚在门边，舔舔嘴角，缓缓道："等你回来，我也有礼物给你。"

沈彤看他一脸了然的神情，问："什么礼物？"

"回来你就知道了。"

聂江澜眉尾轻抬，目光中隐有兴味之色。

沈彤在赵萱的陪伴下顺利出发，从这边赶往 T 市。

抵达 T 市已是晚上，沈彤和赵萱下了车，往订好的酒店走去。

这附近酒店还挺多，沈彤和赵萱一人推着一个行李箱，挨个找自己订好的酒店。

那时候已经是深夜，酒店外几乎没有游荡的年轻男女。

行李箱的滚轮在地上摩擦出咕噜噜的声响，有些刺耳。

前面那唯一一对男女似乎是吓了一跳，女方回头看了一眼，匆匆伸手把下巴处的什么东西拉了起来，然后快步进入前面的一间酒店。

夜色太深，沈彤看不清她的具体动作，只能模糊地看到一团黑影。

赵萱也禁不住嘀咕："我拉个箱子而已，又不是拉什么防空警报，干吗反应这么大呀……手也不牵就急匆匆地进酒店，不知道的还以为他们是在搞地下情呢。"

说完，赵萱看了下沈彤，也不等她说话，立刻自己接道："是哦，可能是孤男寡女寂寞，用深夜聊天软件一聊就一拍即合，那不认识也很正常。"

沈彤听着她一个人自言自语，并不接话。

很快，两人找到订好的酒店，刷卡入住。

赵萱把行李推到墙角："我们先休息一下，适应适应这边的环境，休息一两天再去比赛的拍摄营，应该不会水土不服。我就住你隔壁，有事就喊我。"

沈彤很少水土不服，毕竟隔三岔五就要去不同的地方，身体已经趋于适应变化的环境。

但是如果转换的地点跨度比较大，那还是需要适应时间的，不然身体会稍微有些不适。身体处在较为舒适的时间段的话，也能拍出好一些的作品。

比赛一共三天，前两天是由权威的专业老师兼评委授课，给他们进行系统化的指导，第三天则是参赛者自由拍摄。

最后参加评选的，就是他们最后一天拍摄出来的成片。

总分第一的，能拿到《华装》封拍的资格。

洗完澡之后，沈彤正要刷手机。

才打开手机，聂江澜的消息就进来了："你的男朋友在床上向你发来慰问，到了没有？"

沈彤看着这一长串消息，不明白聂江澜为什么要强调此刻是在他自己的床上。她还是十分乖巧地回答："刚到酒店洗完澡，你们呢，比赛结束了吗？"

聂江澜："结束了。"

既然没有多说，想必他第一是没有悬念了。

她抑制不住地扬起嘴角，缓缓打字："我们聂老师今天辛苦啦，休息一下，早点儿睡吧。"然后发送了一个抱枕头的小表情过去。

聂江澜："不辛苦。"

没过一会儿，他接着发来消息："想你比较辛苦。"

赵萱正在整理沈彤的东西，看沈彤抱着手机笑，问道："沈彤姐，你笑什么呢？"

沈彤随口答道："可能是因为明天要去比赛，比较高兴吧。"

她脑子还没转过来，手指已经率先打出几个字发送了过去："我也是。"

回过神来，看着自己头像旁边蹦出的三个字，沈彤陷入沉默。

果然，男人怎么会放过这个揶揄她的好机会："你也是什么？"

沈彤头皮一麻，但很快，嘴角挑起一抹笑。

她慢悠悠地、吊胃口地回过去："我也……很辛苦。"

当晚刷微博，沈彤在聂江澜的话题里刷到一条微博。

微博的点赞三万，转发一万，评论两万，热度很高。

她点开——

“真的很羡慕他以后的女朋友。可以趁这个冷峻男人看书的时候挠他的下巴，看这张冷脸破功，温柔地笑；可以趁他午休的时候，透过光筛下来的阴影数他的眼睫毛；可以让他给自己穿衬衣，自己不听话地乱七八糟扭动；可以在晚上枕他的手臂，摸他的腹肌和喉结；可以在他正襟危坐的时候，往他耳朵里吹气；可以在他录节目时，坐在观众席和他眼神互动；还可以看他早上一颗颗扣得井然有序的衣扣，在晚上一颗颗崩开。”

评论——

“嫉妒让我质壁分离，我选择举报。”

“也不知道是谁这么好运，可以看到他那么多不为人知的一面，啊啊啊啊！这样的恋爱谁不想谈？我们风流又纯情的智商担当实在是太迷人了！”

转发——

“来啊，一起看啊，一起崩溃啊！”

“只要你会脑补，那么在这条微博里，你就是幸福又快乐的人生赢家。”

在这条微博底下看了一会儿，又看看微博里记录的那些浪漫又奇异的生活场景，想了想，沈彤把这条微博收藏了。

行吧，有时间试试，如果她没在做完这些之前被聂江澜打死的话。

睡前聂江澜又拨了个电话来，聊了两句，他们就枕着彼此的呼吸声睡着了。

第三颗心

旖旎心

第二天一早，沈彤带着东西出发了。

跟赵萱在楼外道了别，沈彤拿着派发下来的小册子，根据指点往第一间教室走去。

九点开始第一堂课，听说主要是自我介绍，第一个负责上课的导师会讲一些自己的经验之谈。

负责上课交流的主要有四位导师，分在第一天和第二天开讲。

前两天的学习和第三天的拍摄都是全程有录制的，后期再进行剪辑。

经过四五个摄像头之后，沈彤到了第一间教室。

推开门，老师站在电脑前，摄像师匿在窗帘旁，整间教室只到了一个参赛者。

摄像机闪着开拍的红光，第一个抵达的参赛者瞥了一眼镜头，站起身来。

陶恙朝沈彤伸出手，脸颊上的笑容完美得无懈可击：“你好，我是陶恙。”

沈彤只是愣了一瞬，很快，她回握，颔了颔首：“沈彤。”

握过手之后，陶恙维持着脸上的笑容，原地坐下，翻开自己带的硬皮笔记本。

沈彤也转身，找了个靠窗的位置。

慢慢地，二十四位参赛者全部来齐。

不出沈彤所料，来的大都是能叫出名字的摄影师，有些小有名气，都有代表作。

有个穿姜黄色外套的摄影师在沈彤旁边坐下，沈彤认出她，她叫蒋娅甜。

在空调输出的阵阵凉风中，蒋娅甜有些雀跃地小声同沈彤道："我看过你的作品，特别喜欢你给《急速燃烧时》拍的那组照片，没想到今天你也来了。"

"好巧，我也看过你的，"沈彤撑着脑袋，笑道，"当时你那组《南有嘉人》挺有名气的，被转发了不少次。"

蒋娅甜的风格就是随性自由，没有任何框架束缚。

今天这么一看，本人估摸着也是这种性格。

有什么样的创作者就有什么样的作品，倒还真没错。

蒋娅甜有些惊讶："你看过我的啊？那我回去可以跟朋友们吹了——沈彤也是看过我照片的人了。"

她环视一圈，发现坐在一起的参赛者基本在小声讨论这次的阵容。

大家的目光徘徊在她们这边，聚焦点承载着巨大压力。

蒋娅甜笑着扯扯外套："好多人在看我们。"

整个参赛组的选手虽然都有名气，但也分个高低，毋庸置疑，沈彤属于这其中名气比较大的，大家都在讨论她倒也正常。

蒋娅甜的名气也在中上之列，受到的关注也比其他人多。

短发的导师站在圆桌后自我介绍："介绍一下，我是这两天陪伴大家的导师之一，郭青鸿。希望在我的经验分享之后，大家都能有所收获，有所进步。"

所谓导师就是引导老师，只是为参赛者提供一些引导，并不能决定比赛结果。

上午的课比较简单，郭青鸿先是介绍了一下自己获得的奖项，而后每位选手用一分钟的时间，带上自己的作品，进行简单的自我介绍。

自我介绍完了之后，就是热身课堂。

郭青鸿讲了一些她自己总结的拍摄技巧，还讲了一些她认为摄影“安身立命”的根本，最后，上午的课程在她的一段话中完毕——

“下午的练习课，我作为导师会负责，带着你们去改你们的作品，把你们的作品调整到我满意为止。我相信我可以把你们带上一个台阶，也相信我能培养出冠军，我们共创辉煌。”

底下的蒋娅甜本来都在整理东西准备吃饭了，听到这话，不禁停下手里的动作，皱着眉重复：“调整到她满意为止？”

“她”字念了重音。

沈彤看着她。

蒋娅甜接着说：“反了吧。我们要交上去比赛的是自己的作品，又不是商业片，自己满意才是最重要的吧。”

这又不是幼儿园，郭青鸿也只是一个“引导”的导师，这话怎么听起来掌控欲和自我感有点儿强？因为才刚刚接触，这个导师是怎样的性格，她们并不了解，只能通过她的言语“管窥蠡测”。

沈彤选择静观其变：“她可能只是随口一说，我们先看看下午的情况再做定论。”

毕竟大家都是有经验的摄影师了，这也是个人比赛，攒荣誉的，导师确实只能起引导作用，参赛者没必要唯她马首是瞻，也不必全盘信奉她的教条——把自己的作品做到“她满意的地步”。

这种纯粹的比赛还是自己的风格越强烈越能脱颖而出，如果她单纯提意见，建议稍微修改，沈彤觉得还是可以听一听的。

但蒋娅甜不停地按着笔：“我不行哎，要我稍微修改我也不能接受，我的自我意识蛮重的，我觉得摄影就是要拍自己最想拍的，自己的想法最重要。我拍的照片每一个细节，我要它什么样，它就得是什么样，任何人改了一点儿都不是我原本的灵魂了。

“所以我都没接过什么商业片，接的话也会提前说好哪里不会动。

“如果这个老师真的强迫我改，哪怕跟她犟，我也不会听的。”

沈彤转着笔，小声提醒她：“小声点，这边有摄像机收声器。”

“没事，我不怕。”蒋娅甜随性惯了，哪会在意这些旁枝末节？这个事有些触到她的底线，故而才忍不住多唠叨了两句。

沈彤耸肩：“还没发生的事就不要担心啦，我们先去吃饭，看下午怎么样再说吧。”

供应的午餐还不错，沈彤拍下来发给聂江澜看。

不过一会儿，男人给她拨了个电话来，一字一顿，尾音咬着：“有人在那边吃喝玩乐，丝毫不在意有人因为看不到她无精打采，连吃饭的欲望都没有。”

“是吗？”沈彤装作很是意外的样子，眨眨眼，“我才听阿姜说你夸中午的厨师手艺好。”

“忍着吃的，”聂江澜很快说，“怕你看到我饿瘦了，自责。”

沉默片刻，她到底没忍住，笑出声：“好好吃饭，好好睡觉，我很快就回去了。”

像是憋不住了，聂江澜终于开口问：“什么时候回来？后天比赛结束后吗？比完是下午还是晚上？那回来应该到大后天了？”

沈彤捧着手机仔细给他算：“后天下午五点比赛结束，本来打算大后天再走，不过如果你想要的话，我也可以比赛结束了就走，大概九点左右到那边。”

男人仔细品味了她话里的某五个字，舌尖舔了舔唇，轻笑一声：“我当然想要你……”他顿了一下，又吐出几个字，“想要你快点儿回来。”

“那我让赵萱早点儿去订票，”沈彤说，“尽量早点儿回去。”

聂江澜点头，又问：“摄影顺利吗？”

沈彤一愣，虽是疑惑他今天怎么问了这种问题，但还是回答：“还可以吧，下午有摄影课。”

平时聂江澜都不会问这种问题的，诸如，拍摄顺利吗？照片拍出来了吗？找到手感了吗……这些他都不怎么上心的。

果然，问了两句，男人切入正题：“会拍裸模吗？”

见她没说话，聂江澜继续道：“别拍，那些模特的肉体一点儿都不美好。”

沈彤偏着头：“不是，你为什么忽然问我拍不拍裸模？”

“听说你们是去那边训练的，人体摄影不是很考验基本功的一项？”聂江澜顿了一下，忧心道，“听你这么问，还真要拍？”

沈彤刻意逗他：“这个我还真不确定，我们都是听安排的。”

虽然她的确不知道拍什么，也有那么一点儿可能会拍聂江澜说的内容，但就算要拍裸着的模特，肯定也是只裸上半身。

如果真要拍，估计是为了锻炼参赛者，也可能是为了话题度和点击率。

聂江澜在那边停了好一会，这才道：“我听说……有男朋友的话，看别的男人的裸体会长针眼。”

“真的吗？”沈彤“虚心求教”，“那看谁的不会长呢？”

“看我的，看我的不长，”聂江澜一本正经，“我的比他们的好看很多。”

沈彤声音有点儿抖：“是什么比较好看？”

男人笑了，声音低低的：“腹肌啊。”说完后，他非常无辜地反问沈彤，“不然呢，你觉得是什么？”

“哦，我以为是腰。”沈彤立刻心领神会，“听你这语气，我应该觉得是什么？”

“腰以下的……”

“嗯？”

“腿。”

好，很好，非常好，这就是传说中货真价实的“急刹车”。

“急刹车”后，休息时间也差不多用完了，要开始下午的拍摄了。

沈彤挂了电话，收到阿姜发来的微信。

其实她知道，今天本有饭局，但聂江澜没出去，是让何故带东西回酒店吃的。他夸厨师好，也是夸的何故带来的东西。

阿姜：“求你了，你快回来吧，你不在，聂江澜完全请不动，连下个楼都嫌浪费时间。我就奇了怪了，他和你讲那些没有油盐的话不浪费时间吗？”

沈彤：“不浪费啊。”

阿姜："怎么呢？"

沈彤："因为沈彤老师是伟大的哲学家，和她聊天可以参悟人生的真谛。"

休息结束，下午的拍摄课程开始。

郭青鸿把大家集合在一起："虽说今天是在这儿自由拍，但是我建议你们拍拍这边的枣树和小巷子。两个小时，拍完之后一人选一张自己觉得拍得最好的给我看，我给你们提意见，你们按我说的改就行。"

蒋娅甜的眉头几乎皱成一团了。

按她说的改？

蒋娅甜轻扯沈彤，沈彤旋即拍拍她的背："我们先看着拍，如果接受不了她的想法，到时候跟她说一下，不改应该也没问题。"

大家解散了，去自由拍摄，蒋娅甜眼不见为净，拉着沈彤去了郭青鸿不在的另一边。

两个人选了些自己喜欢的景拍摄，两个小时很快过去，到了郭青鸿要求的集合时间。

蒋娅甜坐在石头上："我不想去找郭青鸿，我觉得我每张都拍得挺好的。"

但是没多久，郭青鸿已经找人来寻她们，被委托的小摄影师站在树下："郭导师让你们去给她看照片。"

蒋娅甜不情愿地站起身来："又不是小学生，拍完东西还要给老师检查，按照老师的要求改？"

虽是不情愿，她们还是去了。

蒋娅甜把自己的相机递给郭青鸿，看了一分钟，郭青鸿开口了："你这个画面太散了，构图要集中一点儿。"

蒋娅甜的情绪上来了，但强忍着。

"你别往那边去拍了，你看他们——"郭青鸿指了指身前的人，"他们听我的留在这里拍，画面就没有你这么散。"

蒋娅甜撇了撇嘴，以示不爽。

"别过去了，等下就在这边拍吧，"郭青鸿给她圈出了一块，"就拍这一块，我这个角度，后面那个角度，还有树下，三个角度你试一下，还有……”

强忍着要发作的火气，听她把话说完，蒋娅甜这才拿着相机走开。

既然是建议，那么她也可以不改。

她正觉得自己这张照片不错的时候，转眼就被人数落得一无是处，还让她重拍？实在是让她满腔火气。

到了沈彤，沈彤本来以为郭青鸿也会指着她的画面一顿批评，但郭青鸿没有说很多，只主要说了一个问题：“你的光线不好看。”

话说出口，不只是沈彤，很多在一边听着的人都愣了。

要知道，沈彤的画面光线好可是出了名的。

就这张照片而言，破旧的木屋被昏黄的光线笼罩，未被阳光普及之处漆黑一片，沐浴阳光的部分却显得惬意又充满生机，光线的运用已经炉火纯青。

而郭青鸿现在说光线不好？

郭青鸿给沈彤提了和蒋娅甜一样的意见，让她不要在那边拍摄，选择这一块会更好，还给了她跟蒋娅甜相去无几的构图和位置。

讲完了，郭青鸿给他们时间去修改画面，说是修改，其实几乎所有人都要重拍。

蒋娅甜气冲冲地脱离大队伍，站在石头上生闷气。

沈彤正觉无奈时，蒋娅甜问她：“你改吗？”

沈彤摇头，又问：“你呢？”

“我也不改，不是都说是提建议了吗？那我也可以不接受，”蒋娅甜烦躁地踢脚下的石头，忍不住爆了几句粗口，“这到底从哪里请来的自我感觉良好的导师？别人提意见都是基于画面，提出一点点修正意见；她倒好，直接给你推翻，完全是把自己的想法强加给你啊。

“我拍了这么多年，真的没遇到过这种人，我受不了。

“而且好几个人都给的一样的意见，这是什么鬼东西啊！”

沈彤按了按太阳穴：“其实郭青鸿拍过不少还不错的照片，水平还可以，估计就是自我意识太强了，才会让我们都按照她说的改吧。”

“你别说得那么好听，她就是自以为是。”蒋娅甜咬牙，“她凭什么觉得按照她说的方法改了就更好？她审美很棒吗？”

沈彤也踢石头："有能力的人不一定是有能力的老师，我现在信这句话了。"

论水平，郭青鸿确实是前辈，也有值得学习的地方，这个比赛，导师竞争很激烈，没两把刷子是坐不上来的。但正因为导师地位太高，导致郭青鸿觉得自己的想法才是最好的，大家都应该听她的。

"管他的，反正我就不改，等下也不去找她，"蒋娅甜说，"我讨厌这种强行把自己的思想强加给你，思想还不怎么样的人。她觉得那样拍会好看，我不觉得啊，我的风格又不适合那种。"

到了规定时间，她们没去找郭青鸿，郭青鸿却派人来找她们。

不得已，蒋娅甜带着自己完全没修过，而自己满意度很高的照片去了。

郭青鸿一眼看出来了："你没改吗？"

蒋娅甜点头，还是保持着最基本的尊敬，试着和她沟通："之前那个不是建议吗？我觉得我这样还挺好看的，所以没有改。"

"太散了，"郭青鸿依然在重复，"你觉不觉得好看先不说，我们现在说这个问题，我看着觉得散。"

蒋娅甜没忍住，呛声道："老师，我已经学了四年摄影，做了三年的专业摄影师了。"

郭青鸿看着她："所以呢？"

"所以对画面基本的把控，我还是很有信心的，基本的审美我也有，"蒋娅甜尽力心平气和，"你让我完全按照你的要求来修整，那它就不是我想要拍的东西了。"

郭青鸿还在摇头："可你这样不行。"

蒋娅甜皱着眉头，怒火也翻上来了："哪里不行？有问题吗？"

郭青鸿没察觉到她的怒火，点点头："是有点儿问题，出了点儿差错，不过按照我说的改过来就好……"

这句话彻底让蒋娅甜压着的火气爆发了，她深吸一口气，迅速梳理清楚自己的逻辑，开口道："艺术怎么会分对错？哪怕它丑、没有技巧、毫无章法、构图混乱，但它也绝对不是错的。"

听了这无法反驳的一长串话，郭青鸿也不知怎么回答，也皱眉了：

"那你什么意思？"

"我不会改的，因为我没有错，艺术就是因为创作者的不同而变得有意思，如果千人一面，就失去了每个人的独特性，它就不能叫艺术。"蒋娅甜很坚定，继续说，"这个比赛的初衷也是要看到不一样的大家，如果想要你的风格，直接找你拍就好了，为什么要把大家都变成你的样子？大家能在筛选之后留在这里，就代表都是很优秀的。"

郭青鸿语气也不太好："让你们按我说的改，不是害你们，是为了让你们得奖。"

"摄影就是摄影，目的性最好不要太强吧，到底什么样的作品能得奖还不一定。耗时一年的也许还比不过一分钟拍的，如果想要得奖长面子就强迫我们改成你要的样子——不好意思，我不想改，我进圈时候唯一的初心就是，永远拍我自己想要拍的。"

郭青鸿扯了扯嘴角："那你是觉得不需要我也能得奖？"

"我没这个意思，您别随便给我扣帽子啊，郭导师。"蒋娅甜说，"我只是希望在您当老师的时候，能尊重每个学生的想法，尊重个体差异性，不要把所有人都同化，变成您想要的样子去达成目的。您可以提意见，但改不改在我们，艺术没有对错和高低之分，我们自己的作品，我们自己决定。对创作者来说，我们需要也只需要这一点儿尊重。"

"行，那你就看看坚持自我能不能得奖。"

蒋娅甜鞠了个躬："谢谢老师，我们拭目以待。"

这场争论虽不算太激烈，但其中的剑拔弩张也显而易见。

大家大气都不敢出，明白虽然两人没有大声争吵，但两人都态度强硬，不肯让步，局面很僵。

蒋娅甜本就随性，偏偏郭青鸿掌控欲又强，大家明白现在还在拍摄，谁也不好撕破脸皮，可每一句话背后都隐藏着极其强烈的暗流。在这种情况下，这样的争执，不亚于火山喷发。

下午的摄影课结束后，食堂里，有人向蒋娅甜竖大拇指："厉害啊，敢正面抬杠，我们也不爽她很久了。"

蒋娅甜笑了笑："也没和她抬杠，只是说了一下我的想法。"

后面吃饭的时候，蒋娅甜倒是说："反正我就这样了，郭青鸿怎么想我，我也不在意了。”

沈彤摇头：“导师这个位置太高，她也多少有点儿优越感，你别太放在心上，她也不是针对你。”

而且这个比赛到最后是需要选择导师的，二十四个参赛者自由选择，一个导师手下六个名额。

今天下午的比赛，郭青鸿会给出评级，ABCD等级，每个等级六个人，大家按这个顺序去选择自己想要的导师，如果想要的导师手下名额满了，就只能再选别的。

如果导师带的学生成绩好，导师面子上也有光，郭青鸿那样做也有了缘由。

当晚，分寝室之前，大家拿到了评级。

等待评级单下来的时候，大家都在窃窃私语，忐忑不安。

“我害怕，只要不拿‘D’，我都可以。”

“紧张得跟高考一样，我只希望拿到前面的评级，这样好选自己喜欢的导师。”

话题不知道怎么偏了。

“没事，大家都一样紧张。”

“不，我觉得沈彤和蒋娅甜没必要紧张吧，她们拍得那么好。”

“你忘记之前的吵架了？”

“啊……可是导师应该不会这么有偏向性吧？”

结果发下来，蒋娅甜和沈彤都是“B”。

旁边的人眼珠都要吓掉了：“发错了吗？”

蒋娅甜早就猜到自己是“B”，却没想到沈彤也是，当即火了：“这就过分了吧？跟她吵的是我，她凭什么迁怒到你身上？”

沈彤摇头说：“没事，这只是选导师，不重要。而且这只能代表她一个人，不能代表任何东西，别因为这个影响心情。”

“我还好啊，只是觉得自己拖累你了……”

“这有什么拖累不拖累的，我本来也没按照她说的改。”沈彤笑道，“别为这种事伤神，选房间吧。”

判定结果公布之后，大家自由选房间。

一个房间六个人，刚好四间。

进房间的时候，蒋娅甜咬着牙跟沈彤说：“我以前从没有那么强的目的性，但是这次，你拿第一，我拿第二，我非得气死这个‘老巫婆’。”

这话沈彤是第二次听了，来之前，赵萱也有着雄心壮志，说让她拿个冠军，狠狠击碎陶恙的黑幕。但目前对她而言，一切都是未知，这比赛到底有没有黑幕，她也不能确定。

现在能做的，就是尽最大的能力完成好每一次拍摄。

沈彤洗完澡出来的时候，看到房间内另外几个人也推搡着进来了——陶恙也选了这间。

沈彤爬上床，准备吹干头发就睡觉，正准备睡，听到底下一阵起哄声：“你来这边还装这种东西干吗呀，阿恙？”

起哄声和暧昧的口哨声影响了沈彤的睡意，她下床拿了副眼罩，才重新钻进被子里。

上床之前，她往陶恙那边瞥了一眼。

陶恙正在抢朋友手上的什么东西，那东西是个水蓝色的小盒子，抛来抛去时，里面还能发出闷响。

盒子上面的标识很眼熟。

第二天有三节课程，上午、中午、晚上各一节，分别是三个不同的老师。

有了第一天的事情做铺垫，后面的三个导师就显得特别通情达理。

其他老师大多是讲一些想法，没有要完全禁锢大家的意思。

摄影这东西本就个人化，导师顶多教一些方法，企图完全把控一个成熟学生的作品，确实有些逾越职责了。

两天的简短培训完毕，沈彤和蒋娅甜选了第三个导师，陶恙选了郭青鸿。

不得不说，郭青鸿倒也真喜欢陶恙，不仅给陶恙打了“A”，还不断地辅导她。

陶恙表面上一直是笑着，郭青鸿说什么，她都照办，还总是一口一个“老师”地喊，让郭青鸿给她指点。

要比赛的前一晚，蒋娅甜跟沈彤随口说道：“看出来大家还是有自己的想法的，没多少人喜欢郭青鸿。除了那个陶恙，怎么那么殷勤——好学倒也正常，但是过了点儿，看起来像是作秀。”

第三天，正式拍摄还比较顺利，先是到了场地，然后四位导师给自己手下的参赛者讲了重点要注意的地方，还有一些用得上的手法和处理方式，就放他们自由拍摄了。

场地里有很多摄像头，实时记录参赛者们的比赛情况以及拍摄过程。

沈彤经验丰富，平日里出照片也很快，这种活儿对她来说再简单不过。

很快她就拍完了，照片中，落日余晖，长街小巷，一束沉沉暗影从街巷后钻出。

这让人不由得怀疑下一秒会有人踩着光影漫步出场，或者是一只猫衔着自己的食物，懒洋洋地靠着青瓦打一个盹。

正是这样的悬念和平衡的生机感，让照片变得有余味了许多。

蒋娅甜几乎跟沈彤同时段拍完，交了照片，两个人轻松离场。

得到消息后，有人小声跟陶恙交换着消息："听说沈彤和蒋娅甜没拍多久就走了。"

陶恙抬头看着她们离开的方向，若有所思，低头按了按快门键。

"咔嚓。"

沈彤回到酒店的时候，已经是晚上八点半了。

她风尘仆仆地打开酒店房门，把箱子摊在地上，打算把东西都拿出来整理好再去洗澡。

赵萱把箱子推到一边，急忙道："还好才八点半，仁和路的煎饼果子还没关门，我忽然好想吃，先去买了啊，沈彤姐。"

沈彤笑："行，去吧。"

"你吃不吃？"

"不用，我不吃，你买自己的就行。"

赵萱才走没多久，沈彤的手机响了。

她翻出耳机，耳塞挂好，摁下接听键："喂？"

聂江澜的声音传了过来："回来了？"

"你消息怎么这么灵通？"沈彤捏了捏后颈，把睡衣放在床头，"我才到没五分钟呢。"

那边传来一阵杂音，不知道他在干什么。

男人声线清朗："刚到就应该告诉我的。"

沈彤把护肤品从箱子里拿出来，刚要说话，听他问："来不来我房间？"

"我们能不能聊点正常的，有益青少年身心健康的话题？"沈彤说，"现在已经是晚上了。"

"那我来你房间。"

沈彤笑："你来啊，反正我堵门，现在就去关门，把你锁在外头。"

她把衬衣扔上椅子，继续道："我已经走到门口了。"

接着她又拿出一条裤子："门关上了。"

关好箱子，沈彤继续胡扯："不仅关上，我还反锁了。"

一回头，看到聂江澜的脸，她差点儿吓得把手机扔了。

男人一挑眉，面上意味不明："骗我？"

沈彤探身往门口看："你是怎么进来的……"

门明明是关的。

"刚刚是开的，"聂江澜道，"我进来的时候关了。"

沈彤还记挂着等下要回来的赵萱："你关门干吗？"

"不关门怎么做别的事情？"他好整以暇地反问她。

什么乱七八糟的？

"对了，"她想起来，"我礼物还没给你呢。"

说罢，她转身要去箱子里拿，转身的那一刹那，被人扼住手腕。

男人轻巧地将她转了个身，声线沉沉："我也有个礼物给你。"

沈彤本能地抬头看他，身子忽然一轻，被人抱上了行李箱。

那句"什么礼物"没说出口，她只微微张嘴，头正抬起来，下一秒，他的脸颊就压了下来。

可能是刚洗过澡，沈彤闻到他发梢传来的淡淡香味儿，裹挟着那清爽的海风气息，让她一瞬间感觉到无比心安。

她情不自禁地用手臂圈上他的脖子，男人扣着她的腰，舔吮她的唇瓣，像猛兽一寸寸把猎物吃干抹净。她的舌尖滑过她的齿，从左至右轻轻一撬，打开她的防守。

聂江澜双手撑在箱侧，固定住滑动的箱子，怕沈彤从上面跌落。而后他把箱子往自己这边拉了拉，让她毫无保留地靠自己更近——动作加深，舌尖长驱直入，缓缓地勾缠。

迅速、直接、霸道，甚至不给她反应的余地，就把她折腾得缺了氧。

可能真是刚洗过头，有一滴水珠从他发梢滚下来，落在沈彤的鼻尖上。

她下意识地摇了摇头，想甩掉那滴水，却得到男人不满的低哼，他含住她的唇，右手抬上来，按住她的后脑勺。

慢慢地，他挪动手指，手掌落在她颈侧，大拇指和食指轻轻摩挲她的脖子。

沈彤被按得发痒，想笑，下一秒，听到外面的敲门声。

响了几下，很快停了。

沈彤以为是自己听错了，直到敲门声再次响起来。

“沈彤姐，门开一下，有事！”赵萱似乎有话要说。

聂江澜停了一下，沈彤以为他会放自己去开门，结果下一秒，男人缠绵的吻又落下来，一边亲，一边把箱子慢慢往门口推。

滚轮在地面上滚动，连带着箱子都在震颤，那震颤感一路传递到沈彤身上……

她全身如过电般又酥又麻，跟箱子直接接触的大腿内侧皮肤在升温，连指尖和牙齿都软了，腰腹和腿用不上力气，软绵绵的，就要往后倒。

她身子终于撑不住，往后倒，靠在了门上。

聂江澜松开“作恶”的手，勾了勾唇，贴在她耳边，问她：“刺激吗？”

面对着男人的撩拨，沈彤舌尖抵了抵下齿，在他手臂上拧了一把。

她推开面前的人，转身就去开门。

门口的赵萱两手空空：“我正准备去买东西，走到一半，朋友给我连环发了五百条消息，我拿出来一看，结果——”

赵萱一抬头，看到站在沈彤身后的聂江澜。

男人的大拇指摩挲着自己的下唇，垂下的发丝遮挡住眼睛。

赵萱被这一幕冲击得连自己原本要说什么都忘了。

“你们在房间里……干吗呢？”赵萱难以置信地看着手机，“我才走十分钟啊！”

说完，赵萱又看见沈彤眼里潋滟的水光。

大晚上的，这别是见鬼了吧？

赵萱小声试探：“沈彤姐……”

“啊，”沈彤回过神来，清了清嗓子，“你只走了十分钟，我们能干什么？”

赵萱好像不信：“是吗？”

聂江澜面无表情地点了头。是的，无非就是接了个吻，滚了个箱子……而已。

赵萱锲而不舍道：“可是我为什么觉得气氛这么诡异？”

诡异……又微妙。

就好像空气中飘浮着什么暧昧因子，看不见，但能感知到。

沈彤胡诌：“哦，可能因为我们刚刚看了鬼片。话说回来，你怎么东西也没买就回来了？”

说到这个，赵萱才想起正事。她面色一下凝重起来了：“我朋友跟我说，你上热搜了，空降。”

上热搜本不该是让赵萱这么紧张的一件事，之前每一次上热搜都是正面的，赵萱每次告诉她，也都很兴奋。所以从语气里，她已经猜到了情况并不乐观。

沈彤从包里找出手机，说：“我看看。”

在她点开微博的时候，赵萱伸手来拦：“要不……咱们还是别看了吧。”

“这么可怕？”这时候沈彤还打趣赵萱，“那我更好奇了，是什么能让你拦着我？”

赵萱握她的手腕握得很紧：“这完全就是牵强附会地污蔑你……”

她拍拍赵萱的手背：“正是因为我知道我什么都没做过，不心虚，所以才敢看。”

赵萱松开手，叹了口气，道：“那你看吧。”

沈彤点开微博热搜榜，看到自己的名字后面飘着一个“热”字，点进去。

第一条热门就是所谓“爆料”的起源。

微博还挺长，想必是“费尽心思”写出来的。

布丁娱乐：“今天，会聚了多位知名摄影师的第一届摄影比赛落幕了。此比赛由《华装》承办，获得第一名的摄影师可以直接得到《华装》封拍的资格。目前节目正在剪辑中，很快就能和大家会面，向大家展现美轮美奂的照片的诞生历程。

“但今天小布丁收到爆料，说是《急速燃烧时》的御用摄影师沈彤也参加了此项比赛。可不尽人意的是，在三天的录制时间里，她不仅在练习课上公然跟导师郭青鸿产生正面冲突，还在最后一天的拍摄中潦草收手，仅用一个小时就拍完了比赛照片。

“要知道这场比赛高手云集，沈彤这么敷衍，是因为觉得势在必得了吗？”

沈彤撇嘴：“看来这位不知名的爆料人士，还挺了解我们这个比赛啊。”

不仅了解，还很会带节奏。

赵萱神色有些为难：“还要再看吗？”

“看啊，为什么不看？”沈彤继续滑动页面，“我看看评论。”

聂江澜站在她身后，抄着手，跟着沈彤一点点地浏览着里面的内容，这都是哪些蠢货写出来的东西？

“是娱乐圈太无聊，没什么可关注的，还是这些娱乐版块的记者有问题？”男人蹙眉，“该关注的不关注，反倒盯着一个摄影师？”

赵萱解释道：“以前沈彤姐只是在摄影圈子红，作为节目的跟拍师又跟着你露了好多次脸，刷足了存在感，红的范围就渐渐扩大了很多。所以现在，我们沈彤姐的热度还是很高的，不亚于准花旦了。”

意思是，因为红，所以就算作为摄影师也有和花旦差不多的名气，才会被娱乐版块这么关注着。

聂江澜神色清淡："我知道。"

赵萱不解："那你还问……"

男人显而易见地不悦，周身气场仿佛散发出黑雾："就算知道我也想骂，谁让他们该骂。"

道理他怎么可能不懂，人红是非多，没有例外，可就算是再理所当然的东西，带给了她伤害，那他就不能坦然置之。他见不得有人欺负她，在她身上，他没有道理可讲。

伤害落到别人身上，他可以分析和开导；落到他自己身上，他本就随性，自然是无所谓地一笑了之；但落到她身上，不行。

他会记仇，想要保护她，也回敬这些满怀恶意的人。

一贯满不在乎又云淡风轻的人，在这一刻，明白原来自己也有绝不容人触碰和侵犯的底线。

这个底线，就是她。

一边的赵萱默默感觉到，这种"有我在就绝对不允许有人对你不好，你就是我的原则，动什么我都无所谓，但就是不能动你，我永远站在你这边"的"双标"原则，还……还挺撩的……

赵萱缩回脖子，这一刻，决定不打扰他们。

沈彤看着评论，有点儿惊讶："两万条评论？"

她明白，这种绝对的流量待遇，仅靠她自己，是完全无法带来的。

而这一次，事件矛盾的主体又只是她自己，没有带上任何流量明星，比如聂江澜或元欢。

那代表着，评论里的水军，多到超出想象。

在点进去之后，沈彤甚至都想好了自己会面对的枪林弹雨，战况比她预想的还要更加激烈。评论里仿佛一场大型战役，大概从三种角度对她发出负面言论。

第一种，说她不敬业。

"摄影师这样已经算很不敬业了吧，沈彤有很多的工作经验了，也算个专业摄影师，这么专业的摄影师却不认真完成本职工作，路转黑。"

“一张照片就花这么点儿时间敷衍过去？这还是在摄像机下的比赛？那她现实生活里拍摄照片该有多随便多敷衍啊？天哪，就这么敷衍还能赚那么多钱，我们商业杂志的钱现在这么好赚了吗？”

“别人都这么努力，可她一点儿都不上心，之前还听到有人说沈彤是新生代摄影师之光，别了吧，新生代摄影师不值得被这位代表。”

第二种，说她膨胀。

“哇，小有名气便瞧不上导师还有大比赛了吗？感觉自己真的特厉害了？恕我直言，这种自以为是的最后都会狠狠跌落。”

“这段时间这位沈姓摄影师也算是很红了吧，说实话，没有《急速燃烧时》，没有聂江澜，谁知道她叫什么，忽然爆红，膨胀在所难免呗。唉，又是一个挥霍掉路人缘的膨胀‘大咖’。”

“怎的，这么自大吗？随手一拍就觉得自己能赢过别人辛辛苦苦拍出来的照片？这么能，怎么不去斩获国际大奖呢？”

第三种更别出心裁，说她代拍。

“大家都不知道吗？沈彤很多有名的照片都是找人代拍的啊，我有好几个摄影师朋友在她红了之后都来跟我哭诉，说沈彤用他们的照片。”

“如果代拍真实存在的话，那就有原因了，这种自己能力水平跟不上的人，容易露馅，毁掉人设的，在拍摄全程的节目里是撑不住的，只能随便拍拍。这样拍得不好也可以洗白，说‘当天状态不好，而且只花了一点儿时间，所以拍不好情有可原’，不然努力了也拍得不好就太丢人了吧。”

一条条看过来，沈彤有些啼笑皆非。

虽说这些猜测都很扯，但最后一条还真是非常令人震惊的，跟她八竿子打不着。

再往下看，当然也有支持她的人在为她撑腰。

“这种没图的爆料，我分分钟可以写一万字，热评的那几位还真是‘真情实感’啊，是你亲眼见到沈彤膨胀、代拍、不敬业了吗？这届水军质量不行。”

“原先在某公司跟沈彤合作过，她人很好，谦逊又敬业，完全不是这样的。”

“很明显，就是买的热搜和黑粉，被带走节奏的人到底有没有脑子啊？”

只不过这些支持，跟庞大的负面声音比起来，实在不值一提。

窗户没关，外面的音乐声隐隐约约传进来：“真的都能说成假的 / 假的 / 假的都能变成真的……”

她笑，手指轻轻按着手机屏幕，无不感同身受地叹道：“还真是，假的都能说成真的。”

那些做出负面评论的人里虽然不乏水军，但肯定也有很多路人或者路人粉。

这些人很容易被带偏，哪怕本来是相信她的，但是看到大规模的差评，也会不自觉地跟风，黑起她来。

就算沈彤能在娱乐圈赚取一点儿流量和人气，但她到底只是个摄影师，不是签约了大公司的花旦，身后也没有人运营。

所以在面对这种情况的时候，她自然有些吃亏。

“那我们怎么办啊？”赵萱还在操心，“我们也没有公关团队，这时候开记者招待会想办法澄清，发声明什么的……老实说，我还没碰到过这种情况，以前也看过人家做危机公关，可是很少有摄影师需要操心这个啊……”

“我的确还没见过摄影师得操心这个的，”沈彤捏捏眉心，“要不……”

“那就不要操心了。”

一直沉默着的男人忽而开口，沈彤也被他吓了一跳。

不是他开口，她差点儿都要忘了他在这里了。

对上沈彤的目光，聂江澜道：“我吩咐何故去做。”

沈彤看了他好半晌，才忽然一笑：“差点儿忘记你有团队了。”

“不过……何故只是你的经纪人吧？把我的事给他做，他会不会不愿意？”

“你的事就是我的事，”聂江澜眯了眯眼，“你说他敢不敢不愿意？”

赵萱干笑一声，抓了抓脸颊，说：“你们……你们先聊着，我去买煎饼果子，走了，拜拜。”

赵萱走了之后，沈彤半倚在箱子上，自言自语地叹道：“你不说，我都差点儿忘了你还是个艺人。”

“是吗？”聂江澜若有似无地瞅一眼她的箱子，提示道，“那你忘了我是你男朋友没？”

沈彤看着身下的箱子，没接话。

“需不需要我再提示你一次？”

说完，他就做出一个准备往她这边走的动作。

沈彤反弹似的站起身来，把箱子踹去墙角，摇头道：“不、不用了，我记得，我永远记得。”

刚刚那种状似过电全身酥麻的感觉，真是让人空虚又难熬，换谁能不记得？

他似乎是笑了声，音调稍抬：“哦？”

说到这里，沈彤想起来了：“为了证明我的确无时无刻不在记挂着聂老师您——我的男朋友，我想起来我还特意为您带了一个礼物。”

聂江澜抄手：“什么礼物？”

什么礼物能让她从前几天说到今天，他还真有点儿好奇。

沈彤拉开箱子，从里面取出一块手表。

她晃了晃手里的盒子，说：“上次……有一个误会，记忆不太好，这次买个新的送你。”

她也说不上来自己为什么要买这块表，也许是某种心理在隐隐作祟……宣示主权？

聂江澜挑了挑眉，竟然难得没拒绝，伸出手道：“给我戴上。”

沈彤依言走过去，取出表给他戴好，搭扣扣合的瞬间，发出一声轻轻的“吧嗒”声响。

她握着他手腕看了看：“还不错，比模特戴着好看。”

“那当然。”聂江澜毫不犹豫地自夸。

她又说：“这个防水，应该也挺耐磨，日常生活里应该不用怎么特别注意，也不会坏。不过我看你不经常戴这种吧，所以以后戴的机会应该也很少，不用担心我说的问题。”

既然很少用到的话，也不用担心磨损或者坏掉的问题。

男人居然摇了摇头："你送的话，我会一直戴着。"

沈彤失笑，把盒子装进袋子里："不喜欢的话不戴也行啊，我又没有压迫你，只是说一声啦。"

"你送的我就喜欢。"聂江澜抬起手腕，晃了晃，"不仅戴，我还要把袖子挽起来，让所有人都看到。"

"让他们看看，这就是我女朋友送的，"聂江澜转了转手腕，"二十四小时高清旋转式展示。"

沈彤耸了耸肩，假意揶揄道："啧，简直难以置信，我们的智商担当聂老师，居然就这么点出息。"

可不是吗？聂江澜转了转手腕——她就是使他膨胀的一切源头。

沈彤拿起手机："给你看看模特图，这表的代言人也是个一线流量咖。不过你戴着比他好看多了，我强烈要求以后让何故去给你接洽一下时尚资源。"

沈彤拿出手机解锁，界面停留在她和聂江澜的对话框。她退出对话框，冷不防还是被他看到什么。

他说："聂江澜？"

"什么？叫你自己名字干吗？"

聂江澜挑眉："刚刚那个对话框，再打开一次。"

沈彤打开和他的对话框，以为他要观察什么，特意递到他面前："怎么了？"

男人眼尾一挑，别有深意地说："你给我的备注，就是聂江澜？"

沈彤看了一眼对话框最顶端的"聂江澜"三个字，后知后觉道："啊，是之前顺手备注的。"

那时候他们关系一般，沈彤就按照自己的习惯备注——

不熟的人之间备注具体职位加名称，以免遗忘；关系普通的朋友备注正常名字；而稍微熟一点儿的或关系特别好的，则备注外号。

男人明显对这个生疏的备注感到不满，指尖敲了敲桌面，轻"啧"一声，眉微皱："你怎么不干脆备注《急速燃烧时》聂江澜？"

沈彤当然知道他是嫌这个备注名太过生疏，一板一眼，一点儿情趣都没有。

聂江澜此时当然是在说反话。

想了想，沈彤乖巧地点头："好的，那我给你改一下。"

下一秒，她的手指在键盘上快速敲着，一长串文字浮现在他们的对话框上头——《急速燃烧时》聂江澜（嘉宾）。

这个括号打得很好，备注也改得很好，是那种别人一看就知道两个人之间没有特殊关系的备注，够疏离，够陌生。

沈彤看他吃瘪，埋头笑。

男人用手掐住她的脸颊："很好笑？"

沈彤重新点进对话框，三下五除二改好，有些邀功的味道："这样行了吧？"

重新改过的备注只有简简单单的两个字：不修。

聂江澜问："你管别人叫过不修吗？"

"没啊，"沈彤语调轻快，"我没事给别人起外号干吗？"

"那就行。"

这是她给他一个人起的名字，而大家给他的那么多外号里，只有这个他最喜欢，且只有他和她知道。

这种只有两个人之间才存在着的某种微妙的"特殊性"，让男人满意地点了点头。

还不错，暂时放她一马。

当晚在酒店里，吃饱的赵萱自然是没有忘记自己的本职工作。

何故那边接到聂江澜的消息，一整晚都在加急处理，又是找人又是找资料，赵萱自然也没闲着。

她坐在床上，开始发表自己的意见："以我的直觉，沈彤姐，我觉得是有人在背后搞鬼。"

沈彤笑了："肯定啊，这我知道。"

"不是不是，我的意思是，"赵萱说，"这个人很狡猾，黑你还找了三个角度，并且知道什么样的舆论最容易击中你，她跟你很熟悉吧。有竞争关系，还熟悉，除了陶恙，我找不到第二个人。"

沈彤不置可否地喝了一口热牛奶："从看到负面评论的第一秒，我就觉得有一大半的可能性是她。"

牛奶带着点淡淡的甜味儿，很新鲜，聂江澜说是托人从外地捎来的。

赵萱看着沈彤，知道她是有话要说。

沈彤没急着说话，而是选择先喝光牛奶。

赵萱看她一点点地喝，感觉自己喉咙都要着急得冒火了。

最后一口被慢慢饮完，沈彤把杯子放上床头柜："牛奶要趁热喝。"

聂江澜刚刚说的，冷了就不好喝了。

赵萱催促道："我知道知道，你继续。"

沈彤这才眨眨眼，道："跟导师争执的……其实不是我，是蒋娅甜。"

"蒋娅甜吗？"赵萱听过这名字，但也有点儿奇怪，这人怎么会跟沈彤扯上了关系？

毕竟路程太赶，沈彤也没有跟她说比赛的事情。

"嗯，那个导师控制欲太强，蒋娅甜性子也烈，两个人就发生了一些口角。背后搞鬼的人肯定是参赛者里的一个，因为别人不会知道争执这件事。"沈彤说，"刚好第一次选座位，我和蒋娅甜坐一起，我们关系还行，就一直一起行动。后面郭青鸿要我们修改照片，我们都没改，但是郭青鸿说话太傲了，触到了她的怒点，她就和郭青鸿吵起来了。我刚好站在旁边，其实没参与，跟郭青鸿争执的是她，但这个人偷换概念，把炮火引到了我身上。"

当时在现场的人都知道，蒋娅甜发脾气是有原因的，不涉及尊不尊重的问题。

背后这人不仅黑沈彤，还是毫无原则地黑她。

不过何故绝对不是什么软柿子，既然负责了这次的公关，一定能把这件事的幕后主使给找出来。

世上没有不透风的墙，只要做过不坦荡的事，就会有暴露在世人面前的一天。

那一天会到来的，她等着。

赵萱跟了沈彤这么久，还是第一次见她经历这样的事，有点儿好奇："你的状态比我想的要好很多哎。"

“怎么？”

“我以为你至少会崩溃，或者会被打击得没法工作。没想到现在还能在这里开玩笑。”

“我要真那样，不就着了他们的道了？”沈彤摇摇头，“况且这都是我没做过的事情，我怕什么？”

身正不怕影子斜，谎言盖不住真相，只要是她没做过的事，就不用害怕。

她相信总会有办法翻盘，这时候要是不能冷静，除了给自己和别人徒增烦恼外，再没有别的作用。

沈彤伸手调整台灯：“明天何故那边应该会出解决方案了，咱们俩在这里猜也没用，早点儿睡，明天才有精力去应对各种情况。”

不愧是聂江澜签的公司，第二天一醒，沈彤就收到聂江澜的消息：“醒了来我房间。”

沈彤一看，现在是八点，而聂江澜的消息是凌晨四点发来的。

她推开他房间的门，看到男人还坐在电脑前，披着一件浴袍。

沈彤一下子都有点儿不知道怎么组织语言了：“你昨晚就睡了四个小时？”

男人像是忽然反应过来，伸手揉了揉眼睛。

他平素动作就慢慢悠悠的，这会儿更是像某动画里的反射弧超长的树懒，眨了眨眼。他声音沙哑，带着又沉又重的倦怠感：“我没睡。”

“你没睡？”沈彤脑中的睡意乍然间消失了，感觉有什么东西在身体里“噼里啪啦”地爆炸，“怎么不睡觉？”

他扯了扯嘴角，像是在笑她大惊小怪：“一晚而已，不会有问题的，你男朋友的身体很好。”

“不是……”沈彤走到他身边，“你昨天不是还叫我早点儿睡吗？”

“是啊，你需要早睡。”

“那你呢，你为什么不睡？”

“我得找东西，”他按着鼠标，“我想早点儿把这事解决，不然晚一天反击，就多一倍舆论。”

他不想再看到有人借着网络做遮挡，靠一双手、一个键盘便肆意搬弄是非，欺辱她，针对她。

沈彤悔得肠子都青了："我要是早知道你不睡，我也不睡了，昨晚应该过来帮你分担的。你怎么一句话也不说？你应该告诉我啊。"

他只是笑着看着她，没说话。

她捧起他的脸，触了触他眼下的黑眼圈，说："你看，你以前作息那么好，完全不会有黑眼圈的。"

男人熬了一夜，脑子不甚清明，但还是能笑着回她："是之前想你想的。"

"胡扯。"

看到沈彤严肃的神色，知道她是在担心自己，聂江澜无所谓地笑笑，拉着她坐到自己身侧："不要怪自己，我本来就没打算告诉你。"

她顺势靠在她身上。

男人捏捏她的耳垂，为了安抚她，那样一贯冷淡的语气竟带上了些许柔和："你只用负责好好休息就好了，剩下的交给我。"

毕竟要面对这样的语言暴力，她要承受的心理压力已经很大，他不愿意让她再有一丝一毫的负担。

她所需要承受的那些，总有他不能也无法分担的东西，但他希望能分担的，自己统统都拿走，一点儿也不给她留下。

沈彤坐在那儿没说话，脑子里忽然闪过无数个片段。

最初遇到这个男人的时候，他动辄睡到快正午，后来为了录制节目，凌晨四点便早起，他皱着的眉头里压着满满当当的不悦。

后来，他们的生活不知不觉间彼此渗透，她比以前更了解他的生活习惯，知道他看似随性，实则非常自我。

很难有人能打破他的原则，除了不可抗力，几乎没什么能让他的生活做出改变。

但是此刻，他为了她，为了一场其实并不算如何严重的水军攻击，一整晚没有合眼，只是想早一点儿结束攻击到她身上的炮火。

她何德何能，让他如此珍重？

察觉到沈彤的失神，聂江澜敲敲桌面："好了，又不是要死了。"

沈彤皱眉："你这人嘴里就没点好话？"

"没有，"聂江澜说，"甜的都给你了，苦的话给我自己。"

沈彤叹息一声，知道他没休息好之后，就算他再说什么话逗她笑，她都很难高兴了。

"我们快点儿弄吧，弄完你去补觉，"沈彤打算赶快进入正题，"何故呢？"

"他们也熬了一晚，我们视频通话到七点才结束，"聂江澜说，"最后几个人熬得喝咖啡都撑不住，我就让他们先去睡一会儿，我收个尾，等他们醒来再继续。"

沈彤不太清楚公关的具体步骤，听了聂江澜的话，知道参与的人员一定不少。

沈彤点头："好，目前的工作做到哪里了，快做完了吗？"

"快了，"聂江澜从电脑里调出一份文件，"这是拟得差不多的声明，你看看，有问题就修改一下，没问题就让你工作室等下发微博。"

沈彤看了一眼，声明很专业，先否认那人微博所说的，然后还原真实事件，最后表示向造谣者发律师函。

一应俱全，没什么需要改的。

"不用改。"沈彤说。

"除了这个，还有视频，昨晚连夜剪的。"聂江澜收敛了懒散神色，"记得之前我们拍电影那期节目里，你需要给孙凌找状态的事吗？"

沈彤说："记得。"

为了让她拍孙凌，聂江澜还特意"讨好"她。

聂江澜继续道："那时候不是有工作人员拍了段小视频，记录你引导孙凌进状态的全过程？我们把这个剪下来了。"

还有一些零碎的片段，比如之前在组里她忙上忙下的身影，还有《急速燃烧时》的拍摄花絮，嘉宾们夸摄影师敬业的画面。

他们还找来了很多前辈来肯定沈彤的能力，以及夸奖她敬业的访谈。

沈彤自己都有点儿惊讶："你们从哪里找来的？这里面有些我自己都不知道"。

“要不然你以为怎么熬了通宵？”聂江澜继续点鼠标，“发完声明之后，过段时间再发这个视频。这样，热度很快就会起来。另外，他们已经去联络了你那个比赛的负责人，负责人会出面证明你跟郭青鸿的事只是误会，你没有跟她起争执。”

沈彤道：“不会把蒋娅甜拉进来吧？”

聂江澜看着她。

沈彤说：“虽然争执的确是她跟郭青鸿起的，但她从来没想过要连累我。她人还是挺好的，这段不提及她，我们也能揭过去，所以……就不要说争执其实是谁和谁起的，就说我和郭青鸿之间有误会，是虚假爆料就好。”

这种紧急关头，其实转移眼球是最好的方式之一。只要说其实跟导师起争执的是蒋娅甜，而非沈彤，大众的炮火就会立刻转移去蒋娅甜身上。但……毕竟大家都想这件事翻篇，沈彤也不想用拉朋友下水的方式保全自己。

聂江澜当然懂她，他说：“应该不会涉及你说的那个人，之前我们没往那方面想。”

“好。”

他们耗时一晚主要针对的是那些说沈彤不敬业和膨胀的黑点，至于“代拍风波”，之后再来解决。

两个人谈了一个小时后，补好觉的何故也赶来了。

他一边伸着懒腰一边道：“有这桩事在心里压着，好像怎么睡都没法完全睡好，咱们先把这事解决再说。”

沈彤把赵萱叫来，吩咐一下接下来要做的，赵萱立马就开始着手。

筹备的时候，何故看着聂江澜，一脸难以置信：“你一直没睡？”

“忙着给你们收尾，睡什么睡。”男人捏着手腕，靠在椅背上合眼休息。

何故摆出一个夸张的表情，看着沈彤：“老天爷，聂江澜收尾啊，你见过聂江澜什么时候给人收尾？”何故瞪大眼，真是被刺激得不轻，一个劲儿地说着，“他对待自己的事情都‘佛系’得不行，管都不管的，你知道吧？我以前没见过他熬夜干什么的，昨晚一通电话打过来，要我加急处理，二十几个人一夜没睡，包括他。本来这种事他都不用参与的，我让他回去睡觉，只负责给钱就行，你知道他说什么吗？”

“说什么？”

何故学着聂江澜的语气缓缓道：“交给你们，我不放心。哇，我真的第一次见他这样，”何故语气狎昵，“荣幸吗，沈彤老师？”

聂江澜掀开眼睑：“再兴奋一点儿，晚上你也不用睡了。”

何故讷讷收声。

第四颗心
反击心

沈彤工作室速度很快，发完声明之后，由于这个话题还自带热度，很快就登上了热搜榜。

趁热打铁，工作室放上剪好的视频，并发文：“匹夫无罪，怀璧其罪。当谣言四起时，击碎它，是最好的回答。”

聂江澜很快用自己的账号进行转发。

这是他的第三条微博，仍然和她有关，转发的微博里，是难得的长文——

“我所认识的沈彤，为了拍一张照片，能蹲在草丛里半个小时，不惜双腿被毒虫咬遍；为了保持艺人曝光，在我录制节目被追捕时耗尽体能跟了我三条街；更是在下班后，还不忘及时修图润色，哪怕第二天并不急需。我们不卖人设，只说事实，真相总有浮出水面的一天，一切交给时间检验。”

很快，评论数开始增长。

敲重点，聂江澜这次回应的是昨天的沈彤被黑不敬业事件。昨天有不少喷子躲在屏幕后面当键盘侠，他们的话戾气很重，但今天局势扭转了——

“聂江澜说得真对，一切交给时间检验。”

“我是工作人员，用自己的大号，不顶锅盖，就说一句话：有天中午吃饭没带纸，找沈彤要，她给我拿纸的时候看到她包里随身携带的摄影技巧书——她在连我们看不到的时候都在虚心学习，怎么可能在我们能看到的地方膨胀？”

“我们‘聂机智’真的很护小姐姐了，小姐姐被黑，他用的却是‘我们’，真是对小姐姐的一切感同身受啊。”

“能把著名佛系艺人聂江澜逼到发这么长一串微博，我就想问那些人脸痛吗？”

聂江澜其实没有委托别的嘉宾帮忙转发，但元欢看到了，也站出来了。

元欢转发微博，并附上文字：“刚刚才知道这两天发生了什么……无稽之谈，应当维权。”

而后，其他几个嘉宾也帮沈彤转了微博。

任行的微博是自己打理的，转发的话意味深长：“还记得刚出道那会儿，我也被人买过黑粉，有阵子铺天盖地都是我不尊重前辈的通稿。这么多年了，手段还是如出一辙啊。”

沈彤声明的热搜一路往前冲，热度逐渐比之前黑她的话题更高了。

声明和视频其实都解释得很清楚了，跟之前那个什么证据都没有的爆料比起来，更具说服力。水军知道自己不占理，明哲保身，没有再出来搅弄话题。

“聂江澜解决事情的效率真高啊，”赵萱跟沈彤说，“水军不敢再带节奏了，不能说这些大前辈都收了你的钱给你洗白，也不可能说阅尽千帆的前辈看人不准才被你蒙蔽。他们现在什么都不能说，只能保持沉默了。”

热度和话题量一路攀升。一些大V转发了沈彤工作室的微博，并问大家怎么看。

四个小时之后，基本的舆论走势已经出来了。

有一部分被带走节奏的路人选择了相信沈彤，也有人一直相信着她——

“作为这两天全程目睹黑沈彤老师的话题空降热搜的我来说，觉得这种莫名其妙就爆了的话题，更像一场有预谋的策划。”

“沈彤老师作为节目的机智担当，备受关注，尽管如此，她也没有一点儿架子。很多粉丝去她的微博底下要图，她能满足的很快便给了。印象最深的是有一次我们没看够，嚷着还想看更多图，她立马发了微博，当时我就觉得她肯定早就修好了图吧。作为一个摄影师，能在节目组没要求的时候修完一整套，真的很敬业了。”

“有一两个人夸沈彤可能是假的，娱乐圈‘墙倒众人推’，大家都是知道的，但在这种情况下，还有这么多前辈愿意站出来给她发声，那些黑子可以消停了吧。”

“之前好像跟风怀疑了一下，但是现在感觉沈彤这边也蛮真诚，蛮有道理的，吃瓜吃瓜，等结果。”

当然，其中也不乏对此存疑的评论——

“我觉得这个代表不了什么吧，如果真的要看敬不敬业、膨不膨胀，找以前的例子是没有用的。因为以前她也没有这么红呀，要看就等这次比赛的整场视频出来，看她在比赛里的态度以及最后出的比赛图。”

“我觉得楼上说得对，现在我们是针对这个比赛说的问题，要证明也别扯以前的，看这次的就好。现在比赛的图都还没公布，我们等着大后天节目和参赛照片一起公布就好了。”

“说前辈给她撑腰的，也不看看她身后的靠山是聂江澜啊，有多少人不给聂江澜卖点面子？”

全部看下来，总结成一个字——等。

等比赛结果出来，等节目的剪辑，还有她最终的参赛图。

她需要用自己真正的实力，向那些怀疑她的人证明。

只要名次和最终的参赛图出来，明眼人都能看出她的状态——那些所谓不敬业、膨胀、代拍，都没有比赛结果来得更为直观。

就像聂江澜所说的，她没有做的事，时间会替她证明。

聂江澜本来正在看评论，沈彤把他拉起来，道：“何故和赵萱他们都回去睡觉了，你也睡一会儿。”

这时候，聂江澜的房间里只剩他们俩了。

男人悠然地扣住她的手腕，摇摇头：“我一个人睡不着。”

沈彤看着自己的手腕：“嗯，所以……”

“你陪我睡。”男人压着声音，缓缓道。

沈彤和他漆黑如深潭的眸子对视半晌，确定他没有在开玩笑后，低头，从他的手掌里扯出自己的手腕。

沈彤转了身，却没有如他预想般往门口走，而是走到他床边，开始整理被子。

昨晚一晚没睡，被子还算整齐。

看她开始整理，聂江澜眉一挑：“什么意思？”

沈彤抓着被角，回头看了他一眼，道：“你不是要我陪才肯睡吗？”沈彤脱掉鞋子，钻进被窝里，道，“上来吧，赶快睡，你十几个小时没合眼了。”

男人有些惊讶：“你真陪我？”

沈彤有点儿想笑，作势掀被子：“那我走了？”

下一秒，男人攥着她手腕把她整个人扣在床上。

“不准走。”

聂江澜钻进被子里，很快，沈彤感觉到身子一沉。

他自然地圈着她的腰，下巴抵着她的头顶。

真是奇怪，明明一些以前没做过的动作，这人怎么每次做起来都得心应手？

沈彤以为他已经准备入睡了，怕自己影响到他睡觉，全程绷着背，不敢动。

不过半晌，听到他沉沉发笑：“你的背绷得这么紧，是想下一秒起来扑我吗？”

沈彤被这话噎到。

“你还没睡啊，”沈彤把提着的一口气呼出来，催促道，“快睡呀。”

他摇头：“抱着你我睡不着。”

“你刚刚不是要我陪你睡吗？”

这人为什么一秒钟一变？

“我错误地估计了自己的耐力，”男人轻轻咬牙，“不行吗？”

沈彤心想：可以，您好看，您说什么都是对的。

沈彤往他怀里缩了缩，说："快睡吧，我也睡一会儿。"

房间内重新陷入沉默，沈彤睁着眼看壁灯，刚刚没有的情绪，现在倒是一齐涌了上来。

本来以为这事自己可以单方面解决，却没想到这么多人都站出来帮了自己，感动之余，她也觉得压力有点儿大。

只有这次真的拿到一个好结果，才对得起大家的帮忙，但她偶尔也会担心自己衬不上这样的情意。

身后的人呼吸声均匀，沈彤猜他应该是睡了，轻轻地转了个身，和他面对面。

不过一会儿，她以为已经睡着的男人抬手，拍拍她的背，沉声说："别有压力。"

只是简单的四个字，他仿佛完全洞悉她那点小心思。

他不是话多的人，只是这四个字，已经代表了很多没法宣之于口的话。

沈彤知道，所以她明白这几个字的分量。

像棉花糖裹着心脏，在日光下，棉花糖一寸寸地融化，心里很甜。

那几个字仿佛带着魔力，他说过之后没多久，沈彤想着想着，也睡着了。

醒来是两个小时后，她半梦半醒地思考着自己该怎么应对之前的"代拍"一说。

毕竟这次的声明主要是针对"不敬业和膨胀"一说，还没有很直观地证明代拍。

虽然完全是无稽之谈，但她知道很多喜欢她的人在驳斥负面评论时，在这方面的反击有些弱，仿佛也找不到更确切有力的证据。她想给他们底气和支撑。

她一边思索着，一边等聂江澜醒。

下午六点的时候，聂江澜终于醒了。

他发现怀里人还在，像是猫在阳光下慵懒地打了个盹，满足指数一路飙升。

沈彤被他抱得浑身发软，但在他醒来的第一秒，还是忍不住仰头，扯扯他的袖子："我想到了。"

他的声音里还挂着倦意："想到什么了？"

"之前有人黑我代拍的事，"沈彤说，"明天我有个杂志封拍的行程，我直接直播我的出片全过程。"

次日的封拍定在郊外，沈彤带上自己的设备，十点的时候准备出发。

一打开门，聂江澜站在门外。

男人手里晃着车钥匙，懒散地瞥她一眼，说："我送你。"

没想到他要送自己，沈彤回头问赵萱："我们叫车了吗？"

赵萱摇头："没有，我正准备到路口去拦的士呢，不是特别远。"

"那就一起上聂江澜的车吧，"沈彤说，"他送我们过去。"

赵萱看沈彤自然地跟着聂江澜往前走，两个人并肩，不知道在说什么，沈彤伸手掐了他一下。

男人伸手，搂住她的肩膀。

赵萱思来想去，总感觉自己发现了什么不得了的事……

上车之后，沈彤扣好副驾驶座的安全带，问他："那我在那里拍，你干什么呢？"

"给你直播啊，"男人拧动钥匙，"你不是要直播出片吗？"

沈彤愣了一下："你给我举手机？"

"对啊，"男人笑了，"不知道有没有这个荣幸？"

沈彤靠在窗户上，右手手肘抵着窗户边沿，轻轻地抓了抓下巴："勉强有吧。"

只是等下进了棚，大家看到聂江澜跑来给她举手机直播，还不知道会吓成什么样儿。

想到一贯在综艺节目里呼风唤雨的"大佬"，忽然变成给她举手机的"跟班"，沈彤忽然笑了。

车平稳行进，聂江澜把着方向盘，看向沈彤："笑什么？"

"觉得太屈才了啊，"沈彤晃晃手里的手机，"等下居然就让你给我举这个东西。"

他露出一抹笑，道：“那你觉得我要做什么？”

“看摄像机，拍电影吧，那种东西适合你。”说到这里，沈彤顿了一下才说，“拍电影那期节目也快播了吧？”

车里的两人都没接话。

她回头看向赵萱：“播了吗，萱萱？”

赵萱忽然叹气，回答沈彤：“我忽然觉得你好可怜啊，沈彤姐。”

“怎么了？”

“那期节目早就播了呀，只是我们太忙了，根本没时间看，”赵萱又叹了口气，“你忙得连睡觉时间都不太够，我就没告诉你节目播了的事。”

“是吗……”沈彤捏捏眉心，“这么一算，好像真的过去很久了。谁赢了？”

“还用说吗……”赵萱小声道。

“我赢了，”正在开车的男人无缝参与话题，“你的剧照是第一，我的电影也是第一。”

“噢，”沈彤点头，“我还没看，你拍的那个电影讲的什么？”

红绿灯路口，男人的语调漫不经心：“一个小人物怀揣抱负，在火车轨道旁走完一生的故事，很简单，毕竟十几二十分钟，不需要什么复杂的情节。”

说到电影，昨天沈彤反击不敬业一说时，聂江澜还给她剪了一段她拍孙凌的视频。

似乎是想起什么，沈彤随口问道：“对了，那时候那么多人，你怎么偏偏选到孙凌了？”

聂江澜没有马上回答，似乎在回忆。

半晌后，他开口道：“那时候随口编了一个夸张又狗血的剧本，根本不可能发生的那种，有的演员演着演着自己都不信，笑场了，只有孙凌是最投入的。”

剧本远比现实夸张百倍千倍，如果身为演员，连自己要塑造的人物都不相信，观众更不可能会信。

这是他选演员的第一个标准，哪怕演技青涩，但只要足够真挚，有信念，稍加培养，仍旧可以感动观众。

空有技巧却无法投入的演员，是没办法让人入戏的。

沈彤明了地点点头，双臂环抱，看他安静地开车。

认真讲起她不熟悉领域时的聂江澜，真的有种莫名的吸引力。

看着他，沈彤目光下挪，忽然看到他的手腕上那显眼的腕表，是她送的那块。

这人还真是说到做到，袖子挽起来，露出那块指针正嘀嘀嗒嗒地走着的腕表。

沈彤笑了下，说："你还真戴了？"

聂江澜愣了片刻，很快答道："我不是说了我要每天戴？说了就要做到。"

"戴吧，"沈彤靠在窗户上，悠悠道，"戴坏了再给你买一块。"

后座的赵萱揉揉鼻子，道："沈彤姐，你这个语气好像霸道总裁包养惹火小娇妻。"

沈彤失语。

"真的难以想象哎，"赵萱看着身下的座椅，"上一次我在这里坐着，是我们第一次见面的时候。那时候好大的雨，我们在路边瑟瑟发抖，好不容易等来了一辆车，第一次还从我们面前开过去了。"

说到这里，沈彤眼前忽然闪过了那个画面。

她饶有兴致地看向聂江澜："那时候第一次怎么直接从我们面前开过去了，是因为车速太快，来不及停吗？"

"那倒不是，"出乎意料地，男人摇摇头，"一开始就没打算停。"

千算万算，她居然算漏了这个回答。

"那后来怎么又停了？"沈彤打算窥测他的内心世界。

男人合了合眼："那时候雨大，天又黑，路还偏，开出去一阵子之后，我想到我看过的一部电影，开头跟这一幕很像。"

"什么电影？"

"不是什么好电影，"他说，"结局非常惨烈，给十六岁的我留下深刻的印象，那时候没办法，怕惨剧重演。生而为人，当是做善事——我就折回去了。"

沉默了片刻，沈彤说："那么短的时间，你是怎么做到思考这么多东西的？”

“因为我是胡扯的，”聂江澜道，“那天可能脑子短路，不清楚自己为什么又回去。”

“反正你的原则就是随心所欲，”沈彤说，“这也正常。”

很多故事的开篇都仅仅只是那一瞬电光石火般“不一样”，可能时光倒转，重新来过，故事的发展会流向另一个地方。

但似乎可以说，这个不一样是命中注定的不同，也许再重来无数次，他还是会停下。

大概自她出现在他的生命中开始，就注定和别人是不一样的。

“际遇真的太奇妙了，”赵萱手撑在椅背上，感叹，“谁能想到当初害怕被开路虎的男人拐卖的沈彤会坐上这个人的副驾驶座，成为他的跟拍师，还每天跟他讲段子呢？”

聂江澜意味不明地接道：“不只是这样。”

他和她的关系，不只是这样，也不够。

他们提前十分钟到了摄影棚，那时候模特还没到。

大家本来正在搬道具和打光板，见沈彤来了，准备笑笑，算是打个招呼，也有人怀着瞻仰的心思仔细看一看沈彤的模样——

抬头看到聂江澜的那一刻，他们集体愣在原地。

过了会儿，搬打光板的两个人在打光板后面窃窃私语：“聂江澜怎么来了？这次的模特是聂江澜吗？”

“我记得不是吧，是个女孩子。”

“那他来干吗？”

“他和沈彤不是关系好吗？可能来看两眼吧。”

“我有一个大胆的猜想……他俩是不是在谈恋爱？”

“你的猜想很有道理，我们观察一下。”

跟现场的工作人员打过招呼，沈彤没有刻意去做什么，只是在桌上整理着自己的摄影工具。

按理来说，她现在正处于风口浪尖，为了树立敬业人设，应该提前半个小时乃至一个小时到场，热情地给每个工作人员鞠躬感谢，方能证明自己的“无辜”。

但她什么也没有干，只是和平时一样，做自己应该做的事。

这倒是让现场的人更加相信她是被黑，因为她的状态很端正，行得正，坐得直，所以没必要去改变原本的自己。她本就是这样的。

模特到了，负责人也出来了，沈彤打过招呼后，准备开始拍摄。

负责人本来以为这次只有沈彤来，没想到后面还跟了个聂江澜，立刻上去握手打招呼。

“您来这儿是……”

话还没说出口，男人已经淡淡道：“我来给沈彤直播。”

此话一出，吸引了很大一批目光。

负责人道：“啊，是给她提供方式方法……”

“不是，”男人举起手里的手机，“我给她举相机。”

平地起惊雷，这怎么能让人不惊讶？

聂江澜给人举相机？还是给一个女人举？

大家瞠目结舌，看向这个能让聂江澜心甘情愿举起相机的女人。

沈彤抬手比了个“OK”的姿势，跟聂江澜说：“好了，可以开了。”

负责人还在关心聂江澜：“我看平时举手机都是小工作人员做的，您……”

聂江澜难得心情好：“我会，刚刚在车上她教了我。”

负责人不再说话。

看来这个人举相机举得还挺高兴。

直播打开，聂江澜朝沈彤点点头。

这个消息昨晚沈彤就放出去了，那时候的评论还挺精彩——

“有生之年见女神开直播！早就想知道神级摄影师是怎么拍照片了（附一个哭泣的表情）。”

“面对黑评不骄不躁，只是用自己的方式一个个去证明。怎么会有人长得好看，性格还这么好？我沉迷了。”

“吃瓜吃瓜，之前不是有很多路人黑她是代拍吗？看过来看过来，明天中午十二点直播哦。”

还有不少营销号转发，告诉大家沈彤为了回应“代拍门”，会在十二点开一场直播。

故而这时候直播一开，很多守着的观众立刻涌进直播平台。

看见模特有点儿慌，沈彤道："没关系，只是多一个相机，该怎么样还怎么样就行了。"

模特点头："好的，那我，我站哪边？"

"无所谓，按你自己喜欢的来，"沈彤说，"我会给你抓角度的。"

一般人拍没有合作过的模特，会先找自己顺手的角度拍，磨合一段时间，但她不用。毕竟已经拍过很多人，这点儿自信她还是有的。

模特开始摆造型，沈彤变换着角度和方式拍摄。

其间，她没和直播里的观众有任何互动，完全沉浸在自己的拍摄里。

赵萱在聂江澜后面，观察弹幕里的内容，大家纷纷表示认真拍摄的沈彤很迷人。

一组照片一拍就是很久，沈彤各种角度都换了。

为了配合模特，她有时弯腰，有时半跪，很自然，不端什么架子。

当她弯腰的时候，毫无悬念，聂江澜也配合她换角度，弯腰了。

《急速燃烧时》里聂江澜高冷而游刃有余的形象太深入人心，那样的男人永远背脊笔直，似一棵繁茂古树屹立不倒，没想到他还会为人弯腰。

一边的人看着大骇，忍不住偷偷摸出手机记录。

这组拍完，沈彤忽然直起身，道："光线挺好，打光板就不用了，我们到窗边来拍一组。"

阳光正好，流淌一地，透过玻璃窗，被折成一束一束的光柱。

窗外的海棠开了，香气袭人。

模特坐在桌前，沈彤侧头看了一眼，又重复了一遍："不需要打光板了，我直接拍就行。"

负责抬板的人以为刚刚是听错了，现在再听了一次，犹疑道："真不用吗？"

"不用了。"

撤掉打光板，沈彤就直接坐在模特对面开始拍摄。

这组拍得非常快，不过一会儿，沈彤就站起来，道："好了。"

收工之后，她把照片传输进电脑，调成预览模式——几十张照片并列在一块儿，开始选图。

大家在选图的时候，沈彤伸手招呼聂江澜：“你过来一下，拍拍屏幕。”

男人应了一声。

直播镜头转向屏幕，照片列在一块儿，一共是两组。

上面那组拍的时间很长，效果也是非常不错的，但和底下那组比起来，就显得逊色很多。

底下那组虽然耗时很短，但光线和构图把控得都非常好，给人一种眼前一亮的感觉。赵萱在直播里跟大家互动：“大家喜欢哪一组啊？”

一时间，弹幕被“22222”疯狂刷满。

“看来大家都喜欢第二组，其实我个人也喜欢第二组，”沈彤滑动着照片，“不知道大家有没有看过去年的第四期《承光》，那期的封面拍摄，我也是采用这种手法，没有打光板，靠自然光线出图。”

她这么一提示，有粉丝想起来了——

“我记得！那时候就是因为封面好看买的，所以印象很深刻。拍摄手法虽然差不多，但是感觉今天拍的比去年那组更好看，看到进步了，哈哈哈！”

沈彤笑了笑：“对，虽然拍摄手法差不多，但也不是我自吹自擂，今天拍的这组确实进步了，无论是光线，还是对整体的把握能力，其实都比去年的更好。如果有不相信的，可以去看看去年《承光》的封面，我相信稍微有些分辨能力的都能看出来。”

聂江澜抬起手机，知道沈彤是有话要说了，将镜头从屏幕上挪开，对准她，还特意挑了个好看的角度。

伴随着“沈彤终于露脸了”的弹幕，沈彤总结道——

“面对着前几天的‘大乱斗’，我本人之所以一直没有公开发声，一是不想蹚这个浑水，二是不愿意去带什么节奏，三是既然没有做，我问心无愧。

“但是我知道很多喜欢我的人都在等我说话，所以我开了这个直播，希望和大家面对面、开诚布公地谈一谈，而不是躲在随手敲击的键盘后面。

“我今天之所以这么拍，做这个直播，是有话想说。第一呢，首先是回应一下代拍。光线是很难掌握的一个东西，我并不知道今天的天气是怎么样，所以来之前我没有做什么打算，完全是顺手拍。唯一的心理准备就是，无论今天光线好坏，我都会找到一个以前用过的拍摄手法，给大家拍出来。”

她说完这些话，立刻有人领悟了——

“啊，我懂了，就是证明没有代拍嘛，只有自己最熟悉自己的拍摄手法，能在所有情况下应用自如，这是证明她自己最有力、最直接的方式。”

“从来没怀疑过代拍啊，你拍过的所有作品里都有你自己的风格，这个是不会骗人的。”

“以前的风格那么多变，现在就能很快找到一种适合这个环境的，其实真的很厉害。最难得的还是看到进步了吧，也算是侧面回应‘膨胀论’？

沈彤继续道：“这种应变能力是基于我大批量的练习和实战经验，如果我真的找人代拍，你们完全不会看到和以前手法如出一辙的作品。”

底下附和的声音渐盛。

沈彤继续说：“除了代拍，还有因为我很快拍完前期比赛作品，就说我不敬业和膨胀的，刚刚的照片大家也看到了，第一组耗时长，也能看出我在认真思考和拍摄，但效果就是不如仅用半个小时拍的第二组照片。

“所以，照片的优劣与拍摄时间并不成正比，一个合格的摄影师，应该懂得用最短的时间做出最好的效果。”

弹幕沉寂了一秒，然后附和之声疯狂冒头——

“是这样！为我‘哲理彤’打 call！！”

“随便点进直播间，被吸粉了，您太酷了。”

“太谦虚了，居然说自己只是合格的摄影师。”

沈彤接过聂江澜手里的手机，转换了一下前后置镜头，自己举着手机道：“好啦，今天要说的就这么多，直播也要结束了，大家还有什么要问的吗？”

“想问一下这期杂志什么时候上市？”

“下个月或者下下个月吧，”沈彤说，“大家现在还要在这边确定一下最终的封面图。”

又回答了几个问题，沈彤这才关闭直播。

关闭直播之后，赵萱立刻道：“哇，沈彤姐，我真的没想到你准备了这么多。”

毕竟昨天一直都在忙别的事，回房间后，她们就睡了。

“没准备，”沈彤说，“我也不知道今天条件怎么样，一切完全是随机应变。”

赵萱更惊讶了：“你没准备小论文啊？”

沈彤点头：“也不是什么大事，随便讲两句就可以了。”

她俯身去选照片，赵萱还在回味：“你随便讲两句，还真的挺‘随便’的啊。”

沈彤撑着桌子，跟模特一起看照片。

这边凳子少，沈彤就没坐，把凳子让给大家，自己双手撑在桌边看。

大家的目光也都汇聚在屏幕周围，冷不丁听到椅子拖动的声响，再看过去，发现聂江澜已经顺手扯了一个椅子，放在沈彤身后。

沈彤自然地坐下，指指屏幕：“要不就这张吧，情绪也挺到位的。”

她没回头，仿佛这是件再正常不过的事。

大家八卦地交换了一个眼神，连媒体都没捕捉到的事，头一遭给他们遇到了。

敲定了照片，沈彤启程回酒店。

负责人说着“合作愉快”，硬是把她亲自送上了车。

看车里没人，负责人不由得问道：“司机呢？”

沈彤还没来得及回答，聂江澜已经绕过去，坐上了驾驶座。

原来聂江澜不仅是来给沈彤举手机的，还是负责接送她的。

车门关上，与他们做了告别，沈彤坐在副驾驶座上休息。

赵萱则是在翻看直播完毕之后大家对沈彤的评论。

正面评论已经有很多了，有肯定她的业务能力和语言组织能力的，还有被她直播时吸引的“性格粉”和“颜粉”。代拍谣言不攻自破，但仍旧有人在等着最终的比赛结果。

毕竟仅靠这几次澄清，还不足以完全扭转局势。

“现在黑子已经很少了，剩下的一些没表态的人就是在等比赛结果了，”赵萱实时播报着，“沈彤姐，你这个直播真的很涨粉哎。”

毕竟她巧妙地用一场直播拍摄，就澄清了三个黑点，不仅回应了代拍事件，还用对比的方式，解释了自己比赛时快速拍完的原因。

这么一来，比赛的结果就更让人期待了。

沈彤垂着眼，耸了耸肩：“涨不涨粉不知道，反正我要说的是说完了。”

聂江澜指腹敲了敲方向盘，道：“你后面那段结束词，是说得挺好的。”

事件趋于好转，车一路往盘山公路驶去。

而另一边的情况，却没有这么尽如人意。

“砰砰砰”，三声敲门声传来，闷闷作响，光是听着就让人心头直跳。

陶恙手无意识地在裤子上蹭了蹭，走到门口，却不敢开门。

男人不耐烦的声音从门外传出：“你再磨蹭一下试试？”

他一般会带钥匙的，这时候敲门，可能是手上拿了什么东西，不方便自己开门。

她深吸一口气，打开了门。

映入眼帘的是李烨那张英俊帅气的脸。

那时候她走投无路，因为《猎焰》的那场风波，一夜之间，事业几乎跌入谷底，无人能救。

在一场商业晚宴里，她一眼就看到了他。

只用看一眼，她就知道这个人能救自己，靠他的地位、手段，还有钱。

想巴结他的人不计其数，她当然知道，所以她费尽手段去了解他、接近他，在他周围刷足了存在感。终于，在酒气熏天的某一夜，他进入了她的生活。

不，与其说是进入，不如说是掌管。

她要对他言听计从，小心翼翼，让自己变得卑微与乖巧，才能换得一些其他的东西。

重新有公司签她，包装她，能得到好的资源和封拍，这些都是有原因的。这一切是李烨，用自己的钱和人脉为她砸出来的。

但抛去华丽璀璨的表象，这段关系究竟是怎样的，只有她自己最清楚。

外界问起，为了维护形象，说得好听点儿，他们是男女朋友的关系。

说得直白点儿，不过是各自索取的“金主”与“金丝雀”的关系。

男女朋友？呵，李烨怎么可能需要什么女朋友？

陶恙低着头，小声说：“要喝什么吗？”

“喝？你觉得我现在还有心思喝东西？”穿西装的青年把手里一沓资料扔到桌上，声音里压着的怒火已经非常明显，“解释啊。”

资料没有装订，被抛到桌面上，再稀稀落落地飘在地上。天鹅绒地毯吞没了这刺在人心尖的响声。

陶恙按住自己发颤的手指，说：“解释什么？”

“买水军黑沈彤的事，”李烨咬住后槽牙，嘴角扯出一个嘲讽的笑，“谁让你做这些事的？经过我的同意了吗？”

“金丝雀”的第一个要求，是要听话。

只要主人说不，她就要乖乖低下头，扑着翅膀，重新钻进笼子里，只因主人不允许忤逆。

在这样的沉默里，空气稀薄得仿佛一触就碎。

在李烨的气场压制下，陶恙害怕得牙齿打战，却还是否认道：“我没有，不是我。”

李烨陡然凑近，捏住她的下巴，笑意更寒。

下巴处传来剧痛感，陶恙不敢反抗，只能忍着眼泪。

“本来今天只想找你算不听话的账，没想到你还骗我，”男人盯着她，“陶恙，你想死了是不是？”

陶恙不说话，眼泪滚出来，鼻尖发红。

“你再不说话，我们的关系到此为止。”她的沉默终结在男人的一句话里。

像是骤然回神，陶恙拼命地摇头，手抓住他的袖子："不、不行，你怎么罚我都行，你别让我一个人……是我不对，是我的错，你要怎么样都好，求你，别让我一个人……"

李烨觉得好笑极了："你还知道你现在住的房子是我买的，用的钱是我给的，资源是我给你打点的？"

陶恙抓住他袖子的手紧了紧。

男人甩开她的手："我看你早就不把我放在眼里了！一开始我说的是什么？我说我没有别的要求，要我捧你，你就得做狗。你知道狗最重要的品质是什么？"李烨面色冷极了，"是听话。我没必要花钱去养一条不听话的狗。"

陶恙背脊发寒，眼睛红得好像快滴血："我没有不听话……"

"你还没有不听话？"男人彻底爆发，"我说这个比赛我会把第一给你，一切都打点好了，结果比完赛了，你给我来这么一出？你是觉得我查不到是不是？你当我傻？"

"我只是……只是……"陶恙摇头，抓住他的手臂，"沈彤也参加了这个比赛，她人气和能力这么高，我要是压住她，得了第一，不能服众啊！大家会骂死我的，大家一定会骂死我的……"

万一李烨再抛弃她，她也失去了年轻的资本，到时候名誉和口碑扫地，她就真的不能翻身了。

所以她想到了这个办法，先把沈彤的名声搞垮，然后自己得奖，就显得顺理成章了，她也不会遭到攻击。

"对啊，"李烨放慢语速，温柔地摸摸陶恙的头，用瘆人的语气说，"我们恙恙可真是聪明。"

头发猛地被人抓住，陶恙的瞳孔骤然收缩。

李烨低吼道："那你知不知道打点好之后，主办方来问我们为什么忽然买黑人的热搜，把整个比赛的观感搞得这么差？你知不知道我那一刻有多丢人？"

陶恙打着结巴："我……不知道事情会这样……"

"你不知道？你不知道？你现在来跟我说你不知道？"李烨皱眉，"你眼里有没有我？我不让你做的事，你为什么去做——说啊！为什么做？"

陶恙不敢说话。

“你很不听话，”李烨骤然收声，摸摸她的眼角，再说话时，捏着嗓子，语调听起来有了一丝温柔，“这么多我捧过的人里，你是最不听话的。她们从来都不敢自作主张去做我没说过的事，而你不仅做了，你还骗我，是吗？”

本来一切都打点好了，包括通告，包括导师，还有整个比赛的风向，谁知道她这么胡乱一弄，把整个局都搅乱了！

他实在没有办法忍受了：“你知不知道你把事情弄成这样，我又要多花多少钱和精力去善后？”

她在他手下害怕得战栗：“不是的，不是的，我只是怕有沈彤在，最后他们反悔，不给我第一了，我只是……只是想让这件事顺理成章一点儿……”

“哦？”李烨森冷地笑，声音低得让人害怕，“你的意思是，仅靠我——李烨，没办法好好完成这件事，没办法自圆其说，看我能力不够，所以你想‘帮’我，是吗？”

他的声音像古堡里暗夜中蝙蝠的叫声，让人心头漫上无休止的恐惧与寒意。

“陶恙，你不仅不听话，还骗我，更怀疑我的能力。”李烨拍拍她的脸颊，“你说，我该拿你怎么办才好呢？”

陶恙意识到他非常生气，一个劲儿地道歉：“我真的知道错了，我以后不会了。真的，我发誓，我以后再也不会自作主张了，也不会再怀疑你的能力……”

李烨扯了扯领带，坐上沙发，笑：“就这样？你知错了，就是这样道歉的？”

过了好一会儿，陶恙才明白，抬起手，去解衣服的纽扣。

她从第一颗解到第五颗，拿出手机的李烨寡淡地开口：“不用了，我没兴趣。”

如遭晴天霹雳，陶恙愣在那里。这句话对她来说，是最沉重的打击。

仿佛金丝雀失去自己唯一能吸引主人的羽毛和歌喉，再没有什么比这一刻令她更绝望。

“作为惩罚，”李烨说，“接下来的一个月，你就不用出门了。”

陶恙一愣：“什么意思？”

“停了工作安排，面壁思过，很难理解？”

“那、那这个比赛……”

李烨略一沉吟，这才抬头道：“差点儿忘了。”

下一秒，男人拨通电话，在她面前取消了比赛的打点，以及后面的一切通稿和后续。

陶恙一动不动地站着，像被人迎面泼了一盆冷水，身体的每一寸都是冰的。

直到男人站起身，收了留给她的钥匙，径直走到门口。她忽然疯了似的跑过去抱住他的腿：“不行、不行，通稿都做好了，一切都准备好了，我就靠这个翻身，你能不能收回那句话……我保证，做完这个比赛，我怎么样都可以，我可以休息一个月，但是这个比赛让我拿第一吧，求你了，我不能扑个空……”

事情已经到这个地步了，她不能不赢啊。

已经为这个比赛做了这么多，万一不能赢，大家会怎么看她？她连想都不敢想。

她是那么要面子的一个人，怎么能让自己陷入这样的境地？

“求你了……”眼泪从眼眶里滚出来，陶恙号啕大哭，企图换回他最后一丝怜悯，“就把答应我的给我吧……”

李烨头都没回，抽出自己被她抱住的腿，一言不发地往外走。

他转身，关门，留了最后一句给她：“乖，要听话。”

残忍又绝情，不带一丝怜悯。

门“砰”的一声被人关上，很快，外面传来反锁的声音。

李烨抬手打电话：“喂，派两个人到雅湛这边的别墅里来，一个月，别让她出来。”

扑棱着翅膀从笼子里钻出来的金丝雀，终于被自己疯狂的行径反噬，被重新关进了笼子。

笼门落了锁，她不知道怎么样才能出去，不知道自己还能做什么。

第二天中午，赵萱伸手在沈彤面前晃了晃："比赛的官方微博发通知了哎。"

沈彤停下手里的工作，问："什么通知？"

"说是明天下午放剪辑好的节目，而且本着尊重大众想法的原则，决定这一次把表决权交到大家手上。节目播完之后，官方微博会放出投票，靠投票决定名次。"

沈彤翻了一页杂志，笑道："我们这事儿居然连主办方都惊动了？"

毕竟一开始，说的是内部决定名次，但这次，忽然说尊重大众想法，肯定是遇到了什么事儿。

而前几天黑她的话题在热搜上挂了那么久，热度很高，主办方肯定是知道的。这么一联想，最有可能的就是这个原因。

"我猜也是，估计这个风波他们自己也没想到吧，"赵萱说，"就算有内定，这下吵得这么厉害，如果真的定了陶恙，肯定难以服众。而且……我听说她有金主，昨天晚上聊天，别人和我说的，还说她和她金主吵架了，我估计是为这事。"

沈彤说："昨天晚上聂江澜跟我说，何故顺藤摸瓜，已经快要摸到请水军黑我的那家公司了。是不是陶恙，到时候我们看一看就知道了。"

"是吗？何故好厉害，"赵萱举着手机，"我比较好奇金主什么时候跟陶恙拜拜，我觉得他挺不了多久了，因为听说他有钱，而且长得不错，不知道多少人排队等着，他玩腻了就会换人。"

反正圈内八卦来回滚，传播速度快到令人难以置信。

说不定上一秒陶恙才"分手"，十分钟后就人尽皆知。

沈彤道："这金主还是热门。"

"当然了，人家家里有钱着呢，好像跟聂江澜他们家差不多，听说还涉及娱乐产业，所以真的很受欢迎。"

沈彤没想到这都能扯到聂江澜："那照你这么说，聂江澜也应该是热门？"

沉默了半天，赵萱问："聂江澜热不热门，你自己心里不知道吗，沈彤姐？"

沈彤眼睑低垂，认真思考着这个问题。

“像他这种家庭条件好却不玩的真的很少了，”赵萱接着说，“特别特别少，简直是拥有一切条件。”

“有一切条件，是什么条件？”

“泡妞的条件。”

晚上吃了饭出去散步，沈彤跟聂江澜沿着公园慢慢地走。

沿路很安静，让人的心情都跟着平静了几分。

这几天发生的事情又多又杂，虽然不算特别累，但也多少有点儿让人焦头烂额。

在外走了一阵，身心都舒缓了很多。

聂江澜走在沈彤右手边，问她：“明天是不是就要播比赛录像，还有公布投票结果了？”

沈彤睁开眼，有点儿惊讶：“你怎么知道的啊？”

“我关注了。”

“你居然还关注这种东西，”沈彤表示很意外，“我以为你不会管。”

“简单的比赛我当然不会关注，谁没事关注那种东西？”男人勾唇，“但是沈彤老师的就不一样了，因为她总是忙于工作，不理我，所以我就只好自己关注一切和她有关的东西，来分散自己的注意力。”

“我哪有总是不理你？”沈彤说，“是这段时间太忙了。”

男人挑了挑眉：“那忙完了的话，打算怎么补偿我？”

“你想要什么补偿？”

问完之后觉得不对了，她又没做错什么，干吗要给他补偿？

他单手插兜，另一只手牵着她：“我还没想到，这次先记着。”

第二天，比赛的剪辑准时播出。

负责人站出来澄清过沈彤没有和郭青鸿争执之后，比赛的剪辑里，关于沈彤的镜头也变多了。

比如，导师讲课时，她也会找到一些关键点记下来；别人找沈彤借书看，沈彤随手就从箱子里抽出一本摄影书；拍摄时，她的确是很认真地在取景。

播出之后，是非黑白，大家心里仿佛都有了一杆秤。

接下来要等待的，就是开启投票通道了。成败在此一举。

下午两点，投票通道准时打开，二十四位参赛者的照片整齐地列在一起。

聂江澜举着手机：“没有名字，只有照片编号，他们把名字隐掉了。”

“没名字吗？”沈彤凑过去看了一眼，“还真没有。”

“估计是为了公正性才隐掉名字的吧，防止友情票和恶意投票。”她猜测。

投票通道开启后没多久，话题里就刷起了各种消息——

“一号是沈彤，三号是蒋娅甜，十二号是陶恙。”

“胡扯，十号是沈彤吧？”

“小道消息，八号是沈彤。”

“我现在起码听到了二十个版本的消息，几乎每张图都可能是沈彤的，不听了不听了，自己按照眼睛投票。”

一开始，大家还在胡乱猜测摄影师对应的作品编号，但因为各种小道消息，根本无法分辨，大家也就不管这些了，按照自己的喜好投票。

沈彤问聂江澜：“你觉得我是几号？”

聂江澜半躺在床上，悠悠道：“十七。”

“这么准，”沈彤凑过去看，“你是不是看了什么小道消息？”

“我还用看？”聂江澜手垫在脑后，“每天就站在我旁边的人，我能不熟悉？”

沈彤耸肩，行吧。

等待结果的期间，沈彤一转头就看到聂江澜睡着了。

这几天都在为她的事奔波，想必他也很辛苦。

沈彤给他找了个枕头垫好，又扯了被子给他盖住小腹，防止着凉。

做完这两件事之后，抬头就看到他近在咫尺的睡颜。

她鬼使神差地想到去比赛的时候看到的那条长微博。她伸出手，用指腹拨动他漆黑浓密的睫毛。

触感奇妙，有一点点扎手，却很舒服，沈彤正想着这睫毛怎么可能数得清——

手指轻点在他眼尾的时候，男人的眼睛睁开了。

偷摸被抓包的沈彤老师有点儿尴尬。

就是那一秒，她灵光一现，决定化被动为主动，采用面前这个男人惯用的方式，进行反问：“你怎么没睡？”

男人瞳仁无波无澜，很无辜的模样：“我睡着了，被你摸醒了。”

她讪讪地说“哦”了一声。

他略带揶揄地说：“再说了，要是真睡着了，岂不是错过一个经典片段？”

沈彤后知后觉地反驳他第一句话：“怎么可能？我很轻的好不好？”

“是吗？”聂江澜淡淡地反问她，“你觉得你很轻？”

正因为她的动作很轻，像有片羽毛在眼皮上挠啊挠，让人心痒痒的，怎么可能还睡得着？

“当然了，”沈彤又把手在他眼尾碰了碰，“就这个力度。”

聂江澜也伸出手，搭在她眼头：“就这个力度？”

沈彤闭上眼，声音有点儿虚：“是……是啊，就这个力度。”

他手指带着点儿凉意，轻轻地从她的眼头往眼尾滑动。

她闭着眼，感觉血液一齐往他手指下的皮肤涌去。

在这样缓慢的推动的过程里，沈彤的心也慢慢地放下来，她等待着手指最后落在眼尾上。

预料中的东西并没有来到，很意外的，一个轻柔的吻落在她的眼尾，温温软软，带着他的呼吸。

六个小时后，结果终于出来了。投票通道关闭，投票完全公正、公开。

十七号作品收获两万六千票，遥遥领先，排第一名。十四号是蒋娅甜的，一万九千票，排第二。

至于陶恙……沈彤不知道哪张照片是她的，自然也不知道她排第几名。目前还是只能看到每张照片的得票数，比赛方依然没有公布每张照片的主人。

比赛结果又上了热搜，沈彤点进去看情况，有博主已经率先发了微博——

“《华装》承办的比赛今天下午已经出了投票结果，最终顺应民意，按大家的投票结果决定冠亚季军。目前排名前三位的分别是十七号、十四号、二号，在你心里，这些照片的摄影师是谁呢？”

评论几乎一边倒——

“别的不说，十七号那张拍得真是好看，如果是沈彤的话，我很服。”

“明眼人都能看出哪张拍得好吧，我现在就等公布了。”

热度一起来之后，官方微博立刻公布了摄影师——

“激烈的角逐和风波之后，我们终于迎来了第一届比赛的冠亚季军。让我们恭喜冠军沈彤，亚军蒋娅甜，季军王力！”

沈彤长舒一口气，幸好，幸好结果还是好的。

评论在二十分钟内破万，水军退散，沈彤的粉丝迎来了巨大的狂欢——

“果然是沈彤！哇！我等这一天等了五百年了！看清楚了吗？沈彤老师领先六千多票，可以说是实至名归了，那些水军和跟风黑，我就问这一刻你们的良心痛不痛啊？”

“能在大面积的阴谋论下依然冷静回应，这样的人无论做什么都不会差的吧。”

“差点儿哭了，这几天经历了什么，只有我们自家人知道，恶意买来的水军在网络上几乎带来了大面积的黑暗，谁造谣都不要代价，前面的回应只是饭前甜点，用结果告诉你们，你大哥永远是你大哥，一小时夺冠，我们没在怕的。”

“脸痛吗？说她不敬业的人脸痛吗？说她不是青年摄影师之光的痛吗？”

“本着吃瓜的态度看完了整个翻身仗，简直是一波三折，不能再刺激，这姑娘的努力有目共睹，真的不用再黑了吧。”

“之前和室友也跟着讨论了一下这件事，本来一开始信了爆料，现在又回到沈彤小姐姐的阵营了，为之前的莽撞自罚一杯。”

“都说之前是水军，我也觉得是，但不知道是哪家的水军一直蹦跶着，有人可以扒一下吗？”

沈彤的工作室转发了微博，聂江澜和节目组几个嘉宾也都转发了，一时之间，局面就发生逆转了——仅仅这么几天，她居然能做到这种地步。

从一开始被怀疑、嘲笑、讥讽，被水军黑，到现在，大家为她夺冠而发自肺腑地兴奋。

沈彤顺着页面往下滑，往后面，事件的走向渐渐不受控制起来。

“水军论”愈来愈激烈，有很多八卦账号都说从自己的渠道获得了一些消息，并开始爆料。

当然，他们并不是直接把这些消息放上微博，而是在某一个特定的时间，发布在自己的公众号上。而当天的公众号的推文，会根据大家前一天的提问进行选择性回答，其中大多数是所谓的爆料和圈内资讯。

沈彤点进一个粉丝数量庞大的公众号里，查看了当天的推送。

果不其然，第三条就是提问那时候的“水军事件”。

提问：“最近沸沸扬扬的‘沈彤事件’不知道你关注了吗？想问问是真的有人在刻意黑沈彤吗？如果是有意为之的话，那幕后黑手是谁？摄影圈的竞争现在也这么激烈了吗？”

回答：“你的问题有点儿多，我一个个回答。的确是有人在黑沈彤，在圈子里混得稍微久一点儿的人都能看出是有水军在带节奏，昨天我去探听了一下，应该是跟沈彤同期的摄影师陶恙。这个人的名字你们可能没听过，是最近势头比较猛的一个摄影师，也准备学沈彤，做半个艺人，相当于跨时尚圈和娱乐圈，背后有金主在捧。每个圈子竞争都很激烈，不过因为沈彤自带流量，所以这事才会闹得这么大。”

沈彤又看了一下，基本跟“陶恙”二字脱不了干系。

这种爆料，其实原本就半真半假，但照目前情况来看，除了陶恙，没有人有更明显的动机了。假如沈彤一蹶不振，无论是在这个比赛中或是从长远角度来看，陶恙都是最大的受益方。

沈彤继续刷手机看，房门忽然被何故推开：“我就说是谁在搞鬼，还不是这个凰星旗下的……”

何故推门进来的时候，聂江澜还在睡觉，沈彤窝在他旁边，两人盖着一床被子。

看到面前这一幕，何故表情的变化堪称精彩。

噎了好半天，他捂住了眼睛：“我是打扰你们了吗？”

第五颗心

很开心

面对何故的询问，聂江澜缓缓地睁开眼：“你打扰我睡觉了。”

“没打扰你俩睡觉就行，”何故坐在飘窗上，抄手，“我这两天托朋友帮忙，已经摸到了那家发派水军的公司，再探一探，就探到了凰星子公司出的钱，子公司那边签了蛮多人的，只有一个也是摄影师，而且最近力捧，还参加了沈彤参加的那个比赛，所以都对上了。”

沈彤侧头：“陶恙，是吗？”

“对，所以原因已经很明确了，比赛有黑幕，她为了增强自己夺冠的可能，也为了不让自己获奖后落下话柄，就用了点儿手段，”何故做了个鬼脸，“谁知道最后还是没有拿奖。”

沈彤笑笑。

“也不知道是公司跟主办方闹掰了，还是话题度太大，主办方不敢再用她，反正……”何故总结，“恭喜你啦，也拿下《华装》的封拍了，那边过几天应该就会通知你了。”

这是沈彤比较关心的：“你们联系那边了？”

“对，为了防止再出差错，我去确认了一下，不会再有问题了。”

沈彤举起手机：“那这些爆料，是你们放的吗？”

“什么爆料？”何故接过她的手机，看着里面的内容。

看了一会儿，何故这才说：“不是我们啊。好事不出门，坏事传千里嘛，这种东西大家随便传一下就知道了，哪有什么能瞒住的秘密？只不过大家看这种都觉得半真半假，因为我们知道，所以才觉得这些人爆料得很到位。其实也有很多爆料很假的，之前还有人爆料聂江澜包养了大半个花旦圈呢。”

沈彤颇为意外地转向身边的人：“还有这种爆料？”

聂江澜说：“还有说我潜规则摄影师的，你信不信？”

沈彤沉默。

半晌，她想起什么，对何故说：“这几天辛苦你们了，节目拍完之后我请大家吃饭啊。”

“这倒不用，聂江澜已经支出了今天的晚餐钱，我今晚就去酬谢一下之前加班的几个小伙伴。”何故摇头。

聂江澜看看手表：“那你还不去？现在都几点了？”

何故抽着嘴角：“你不得给我点儿时间啊？我通知完，这不就走了吗？”

“出去通知。”聂江澜毫不留情道。

何故偏偏不走，哼道：“我倒要看看你现在一天要看你的宝贝手表多少次。”

聂江澜淡淡道：“无数次，有机会看时间的时候我都要看，你有意见？”

“没有，不敢。”何故悻悻地笑，摇了摇头。

“行了，说得差不多了就去做你的事吧，”聂江澜掀开被子，“我也要出去吃饭了。”

“跟我们一起吗？”

“不，跟她。”

“行吧，我们这群苦命的，只好靠酒席畅谈来麻痹自己。”何故语调凄凉。

聂江澜勾勾唇，意味深长地点头：“一顿饭五位数，你们可真命苦。”

何故站起身，了然地说道：“我看我在这里一秒，你都不让我好过，我现在就走。”

聂江澜不置可否，掀开被子下床了。

何故又惊讶："你没脱裤子？"

出了酒店，夜生活已经开始酝酿，霓虹灯亮起，各种招牌挂起。

聂江澜问她："吃什么？"

"晚上就吃点清淡的吧，不用像何故他们吃那么丰盛的，"沈彤说，"吃太多消化不了。"

他们又逛了几步，找了一家装修简单的店，沈彤点了一碗虾米小馄饨，聂江澜点了面食。

等东西上来的时候，沈彤百无聊赖地环视周遭，发现有家店正有新鲜的手撕面包售卖。

循着她的目光往外看，聂江澜道："想吃？"

"闻起来还挺香的，卖相也还不错。"

聂江澜作势就要起身："那去买吧。"

"不用，"沈彤把他按着坐下，"我去买就好，我离门口近，去去就回了，你就在这里等东西吧。"

说完，她起身朝手撕面包行进而去，到了门口，要排一条队。

队列不太长，前头五个人，很快就轮到她。

她选了肉松的，付款完回去之后，发现点的东西已经上齐了，聂江澜面前有两个碗。

沈彤以为是馄饨还没上来，上前一看，却发现自己那碗馄饨在他面前，而他点的面在桌子中央。

发现聂江澜的筷子放在有馄饨的那碗上，沈彤奇怪道："我刚刚问你，你不是说不爱吃这个吗？"

"是不吃，我吃面。"男人垂着眼睫。

"那你把我的碗放你面前干吗？"

"给你挑葱，"他说得不紧不慢，"他们给你放葱了。"

仔细一看，沈彤才发现他右手边垫了张纸，纸上是细碎的葱末。

她顿时愣住，看他认认真真地挑走她不喜欢的东西。

灯光打在他的发顶，洒出一圈高光，发丝下是他微眯的眼，还有轻抿的唇。

好像每个动作都被放慢，画面一帧一帧地从她眼前掠过，她甚至忘记把手里的东西放到桌上。

过了一会儿，男人把碗推到她面前。

汤汁内升起白色热气，再缓缓散开。

热气散尽，她才能看清楚，葱被人仔细挑走，汤面上干干净净。

心满意足地吃完一顿饭，沈彤散了步回到房间，一推开门，迎接她的就是赵萱求雨似的跪拜。

赵萱跪在床上高举手机，那表情和阵势，让沈彤感觉她下一秒就会喊出“上天哪，你开开眼”这样的台词。

沈彤奇怪道：“你干吗呢？”

赵萱藏不住地窃喜：“苍天开眼了，沈彤姐！”

“怎么了？”

“陶恙疯了。”赵萱说。

沈彤皱了皱眉，问道：“什么意思？”

“你今天下午不在，不知道陶恙被人曝光了，就说她买水军黑你这事。”

“这个我知道，”沈彤说，“不过我当时看热度还一般。”

赵萱说：“后面有人在网上开贴详细地说了陶恙的事，比如她为啥黑你，具体怎么黑你，写了很多细节，估计是内部人员匿名发的，看起来很真，很多点都能吻合。

“然后好多人之前被水军带走节奏了嘛，看了爆料觉得自己的智商遭到玩弄，就疯狂去地她微博留言。

“更好玩的来了，你还记得不记得之前陶恙找人来破坏你《猎焰》封拍的事？我们后来不是遇到她跟那个人争执，价格没谈拢吗？估计现在尾款也没结清，那个人自己站出来发微博说这事了，哈哈哈！我的天哪，连录音都公布出来了。

“现在炮火已经彻底轰向陶恙了，哇，好多人去她微博骂她，一下子微博留言都几万条了。

“陶恙的微博表面上一副热爱生活，现世安稳的模样，私下却有这么多歪心思，普罗大众一时间难以接受，这种不接受转化为愤怒。”

沈彤淡淡道：“然后呢？”

赵萱盘腿，继续说：“本来这种东西不回应就好了，除非特别厉害的公关，不然回应了就只有被骂得更狠的份儿，我以为陶恙也不会管的，但是从八点半开始，她忽然开始回复骂她的人了，回复得特别难听——”

这下，沈彤也惊了惊：“她真的回复了？”

这种时候，回复约等于搬起石头砸自己的脚。

“回了，”赵萱把手机扔过来，“而且她骂得比别人更难听。”

沈彤低头看——

一颗小橘子：“课代表总结一下知识点，给不清楚实际发生什么的观光团科普一下：一、陶恙雇人去破坏沈彤封拍，结果资源是抢来了，但没那个能力做好，拍摄的杂志惨遭销售滑铁卢，统共没卖出去几本，沈彤拍的小杂志却忽然爆红，搞得大公司公然收回那期已经发行的杂志，让沈彤重拍合刊，那期合刊卖得超级好；二、陶恙后来又为了夺冠，找人黑沈彤，没想到沈彤又打了翻身仗，陶恙自己什么都没拿到，所拍摄的照片在投票中只得了第十五名，很惨了，请大家鼓掌。”

陶恙：“给人科普？你觉得自己很厉害？”

南巷：“没有那个金刚钻，就别揽瓷器活，没有钱的话干吗要去请人碰瓷沈彤呢？搞得连尾款都没付清，我好替你丢人啊，哈哈哈！”

陶恙：“你亲眼看到了？没看到就闭上嘴！”

物攻搭：“平时装得那么好，没想到会暴露吧？说吧，尾款多少？我帮你给垫付了。顺便问一句，‘男朋友’不是很有钱的吗？怎么连之前的钱都不给你补啊？”

陶恙：“机灵抖完了？死了吗？”

大锅：“新成语‘还要怎恙’，指的是陶恙费尽心思黑人，结果得到了全部反弹，自己什么都没拿到，还和‘男朋友’李烨吵架了，内心非常痛苦，不知道还要怎样。”

发完一条，“大锅”不够爽，又发了一条：“新成语‘无处可陶’，指的是陶恙请人碰瓷，结果没付清尾款，还是被人公开了，欠的债逃不了，内心十分无力。”

陶恙：“我的名字从你这种人嘴里说出来真恶心，先看看自己什么样再来编故事好吗？我看你适合活在下水道里。”

愉悦和田野：“今天和‘男友’李烨分手了吗？”

陶恙：“少阴阳怪气的，滚。”

只看了这些，沈彤的心情已经完全无法形容了：“这是公众平台，陶恙敢在微博里发这种吗？”

“应该不是被盗号，看语气还挺像她的呢，”赵萱说，“不知道是怎么了，被下降头了吗？”

沈彤摇摇头：“有点儿搞不懂。”

过了会儿，赵萱忽然一拍腿：“原来是这样！陶恙喝醉了！怪不得回复得这么慷慨激昂！”

“是吗？”沈彤不太信。

“真的，有人在路边拍到她喝酒了！”赵萱喃喃道，“不过也是奇怪，我听说她这几天一直被禁足来着啊！”

“哐当。”

已经不知道有多少个酒瓶滚到陶恙的脚边。

她醉得几乎要失去意识，手里还紧紧地抓着自己的手机，手指已经不受理智驱使，只是靠着本能去回复。

下一秒就忘记上一秒看到的是什么，更忘了自己又回复了些什么。

没有思考后果，也不知道会有什么样的后果，逐渐混淆的世界里，不停地有一个声音对她说——做自己啊，这些不懂你的蠢货算什么，骂回去，你凭什么要受他们的气！

她低骂了一声，却不知道自己在骂什么。

“我辛辛苦苦从那个地狱里逃出来，带着我仅有的几百块，准备就在这里休息一下，就在没人找得到我的地方休息一下……”

她疯疯癫癫地自言自语：“东西还没吃多少，酒也还没喝多少，点开微博一看，全是乌烟瘴气的东西！你们一个个有什么资格骂我？”她枕在酒瓶口，“一群蠢货！毛都没长齐还敢自以为是地说我？不就看了点爆料吗？那种爆料老娘一口气能写十个！什么证据都没有就说我干了！我不承认！”

隔壁饭桌有人在看她，低声议论她。

陶恙的脸一红，忽地站起来，拂落桌上的酒瓶：“看什么看！”

酒瓶“哗啦啦”地滚落在地，破碎的响声清晰无比，碎片残碴铺了一地。

她站起身来，浑浑噩噩地往外走，足底忽然传来阵阵刺痛，碎片戳到没穿鞋的脚。

她低呼一声，坐上椅子，像个小丑一样一瘸一拐，上一秒才虚张声势地吼叫，下一秒就被打回原形。

忽然，不知道从哪儿来了一群人，那些人像观光团一样跑过来。

“快看快看，还真是，陶恙真的坐在那里喝酒！”

“天哪，那个微博没说错，陶恙真的喝醉了，披头散发，还没走。”

“快拍啊，拍一拍她的样子！”

是谁暴露了她的行踪？

陶恙站起身来，猛拍桌子，歇斯底里：“不准拍我！”

没用，快门声此起彼伏，闪光灯不停闪烁。

她曾无数次构想过自己接受这些时的模样，可能是在红毯上，也许是在颁奖典礼上，她应该穿着礼服，化着无可挑剔的妆，所有的摄像机和相机都对准她，捕捉她最风光的时刻。

无论如何，都不该是现在这样！

因为忽然站起身，脚底的碎玻璃碴儿再次毫无保留地刺入，她疼得龇牙咧嘴，仿佛所有曾带给别人的苦痛，在这一刻都反弹回来。

她的身子忽然一软，手撑在桌子上，感觉有什么东西涌上来，面色骤白，然后便晕倒在酒瓶边。

再醒来的时候，刺鼻的消毒水味萦绕，她感觉到自己好像是在医院里。

她看见药水一点一点往下滴，仿佛催命的沙漏一样，令人心慌。

待酒意完全散去，她的大脑终于清醒，感受到足底传来的不容忽视的刺痛，忽然心一沉，回忆起自己方才的所作所为。

她之前都做了什么？她回复那些骂她的评论了？还用了很难听的词汇？

头痛欲裂的她想伸手去拿手机，却发现自己根本不知道手机在哪里。

她是被谁送到医院了？李烨发现她逃走了吗？

她挣扎着想坐起来，却听见外面的谈话声。

是李烨的秘书："您真的不进去看她一眼了？"

李烨沉冷的嗓音不带温度："不看了。"末了，继续补充，"小丑而已，这种女人没什么可看的。"他给过她机会，但她一次又一次地忤逆他。

"好。"

李烨说得绝情："不管她签不签解约合同，雪藏和封杀是肯定的了。我们的关系到此结束，我对她已经仁至义尽，所以没什么东西需要给的了。"

"好的，记下了。"

听到这声音，陶恙手忙脚乱，慌忙拉开手边的窗户，正好和外面的李烨对视一眼。

她抓住李烨的衣摆，差点儿不能发声，半天过后找到自己的声音，正要开口说话，被李烨打断："不用再拉我了，这种不听话的宠物，我不想养。"

陶恙手上骤然一松，男人扯走自己的衣摆，在昏暗的走廊里愈走愈远。

黑暗将他的身影完全吞噬，愈行愈远，直到看不见。

后来没过多久，蒋娅甜也在某个访谈里面就沈彤与导师争执的事接受了采访，表示争执是她和导师之间起的，不关沈彤任何事，但沈彤仍然没有为了保全自己而揭露她，她觉得很感动。因此，沈彤又吸引了一拨粉丝，大家觉得她"人品好"，提升了大众好感度。

安睡了几晚后，确定自己这边一切事情已经平息，沈彤这才有一种生活重新回到正轨的感觉。当然，带给她这种“正轨感”最强烈的原因是《急速燃烧时》最后一期节目要开始录制了。

第一期录制仿佛还是昨天，好像她刚从聂江澜的车上下来，迷糊地被人引荐到剧组，保险起见，先签了第一期的约。

然后逐渐融入这个节目，习惯康南和魏北斗嘴，习惯任行鼻子上时时刻刻架着一副黑色墨镜，习惯元欢穿着一件暖黄色的衣服跳来跳去，习惯聂江澜的所有……

所有的药水和碎片已经发放给了每一期的获胜者，聂江澜手里的药水和碎片最多，却不知道是拿来做什么的。

按照节目组的说法，药水对最后一期的胜利有着关键作用，而最后一期的获胜者，可以拿到一线卫视单人表演的机会。

到了最后一期，沈彤也摸不清楚节目组会不会做什么反转的套路。

而且到现在为止，大家连最后一期的主题是什么都不知道。

最后一期开录的前一晚，沈彤还在跟聂江澜感叹：“过得真快，一下子就要结束了。”

男人双手交叠，笑着看向她：“你还挺不舍？”

“当然不舍得啊，”沈彤说，“虽然做节目的时候很累，但这么久，大家感情都培养出来了，而且录制的期间还挺快乐的。”

“你当然快乐了，”男人懒散地说，“脚扭了，有人帮你按摩；脚被虫子咬了，有人帮你敷药；跑得快一点儿，还能过双人世界；被人黑的时候，有人帮你解决所有。我要是你，我也高兴。”

“嗯，这么一说，我真的是很高兴。”沈彤难得没有呛他，抓住他的手臂，讨好道，“谢谢你让我高兴啊。”

聂江澜忽地低笑一声，脸颊压近：“我都让你高兴了，你不应该让我也高兴高兴？”

听完这话，沈彤笑意更深，但还是绷着笑，反问他：“你让我高兴，目的就是想我也让你高兴？”

鼻尖相抵的瞬间，他居然还有心思回答她：“不对。我让你开心，不是我需要你开心，是我想让你开心。”

没有目的，不带功利。

喜欢一个人，就只是单纯地想看到她每一天都能发自肺腑地愉悦，仅此而已。

沈彤一愣，旋即感觉到有柔软的东西覆上自己的嘴唇，轻柔辗转。

感动的劲儿还没过，她就又感觉到男人的指腹轻轻敲了敲自己的脸颊。

他语带诱哄："乖，张嘴。"

《急速燃烧时》最后一期录制的头天，沈彤比以前还要早起了十分钟。

涂好防晒霜，她对着镜子发了一会儿呆。

时间实在是过得太快，她自己都未曾料想到在组里，她的生活会发生这么大的变化。

回忆了一会儿，她从桌上拿好相机，出了门。

今天出门比以往要早上几分钟，聂江澜不知道她早起了，以为还是原来的时间，按照自己的节奏起床去接她。

电梯门一打开，电梯外的沈彤与他撞上视线。

男人有些不可思议地挑了挑眉："今天起这么早？"

"对啊，"沈彤点头，"闹钟还没响，就自然醒了。"

今天的聂江澜，跟以往也有点儿不同。

沈彤发现他穿了第一期节目录制时的一件外套。

这个人还真是，总是有着低调又清晰的心思。

男人笑笑，朝她张开双臂，想以拥抱的姿势迎接她走进电梯里。

沈彤还没来得及说点什么，做点什么，电梯传来机械的轻响声，下一秒，双侧门往中间合拢——电梯门就这么在聂江澜身前缓缓地关上了，沈彤甚至没看清他脸上的表情和电梯内的风光。

……

沈彤憋着笑，重新摁开门键，电梯门这才重新打开。

她一脚踏进去，很是无辜地问他："你刚刚想干什么来着？"

沉默了一秒钟，聂江澜伸出一只手："我想问你相机重不重，我来帮你拿。”

沈彤耸耸肩，递上自己的相机：“那一只手接完全够了呀，不用两只手都张开的。”

半晌，男人垂眸，瞅一眼手中的相机，咬紧后槽牙，气鼓鼓道：“我看你欠收拾。”

电梯还没到一楼，突然在二楼停了。

元欢打着哈欠，揉着脑袋，闭着眼走进来。

睁开眼，他看到电梯里的沈彤，吓了一跳：“哇，早啊，早啊。”

沈彤笑：“早。”

“好久不见啊，沈彤姐，”元欢说，“感觉你出去了好久。”

“也没多久，就出去比了个赛，”沈彤沉吟了一会儿，还是说道，“说到这里，还要感谢你帮我转那个微博。”

毕竟元欢微博的粉丝基数大，不是他助力，扩散范围也不会那么大。

元欢脑子还是混沌的，听了沈彤这话，皱眉思考了几秒，这才道：“啊……你说那个，小事啦。其实我本来还想说的，但是团队不让我说太多，不然我真的可以写一篇小论文出来。”

毕竟他现在还是流量艺人中的一员，发微博还是要先通知和征求一下工作室成员的意见，不然很可能发了后又被要求删除。

“不过，那个事情……解决了吧？”想了想，元欢又说，“好像闹得还挺大的。”

沈彤点头：“嗯，差不多解决了。”

电梯“叮”的一声响，到了一楼。

元欢朝他们摆手：“我先去化妆、做造型了，一会儿见啊！”

看着元欢上了车，沈彤听到身后人傲慢的嗓音：“人早都走了，你看什么看？”

“我在想要不要给大家买点儿礼物，”沈彤说，“毕竟当时都帮我转了微博的。”

“是吗？”男人一挑眉，不咸不淡地说，“我也帮你转了，你怎么不感谢我？”

沈彤憋着笑看他。

想到刚刚二人聊得热络，自己被晾在一边的情况，聂江澜扯了扯嘴角，继续道：“在电梯里还跟元欢你来我往了好几句，感谢语说得还挺真挚啊，对我都没有那么真挚的感谢语。”

回忆了好一会儿，沈彤狐疑地回头：“我不就只说了一句感谢他帮我转微博吗？”

男人眉尾一动：“怎么，你还想再说点什么？”

感觉到他极有可能是吃醋了，沈彤了然道：“知道了，以后不说感谢了。”

他眉间褶皱稍平。

沈彤伸了个懒腰：“那……换成直接赠送一个情真意切的大拥抱？”

聂江澜眯了眯眸，尾音沉沉：“你敢。”

吃过早餐，拍摄很快开始。

元欢做了个非常水嫩的造型，康南和魏北也吹了头发，任行取下架着的墨镜，挂在耳后。

导演举着那个大家熟悉的话筒：“今天是《急速燃烧时》拍摄的最后一期了，很感谢前几期大家的配合，也感谢大家对节目组的信任，能够坚持到最后一期。”

康南摇头：“太快了，好像还是前几天刚进组呢。”

“真的好快，”魏北附和，“笑你头大仿佛就在昨天。”

任行双手叉着腰，道：“大家都挺不容易的，怎么了，要开始煽情环节了是吗？”

“那倒还没有，现在我说一下我们这期的主题。”导演说，“因为是最后一期节目了，所以这期的主题是‘一生’。”

元欢愣了一下：“一生？”

“大家应该还记得之前获胜的嘉宾会得到药水吧？”

“记得，怎么不记得？”魏北情绪激昂，“我真的记得很清楚，因为我一瓶都没有。”

导演笑笑：“这次，每个人都有一个时间烹煮器，来，请我们工作人员把东西拿上来。”

沈彤转头，看到工作人员端上来一个东西。

“大家通过做每个时段的任务，可以获得药水。开始任务时，将药水倒入容器，容器开始烹煮，烹煮到药水干涸，就代表你的步数被用尽，将不能再行走。

“药水干涸的一小时内可以获得援助，只要有人愿意给你重新添加药水，你可以继续行走。但……假如一小时内没有人救援你，你将直接淘汰。”

元欢捂住嘴：“这么狠？”

“最开始，每人将拥有一瓶药水，”导演掀开盒子，“至于后面怎么发展，就看大家的选择和努力了。”

聂江澜问道：“我们之前赢的药水，就是用来延长生命值的？”

导演点头：“没错。嘉宾每完成一段时期的全部任务，可以获得一张碎片，碎片上有最终目的地的指引图，最先找到最终目的地的为胜者，获得……”

康南几乎可以说是倒背如流了：“一线卫视跨年晚会单人表演机会，还是在跨年时段。”

导演含笑：“所以，大家有五分钟的准备时间，五分钟后，倒入药水，正式开始计时。”

药水只有小小的一支，可能煮不了多久。

没有药水补给的康南和魏北跳了脚，立刻推搡着往站点去做任务了。

沈彤跟着聂江澜慢吞吞地往第一站走去，这次不再是寻找任务盒了，节目组给他们准备好了每一站的任务。

沈彤问：“你有四支药水吧？”

整个嘉宾组，就他药水最多了……

聂江澜点点头。

沈彤正要说“五期节目的东西几乎要被你拿光了”，却听他淡淡道：“还有一期没拿到，败笔。”

对自己要求这么高的吗？

准备选择药水倒入，聂江澜问她：“你想让我先倒哪支？”

沈彤注意到每支药水的颜色都不一样。

“除了颜色不一样，还有什么别的讲究吗？”沈彤问，“比如功能和时间长度？”

她以为以聂江澜的水平，可以靠眼睛分辨出不同颜色药水对应的不同功能。

“没有。”聂江澜说。

“那你问我的原因是……”

“征求一下你的意见，显得我很宠你。”男人单手插兜，说得云淡风轻。

“就橙色那支吧。”沈彤说。

药水倒进容器里，开关打开，开始烹煮。

看着透明管子里的液体在沸腾，可能过不了多久就会被蒸发，沈彤心里忽然也生起了一股紧张感。

她催促聂江澜：“别看了，快做任务吧。就算你药水最多，也保不齐有反转。”

“行吧，听你的。”他应了声，收起目光，颔首道，“谁让我宠你呢。”

到了第一站，穿着卡通衣服的工作人员道：“恭喜你来到你人生的第一站——幼年时期。现在，你可以任意选择一栋楼，去完成你幼年时期的任务了。”

康南和魏北分别选了第一、二栋，聂江澜径直选了第六栋。

进入楼栋里，一楼的房间门口贴了两个字：抓阄。

沈彤立刻明白，节目组是按照人生的起点与终点安排任务的。

“你出生之后抓过阄吗？”聂江澜边往门口走，边问沈彤。

沈彤道：“抓过啊。”

“抓的什么？”

“一把蓝色的小伞，”沈彤说，“没什么实际意义，也没有昭示我以后的事业之路。”

男人脚步顿了一下，旋即一笑：“怎么没有实际意义？”

——聂江澜，你的保护伞。

沈彤还没来得及问他，他已经率先走入房间，面前摆放的是一个大箱子。

“这一关，你需要一次性从箱子里摸出三个蓝色的球，才算过关。”

聂江澜看向沈彤，沈彤眨了眨眼，居然又是摸球。

他问：“里面一共有多少个球？”

“太多了，没有数，”工作人员把箱子往前推了推，“但是蓝色的球有八个。”

箱子里一共才八个蓝色的球，却要一次性从里面摸出三个。

时间仿佛回到第一次录制现场，聂江澜看着沈彤，唇边漾出一个笑来，淡淡叫了声：“小福星？”

这个称呼太熟悉也太久远，惹得沈彤一愣。

聂江澜懒懒散散地发问：“帮我摸个球？”

画面仿佛重叠，在第一期节目里，他站在难以抉择的路口，伸手要抛一枚硬币给她。

沈彤眨了眨眼睛，杏眼中映着房间里亮晶晶的灯光，她道：“好啊。”

她走上前，聂江澜很自然地接过她手里的相机。

沈彤伸手放进箱子里，再拿出来的时候，真的摸出了三个蓝色的球。

“呦，”聂江澜佯怒，皱了眉，看向工作人员，“你们这里面不会全是蓝色的吧？”

工作人员也惊异于沈彤的运气：“真不是……”

沈彤眉一抬，拜托自己的是他，不服气的也是他。

她指指箱子：“那你来摸，试试看啊。”

聂江澜还真上前去，从箱子里摸出三个球。

沈彤看着他的手心，宣布：“一个红的，一个绿的，一个黑的。”

聂江澜看着自己手上摸出的颜色各异的球，沉默了。

她半倚在箱子上，卧蚕弯成拱桥，眉眼里得意之色满满：“怎么样？”

男人勾唇一笑，看着她，点头：“行，不得不服。”

过了第一关，聂江澜就准备往楼上走。

工作人员喊住他：“等一下，奖励还没拿！”

聂江澜眯起眼：“还有奖品？”

工作人员递上来一大包巧克力。

聂江澜掂量了一下："什么意思？"

看他有点儿想丢的冲动，沈彤制止道："先别丢，节目组给这个肯定有自己的用意，说不定后面用得上。"

聂江澜看了一眼手里的大袋子，里头满满当当的巧克力，还是独立包装的，不知道是什么意思。她说得对，节目组总归不会白给。

男人提着巧克力袋子，这才往楼上走去。

二楼的装置是操控机器人，要利用游戏手柄，让机器人拾起左边墙角的塑料袋，扔进右边墙角的垃圾桶里。

机器人的手跟娃娃机抓手似的，动不动就松开，还没走几步，塑料袋已经掉到了地上。

聂江澜皱眉，站起身，把掉在地上的东西捡起来，套在机器人的手臂上，还打了个结。

等机器人移动到垃圾桶边，他就抖了两下，袋子就顺利地落了进去。

身边的工作人员明显已经习惯了聂江澜这样反套路的玩法。

过关之后，他又得到一个很小的玩具车。

巧克力、玩具，都是小孩儿喜欢玩的东西，下一个礼物会是什么？送这些东西的用意又是什么？沈彤跟着他往前走，边走边慢慢思索。

聂江澜看她思考得有些入迷，又看到她脚边有个小盒子，信口胡诌道："右边有老鼠。"

这边楼里本来就暗，墙皮老旧，很有年代感，聂江澜这话一出，沈彤手上的相机差点儿甩掉。她尖叫一声，几乎是条件反射般往他身后跑。

躲到他身后之后，看他面上还挂着淡定悠闲的笑意，沈彤明白自己是被耍了。

"很有意思是吧？"她撇了撇嘴，因为害怕，走的时候，又往那边看了两眼。

跟着聂江澜走上台阶，她终于还是觉得有什么不对，扯了扯聂江澜的衣摆："你觉不觉得这个盒子放在这里，有点儿奇怪？"

男人终于顿住脚步，往楼下看了一眼。

沈彤说："如果真的是放在这里很久的盒子，早就应该积灰结网了，但是这个盒子，只是在表面用了做旧工艺，实际上边边角角并没有明显的磕碰和盒面脱落的痕迹。”

聂江澜也觉得她说得有道理，道：“我看看。”

毕竟这个东西确实看起来有点儿可疑，像是节目组刻意放在这里的。

聂江澜下楼，折返回去，从角落里把盒子踢出来，再附身去捡。盒子打开，里面摆着一个透明的玻璃器皿。

沈彤皱了皱眉：“这什么意思？”

盒子上虽然没有节目组的标识，但里面放着一个全新的东西，很明显就是节目组特意放进来的。

这个小东西……能有什么用？

沈彤看着这个出现得非常突兀的玻璃瓶，觉得有些熟悉：“我们没有需要用这个的地方吧，节目组也没有提示。”

过了半晌，聂江澜道：“最没用的东西可能就是最有用的，他们把东西放在这种又明显又隐蔽的地方，肯定有原因。”

盯着这个小东西看了好一会儿，沈彤乍然开口：“这是不是装药水的那个容器？”

聂江澜也是一顿，往窗台看去。

那里摆着他的容器和药水，此时的药水正在玻璃管中冒着微弱的气泡。

他拿着手上的玻璃瓶，和正在煮药水的瓶子对比了一下，居然真的一模一样。节目组给这个做什么？

“先收着吧，”沈彤说，“也许关键时刻就派上用场了呢。”

男人伸出手：“一袋巧克力，一个玩具车，还有一个玻璃瓶，这是我做节目以来第一次感觉自己像个废物收容所。”

沈彤接过他的玻璃小瓶，说：“外面的盒子就不要了吧，这个我帮你拿着。”想了想，她继续说，“巧克力和小车是节目组特意给的，总不可能是在耍你们吧？”

聂江澜好整以暇地反问：“怎么不可能？”

沈彤被噎了一下，还真的有这个可能。

沈彤看了一眼聂江澜手上所有的东西，看到那袋巧克力，她忽然想起大学时有一次去上户外拍摄课，商场里，摄影老师买了一袋巧克力，分给他们吃。

聂江澜看了看沈彤的表情，又看了看手里的一大袋巧克力，忽而问道："吃不吃？"

"吃道具？"沈彤摇头，"算了吧。"

看她的第一反应是担心"不能吃"，而不是"不想吃"，聂江澜自然知道了她的想法。

他撕开包装袋，递了一个给她："吃吧，这是个节目，你怕什么？"

"没胆子就是它玩你，有想法就是你玩它。"

听着他一本正经地乱扯，沈彤拿过巧克力，居然觉得有点儿道理。

不就是吃道具吗？吃一块应该没关系，反正做节目开心就行。

她撕开袋子咬了一口，裹着榛仁和奶油的巧克力入口即化，带着些许的苦涩和牛奶的清甜。

聂江澜看着她的唇瓣，问了句："好吃吗？"

沈彤老实回答："还可以。"

对上他的目光，沈彤愣了愣。

男人舔舔唇："我表达得还不够明显？"

沈彤用舌尖刮了一下上颚："什么？"

聂江澜盯着她手里剩下的那半块巧克力："我想吃。"

沈彤举着自己手里剩下的那半块："这个？"

男人点头。

"你袋子里不是还有那么多吗？"沈彤轻咳一声，看着巧克力上明显的齿印，"更何况这个我都吃过了，上面有我的……"

话没说完，因为"口水"两个字她实在没脸说出口。

男人当然知道她没说完的那两个字是什么，挑了挑眉，有些好笑地反问："我是没吃过还是怎么的？"

……

摄像大哥皱着眉，感觉自己是不是听到了什么不该听到的东西。他上辈子到底是杀人了还是放火了，这辈子要沦落到这种田地？

沈彤感觉脸颊上火烧火燎，递出自己那半块巧克力，拼命掩饰自己：

“行了行了，给你就是了。喏。”

聂江澜正要伸手接过，窗台上忽然传来一声脆响——烹煮着药水、记录着“生命值”的玻璃容器像是被什么东西射击到，忽然破开，药水流满整个窗台。

导演的声音通过头顶广播传来：“聂江澜——出局。”

将剩下的半块巧克力放进嘴里，聂江澜眯了眯眼，往前方看去。

对面楼栋里，魏北正在楼房边沿处，架着一柄道具手枪，单眼瞄准着这边。

见自己一发中的，魏北跳起来：“Yes！中了！”

沈彤还没弄清楚是怎么回事。

魏北持续向康南卖弄自己的水平：“怎么样？一下就中了，你北哥厉害吧？”

康南敷衍：“厉害，好厉害，我是个女孩就要爱上你了。”

魏北收回目光：“那还是算了吧。”

魏北一转过头就和聂江澜的视线撞上。

虽然暂时也不太清楚发生了什么，但聂江澜气场强，只是那么虚虚一瞅，魏北就开始发怵。

聂江澜指着自己破碎的器皿，问：“解释一下？”

魏北咳嗽两声，挺了挺胸脯，尽量让自己不被聂江澜的气场压制：“这个……就是……”

想了又想，告诉自己不能虚，游戏而已，聂江澜又不会真来打他，他怕什么！

思及此，魏北开始张狂了起来：“我触发了一个支线任务，任务的奖励是一柄手枪，我可以拿它击碎任何一个嘉宾的生命容器。没有容器也没有药水的话，就相当于没有生命值和生命线了，也就是说——被击碎道具的嘉宾会出局。”

聂江澜赢了那么多药水，肯定一口气都倒进了容器里。

换而言之，就算他的药水没有全倒，但没了容器，药水也无所归属。

最明智的人应该一枪解决最厉害的敌人，于是魏北选择了聂江澜。

只要解决了聂江澜，他离胜利就不远了。

现在看来，这个决定很正确，聂江澜什么都没有了。

魏北还在为自己战胜了聂江澜而沾沾自喜，抬了抬头，说：“听到了没？你出局了！”

康南看着聂江澜，有点儿没底，又扯了扯魏北：“咱俩是不是太狂了点儿？”

魏北说得那么欠揍，康南竟真有点儿怕聂江澜到时候“报仇”。

“怕什么？”魏北叉腰，“自信点儿，他都已经出局了，不能奈我们何。”

要不是仗着聂江澜的容器被击碎，不能打反击战了，给魏北一百个胆子，他都不敢在这里挑衅聂江澜。

万一聂江澜一翻身，要“报仇”，要把他“弄死”，还不是跟碾死一只蚂蚁一样轻松？

听了魏北的解释，聂江澜点了点头，扯了扯手中的巧克力袋子，袋子传出窸窸窣窣的声响。

隔得远，魏北不知道聂江澜在做什么，但光是看聂江澜的神情和动作，心里就是一空。

他问康南：“江澜哥，干……干吗呢？”

视力好的康南定睛一看：“看你那没用的样子，人家吃巧克力呢。”

感觉到聂江澜真的不能把自己怎么样，这时候只能吃巧克力，魏北膨胀了，大胆了，疯狂了。

魏北扔下手里的枪，下巴抬得奇高无比：“有本事别吃巧克力啊，来和我正面对决啊！”

面对着魏北挑衅聂江澜的实况，康南震惊了。

“你是膨化食品的二舅姥爷——膨胀大哥吗？”康南明智地退开两步，“我可告诉你，保不齐聂江澜真的能把你弄死。”

战胜了聂江澜的魏北感觉自己战胜了全世界，他伸出食指摇了摇：“我不信。”

没说话的聂江澜吃完了巧克力，终于开口了。

康南注视他，魏北凝视他，沈彤看着他。

聂江澜的喉结滚了滚：“巧克力太甜了，有水吗？”

工作人员递来一瓶矿泉水，聂江澜打开喝了两口，拧好瓶盖。

解决完了问题，聂江澜看向魏北："你还不走？"

魏北还沉浸在胜利的喜悦中："说这话的不该是我吗？你出局了，应该去休息区了。"

聂江澜揉了揉手腕，掀开眼睑："所以说，只要容器被打碎，药水被用光，就出局了？"

"当然了，不然呢？"魏北握紧双拳，"所以你……"

聂江澜颔首："我知道了。"

难得见聂江澜低头，魏北心中的愉悦之感简直是翻江倒海地涌上来。下一秒，聂江澜抬腿，转了个身。

魏北以为他要下楼离开，然后去休息室，不由得大喊道："慢点儿走啊——这次是我对不起你，如果有来生——"

"不用来生了，"聂江澜从沈彤手里取出玻璃瓶，重新插在碎掉的器皿底座上，"就现在。"

魏北看清了他手里的东西，顿时愣住。

他有点儿蒙，此时此刻只能喊停："等一下，等一下！怎么回事？"

这搬起石头砸自己的脚，自认为反转，结果被反套路的感觉……怎么似曾相识？

"你哪来的这个？"

聂江澜抬起头看了看魏北，气定神闲地反问道："所以你觉得节目组有支线让你找到击碎瓶子的枪，却没有支线让我找到多余的瓶子？"

这个反问让魏北顿时哑口无言。在那一瞬间，他沉默了，梦醒了，却回不了神。

所以他刚刚自认为解决了一个大魔王，并且在这个大魔王面前耀武扬威，结果发现这个大魔王其实并没有被解决？大魔王是有两条命的。

而此刻，魏北很可能惹怒了这个战斗力超高的大魔王。

活着太难了，他有一瞬间产生了从这里往下跳的冲动。

康南立马退后两步，举起手来表明自己的立场："不关我的事啊，我全程都没参与，自始至终都是魏北唱的独角戏，我没有任何要害你的想法，江澜哥。”

想到魏北刚刚得意的模样，康南就觉得太阳穴突突地跳，疼得很。

魏北朝康南走近，似乎是想说什么。

康南死命摇头，伸出手臂，横在二人中间：“你自己作死就算了，别拉着我和你一起。一人作死一人当，南南是无辜的，南南还想活下去，还想有镜头。”

这边空气陷入凝滞，另一边的聂江澜已经清扫干净了之前的药水和玻璃残碴，换上了干净的瓶子和新的药水。

药水重新开始蒸煮的时候，魏北终于不得不承认这个残酷的现实。

聂江澜抬起头，用余光淡淡地扫了魏北一眼。

魏北摸摸后颈，左顾右盼，笑道：“那个……那什么，中午了吧？该吃午饭了吧？节目组准备的午餐呢？什么？还没上是吧？那我去看眼，去看看——”

说完，他脚底抹油，如风一般跑走。

康南也讪笑着后退：“不关我的事，我先走了，我也去吃午饭了。”

一分钟之内，两个刚刚还站在上面得意扬扬的人，如同踩着风火轮般快速逃跑，只留下一地的作案工具。

聂江澜转头，作势要下楼梯。

沈彤笑：“怎么，你要去堵他们？”

聂江澜摇摇头：“不，我上去看看。”

魏北和康南果然跑得够快，聂江澜到一楼的时候，楼道里早就没了二人的身影。

他拾级而上，到了二楼窗台，那里留着一把贴着节目组标识的水枪。

聂江澜拾起来水枪，打开枪膛，一颗子弹都没有。

沈彤说：“估计只能用一次，魏北已经用过了。”

“不一定，找到子弹就行了。”聂江澜合上盖子，“走，我们先回去。”

找工作人员要了个手提包，聂江澜把拿到的所有东西都装了进去，巧克力、玩具，还有定制的枪。

午饭时是休息阶段，节目组有定制的餐点发下来。

所有的机器关掉，工作人员也在一边进餐。

摄像大哥默默地挪动脚步，把自己挪出了聂江澜和沈彤的包围区，确保自己看不见、听不见，以免节目录完了，钱没赚到多少，还被虐出了心理疾病。

餐车旁有人在确认："这份不要葱不要辣的是谁的？来拿吧。"

下一秒，骨节分明的手指伸出来。

"哎？聂江澜？你的不是之前拿过了吗？"

聂江澜敛了敛眼睫，眼尾晃出一排细密的叠影："我给沈彤拿。"

"噢……好，拿去吧，"工作人员笑，"之前不要葱也是你替她说的吧？"

聂江澜颔首，算是承认。

工作人员有些奇怪了："那她呢？她在干什么？在忙着吗？"要忙成什么样才能请动聂江澜给她办事？

直到聂江澜转过身，工作人员才开始在场地里寻找沈彤的身影，想看看她究竟在忙什么大事，视线来回转了好半天，终于找到了她。

沈彤正在树荫底下，坐在椅子上，戴着耳机看电视剧。

真忙啊，工作人员转过脸想，忙着休息……

纪录片还剩五分钟，沈彤很快就看完了。

她看的是关于气候变化中极地动物迁徙的纪录片，画面有意思是一方面，对她提升摄影水平也有很大的帮助。

进度条到底的时候，聂江澜坐到了她身边。

餐盒递过来，沈彤看了一眼："今天的饭菜也这么丰盛啊。我进组到现在，这么大的运动量，按理来说应该瘦几斤的，"沈彤接过聂江澜手里的餐盒，打开盖子，"就因为这些东西，我体重都没什么变化。"

聂江澜淡淡道："你太瘦了，胖点好。"

"话当然是这么说，哄人嘛——"沈彤"啧"了声，"真要长胖了，你就不会这么说了。"

"一两斤是只有体重秤能察觉的变化，"聂江澜声音压沉，"你这么上心，不知道的以为你是圈内艺人，吃东西都要计算卡路里。"

“我要真计算这些的话，”沈彤掰开筷子，“你上午给我的巧克力，我就不会吃了。”

男人非常不要脸地接道：“所以我替你分担了一半嘛。”

吃了块牛肉，沈彤忽然道：“说到这里，我刚刚忽然有个猜想，关于节目组为什么要给这些道具。”

聂江澜挑了挑眉：“是吗？为什么？”

“可能是因为，这些东西都是我们小时候常见的，不管是吃的还是用的，”沈彤一只手托着餐盒，一只手从袋子里拿出上午得到的道具，“你看，这个玩具，还有巧克力，搞不好后面还有什么别的，比如画板、录音机、启蒙算盘……”

聂江澜皱眉沉思。

沈彤侧头：“怎么？不对吗？你小时候没玩过这些？”

果然，男人点头：“没有。”

“你到底有没有童年”这个问句还没说出口，沈彤灵光一闪，忽然意识到了什么。

“你不说话的原因……是不是因为你的童年里都是新款游戏机、专属游乐场和定制高达模型？”毕竟人家是含着金汤匙出生的小少爷，童年自然不能那么随便。

他淡淡道：“也没这么夸张。”

沈彤点了点头，看来也没有她想象的那么夸张。

聂江澜继续道：“游乐场当然不是专属的，那块别墅区有空地，建了一个小的，大家都可以去，每天都有十几个小孩一起。我没怎么去过，人太多，好吵。”

沈彤“哦”了一声。

“你呢？”聂江澜问，“就那些？”

“不只是那些，”沈彤说，“还玩过家家。”

“哪种过家家？”

“别人当国王，我当王后的那种。”

下午节目做完，聂江澜又收获了三个道具，分别是一个涂鸦画板、一盒小积木和一个录音机。

沈彤猜中了两个，指指聂江澜手里的东西，说：“厉害吧？”

男人笑得随意又认真，说：“厉害，真的厉害。”

值得一提的是，这一下午比较安静，没有突如其来的人打碎玻璃瓶，只是在做任务的时候碰到来窗台上透气的元欢。

收工之后，沈彤回房间放单反相机，准备放完了再跟聂江澜出去吃饭。

刚进房间，赵萱便马上对她道：“沈彤姐，今天《华装》那边给我打电话了，说是下周五去拍摄封面。我算了一下，那时候节目正好也拍完了，时间正合适。”

“嗯，好。”沈彤点点头。

“没主题，请了个流量花旦去拍，我到时候搜集一下她的资料，提前两天给你看。”赵萱说，“让你找找适合她的风格。”

这是沈彤的习惯，碰上不怎么熟悉的模特，先看几组她以前的照片，方便互相磨合。

沈彤说：“OK，辛苦你了。”

赵萱看她收拾衣服要去洗澡，问：“你要出去吗？”

沈彤点头：“出去吃饭。”

赵萱挤眉弄眼：“你最近出去吃饭的频率很高哦。”

不只是吃饭，跟聂江澜聊天和在一起的频率也变高了。

沈彤洗完澡，换了套衣服，准时出门。

赵萱还在她的身后挥手：“玩得开心哟！”

沈彤出门之后，聂江澜发现她换了条裙子，忽地笑了：“不用特地为我换裙子的，你怎么穿都好看。”

沈彤撇撇嘴：“想多了，我只是洗了澡顺便换的。”

“为了见我还特意洗澡？我们是要干什么吗？”男人仿佛很不解，“这条裙子我以前没见你穿过，新买的？”

“我妈上个星期买了给我寄来的，”沈彤说，“谁知道便宜了你，第一个看到。”

他眉眼一弯，勾出一个爽朗的笑来。

后来吃饭，聂江澜随口问道："阿姨来看过你吗？"

"你说我妈？"

"嗯。"

"会定时来看我，最少一个月看一次，"沈彤挑着碗里的虾仁，"因为我经常在外面，所以每次她来找我都有点儿麻烦。这里太远了，我就没让她来，免得她看了又要说我在这边吃苦。"

聂江澜看着她。

沈彤继续说："我跟我妈说这里环境挺好的，差点儿编造出人间仙境、田园生活出来。"

聂江澜垂了垂眼睑："她不希望你做这个？"

"也不是，她比较尊重我的，只是希望我能做点儿更轻松的事吧。"沈彤补充道，"来这边完全是个意外，等节目拍完，我就轻松很多了，可以让她来找我。"

聂江澜道："你不回……"这个问句才问到一半，"家"字还未说出口，沈彤的手机响了。

他对她的铃声很敏锐："谁？"

瞥见屏幕上有一个"薛"字，他的眉间立马出现一个"川"字："薛丞？"

沈彤被他逗笑，将手机举过去："看到了吗？跟薛丞没关系。"

薛丞的电话号码她都没存，只是碰巧同姓。

看到"薛阿姨"三个字，聂江澜这才道："接吧。"

电话接起来，沈彤先行问候："喂，薛阿姨，最近好吗？"

"哎，我很好。"那边女人笑着应了，"你在那边还好吗？"

"挺好的，"沈彤说，"而且快结束了。"

"嗯，结束了就回家来，给你弄点儿你喜欢吃的，"女人说，"我现在正在逛街，看到一双很舒服的板鞋，也很好看，想着你应该喜欢，要买的时候忘记你的码数了，就打个电话来问问你。"

沈彤笑笑："三十七码，对了，我不喜欢太花的。"

"知道了，不花，"女人说，"又不是第一次给你买鞋，放心。"

二人又聊了几句，沈彤问："我爸还好吗？家里一切还好吗？路路呢？”

“都挺好的，”女人答，“你没回家，路路想你想得要命，一直问我你什么时候回去。”

“快了，忙完我就回去。”沈彤说，“你们也保重身体啊。”

她们讲了好几句才挂断电话。

聂江澜在一边也听到了几句，很快就靠着对话分辨出了什么。

过了一会儿，他道：“继母？”

“你怎么知道？”沈彤笑了，“分析能力挺强啊。”

既然讲到这里，沈彤想着要对彼此坦诚，便多说了点儿：“我的爸妈在我比较小的时候就分开了，后来我爸再娶，娶了我继母。她还不错，也挺关心我，我高考那阵子还一直给我送饭，跟《辛德瑞拉》里那个继母不一样。所以你也不用担心，他们对我都挺好的。”

聂江澜顿悟了什么：“怪不得当初你会说那句话。”

当初拍第四期节目，看到《辛德瑞拉》的剧本时，讲到继母，沈彤说也不是所有的继母都是那个模样。

“对呀，”沈彤点头，“你看薛阿姨真的很好，经常给我买衣服、鞋子，还总问我钱够不够花。人比较温柔，属于‘后盾型’。

“我妈呢，就是属于‘操心前路型’。因为我不是在本省读的大学，离家很远，后面又早早出来工作，工作又经常到处跑、到处飞，她老觉得我一个人，还是个女孩子，不放心，所以时常跟我强调安全问题。”

聂江澜温柔地看着她。

说到这里，沈彤又笑了：“所以你知道为什么第一次在大雨天坐你的车，我警惕性那么强了吧？都是我妈日复一日，年复一年给我唠叨出来的，因为她老不在我身边，她就希望我能特别特别注意，免得以后发生意外。久而久之，我这个警惕性强的毛病就落下了。”

沉默稍许，男人道：“这不算毛病，只身在外，警惕点儿是应该的。”

“是吗？那你当时还挺不爽的样子？”

聂江澜一笑：“看来你的家庭问题还真没给你带来什么阴影。”

看得出来，家里人对她真不错。

“是真的，我没安慰你，”沈彤捧着脸颊，“可能小时候会羡慕别人有个完整的家庭吧，但是大了之后，我知道感情其实是很坚定又很脆弱的，没感情就分开，是对彼此负责任。加上后妈对我也不错，我没必要抱怨。”

如果非要说继母给她带来了什么，那就是教她对待感情一定要认真负责，不确定这个人会陪自己走完余生，就不要贸然组建家庭。

所以，当初她给聂江澜的“实习期”才那么长。

她不想重蹈覆辙，她想要一份坚定到没什么能够将他们分开的感情。

沈彤耸耸肩：“别人拿到的都是两份爱，我能拿到三份，这样想的话，也很不错了。只是偶尔一个人在外面过年的时候，会觉得有一点点，只有一点点哦，”她伸出手比画了一下，“会觉得有点儿冷清。”

好像什么都属于自己，又好像什么都不属于自己。

她很少一个人在外过年，忙起来才会，为数不多的几次也是因为离家太远。剧组的人围坐一团，虽然热闹，但也都有点儿想家。

见聂江澜不说话，她怕他多想，又继续唠叨：“当然啦，那可能是因为我忙起来便蛮少回家，亲情……”

男人冷不丁开口：“以后有我陪你了。”

沈彤还没回过神来：“啊？什么？”

“以后每一年转钟的时候，”他说，“我都陪在你身边。”

他想对她说：在世界最热闹的那一秒，我把我的热闹，给你。

第六颗心

雀跃心

当晚，他们敞开心扉聊到很晚，聂江澜是聆听者，也是引导者。

但不管前一天聊到多晚，第二天都是要起早床的——早起时的沈彤如是想着。

套好衣服，拿好相机，她打着哈欠往拍摄地出发。

路上的时候她还在想，幼年时期的任务已经在昨天做完了，今天他们应该就要去做少年时期的任务了。

和聂江澜一起到场地的时候还很早，在站牌下等待的时候，沈彤发现他在研究那个画板，一贯高智商的男人居然对这个不太拿手。

沈彤嫌弃地“啧”了一声：“你不会玩，我教你。”

聂江澜居然乖乖地把画板递给她。

“这个笔可以在上面画，画满了之后，只需要把这个东西从左到右拨一下，”沈彤边说，边从左至右把画板底下的小按钮拖过去，“看，上面画过的痕迹就消失了。我小时候抱着这个画板一个人玩过一天。”

聂江澜挑了挑眉。

沈彤也笑：“神奇吧？”

他从她手里接过画板，拿了笔，明显是想画点什么。

沈彤问：“干吗？”

“画个东西给你。”

“什么东西？”

“最好的。”他答得模棱两可。

就在聂江澜认真画画的时候，工作人员已经开始宣布下面的规则了。

“恭喜你进入少年时期，首先，你要学会取舍，幼年时期获得的道具，你只能留下四个，必须要舍弃一个。请问，你先舍弃哪一个？”

工作人员一说完，沈彤就知道这个取舍肯定跟后面的任务息息相关。

这些道具有什么用？聂江澜又会怎么选？随着选择的不同，节目又会怎么发展？

她一个人想得出神，浑然不觉聂江澜还沉浸在自己的画作中。

过了一会儿，画板递过来。上头是个Q版人物，大眼睛，小圆脸，长发。

沈彤接过来，一眼就猜出来：“你画的是我啊？”

聂江澜用鼻音轻哼一句：“嗯。”

一开始是想要画个最好的东西给她，但是想了很久才发现原来她就是最好的。

工作人员看到这个画板被递来递去，顿了一下，问：“所以是要放弃这个画板吗？”

聂江澜的动作顿了一下，掀开眼睑，漆黑瞳孔，看向说话的人。随后，他启唇，语调懒散：“你刚刚说什么？我没听清。”

工作人员松了口气，他还以为自己要被揍了，幸好不是。

他复述一遍刚才说的：“首先，恭喜你从幼年时期成功进入到少年时期。在进入少年时期之前，你需要完成一个关卡，学会取舍。你在幼年时期获得的道具只能留下四个，必须要舍弃一个。请问，你先舍弃哪一个？”

聂江澜掂量了一下手里的袋子，他在前面的关卡里一共获得了五样东西：巧克力、玩具车、绘画板、积木、录音机，而现在要舍掉一样。

不用脑子想都知道，之所以会设置这个关卡，肯定是因为后面的任务要用到之前获得过的东西，至于用到哪一个或是哪几个……

沈彤看着聂江澜，想看他会怎么选择。

过了几分钟，他从袋子里扯出那袋巧克力：“这个拿走吧。”

“好的。”工作人员二话不说便接过他手里的巧克力。

东西给工作人员之后，他们往少年时期的任务点走去。

路上，沈彤不由得思索道：“工作人员答得也太快了吧，怎么都没有问问你确不确定。”

这样快速的回答，总是让她感觉这袋巧克力将要派上用场。

“节目组的套路怎么能让你猜到？”聂江澜看了看手里的袋子，“不要用普通人的思维去猜测他们。”

沈彤笑：“那猜猜你？你为什么不要巧克力了？”

是因为觉得少年时期就不需要这种东西了？

“太重了，”男人淡淡地说，“提着累。”

……

很快，他们走到了少年时期对应的比赛地点，门口的“第一实验中学”六个字醒目得有些过分。

沈彤愣了愣：“是直接在学校里做节目啊？”

男人定了定神，道：“好像是。”

沈彤抬头，天幕正蓝，絮状的云朵被拉扯成片，不远处，隐隐传来篮球击地的“砰砰”声响。

学校里有接连不断的笑声，伴随着少女们的窃窃私语，又被模糊成不甚真切的一团，传到沈彤耳边。

沈彤看着塑胶跑道，有种恍若隔世的感觉。她忽然笑了笑。

聂江澜看她：“笑什么？”

“没啊，”沈彤耸肩，“就觉得……很熟悉。”

高中时代，每天做题做累了往外探头看一眼，就能看到楼下挽起袖子投篮的少年，有时候运气好，看到他一个进球，自己心情也会莫名变好。

下课打水的时候路过塑胶跑道，可以看到三五成群的女生从小卖部出来，边走边打趣其中的某一个人。

那样年轻又旺盛的生命力啊，那么青葱的岁月啊，实在是太美好了。

聂江澜看她目光落在远处，忽而扬扬嘴角：“你还读过高中吗？”

“我成绩还不错好不好？”明知道他在激自己，沈彤还是中计，“我的高中时代，还是挺美好的。”

“是吗？有多美好？”聂江澜抛了抛手中的水瓶，“追求者有一个足球队那么多？”

沈彤嗤了声：“肤浅。我的美好不美好，不是靠这个来衡量的。”不过她的确也不缺追求者。

“那靠什么？”聂江澜眯眯眼，“说来听听。”

“一种感觉吧，那种很纯粹很干净的感觉，”沈彤扬扬眉，“只能意会。虽然大多数时候都在做题，可是偶尔听到一两个贫嘴的男生讲笑话，或者是在自习课上边听着球声边写作业，或者是快高考那阵子大家仿佛一条心的拼劲……

“有时候下午，拉开窗帘晒太阳，在阳光底下写作业，幸福感就很高，很充实。”

听他说着，聂江澜的思绪也飘得很远。

沈彤看他：“你没有吗？”

聂江澜思索了一会儿，答道：“没有。”他皱了眉，“我坐在窗口，总是有女生一到下课时间就站过来，还拍照。我嫌烦，一般都直接把窗帘拉得严严实实的，看不到太阳。”

“所以经常会有女生组团看你？”

“很难理解？”聂江澜勾唇，“你看起来很不服气的样子。”

“不敢不敢，”沈彤摇摇头，“毕竟我也有过跟着同学去看过帅气小哥哥的时候。”

聂江澜的眉头拧起。

沈彤开始回忆：“他篮球打得特别好，全校很多女生都挺喜欢他，我的同桌也喜欢他，下课经常拉我去看他打球。不过有一说一，男生穿篮球服真的加分，尤其是投篮时候的样子，太帅了。”

男人蹙眉：“别人拉你去，你就去了？你怎么这么没有立场？”

沈彤似乎没有察觉男人的小情绪：“爱美之心人皆有之，看看好看的东西让自己快乐点，这有什么的？我不止看过我们学校的篮球小哥哥，还看过三中流川枫、三中花泽类、三中阴郁美少年。我们学校别的不说，好看的男……”

“那你岂不是很后悔没有早恋？”男人淡漠地勾唇，皮笑肉不笑。

沈彤点头：“你别说，没早恋过真的是我很后悔的一件事。那个三中阴郁美少年还来我们班找过我，我那时候刚……”

“行了，”聂江澜把东西都背在身后，“废话多，不想听。”

沈彤看他吃瘪，得逞地笑，双手背在身后，眼睛更亮。

“真的不听吗？”沈彤侧头看他，“我还记得他们有些人长什么样呢……”

他冷哼：“是吗？那你说说看。”

沈彤正要开口，他打断道：“好看又怎么样？女朋友还是没我的好看。”

愣了一秒，沈彤反应过来，挑了挑眉：“聂江澜同学，你的求生欲很强哦。”

按照指引到了第一个任务点，沈彤和聂江澜站在写有“高一五班”班牌的门口，往空荡荡的教室看去。

“这个关卡的任务是清理教室，”工作人员说，“你需要在五分钟之内，把黑板和窗户擦干净，这样才算过关。”

没想到节目组第一个任务就是让聂少爷做清洁，沈彤不禁发笑。

聂江澜抬头，看着黑板上各种各样的“鬼画符”，先是皱了皱眉，过了半晌，眉头又舒展开。

任务就是这样，除了完成，也没别的办法。

于是，他伸手挽起袖子，从水桶里捞出一条干净的毛巾。

男人骨节分明的手指上往下淌着水，显出一种别样的好看。

聂江澜在里面擦黑板，沈彤就在外面拍。过了一会儿，她靠在门廊上。

聂江澜伸开长臂，擦干净上面的最后一丝字迹，看向沈彤：“有话要说？”

沈彤笑："你应该高兴的。"

聂江澜不解："应该高兴什么？"

沈彤说："我们以前做清洁的时候，都没有这么干净的毛巾来擦黑板的，都是用有特别多灰的黑板擦。"

"你还擦过黑板？"

"当然了，每个人都会轮值。"沈彤说，"隔几周就轮到我。"

"没人帮你擦？"

沈彤顿了一下，笑了："有啊，但别人跟我又没有关系，所以我一般会拒绝。"

聂江澜挑了挑眉："你还挺有骨气。"

擦完了黑板，接下来轮到擦窗户，他洗干净毛巾贴上窗户。

窗户上明显是节目组新泼上去的什么东西，虽然不脏，但整个玻璃非常模糊，让聂江澜看不到窗外的东西。

沈彤站在窗外，就这么一点点地看着里头的男人清理。

本来什么都看不到，渐渐显出一点儿轮廓，过了一会儿，是半边脸。

她举着相机一点点拍，恰巧捕捉到他擦干净自己面前那一块的样子。

四周都是模糊的，只有那一块干净透亮，映出他精致的五官。沈彤按下快门。

过了一会儿，完全擦干净玻璃的时候，看到了外面噙着笑看自己的沈彤，男人扬了扬眉。

最后一秒倒计时被按停，聂江澜拍响手边的计时器，打开窗户，双手撑在窗台上，俯身向沈彤逼近。

沈彤也不动，就那么看着他。

他忽而一笑："要是那时候也有一个这样的人在外面等着我，我也不至于每天都把窗帘拉得那么紧。"

他话音刚落，节目组递过来一套白底蓝边的衣服。

聂江澜还没来得及接，忽而听到远处传来"咚咚咚"的脚步声。

元欢从走道尽头跑过来，气喘吁吁，喊道："等一下，等一下，江澜哥！"

聂江澜看着他。

“之前进来的时候，节目组要我们舍弃一样东西，你舍弃了哪一样？”元欢道，“我好像发现了什么不得了的事情。”

突然杀出的元欢让大家都愣了，沉默片刻后，聂江澜才问道：“怎么了？”

元欢答非所问：“你先说一下嘛，你舍弃了哪一样？”

“巧克力。”

“巧克力吗？”元欢眨了眨眼，“我好像没有这个。”

聂江澜淡淡道：“每个人不一样，你没有这个很正常。”

“啊……知道了，”元欢指了指远处，“刚刚要我放弃一个，我不知道该放弃什么，还以为大家都一样，可以从中摸索出经验，所以才来问你的。”

两个人正说着话，一边下课的学生已经围在外圈尖叫起来了。

《急速燃烧时》最近很红，聂江澜和元欢的粉丝也不少，大家一看到他们同框，就免不了有些激动。

跟聂江澜告别，元欢小跑回去做选择，聂江澜接过工作人员发来的一套衣服。

他勾着衣领抖开一看，是一套校服，白底蓝边，袖口收拢，板型宽松，很标准的中学校服，看起来简单又舒服。

摸了摸熟悉的面料，聂江澜眉毛一挑，心想，看来全国各地的校服都一个模样。

沈彤看面前这人拿着校服，垂下的细碎刘海遮住小半张脸，只能看到挺直的鼻骨和绷着的下颌线条。

想到这个人的中学时代，可能也是皱着眉穿着这样的校服，修长的手指握着一瓶矿泉水，走过无数个目光殷切的窗口，她不自觉地抿出一个笑来。

聂江澜看着她，用眼神问她在高兴些什么。

沈彤扬扬下巴，示意：“不换上吗？”

“换这个？”聂江澜偏了偏头，举了举手里的校服。

“我还蛮想看你穿校服的，”沈彤耸肩，“不愿意穿就算啦。”

他倒是出乎意料地干脆："换，现在就换。沈老师想看，我哪敢不换？"

五分钟后，教室的门打开。

原来穿的外套被扔在桌上，聂江澜里面穿着浅灰色衬衫，外面套着一件敞开的校服，袖子挽起，露出手臂。

即使是松松垮垮的裤子也遮不住他呼之欲出的大长腿，站在门牌下的人依然高挑，甚至更加打眼。

校服加倍放大他的慵懒，又遮掩他微微透出的锋芒，衬得他的气质越发干净而清冷。

只是随便一穿，他的少年感更甚，像从漫画《热血高校》里走出来的人物。

她的男朋友真好看。

"漫画人物"靠在门框边，漫不经心地勾勾嘴角，问她："满意了吗？"

沈彤没说话，手拢在唇边，缓缓地给他做了个嘴型——好看。

即便以前心里不止一次地这么想过，但沈彤确实是第一次把这种话说出口，告诉他，她的确对他此刻的种种都满意。

她的眼神和言语让聂江澜感到十分受用，他低头看了一遍自己的装束，又看向她："给我拍一张，我看看我穿校服什么样。"

沈彤略显诧异："看看你穿校服什么样？你不知道你穿校服什么样？"

"没怎么穿过，"他说，"太丑了。"

"那你在学校都是穿自己的衣服？"

"嗯。"

"那要参加什么活动，必须穿校服的时候呢？"

"在班里，不出去。"

沈彤摇头，表示感叹："啧，你真是……"

她举起相机的时候，聂江澜回应："真是怎么样？"

她笑而不语。

聂江澜没等到她的回答，双手插进口袋，有些许不满："我在学校都不穿，现在不在学校好几年了，为你把校服穿上，你还有意见？你说你是不是个小白眼狼？嗯？”

镜头里的人懒散又随意，单手插兜。

日光倾城，洒落一地光阴。

好像回到了高中时期，回到那段他们互不相识而彼此缺席的时光，用这样的方式，让他们重新相遇一次。

从此以往，再回忆起自己的少女时代，不只是单调乏味的书本和习题，也不只是头顶转动的风扇和整整一黑板的摘抄——

她还能记起，这个一直叛逆的学生，为自己换上一套整齐的校服。

快门声响起，定格一瞬间。

拍完照片，聂江澜准备去做下一个任务。

沈彤指指他身上的校服。

“你不换衣服吗？”

“换什么？”聂江澜眼皮都懒得动一下，“你不喜欢我穿这个？”

沈彤没预料到他会这么问：“啊？”

他神色淡淡：“我穿着给你看还不好？”

沈彤站在原地，看他走进教室，把自己之前的外套拿出来，抛到工作人员的手里。

“你喜欢就行，”他拍拍她的头，“发什么呆，走了。”

看着穿蓝白色校服的聂江澜越走越远，沈彤摇摇头，快步跟上。

走了没几步，聂江澜似是想到什么，找工作人员又要了一套校服。

沈彤一开始还问：“为什么忽然也要我穿了？”

“我也想看你穿了，不行吗？”过了会儿，他又道，“再说了，两个穿校服的看起来就是一对。”

沈彤心想，这才是你想让我穿的真正原因吧……

没多久，沈彤便换好了校服，她是工作人员，出场自然没有聂江澜那么隆重。

可就是那么简单的出场，也连带出几丝惊艳的味道。

他勾勾唇：“忽然和你有一样的遗憾。”

“什么？”

“高中时代，没有早恋。”

聂江澜本身就打眼，更何况身后还跟着许多摄像机，一路走来，到处都有人尖叫和拍摄，沈彤就这么跟着他到了下一个关卡处。

奇怪的是，这个关卡处并没有工作人员在等着。

支起来的一个小标牌后面，站着看起来跟节目组并没有关系的一对母子。

小孩儿剃着短发，大约只有七八岁的模样，此刻正在哭闹：“我不要，我不要！”

母亲一头长发，看起来十分温柔：“乖，听话，我们先回去。”

小孩儿直接一屁股坐地上了，张开嘴就开始号啕大哭：“我不管！我不回去！”

女人去拉他，目光在周围来回晃：“你看看多少哥哥、姐姐在看着你，还有镜头在拍你，别闹了，快回家。”

小男生不管不顾，竟是朝这边看都没看一眼，哭得更大声，恨不能撼天动地似的。

沈彤被面前这个突如其来的场面震惊了，就算节目组不在，她也没想到会有一对母子在这里吵起了架。

她看了保镖和工作人员一眼，现在去拦也不是，不拦也不是，只能安安静静地看他们吵架。

聂江澜拎着袋子，看着面前的场面，仿佛若有所思。他也在等。

沈彤把目光重新移到小男孩的脸上，此刻，他哭得非常卖力，五官皱成一团，鼻子和眼睛都是红的，满脸泪痕。

女人试图继续拉他：“你再不走，妈妈生气了，妈妈生气了就要打你了。”

男孩开始在地上撒泼打滚：“我就是要那个玩具车！我想要那个玩具车！”

女人皱了皱眉：“都说了你有很多车了，不要再买了。”

“可我就是想要，玩不到，我不想走——”男孩继续嘶吼。

“妈妈今天没带钱，没带钱怎么给你买车？”女人终于做了让步，“明天再来，有的话，妈妈再给你买……”

小孩子非常倔，怎么都不肯答应：“我就是现在要玩具车！”

沈彤后面的摄像大哥小声道：“孩子不听话，多半是欠打，打几顿就好了。”

果然，见怎么讲都讲不通，女人终于动了怒：“你再不起来，我真要打你了！”

哭闹声没有停，女人作势要把男孩拉起来。

聂江澜偏了偏头，好像明白了什么。

他从袋子里拿出之前得到的玩具车，递到小男生眼皮底下：“你想要这个？”

小男孩一下停止哭闹，泪眼迷离地望着他：“这、这是玩具车吗……”

聂江澜晃了晃，把车简单地做了个变形，拼成一个“人”形，言简意赅地说：“是。”

“那、那我要……”

女人把男孩抱起来往后扯：“这怎么好意思呢？”

“没事，”聂江澜把东西往前递了递，一副看清节目组套路的模样，“我不需要这个。”

沈彤自然知道聂江澜在想什么，说实话，现在看来，也的确比较像节目组设置的环节。

但是……如果这不是，那他们就是猜测失误，平白无故丢了个道具倒还无所谓，主要是猜错这点比较恼人。

或者，这就是节目组安排的——虽然这些是节目组请来的人，目的却是消耗掉聂江澜的道具。他有可能自以为完成了任务，却是替别人做了嫁衣。

她皱着眉仔细甄别。

女人犹豫了一会儿，这才抬起头，道：“真不好意思，谢谢你了，希望没有耽误你的正事。”

沈彤总觉得女人好像知道点什么。

女人又伸出男孩子的手，低头对他说：“快，快说谢谢哥哥。”

男孩收住了眼泪，声音里带着鼻音，取走了聂江澜掌心的玩具车：“谢谢哥哥。”

离开时，女人又让他道了几句谢。身影逐渐远去之时，还能听到女人数落儿子不争气的抱怨声。如果是演的，那未免也演得太好了。

沈彤等着工作人员出现。

两个人走出去没有多远，终于有工作人员出现，脸上挂着专属这个节目组的招牌式莫测高深的笑，看起来非常欠揍。

“恭喜你们……”说到这里，他顿了一下。

沈彤看着他，恭喜他们完成任务，还是没完成？这个节目组出的题可是一直难猜中。

“恭喜你们顺利帮助了一对路人母子解决他们的家庭问题。”

假的？

工作人员又说：“也成功……送出了自己的玩具车。”

为了防止被打，他终于一口气把接下来要说的话说完：“还完成了节目组的任务，一箭三雕，恭喜你们，获得一瓶药水。”

工作人员这大喘气似的公布和峰回路转的结果，惹来了一片“嘁”的声音。

聂江澜去拿药水的时候，沈彤心想，他还真是一猜一个准。

顺利获得奖励，聂江澜低头看了一眼袋子，往前走的时候问沈彤：“你猜这些东西，后面都会用上吗？”

“应该至少会用到三样。”她说。

五样东西，舍弃一样，节目组应该至少用到三样，而且有很大概率用到那样被舍弃的东西。

果然，途经不属于自己的任务点的时候，他们看到了焦头烂额的元欢。

元欢一筹莫展，在任务点旁边一脸“生无可恋”。

看到聂江澜来了，元欢依然提不起兴趣。

聂江澜扫他一眼：“怎么了？”

“我花了十分钟抓阄，最终决定抛弃一个电视遥控器，”元欢凄惨地指指面前，“结果这一关要我开密码，密码就在电视机里，可我才扔掉了我的电视遥控器。”

沈彤看他就差一屁股坐地上了。

元欢把自己新染的黄发扯来扯去：“我好崩溃啊，我该怎么办，江澜哥？”

聂江澜的脑子好，运气也好，故而没有过这方面的困扰，可元欢就不一样了，好不容易做任务做到了少年时期，却遇到这种情况，任谁都崩溃。

聂江澜看他向自己求助，不由得道：“与其问我，你不如问问你面前的人有没有什么解决办法。”

元欢怀着“死马当活马医”的心态，问面前的工作人员：“哥哥，我可以后悔吗？可以重选吗？”

工作人员没拒绝：“可以的。”

听到这三个字的瞬间，元欢仿佛是做了一场梦：“啊？”

工作人员一本正经地说：“可以重新选择，只要回到前一个关卡就行了。”

“你是不是在骗我啊？”元欢不信，“等到时候我过去了，那边的工作人员反正不认账，然后我又不得不回来，你是想要这么耍我吗，哥？这节目怎么这样啊，现在连工作人员都开始耍人了！”

工作人员被他说笑了，摇摇头，说：“不是的，这期节目确实可以后悔，我没有骗你。”

元欢还是不肯相信：“我真的觉得你在骗我。”

“我骗你的话，这期就没有钱拿了。”工作人员祭出撒手锏，“相信我，你真的可以回去。如果不信，你问问你后面的跟随导演。”

元欢一个激灵：“哦，差点儿忘了他。”

他回头问：“煊哥，我真的能后悔吗？”

得到肯定的答复之后，元欢睁大眼，感觉世界观都被刷新了。

“哇，这期节目可以这么玩吗？因为是最后一期，所以给我开了金手指吗？”

工作人员非常认真地点了头：“虽然可以后悔，但是回去重新选择也会浪费你的时间，同等条件下，不后悔的嘉宾会比你走得更快，你确定要后悔吗？”

元欢毫不犹豫地说：“非常确定，有后悔药为什么不吃？看着吧，等我知道了结果再回去挑选道具，到时候很轻松就能超越他们。”

就像拿到攻略和提示再回去闯关一样，难度大大减轻，元欢相信自己会赢。

“好，如果已经做了决定，请按下我前面的红色按钮，你将会回到少年时期的最初，重新做一次选择。”

按下红色按钮，元欢马不停蹄地往进行选择的地方赶，自然是把聂江澜抛在脑后。

元欢重新去做任务的时候，不知为什么，沈彤有点儿羡慕的感觉。

“为什么我们都没看到前面的按钮？我现在才想起来，刚刚送玩具车的时候，那个台子上也是有按钮的。”

聂江澜失笑：“怎么，直接过关了还不好，你还想后悔重来？”

“也没有，”沈彤感觉有点儿难以启齿，“就是觉得亏了。俗话不是说有便宜不占就是王八蛋吗？我现在感觉有个便宜在我们眼前，我们却没有把握，有点儿亏。”

“所以你也想后悔了？”他笑。

“也不是单单指这个，”沈彤说，“人生里想要后悔的瞬间还是非常多的吧。”

聂江澜眉一挑：“所以现在站在我身边，你后悔了吗？”

“不是我要说的，是你自己说的啊，”沈彤装作很为难的样子，比了个手势，“想想的话，有那么一点点后悔吧。”

“那就想想吧，”他知道她在胡诌，但还是继续配合她，“也只能想想了——这件事，你没有反悔的权利。”

沈彤揉揉鼻子：“聂总裁真的很霸道了。”

男人道：“你知道就好。”

沈彤笑笑。

过了一会儿，他又问她：“我不后悔，还有个原因，你知道为什么吗？”

“为什么？”

他把问题继续抛回给她：“你之前引用的一句俗语是什么？”

“俗语？”沈彤回忆了一下，“有便宜不占就是王八蛋？”

“嗯，”聂江澜慢慢道，“平时的便宜我已经占得很多了，不需要再占这种后悔药的便宜。”

接下来的一路，沈老师跟聂江澜保持着距离，谨防着身边这个“王八蛋”。

王八蛋，哦，不是，是聂江澜很快到了下一个关卡。

迎接他们的是完全崭新的关卡，面前摆着一个天平。

天平的一端是一个不规则物体，另一端没有东西。此刻，受重的那一边下坠，空无一物的那边轻飘飘地抬起。

“你们的任务是调平天平。”工作人员做了个“请”的手势。

聂江澜问：“这东西多重？”

“236.782 克。”

他眼一眯，疑心自己幻听：“什么？”

“236.782 克，你没有听错，精确到小数点后三位。”工作人员微笑。

沈彤隐隐感觉到不对了。

本来要找一个一样重的东西来调平就很难，更何况这还精确到小数点后三位，完全靠人为是没办法完成的啊。

除非这是早就设计好的什么东西，之前出现过。

三秒之后，沈彤感觉自己脑子里有什么火花闪了一下。

“等等，”沈彤扯扯聂江澜的袖口，“我记起来了，之前我们拿到的那包巧克力，就是这个重量。”

“我们拿到的那包？就是吃过的？”

“对。”沈彤点头。

聂江澜有些狐疑：“确定吗？”

“确定，”沈彤说，“因为我想到了之前有个给我们吃巧克力的老师，她当时分巧克力就是按总克数除以人数来分的，很好笑。所以我看你的巧克力的时候，也下意识地扫了一眼包装袋，看到它的净含量就是这个数字。我当时还有点儿奇怪，以为是印刷错了，或者是这个牌子就这样。”

现在想来，肯定是节目组早有预谋了。

而且最后的重量可能缺了一点儿，沈彤还看到角落里有一团类似小软垫之类的东西，大抵是用来添重的。

听了沈彤的话，聂江澜点点头：“嗯，那应该就是了。这就是节目组的作风。”

让沈彤隐隐觉得不安的事情终于还是发生了——这关需要巧克力，而他们之前抛弃了巧克力，这个情况几乎让她绝望。

过了一会儿，她弱弱地提醒聂江澜：“你可以后悔。”对，他可以回去重新拿那袋巧克力。

“可以后悔的，”工作人员说，“只要在今天之内后悔，都是可以的。”

沈彤连忙问：“明天就不行了？”

“是的，这个只在当天有效。”

聂江澜垂眸，不说话，看起来像是在思考。

沈彤又小声问了一遍：“要回去吗？”

远处隐约有“收工”的声响传来。

他最终摇了摇头：“不了。”

沈彤有些诧异：“真的吗？为什么？”

聂江澜说：“因为收工了。”

因为收工了，又不能明天再来拍，现在后悔就是做额外的工作，对他来说是浪费时间。

理由真的很充分。

“况且，”他又补充了一句，“我不喜欢后悔。”

活在当下就好了，后悔的人生很复杂，时刻充斥着各种各样复杂的选择，倒不如一根筋地做下去。

二人收工回去，回去的路上，沈彤说：“我尊重你，不后悔就不后悔吧。但是我还是想说一下，到时候他们在各个关卡全部刷到满分，但你因为没巧克力，这一关完成不了，可能赢家就是别人了。”

他一声低笑：“这可说不准。”

沈彤撇嘴。真不知道他这自信哪儿来的。

“对我有信心点，”聂江澜停住脚步，缓缓道，“后悔这个环节看起来这么好，你就不怕是个陷阱？节目组能这么好心？”

沈彤做假设：“也许他们改过自新了呢？毕竟这是最后一期了。”

“好了，”聂江澜道，“下班了，别操这么多心，明天的任务明天再想。”

沈彤点头的时候发现自己校服的袖子乱作一团，便低头整理，没发现聂江澜没跟上来。过了一会儿，后面有人叫她。

“喂，同学——”声音软糯，懒散又动听。

她回过头，看着校园里的陈设，加之自己也穿着校服，恍然也觉得自己仍在高中时期。聂江澜背着夕阳而立，影子被拉得又长又模糊。

他身后是双杠，此时，一只手臂伸展开来，向后随意地搭上去，另一只手拍了拍臂弯。

光影中的人粲然一笑，问她：“早恋吗？”

她看着他，没有说话。

阳光下的人逐渐等得有些不耐，又象征性地拍了拍自己的手臂。

沈彤想到高中种种“前车之鉴”，有点儿犹豫地开口：“早恋的话，被教导主任发现了，是要打断腿的。”

他没料到她代入感这么强，愣了片刻。

沈彤转过身，扯了扯校服的下摆，俨然入戏的模样：“再等等吧，等我们毕业了再说这个问题，好吗？”

悠闲地倚在双杠上的人站起来，身后的影子随着步伐而晃动。

即使穿着校服，这人走起路来也自带一股令人无法忽视的气场。

他走到沈彤身前，扼住她的手腕。沈彤一愣。

他掀开眼睑，瞳仁漆黑，缓缓道：“等不了，我现在就要跟你早恋。”

“你这是在强迫我，”沈彤挣扎着，“这是校园暴力。”

一边收工的工作人员不住往这边看，讨论道——

“那两个穿校服的是聂江澜和沈彤吗？他们怎么穿上校服了？”

“节目组发的道具，聂江澜先穿着了，后来又给沈彤要了一套，两个人都换上了。”

“为什么突然穿校服啊？”

“不知道，可能是看起来比较有 CP 感吧。聂江澜的是高三学生的校服，沈彤那个衣服是道具组去拿的，好像没有高三的校服了，所以穿的是高一的。高三的是蓝色边纹，高一的是红色边纹，是不是很有感觉？”

“哦……”

“我就是不知道他们俩在那儿干吗，说什么‘校园暴力’‘早恋’，他们在演戏吗？”

“你懂个锤子，别人那叫情调，你懂吗？”

两个人渐渐走远，沈彤和聂江澜还站在原地。

一贯漫不经心的聂江澜，仍在进行“沟通”。

列举了一大串做他女朋友的好处后，他说：“不如就试一下？试一下也不吃亏。”

思考了很久后，看到很多人已经在拍照了，想到再不走，等下保镖撤走，他们可能就要困在这里，无法脱身了，她半推半就，勉勉强强道：“那……那就随便试一下吧，但是你不能太张扬，免得教导主任和我爸妈知道，不然的话，我会转学的。”

“我和你一起转。”走出去几步，“高中生”聂江澜问道，“为了履行早恋男友的义务，我从明天开始应该怎么做？”

想了想，沈彤道：“别人一般都会带早餐的，你应该也要带早餐，还要给我送热水。”

高中的时候，班上的女孩子谈恋爱，还没到位子上，就远远能看见桌子上放着的豆浆或是面包。有时候下课，男朋友还会跨好几个班级来送一瓶水。

每每大家看见这些，都会不住地起哄。

聂江澜欣然应允：“不仅给你带早餐，我整个人都给你。”

沈彤犹豫了一下，怯懦地咽咽口水，道：“这个就不用了吧。”

第二天一大早，沈彤到了拍摄地，发现聂江澜的身前果然摆着一堆可疑物体。

她指了指，问：“这些是什么？”

聂江澜逐个介绍：“这是奶黄包。怕你觉得甜，豆浆没放糖。这个，你要的热水。”

她昨天只是假装回到了高中时代，就那么随口一说，没想到他真的照做。

昨晚他和她说了今早有事，不能来，她出门没看到他倒也觉得正常，没想到他一大早上去买这些了。

沈彤坐下来，问他：“你买这些不嫌麻烦吗？”

男人双手交叠，淡淡道：“麻烦啊，可你要吃，我有什么办法？”

少年时代的任务做完了，今天正式步入青年时代。

到第一个任务点的时候，沈彤看到任行也在附近。

任行明显看到了聂江澜和沈彤，挥手跟他们打招呼：“你们也在这边做任务吗？”

聂江澜点头。

任行笑问道：“做到第几关了？”

“具体没数，”聂江澜道，“昨天少年时代做了几个。”

“做了需要上一关道具的吗？”

“做了，”聂江澜说，“做了两个需要的。”

任行叉腰：“那你比我快啊，我只做了一个需要上一关道具的。”

“我遇到了两个，但有一个道具我舍了。”聂江澜目光淡然。

“你不知道可以后悔？”任行明显是有经验的，“假如需要你扔掉了的东西，你可以重新回到选择的时候，拿另一个东西替代它。比如我，我就拿数据线替代了圆球，因为我做的第一关就需要圆球。”

聂江澜道：“我知道可以后悔，但没重新选。”

任行诧异：“你没选？”

“嗯。”

“你没回去拿你要的东西？”任行又问了一次。

聂江澜给出肯定的答复：“嗯。”

任行还是不解：“为什么不？我看元欢、康南、魏北都回去了。”

“麻烦。”聂江澜说。

任行扶额。

过了一会儿，捕捉到什么信息，聂江澜问：“所有人都后悔了一趟？”

“对，除了你。”任行道，“所以你比我们快一些吧，因为我们回去耽误了时间。”

聂江澜点头，道：“对。”

“哇……这……”任行显然对得到的这个消息有些消化不过来，“行，既然你这么快，那我也不跟你聊天了，我先去做任务了，终点见！”

聂江澜勾勾唇，道：“终点见。”

站在下一个关卡前，沈彤隐隐有些担忧：“大家都回去了一趟，目前为止应该没有空缺关卡了，不像我们，巧克力那关是空着的。”

“但我比他们快。”聂江澜如是道。

“快又怎样？”沈彤说，“有一关是空着的，就代表可能少一个拼图，到时候看路线非常不方便。”

他安抚似的低声说：“少一两个碎片一样可以看路线，这事我又不是第一次做。”

以前他能完成得好，现在也一样可以。

沈彤点头：“好吧，既然你这么有信心，那我们就看下一关。”

下一关的任务在房间里等着他们，房间布置得挺温馨，暖色调，墙上还挂着各式彩带和礼花小图案。

有人等候在房间内：“欢迎你们来到青年时期。既然到了这个年龄，追女孩就应当是你们要考虑的因素之一了。女孩子都要过生日，既然你想要追她，那不妨为她做一个生日蛋糕吧。”

“她？”聂江澜皱了一下眉，“她是谁？”

工作人员解释：“一个指代，指代你喜欢的、想要追的女孩。”

“那我要是有女朋友了呢？”聂少爷掀开眼睑，散漫地问了句。

工作人员显然一时间被他问住了：“这个……”

“有女朋友是不是就不用做蛋糕了？”

“那你可以为你的女朋友做蛋糕的。”工作人员揩了一把额头上的汗，感叹自己随机应变的能力真是非常好。

聂江澜从容地继续反问：“她要是不喜欢吃蛋糕呢？”

工作人员再次被他问住。

一谈到“女朋友”这个话题，聂江澜就有无数的话想要说。

简直是就算没话说，创造话题也要说。

眼见这个模样了，反正怎么样这个关卡都要过，沈彤只好提醒道：“聂江澜，这是在做节目。”

意思是在现实生活里，到底有没有女朋友，女朋友爱不爱吃蛋糕，都跟现在没什么直接关联。

沉默半晌，聂江澜竟是转头问她：“你喜欢吃蛋糕吗？”

话头忽然指向自己，沈彤一愣：“我？还可以吧，怎么了？”

男人转过身，终于放过了工作人员：“那行吧，开始做。”

工作人员揉了揉眉心，看聂江澜一开始就这么难搞，不由得心想，等说完了这一关的规则，聂江澜会不会揍他啊……可这个是节目组分下来的啊，又不是他出的，要打就去打编剧吧。心一横，他把话说完：“这一关的规则，是你要将下落的奶油做成长方形。”

果不其然，听完这句话，聂江澜沉默了一会儿。

而后，聂江澜撑着面前的桌子，眯着眼问：“奶油？长方形？还是下落的？”

不用脑子想，他都知道节目组会玩什么花样，反正不简单。

工作人员被聂江澜的表情吓到噤声，出的汗简直快落成瀑布了。但就算如此，他也有身为工作人员的尊严。

他尽量有底气地开口道：“是的，看到你面前的机器了吗？等下你需要把手伸到这个开口处，接住下落的奶油，并在结束时做出长方形的奶油块。”

见聂江澜正在观察那个机器，工作人员不怕死地继续道：“奶油块的长为四十厘米，宽为三十厘米。”

聂江澜倒是笑了：“那高有要求吗？”

工作人员想也没想就答道：“高没有要求。”

这下总不会再这么看着他了吧，毕竟高都没有要求了。

聂江澜仍是勾着唇，淡漠地问："你们还知道高不做要求？要不我再给你们捏个埃及金字塔出来？"

话虽然是这么说，但聂江澜仍旧仔细观察起这个机器来。

机器很大，底下有个小口，方便接奶油，上面有一个长方形状的铁片，估计是出奶油的。

这种感觉，就好像下雨天的时候让人接出有形状的雨。

聂江澜看向工作人员。工作人员有点儿发抖，问："怎么了？"

"长宽是多少，你再说一次。"

"长是四十厘米，宽是三十厘米"

聂江澜眉一挑："这次怎么不精确到小数点后三位了？"

本来沈彤还有点儿一筹莫展，但一听聂江澜这么问，就立刻有了思路。

越是精确的奇怪数字，听起来越难，就应该越简单。

毕竟节目组的嘉宾都是人，又没有什么特殊技能，要求那么精细，就代表节目组给过线索。

果不其然，聂江澜回头看沈彤："身后的袋子给我一下。"

袋子里装的是他之前赢来的道具，里面有个小画板。

沈彤直接从里面把那个画板拿出来，递过去。

聂江澜瞧了她一眼，没想到自己什么都没说，她便已经明白了自己的意思。

画板举起来，他张开食指和大拇指丈量了一下。尺寸差不多，应该就是这个了。

反正节目组也没有给别的什么长方形的东西，沈彤也确定这次要用到的道具就是这个。

除了巧克力他们没有，其他的道具里应该多少会有能派上用场的。

聂江澜走到机器面前，手探进去，比了比。

到时候开关打开，上面肯定会扑下来一大团奶油，拿这个长方形的板子接着，等冲击力过去，就只有一模一样的形状留在画板上，其余的都落回机器里。

这么算的话，也的确是长宽有限制，而高没有。

想清楚后，聂江澜回头：“开始吧。”

工作人员问道：“好的，准备好了吗？”

随着聂江澜点点头，从机器口子中掉下来一片奶油。

聂江澜伸手托着画板，奶油急速下坠，“啪”的一声落在他托着的画板上，多余的奶油溢出，落在底下准备好的托槽里。

几乎几秒钟的工夫，就结束了。

沈彤在一边看着。

如果奶油的面积小于画板，那么形状就是不确定的。但现在奶油的面积比画板大上这么多，下落速度又快，留在聂江澜手心的，当然就只有画板大小的奶油。

聂江澜伸手，贴着画板边沿的形状，仔细清理了一下多余的奶油。

确保了奶油块的长宽符合标准后，他把手里的东西递过去，语调沉沉：“够了吗？”

工作人员接过用画板接着的那一大块奶油，转着观察了一下。

聂江澜笑：“要不要给你找个显微镜，再加个卷尺，你好好量量？”

“不用不用，”工作人员不住地点头，“过关了，你们过关了。”

因为下落的奶油太多，聂江澜又是伸手去接的，自然免不了有些奶油迸溅出来，沾到他的手臂和脸上。

他站在一边，沈彤拿出纸巾给他清理，擦拭干净手臂上的奶油后，发现他的眼睑上也有。

她伸出手指，细细擦拂他睫毛上的白色奶油。

“你这个样子特别像睫毛被冻住了，”她笑，“很多美妆博主会用白色的睫毛膏画睫毛，营造那种雪地妆的感觉。”

聂江澜垂眸瞅她：“你看起来还挺高兴的样子？”

难得见他这个模样，她当然高兴。

当然，沈彤还想要命，所以这句话并没有说出来。

除了睫毛，他的发尾也带了一点儿黏糊糊的奶油。

沈彤一边拿纸巾给他擦，一边听解说人员介绍这家手工蛋糕店。

原来这家店已经开了很久，生意很好，但并没有扩店，一上午仍旧只接十个左右的客人。原因是老板有独特的秘方，要做好一个蛋糕需要耗时很久，为了质量，不盲目扩张，算是很有工匠精神了。

沈彤给聂江澜擦完身上的奶油，老板现做的蛋糕已经烤好了。香甜的蛋糕香气一弥漫出来，现场的各位都“中招”。老板把蛋糕细细切分好，一块一块装进小盘子里，给大家品尝。

递给聂江澜时，他摇摇头：“不用了，我不太喜欢吃甜品。”

“啊……”老板一时间有点儿为难，“但是我是按照人数来切的。”

沈彤回头一看，所有工作人员手里都端着一个小蛋糕。

“他不吃的话就给我吧，”沈彤说，“我可以吃。”

反正这蛋糕小小的一块，吃两块也没什么关系。

老板看向聂江澜：“那我给她啦？”

“给吧，”男人道，“她说话比我有分量。”

沈彤撇了撇嘴，一脸不信的模样，接过那块蛋糕，用小叉子叉取一点儿，入口味道确实惊艳。

奶油新鲜，并且甜而不腻，奶香味儿足，蛋糕酥软，一点点黄桃味道夹杂着漫入其中，口腔里都剩下一股清甜余韵。

吃完蛋糕，沈彤把两个盘子叠到一起，抬头去找垃圾桶，发现垃圾桶在阳台上。她走过去，拐了个弯，把盘子和叉子扔进垃圾桶，一回头，看到聂江澜。

她吓了一跳：“你怎么过来了？你不是没吃吗？”

他避而不答，开启了一个新问题：“你吃完了？”

“对啊，”沈彤说，“你不是不吃吗？而且这两个分量也挺少的，几分钟就解决了。”

男人舔舔嘴角，盯着她唇边沾上的一点儿奶油：“我又忽然想吃了。”

“你这个人怎么这么随心所欲啊？”她略显不满地指控，“刚刚老板装在盘子里端给你，你可是不吃的啊。”最后一个字还特意用了上扬的音调。

聂江澜道貌岸然：“我只是不想吃装在盘子里的。”

沈彤撇撇嘴：“是吗？那您想吃装在哪里的？装在光滑的天价大理石……”

她话没说完，他上前两步，阴影罩住她，指腹搭在她的下巴处，抬起。

这里是个拐角，外面的工作人员都在休息，没人注意到他们。

沈彤顺着他手指的力，抬起了头。暧昧因子翻涌升腾，一个接连一个地叠加，像是得到什么介质，开始繁衍生息，翻倍地增长着。

聂江澜的眼睛里闪着狡黠的光，细碎又明亮，似笑非笑的。呼吸声压下来，他俯身，凉凉的唇贴在她唇上，探出舌尖，勾勒她的唇线，最终停在她扬起的嘴角处。

他将她嘴角的那点儿奶油，一点点地舔吮干净。

“装在盘子里的，没这个好吃。”

沈彤考虑到还在录节目，于是没在阳台上“浪费”太久时间。她低着头，指腹擦过嘴唇，装作若无其事地走了出来。很快，聂江澜也跟着出来了。

工作人员常年浸淫在电视剧、电影的拍摄现场，演戏自然也是学得了几分。

二人一出来，大家纷纷装作刚刚并没有往那边看的样子，低头整理自己手里的工具。

手里没有工具的，只好慌慌张张地转身，扯落了墙上的一条彩带。

听到“刺啦”的声音响起，沈彤回头：“怎么了？”

“没事，没什么事……”

这一站任务完成，休息时间也结束了，大家开始下一个任务。

走在路上，沈彤想，还有积木和录音机没有用过。

果不其然，下一关，他们进入福尔摩斯探案现场，要靠一段介绍故事的录音，找到线索，并回答出工作人员提出的问题。

工作人员伸出两根手指：“你们有两次听录音的机会。”

聂江澜点头，对自己的记忆力还是颇有信心的：“可以开始了。”

工作人员试探着询问：“不拿笔记一下吗？”

聂江澜干脆道：“不用。”

工作人员点头，咳嗽一声，按下了播放按钮。紧接着，沈彤在接下来的十几秒钟时间内，听完了大约有五百字的故事内容，语速快到几乎只来得及听到十个模糊的音节。

坐在一边，方才还“胸有成竹”的聂江澜陷入缄默。

很好，非常好，节目组比他想象的还要变态。

聂江澜明了地从袋子里拿出录音机，说：“再听一次。”

他按下录音键时，工作人员也按下播放键，继续播放只有十几秒钟的故事。

沈彤看着面前的场景，感觉到节目组的编剧为了为难嘉宾，为了把整个节目连起来，真是煞费苦心。

这次比前面进行得要顺利得多，聂江澜录完只有十几秒钟的故事，然后放慢到正常语速状态下，这才终于听完了整个故事。

听完故事之后，要回答问题就如同探囊取物一般轻松。面对着简单到几乎有点儿低龄的问题，聂江澜速战速决，很快答对，离场，往下一个关卡去。

下一个任务也不难，摸清节目组这期的套路之后，后面就很清楚该怎么做了。

聂江澜用多出的积木堵住某个漏水口，花十分钟就完成了这个任务。

“恭喜你已经完成全部关卡，”有人从身后递来一个盒子，“这是你的碎片奖励，现在，你可以靠这些碎片，去找最终目的地了。”

聂江澜颔了颔首，正准备打开盒子，听到一阵骚乱，骚乱来自节目组其余几位嘉宾。

聂江澜走过去，看着元欢：“怎么了？”

元欢首先站出来，表示不服。少年站在最后一关的标牌前，开始跺脚，指着工作人员，看向聂江澜：“他们太欺负人了。”他转向工作人员，“什么意思啊，你们？我才换走一个小挂件，结果这一关你们就要用挂件？”

康南也跟着一块儿闹：“就是说啊，明明说五个道具里要抛弃一个，只留下四个，结果你现在告诉我，后面的任务五个道具都要用上？你早说啊，早说我还回去换道具干吗？”反正有一个是完不成的，省得浪费时间了。

魏北摇头：“你们这招太阴了啊，有没有这么玩游戏的？浪费我这么多时间，换了两三次，以为自己抛弃的真的是个用不上的，结果转眼就要用上。”

任行没说话，只是一直按着那边的红色按钮。

元欢是真的气愤：“任行哥，别按了，就算回到之前的选择区重新抛弃一个，我们也总会用上那个被我们抛弃了的。因为五个道具中必须扔掉一个，可实际上五个道具都是有用的。”

任行道：“不是的，我现在后悔参加这个节目了，我想回去。”

聂江澜笑出来。

任行看他：“你很明智，真的，知道这是节目组的套路，根本不存在什么真正的后悔。无论后不后悔，都有个任务完不成，这就是他们的节目设定，后悔了反而浪费时间。”

康南嚷嚷：“我真的快要被怄死了，总导演呢？出来，我们谈谈。”

跟随导演的语气更加欠揍：“总导演在胜利的终点等你们。”

虽然知道这么安排肯定有节目组的用意，但沈彤在往终点去的路上，还是禁不住道：“导演组真能折腾人。”

聂江澜扯了扯嘴角：“毕竟真的不知道往后怎么发展，想要后悔很正常。机会嘛，把握住了，做错了至少可以怨；没把握住再回忆起来，没错失什么还好，错失了的话，很多人真的会抓狂。”

沈彤笑着看他：“那我还是要夸夸你有远见，没有做无用功，毕竟我当时都差点儿被诱惑了。”

假如当时真的后悔了的话，他们的进度也不会最快，这会儿估计跟他们一样，怄死了。

“其实还有一个原因，”聂江澜道，“那才是我不回去的最主要的原因。”

“什么？”

聂江澜解释道：“那袋巧克力如果刚好是那个重量，放上天平后可以调平的话……我们之前吃过了一块，重量会减轻，就不能做到调平目的。所以就算折返回去拿，任务也会失败。”

沈彤倒吸一口凉气。也是，她怎么忘了这茬？

聂江澜看着自己手中的地图：“过去的就过去了，现在去终点就好。”

第七颗心
捉弄心

顺着聂江澜的脚步，他们进入地图的第一个关口。

看着面前的草丛和树林，沈彤很随意地感叹了句：“这里还挺隐蔽的。”

聂江澜眉一挑，像是有了点什么想法：“嗯……挺隐蔽的。”

是藏起来干点什么，都很难被找到的地方。

随着草丛往内走，没再多走几步，就出现了分岔路口。这是节目组的惯用套路——选择。

聂江澜看向手里的地图。完整的地图应该有六张碎片，但因为需要巧克力的那个任务他没有完成，节目组扣下了一个碎片，所以他手上目前只有五张。

地图里有路线指引，会在关键时刻提供给他重要线索。

面对着面前的分岔路口，沈彤问他：“往哪边走？”

聂江澜手指指腹贴在地图上，正在仔细看：“应该能找到提示。”

“你还差一张碎片吧？”沈彤关心起来，“差的哪一张？会对现在找路线有影响吗？”

“不会，”聂江澜摇头，“我差的那张，大概是第四个分岔路口的。”

沈彤看着他，男人已经轻易地做了决定，淡然道：“到时候再看。”

“嗯，你决定。”

反正现在才到第一个路口，聂江澜是断断不会为第四个路口而操心的。

对着地图看了一下路线，聂江澜发现地图的分叉口处，画着一个宝箱的图案。他很快走上前去，顺着地图上对应的地点，找到那片小小的树丛，拨开树丛，里面放着一个小盒子。

沈彤惊讶道：“这么隐蔽？”

聂江澜嗤一声：“这不就是节目组的一贯做法？”

语毕，他伸手，想把这个盒子拿起来，扯了一下，没扯动。

男人挑了挑眉，有些难以置信，又扯了一次，还是没动。

“假盒子吗？”沈彤蹲在他身边，“应该不是吧，你直接打开试试看呢。”

她话音刚落，聂江澜便直接打开盒子外面的扣子，盒子被揭开，里面放了一个用纸牌做成的箭头，箭头的标识指向右边。

聂江澜扬扬下巴，往右边指了指：“看来是右边，走吧。”

一行人转而往右边的道路走去，走出去几步，沈彤又回头看了一眼，盒子还好端端地摆在那里，甚至比刚刚更显眼了些。

聂江澜看她频频回头，问：“看什么呢？”

沈彤戳戳那个小盒子：“就这样放着吗？这么明显，到时候万一有人卡在这里，一眼就知道要往哪里走了。”

他们的速度虽然是最快的，但估计等下其他人就跟上来了。

如果轻松就看到聂江澜找到的线索，他们就能顺着聂江澜的脚步，一路畅通无阻地前进，很有可能威胁到聂江澜的地位。

聂江澜哪能不懂她的意思：“你是怕后面的人跟上来，到时候我还没到目的地就被赶超了？”

沈彤点头。

“别操心这么多，”他满不在意地笑了，“给他们看啊，你看他们敢不敢信。”

她忽然一顿。

聂江澜勾唇：“先是因为后悔，被节目组设计，然后到了第一个分岔路口，看到一个箭头指示方向，你说聪明人是信还是不信？”

沈彤跟上他的步伐，抱着某种奇妙的心态，说：“你变坏了，以前你都不会混淆视听。”

“我没变，”他回头看她，“只是刚刚忘了关，你又这么问，我才推测了一下。”

他是多松散又随性的人，怎么可能会在一个东西上花这么多心思？

“别关注这种无关紧要的小细节，算太多反而过犹不及，随便玩，不用想太多。”他可不像魏北玩个游戏有那么多花花肠子和各种迂回的技巧，他还有更重要的事要管。

沈彤“啧”了一声，问：“那你一般关注什么？”

聂江澜看向面前的草垛，沈彤跟着他的目光看过去，面前的树丛高高低低，非常适合藏匿。她的神思就这么被带走，随口问了句：“等下不会在这里打游击战吧？”

节目组把这个环节设置成这样，这样看过去，深浅不一的一大片树和草丛，让人感觉真的有什么东西就藏在那里，下一秒就会冲出来。

想了想，聂江澜道：“说不准。”

沈彤看着他，撇嘴：“我以为你至少会说两句‘不会的’之类的。”

这么说两句安慰一下，她也能心安点。

他意味不明地笑一声。

再往前走了几步，沈彤听到风声比方才仿佛更猛了一些。头顶的树叶被吹得“哗啦啦”响，脚底草丛内也传来细细嗡鸣。这种场景和风声，更像电影里即将千军万马激战的开场。

飞沙走石，群雁纷飞。

沈彤还沉浸在某部大制作的动作片里，忽然看到聂江澜抬腿，似一支笔直的箭，冲了出去。

她还没反应过来，身体已经先于大脑做出行动，抓紧自己手中的相机，跟着他跑了起来。

奔跑中，她还不忘开口问道：“有人在追吗？”

因为刚刚的场景太到位，加上聂江澜的回答也模棱两可，沈彤不疑有他，第一反应就是这里可能真的有什么东西藏着。

刚刚聂江澜对她那个问题不做回答，是不是他早就发现了什么？

这个认知让沈彤跑得更快，甚至没有回头去确认一眼，就已经寸步不离地跟上了聂江澜。耳边风声呼啸而过，她只听得到自己的呼吸声和来自胸腔内的心跳声。

再停下来时，面前的场景已然不一样了。

他没跑多远，但身后的工作人员都没跟上，沈彤转头一看，偌大一片树丛附近只剩下他们两个人。

沈彤气喘吁吁，手撑在膝盖上呼吸："谁在追你？"

聂江澜没有说话，看着她，像是在等什么。沈彤对上他沉沉的视线。

不过几秒钟，不远处传来康南的声音："是吗？我应该是第二个到的。但是现在节目组又给我挖坑，大家看到没，分岔路口？我不知道往哪里走了。

"那儿、那儿，好像还有一个箭头……我现在是不信节目组能把什么好东西这么巴巴地端上来了。我康南，百炼成钢，面对节目组的陷阱不为所动。

"我告诉你们，我既然到了这里，那我现在的目标就是超越江澜哥。我会赢的。

"让我把地图拿出来看一下，分析一下往哪边走。我肯定能找到哪边是正确方向。"

康南说个不停："我现在往前面去看看，我觉得江澜哥应该就在前面，没有跑很远吧。因为刚刚我遇到他的工作人员了，工作人员说又没跟上。他应该就在附近，跑不了多远。看到他在哪儿，我基本就能确定哪条路是对的了。

"我之前在网上看评论，有人说获胜的最好方式就是跟着聂江澜，在他身后捡现成的结果，然后等他做任务做累了，再反超他，我试试。"

听到有脚步声逼近，也许是一直以来的紧张气氛感染了沈彤，她也说不清楚为什么，反正就是一回头，急忙把聂江澜往一边的巷子里推。

"快快快，藏进去。"既然康南想找他们，那他们就不能被他找到。

把聂江澜推进去之后，沈彤也迅速地藏匿了进去。

背对着聂江澜，她一边后退，一边从狭窄的巷子口观察外面的动静。

退着退着，忽然脚底一软，她踩上了聂江澜的足尖。

记得第一期节目，他们也是躲在巷子里，后退的时候，她踩到了他。只是这次，好像有什么不一样……

因为踩到了意料之外的东西，沈彤猛地一软，往后倒去。还没来得及控制住自己，她被男人从后面搂住了腰。她忽然一滞，所有的血液齐齐朝她的头顶涌去。

他抱着她的腰，只是那么轻轻一带，她的后背就贴上了他的身体。严丝合缝地贴近，背部热意开始翻腾，她感知到他灼热的胸膛和腹部，整个人陷入他的包裹之中。

本以为这样已经算是完了，虽然她觉得有些心痒难耐，但熬过这几分钟，等康南走了就好。

但很快，他的下巴顺势搁在她的颈窝里，湿润又滚烫的气息喷洒在她脖颈处。

男人低笑一声，她的面颊发烫。

聂江澜侧了侧头，启唇，很轻松地就含住她的耳垂，轻轻地吮咬了一下，有电流顺着他的唇接触的地方蔓延开。

这里风大，有风顺着她的衣摆下沿吹进，自下而上侵袭，若即若离，带来丝丝的痒意。聂江澜手指下滑，也贴在她的下衣摆处，他的手像是又一阵风，顺着前风福泽过的每一处，一点点地钻上去。

风打着圈，他的指尖也打着圈。

沈彤有点儿站不住，只好压低声音喊道："聂江澜！"

男人显然玩得很开心，唇贴在她的耳垂上轻抿，漫不经心，终于腾出空回应："嗯？"

"你别……"她有些不适地动了动，"你再这样，我就叫了啊。"

她的本意是弄出动静，让康南发现的意思，但说出口才发现，这话容易让人曲解。

果不其然，他沉沉地了一声笑："你叫啊。"

沈彤沉默。

她想动，他的下巴搁在她的颈窝，摇摇头，道："别动。"

她一瞬间明白什么，整个人僵在那里，像个雕塑，生怕一次轻微的呼吸都引起蝴蝶效应。

来自康南的脚步声逐渐逼近，她的心几乎要跳出喉咙口。

被发现已经不是什么重要的事了，要是这样被发现……

青草被碾过的碎响更加清晰，比起沈彤，聂江澜就显得淡然很多。

康南找了一圈，什么都没找到，只好折回去。

“应该不在这里吧……

“奇了怪了，我刚刚来的时候好像看到这里有人影，也听到声音了，难道是我幻听了吗？

“回去吧，回去吧，老老实实找正确的路线去。”

听着声音逐渐消散在远处，沈彤松了一口气，提着步调往外走。

借着砖瓦的遮掩，她探出头往外看，终于没人了。她的身体这才得以松懈下来。

沈彤回头，想起自己的相机还没拿，对聂江澜说道：“我相机呢？在里面吧？”

男人很快拿着相机从巷子里走出来，沈彤伸手要去接，他却一抬手，把相机挂在了树枝上。

沈彤没搞懂他：“干吗？”

他不说话，她就踮起脚去抢，手抓着他胸口处的衣料，借力往上攀。

她的呼吸掠过他下颌，脸颊也近在咫尺，因为使力而发出的呼吸声，像是动听的乐声，清幽缠绵，仿佛在引诱他。

聂江澜伸手，跟她一样举起手臂，手掌握住她的手，带下来。

接下来，她的所有话，被一并吞没在他的唇齿中。

这动作让沈彤猝不及防，背部压上树干，感觉又酥又麻，还感觉到了古树特有的扎人的硬度。

而身前是他的呼吸，是他的亲吻，是这个不可一世的男人，难得流露出的温柔瞬间。

她慢慢地抬起手臂，搭在他的肩膀上，轻搂住他的脖子。

他有些发狠地咬住她的嘴唇，仿佛想要将她吃干抹净，但粗暴的动作里又带着一点点克制，像面对着猎物，想尽早又不想尽早结束一切的狼。他的舌长驱直入，迫切地吸吮。她尝试着回应，这个小小的动作不知道是触到了他哪个点，他咬住她的舌尖。

沈彤吃痛，往后躲，腿软，站不稳，一个踉跄，天旋地转。

睁开眼时，她被他压在身后的草垛上。

话筒早就不知道被扯去了哪里，胸前扣子也掉了一颗，聂江澜攫住她的手腕，继续压下来。她所有的挣扎都被他当作欲迎还拒。

有工作人员在附近来回找。

“是在那边吗？我好像听到声音了。”

“不是吧，是风声。”

“风吹得那么大吗？你看，那边的草都在动。”

“你知道龙卷风吗？那要吹起来，别说草抖了，人都在抖。现在你听听看，风还不够大吗？再说了，两个人躲在草丛里能干吗啊？别想多了。”

“好吧，那继续找找。”

“奇了怪了，刚刚还在呢，两个人是跑到哪里去了啊……”

他们又转了一圈，还是没找到人。

“真的找不到人了，怎么办？”

“等下应该会出来的吧，我相信他们等下就会出现了，毕竟还要录节目的呢。”

有人眼尖：“等下等下，你们看那边！那个挂起来的是不是沈彤的相机？！”

“万一是别人的呢？”

“这里就我们一个节目组在录节目，就算是别人的，也是我们节目组的。现在能有谁脱离大部队？我们去看看不就清楚了？”

“应该是沈彤的吧？会不会是在向我们求助？毕竟有一期她就是挂萤火虫向聂江澜求助的。”

有几个跑得快的人率先顺着相机跑了过去，赶到的时候，好像有什么好戏刚刚结束。大家站在那里没说话，后面的几个人也跟上了。

有个人转着头向同伴抱怨：“我都说了吧，刚刚我说这个可能是沈彤的，你不信，果然是吧？”

他嘚瑟完，头一转，往面前看去。

高高挂着的相机底下，沈彤的头发有点儿乱，一看就知道是重新理过，但时间太紧急，来不及把所有翘起的头发都理顺。她对着镜子补口红，一边的聂江澜站起来，话筒被扯得不知所终，衣服上的扣子掉了一颗。

看到这些，原本还在说话的工作人员瞬间收了声。

补好口红的沈彤站起来，轻咳一声："我们刚刚躲完康南。"

还在脑补八百字小剧场的各位纷纷回过神来，"嗯""啊""哦"，很不走心地应着。

"嗯嗯嗯，对对对，是这样，没有错。"

"是的，是的，我们知道。"

"嗯，好好好。"

之后的气氛有些微妙，虽然节目依旧如常录制，但大家就是挂着心照不宣的微笑。

沈彤转过头，恨不得把整张脸埋进相机里。

某人当然心情愉快，就连做任务的时候都愉悦得仿佛下一秒就要哼起歌来。

看着他几乎连头发丝里都是藏不住地得意，沈彤竟不知该摆出什么表情，为了分散注意力，她只好投入任务中。

做到第五个任务的时候，聂江澜在地图上发现了一个小圆圈。

本着不找白不找，节目组很可能就在这里设置了什么的想法，他顺着对应地点，找到了一个小小的彩色的东西。

过了一会儿，他像是想到什么，从袋子里拿出之前在天台上搜刮的那把定制枪。比了比，果然是子弹。

把子弹上膛后，他继续往前走。虽然目前还不知道有什么用，但总归是有备无患。

顺着地图给的路线走去，已经快要到终点了。

走过最后一个分叉路口，聂江澜看到不远处有一个贴着节目组标识的高台。

"应该就是那边了，"沈彤猜测，"我们快点儿过去。"

站在路口的人拦住了他们："不好意思，虽然你们已经通过路线抵达了这里，但此处的机关，需要有两位嘉宾方能打开。"

沈彤眉一皱，发现事情并不简单，这是什么意思?

聂江澜倒是不太意外，牵了牵嘴角："意思就是要两个嘉宾都到了这里，才有往终点去的机会。"

那人点头："是的。"

聂江澜早就习惯了，反正这个节目是不可能让你顺顺利利获胜的，一定要两个人厮杀一番，最好还能来个厮杀逆转，后来居上。譬如此刻，明明只要这个人肯放行，他就赢了，但偏偏要两个嘉宾在一起才能放行。

看来，从此处通往高台的路程里，免不了争斗。

聂江澜站在一边，回头对工作人员们道："等下一个嘉宾应该还要一会儿，大家可以关了机器，原地休息一下，想上厕所的也可以去了。"

大家放下机器，浑然不知魏北已经快要逼近这个地方。

魏北边走边看，看到不远处的聂江澜和工作人员，脚步这才停了一下："他们为什么不走？"

"听别人说，好像只有在那边的嘉宾大于或等于二，才能放行。"

"行行行，"一看自己还有逆转的机会，魏北急忙往前去，"我挤掉了康南，为的就是这一刻。我们快去！"

正往前跑的时候，魏北余光瞥见什么，忽然刹住了车："等一下。"

"怎么了？有事吗？"

"不是，你们看那边那个，是不是聂江澜的药水？"

不远处，聂江澜的药水正放在容器里烹煮，他很随性，不但附近没什么人把守，药水离他还很远。

魏北看了一眼自己的："他的药水好多，我的只剩一点儿了，要不换一下吧？"

也不等谁来回答，魏北已经准备动手。

说时迟，那时快，趁着没人注意，魏北快速地拿起聂江澜的容器，与自己的容器换了一下。

"反正这上面什么都没有，谁知道谁是谁的呢，"魏北振振有词，"这肯定是节目组鼓励我们换药水，这样非常好。"

反正聂江澜的药水瓶已经换到了他的底座上，这药水瓶已经是他的了。魏北被自己不要脸的机智折服了。

另一边，看着魏北要来了，沈彤道："我想去洗个手，哪里可以洗手吗？"

刚刚在草丛里摸来摸去，又被聂江澜摁来摁去，她这双挣扎的手早就该洗了。

聂江澜身后有个工作人员回答了她的问题："那边草垛后面有口井。"

沈彤没听清："什么？"

聂江澜"好心好意"地重复一遍："他说在那边的草垛后面。""草垛"两个字他念了重音。

沈彤看着他的笑容，当然瞬间就明白了他意有所指。

回想到方才的种种"屈辱"，她咬牙，挤出一个笑："你以后别给我提到这两个字。"

男人抄着手，笑得满足又惬意："我不。"

沈彤转身去洗手。

魏北招着手上来了："嘿，江澜哥。"

聂江澜扫了他一眼。

就是那一眼，让魏北想起自己几天前击碎了这人的药水瓶。

面前的人见两个嘉宾到齐，道："现在两个嘉宾到齐，这里可以放行了，你们可凭借自己的能力，看谁能第一个抵达那边的高台。"

就是在那一瞬间，看着前面漫长的路，魏北脑子里萌生出了一个念头——

前面的路那么长，还不知道聂江澜会怎么"报复"自己之前把他药水瓶打爆的事。那么，与其把他留着对自己构成威胁，倒不如现在就把他解决掉。

魏北不动声色地摸了摸自己身后的枪。他今天运气好，在窗台上捡到一把枪，打爆了聂江澜的药水瓶；刚刚在草丛里又找到一把，现在好了，可以用这把再次打爆他的药水瓶。

药水瓶被打爆，生命值消失，这样，聂江澜就无法挪动半步，也无法跟自己抢了。

怎么开始就怎么结束，魏北有一丝得意。

然而，就在他掏出枪的一瞬间，聂江澜仿佛洞悉一切，也举起了手中的枪支。

魏北瞪大眼，他怎么也拿到了这个?

来不及过多感叹，魏北知道自己不能慢，否则就会被夺取先机。魏北举起枪，几乎是在对准目标的那一秒就扣动了扳机。

聂江澜左手托住右手，头偏了偏，指腹也压了下去——

就在沈彤洗完手回来的那一秒，“砰砰”，两声枪响回荡着。

伴随着两声枪响，还有药水瓶破碎的声音。

沈彤完全没有料到，自己不过是去洗了个手，再回来的时候，事情就发生了这么翻天覆地的转变。她眼睁睁地看着一个药水瓶骤然碎开，浅青色的药水只有一小半浸在容器底，剩下的药水随着瓶子爆开，沿着底座流淌下来。

她一时惊住，竟然连要说什么都忘了。

终于，有工作人员回过神来：“等等，刚刚怎么了？两个人都开枪了吗？！”

“对，两个人都动手了，”有人语重心长地叹一声，“该来的还是来了。”

“快看那边，两个人开枪，但是只碎了一个药水瓶……碎的是谁的？”

“聂江澜的。”

“啊？是聂江澜的碎了吗？”大家明显对此有些不敢相信。

“不会吧？真的假的？”

“魏北逆袭了？”

“《急速燃烧时》编年史里的重大事件，聂江澜半途被淘汰了吗？”

沈彤这才抬头仔细看去，如果没记错，放在那棵树旁边的的确是聂江澜的药水瓶，那是刚刚她亲自委托人放的。此刻，那个地方的药水瓶正破开，汩汩往外流着药水。

他们没说错，破开的这个，如果不出意外，的确是聂江澜的药水。

有人开始指了："是的，没错，这个树底下的是聂江澜的，那边石头旁边的是魏北的。魏北的瓶子没碎，碎的是聂江澜的。"

此话一出，一片哗然。

沈彤走到聂江澜身边。男人正低着头玩着手里的枪，刘海儿掩住眉眼，也遮住了所有的情绪。

沈彤急切地问道："怎么回事？"

"如你所见，"聂江澜的声线无波无澜，"就那么回事儿。"

沈彤眨眨眼，还有些难以置信："你的药水瓶碎了？"

他不置可否地点点头："放在我底座上的药水瓶，的确是碎了。"

给她无数个设想，她都没有设想过聂江澜的生命线会这么早"消失"。她满心期待，以为他会赢的。她抬起头，看着他："你不是有枪吗？你没打吗？打歪了？"

如果他和魏北是同时开枪的话，两个药水瓶同时破碎，要么就是两败俱伤，要么运气好，也许能开启别的新的规则。但现在，确实只有一个人的药水瓶破碎了。必须分个胜负了，没有一荣俱荣，一损俱损的可能了。

魏北等了约莫五分钟，发现聂江澜并没有任何可以拿出新瓶子、新药水的迹象，这才举着手站上石头："是我对吧？我打中了对吧？聂江澜的瓶子碎了，对吧？"

聂江澜看着他，没有说话。

魏北开始疯狂地向大家发送飞吻："真的是我，我这次真的打中了，谢谢各位！最后一期给我这样的惊喜！"

有工作人员给他竖起大拇指。

这个举动让魏北开始更加放肆，有了上一次的教训，抒发完感想，他就立刻跳下石头，转身，往目的地奔去："我先走一步，没有步数的就原地待命吧，我回来请大家吃小龙虾！"

这个"没有步数"的很明显指的是聂江澜和他的工作人员。

目送着魏北飞奔而去，沈彤心中的情绪尤为复杂。看着看着，她发现魏北被人拦住了。

魏北看着身边突然出现的一身黑衣、胸前别了个节目组标志的工作人员，惊了一下："你干吗？"

被锻炼得尤其敏锐的魏北，用双臂抱住了自己，以防等会儿有意外发生。

聂江澜敛了神色，把用完的枪丢去一边，侧眸，用余光瞥向那边。

直觉告诉沈彤，事情并没有那么简单。

工作人员看着魏北："按照节目规则，您的步数已经用完，不能再行动。"

听了这句话，魏北的脑子里简直开始放起了烟花。他难以置信地反驳："我步数用完了？没有啊，不是按照药水的多少来决定生命值的吗？"他回头指了指，"看到石头边上那个我的瓶子了吗？还有那么多药水。"

魏北食指和大拇指打开，夸张地拉出了一个区域。

工作人员笑得幸灾乐祸而不失礼貌："那个是聂江澜的药水。"

魏北脸上的五官拧成一团，连眉毛都有点儿颤抖："什么玩意儿啊？那个是他的，那哪个是我的？"

黑衣人指了指树下那个："这个是您的。"

树下的药水瓶已经破碎，一团玻璃安安静静地躺在地上。

魏北狐疑："你骗我的吧？我不信。"

"那您跟我来。"

魏北的头摇得跟拨浪鼓似的："我不跟你来，我要去终点，你肯定在骗我。"

"我没有骗您，真的，"工作人员怜悯一笑，"那个药水瓶上有嘉宾的名字的。"

他当即摇头："你们绝对在骗我，我不上当，我不信。"

"那您去看一眼不就知道了？"

魏北一双眼睛瞪得跟铜铃一般大："千万别让我发现你是在骗我，不然我就回来揍你。"

工作人员无奈地苦笑着。

转过身往回走的时候，魏北还有点儿难以置信地喃喃道："不是吧，没有这么衰的吧……”

他走到自己的底座旁边，拿起药水，往底部看了一眼。

眼神随便一晃，看到了三个字，魏北强迫自己集中注意力，仔细确认一遍。

没有错，的确是三个字。五个嘉宾里，只有一个人的名字是三个字的。

瓶底的“聂江澜”赫然在目，魏北有些绝望地闭了闭眼。想了想，他又觉得还是不能认命，走到树下聂江澜的底座旁边，想看看那个瓶子底下的名字。

他回头问工作人员：“有人有纸巾吗？”

沈彤说：“我有，要做什么？”

“我想把这个瓶子拿起来看一眼，”魏北非常倔强，“看看底下是谁的名字。”

她看了一眼聂江澜，他点头，示意她可以把纸巾给魏北。

扯了一张纸巾递过去，沈彤道：“小心点。”

魏北抱着药水瓶，缓缓地提起来，偏头往下面看了一眼。

写有“魏北”两个字的纸张，被透明胶非常工整地黏在最底下。

魏北非常缓慢、近乎绝望地将脸转向聂江澜，控诉道：“江澜哥！你怎么这样？”

聂江澜好整以暇，还有点儿不解：“我怎么了？”

魏北问道：“你是不是知道我刚刚换了我们俩的药水？”

聂江澜点头：“是啊。”

魏北的心头涌上一阵凉意：“那你怎么不告诉我？”

聂江澜答得轻飘飘的：“你又没问我，我总不可能还远远跟你报备吧？”

真正说起来的话，要报备，也应该是魏北报备才是。

“再说了，看你那时候还挺得意，我就没有拆穿你。”聂江澜装作很善解人意，继续补刀。

魏北觉得脚好痛，搬起石头砸自己的脚，已经是第三次了。

不拆穿？骗子！聂江澜这个老谋深算的老狐狸，仗着自己智商高就让别人随便玩，反正玩来玩去都玩不过他！

“再说了，”聂江澜悠悠道，“我什么都没干，换药水的是你，发动攻击的也是你。”

如果不是魏北换了药水还拿出了枪，事情也不会落到这个地步。

魏北觉得脸上火辣辣的，面子几乎要丢光了。

过了一会儿，他开口：“所以你早就知道药水瓶底其实是有名字的，是吗？”

聂江澜挑眉：“是。”

“那时候跟我一起开的枪，打的却是树底下这个装在你底座上的我的瓶子？”魏北绝望地继续确认。

“是。”

“大家都以为是我赢了，我也这么以为，但你知道其实是你赢了？”

“嗯。”

魏北蔫了，他掐了掐眉心，道：“我明白了。”

聂江澜把他换瓶子的动作尽收眼底，但没有拆穿。

等到他野心毕露，开始拿出枪射击的时候，目标对准了放在聂江澜底座上的瓶子。他以为那是聂江澜的，但聂江澜知道那是他的。

两声枪响，只有一个瓶子破碎，是因为他们两个对准的，是同一个瓶子。

聂江澜击碎了他的，而他也击碎了自己的……这可真让人头大。

魏北站在原地，深吸一口气，道：“那你们走吧。”

聂江澜起了身，顿了一下，又转过头，转了转自己手上那块腕表：“你就不好奇……我是怎么知道瓶子有名字的？”

这样的语气，这样的态度，魏北用头发丝想都知道没什么好话。

但他还是问道：“怎么知道的？”

聂江澜说：“最开始你把我的瓶子打碎了，我捡了个新瓶子，新瓶子没有名字。后来，导演组给我贴上了有我名字的标签，我才知道原来每个嘉宾都有固定的瓶子。”

魏北瞠目结舌。

一开始想着用枪结束，是想着怎么开始就怎么结束，最后一期了，来个前后呼应更好。

现在的确前后呼应了，只不过是前面被虐，后面被完虐了。他在心里无奈地想。

偷鸡不成蚀把米，赔了夫人又折兵。

聂江澜往终点去了，有人在后面抒发感慨。

“这告诉我们什么？跟谁玩都不要跟聂江澜玩，算计谁都不要算计他。他比谁都清楚，只是不说，到时候就只有你被他玩弄的命。”

沈彤听着，抿唇笑了声。

后面的路很顺利，聂江澜乘船过河，顺着楼梯走上了高台。

站上去揭开幕布的时候，只听两边“砰”的一声，蹿出两道高高的烟花，直冲云霄，火花四溅，又很快消散。

沈彤举着相机，被这突如其来的烟花吓得停了几秒，聂江澜把吓到的她护到身后，往前面看去。她回过神后很快举起相机，捕捉这光怪陆离又绚烂的一刻。

烟花一簇簇又从不远处的河面上点起，升到空中，像绽开的花儿，一朵朵飘浮在天幕里。

沈彤缩了缩脖子：“这是过年了吗？”

聂江澜回头看她：“过年都不一定有这么热闹。”

看到她缩着脖子，他又问：“怕这个？”

“不怕啊，”沈彤说，“就是离我有点儿近，有点儿吵。”

“那把耳朵捂上。”他说得轻巧。

沈彤失笑，指了指手上的相机：“我还得拍照呢，哪有手捂耳朵？”

“那我给你捂，”男人退到她身后，手合成掌，贴在她耳侧，“你拍照。”

近处远处的烟花声响依次响起来，他的手掌替她隔绝这个世界的嘈杂，把她圈在自己前面这方小小的天地里，不让她再受侵袭。

很奇怪，她感觉自己好像听到他手腕上脉搏的声音，还有手表指针走动的声响。

只要他护着她，好像无论怎么样的环境，她都可以感到安心。

沈彤举起相机，恰好捕捉到后面几个嘉宾下船的身影。

元欢挥着手尖叫："哇——好热闹，不知道的还以为谁要结婚了。"

任行拍拍他脑袋："现在哪还有人结婚放烟花？"

"是吗？"元欢探出小脑袋，"我记得我很小那会儿在乡下住，经常听到放烟花的声音，好像不管干什么，他们都爱放放烟花。"

康南叉腰："放烟花庆祝吧，我们这都最后一期了，喏，获胜者都上台了，搞得跟要颁奖了似的，还不得放放烟花庆祝一下啊？"

"魏北，"康南叫他，"下船啊，你在船上干吗呢？里面是有金子给你挖是吗？"

魏北没搭理他，像全然没听到一样。

"奇了怪了，"康南大声对着摄像机吐槽，"我刚刚到这边的时候，发现魏北早就到了，在那边树丛里躲着，不肯出来，然后我让他上船，他也是扭扭捏捏，不知道在干吗。现在节目不是都结束了吗？就算药水瓶被打碎了，没有生命值，也不应该……"

"闭嘴！"魏北用力踩着甲板下船，"都说了是我自己打碎自己的药水瓶的，是个意外，别老一直提，我不要面子的是吗？"

"要要要，"康南笑，"那我接您下来好吗？"

闹过之后，烟花放完，嘉宾全部在台上就位，沈彤在底下拍摄。台上打打闹闹，康南和元欢一直在笑。任行摘下眼镜，挂到耳后，笑着看着面前的摄像机。

导演开口了："今天，《急速燃烧时》最后一期已经结束了，非常感谢大家百忙之中能够抽空录制这六期节目，也感谢所有的工作人员，节目录制不算轻松，环境也比较苦。"

康南打着哈哈："有钱拿，这都不算什么的。"

魏北在后面掐他："做人能不能别这么俗？"

"那你把钱给我？"

导演看着他们在台上闹，也不由得笑道："魏北恢复过来了吗？"

刚闭嘴的魏北指了指自己："怎么又说我？"

"这期你受的伤比较深，"导演说，"当然，这些都是你单方面要去挑衅造成的。"

正因为导演第一句貌似安慰的话而有些感动的魏北失语。

导演继续说道：“因为是最后一期节目了，所以这期我们安排了‘后悔’这个环节。”

魏北抄着手哼哼唧唧：“之前把我们折腾得那么惨，我看你怎么圆回来。”

导演解析节目：“大家没有和聂江澜一起，所以没有发现后悔过的嘉宾拿到的草丛地图，是绕了一条远路的。比起没有后悔的聂江澜，你们不仅花了更久的时间，而且要走的路也更加迂回。

“这期节目也是想告诉大家，后悔本身就是徒劳无功的，甚至会浪费自己原本拥有的时间和精力，让自己的路更曲折。上一秒已经过去，已经发生的事我们无法改变，也无权后悔，所以不要因为后悔去浪费，远方还有更值得的事去完成。

“凡是过去，皆为序曲。人生苦短，珍惜当下，不要被无谓的后悔捆住了自己。”

短暂沉默了几秒，大家抬起手鼓掌。

魏北心想，还真的圆回来了啊。

咳嗽两声，他说：“在这边，我说几句话。节目录到现在，虽然不是很久，但大家一见如故，感情也特别好了。节目里不管怎么玩，都不会影响现实里的感情，如果以后有第二季，我还会回来的。”

任行点头：“魏北说的是，无论节目里你诓我也好，我敲诈你也好，大家都是兄弟，不会有隔阂，也不会计较。各有各的成长，也各有各的思量，希望日后我们也有再聚的机会。”

元欢也有所感触：“感谢一下各位哥哥对我的照顾，我年纪小，大家一直让我、帮助我，我蛮感动的。以后如果有用得上我的地方，请尽管喊我，我一定尽我所能！”

康南说：“大家都说这么多了，我也就不说了。我玩得很开心，也很谢谢所有工作人员，录制这么久，大家真的都辛苦了，改明儿领了工资先出去好好吃一顿，这深山野林的，委屈大家了。还有管饭的彭哥，其他都挺好，以后跟厨师说下，椒盐排骨少放点盐，挺齁的。”

底下有人在笑，彭哥比了个“OK”的手势。

四个人说完，大家的目光转向聂江澜。

一贯懒散的男人笑了笑，说："很感谢这个节目。"

他不爱煽情，这几个字已经很重，已经足够表达。

感谢这个节目，带给他所有的思考、所有的情谊，也感谢这个节目让他知道这点小小的困难和波折并不算阻碍。他没有如聂熠希望的那样，因为这个节目而退缩，这段经历反而让他更笃定地坚持梦想。最要感谢的是节目和命运，把她带给了他。

"好，"导演声音放开，"让我们恭喜聂江澜拿到最后一期的冠军，也获得一线卫视的跨年 Solo 机会！在跨年晚会上，聂江澜不仅有二十分钟的展示时间，我们节目组也为大家准备了一个惊喜，请大家拭目以待！"

"惊喜？原班人马重聚吗？"元欢的眼睛亮亮的。

"我不关心这个，"康南推推聂江澜，忽而扬出一个笑来，"跨年 Solo 哎，你打算干什么？"

对聂江澜来说，唱歌和跳舞好像都不太可能，可跨年晚会上的节目也无外乎就那么几种。

聂江澜低头说了句什么，隔得有点儿远，沈彤没听清。

听了这个，康南忽然一惊，然后夸张地笑开："不愧是我的江澜哥，厉害，厉害。"

台上喧闹声不断，嘉宾们跟着导演的指引打板。

"《急速燃烧时》最后一期录制，完美收官！"

元欢挥手："以后再见啦。"

头天晚上，结束录制的时候太热闹，沈彤甚至都没什么要告别时的特殊情感。

直到第二天，她出门练习拍摄，看到工作人员陆续离场的时候，她才感觉到唏嘘，才感觉到节目真的结束了。

今晚她不用早点儿睡，明早也不用四点半就爬起来，急匆匆穿好衣服，拿起相机就出发。

到片场的时候再也不会那么热闹，所有的工作人员休息的时候围在一起讲笑话和八卦，讲到一半还要看看摄像机是不是关掉了。她也不用操心接下来的节目内容，不用担心自己是不是会成为人质，是不是要拆炸弹。

这个世界上所要面对的最多的就是告别，挥手这个动作在身体中被记录了无数次，甚至达成了肢体记忆。但每当离别的那一刻，还是不能够习惯。

她站在门口，跟工作人员挥手告别。

“你呢？你后面去哪儿啊？”有人问她。

沈彤说：“先去拍杂志，我还有个杂志封拍没拍。”

“噢，是《不凡》那个？”

“对的，本来是前段时间要拍的，但是因为录制节目，所以延迟了一点儿。”

昨晚，赵萱还在跟她对行程，说的就是《不凡》封拍的一些注意点，还给她看了模特的很多照片，让她找找感觉。

最后，赵萱还眨眨眼睛说：“《不凡》拍完，我们可就差一个杂志就大满贯了，沈彤姐，这下是肯定比陶恙要快了。

“说到陶恙，听说她已经完全销声匿迹，好像被封杀还是被雪藏了。应该是没办法翻身了，她就没有继续留下来耗时间了，不在这块儿了，应该是出国去了。

“对了，我之前还看到有个她的朋友爆料她金主是谁，说她去比赛还不忘犒劳金主，放寝室的包里被翻出那什么，你当时跟她一个寝室吧，是不是也看到了？”

……

因为还有拍摄计划，第二天，沈彤没有走，打算到时候直接出发去拍摄地，还省得在中途重新找酒店。当然，聂江澜也没走。

当天晚上吃完饭，她还问他：“你怎么不走？”

他眯着眼笑：“陪你啊。”

“说正经的啊——”

“这就是真话，你这人怎么不信？”他“啧”了声，“原计划真不是待在这儿。”

“那原计划是什么？”

“《见霜》要开拍了，就是一个动漫改编的电影，幕后班底不错，”聂江澜道，“我去那边跟跟组，找点拍电影的经验。”

“这么快啊？”沈彤有点儿惊讶。

“快什么，”他捏她耳垂，“上个月就打点好了，只是在录综艺节目，脱不开身。”

沈彤点点头。也是，他这样的人，永远比别人快上一步。

“刚好我也要去拍杂志了，”沈彤踢踢脚底的石子，“到时候可以一起出发。”

“当然一起出发，本来我今儿就该去，看你在这里，想想还是过两天。”

月色正好。沈彤侧头问他：“那跟完《见霜》剧组呢？你会筹备自己的电影吗？”

聂江澜漫不经心道：“会啊，只要有合适的本子，会考虑的。”

她有点儿关心男朋友的事业发展：“那现在有接触到的吗？”

“在看，好的都会考虑的。”讲完，男人忽而感叹一声。

“怎么了？”

他似笑非笑：“现在还没结婚呢，你就管我这么紧？”

这男人真是没个正经。

过了一会儿，沈彤说：“那……你这样，你爸要是知道了，得发脾气吧？”

“我见他发脾气还少？”聂江澜道，“他最近挺忙。”

本来沈彤还在想着他爸到底在忙什么，第二天晚上给聂江澜送牛奶的时候，在房间外听到了他在打电话。他的房门没关，是在等她，所以她透过门缝，可以听得很清楚。

电话那头的人不知道说了点什么，聂江澜漫不经心地应着：“我现在才多大，您就给我张罗婚事了是吗？

“还未婚妻，所以我现在是活回了几十年前，都没有自由恋爱的资格了？家里给我分配一女的，还没见过面，您就让我跟人结婚，有意思吗？

“我没说不同意啊——可以啊，只要她不介意这段婚姻有名无实，结婚之后我完全不碰她，不回家，跟别人组建家庭繁衍子嗣，我可以啊。不就是一张纸吗？我当然可以，我有什么不能听您的？您说是吧？”

表面上明明是同意，却字字句句带着尖锐的刺。

他倒不是对婚姻无所谓，而是在用这种唱反调的方式，表达自己对商业联姻的抗拒。

其实一开始，他对任何事都抱着无所谓的态度，婚姻也一样。但遇到沈彤之后，他才知道，原来自己并不是对感情无所谓，只是因为女主角不是她。

让他想要共度余生的，只有她。只有她才值得他认真对待，别的人，都不行。

“那你抱着你的电影过吧！我倒要看看你能给我拍出个什么东西来！”聂熠被他的态度气个半死，干脆利落地撂了电话。

聂江澜勾了勾唇，轻巧地把手机反扣着扔到桌上，靠在椅背上，合上眼。

沈彤眼见着说完了，推开门进去了。

聂江澜掀开眼睑看她一眼：“来了？”

沈彤点点头。

他一挑眉：“刚刚电话你也听到了？”

沈彤不知道该说听到了还是没听到，这涉及他的家庭和婚姻安排什么的，感觉不是她能掺和的事，他电话里拒绝的意思很明显，肯定把聂熠气得把原来的计划都打乱了。

再说，如果这个态度下，聂熠还敢给聂江澜的继续安排未婚妻，以聂江澜的性格，什么事都做得出来，甚至很有可能直接不出场。

她正在思考，把牛奶放到他面前的时候，手不小心抖了一下。热牛奶溅出来，有点儿烫，她缩了一下手指。

聂江澜好笑地扯了张纸给她擦手，眉一挑，揶揄道：“怎么，怕我不娶你？”

沈彤瞪他，嗫嚅道：“我又没指望你娶我……”

他的手蓦然一紧，捏住她想抽走的手，放在掌心揉了揉。

而后，他轻声笑了笑，掀开眼睑，漆黑瞳仁望向沈彤：“可我想娶你，怎么办？”

对上他认真的眼神，她竟是愣了一会儿，紧接着，有感动蔓延开来。

这人永远没个正经，却总是能讲出她爱听的话。

旋即，她扯了张纸巾拭了拭指腹上的牛奶，问他：“你们刚刚……讲了什么？”

既然他不避讳，那她也没什么好避开的了。

聂江澜淡淡道：“不就那种无聊的商业联姻？他还能讲出什么好话。”

这里的“他”指的是聂熠，沈彤知道。

沈彤把纸扔进垃圾篓里，随口问：“女孩子你没见过？”

“没，”聂江澜道，“他说我之前见过，那我哪记得？见过的人那么多，不可能连路人甲都得记住吧。”

“既然是你爸准备介绍给你的，那在他心里肯定不算路人甲了。在你心里，怎么样的算路人甲？”

他的眉一扬，答得言简意赅：“不跟我谈恋爱的都是路人甲。”

“算你聪明，”沈彤把牛奶杯往前推了推，“喏，喝吧，再不喝就冷了。”

聂江澜端起杯子，长睫微敛，靠在椅背上小口地啜饮。

沈彤坐到一边，手撑着脸颊，想了想，轻敲自己的脸颊，还是问出自己有点儿担心的问题：“万一他们强迫你去呢？”

“我话都说到那个地步了，他们还敢给我安排，不怕我到时候把家给掀了？”聂江澜好笑地看沈彤一眼，“他们很清楚我是什么人。”

沈彤捏了捏耳垂，看过去：“是吗？那你是什么人？”

听她的语气，聂江澜好像知道了什么。

把杯子放在唇前，没有再喝一口，转了椅子侧头瞧她，男人的眼中像含着一朵盛开的桃花。

虽然知道他只是说反话气聂熠，但沈彤还是耸耸肩：“看你刚刚的态度，好像对婚姻很随便的样子。”

有时候就是这样，明明知道这个人不是那种意思，但求证一下，心里才会觉得更加踏实。

“我刚刚的态度？哪句话？”聂江澜兴致来了，敲着杯沿问她，“是跟聂熠打电话说的，还是说想娶你那句？”

“跟你爸说的那些。”

“可不是吗？”男人牵了牵嘴角，发出一声笑，“都让我商业联姻了，我还不草率一点儿，难道等着他们绑我回去娶别的女人？”

面对这种情况，他只有和盘托出自己的态度，告诉他们，假如事情真的发生，他就会以这样草率的态度进行无声地反击。达不到他们要的效果，他们就不会想着联姻的事了。

聂江澜看到沈彤抓耳垂，笑得更开心了：“不是……我说，你那么紧张干什么？”

“上一秒你才说结婚了要这样那样的，下一秒又跟我说那种话……”

聂江澜眉一挑。

沈彤眨眼：“还不准我有点儿危机感了？”

“那只是针对我娶了不喜欢的人的假设，针对喜欢的人，我当然就不是这样了。”他眼中无波无澜，看着她道，“对你，我当然不会这样。”

沈彤双臂环抱，靠在墙上瞅他：“那你会怎么样？”

想了想，聂江澜开口就投下一枚重磅炸弹：“先要个孩子吧。”

他的脑回路太奇特，沈彤愣了一下。

聂江澜仿佛很是沉醉，唇边笑意更深：“三年抱俩，五年抱仨。”

男人看着她，征求她的意见：“你觉得呢？”

过了一会儿，沈彤正襟危坐，开口就很考究了：“五年高考，三年模拟，我觉得可以。”

聂江澜失语。

倚在墙边仔细思索了一番聂江澜的话，沈彤忽而问道：“等等，所以你之前的意思是，假如你跟别人结婚了，你就出来跟我再组建新家庭？”

他不置可否。

沈彤举起三根手指："说好了，我是不可能当小三的。"

聂江澜因她奇妙的脑补能力沉默了几秒，说："我就随便假设了一下，又不可能真结婚，你倒是想得挺多？"

沈彤嗔怪道："可你都那么说了。"

他哑然失笑，站到她身前，正视她，道："不会的，让你做正房，"他顿了一下，继续说，"不管别人，只娶你一个人。"

♥ 第八颗心 ♥

许诺心

第二天中午，几个人退了房，沈彤往《不凡》的拍摄点出发，聂江澜也往《见霜》的剧组去了。车子驶出小村庄，一路行上高速公路。

看着看着，沈彤察觉到不对了：“你往 S 市去了？”

聂江澜道：“是。”

“《见霜》剧组现在不是在 W 市取景吗？”

“先送你，”他敲敲方向盘，“然后我再去 W 市。”

这会儿，他们两个人坐在他的车内，后面跟着聂江澜的房车，房车里边是何故和赵萱，还有司机和助理。房车跟着他开，下一秒往哪儿去，决定权都在他。

“那你到 W 市岂不是就有点儿晚了？”沈彤例行关切，“那你开快点儿吧，早点儿送我们过去就好。”

“我倒希望路长点，开慢点儿。”

沈彤皱眉看他。

男人“啧”一声：“我在这边尽力拉长我们相处的时间，你倒好，劝我开快点儿。你说你是不是脑子里缺根弦，嗯？”

“又不是多长时间见不到，”沈彤耸耸肩，“W 市和 S 市离得也不是特别远，如果想见的话，这点距离算什么。”

他倏地扯出一个笑，手敲了敲方向盘，忽而道：“你说得对。”

沈彤到 S 市的时候正好是三点半，赵萱差不多打点好了，过一天她就可以开始拍摄。

对行程的时候，赵萱说：“真的好险，《不凡》这次的模特差点儿就请杨韶了。”

“杨韶？”沈彤觉得这个名字很熟悉，具体回忆起来却又觉得印象有些模糊，“之前参加过节目的吗？”

“对啊，《急速燃烧时》第四期，任行的故事里的女主角就是她。”

沈彤这才点点头：“我记起来了。”

说起来，拍第四期节目的某天晚上，大家一起吃烧烤时，杨韶向聂江澜献了点殷勤，想拉近一下彼此的关系，结果他大为不解风情，一句“就叫聂江澜老师”断绝了所有的可能。

“她怎么了？”

“她跟陶恙关系好啊，忘了我跟你说的吗？”赵萱抓抓头发，“而且她有点儿喜欢聂江澜，这么见，肯定有点儿尴尬。不过后面因为她咖位不够，《不凡》也就没用她了。但《Roommate》（《Roommate》是韩国一档真实生活记录综艺，由最近在年轻人中新出现的“Share House”居住方式衍生而来的观察类综艺节目。）有慈善晚宴，那边有人也跟我接洽了，说想让你去，到时候可能会碰上，我跟你说一句，免得你敌我不分。”

沈彤捏捏眉心：“我拍个杂志，你都能想这么多，你逻辑网够密的啊。再说了，我只是不记得名字，脸我还是记得的。我跟她没什么来往，应该不会有太大的问题。”

“晚宴上肯定能遇到很多人，”赵萱欲言又止，半晌，结结巴巴道，“搞不好会碰到薛丞。”

“无所谓，”沈彤耸肩，“我跟他没交情也没私情，见到了也没事。”

无非就是他追过她一阵子，这个追求还十分不走心。

“薛丞现在还在追你吗？”

“没了吧。”

“联系方式都删了，不是很清楚。但依照他的脾性，肯定早就换了新目标，不用在意。”

赵萱耸耸肩：“我不是那个意思啦。”

沈彤笑着对日程：“你今晚怎么扭扭捏捏的？”

“我不是怕你见到薛丞，怕聂江澜吃醋吗……”

沈彤笑：“你这个小脑袋瓜一天到晚操心的事还挺多啊。”

“那肯定的，你都不知道，今天我们下车之后，我看到聂江澜一直在车旁边目送你进酒店呢，”赵萱吐吐舌头，“哇，我什么时候见过他用那样的眼神看人啊？”

沈彤嘴角漾起甜蜜的笑容。

赵萱又道：“《急速燃烧时》第四期快播了，我很期待。”

“你期待什么？”

“听说第四期超级浪漫啊，”赵萱一边挤眉弄眼，一边用肩膀推她，“是不是，辛德瑞拉公主？”

沈彤沉默。

“我听工作人员说，在场的女生都被那场景和台词感动到不行了，我也想亲眼看看到底是什么样的画面能让大家有在看韩剧的感觉，”光是说着，赵萱就激动了起来，“听说他还单膝跪地，亲手给你穿了高跟鞋，是不是？”

“嗯。”

“我还挺期待大家的反应的。”赵萱点点头，如是总结道。

她每天面对这两个人，所有明里暗里的恩爱小细节都看了个遍。

俗话说得好，好东西不能独享，狗粮不能一个人吃撑，她也要让观众朋友们感受一下被“秀一脸”的心情。

休息了一晚后，沈彤轻装上阵，开始拍摄。

因为之前看过这个模特的资料，所以沈彤跟她磨合得还挺快，没过多久就找到了手感。

《不凡》是大杂志，对整体的要求也高一些。

休息的空隙，沈彤看见大家在讨论什么，便问赵萱。她答道：“他们在说一个还蛮不错的杂志征集令，就是那期杂志公益性质比较重，主题是‘跨界’，所以想找一些不是这行但比较适合上镜的人，来做做模特。”

沈彤点点头。

赵萱又道：“你以前也做过模特的哎，沈彤姐。”

“我那是……”

沈彤还没说完，赵萱立刻美滋滋地回忆：“我电脑里好像有照片，等回去了我要找找看，我记得你那时候上镜状态还不错。”

沈彤本身长得好看，身材比例也不错，跑得快也全得益于这双大长腿。加上现在《急速燃烧时》正在热播，聂江澜的人气高，沈彤的人气也被提升了几个级别，如果有机会去试一试模特，靠着自己的人气和流量，说不定能触发一个新技能。

赵萱在思索这些，沈彤倒是没有太上心，毕竟摄影是她的主业，其他的试一试也可以，不试也无所谓。

很快，休息时间结束，所有的闲言碎语停止，大家重新投入拍摄中。

一天的拍摄结束，大家收工回酒店。

到酒店门口的时候，她们听到一些嘈杂的交谈，不远处有很多人围在一起。

看到有个《不凡》的工作人员站在门口，沈彤招手同她打了个招呼。

她也笑着回应：“嘿！”

沈彤看了看远处，问道：“发生了什么？大家怎么都围在一起？”

“那边，”那人往远处指了指，“好像有个惊悚片在那边取景，今天杀青，结果出了点小意外吧，警察都过来了……”

沈彤皱了眉：“是吗？什么事？”

“不太清楚，没人跟我说具体发生了什么，只说很可怕，”那人抱了抱手臂，“你还是别听了吧，我听了点边角料，现在都浑身发冷，吓得不行。剧组也真是，走了也不请人来处理一下。”

回房间之后，沈彤关好门，检查了一下门窗有没有锁好，又让赵萱把自己的门窗锁好。

毕竟现在两个人没在一个房间睡，还是注意安全些好。

洗完澡后，沈彤收到聂江澜的电话，男人直接切入主题：“我听说你们酒店附近的事了。”

“你消息这么灵通啊？”沈彤耸肩，“我才听说。”

男人敲了敲耳麦，问：“你怕不怕？”

“不怕吧，还好，”沈彤说，“在外面住习惯了，而且酒店人也多。”

其实她有点儿怕，但都这么晚了，又不能做什么，说害怕只会给他增加心理负担。

他倒像忽然有些较真，声音压低：“可别的小姑娘都怕。”

沈彤“扑哧”一下笑出来：“我又不是小姑娘了。”

聂江澜毫不犹豫地开口道：“在我心里你就是。”

沈彤揉揉脖子：“好吧，那就是吧，那……”

还没等她说完，他关切地询问：“那要不要你的男朋友过去陪你睡？”

明明是个问句，被他说出了陈述句的效果。

沈彤连忙拒绝：“不用不用……”

那边传来他更加利落的声音：“我已经在路上了，还有二十分钟到。”

沈彤转头，看向自己房间内仅有的一张单人床……

还没等沈彤再说些别的，电话那边，男人一本正经的声音传过来。

他扶了扶耳麦：“我要专心开车了，先挂了，等下打给你。”

她还没来得及表态，也没说点别的什么话，这人居然就以“专心开车”为由，挂断了电话。不像是跟她商量的，而是直接通知她：今晚我怕你害怕，来陪你睡觉。而你——没有拒绝的机会。

真的不是提前做好准备，杜绝她这边一切不如他意的可能吗？

沈彤转过头去看自己的那张床，盯了好久，走到床边，扯了扯床单。

扯完床单，她又继续同那张床“面面相觑”。好像看着看着，它就能自动膨胀变宽，然后“砰”的一声变个形，变成两张床，分别搁在房间的两边。

看着看着，沈彤有点儿晃神，直到三声熟悉的“咚咚咚”传来。

干脆利落，不轻不重，敲门声之间隔着并不明显的轻微停顿，是聂江澜一贯的敲门手法。

她走到房门前，拉开门。

他半倚在门框边，头微侧，无名指指尾勾着一串车钥匙，似笑非笑地看着她。

沈彤有些不自然地别开眼，问他："你明天不去剧组吗？"

"去啊，为什么不去？"

"那你这个时候到这儿来？明天什么时候过去？"她指了指他的表，"你看看现在几点了。"

"明天上午的戏不重要，十点到就行。"说着，男人像是极为体贴地补充道，"我怕你害怕。"

沈彤稍稍一挑眉，学着他的样子，好整以暇地问回去："真的啊？"

"当然，"聂江澜皱了皱眉，点点头，"不然我也不会大老远赶过来了。"

沈彤抿着唇，重重地点了点头，一副"理解万岁"的表情。

"所以，"他顿了一下，挂在指尾的钥匙响了响，"还不放你的男朋友进去？"

沈彤拉开门："进去吧。但我可先告诉你，我没跟赵萱住一起，开的是单人房，里头可就一张单人床。"

"我当然知道你没跟她住一起，"聂江澜迈开腿径直往里走，像是有些为难，但还是克服道，"床小没事，我勉强忍忍就好了。"

勉强忍忍？

"要不我去楼下给你开一个房，现在应该还有房间，"沈彤往底下指了指，"应该可以开到这个房间附近的。"

他淡淡地问："那怎么陪你？"

"你等我睡着了再走不就行了吗？"沈彤老师持续提供思路。

"不用，"聂江澜道，"麻烦。"

"挤在这张小床上睡，我怕你不舒服，"沈彤说，"你怕我害怕，我怕你不舒服，两个人的害怕中和一下，最好的办法是在旁边开个房。谁的想法都能照顾到，很完美了。"

沉默了半晌，聂江澜决定放弃维持表面君子的设定，采取抢占先机的方式，直接反身躺在床上："我就睡这儿，舒服。"

他躺下之后，手顺势放在枕头下，往里伸了一下，好像摸到了什么东西，有点儿凉，圆柄状，仔细摸了摸，还能摸到纹路。他蹙着眉，把东西从枕头底下抽出来。

看清楚东西的那一刻，聂江澜感觉到这是自己人生中值得铭记的一个瞬间。

他转头看向沈彤，把手中的东西展开，递了过去，开口时，语调中有自己不易察觉的激动："沈彤，你的男朋友就想来跟你睡个觉，你在枕头底下放把刀？"

沈彤蒙了一下："啊？"

她眨了眨眼，仔细看了看。

在聂江澜手里的东西的确是她那把小的瑞士军刀，从国外带来的，纹路挺漂亮，削水果很好用，有时候拿背面那个小刀拆快递也不错。

聂江澜看着她，眉间压着一层不悦，写着"我需要一个解释"七个大字，乍一看，还有点儿委屈。

沈彤哪见过他这个模样，绷不住，忽然笑出声来。

聂江澜压着不悦道："你还笑？"

"没有，"沈彤咳嗽一声，"你怎么找到这个的？"

"你就把它放枕头底下，还怕我找到？"男人看着手里的东西，"这是趁我睡着想对我行凶的意思吗？"

沈彤憋着笑坐过去，拍拍他的头："等一下，你先冷静点。"

"开了几个小时夜车到这边，结果发现女朋友因为要和自己一起睡，在枕头底下藏了把刀，"男人声线平稳，陈述了一遍自己所看到的"事实"，"谁看了这个能冷静？"

"不是，"沈彤摸摸嘴唇，"这个不是为你准备的。"

他挑眉："别跟我说是为了晚上削水果吃。"

"你别说，"沈彤道，"这个削水果真的很快，你见过没？要不要我给你展示一下？我能削出一层薄薄的梨子皮儿。"

聂江澜沉默。

"好啦，不逗你了，"沈彤敛了笑，指指他手里的刀，"说来话长，这个，算是习惯了吧。我很早之前就习惯把它放枕头底下了，时间一久就忘了自己有这个习惯，所以你刚刚拿出来的时候我还没反应过来。"

她的语气没有了刚才的轻快，倒是变得审慎了一点儿。

聂江澜是聪明人，只听了几个字，心里就浮现出了一个可能。

他也不和她开玩笑了，坐得离她近了点，说："然后呢？"

"有这个习惯，应该是在很早之前，我刚入行的那个时候。"

聂江澜边听她说，边把玩着瑞士军刀。

沈彤细细回忆："我那时候刚入行不久，在一个剧组里拍剧照。后来剧组要去国外取景，我就跟着一起去了嘛，那时候剧组不是很有名，我也不是很有名，身边没有助理或者工作人员。

"去了那边之后，我又是个小姑娘，大家自然比较照顾我。某天晚上吃饭的时候，那个副导演拿着名片找到我，问我想不想要拍戏。"

聂江澜莫名恼怒："他是不是想我揍他？"

沈彤笑道："那我当然说自己不擅长了啊，而且从小没学过，拍不了的。他就和我说拍戏好啊，赚的钱多，而且有人捧一下就红了。他说一看我就适合拍戏，如果真的想拍，可以晚上去他房间找他，商量一下剧本和角色。"

说到这里，副导演的企图是再明显不过了。

聂江澜拿着手中的军刀，周身气场寒冷："这浑蛋是谁？你告诉我。"

"小导演而已，我那时候看完就忘，现在也不记得了，还得去找找才知道，"沈彤抿抿唇，继续道，"我肯定没去，而且有点儿怕，拉着一个朋友大晚上出去逛热闹的夜市，逛到天快亮才回去，还顺便买了把瑞士军刀。"

"回来你就把刀放枕头底下了？"

沈彤摇头："那倒没有。我看第一天晚上没事，就没拿刀。当天晚上，门锁了后还拿椅子挡在门后，还给朋友发消息，说如果听到我发空白语音就赶快报警。

"那天晚上也一直比较平静，直到两点左右，大家都睡熟了，我听到有人在敲我的房门。"

聂江澜看着她，手掌覆过来握住她的手。

"我一直没回应，外面就又有什么乱七八糟的声音，我怕他撬锁，就拿了把刀放在枕头底下，想着如果有什么事，我起码还有个武器……"

聂江澜紧紧握住她的手。

沈彤笑了下："那时候刚入行，太蠢了，应该直接报警的，但我想着报警也没什么证据，而且那晚之后我就严格遵循时间，跟大家一起上下班，他可能看我实在没那个意思，也就放弃了。"

听她说着这些，聂江澜心里沉沉的。

"其实也还好啦，"沈彤挠了挠聂江澜的掌心，"只身在外或多或少都会遇到点这种事，后来我跟我朋友都养成习惯，一个人在外面就会放把刀或者一瓶喷雾在枕头底下，以防万一。时间一久，就算有助理和工作人员了，我这个习惯也没改过来。"

看聂江澜一直没说话，沈彤一时间也有点儿虚。

"你干吗不说话啊？算了，大哥，你把刀给我行吗？你这样子，我有点儿怕你要去砍人。"

她以为聂江澜在发呆，伸手去拿刀，结果被他轻巧地躲过。

"不是……"沈彤忽然有点儿后悔自己讲得这么细致，"你真的要冷静点儿，我真的没什么事，没吃什么亏，有把瑞士军刀在身边，会让我有安全感，睡得也能踏实些……"

他忽然站起了身，沈彤伸手去拦，没拦住："哎，你干吗啊……"

男人一扬手，手里的军刀滑出一个抛物线，稳稳落进角落的垃圾桶里。

沈彤眨了眨眼。

"以后你不需要这个了。"他说。

"为什么？"沈彤垂着眼睫，"有这个，我可以保护我自己……"

他开口，简简单单的几个字，把她要说的话都堵了回去——

"现在你有我了，我会保护你。"

沈彤的指腹不自觉地蹭过衣角，有很细微的情绪顺着肺腑扩散开，在四肢百骸里流动。

像是冬天清晨冲的一杯蜂蜜水，酝酿着淡淡的甜味儿，乍然入口时并不浓烈，慢慢品味后却发现，那样的余韵，足够温暖一整个凛冬。

想了想，沈彤启了启唇。

聂江澜及时察觉到："想说什么？"

“那我以后不就没有削水果的刀了吗？那以后少了一个得力助手，岂不是不能削一层薄薄的梨子皮了？”沈彤比了比，“那个刀削水果真的一级棒，刀还有点儿贵呢……”

聂江澜眯着眼，舔了舔唇。

沈彤看他危险的表情和眼神，以防自己还没为刀讨回公道，就先被男人按到床上“就地正法”，立刻开口：“那我先去洗澡了，你自己休息一会儿。”

找到衣服，沈彤快速进了浴室。

在花洒下面磨蹭了一个多钟头，沈彤擦着头发趿着拖鞋出来了，有一缕刘海儿垂在额前，水珠往下坠了一滴。她观察刘海儿的时候，发现男人已经在床上躺好了。

聂江澜把外沿的被子掀开了一点儿，对着正在擦头发的人说：“别磨蹭了，快上来睡觉。”

沈彤从抽屉里翻出吹风机：“等下，等我吹个头发。”

他扬眉，道：“坐过来，我给你吹。”

沈彤拔下插头，把吹风机转移到床附近，坐在床沿，语调里还有点儿不确定：“你会吹吗？”

男人“嗤”了一声：“吹头发我还不会？”

“你头发短，我头发长，”沈彤看他手法好像有些熟练的样子，暗中试探，“你吹过长头发？”

“没，”聂江澜捏着吹风机，噙着笑瞅她一眼，“啧，不容易，你现在会试探我了。”

要说吹长头发，在电影里倒是看过不少次。

沈彤有点儿心虚：“我没有。”

“还没有？”他笑的时候带着鼻音，“准备好了？我要开始了。”

“我现在信了。”她吸吸鼻子。

“信什么？”

“相信你是第一次吹长头发，”沈彤盘腿往后靠了靠，“居然连这种事还要让人提前准备好。”不知道的以为要做什么精确到毫厘的手术。

吹风机打开，他挑着她的头发，举着吹风机一点点从发根吹到发尾。

她的发丝很软，浅棕色，发尾有点儿卷，湿漉漉的头发被他握在手心，水痕顺着掌心纹路四下游走。看着她的头发被风吹来吹去，像是玩着什么容易上瘾的游戏，他捏着那一缕发丝，变换着吹风机的角度，任由她的头发打着旋左右来去。

吹了大约几分钟，聂江澜回过神来了，感觉自己可能是有点儿什么毛病。就连给她吹头发都觉得很有意思，他可能真的是病入膏肓了。

沈彤感觉到他一直维持着一个姿势，从床头包里摸出一面镜子，放在脸颊前，打开照了照。

聂江澜用指腹贴上她耳根："在看什么？"

"看你啊，"沈彤移动着镜子，"想看看聂江澜给别人吹头发是什么样子的。"

终于调整到一个对的角度，镜子里的男人半垂眼睑，灯光从身后徐徐打落，他的下眼睑处投坠的阴影像弯弯的月。

他薄唇轻抿，脊背挺直，认真得像在创造一件艺术品，而不像是在给她吹头发。

他手指轻轻挑着："看够了吗？"

沈彤摇摇头："没。"

看这样的人褪去一身光环，被自己拽着衣角一步踏入凡尘琐事里，简直是太有成就感。

他可能是任何人眼里高高在上的人，却愿意为她走下神坛，弯腰俯身。

吹了好一会儿，沈彤伸手抓了抓发顶："还没吹干吗？应该差不多了呀。"

"这不是为了让你多看一会儿吗？"

"这不是真话吧？"

最后一点儿被吹干，聂江澜抓了抓她的发尾："嗯，真话是吹干一点儿，方便睡觉。"

果然，谁不知道他心里打什么主意呢。

下一秒，男人把吹风机放在柜子上，然后将她放倒："睡吧。"

头沾上枕头的那一刻，沈彤的脑子里冒出了一串句子——

所以让我过来吹头发是怕我突然跑了？

诓我坐过来就可以给我吹干头发，其实是直接让我在这儿睡了？

真材实料的导演，非常懂得为了剧情创造条件。

沈彤伸出一只手来，聂江澜立刻揽住她的腰：“去哪儿？”

“我……我关个灯。”

他手上的力道没松，等沈彤往上蹭了一点儿，关掉床头灯，他这才重新把她拉了回去。

房间里回归一片漆黑，沈彤睁了一会儿眼睛，才勉强可以视物。

安静和黑暗加倍放大感知，他随意又轻柔的吻缓缓下挪。

她很快代替敏感的耳垂缴械投降：“别别别，好痒……”

男人见好就收，用唇贴住她的嘴角，忽而笑了笑，声音也哑得不像话：“别？真的？嗯？”

他的吻由浅至深，最终随着风声平歇下来。

“好了，睡吧。”

第二天一早，沈彤的闹钟率先响起。

男人嫌刺耳，伸出长臂按开关，世界顿时清静了。

五分钟后，外面传来敲门声。

赵萱边叩门边问：“沈彤姐，起来了吗？”

虽然这次面前的门开得有些慢，但赵萱没多想，抬头道：“你要我给你带的相机包带来了，你看看尺寸……”

抬头看清楚开门的是聂江澜之后，赵萱吓得连相机包都没拿稳，相机包被抛起又落下，她像玩了一场杂耍，重新拿稳相机包之后，她站在原地一动不动，仍旧怀疑是不是自己眼睛瞎了。

聂江澜顶着有些蓬松的头发，一看就是在这里睡了一晚，她睡眼惺忪地说：“她还在睡。”

反应过来后，赵萱伸手把相机包递过去：“好……好的，那这个给你。你记得跟沈彤姐说我东西带过来了，还有，十分钟之后我们就要出发了，你快点儿把她、把她叫起来……我在门口等她……”说完，就一溜烟地跑走。

赵萱边跑边想，老天，平时沈彤姐都不会睡到这个时候的，昨晚是做了什么啊……

一分钟后，沈彤被聂江澜喊醒。他一脸无辜地传达完赵萱的意思后，她抬手掐了一把他："都是你非要来睡，把我的生物钟都打乱了。"

说完，她快速下床，穿好衣服出发，今天还是要继续《不凡》的封拍。

因为行程太忙，导致赵萱根本没有时间八卦，一见到沈彤就开始商量与工作有关的事情。

到了摄影棚，忙了三个小时后，沈彤坐在电脑前选照片。

赵萱夸奖她："我觉得这一组拍得也很好看，适合当封面。你不知道，这几期封面竞争真的好激烈的。"

沈彤挪动鼠标，问道："是吗？"

"对呀，"赵萱说，"《不凡》一年十二期，十二期里卖得最好的那期，摄影师可以成为常驻摄影师，后面就能经常参加拍摄。"

这么高端的杂志，能经常拍摄，算是莫大殊荣了。

"大家为了这个简直是抢破了头，真的，"赵萱小声道，"大家都是使出看家本领拍，听说有人光选一张照片就选了五天，还有人会买点小热门炒作一下自己和杂志，为自己以后铺路。"

沈彤不置可否。

赵萱提议："我们拍摄的这期大概一个月后上市，那我们到时候要不要也……"

"不用，"虽然不知道她具体指的是什么，但沈彤想也没想就否决，"接受市场的检验吧，没必要这样炒作己，容易看不清自己真正的能力和缺点。"

以前，因为《急速燃烧时》带来的热度不可避免，而且那么多摄影师，只有她的名号打响得最快，也算是市场的接纳，但现在，她不想通过人为操控去增加热度。

她喜欢真实一点儿的数据，也不喜欢炒来炒去。炒作的热度终究是一时的，等热度消退，后遗症开始显现，那时候的落差才是最要人命的。

又是一天的拍摄过去，当晚，正好碰上了《急速燃烧时》第四期播出。

赵萱提前守在平板电脑跟前，甚至连可乐都准备好了。

当沈彤换上礼服的那一刻，弹幕开始刷屏——

“沈彤就是聂江澜选的女主角吧？”

“看了剧透的人表示，这就是聂江澜设置的一个局！啊啊啊！每天骗妹子钻进自己怀里，真的非常腹黑了！”

“衣服真好看，鞋也是合适的尺码！彤啊，你醒醒，这是为你准备的！”

赵萱还不嫌羞耻地朗读弹幕。

“哇，这位网友说，我能想到最浪漫的事，就是为你以公谋私。”

朗读着朗读着，高潮戏份来了，赵萱一言不发，两眼发直地盯着屏幕，屏幕里的聂江澜在给沈彤穿鞋。沈彤实在是因为羞耻度爆表，看不下去，挪开脸，但还是听到他蛊惑人心的嗓音——“等你很久了，我的公主。”

“哇哦，”赵萱拍手，“真够苏的！”

弹幕也爆炸了，在上方疯狂翻滚——

“我怀疑这两个人是来这里谈恋爱的！求你们谈恋爱啊！去拍偶像剧吧！”

“真的好浪漫，吃着狗粮的我哭了。”

“亲！给我亲嘴！”

这才是童话的正确打开方式，围观其他四组，画风完全不同。

赵萱特别激动：“光是听说就知道肯定不一般，今日一见，聂江澜式撩妹果然名不虚传。沈彤姐，怎么样，心有没有‘扑通扑通’狂跳？是不是不管了、不想了，就想立刻跟这个人走——”

沈彤低头喝水，借杯子掩住自己的脸颊。

“不知道，此刻的我不是那一刻的我，你应该去问二十多天前的我。”

“那此刻的你心动了没有呢？”赵萱指着弹幕，“大家可都心动了啊。”

沈老师难得发表感言：“没用。”

别人心动没用，反正是她的男朋友。

第四期节目因为聂江澜的“浪漫细胞”迅速蹿红，热度比前几期更高，几乎席卷了每个平台，两个人的关系也引来了越来越多的猜测。

那天，聂江澜按惯例过来找她，房间里只有一个凳子，沈彤站着刷微博。

他不同意，一直闹她。

“干吗啊？”沈彤看着抓着自己袖口的那只手。

他拍拍腿：“坐我腿上来。”

沈彤挣扎了，当然，挣扎也没什么用。

最后，她无奈地坐在他腿上，道：“你安分点啊。”

聂江澜的脸埋在她颈窝里，鼻尖一直往前蹭，沈彤察觉到这个人又有了点什么别的心思，决定还是提醒他一下。

她把衣服往下拉了几寸，指着胸口处的口红印记：“看到没？你弄的，再往上一点儿，我带的好几件衣服都不能穿了。”

他低笑一声，伸手碰了碰，指尖稍凉。过了会儿，他缓缓道：“我知错了。”

沈彤抬首：“知错了吧？”

“嗯，我应该多吃点口红……”他说，“这才过了几天，这印记都快消完了。下次吸取教训，最好留久一点儿，多一点儿。”

沈彤伸出两根手指推他的头。

沈彤忽然在微博刷到什么，问：“你这次来，看到狗仔了吗？”

男人显然没怎么注意：“嗯？”

“出新闻了，”沈彤把手机递到他面前，“你看看。”

标题简简单单一串字——聂江澜与沈彤在 ×× 酒店共度良宵，恋情疑似曝光。

聂江澜拿着手机，简单地扫了一眼页面。

文章紧扣标题，引人入胜：

“最近，随着综艺节目《急速燃烧时》的热播，聂江澜作为智商担当，亮眼地走入大家的视线。其人气一路飞涨，在没有任何作品曝光的情况下，仅仅靠四期节目便人气暴涨，跻身一线流量队伍，潜力可见一斑。

“除了无可挑剔的颜值和身材之外，同样受关注的，还有他的私生活。节目中，他经常带着自己的跟拍师沈彤出镜，二人总是有说有笑，关系极好。在新播出的第四期节目里，二人更是为了演绎童话故事《辛德瑞拉》，在镜头前又是单膝跪地又是共赴舞会的，偶像剧十足的画面让大批观众直呼养眼，‘聂江澜和沈彤’这对 CP 的话题更是一度冲进热搜榜前十，甚至有人直接隔空喊话——‘在一起’‘结婚吧’。

“关于二人真实关系的传闻也不断，就在我们积极探秘间，偶然发现正在《见霜》剧组的聂江澜在前一晚驱车夜行……他此行的目的地会是哪里呢？跟着他抵达酒店，小编大吃一惊……”

内容紧紧围绕着标题，从他驱车往这边驶来，到他拉开车门下车，再到走进酒店，都有照片。因为时间是晚上，再加上是偷拍，所以照片并不清楚，还特意配了文字。

看聂江澜看着看着笑起来了，沈彤狐疑地盯着他：“这个……很好笑吗？好笑在哪儿？”

聂江澜给她指了指，语调沉沉：“你不觉得这些用词很好笑？”

“我还没仔细看，只看了图片，”沈彤凑过去，“我看看。”

第一张图，拍的是夜色里聂江澜模糊的车尾，配文：聂江澜驾驶自己的爱车驶往沈彤所在 ×× 酒店。

第二张图里，聂江澜到达目的地，指尾勾着一串钥匙下了车，配文：抵达目的地后，聂江澜迅速下车，迫不及待地走向酒店。

第三张图里，聂江澜的身影消失在酒店门口，捕捉到他身影尚存的画面旁边，挂着一行字：电梯通往沈彤所住的八楼，聂江澜得偿所愿，与沈彤共度一夜。

沈彤皱眉：“这些娱乐版块的编辑，用词怎么都这么肉麻？”

不只肉麻，还矫情，感觉下一秒就要写点什么“十八禁”的东西出来。

聂江澜笑道：“挺有意思的。”

“有意思？”沈彤回头盯着男人的眉尾，“你的关注点怎么跟正常人都不一样……”

他勾唇："怎么没意思，说得不对吗？"

"什么？"

"我的确是迫不及待，一路飙车来的，"他回忆起前一晚的景象，慢悠悠道，"而且跟你共度的那一夜，我的确……"

如愿以偿，得偿所愿，非常愉快——他心想，但没说出口。

听到"那一夜"这三个字，沈彤耳膜上像蒙了一层水雾，"嗡嗡嗡"的声音在耳边响起。

下一秒，她及时伸手捂住了他的嘴巴："行行行……我知道了，不用再赘述了，我知道。"

怕他又回忆起昨晚，说出什么惊世骇俗的话来，沈彤只好及时喊停。

他眸中酝酿着笑意，稍稍挑了挑眉。

沈彤皱皱鼻子，抱怨道："刚刚要和你说的明明不是这个的，你又把话题带跑了。"

"那你想说什么？"他继续往下翻看新闻，想到她说他关注点和正常人不同，又补了句，"正常人应该关注什么？"

沈彤咳嗽了声，终于把话题拉上正轨："就……被拍到了，后续怎么……"

终于从这个消息中抽离出来，聂江澜把手机放桌上："嗯，那你有什么打算？"

沈彤从桌上拿起自己的手机，一边找东西，一边问回去："你呢，你是什么打算？"

"我都可以，依你。"

公开或不公开，否认或承认，还是干脆避而不答，于他来说都没有特别大的关系，只看她想要怎么样。只是如果现在公开的话，他有个计划会被打乱。

不过不太碍事，如果她想要他现在给她一个公开的交代，那个计划他就不做了。

忽然被拍到，沈彤一点儿心理准备都没有，这会儿也不知道如何应对，感觉有很多问题都在脑袋里来回翻滚，绕成一团乱麻。

她点开微博，说："我看看微博。"

微博打开后有点儿卡，过了一会儿，她点进热搜榜，发现“聂江澜和沈彤的恋情”已经一跃成为第一。

第四期节目的热度没有消，冷不丁又被拍到二人一起过夜，话题搜索量不爆炸才怪。

沈彤点进去，想看看大家的评论。

话题里，最热门的那条微博评论过了两万，有很多人祝福他们——

“自古红蓝出 CP！第一次当 CP 粉，居然吃到了真实的糖，高兴到爆炸！”

“从看第二期节目开始，我就觉得两个人之间有点儿什么，直到第四期，简直是肉眼可见地升温好不好？”

“虽然是粉丝，但是从饭上聂江澜开始就知道他不是走流量挂的，所以看他谈了女朋友也没有太意外，反而挺高兴的，如果是真的，祝福啦！”

“我下午本来很困想睡午觉，看到这条消息，忽然清醒到想蹦迪！一开始无意间在 B 站（Bilibili，被粉丝亲切称呼为 B 站）剪辑里找到小互动，只是觉得两个人都好好看，业务能力又强，还都能跑，般配度很高，希望是真的！我永远爱我的红蓝 CP！”

当然，也有很多吃瓜的——

“楼上的 CP 粉也别太肯定了，现在只是同框，正主们都还没站出来说什么，也不要一口咬定真的恋爱了吧。”

“《急速燃烧时》刚刚拍完最后一期，节目里两个人关系又好，节目结束了肯定很久没见。而且听说当天酒店周围有杀青的剧组发生了小意外，有可能是女孩子胆子小，只是喊他过去陪一夜，不做什么。我有时候害怕也会叫离得近的朋友来陪我看剧之类的。反正我倾向于朋友关系，不一定是恋爱了。”

“楼上的确定吗？都是成年人了，还盖着棉被纯聊天？”

“有可能不盖棉被，这谁说得清？反正男未婚，女未嫁，就算大半夜在房间打一夜游戏，谁又管得着？”

“只有我一个人觉得有可能只是深夜无聊，然后两个人……完事了就装作什么都没发生？共度春宵也不一定要恋爱嘛。”

沈彤认真看着，聂江澜的下巴搁在她颈窝里，跟她一起一点点地浏览评论。

看到这一条的时候，男人皱了眉，修长手指在屏幕上点了点："完事了就装作什么都没发生？我在他们心里是这样的人？"

"在他们心里是什么样，我不太清楚，"沈彤的心思都放在看评论上了，说话也没经过大脑思考，脱口而出道，"反正我那时候进组没多久，大家都觉得你长了张性冷淡的脸。"

那时候正拍完第一期，某天休息，大家围在一起，说到聂江澜那张清心寡欲的脸，不知是谁率先说了句"性冷淡"，结果全体人员附和。

沈彤在席间还听了一个爆料，说聂江澜在某酒店下榻之后，晚上有不少姑娘抱着别的心思去敲他的房门，怎么敲都敲不开，以为他不在房间里，却马上就听到里面的人在放音乐。

"清心寡欲"的聂少爷就这样拒绝了所有别有用心的人，告诉人家他在房间里，但就是不想开门。时间一长，大家也都明白了点什么。这人啊，就是不近女色。

沈彤想到了这事，就随口说了那句话，说完才感觉到不对。

祸从口出，她现在是什么话都敢往外说了，她居然敢对这个昨晚还趴在自己身上又亲又啃又揉的男人说觉得他是那……

她懊恼极了：沈彤，你别是不想要命了吧？

聂江澜稍微愣了那么一秒，当然，只有一秒。

下一秒，他凑近她的耳边，横在她腰间的手不动声色地收拢，待她更贴近自己后，轻轻地吐了一个音节："嗯？"

沈彤的耳朵一下子热起来，她含混不清地提醒他道："干正事……干正事！"

现在他们的事还挂在热搜榜上被人议论，这男人居然还心安理得地在这儿跟她撩来撩去。

他轻笑一声，用嘴含住她的耳垂："你在这里，对我来说还有什么是正事？"

沈彤费力挣扎，举起手里的手机，余光看到一条微博里的几个关键字，自己脑中也倏地闪过了什么。

她开始试图唤醒聂江澜的“良知”：“看到没？聂江澜，有人在这里黑我了。有人说你的老婆的不是了，你还在这里儿女情长、卿卿我我，你羞愧吗？”

话一说出来，气氛凝滞了三秒。沈彤被自己下意识喊出来的那一串句子给吓愣了。

很明显，他从她那一长串话中捕捉到了什么。

聂江澜顿了一下，漆黑的眸子看向她，她刚刚……说她是什么？

沈彤抬头看向天花板，思绪飘远——我是谁？我在哪儿？我刚刚说了什么？为什么我要这么称呼我自己？

最终得出结论：今晚不宜说话。

聂江澜因为她的话停止了之前的动作。过了半晌，他合了合眼，然后无奈地问：“评论又说了什么？”

沈彤松了口气，赶忙把手机拿起来。

刚刚聂江澜问她有什么打算的时候，她就感觉有什么关键信息被遗漏了。

此时看到这条评论，她才惊觉，原来自己刚刚忽略了的关键信息，就是这一条——

“早不曝光，晚不曝光，偏偏选这个时候曝光，有眼睛的人都能看出来，两个人早就有点儿什么了，偏偏选这个时候是什么意思？让我给大家解释一下，沈彤前阵子在拍《不凡》的封面，过段时间，那期《不凡》就要上市了。如果当期杂志卖得好，沈彤就可以做一线杂志的常用摄影师，其中利弊，大家懂了吧？”

众人都爱看热闹，这条微博热度挺高，点赞有几千，评论也有一千多——

“自《不凡》定了‘一年中杂志卖得最好的那期，摄影师便可成为常驻摄影师’的规矩之后，多少人削尖了脑袋都想赢得这一个曝光度。沈彤倒好，搭上个一线流量艺人，炒炒绯闻，轻轻松松便把流量揽到自己这边来，到时候杂志卖得好还不是不费吹灰之力？”

“前几天是《急速燃烧时》第四期，节目中两人的暧昧绯闻才冷了几天，上来就是××酒店过夜的绯闻，我看这情况他们是不打算回应。

到时候冷个几天，炒炒疑似同居绯闻，再冷几天，承认恋情，然后微博为他俩爆炸，刚好碰到《不凡》上市，再一宣传，卖到成为年度最佳几乎毫无悬念了。厉害，真是有远见。”

“我当时就觉得沈彤这个地位的摄影师去综艺节目当跟拍师有点儿屈才，现在想想，真是个只赚不赔的买卖，毕竟勾搭上一个一线流量艺人，想干点什么，人家的热度都能为你铺路。”

“早就听说为了杂志卖得好，不少摄影师都会去买热搜做营销。今天一看，果然名不虚传，连私生活都要消费。”

看了十几条，沈彤关掉了页面。

她正要说点什么，余光看到聂江澜拿出手机，似乎在编辑什么。

沈彤目光挪过去：“你干吗呢？”

“跟何故说一下，”男人目光凛然，“把这些垃圾言论处理掉。”

“不用了。”沈彤说。

聂江澜停下打字的动作，看着她。

沈彤说：“虽然这些人说得难听了点，但我发现刚刚你问我打算的时候，我有点儿犹豫，就是有这个考量。”

男人示意她继续：“你说。”

“《不凡》确实不久后就要上市了，预售会比上市提前七到十天，也就是说预售很快就要开始了。你应该不知道他们的规矩，一年十二期里卖得最好的那一期，摄影师可以成为常驻摄影师。这个杂志名声很大，确实不少摄影师都想要那个名额，”沈彤娓娓道来，“如果我们这个时候回应，确实就是借我们的恋情炒作。”

“我们的恋情”几个字让聂江澜眉间有了一丝喜色，他淡淡道：“但你并没有这个打算，又不是为了杂志卖得好，我们才回应的。”

“如果刚刚我这么回应，确实是心之所至，意之使然，情还没想到杂志的事。”沈彤握着手机，有些为难，“但是现在我看了这条评论，我知道公开就是炒作，就是消费我们的恋情。”

聂江澜点头：“我懂你的意思，你不想消费这段感情，也不想借私生活炒作工作。”

他总结得又快又准，倒是让沈彤愣了一下。

她就是这个意思，现在整件事的热度明显已经很高了，如果他们站出来回应，就是火上浇油，热度只会更加猛烈。

而只要站出来，依照他们两个的性格，是绝对不会遮遮掩掩或是说谎的。只要回应，那么一定是承认。

这样就会带来大把的流量，聂江澜的不少粉丝会爱屋及乌，把自己的热情挪到沈彤这边来，CP 粉会更加坚定地维护她，路人也会来支持她。

毋庸置疑，这热度，一定会为沈彤和她拍摄的杂志，带来很大的影响。那期杂志的销量，肯定比原本应有的销量要好上几倍。

宣传和营销的力量有多大，她在圈子里这么久，早已很清楚。

之前赵萱问她要不要营销的时候，她直接拒绝，也是因为她不想为了这些虚浮的流量而迷失自己，让自己看不清自己真正的能力。

而且，借着这种花边新闻带来的工作便利，会让她觉得自己是有什么靠山。

她拍了这么多年，从来没有想过要靠谁，能走到这一步都是凭借自己的努力。

以前是，以后一定也是。

另外，她不想消费这段感情。

“我想我们公布的时候是很纯粹的，到了时机，然后公布。而不是因为被拍到，什么准备都没做好，忽然就公开了。而且，后面杂志的销量沾了公开恋情的光，会让我觉得有点儿……我是在利用这段感情。”沈彤斟酌道。

爱情本来应该是很纯粹的，不掺杂任何的算计和功利。她不想因为这些，直接或间接地从感情身上汲取利益，这样会让这段感情失去原本的纯粹。

“利用谈不上，”聂江澜道，“但我懂你的意思。”

出于各方面的考虑，她做这个决定很正常，也很正确。

“那现在就不说了，”他伸手理了理她的刘海儿，“等这阵子过去再说。”

沈彤扯着他的袖子：“嗯，等杂志上市，我们再公开也不迟。这样也不会被人说炒作了，大家对这段感情也不会有那么大的怀疑和恶意了。”

等她用实力证明自己，用杂志的销售量说话，公布时不靠任何人，才会更有底气。

“好。”男人顺着她，“那等你杂志上市之后再说。”

沈彤的脸在他袖子上蹭了蹭，像只温顺的小猫。

他漫不经心地勾勾唇，好笑地说了句：“我女朋友，如果真的找我要资源，还会在什么杂志那里争露脸名额？”

她弯弯唇，抿出一个笑来。

既然现在不公开，那他还可以照原计划行事。他垂了垂眸，暗自做了规划。他们公开恋情，不应该这样简单，她应该拥有更加盛大的仪式，也值得。

沈彤当然不知道他的想法，还在一点点思索着。

她说：“那我们就不回应，等这个话题的热度自己降下来，在这个信息爆炸的时代，消息冷却得也很快。不过我们不回应的话，肯定还是有很多狗仔什么的拍……”

聂江澜仿佛知道她要说什么，看着她。

沈彤小声地问：“你要不要……”

话没说完，聂江澜冷静地打断：“不要。”

沈彤看着他，等着他把话说完。

“如果你要跟我说，让我在杂志上市之前减少来找你的次数，或者鬼鬼祟祟地躲狗仔，”聂江澜指了指窗户，“我就从这里跳下去。”

沈彤憋笑：“我不信。”

“你不信？”他眯了眯眼。

“聂老师不是这种恋爱脑，为了几次见面机会就寻死觅活的人。”

他舔了舔嘴角，笑得有点儿凉：“所以你真的打算这么说？”

“不是啊，”沈彤说，“我想说这酒店有个后门，问你要不以后从那边来，然后从片场出来别太大摇大摆了，不要把那种要见我的喜悦表现在每一个细胞里。”

聂江澜沉默了。

沈彤摸摸他的后颈：“毕竟杂志上市还有一阵子呢，我俩总不可能为了这些人真的不见面了。”

话刚说完，握在手里的手机振动了起来。

聂江澜比她更敏感：“谁的电话？”

“赵萱。”

得到这个回答，他才松手，让沈彤起来接电话。

“沈彤姐，”赵萱握着手机，直切话题，“有空吗？等会儿下来我们商量个事呗。”

沈彤回头看了一眼：“什么事？”

“就是《风赏》那边想谈谈合作之类的问题。我之前不是和你说过吗？那边最近有个主题是‘跨界’，要找原先不是模特的人来做封面模特。”

沈彤顿了一下，问道：“你给我投稿了？”

“我之前看你拍的那些照片挺好的，本来有投稿的意向嘛，但是还没来得及，”赵萱笑笑，“人家自己找过来了。”

“要谈多久？”

“一会儿就好了吧，那边的负责人说就是给你介绍一下，然后看看你的意向。”

“好。”沈彤答应了。

电话挂断之后，沈彤习惯性地从桌上拿起自己的小包：“赵萱找我下去说点事，一会儿我就上来。”

“一会儿是多久？”

“不超过半小时，”沈彤做着保证，“你还在上面，我不会聊太久的。要吃什么吗？我帮你带上来。”

男人百无聊赖地转着手里的手机：“你把你自己带上来就行了。”

“好，那我一会儿上来。”

沈彤刚转了身，开了门，猝不及防，门又被人关上。

“怎么了？”她回头对上他晦暗的目光。

聂江澜顿了一下，开口道：“你之前……叫的，再叫一次？”

沈彤一开始没懂：“我叫的什么？”

“刚看到黑料的时候，你说你是什么？”他“好意”提醒。

那时候，沈彤老师说自己是什么呢？

她一时心直口快，称自己是他的老婆。

沈彤看着他，张了张嘴，有些扭捏："不瞒你说，其实我很早就想跟你说了……"

聂江澜眉一挑："嗯？"

"我其实是一条金鱼，只有七秒钟的记忆。"沈彤硬着头皮说道，"刚刚说了什么，我的确不太记得了。不告诉你是怕伤害你，这样吧，我现在先下去一趟，不知道回来的时候能不能记得。记得的话就是我们的缘分，不记得的话……"

"要不要我下去接你？"他突然发问，打乱了沈彤的思路。

沈彤侧了侧头："啊？"

他挑起嘴角，好整以暇地说："不是只有七秒钟的记忆？等下不会忘记自己住在哪里？"

沈彤失语。

"男朋友是谁会忘吗？要不要我给你填个表格，自我介绍下？"

第九颗心

草莓心

如沈彤所料，合作的事情大概只谈了半个小时。杂志的负责人也很忙，跟沈彤大概介绍了一下那期的主要内容，说了下她为什么适合这个主题，还说希望她好好考虑。

那一期杂志是公益性质的，所有利润将全部捐给希望小学。

洽谈之后，负责人递给沈彤一个册子，再三表明想要合作的意愿。

“这个目前不着急，您先参考一下，有什么问题可以问我，我的名片在里面夹着。您是很适合这一期主题的，希望您好好考虑，有想法了欢迎随时联络我们。”

“好的。”沈彤接下了宣传册。

她没有立刻答应，只是把这个行程纳入了考虑的范围内。

做模特这桩事对她来说不难也不简单，比较吸引她的是这次拍摄是公益性质的，到时候收到所捐款项的希望小学有个书屋会落她的名字，听起来很难让人不动心。

但她的心思暂时没有放在要不要接这个拍摄上，因为过不了多久，《不凡》就要上市了。

上市之前，微博上还有不少人在等着看沈彤的战绩——

“没有公布恋情就开始售卖，我还是挺意外的，假如卖得不怎么样，是不是会公开？”

“各方面的新闻都冷却了，我看看她的杂志能卖几本。”

“不会差的，沈彤拍的杂志就没有卖得差的。”

中午十二点，预售通道正式开启，《不凡》在预售期间的销量走势很好。通道才打开，不过是沈彤刷新了一下页面的工夫，销量就从两位数跳到了三位数。

“我也买一本好了，”赵萱举着手机，“刚刚换了个绑定的账号，检查一下能不能用。”

沈彤点了点头：“那我应该给你报销。”

赵萱做了个鬼脸：“哎呀，不用不用，三四十块钱你的助理还是出得起的。”

赵萱动作很快，直接从官方链接进入，然后选择了商品，直接购买。一气呵成，购买过程不超过五秒。买完之后，她顺便看了一眼销量。

“我的天哪，”她不自觉地感叹了一声，“我下单之前还是九百九十九本，只不过是下了个单，就已经一千零一十二本了。”

虽然说这是在预料当中的事，之前的几次售卖，赵萱也见识过大家强大的购买力，但此刻还是禁不住有些震惊。

“你积累了这么久的人气毕竟不是开玩笑的，”赵萱咂咂嘴，“还真是摄影师中的扛把子，这么能卖。”

沈彤滑到页面底下去看详情，道：“之前几本都卖得不错，估计积累了一批粉丝，更何况还有之前的死忠粉。”

练习摄影这么多年，过硬的基本功也在给她撑腰。加上这期杂志的封拍她自己也准备了很久，模特从前拍的杂志和适合的风格，她都看了不少，拍的时候也能抓住亮点。

这么一结合，她预料销量怎么也不会差到哪里去。只是没想到卖得这么好，这个成绩确实有点儿把她吓到。

赵萱语调中隐隐有所期待：“我立刻截图，将所有的好成绩一口气挂到微博上去，文字我都想好了。”

“嗯？什么？”

赵萱有些跃跃欲试："点我微博，在线观看黑粉打脸。"

一开始说沈彤为了卖杂志炒作恋情，又说这是她从进组开始就酝酿的一场大戏，还说什么花式蹭流量……总之他们什么难听的话都说得出口，恶意评论她为达目的不择手段。

沈彤不争不抢，不着急反驳，只是等所有的舆论和热度都冷却下来，过了一阵子才开始通知杂志上市的事情。

她就是这样冷静又从容，告诉那些恶意中伤她的人，她只靠自己，也能把本职工作完成得很出色。她不需要蹭流量，她本身就自带流量。

果然，预售成绩一出，还活跃在相关话题内的黑粉像泄了气的皮球，一个个都蒸发了。还有挺多人嫌自己之前发表的言论有点儿丢人，删掉了不少。

赵萱嚷嚷着："奇怪，前几天这些黑粉不是还蹦得挺带劲的吗？之前那些说你炒作私生活的呢？怎么也不说话了？说你炒作被发现了就心虚，不敢回应，只好偷偷卖杂志，坐等你杂志卖几本的人呢？哪儿去了？

"我们国家应该定个规矩，净化下网络环境——智商低于正常人者，没有留言的资格，省得看不懂别人说什么做什么，自己还乱放炮。"

"有道理，"沈彤跟随她憧憬了那么一下，"能真正施行的话，键盘侠得少不少。"

赵萱大手一挥："行，等我什么时候收购微博了，我第一个把这事提上日程。不过……"赵萱画风忽然一转，"前阵子太忙，我都来不及问你。"

"嗯？"

"就你和聂江澜被拍到那个事儿，是真的吧？"赵萱忽然转换了话题，突如其来的"八卦欲"把沈彤打了个措手不及。

"我那天早上来找你送相机包，发现开门开得有点儿慢，没想到是别人，抬头一看，嚯——"赵萱形容得绘声绘色，还比画着，"就……聂江澜穿着一件领口敞开的 T 恤站在我面前，头发也是乱的，一看就是在这里过了一夜那种，而且看得出来是刚醒，眼神中还带了一点儿疲惫，就好像前一晚……"

“你不去当话剧演员真的很可惜，”沈彤拍拍她的肩膀，“作家也不错。”

这种事无巨细地还原场景的能力，还有出奇的脑补能力和推理能力，让她觉得让赵萱当自己的助理真的很屈才。

“不瞒你说，我之前的梦想是当一个八卦财经小记者。”

沈彤从桌上摸来一盒葡萄干，边吃边点头道：“嗯，有志向，然后呢？”

“然后，八卦财经小记者就问沈彤女士，”赵萱咳嗽一声，“请问您和聂江澜是什么关系？”绕来绕去，被她绕回来了。

也没什么好藏着掖着的，沈彤抓了一把葡萄干放进赵萱手里：“就你看到的那种关系。”

“那种关系？”赵萱刻意把前两个字的音节咬得抑扬顿挫，“那种？是哪种？”

沈彤今天心情好，玩心也上来了，笑着回道：“就是那种，不清白的关系。”

“我还以为你们只是暧昧，还没到……没想到……”赵萱咽了咽口水，把右手的葡萄干转移到左手上，用右手捂住鼻子，“这么刺激的吗？”

沈彤被她这模样逗笑了。

赵萱凑近，继续问：“什么时候在一起的？谁追谁？吵架了一般听谁的？他什么时候开始对你有意思的？具体是什么样子的能说来听一下吗？”

“就是……”沈彤偏了偏头，开始有意逗赵萱，“桀骜总裁狂追火辣娇妻那种套路，你能脑补吧？”

“所以聂江澜是桀骜总裁，还邪魅一笑是吗？”

“不是，”沈彤好声好气地指了指自己，“我说的总裁，是指我。”

沈彤的手机本来已经被扔在桌子上了，这会儿，她像是想到了什么，又把手机拿起来了。

赵萱奇怪道：“干吗？”

“哄哄我的小娇妻，看他怎么样了。”

赵萱“嘿嘿”笑了两声，过了半晌，摸摸自己鼻子：“聂江澜要是知道你这么叫他，可能会把你的嘴亲肿。”

“你们八卦财经记者用词都这么稀奇古怪的吗？”

赵萱难得没有怼回去。

沈彤点开和聂江澜的对话框，思绪一下子还没切换过来，消息已经迅速地发了过去：“小娇妻，在干什么呢？”

过了一分钟，聂江澜回复一个问号。

聂江澜：“小娇妻是什么东西？”

沈彤：“哦，我输入法坏了，刚刚自己打出来的，你在干吗？”

聂江澜：“在路上了。”

沈彤：“去哪儿？”

他回答得简明扼要：“来找你。”

过会儿，他又补了一句：“从后门。”

不过一会儿，沈彤就收到了他的电话，电话里的声线沉沉：“你下来一趟。”

沈彤问道：“怎么了？”

“后门从里面锁住了，要你出来开一下。”那边传来他开锁的声响。

“好，你等一下，我马上下来。”

她睡衣也没来得及换，穿着一双拖鞋，坐电梯到了一楼，绕到后门处。果不其然，聂江澜已经在外面等着了。后门这边是声控灯，沈彤拍拍手，让灯亮了，看见隐约的光影中他的侧脸。

“我马上打开，”她说着去摸门锁，“你等一下。”

他“嗯”了声：“好开吗？”

沈彤把门闩抽开，拧了拧，门“吱呀”一声打开。

聂江澜迅速地溜进来，沈彤一抬头，看到他发丝上沾着的白色毛絮。

她伸手碰了碰：“你头发上是什么？”

聂江澜回身看了一眼，道：“外面树上掉的吧。”

沈彤招手：“那你过来，我给你清理一下。”

他半倚在墙壁上，眉眼带笑地看着她，顺从地走近，再往后靠。沈彤把一边的板凳挪过来，站上去，这样就比他要高上一截了。因为凳子脚不太平，所以沈彤有点儿晃，还没来得及站稳，就已经摇摇欲坠。要倒下的那一秒，她及时抓住了聂江澜的衣襟。

男人滚烫的手心捏住她的手腕，看似是在抓紧她。他低笑一声，淡淡道：“站稳啊。”

沈彤抿唇，嘴角弯出一点儿笑意，抬手帮他拍掉发顶上的毛絮。

聂江澜的头发前面有一点儿树上落下的毛絮，后面也有不少，沈彤身子前倾，给他清理。

她没有受力点，手肘只能抵在他肩膀上使力。这个姿势本来就有点儿像拥抱，谁知道聂江澜一抬手，抓住她的两只手肘，放在自己背后，让她整个人半挂在了自己身上。

忽然被换了个姿势，沈彤惊呼一声。

他倒是依然悠闲：“这样方便点，免得你看不清。”

一点点给他清理的时候，沈彤听到他的心跳声，那个瞬间，她忽然想到了很多——

想到第一次大规模的水军攻击时，他彻夜不休地坐在电脑前给她整理资料；想到这个不可一世的男人给她吹头发，一举一动里都有种生疏的认真；想到不久前绯闻被曝光，她说出自己的想法，想要暂时不回应，等待风波过去后再公开，他欣然应允。

那时候，虽然他们隔得很远，但她像现在这一刻一样，能感觉到他炙热的心跳。

前段时间太忙，她甚至都没有仔细思考这些。

也许是环境和家庭使然，她一直不是一个特别有安全感的人，也很难迅速地交付自己的心。

一开始对他是喜欢，觉得可以去尝试，但随着时日推移，两个人经历的事情越来越多，已经不只是在综艺节目里完成各种挑战了。

是从什么时候开始的呢？看到他会觉得心安，他说有他在的时候，无论怎样艰险的环境，她都真的不害怕了。

第一次面对水军时，她不害怕，但有些无措。可他为她筑起了一道墙，为她阻挡了无数不怀好意的目光和质疑。所以第二次，她不害怕，也不茫然。

今天预售过后，压在心里的一块大石头终于落下，那些细节就一遍遍在脑海里回荡——

他没有任何犹豫，所有的决定，都顺着她的想法来，这是他保护和爱她的方式。

以前她总是迷迷糊糊的，对这段感情也是，只是感觉到也许有一个算是不错的结果在等着自己，但想仔细看，总是看不真切。

现在才恍然感觉到，原来因为在这之前，她的心里还裹着一层很厚的铠甲，所以有的时候面对他的热烈和撩拨会闪躲，他站在那里，她也不会动，他走上前来想要拥抱或是亲吻，她就顺从地给予，但始终没有上前一步。

原来她的潜意识在保护自己，让自己不要给予太多，不要陷得太深。

但这一刻，像是面前重重迷雾被拨开，铠甲也被温柔而无形的手脱下——两颗心在这一刻，终于无所保留地走到一起。

他从来没有遮掩，给她的始终是全部，而她在这一刻才后知后觉地敞开全部的心扉，开始有了温度，开始变得柔软，开始愿意相信。

这个世界上一定会有很多人让你想要穿上铠甲自保，但能让你心甘情愿地在他面前脱下铠甲的，只有那一个人。

声控灯静悄悄地灭掉了。

沈彤静静地抱着他，这时候才意识到自己好像真的很少主动拥抱他。一直以来，她都真真切切地被他感动，被他温暖，被他融化。

这样就很好了，沈彤默默地想着，就像冰块终于被日光融化，冰块里尘封的人，会献上自己的真心，作为报答。

“聂江澜。”她忽然叫了一声。

他察觉到这气氛悄然变化，手搭在她后背上，加深这个拥抱：“嗯？”

她合了合眼，轻声说：“没什么，我就想叫叫你。”

聂江澜顿了一下。

“嗯，想叫就叫吧，”他说，“以后每一次想我了，就叫叫我，我会一直回应你。”

她伏在他的肩头，闻见他身上淡淡的海风气息，和初见时一模一样。

“聂江澜。”

“嗯。”

她抬起头，看到窗外投射的一束光影落在他鼻尖，忍不住伸手碰了碰：“我有一个大胆的想法。”

她的声音很轻，眼睑半垂，目光不知道飘向哪里。

聂江澜闭上眼，准备接受她即将落下的吻。

两人的嘴唇要贴合的那一秒，声控灯被人按亮。

沈彤愣了，转过头。

赵萱搓了搓手：“我看里边儿没动静，以为你们打不开门，打……打扰了……”

下一秒，赵萱脚底抹油，转身就跑：“你们继续，继续啊……”

一个被打断的吻，继续完成的可能性是零。

没过几天，《风赏》的负责人又找到沈彤，表明了自己的意向。

桌对面穿着西服的男人递来一份资料：“我们这期的主题是‘跨界’，这个上次我也说过了，无论怎么衡量，您都是最好的模特。我们打算封面的拍摄做男女搭档，请的男模特是画家孟平，他的粉丝也多，但还是不如您的多。

“后来我们也看了一些女摄影师的资料，毋庸置疑，那些摄影师都很优秀，但作品的流量转换不成自身的流量，假如做模特，让大家看到并想买的概率也比较小。而您的外部条件好，也更适合上镜一些，所以您是最好的人选，您觉得呢？”

沈彤没说话，低头看资料。

负责人继续道：“这是我们第一次以公益合作的形式来拍摄封面，利益捐给希望小学，两个书屋分别会冠上模特、摄影师的名字，虽然没有酬劳，但也算以模特和摄影师的名义做了公益。”

“嗯，这个我知道。”沈彤点头，“也不是薪酬的问题。”

“我们这边三番五次找到您，也是觉得您比较有号召力，对我们杂志也是有很大的好处的，”那边的人再三保证，“您放心，我们绝对不是骗您，没有给出薪酬却表现这么强烈的合作欲望，是想要双赢。”

沈彤抿唇，翻了两页，看到册子里孩子们发自肺腑的笑脸，一瞬间就被撼动了。如果杂志卖得好，这些希望小学能得到更好的资源吧。

本还担心着自己能不能胜任这个职务，但当下，沈彤决定拼一拼，接下这个活。

“好，那我就试试，具体的拍摄时间是什么时候？”

“下周。”

谈好了合同，赵萱再三确定了不少细节，合作的事才算这么正式确定了。以往都不太爱宣传的《风赏》官博，大概是看沈彤流量好，这次便提前公布了沈彤和自己的合作——

“《风赏》首次公益拍摄，下一期将与模特 @ 沈彤 @ 孟平和摄影师 @ 宋丽合作，为你诠释全新的主题——跨界。公益刊所有利润将捐给希望小学，活动透明、公开，欢迎大家监督。希望书屋会冠上沈彤、孟平与宋丽老师的名字，感谢三位老师无薪酬参与。爱心公益，一路同行。”

底下的评论纷纷表示很意外——

“看到 @ 沈彤，下意识地以为她又拍了什么刊，还以为要拿大满贯了……仔细一看，她这次是当模特吗？”

“本来我也挺疑惑，但看到主题就明白了，这次是跨界嘛，宋丽老师原来也是医生，后面毅然决然转行，选择了摄影行业。孟平也是，原来是画家，现在改当模特了。那沈彤这次肯定是转行做模特了，你别说，我还有点儿期待。”

“给大家科普一下，小姐姐这不是第一次做模特，以前也拍过一次公益刊，卖得不错，但那时候她没有现在红。听说也有杂志找她做模特，她都婉拒了，唯一接下来的两次居然都是公益刊，好吸粉。”

“以前虽然她也拍过，但我到现在确实是第一次听说摄影师可以当模特……沈彤这已经算半个艺人了吧？这是怎么玩的？我以前没见过，长见识了。”

评论里各种各样的讨论声都有。

不过一会儿，当天下午，聂江澜在《见霜》拍摄地的花絮被曝光。

花絮里，他手拿剧本，在摄制现场看了一会儿表演，后来导演讲戏，把他也拉了过去：“刚刚江澜跟我说了一个点，特别好，有个句子特别贴切，我忘了，江澜，你再给他们说一下。”

聂江澜拿着剧本，神态认真：“刚刚那场戏只有孙凌是在状态的，其余的人都有点儿出戏，还有人演着演着笑场了。希望你们记住，人物是自己塑造出来的，好演员能把虚假的东西都完成得像是在身边发生的，不合格的演员是把真实的事也塑造得很浮夸，让人难以入戏。你们要先相信人物，人物才能相信你们。”

画面切换，孙凌对着镜头笑了笑：“聂老师讲戏真的挺好的，这部戏他参与了很多细节的指导。这部戏拍完他可能就要拍自己的电影了，希望大家多多支持。”

上次出现还是在综艺节目里“破案”，这次出现居然就是在拍摄现场，群众纷纷贡献上了自己的赞美——

“之前《急速燃烧时》第三期他做过导演吧，感觉挺专业的。”

“对不起，我觉得……他好帅。”

“要拍自己的电影吗？天哪，虽然之前看综艺节目感觉他做导演挺有天分的，但是角色忽然转换得这么快，我还有点儿回不过神来。”

“能在《见霜》这样的剧组里有点儿发言权，聂江澜真的有两把刷子，看得出来是真的喜欢电影吧。”

“如果导演都能这么认真，我们怎么会在电影院看到这么多烂片？现在好多青年演员的演技辣眼睛，就是一点儿信念感都没有，感觉像是在几个世界里演戏。”

这两个话题被大家讨论了几天后，某一档脱口秀也聊到了他们。脱口秀的主持人很有名，脱口秀的收视率也不错，主持人几乎是什么都聊，偶尔也聊聊热点。

沈彤看到了一段截取视频，里面说了有关她和聂江澜的事。

刚好聂江澜来找她，赵萱也在一边打点工作的事，三个人就坐在一块儿看。

主持人拿着一把扇子，慢悠悠地扇着：“说到最近娱乐圈大事件啊，就要说到聂江澜和沈彤这两人了。

“先是疑似恋情曝光……关于他们感情的事真真假假，我不多做揣测和评论，粉丝们喜欢叫他们‘红蓝CP’，但我看了今天的两条新闻，我觉得不应该是‘红蓝’，应该是‘不一样’。为什么是‘不一样’呢？俗话说得好，喜欢一个人就离他的生活远一点儿，离他的作品近一些。那么今天，我跟大家聊聊什么叫作品。”

底下传来一阵叫好声。

赵萱在一边咬唇：“听说这人是个狠角儿啊，讲话特别犀利。”

“除了恋情曝光，那就是前几天两个人被曝光的工作上的事。聂江澜，现在年轻人没谁不知道的，一线流量，靠综艺出道进了娱乐圈，电视剧、电影没演过，也没出过歌，目前手下唯一一个作品还是在综艺里拍的微电影。靠综艺出道，然后迅速爆红，我目前见到的，他是第一个。”主持人比了个手势。

“真会夸人啊。”赵萱评价主持人。

“这种人非常有观众缘，也有自己的本事。我们有句话不是这么说的吗——唱而优则演，演而优则导。我很能理解，不少导演都是这么转型的。但是聂江澜呢……他不只是第一个靠综艺出道爆红的，还是第一个刚做完综艺就转行做导演的。他有没有拍电影的经验我不知道，就知道这么一人，也许怀抱着匠心精神，要拍电影。”

讲到聂江澜，沈彤看了一眼身边的男人。

他很镇定地看着手机屏幕，没有过多的表情，并不意外似的，反而觉得……有趣？

屏幕里的人依旧在说：“沈彤呢，就更不一样了。比起聂江澜和她的绯闻，我更愿意关注她本身。一个做了六七年的摄影师，忽然借公益的名头开始做模特拍杂志了。我只能说聪明，真的。

“摄影师转模特，那下一步会是什么？我提供一个猜想，现下模特转演员的数不胜数，沈彤是不是想借这个机会做演员演演戏，我存疑。但模特转演员要接受不少争议，必定有人会骂，说她是不是太想红了什么的。

“但是呢，沈彤拍的是公益杂志，‘公益’这两个字就是粉丝回怼所有质疑的最有力的武器。别人就算真的有这个想法，但是公益就是个遮羞布，再大的野心有了这个遮羞布，哎，情感就升华了。你骂她，那你就不善良。”

底下传来阵阵尖叫。

赵萱替沈彤抱不平：“这些人叫什么呢？有没有点儿自己的想法啊？这么容易就被牵着鼻子走？你要是想转娱乐圈早就转了啊，至于这样吗？”

主持人怀着笑，继续道：“目前我在娱乐圈也没见过这么不一样的人，所以这两个完全不一样的人到底会交出怎么样的答卷，我拭目以待，也保持质疑。”

底下观众躁动了，沸腾了，纷纷举手想要表达意见：“我也觉得，因为结果什么样我们不清楚，他们为什么不走寻常路，而选择另辟蹊径，无论最后结果如何，都是市场去考验他们，我们也是市场的一员，我们有权保持沉默，也有权质疑。”

后面不少评论都无外乎是这个意思，沈彤看腻了，也就关掉了。

聂江澜笑一声：“很有意思吧。”

沈彤看他。

聂江澜的声音懒懒散散的：“世人推崇独特的东西，但当真正独特的东西出现的时候，他们的态度最多的却是反驳、质疑，还有抨击。”

当你随大流举起旗帜，他们说你没有想法、随波逐流、跟风；当你树立起鲜明的自我，他们又怀疑你是否有做自己的能力。

沈彤知道，自己和聂江澜，现在走的这条路，并不是常人会选择的那一条。

聂江澜自然是不必说，他的独特几乎是一个标杆，从节目开始，他就始终随心所欲地做自己。而沈彤自从开始做摄影起，走的也不是常人走的路线，现在还打算去尝试一下模特。

做自己很真实，但并不简单，不是所有人都有这个勇气。

不是所有人都会不后悔，能不被各种各样的声音撼动。

当天晚上，沈彤随口跟聂江澜聊天：“你觉得‘不一样’是对的还是……”

“当然对，”他毫不犹豫地肯定，“做你想做的，哪怕和所有人都不一样。”

他当然知道她是想要尝试，人不可能永远活在自己擅长的领域里，偶尔也要突破自我，试一试别的，才能有更多的体会和经验。

“也许别人没做过,但你想要去试,就去试,我永远会站在你身后。”

他的语气很笃定，那样的笃定，让沈彤有一点点犹豫的内心，也坚定起来。

沈彤想，是啊，不一样有什么关系呢？不一样的人生，总归有自己的活法。

他们质疑，是因为从来没有见过这样做并且成功了的人。

那她的回击，就是把模特这桩事，完成得很出色。

杂志拍摄如期而至。

沈彤提前去后台化妆，聂江澜也跟她一起去了拍摄地。

她本来都说了自己不要人陪，但想着多个人心安些，便还是让他跟着一起了。

妆化到一半,忽然有人急匆匆地进来说了句什么,负责人大骇:“孟平不来了？”

“对的……说是有行程忽然撞了，很抱歉，不来了。”

沈彤一听，也站起来了：“怎么了？”

“那个男模特孟平,临时有通告,不来了,”负责人眉头一皱，“说好有个男模一起拍的，现在缺了个人可怎么办？”

沈彤想了想，说：“实在不行就我一个人吧……”

这时候，站在她身后的人忽然开口：“我来吧。”

聂江澜一开口，大家都愣住了。

负责人没想到自己能请来聂江澜，说话都有点儿磕巴：“您……您来啊？”

这区区一个公益杂志，何德何能可以请到干什么都看心情接的聂江澜?

聂江澜点点头：“反正缺人，也别再找了。”

之前听说有男模，他就决定跟她一起来这里。他对沈彤要和别的男人一起拍杂志这个行程，本来就很不爽。

负责人看大家都蒙了，及时拍手道：“都愣着干吗？快去准备啊！”

“啊……好的好的。”

工作人员迅速地准备好后，聂江澜和沈彤站在了镜头下。

这应该是他们第一次一起拍摄杂志吧，沈彤想。

摄影师在前面，指了指一个工作人员，说：“后面的绳子清理掉……”

沈彤以为她要让自己摆姿势，没听清，问聂江澜：“她说什么？”

聂江澜侧头看着她，看她今天涂了草莓粉的玻璃唇，忽然心思一动，想起后门处那个没完成的吻。他面不改色地引导：“她让你亲一下我。”

沈彤看了看摄影师，又看了看聂江澜，有点儿不信：“真的假的？”

以公谋私的某人懒懒地掀开眼睑，轻轻地点点头：“嗯。”

“现在？我？”沈彤指指自己，又指指聂江澜，“亲你？”

摄影棚安静了片刻，她的声音格外明显。

摄影师宋丽有些震惊地移开相机，眨了眨眼：“你、你们……想这样吗？”

某人抿了抿唇，还是没忍住，咧开嘴笑了。

沈彤立刻知道是他在胡扯，朝摄影师摇摇头：“不是，没事，我听错了。”

宋丽点点头，托起相机，半张脸埋在相机后，过了一会儿又探出头，开口：“如果你们想要的话，也是可以的。”

拍着拍着，摄影师觉得他们的搭配有更多可能性，于是提议出摄影棚去拍：“可以吗？”

负责人一开始还有点儿担心，小声道：“聂江澜好不容易来拍一次，保险起见，能别折腾就别折腾了吧。”

毕竟之前可是听说过的，《急速燃烧时》开播之后，他人气狂涨，不少杂志都提出了邀约。但他团队都一个个婉拒了，节目组所有嘉宾都接的商拍，他的团队才会给他接下来，以免节目里五位嘉宾少一位。除了这种团体性质的活动，他平素几乎不接什么个人活动，所有的曝光都是在综艺节目上。

这次不过是一个公益封拍，不是什么闻名遐迩的邀约，也没有巨额酬劳。

聂江澜能在男模特走之后第一个说自己上，这还真有些让人意外。

“聂江澜能上，肯定是卖了沈彤的面子，”一边有人小声八卦，“不然人家那么忙，怎么会跑到这里来看封面拍摄？”

“肯定啊，不然你以为之前那个传闻……喀喀，是空穴来风？我早在看节目时就觉得他们有点儿什么了。”

这边讨论得颇有些热火朝天的味道，那边，沈彤已经站起身，同意了宋丽的要求。

“正好我觉得里面有点儿闷，走，出去拍吧。”

聂江澜半倚在墙上，看沈彤没有跟自己示意一下，便径自转身往外走，皱了眉头。

有人低语：“不是吧，沈彤说要出去，他真的生气了吗？”

“估计是，听说聂江澜这个人有点儿懒，会不会发脾气啊……”

大家屏息，往聂江澜那边看去。男人启唇时，有人倒吸一口凉气，要说话了啊？

沈彤觉察到什么，回过头，等他开口。

男人蹙眉，面上表情寡淡：“你不等我？”

大家在底下交换了一个眼神。这个靠在那儿等人来拉的人，是节目里高智商的冷面聂江澜吗？有点儿不像啊。

“等你啊，”沈彤回身去拉他，“我刚想问你你想去哪儿拍呢。”

两个人靠在一块儿，挽着手出去了。

沈彤还在细声询问：“楼底下？还是我们坐车去水族馆？”

为了对应这期的主题，最后拍摄的地点定在了水族馆周围。

因为是公益刊，所以也不能为了时尚感做得太特立独行了，稍微花点儿小心思就够了。

沈彤和聂江澜有默契，不像别的不熟的模特为了培养感觉要花好一阵子。两个人站在那儿，沈彤往他肩上靠了靠，摆了几个姿势，不过多时就拍好了。

拍完之后快傍晚了，回去之后，沈彤给赵萱发消息，让她问问负责人这一期什么时候上市。

很快，赵萱的消息回过来："那边的回答是两个月左右，说是还有些公益方面的事要协调好，也差不多快了。"

过了一会儿，沈彤还没来得及回什么，赵萱又问道："他们说到时候封面会发给我们看的，你今天拍摄的感觉怎么样，还好吗？"

沈彤："还可以。"

"是吧，那就不要担心了，肯定能做好的。"

赵萱想，反正她完成什么都完成得很好，摄影一样，那么做模特一定也一样。

到酒店的时候已经到了晚上，聂江澜出去忙了一阵子，快十一点的时候才回来。

沈彤正在床上仰着头贴面膜，见他进来，问他："忙什么去了？"

"剧本，"男人捏捏眉心，稍微有些疲惫，"有个剧本不错，我看上了，但有另一边也看上了，现在正在协调。"

沈彤揭下面膜，随口问了句："价格？"

"不只是这个，"他道，"你别操心，快睡吧，明天是不是还有拍摄？"

按摩了一会儿脸，沈彤心想反正也没办法替他分担什么，于是仰头道："你去洗澡吧，我给你热点牛奶。"

他坐在沙发上，皱着眉伸手松了松领带，食指指尖的弧度很漂亮。

"去洗吧，"沈彤帮他把领带脱下来，"洗完之后会舒服很多。"

一般她遇到什么烦心事，也会先去洗个澡，让热水把身体内颓丧的部分冲个干净。

聂江澜站在那儿解扣子，沈彤给他取下领带之后，也顺手帮他把衬衣脱了下来。

完美的倒三角身材，腹肌间沟壑陷下去，人鱼线延伸进黑色裤里。

男人眉一挑，语调略带惊意："你这么热情？"

沈彤作势要打他，伸手推他进浴室："你先去洗干净。"

进去之前，隔着磨砂玻璃门，男人禁不住回了个头："我洗完了，你就能热情了吗？"

沈彤白他一眼，懒得理他了。

当晚两个人都很累，没心思折腾什么，迷迷糊糊睡到大半夜，沈彤感觉到身边的人起身了。她眯着眼，脑中也是混沌的："怎么了？"

"我起来有点儿事，你先睡。"男人拿起手机，手机亮度被调到最低。

沈彤问道："剧本的事？"

"嗯。"他在她的额角落了个吻，"我出去开个视频会议，很快就回来。"

沈彤迷迷糊糊地摸索出手机，看了看，现在是午夜两点十三分。

能在午夜把聂江澜叫起来的，除了沈彤，就是拍电影的事了。

"不用，就在这里开吧，外面走廊又没人，怪凄冷的。"沈彤揉揉眼睛，"我睡得着。"

"在里面开影响你睡觉。"

她裹成一团："你出去才影响我，我总担心外面冷。"

等了视频会议十分钟的三个人一脸问号。

过了会儿，有人问何故："老何，聂江澜在干吗？"

"听不出来吗？"何故没好气，"午夜时分，他怕我们饿了，为我们赠送来自被窝的新鲜黄金狗粮豪华套餐，让你一次吃个够。"

众人沉默。

聂江澜走到房间角落，把手机抬起来："说吧。"

何故抽出一沓小册子，清清嗓子，正要开启一番长篇大论，聂江澜淡淡地说："说快点儿，我怕吵到她。"

何故对着册子一边翻，一边在心里骂得起劲：哦，就你女朋友睡觉重要！你女朋友的眼泪都是五彩的水晶！我们不是人！是你的奴隶！万恶的资本家真是遭人唾弃啊！

聂江澜扯了扯耳机："你以为在心里骂我，我就听不到？"

沉默了一会儿，何故决定岔开话题："咯咯，我们讲一下《空枪》这个剧本啊。

"因为有两家都想要，除了我们，另一家开的价不是很高，所以编剧那边之前就跟我说了，更倾向于卖给我们。

"不过卖给我们的话，有一些小小的要求，刚刚已经抄送给我了一份，我等下给你读一读。

"现在，我们的竞争对手还在跟编剧谈。他们有他们的优势，我们也有我们的。所以我觉得最好还是马上定下来，签合同，这样才没有后顾之忧，免得后面又生变故。”

聂江澜也赞同：“好，他们的要求你念给我听。”

会议开了接近半个小时才结束，聂江澜扯下耳机，在黑暗里无声地坐了几分钟。过了会儿，他起身上床。

沈彤睡着了，感觉到他的手臂伸过来，她脖子抬了抬，再枕上去。

她无意识地缓缓地钻进他的怀里。

一夜好梦。

剧本确定下来之后，第二天一早，聂江澜就要出发了。

沈彤那时候还在刷牙，看他起早了，嘴里含着泡泡道：“你起这么早做什么？”

“得出去一趟，”男人穿好衬衣，“你一个人没问题吧？”

“我一个人能有什么问题？完全可以啊。”沈彤失笑，“看你这话说得……好像我没遇到你之前都得靠人救济一样。”

“如果遇到我之后还让你和从前一样，那就是我的失职了。”聂江澜看她一眼，伸手蹭掉她嘴角的一点儿泡沫，“好了，那我忙完就回来。”

“嗯，”沈彤端起杯子，“我这几天也有个行程要忙，你放心去，我没事的。”

“那我走了？”

她漱完口，站在门口挥挥手：“嗯，拜拜。”

聂江澜站在门口看了一会儿她，本欲走的人又转回来，把她拉进怀里。他低头，感觉到她的头发挠着自己的鼻尖。

沈彤听到他叹了句：“要是能把你缩成钥匙扣那么大，装进口袋里就好了。”

接下来的几天，两个人都奔波在繁忙的行程中。

聂江澜会在固定时间给她打电话，其余时候会给她发消息。沈彤大概知道他现在正忙于进行投资和开拍准备，要处理和协调的事非常多。

沈彤也忙，忙着杂志拍摄，也忙着慈善晚宴。赵萱也忙，忙着给沈彤联系大杂志《平意》，这是沈彤大满贯之路上最后要拿下的一本杂志，赵宣满心记挂着这事。

不过一码归一码，沈彤虽然忙，但网上的大消息多少还是知道一点儿。

比如即将要上市的《风赏》，提前公开了聂江澜代替孟平成为那期公益刊男模特的事。一石激起千层浪，微博上的讨论和关注度又多了起来——

“聂江澜可是业内传说不是团体类活动不出席的主儿啊，这是第一次接与《急速燃烧时》不相关的行程吧？”

“能请到沈彤，还能请到聂江澜，你们挺厉害的啊。”

“这是两个人继绯闻之后第一次公开同框吧，哇哇哇，我怎么觉得有点儿什么苗头？”

“除了封面，拍摄花絮希望也能放出来！”

“只有我比较关注孟平为什么不来了吗？很奇怪啊，都官宣了，看起来应该是确认了的啊，怎么说换人就换人？”

就这样，沈彤和聂江澜作为模特在一起拍摄的话题又被人热议，“跨界”和“不一样”这两个词，仿佛已经在他们身上烫下烙印。

之前那段脱口秀的评价又被人扒了出来。

那时候一起看完脱口秀，聂江澜就走了。没过一会儿，何故回来拿东西，说是聂江澜有个打火机掉在沈彤房里，让他回来拿一下。拿东西的时候，何故还在讲：“他最近真的就是忙到那种程度，你知道吧？一般要来见你，他从百忙之中都能抽空的，哪怕把我压在那边堵住时间……这次不行，投资方那边就是不放人。”

“无所谓啦，以后总会见的，”沈彤翻着抽屉道，“你也记得跟他说一下，不要为这种事发脾气。”

“你怎么知道他还差点儿发脾气？”

“瞎猜的。”

沈彤找了大半天，都没找到东西：“聂江澜跟你说了他放哪儿了吗？”

“就说在桌子周围……”，他头一探，立刻看到了，“啊，那个手机后面放着的。”

沈彤侧过去一看，才发现刚刚看视频的时候，赵萱顺手把聂江澜的打火机垫在了自己手机后面。她抽出打火机，手机“砰”的一声落回桌子上，不知道是不是不小心触到了什么按钮，暂停的视频又开始重新播放。

是之前那段大肆批驳所谓“不一样”的脱口秀。

何故拿了火机，一听就知道沈彤在放什么。

“你们还在听杜凯这个啊？”何故笑了声，“没什么参考价值，买的。”

杜凯就是那个脱口秀的主持人。

沈彤有点儿惊讶：“买的？”

何故见怪不怪：“对啊，这都是有人暗箱操控的，不然你觉得一集脱口秀那么长，他怎么偏偏跟你们过不去？还偏偏这段火了？我有朋友在微博后台做事，跟我讲这个视频买了热门的。”

沈彤不解道：“可这么做的意义是什么？”

这段脱口秀并没有黑他们，只是对他们的质疑声很重，最严重的后果不过是带起公众质疑与不信任的心态。

“为什么这么做，不太清楚，也不知道是谁在背后搞鬼，但肯定是有用意的。”何故咳嗽一声，“这种东西嘛，刚开始你看不懂幕后黑手的套路，时间一长，你就知道他要往你哪边攻击了。”

“而且这个攻击面一定是和他的利益对撞的，”沈彤说，“好比之前陶恙想拿奖，于是黑我不敬业。”

“对，肯定有利益冲突，”何故往外走，“这个目前先放一放，后面等我们这边的事全部铺开，按照排除法，就知道是谁干的了。”

直觉告诉沈彤，这个脱口秀虽然主要评论的是她，表面上是借不一样的跨界，把矛头从她这边过渡到聂江澜身上，但很可能真正的目的，是想要对聂江澜做点什么。不过何故说的也是，目前主要的问题不是这个，再等一等，等到藏在暗处的刀露出锋芒了，才能看得到。

这天，赵萱不久前说的一个慈善晚宴也开始了。

前段时间八卦聂江澜的时候，赵萱就跟她说了这个晚宴，还说不知道会不会碰到薛丞。

会不会碰到薛丞，她不确定，但晚宴刚开始，她看到了孟平——《风赏》邀请的说应该到却没有到的男模特。

彼时，赵萱还在跟沈彤八卦："已经好多人问我为什么《风赏》封面的模特从孟平换到聂江澜了，他们还以为是聂江澜自己抢的。我也很好奇，当初说得好好的，为什么孟平突然就不来了？"

孟平坐在位置上，正在跟旁边穿着晚礼服的演员讲话。

沈彤坐在他身后，本来并不想听，却意外地收获了一段对话。

孟平说："当初可是你一通电话要我不去，我就不去了的啊，那个角色……"

"放心，答应的不会亏待你。"旁边穿着晚礼服的女人说。

那声音很熟悉，沈彤侧了侧头，回忆了好半天。

赵萱小声提示她："杨韶，陶恙的小姐妹，之前对聂江澜示好被拒绝的那个。"

沈彤顿悟。

赵萱扯了扯嘴角："怪不得她对你敌意有点儿大，孟平那个事，是她打电话让他撤的吧。"

这里人多眼杂，沈彤比了个"嘘"，拉赵萱去一边："我们刚刚还站在人身后呢，你讲话小心一点儿……"

"沈彤！"

话被打断，沈彤错愕地抬头看，发现是薛丞站在水晶灯下朝她挥手。

这人收拾得倒是人模狗样的，酒红色西装加皮鞋，头发全梳上去，做了定型，乍一看，真的不怎么像追了她几个月，表了声泪俱下的真心，下一秒就去跟嫩模开房的人。

沈彤看了一眼赵萱，都怪赵萱之前乌鸦嘴，说什么可能会碰到薛丞或者杨韶。这下好了，全中，这俩都遇上了。赵萱背着手小声唱着临时编的歌："将头发梳成大人模样，穿上一身帅气西装，等会儿见你一定比以前还渣。今天的渣男是酒红色的。"

薛丞走到沈彤面前："最近好吗？"

这么久没见，两个人算是回归到陌路人，甚至有点儿撇清关系的感觉，沈彤不知道为什么他还能装作什么事都没发生一样跟自己打招呼。

毕竟《长歌》剧组一别，他们就没有再见过了。

至于他追过自己的事情……她早就不想提了，反正他也没付出过什么真心。

沈彤敷衍地回了句，伸手去拿一边的香槟，好避开他。薛丞还在旁边叽叽喳喳，不知道说了什么，她只顾低头喝香槟。喝到一半，想起赵萱刚刚唱的歌，她忽然忍不住笑了一声。

薛丞却会错了意："没想到过了这么久，我还是能让你笑。"

无语片刻，沈彤摇头道："不是的，我在笑我助理。"她想了想又道，"我甚至不太清楚你刚刚说了些什么。"

"那我再说一次，我说好久不见，你还是这么……"

"不用了，"沈彤点点头，"我男朋友在那边叫我了，我过去了。"

有些人就是这样，见不到你的时候你什么都不是，看到你又觉得后悔，开始花言巧语，企图挽留你回来。

沈彤刚刚只是随口一说男朋友的事，却没料到聂江澜真的到了场。她推开阳台的门想要透透气，下一秒却猝不及防地被扼住手腕，然后整个人被抵在阳台墙角。

她蒙了。

熟悉的气息铺天盖地侵袭而来，男人在她唇上辗转的吻带了些许凶狠的味道。他舌尖上带着一点儿酒味，沈彤尝出来了，只是不清楚他是在哪儿喝的。

沈彤被他亲得舌尖发痛，逐渐缺氧，而这个人居然还抬着她的下巴不知轻重地吮咬。

她还没来得及问他怎么在这儿，未几，男人覆在她耳畔低喘着开口，声音中带着沙哑。

"我吃醋了。"

月色铺满了大半个窗台，沈彤还有点儿迷糊，大脑缺氧，思维也有点儿跟不上节奏。聂江澜手撑在她身侧，眼睫微敛。

过了好一会儿，她回过神来，对上男人沉沉的目光。

聂江澜看着她，想等她开口。

她启唇，问的却是："你怎么来了？不是在忙吗？"

"之前请了我，我没打算接，但整个剧组都要来，我就顺道来了。"

沈彤点了点头："是这样啊。"

男人眉尾挑起，声音压低："再说了，不来怎么见识到刚刚那种互动？"

刚刚一进来，他一眼就在人群里找到了她，还来不及欣喜一番，再仔细一看，发现她站在一个男人身边。而那个男人，还是之前追过她的薛丞。

这还不算完，他本以为她马上就会离开，谁知道她低头喝香槟的时候……居然笑了。

很好。

沈彤还有点儿没回过神来，不知道他在指什么："哪种互动？"

男人眯眯眼，咬着字音一字一顿地说："刚刚我就在外面，谁跟你说话，我可看得清楚。"

"薛丞吗？"沈彤想起来了，"他也没说什么，我都没听到。"

"没听到？没听到你还笑？"

沈彤皱皱眉："哈？"

他勾勾唇，提醒道："你边喝香槟边听他说话，听到好笑的地方还笑了起来，看起来很惬意。"

刚刚被亲到缺氧的沈彤像是年久失修的机械，运转起来总是比别的要慢上半拍，花了几分钟才终于搞清了事情的原委。

"你误会了，"沈彤说，"我没听他说话，喝东西的时候是想起了赵萱的话才笑的。"

他明显有些不信："赵萱说什么？"

"她唱歌骂他渣。"说完，沈彤举起三根手指，"我真的不是因为跟薛丞在一起高兴才笑的，你相信我，他说什么我都没听清。"

聂江澜的表情稍微缓和了一些，眉间的“川”字浅了点。

为表忠心，沈彤继续道：“我还跟他说我有男朋友了。”

这句话取悦了他。

聂江澜松开撑在她周身的手，往身后的栏杆上靠，手臂搭在栏杆上，手指垂落：“是吗？”

沈彤笃定道：“千真万确。”

聂江澜点了点头，眉头这才舒展开：“这还差不多。”

沈彤试探了一句：“你吃醋……就因为这个？”

“就？”他淡淡道，“你知不知道当看到我女朋友跟差点儿成为她前男友的人在一起喝酒还笑了的时候，我感觉有多少雨滴落在青青草地，头顶多大一顶绿帽子？”

沈彤没绷住，笑了，扶住他肩膀：“好好好，是我错了，我下次不会让薛丞出现在我身边的。我们俩在这里够久了，走吧，先进去。”

窗台的门拉开，沈彤还没踏出去，就看到薛丞站在外面，举手投足间有些局促。见她出来了，他挤出一个笑，道：“我们好像还……”

下一秒，聂江澜站到沈彤面前，挡在她和薛丞之间，好整以暇地反问：“还怎样？”

薛丞哽了哽。

“看你在这儿等了这么久，应该也挺辛苦，”聂江澜挑起嘴角，一副为人考虑的模样，“现在可以去阳台了。”

薛丞愣住，现在去还能干什么？一个人孤独地在冷风里回忆刚刚他们俩在里面的样子吗？

聂江澜带着沈彤离开了。

路上，沈彤想到刚刚薛丞的表情就觉得好笑。

薛丞刚刚明明是在等她，聂江澜肯定也知道，刚刚那句话里的潜台词再明显不过。他假意不懂，“礼貌”地问薛丞是不是在等着去阳台，语句里却暗藏挑衅和肆无忌惮，既宣誓了自己的主权，又点到为止地让薛丞离她远一点儿。

走到长桌旁的时候，沈彤看到了《见霜》剧组的演员，拍了两个多月，《见霜》下个月就要杀青了。

孙凌转头看到沈彤，笑着和她打招呼。他腰杆挺直，身穿裁剪合身的西服，眼神里还是有青涩和稚嫩，但很有气质，与初见他时已经大不相同。

沈彤点头回应，看到面前的孙凌，实在想不到他是《急速燃烧时》第三期里那个拘谨的少年。

不过寥寥数月过去，他已经有半个演员的模样了。聂江澜当初的眼光真是好。

后来，大家在上面合照的时候，沈彤顺口问聂江澜："孙凌演男几号？"

毕竟《见霜》的制作也算不错，孙凌能分到一杯羹，她还是挺意外的。

聂江澜冷哼一声："你还记得人家名字？"

"之前他不是演过你微电影的主角吗？我还拍过，肯定记得的，"她扯扯他的袖子，"我没想到他还能接到大制作的戏份，演男几？说说，我挺好奇的。"

聂江澜道："男四号。"

她感叹一句："他资源这么好啊，你引荐的？"

"不是，"男人合了合眼，"这种事都要靠自己，我引荐做什么？是那个导演看了他在我微电影里的发挥，觉得他适合里面一个配角，就找他了。"

沈彤点点头。

聂江澜继续道："演员自己能力是一个方面，机遇也是一个方面。"

假如不是这部电影里刚好需要一个适合孙凌的角色，孙凌也是接不到的。

"听你这语气怎么还有点儿否定他的味道？"沈彤抿抿唇，"你应该高兴啊，毕竟自己选演员的眼光准啊。"

一个好的导演，必须具备的品质，就是眼光独到，能找到足够优秀的演员。

哪怕有的演员水平不怎么样，遇到能够把控情绪并及时疏导的好导演，也能够发挥潜力，呈现演艺生涯里最好的状态。

有些经常演烂片的演员碰上好导演，照样能被调得服服帖帖，影帝、影后照样拿。

导演在电视剧或电影里的地位，可见一斑了。

听了沈彤这话，聂江澜勾了勾，不咸不淡道："我的眼光准不准，还需要靠他来证明？"

沈彤撇撇嘴，还没来得及讲话，男人就揉了揉她的后颈，说："看我找女朋友的眼光就知道了。"

第十颗心

你之于我，何止一点动心

慈善晚宴之后，大家又进入相对较忙的状态。

聂江澜真正有一整天休息，是在《见霜》彻底杀青之后。

他是真的忙了起来，而他来找沈彤之前，她正送走沈母。

那会儿沈彤正在拍客片，选了一个相对雅致的客栈给客人拍照。因为进了相对较好的环境，离家也近，沈母便给她打电话，问她在哪儿，说自己要来看她。

沈彤报上地址，傍晚的时候，沈母就来了，手里还提着一大堆吃的。

“这个鸭锁骨是你喜欢的牌子，还有小面包，平时出门早，来不及吃早饭时要随身备好，饿了可以吃。牛奶，我给你买了五瓶，平时要多喝牛奶。这是补品，你工作累，一定要注意身体……”

沈彤一一接过，乖巧地点头：“是是是，我知道了，我身体好，你别担心。”

沈母关切道：“最近工作忙吗？”

“还好还好，”沈彤惯例安慰沈母，“虽然有时候跑的地方比较多，但真正连续工作的时间不长，能抵抗住。”

两个人聊了半个多小时，沈母又讲了些平时爱讲的，沈彤一一答应，还笑着说让她不要担心。

要上车前，沈母又问她：“你之前那个综艺跟拍……怎么样了？”

“还可以的，”沈彤偏头，“不过早就结束拍摄了。”

只是现在《急速燃烧时》还在热播，热度一直在延续罢了。

“那些朋友都还在联络吗？”

“啊？”

“没什么，就关心一下你交的朋友，”沈母笑笑，摸摸她的手臂，“你一个人在外，妈妈怕你不安全。”

沈彤听惯了这话，耳朵都快起茧了：“您就放心吧，我安全意识很强。”

送沈母上了车，不过多久，沈彤又迎来了聂江澜。

刚进她房间，聂江澜就发现桌上那一大堆东西：“谁来过了？”

“我妈，”沈彤把东西一一从袋子里拿出来，“你们像商量好了一样，一个个跟着来。”

男人手抵在桌边：“那是我们关心你。”

聂江澜就在一边看着她整理东西。整理到最后，她发现最后一个袋子里装的全是水果。仓促看了一眼，她把袋子提起来放到一边。

男人轻飘飘地说：“不用藏了，我看到了。”

沈彤咳嗽一声：“你看到什么了？”

“木瓜，”他勾勾唇，“想不到沈老师对自己要求还挺高啊。”

她脸上一热，只好让他住嘴：“别胡扯——这是我妈给我买的，她爱吃这个。”

“你妈爱吃，那给你买干什么？”他饶有兴趣地挑挑眉。

“她觉得我也爱吃吧。”

“不喜欢怎么不告诉她？”

“毕竟也不是每天来看我，就不说这些了。好歹都是她的心意，免得她觉得自己白买了。”沈彤说，“反正也……也不是太难吃，而且这东西营养价值高，偶尔忍着吃点对身体好。”

聂江澜抄着手，目光慢悠悠地晃到某处，意味不明地低笑一声：“怪不得。”

沈彤双手护胸：“你看哪儿呢？”

聂江澜勾勾唇："没啊。"

"不是你想的那样……"她反驳，"我很少吃的。"

"天生的？"

"聂江澜！"她瞪他。

他挑眉："怎么了？木瓜美容，我说你这是天生的美貌，你怎么还急了？多吃点木瓜，木瓜好。"聂江澜颔首。

他才说完，手机就传来收到消息的提示音。他拿起手机看了一眼，点开。

"谁的消息？"沈彤问。

"何故。"

他低头看何故发来的文件，双指搁在屏幕上，把文件放大，仔细看里面的内容，表情不大好。看了一会儿，他忽然又笑了声。

沈彤不禁问道："怎么了？"

"小事。"他说得轻巧。

"我看可不像小事，"沈彤猜测，"是……出什么结果了？"

"嗯，"他不置可否地点头，"之前有家公司跟我们抢剧本，没抢赢，你记得吧？"

"记得。"

"那个剧本叫《空枪》，谍战类，我们买下了。现在这家公司公布了新剧大纲，也是谍战类，时代背景也相似。大纲粗略看，跟《空枪》整体走向很像，"聂江澜笑了笑，"但他们很聪明，走向嘛，很多剧都差不多，所以我们也没法说什么。"

"也就不能构成抄袭？"沈彤道。

"当然不能，现在很多剧方很聪明，抄袭达不到比例，就不会被告。"

沈彤点了点头。

聂江澜继续说："而且之前买脱口秀说我们事情的，也是那家公司。"

"我知道了。"

这么说来的话……那一切就都能找到缘由了。

聂江澜道："很早之前编剧就打算跟我们合作了，估计从那时候开始，他们就做好了两手准备，如果能低价买到剧本就拍，不能低价买到就换一种方式拍。”

“应该是，”沈彤皱了皱眉，“不然动作也不会这么快。”

“是想赶个热度，在我们之前上映，”聂江澜道，“反正道具做得差不多了，花一两个月，拍个质量还过得去的，就是他们的目标。”

他们看准聂江澜这边会花好一阵子筹拍，于是做了借鉴，打算快速拍完，抢占先机。

“那怎么办？你也要加快速度了吗？”

聂江澜摇头：“慢工出细活，我不会被他们影响的，放心吧。”他转了转手上的打火机，“市场会有自己的裁决和选择，不是越快越好的。”

“万一他们红了呢？”

他沉沉一笑：“哪个时代里一种光芒会遮住另一种？”

“如果他们拍得一般却红了，我们拍得好也会红。”他说，“那时候两部电影被扒出来相似的可能性就更高了。”

“也是。”沈彤点头。

“拭目以待吧，不用操心这个，”聂江澜道，“该洗澡洗澡，该睡觉睡觉，别因为这个影响自己的生活质量。”

沈彤被看似什么也不关心的男人喊去洗澡，进浴室前，他还不忘道：“别想着那件事，好好洗个澡，一切都会迎刃而解的。”

沈彤点点头，好好洗了个澡。

洗完澡裹上浴袍，她看着衣领间隐约露出的白色肌肤和锁骨，心想，还好没被晒黑。

于是当晚，某人将自己压在床上伏在耳畔说话的时候，沈彤才真真切切地明白——原来这个男人，除了某件事，其余的事，是真的都不操心。

她的浴袍被拂落，松散地挂在腰际，肩膀上很痒，有气息轻洒。

“你的锁骨真好看，我能在底下种个‘草莓’吗？”

男人的声音沙哑而性感，似幽幽夜色中奏响的几道笛音。

这次为了拍客片，沈彤住在客栈里。客栈环境好，所以客人挺多，这会儿才八九点钟，底下已经传来了一阵热闹的喧哗声。不知说到了什么话题，有人兴致绝佳地一拍桌子："好！就这么来！"

沈彤混混沌沌的神思被这句话扯了回来。

聂江澜的呼吸声在夜里渐渐失序起来，灼热感喷洒在她的皮肤上，带起一阵让人难以忽视的酥麻和战栗。柔软的舌尖勾勒过那细小的一块肌肤，他以齿缓缓咬噬，稍稍用力——淡红的印记，像半朵盛开的海棠，映在了她白皙的皮肤上。

这人也没什么好的，就是言出必行。

沈彤吃了痛，又觉得麻，麻中还掺杂一点儿痒。

她忽然想到什么，推他肩膀："你还没洗澡吧……"

男人手已经撑在她腰侧了，缓缓抬起头来。夜色糅进他眼里，沉沉的，仿佛化不开，让他眼神里，带着满满的温柔。

聂江澜非常理所应当地反问："没洗又怎么样？"

他没洗澡，她就能这样打断他吗？

无论是不是在理论上占上风，这人只要开口，永远带着一股不低头的傲气，仿佛所有的道理都是他的。

沈彤把早被他扒到底的浴袍扯到身上盖着，用足尖踢他："去洗澡，快点儿。"

男人舔了舔嘴角，似乎是在回味什么，过了一会儿，他嗓音浑厚："我就……"

在他没来得及把话说完之前，沈彤已经咬了牙指向他："不听，不想知道，你给我去洗澡！"

要命了，现在这个人还没说话，她居然就知道他要说什么了……

亏她第一次见他的时候，还在心里觉得他是极寒处不染任何七情六欲的高岭之花。

她现在诚挚地向高岭之花道歉。

沈彤催他去洗澡的时候，聂江澜若有所思道："以前这种时候，你都不会催我去洗澡的。"

他看着她，抬起手蹭了蹭嘴角，蹭掉唇边一点儿东西。

沈彤转过头不再看，已经懒得去催他了。

过了一会儿，她还是开口道："你再不洗澡，我就要睡觉了。"

他身子顿了一下，喉结滚了滚："我明白了。"

沈彤不想理他。

"那你先别睡，等我洗完。"聂江澜撑着床站起身，往浴室走去。

站在浴室门口，他顿了一下，又回头看着她："那我可以进去了？"

正在喝水平复心情的沈彤听到这句话，猝不及防地停了一下，被呛到："咯咯……"

"怎么这么不小心？"

沈彤咳完，看他一眼，皮笑肉不笑："当初就不该让你把我的瑞士刀扔掉。"

他愣了一下。

她继续道："不然我现在就可以砍你了。"

浴室里水声响起，沈彤打开 iPad，看到赵萱发来的消息。

没过一会儿，敲门声响起。

沈彤在里面穿了件小吊带，遮住聂江澜方才的"杰作"，走到门口去开门。

赵萱手里捏着一沓资料："这是你要我找的资料，还有《平意》最近几期的封面垫在最底下。"

沈彤靠在门口，垂眸翻了翻手里的资料。

赵萱很厉害，在沈彤拍摄的那期《不凡》畅销之后，立刻接触了《平意》封拍的负责人。两个人没有沟通多久，他们便初步达成合作意向，《平意》那边对这次合作的态度也很积极。

达成初步合作后，寥寥几天过去，《平意》就确定下了沈彤具体的拍摄日期。

确定下来之后，还是惯例，沈彤让赵萱找了找模特的资料，以及《平意》最近几期的封面，想要看看他们喜欢什么样的风格。除了找封面，她还让赵萱搜集了一下《平意》历年来读者投票最高的封面，也想确定一下大众喜欢的风格。

沈彤手上的纸张哗哗轻响，她粗略地看了看："嗯，差不多了，就这些，辛苦了。"

“还好啦，”赵萱摆摆手，似乎是听到了什么，问沈彤，“沈彤姐，你水龙头没关吗？”

沈彤蹙了蹙眉：“怎么这么讲？”

赵萱指了指卫生间：“那里面怎么有水声？”

沈彤眨了眨眼，还没说话，赵萱看到鞋柜旁边有一双男鞋，仿佛是明白了什么：“噢，聂江澜在里面啊。”

沈彤把资料抱在怀里：“这么晚了你还不睡觉？”

“现在才九点半，晚什么，”赵萱皱皱鼻子，“你这样子也不像准备睡觉的啊，还穿个打底衫在里面。沈彤姐，你无缘无故穿打底衫干吗？”

沈彤被问住，半晌，深得聂江澜真传，竟是眼都不眨道：“冷，我穿个打底衫御寒。”

“是吗？”赵萱狐疑。

“你现在还会怀疑我了？”

赵萱被问住。

“好了，”沈彤赶赵萱回去，“你回去休息吧，已经很晚了。”

赵萱点点头：“哦……”临了要走时，还不忘往沈彤房间里多看了两眼，“沈彤姐，我这时候忽然想到一句诗。”

沈彤感觉到可能不是什么正经诗，道：“回去睡吧。”

赵萱很坚持：“不行，就算冒着丢饭碗的风险，我也一定要说！”下一秒，她跑起来，一边跑一边道，“春宵一刻值千金！”

沈彤一脸已经料到的表情，把门关上了。

她走到桌子前，整理了一下手里的资料，又翻看了两眼。

赵萱整理得还算比较细致，她要的赵萱都整理进去了，还真算是一沓较厚的文件资料。

沈彤把东西压在自己的笔记本电脑底下。

以前入行的时候，她给自己定下的目标就是拿到大杂志封拍的大满贯。现在，最后一个杂志已经被赵萱争取下来了，过阵子沈彤就可以去拍摄了。

真没有料到这一天居然比自己意想中的来得还要早。

聂江澜洗完澡出来了，将浴巾搭在颈后，站在沈彤身后。他一只手撑在她身侧，另一只手扯起浴巾擦头发，有小水珠一滴一滴地落在沈彤的肩膀上。

沈彤手肘后抵："吹头发去。"

他不听，就在她身后一点一点地擦着头发，水滴流经他的下颌，再度滑落到沈彤的肩上。

沈彤翻着手里的资料，边看边等聂江澜把头发擦干。

就这么胡乱地擦了一会儿，聂江澜看着她肩膀处的衣服，喃喃道："湿了。"

"谁叫你不吹头发，"沈彤翻了一页纸，"快点儿擦。"

他不老实，扯了扯她腰间的束带，她肩膀上的那块衣料就乖巧地坠了下去。反正她还穿了件吊带，不介意陪他慢慢耗。

沈彤继续不理他，装作还在仔细看手上的资料。

"这有什么好看的？"果然，不过一会儿，聂江澜就不满了。

他咬住她耳垂，把她手里的资料收走："这个没意思。"

"我觉得挺有意思的。"

"没我有意思，"他跟她打着商量，"不如你看看我？"

沈彤憋笑，不回头看他。

但下一秒，他已然找到了治她的方法。

他下巴抵在她肩上，灵巧地咬住她肩上系的蝴蝶结，两边带子就这么被他拉开，丝绸睡衣软绵绵滑到了底。

他的吻和以往一样，但似乎又有什么不同。她不记得灯是什么时候关的，只记得外面好像有清幽乐声传来，一同弥散在夜色里的，还有床板"吱呀"晃动的声响。

他完全伏上来的时候鼻音更浓，带着一点儿压抑已久的情绪，低声问她："嗯？"

她手指轻轻回扣："嗯。"

就这么一直被折腾到了后半夜，洗完澡又是一个半小时以后，沈彤躺在床上，内心感想万千。

最后，她说出口的却是："你头发干了吗？头发湿不能睡觉。"

聂江澜摸摸发根，道："我现在不睡，乖，你先睡。"

"那你还想干什么？"沈彤心中警铃大作，企图唤醒他的良知，"现在快两点了，明天咱们还有事要做。"

聂江澜好笑地看她一眼，从柜子里摸出烟盒。

火苗在暗夜中亮了一瞬，他咬着烟，眯眼道："我抽一支烟。"

如果不是没力气，沈彤真的很想踹他。

他怕熏着她，去阳台上抽，关了门。

他坐在藤椅上，垂眸，惬意地弹了弹烟灰。

第二天吵醒沈彤的不是闹钟，不是梦想，而是聂江澜接的电话。

何故简直无时无刻不在操心，今晨是汇报成果。

聂江澜的手机放在耳边，闭着眼听，手还环着沈彤，她也隐隐约约地听到了一些。

"你们俩合拍的那个杂志卖得不错，我给你盯了盯，到上市应该也是很不错的。我上次看，还有个主编点名表扬了沈彤，说她镜头感好，这下别人没话质疑你女朋友了啊。

"还有你，《空枪》都要开机了，你昨晚还不知道在谁枕边醉生梦死，你赶快的啊！事儿办完了早点儿来，又不是不知道最近你转型争议多大，要你证明自己有实力，你还真不着急啊？

"还有，之前我跟你提的姚江抄袭了《空枪》梗概的事，现在那边剧本也敲定了，连群演都开始找了，框架跟《空枪》也很像，几乎是避开法律，把能抄的东西都抄完了。我们也要快点儿把演员定下来。"

信息量颇大的晨间汇报完毕，沈彤嘟囔道："几点了？"

"九点半。"

"那我还可以再睡一个小时。"

"你睡吧，"聂江澜笑道，"我先起来。"

沈彤以为他要走，说："起来干吗？"

男人说："起来看看你昨晚把我的腰弄断了没有。"

在客栈里休整了一会儿，沈彤很快爬起来工作。

经过昨晚聂江澜一整夜的热情攻势，沈彤算是充分意识到什么叫这个男人所拥有的唯一的温柔。只有耳鬓厮磨的时候，这个人说话才是温柔的，其余的……呵呵。

底下没有再奏箜篌了，放了首歌，临近正午的时候，音箱悠悠唱着：“上半身是诗人，下半身是流浪汉……”

她从衣柜里翻出一套衣服，不无赞同地在心里想，嗯，上半身是诗人，下半身是禽兽。

她揉了揉腿，换了条牛仔裤，上衣打个结，系在腰间。

她背好相机的时候，聂江澜正好从浴室出来了。

男人仰靠在门框上，抄着手，笑得风流又惬意：“啧，醒了？”

沈彤顿了一秒，看这个人全身上下散发出的气息，不由得撇嘴：“你今天还这么有精力？”

昨晚看他在阳台藤椅上抽烟，还没来得及多看几眼，沈彤就困到不行，没等他上来便睡着了，也不知道他几点睡的。

唯一知道的就是他睡得比她晚，起得还比她早。

听了她这话，男人顿了一下，旋即掀开眼睑，问：“你这是在暗示我吗？”

“我暗示你什么了？”

他懒懒散散道：“你暗示我今天多留点精力，然后……”

这是什么脑回路？这脑回路合理吗？

沈彤难以置信地瞪了瞪眼，旋即摇头：“我不是，我没有。”

对上他笑意盈盈的目光，她条件反射般腿软，抄起相机就往外跑，妄想躲过可能会重演的“惨剧”：“我想起来我还有工作没做完，先走了，拜拜。”

聂江澜没再跟她胡扯，笑着伸手拦住她：“好了，我下午就走了。”

沈彤刚刚就看到他在整理东西，再加上今早何故那个电话，不难猜出他是时候该回去了。

沈彤点点头：“回去……忙《空枪》的事？”

“嗯，”他道，“还有很多事等我回去处理，演员也没定，还在选。本来副导演定就好，但思前想后，我还是去一趟。”

“电影马上开机了，你忙一点儿是应该的，”沈彤道，“对了，《见霜》什么时候上映？”

“还在剪辑和定档中，目前不清楚，不过预告片应该快放出来了。”

没聊几句，聂江澜马上就要启程。

要上车之前，他忽然想起了什么似的，转头同她道：“差点儿还忘了一件事。”

“怎么了？”

“到时候《空枪》开机，也是要找摄影师的，不然剧照没着落，但很多摄影师都没办法完成我给的要求，”男人勾勾唇，“所以我有没有这个荣幸请到沈彤老师为我拍剧照？”

沈彤认真思索了一会儿，道：“你开多少钱？”

聂江澜愣住。

她笑开，推他上车：“好啦，你快去吧，等我把手上的事忙完就去剧组里找你。

“知道《空枪》要开拍了，我后面的行程都推掉了，推不掉的也提前了，所以这段时间会比较忙。”

他的第一部电影，她当然做好了参与的打算。所以这段时间要尽快把工作解决掉，到时候就可以跟着他一起进组了。

他眯眯眼，蜜色的碎光在眼底形成一圈圈光圈：“那我到时候，要好好酬谢沈老师。”

沈彤侧了侧头，好整以暇：“你目前是打算怎么‘酬谢’我的呢？”

男人比了个三的手势。

沈彤睁大眼：“三百万？”

他摇摇头，道：“三天三夜。”

“上车吧你！”

忙起来的日子比沈彤能感知的还要快，短短一周，她辗转了三个地方。在月末的时候，终于迎来了《见霜》的预告片。

《见霜》是根据辞幕的同名漫画改编而来的，也是聂江澜直接参与的第一部电影。

漫画版本人气已经很高，口碑也很不错。就是看中了漫画的热度和口碑，才会开拍电影版，打算延续漫画的特点，所以画面精良，特效不错，故事线更是在尊重原版的基础上做了润色和改编。

能融入这样的团队，无论自己发挥得如何，注定会收获颇多。

反之亦然，能够被选入这样的团队，自己本身也需要担得起这个水准。

预告片做得很好，大部分戏份都分给了主角，孙凌的戏份不多，但为数不多的几个镜头里，也能看出他表演的张力。

他饰演的孤儿自小被抛弃，历经艰辛，长大后成为独当一面的将领。不过是几个镜头扫过，他眼神中的情绪依然诠释得极其到位，隐忍、脆弱、坚持，隐忍到极致时，一个眼神就极具爆发力。

预告片公布后，大家除了夸奖主角和幕后班底，孙凌的表演也吸引了他们的注意——

“饰演肖江的是个新演员吗？之前没见过，但演得挺好的呢。”

“最后一个眼神扫过来的时候，我鸡皮疙瘩都起来了。”

“上次见这个演员好像还是在《急速燃烧时》里，聂江澜那个微电影的男主角是他对吗？聂江澜眼光够准啊，这人的表演虽然有点儿青涩，但在一众实力演员里没有被全方位碾压，已经很不容易了。假以时日，好好练习，肯定大有前途。”

“据说当时是聂江澜把他从一堆新演员里挑出来的，这么看的话，聂江澜还是蛮厉害的，有点儿期待他的《空枪》了。”

评论很多，但大部分说得都没错。

孙凌作为新演员，要说他在这种大制作的电影里完全碾压别的实力派演员，肯定是不可能的，但他没有被大家夺去风头，五分钟的预告片里有那么多画面和演员，他还能被大家记住，在自己的戏份里能做到出彩，已经是非常不错的表现了。

不知怎么的，沈彤想到聂江澜，又想到他之前满不在意地说自己的能力怎么样不需要靠孙凌来证明，虽然孙凌的确是他从一堆新人演员里挑出来的。他对自己的能力永远了解得透彻，总是带着那么点冷傲，却又不过分自满。

张弛有度，能收能放，恰恰是他最吸引人的一点。

后来，《见霜》发布会上进行采访的时候，聂江澜没到，有记者问孙凌："聂江澜今天没来是吗？你知道他为什么不来吗？"

不久前那个对镜头还有些惊惶的孙凌，眼睛里已经褪去那一份天然的自卑，他得体地笑道："知道的，他最近在忙自己的新电影《空枪》。"孙凌竟是自发地帮他打起了广告，"故事非常有意思，跌宕起伏又惊心动魄，有大情怀也有小感动，很适合所有年龄段的人观看。也希望大家到时候多多支持。"

记者问："你在《空枪》里参演了吗？"

孙凌答："这个我不能说，但是就快要公布演员表了，到时候大家可以看。无论有没有我，都会推荐给大家的，毕竟聂江澜老师……哦，不，现在要叫导演了，他的帮助对我来说意义很大。"

记者又问："之前你在《见霜》里的表演受到了大家的一致好评，你有什么想说的吗？毕竟电影里前辈很多，新演员被大家看到的概率很小，现在观众期待值变高，自己会觉得压力大吗？"

"压力方面……肯定是有的，但是现在都演完了嘛，之前江澜哥也跟我讲过，就是说演员要会入戏，也要会出戏，入戏的时候，要把压力当作自己的动力。我当时因为还是个新演员，所以没有多少人关注，直到拍完也只是抱着要证明自己的心态。"孙凌说。

记者边听边点头。

他笑了笑，继续道："说到这里，大家关注我之后，我还给江澜哥发信息，我说大家对我的关注度和期待值忽然变高了，我怕大家失望。毕竟这些关注什么的都是在我拍完之后才来的嘛，我那个时候也……不知道会这样。

"那时候江澜哥就跟我说了句我现在都记得的话，他说，不要为没发生的事担忧，也不要为已经发生的事后悔，不要自我困扰，拍完了就是拍完了，起码当时的我能给的最好答卷就是这样了。"

"所以你经常因为一些事跟聂江澜沟通吗？"

"也不是，他就好像我的……一个导师一样，"孙凌讲话的时候，语气里带着感激，"是他把我带到这个行业里来的，我的很多进步都得益于他的帮助。

“之前看大家夸我进步大的时候，真的，怎么说呢？我觉得没有江澜哥，就没有现在的我吧。他真的很厉害，虽然低调，但他比展现给大家的还要厉害得多，他的能力其实一直都是没有完全展现给大家的。

“可能大家看我预告片里的表现，都说我是潜力股，有天分，但大家可能不知道，很多比我有天分的演员，穷尽一生都没办法遇到一个能完全把他们潜力开发出来的导演。我所能有的进步，大部分都是来自江澜哥和郑导演的栽培。”

看完那个访谈，沈彤深刻意识，聂江澜的的确确是选对了人。

孙凌有天赋，肯吃苦。聂江澜眼光又到位，给他指点的每一处都能切中关键点，让他快速提升。孙凌还很懂得感恩，对于聂江澜提携自己这件事，他怀抱着非常诚挚的感激。

而这也从侧面证明了聂江澜的导演水平，更是为之前闹得沸沸扬扬的质疑事件，做了一个铺垫性的回应，搞得沈彤看这个视频都看得很感动。

她截了图给聂江澜发过去：“你能力是真的很强。”

选人的眼光精准，指导更是精准。

不过一会儿，男人的信息发过来：“我能力强不强，你不应该最清楚？”

经过拉投资和选角之后，《空枪》不久后就要开拍了。

四面八方的消息一放出来，微博的热度立时就往上涨，讨论的人也很多——

“筹备好久了，从《急速燃烧时》那个微电影开始，我就想看聂江澜拍一部正儿八经的电影了，看了《见霜》之后，这种感想尤其强烈。现在总算是等到了。”

“不管怎么样，大众对于处女作的包容度都是很高的，但我觉得聂江澜的这个答卷肯定不错。”

“之前因为脱口秀事件持续关注了一下这件事，本来也是怀抱着质疑态度的，但是之前看孙凌的访谈，我就感觉到聂江澜的水平绝对还是有的，也没轮到主持人去质疑的地步，到时候可以贡献一张电影票去看看。”

“孙凌在《见霜》里的表演真不错，聂江澜也给他进行演技指导了吗？没看出来啊，之前一直以为就是做综艺的艺人想趁着热度没散，拍拍电影捞捞钱来着。”

不止一个，有好些之前不相信聂江澜能拍出好片子的观众，这会儿也都扭转了自己的态度。

《空枪》就在这样的氛围中开机了。开机那天，毋庸置疑，沈彤到了场。

她刚结束了《平意》封面的拍摄，便径直往剧组赶去。

聂江澜靠在房车边上等她，他两指夹着一支烟，侧身同身旁的人讲了句话，一如既往地冷淡，像是初见的那个雨夜，他漠然地降下车窗。

那时候，隔着玻璃看到窗内人不苟言笑的那张脸，沈彤还在猜测这样的人笑起来会是什么模样。她也曾偷偷猜测过这样的人喜欢一个人的时候，又是什么样子。

然而下一秒，他转头看到她来，眸中漾起笑意，嘴角挑起，衬得身后的一切都黯然失色。

他眉尾一抬，语调里有着藏也藏不住的愉悦：“哟，沈老师来了啊。”

全世界再没有第二个人会那么揶揄地叫她，那么正经的词汇由他讲出来，却暧昧又挑逗。

再没有人会有他们这样的默契，连固有的代号都像是暗号。

那语气，是所有人都听得出来的，浪漫又亲密。

等沈彤进组后就开始拍摄，聂江澜工作起来完全变了个人，各个场景都要求做到最好，也不跟任何人聊天了，唯一看重的就是自己的戏。

沈彤也不喜欢掺杂了私人感情的工作，所以她工作起来也暂时忘掉自己和他的关系，一遍又一遍去找最合适的角度和光影。

只是收工之后，他会脱离自己的导演角色，回过神来，痞里痞气地在她耳边缠绵低语。

他有时候也会在午休时到自己的休息间，把她半压在沙发上，用舌尖勾勒她的唇形。

回到酒店就更不用说了，这个人甚至不由分说地把自己和她的房间安排在了一起。

柔软豪华床，能让沈彤从一边滚到另一边。

就这样，一个半月过去了，他们的电影还有两个月杀青。而抄袭《空枪》剧本大框架的剧组已经起好了剧名，叫《逃脱者》，宣布定档明年二月。

那边的进度实在是快，沈彤起先也有点儿着急，问聂江澜怎么办，但看他也不怎么着急，渐渐地，她也就不管了。

反正总有办法的，二月上映的电影那么多，她不信《逃脱者》敢在那个“修罗场”里斗。

电影又拍了半个月，时间到了十二月底，跨年晚会要到了，《急速燃烧时》里赢来的那个个人 Solo 的机会也是时候兑现了。

值得一提的是，十二月刚好播完六期《急速燃烧时》，后两期的反响也很好，很多人都发现聂江澜做任务的时候，工作人员用“你们”代指他和沈彤，对别的嘉宾却只用“你”。

“两个人似乎已经成为捆绑 CP”“是不是剧组都知道他们的关系了”“两个人早就恋爱了吧”，这样的猜测再度甚嚣尘上。不过这些问题，终于在那个跨年晚会上得到了解答。

晚会八点开始，十二点才轮到聂江澜，所以刚开始，沈彤和他在后台一起看表演。

临近十二点时，《急速燃烧时》所有的嘉宾被请上台，康南、魏北热情地和大家打招呼。

“大家好，我是康南，谢谢大家对我们节目的支持和喜欢，也感谢每一位幕后人员，希望大家以后还有机会再聚。”

“我是魏北，”魏北挥手，“希望大家比喜欢康南更喜欢我一点儿！”

元欢看气氛热闹，唱了 B-box 助兴，任行也笑着发表了感言。

一个个说完后，主持人说：“好，接下来到我们聂江澜了。大家也都知道，聂江澜是《急速燃烧时》最后一期的胜利者，所以今天的跨年倒数，由他陪大家一起！请前面四位嘉宾先退场，接下来是聂江澜的个人 Solo 时间了。”

聂江澜却忽而道：“不用。”

主持人有点儿蒙：“啊？”

聂江澜握着话筒说：“不用走了，大家一起上来陪观众倒数吧。毕竟有二十分钟，我没什么要展示的，不如大家一起热闹。”

魏北本来就不想走，这下立刻点头：“好好好！那我们就玩点别的！”

思来想去，康南提议：“我看最近‘女友视角’挺火的，不如我们玩那个吧。”

魏北取笑道：“可是谁想做你女朋友呢？”

沈彤旁边的一个工作人员正喝着水，直接喷出来了。

康南不甘示弱：“总有人眼瞎，想看我的女友视角不行吗？”

魏北勉为其难：“那好吧。”

元欢说：“可是那个需要摄影师哎。”

“我们四个两两一组，互相拍嘛……”康南道，“至于聂江澜，沈彤上来给他拍好不好？”

底下叫好声一片，掌声和尖叫几乎把场地掀翻。

沈彤自然不能退却，笑着拿着手机上场。

协调后，最后的搭配就是——康南拍元欢，魏北拍任行，沈彤拍聂江澜。

所谓女友视角，就是指摄像机靠男艺人很近，用这种距离和男艺人的言语，营造出一种正在观看的人仿佛是他女朋友的感觉。

场上搬来道具，模拟咖啡厅的环境，沈彤跟着聂江澜一起走进“咖啡厅”。

他入戏很快，忽而回头，对她说：“你喜欢喝什么？雪顶咖啡？但女孩子不能冬天喝冷的，而且你这段时间也应该忌口，换一个热的吧。”

沈彤例假快来了。她自己都不记得，他居然记得清楚。

沈彤脸一热，提醒他：“这是女友视角……”

意思是你不应该对我说话，应该把观众当女友，不能指向性这么明显的啊……

不过亲昵度倒是够了。

果不其然，男人一顿，看向镜头："这是什么？"

沈彤顿了一下，以为他还没清楚这个规则，而后道："女、女友视角啊。"

如果她是他女朋友，此刻就应该是这个视角。

猝不及防，他拿走她手中的相机，将镜头对准她："那你知道这是什么吗？"

沈彤几乎完全遵从本能，声音都有点儿抖："什么？"

屏幕中映出她略显茫然的脸，一双杏眼在灯光下亮晶晶的。

他轻声一笑，低沉嗓音扩到现场每一处——

"这是我的女朋友。"

欢呼声从场地中涌起，像狂风骤雨下卷起的海浪，猛烈上升，直铺成帘，席卷每一处。观众举着手里的荧光棒站起身，手拢在唇边，声嘶力竭地尖叫："哇——"

沈彤蒙了。

在那短短的一瞬间，像是盖上盖子的汽水被猛烈摇晃后扔在桌上，瓶盖拧开，无数细小泡沫从瓶底升腾爆炸，在每一寸骨骼里温柔炸响。

紧接着，观众们的欢呼把她从只有汽水晃响的世界拉出来，震耳欲聋的尖叫昭示着他们此刻的兴奋。那极具穿透力的尖叫，让她担忧自己的耳朵会被震聋。

她眼神虚晃了一下，而后看向聂江澜。

男人举着手机，镜头仍旧对准她。以往无波无澜的眼里，此刻铺上碎光，生出几分勾人的感觉。他通常只是散漫地扯扯嘴角，笑意不会直达眼底。但这个刹那，她能感觉到，他的眼角、眉梢，还有唇，分明都漾满笑意。

女主持人站了好半天，然后无法遏制地八卦出声："哇，这是在跨年晚会的现场公开了恋情吗？！"

"这是值得记录的一刻，来，导播把镜头都切到这边来，"男主持人点头示意，“提前跟大家说一下啊，真的完全没有彩排过，我们都不知道今天聂江澜会公开，要是知道怎么也得留长一点儿时间。

“因为这是个人展示，我们当时说排练，聂江澜也说不用排练了，到时候随便找大家上来聊聊天，我们真是没料到会有这么个安排。”

说话间，沈彤被聂江澜牵到台中央。

元欢拿着话筒，还处于发蒙状态：“啊？什么？怎么了？真的吗？”

魏北慈爱地拍拍他的脑袋：“当然是真的，你感觉不出来吗？”

就算两个人没说，圈里这些“老油条”只看一眼，就知道他们的情况了。今天之前，聂江澜也和他们说过自己的计划。

更何况大家朝夕相处，看一贯“佛”得不行的聂江澜也频频献殷勤，就知道两个人就算不发生点什么，也是不可能的了。

元欢嘟囔：“只有我被蒙在鼓里吗？”

“也不是被蒙在鼓里，”魏北道，“是你没有留意生活。”

“我一直以为只是好朋友来着……”元欢抓抓头发，想到做过造型，又重新把头发拨回来，“不过也可能因为我太忙了，没注意……”

魏北把话筒放下，问他：“你打算什么时候……啊？之前聂江澜带来的那个，你们聊得怎么样了？”

元欢被说得脸红，低头道：“你干吗突然提到我？”

“你自己说的啊，你忙着谈恋爱。”

“谁说我忙着恋爱了？我那是工作……工作！”

“工作会跟人煲电话粥煲到十二点？”

“哼。”

元欢在这边被魏北一顿调侃，聂江澜自然也在被主持人连环询问。

男主持人问道：“所以以后会以红蓝 CP 的形式出现吗？”

理所当然地，他认为聂江澜会选在这个场合公开，是为了给什么造势，应该是为新电影制造噱头，所以这时候抛了个话头，想让聂江澜宣传一下。

不是听说……他那处女作电影《空枪》，就是由沈彤拍摄剧照的吗？

男人却开口道：“应该不会，不想拿私人感情来做消费，”他抓紧沈彤的手，“我会用我自己的方式，保护这段感情。”

女主持人一阵哗然，被聂江澜寥寥几句给感动了一番，看向沈彤的目光中都带了点羡慕。

女主持人问："那为什么会选择这个时候公开呢？"

想要给她名分？给她安全感？还是发生过什么？

这个问题也问到了沈彤好奇的点上，她偏头看向聂江澜。

今天的公开来得猝不及防，她自己都没准备好，只是感觉《急速燃烧时》的几个嘉宾都隐约知道一些，要不然康南和魏北也不会有那种提议了。

聂江澜也侧头看她。

她轻轻眨眼，睫毛微动，含情脉脉的样子。

时间逼近十二点，大屏幕上开始倒计时。

沈彤在等一个回答，手指慢慢蜷起，抿着唇。

"不清楚。"聂江澜垂了垂眼睑，唇边露出一抹自己都察觉不出的笑，"可能是因为今晚，她美得有点儿犯规。"

当晚，无论是在线看平台直播，还是从微博上看到消息的人都激动了起来。沈彤从来没想到大家的热情那么高。微博上都是铺天盖地的讨论声——

"我只是想好好看个晚会，你却给我吃黄金狗粮。"

"啊啊啊！好激动！激动得睡不着了！我永远爱红蓝 CP！"

"不瞒大家说，看到公开，我激动得把手机扔了。他们俩真的是永恒发糖啊，之前没回应，我还以为不回应了，看来是为了避开沈彤的杂志上市吧。"

"天哪，好甜！浪漫哭了。"

"沈彤明显不知情吧，聂江澜男友力爆表啊，沉醉了，我出一百万，可以买到这样的男朋友吗？"

"嗝，甜蜜蜜，我打嗝甜蜜蜜，就像恩爱秀在直播里。"

"之前被拍到却不公开，是为了避免炒作吧。现在沈彤没有杂志上，聂江澜没有电影，完全避开了炒作，就选择这个时候了，很浪漫啊！哇，蛮有男人的担当的，为我聂机智打 call！"

“这种恋情挺拉好感的，不捆绑，不炒作，不消费恋情，看得出来他们真的很相爱。”

下了台，沈彤点开手机，发现聂江澜几分钟前发微博了，点开主页一看，才知道是《急速燃烧时》的每个嘉宾都发了微博，说了几句话，算是给这个节目做一个完美的收官。

元欢：“相遇的人会再相遇，再见不是永别。有缘再见，我永远的‘速食’。”

康南：“收官落幕，大家都完成得很棒，辛苦了，不说告别。”

魏北：“今天原班人马重聚，希望大家一直像在节目里那样热烈快速地奔跑在人生路上！”

任行：“墨镜本体任老师也年轻了一把，感谢节目组。”

而聂江澜，则是转发了自己的第一条微博。

他的第一条微博，沈彤依旧记得很清楚，那时候她让他说两句话，而他居然就真的发了“两句话”这么一条微博。

现在，他转发了那第一条微博，并附上一行字：“第一句话：此当暂别，后会有期。”

是的，这只是暂时的告别，后会有期。

一开始，沈彤看他转发那条微博，还以为他是提醒自己勿忘初心，但看他居然还发了“第一句话”这么几个字，不由得思索，以他的思维，大约真的还有“第二句话”能与之对应。

她转头问他：“你是不是还有‘第二句话’？”

男人低头按着手机，点了点头：“嗯。”

“是什么？”

他在右上角按了按，大约是编辑完毕，笑着看她：“你看看。”

沈彤拿起手机，重新刷新了一下。他今晚的第二条微博赫然在目。

聂江澜：“第二句话：我很喜欢她。”

迄今为止，他不过只发了五条微博，四条都是和她相关。

在这个公开的当下，他难得发了两条微博，转发自己的原微博，说了两句话。而这两句话，又恰好和他第一条微博的“两句话”对上。

她甚至有些怀疑他是不是早就做好了这样的准备。

毕竟这样的人，看似什么都不在意，却又像什么都在掌控中。

一切看似是巧合，对他来说，也许是早就预料好的结果。

跨年晚会结束后，他们一起回酒店，聂江澜坐在驾驶座上，忽然在隧道忽明忽灭的光线里轻声叫她："沈彤。"

晚上有点儿冷，沈彤披着他的外套，愣了愣："嗯？"

男人嗓音沉沉，却又出乎意料地动听："我不爱说那些话。"

看似没头没尾的一句话，沈彤却只是愣了一秒，然后反应过来，他可能是在说公开和微博里的告白。

她点点头，回应道："嗯，我知道。"

他想让我好好记着这句话吧——沈彤想。

他不爱把情话和爱你挂在嘴边，所以为数不多的几次，她需要珍惜。

"我会记清楚"这几个字还没说出口，车子行驶出隧道，男人一双眼自昏暗中跃入光亮中。

聂江澜继续道："但，如果你喜欢，我以后会多说给你听。"

他做了自己并不经常做的事，她以为他会让自己记牢，他却说他可以为她改变。

公开归公开，所有的工作还是要继续进行。

《空枪》一天的拍摄结束，还没来得及休息，何故就从门外推门进来："哇，真刺激！"

他大汗淋漓，沈彤给他倒了杯水，看他还在喘气，说："你先喝点水再说吧。"

喝完一大杯水，何故把空杯子往前一递，正要开口，听到一声脆响，是他的杯子撞到了聂江澜的腕表。

聂江澜的眉立刻一皱，打开搭扣把表取下来，从抽屉里取出一个绒布盒子。

何故伸长脖子去看："你在干吗？这是什么？"

盒子打开，里面放着一套清理手表的工具，聂江澜在表上喷了点清洁修护液，用布擦拭干净。表是她送的，他要保护好。

何故面色复杂："之前跟我说左右不过一块表，不用费心维护的不是你吗？之前那么贵的表随手往桌上扔的不是你吗？表磕了之后毫不心疼的不是你吗？我现在不过是轻轻撞了一下，你用得着好像你传家宝被磕碎了一样吗？"

"你懂什么，"男人"嗤"一声，"单身的人不会懂的。"

"人身攻击我是吧，我知道了，我现在就走，"何故转身就要夺门而出，"我为什么要这样被你羞辱呢？我现在就离开这个是非之地。"

"好了，"沈彤喊住他，"你正事还没说。"

人家何故也是有脾气的："他都这样对我人身攻击了，我还说正事？"

沈彤失语。

何故平复了一下心情，背对着聂江澜，道："《逃脱者》不是很快就拍完了吗？然后定档了二月，你们记得吧？"

沈彤道："记得。"

"因为二月大片太多，厮杀太惨烈了，他们拍得又不是那么好，没底气，就决定撤档，改到六月上。"

"一下延后了四个月？"

"嗯，因为后面也有好几部好片子，他们不敢上，就换到了六月，"何故说，"这样吧，我们到时候协调一下，看看我们能不能提档，怎么样？"

《空枪》原本定的是七月上映。

为了提档事宜，聂江澜和何故开了紧急会议，沈彤在外面候着。

在长达四小时的会议后，沈彤在门口等来了聂江澜。

她问："怎么样怎么样，可以提吗？"

"可以，"聂江澜说，"我们加紧一点儿，提档到六月，没问题。"

"那就是说……两部电影，可以对打了？！"

"嗯。"

牛鬼蛇神，放马来吧。

等待的日子总是比想象中过得更快，沈彤的日历里几乎只有一月和二月的时间有些慢，三、四、五月都过得尤其快。冬春更迭，到了夏天，《空枪》和《逃脱者》也要一起公映了。

《空枪》提档公布得不算早，《逃脱者》的各种营销方案早就计划完毕，广告投放的合同都签好了，《空枪》才宣布提档对打，几乎把那边的团队弄了个措手不及。

但《逃脱者》已经撤过一次档，这时候怎么也没办法撤第二次了，而且所有的合同也都敲定，一切的一切都不允许他们延后，只能这样跟《空枪》正面对抗。

公映的前一晚，沈彤才从 F 市赶回来。

她刚拿完摄影的大满贯奖，伴随着沉甸甸的奖杯一起落到她手上的，还有主持人的祝贺："恭喜沈彤打破纪录，成为拿到十大时尚杂志大满贯的最年轻的摄影师。未来的路还很长，希望她能为大家带来更多好作品！"

奖杯很重，也很漂亮，金灿灿的，让她想起正午时候的日光。

她终于还是做到了。

不管这条路上有多少争议、多少非议、多少不信任的目光，不管这所有不一样的选择给她带来过多少迷茫，她仍旧披荆斩棘，拨云见日，得到了荣光。

其实从一开始就没有错，没有一条路是完全昏暗的，有时候承认自己，比否认自己要重要得多。

带着奖杯回了酒店，她澎湃的心终于暂时平静了下来。

她把奖杯放到桌上，不过一会儿，聂江澜也回来了。明天就要公映，他也很忙。

沈彤以为他会紧张，特意点了熏香帮助他放松，谁知道他一回来，就看着床头的东西道："一周没见，你比我想象的还要主动。"

知道他是误会了这个香，沈彤说："你想多了，这个是放松神经的，不是帮助神经亢奋的。"

男人明显不信："我要放松干什么？你希望我那种时候放松？"

"明天就要公映了，你不紧张吗？"

他正在解纽扣的手一顿。

沈彤继续问："不着急吗？"

不焦灼吗？不想立刻看到成绩吗？

聂江澜忽然低笑了一声，意味不明道："急啊。"他把扣子一颗颗解开，外衣脱下来。

沈彤感觉有点儿不太对。

"很急。"说完这句，他把皮带扔到一边。

他们说的是一个话题吗？

他点点头，关掉了卧室的灯："非常急，我忍很久了。"

被他放在床上的时候，沈彤忽然想到了不久之前自己保存的一条微博——

"你还可以看他早上一颗颗扣得井然有序的衣扣，在晚上一颗颗崩开。"

第二天，两部电影正式公映。

因为《逃脱者》从一开始底气就不足，所以买了非常多的营销和广告，软广和宣传文案随处可见，不少大V强势转发，在上映的第一天，还有很多博主晒票根说好看。

所以前一个星期，《逃脱者》的票房飘红，非常可观。

沈彤想着刚上映嘛，也不着急，好片子总会脱颖而出的，但等了好几天，发现《逃脱者》的票房一直都是盖过《空枪》风头的。

等着等着，她开始慌了。

她问聂江澜："看样子，这个片子走势一直很好啊，怎么办？"

"什么怎么办？"聂江澜看着她。

"就……抄袭的盖过了原作风头，"沈彤有点儿着急，不知道怎么说，"我们不会输吧？"

聂江澜低声一笑，再开口，说的却是另一个话题："你知道他们的宣发费用多少吗？"

"啊？多少？"

"没一千万也有几百万，"男人漫不经心地悠悠道，"一个电影开头的票房高低，和宣传是息息相关的。他们投入那么多宣传，一开始高点也很正常。”为了安抚她，聂江澜还特意点开某个电影软件，“你仔细看，他们的票房，其实是在走下坡路的。”

沈彤仔细一看，发现《逃脱者》的票房虽然整体算高，但确实一直在下滑，而《空枪》的票房一直在缓步上升。

“照这么发展，”男人揉揉脖子，“明天我们就要超了。”

说什么是什么，第二天，果然，《空枪》票房就赶超了《逃脱者》的。

微博上的口碑和舆论也倒向了一边——

“《空枪》真的很好看，拖着我爸来看的，一开始他还不想看，说年轻导演能拍出什么，结果看完就问我这个导演是谁，说拍得还不错，哈哈哈！”

“果然不能信带节奏的营销号，之前都说聂江澜当导演不行，首页一直在吹《逃脱者》，我两部都看了，在题材很相似的情况下，电影拍摄手法的好坏、细节的处理、节奏的把控都一目了然了，《空枪》确实完成度不错，好几个画面都挺美的。”

“同志们！你们还没发现吗？《逃脱者》是抄袭啊，剧本抄的《空枪》啊，《空枪》有原著啊！”

就这样，两部电影再次被推向风口浪尖，有人直接放出了两部电影的相似之处，还有人不知道从哪里找来了《逃脱者》的剧本，跟《空枪》原著做了对比调色盘。

讨论最热烈的时候，甚至话题一度被刷入前三名。在这种舆论和实力的双重偏向下，第十天，《空枪》就成为当日票房冠军，领先《逃脱者》近三千万票房。

微博上自发组织起来的声援者，把“《逃脱者》抄袭”这个话题炒起来了，有近八千万的阅读量。《逃脱者》制片方甚至进入不要脸模式，开始删除帖子、封号，强制性把热度刷了下去。

这引来了更大的不满和反抗，他们彻底把这手牌打烂了。

上映第十五天，《逃脱者》就从曾经的单日票房冠军，跌到单日票房倒数。

沈彤从来没想到网络的力量居然这么大。仅仅只靠讨论，就让这片子再无翻身之地。

“加上他们的宣发和投资，成本是收不回来了，”某个午后，聂江澜悠悠道，“赔得血本无归。市场给了他们单日票房冠军的甜头，也给了他们垫底的‘孽力回馈’，所以不要高兴得太早，也不要沮丧得太早。知道吗？”他看向她。

她笑：“知道了，反正你总是最厉害的。”

因为票房太好，所以《空枪》没有在预计时间内结束上映，而是又延长了一个月。

最后收官之际，《空枪》的票房战绩非常好，领跑了整个六七月份的票房，甚至得到了上半年内前三的好成绩。

即使到了年底，一番恶战之后，这部电影也能稳妥地排进前十。

他准备了这么久，他付出全部心血，一丝不苟地做好每一个细节，才交上了这份满意又漂亮的答卷。

他注重结果，却没有那么注重过程，只是享受过程给自己带来的一切。在很多颁奖典礼完毕之后，他都随手把奖杯扔在一个箱子里，并不在乎这些东西磕磕碰碰，却把沈彤送的表妥帖珍藏。

沈彤问他：“为什么要把奖杯随手扔进箱子里？”

他是一副不在意的口气：“到时候搬家方便带去，免得东一个西一个，容易遗落。”

“搬家？”

“是啊，”他眯眼看着她，笑了，“你要跟我住一辈子酒店？”

这人永远说风就是雨，沈彤甚至都有点儿跟不上他的思维。

没过几天，他就带她去了新房。

新房坐落的地段环境非常好，买东西也方便，有时候在不远处的小区里还能碰到认识的演员和艺人。

刚搬进去的时候，沈彤还有点儿不适应，难以想象自己就这样跟着聂江澜没有任何预兆地搬家了。

里面装修得也很好，装修的味道也没有。

沈彤道：“是不是早就在准备了？”

男人点点头：“当然。”

"什么时候开始准备的？"看他沉默着，沈彤催道，"说呀。"

"从我发现自己喜欢你开始吧。"

选地方，定楼层，请设计师，没有哪一个环节不是耗时又耗力的。

"我还没答应你的时候，你就开始准备我们的房子了？那我答应之后，你岂不是就要筹备孩子幼儿园在哪儿上了？"

"那倒没有这么夸张，"男人道，"但是名字差不多想好了，生儿生女都一样。"

媒体的报道也很快，两个人搬进去第二天，新闻就已经满世界飞了。

沈母给沈彤打电话，说要来看看。

其实上次沈母从跨年晚会上看到二人公布，便打电话来问他们是不是在一起了，沈彤说"是"的时候，沈母的态度就不是很积极。

沈母觉得他们做这行要面对的诱惑太多，又觉得聂江澜太好看，难以给人安全感。

但沈彤很快投入工作，沈母也没办法再说什么，到这时候才找到机会要来看看沈彤。

沈彤报了地址，在家等了一下午都没等到沈母来，她拨过去无数个电话，都没有人接听。

下午六点的时候，门锁一响，沈彤站起来，看到了聂江澜。

看到她脸上的表情，男人挑了挑眉："怎么，在等人？"

"我妈说要来，奇怪，怎么还没……"

她话没说完，看到他手上提的一大堆东西，一看就是自己母亲爱买的那些，便问："你见到我妈了？"

他点点头，云淡风轻道："在外面遇到了，就去咖啡厅说了几句。"

"几句？"沈彤看时间，"几个小时了，你们都说了些什么？"

"毕竟有个这么好的女儿，要嫁出去当然不放心，劝说肯定不是一下子就能完成的事，"他笑了笑，"我总得给她个交代，让她放心地把你交给我不是？"

"你都说了什么？"

"描绘未来的蓝图啊，"男人淡淡道，"还有给你的保障，经济上的，以及精神上的。说这些大概花了一个多小时。”

“那剩下的几个小时呢？”

“给她看我的相册和规划，向她证明我有多爱你，”男人捏捏眉心，“在那边忙完了，又要忙着跟你解释。”

“哦，所以你嫌我烦你？”

“有点儿吧。”他伸手抱住她，下巴搁在她的发顶上，“所以，求你烦我一辈子吧。”

沈彤把脸埋在他怀里，说：“所以我妈同意了？”

“也不算完全同意，”他的声音盘旋在她发顶，“但她给了我证明的时间和机会。”

真正能打动沈母的，其实并不只是那些他所能提供的物质或精神方面的保障，男人靠在椅子上递来手机相册的瞬间，眼神里有自己也不能感知到的柔软和温存。

相册里几千张图，全是沈彤，她做着各种各样的表情和动作，有偷拍的，也有光明正大地拍摄的。

还有一些是记录，比如她喜欢吃什么牌子的面包，喝什么牌子的酸奶，什么时候喜欢什么牌子的衣服，还有她夸奖过的好看的包。

那时候沈母也问过他：“为什么不记她的尺码和生日呢？”

聂江澜偏了偏头，很自然地接道：“这些我记得很清楚，不用做备忘录。”

那时候她才终于感觉到，无关外界传言，无关那些的声势浩大的表面爱意，他是真的喜欢沈彤。只有真正珍重一个人，才会把细节完成得这么好。

打败爱情的都是细节，成全爱情的也是。

她作为母亲，最想看到的无非是女儿幸福，没必要不成全。

那晚，沈彤梦到了二月的跨年夜。

那时候他正在忙，她也在工作，除夕夜倒数十秒的时候，和工作人员一起冲到棚外。

听着人潮里涌起的激烈欢呼和大声倒数，她不由得莞尔，托起单反相机，等待转钟那一秒天幕中迸出的明烈烟花。

“五——”

“四——”

很奇怪，震耳欲聋的叫喊声里，忽然有脚步声由远及近，落在她身前。

她微微愣住，挪开挡住视线的相机。出现在她视野里的，是刚刚才赶来的男人。

那一刹那，烟花升腾而上，“砰”的一声骤然绽开，在漆黑夜色之中散发出灿烂光华，似遥遥盛开的数朵花。

聂江澜就站在五光十色的灯火下，胸膛剧烈起伏，身后是半个城市的狂欢和辉煌寂寥的烟火。

空气安静了片刻。

沈彤侧头，明显还有些讶异：“你怎么来了？你不是在……”

他抬高帽檐，在喘息声中将黑色的高领毛衣拉下稍许，言语中带着笃定。

“我说过，以后每个新年，我都会陪在你身边。我从不食言。”

那时候的她，指腹无意识地摩挲了一下单反相机的外壳，顿了稍许，嘴角微扬。

“那……新年快乐，”她侧了侧头，语调温柔，“你是今年的第一个。”

他是第一个让她说出“新年快乐”的人。

可他怎么回答她的呢？

他看着她，轻声应和了一句：“新年快乐。”夜色中，他目光灼灼，嗓音沉哑，“你是第一个，也是……最后一个。”

醒来的时候，她陷入回忆，忽然很确信他说过的每一句话。

他会一直陪在她身边，她也会成为他那唯一的女朋友。

第二天，聂江澜说为了庆祝乔迁，加之跟沈彤也没有外出旅游过，所以带她去了伦敦，美其名曰“喂鸽子”。

第三天，确定自己近几天没有行程后，沈彤答应下来。

特拉法加广场的鸽子绕着纪念碑盘旋，沈彤蹲在一边，手里兜着食物，喂那些还没吃饱的鸽子。

喂完之后她站起身，聂江澜看着她："喂完了？"

"对啊，食物都没了，被它们吃光了。"为了证明，沈彤将手心手背来回翻了翻，"你看，一会儿就吃得这么干净。"

聂江澜盯着她的手背看了一会儿，沈彤也随着他的目光看向自己的手背。细看的话，食指上有道浅浅的印子，沈彤这才想起来："对了，第一次见面，就是个大雨的晚上，赵萱发烧，我找你借车的时候为了证明自己不会开你的路虎走掉，把我的戒指抵押给你了。"

"我的戒指呢，聂江澜？"

男人勾唇，似笑非笑："你终于想起来了？"

"你早知道怎么不早告诉我？"沈彤撇撇嘴，"你今天带了吗？"

"一直装在口袋里，等你找我要的时候给你。"他说得意味不明，她没注意到。

"那快给我戴上，"她面对他，伸出手，动了动手指，"那可是我妈买给我的。"

男人走到她身前，衣摆随风缓缓晃动。他从口袋里拿出她那枚戒指，戒指在阳光下闪着碎光。

沈彤抬起手指。

他举着指环慢慢靠近，在仅有几厘米就要触碰到她指尖时，忽而沉沉开口："我换一个给你，好不好？"

沈彤手一颤："什么？"

他手指轻轻一晃，变戏法似的，手指捏着的就是一枚崭新的戒指。

"是婚戒。"他说。

冰凉的触感落在无名指上，沈彤在那一刹那身体僵住，血液回流。

她正抬着手，五指分开。他把戒指套上她的指尖，缓缓推到尾。

聂江澜垂着眼睑："这个戒指不能乱戴，一旦戴上，你就是我的人了。"

白鸽扑棱着翅膀，广场上人满为患，天幕碧蓝如洗，云朵像被拉扯过的棉花糖四下游走。不远处放着英文歌，优雅又深情。

这座浪漫的城市，在凝视他们完成最重要的瞬间。

沈彤眼睑一颤，眼眶忽然温热起来，她抿了抿唇，眼泪从眼眶里漫出来。

这人霸道又不讲道理，可所有最好的温柔的一面，都留给了她。

她再也找不到任何不喜欢他的理由。

他用指腹擦掉她的眼泪，缓缓地笑了笑，吻过她的左脸颊。

“你好啊，聂太太。”

他知道自己不是和普罗大众一样的人。

他率性，不低头，只昂首向前，仿佛永远无牵无挂。

除了电影可以分得他那么一星半点的精力，其余皆没有。

没什么值得他操心，也没什么值得他担心，没什么值得他大费周章去经营，也没什么值得他耗费大把的精力去维系。

他以为自己会这样过一生，直到遇见了她。

直到那个大雨滂沱的晚上，降下车窗，对上那双泛着水光的杏眼。

他不知道自己的这一生，将由此改变。

他遇到她，对她心动，喜欢她，彻底被她操控所有的喜怒哀乐。

一切行进得不知不觉，但他甘之如饴。

这漫长的余生有很多不确定，但她是唯一的确定。

他将永远珍惜她，保护她，成为她的港湾，成为她的盾牌。

此心熠熠，至死不渝。

【全文完】

番外一
送你的 520

沈彤生日那天下午，从赵萱手里拿到了一些粉丝送给她的礼物。

那些小东西都是摆在公司里的，赵萱会定时去拿，知道沈彤的生日快到了，就特意往公司跑了一趟，把那些东西给沈彤搬过来。

今年的生日本来是聂江澜要给沈彤过的，一天做什么他都计划好了，结果她冷不丁在中午接到个电话，是徐叶羽打来的。徐叶羽说自己给她准备了个惊喜，下午特意为她办了生日派对。

思前想后，沈彤接下了徐叶羽准备的惊喜，免得拂了她一片好意。

聂江澜当然也答应，只是再三嘱托她：“晚上早点儿回来。”

“知道了。”

“你今晚归我，回家之后不准开着手机。”免得再被人打扰。

为了参加徐叶羽准备的生日派对，沈彤打算回去换套衣服，也就顺便带着礼物一起回去了。把东西扛上楼之后，她洗过手，开始拆礼物。

里面的东西很杂，有烘焙的手工饼干、画的画、别人做的相片集，还有颈椎贴和书。

沈彤拆开书看了一眼，是本新版的《小王子》。

她想起自己大一那会儿刚进校，有一段时间特别喜欢泡在图书馆里，大半个图书馆的书她都拜读过。这本书这么有名，自然也进入了她的阅读清单。

此刻看着这个新版的封面，沈彤一时间有点儿唏嘘，被勾起了一点儿怀念的味道来。

她靠在沙发上，大致地把书重温了一遍。

看完之后，她决定发条微博，表示自己收到了他们送来的礼物，并且很感动。

思前想后，她把礼物在桌上摆好，找角度拍了张照片，然后从《小王子》里摘了一句话，做了改编，发了条微博——

“如果你将在三点钟说喜欢我，那么我从十二点就会开始高兴了。”

文字底下紧跟着礼物的照片。

知道了你的心意，无论它是否如期而至，我都会由衷感激。

很快，评论和转发开始增长，有送过礼物的粉丝在底下用感叹号包裹自己礼物被翻牌的激动，还有人夸她用心。

他们送她真心，她也应该用一样的真心回报才对。

十二点发完微博，沈彤进卧室选衣服，准备去参加徐叶羽给自己办的生日派对。三点的时候她刚好化完妆选完衣服，准备出发之前，拿出手机看了一眼。

手机上提示，聂江澜在三点钟新发了一条微博——

“我喜欢你。”

她十二点发“如果你将在三点钟说喜欢我，那么我从十二点就会开始高兴了”。

他三点钟发“我喜欢你”。

怎么看都是蓄意已久的遥相呼应。

再一看评论，单身的人纷纷控诉她“秀一脸”。

有人一语道破天机：“我就知道沈彤过生日，聂江澜的微博才不会这么安静！”

沈彤参加完徐叶羽办的生日派对，已经将近晚上七点了。

沈彤被灌了酒，回到家的时候有点儿晕晕乎乎的。

聂江澜已经到家了，看她步伐不稳地摸索着门把，从沙发上站起身，搂住她的腰。

“怎么喝这么多？”

她意识不清：“不多，我酒量……浅。”

“知道自己不能喝就少喝点，”他声音沉沉，盘旋在她头顶，“我给你拿衣服，先去洗个澡？”

她眨了眨眼，反射弧很长，看了他半天才点了点头。

聂江澜只是去拿了套衣服，回来就看到沈彤坐在洗手间门口。

他再次把她捞起来，手臂环着她：“以后不许喝了。”

沈彤腿软，站不稳，双手胡乱地寻找一个支点，摸来摸去，摸进了聂江澜衣衫的下摆里。

就在这时候，她忽然想到了自己很久之前收藏的一条微博，好像还有很多事没做。

于是，在酒意翻涌、大脑充血的当下，她手指往上攀了攀，从他流畅的腹肌到凹陷进去的人鱼线，沈彤老师一处都没有放过。最后，为表诚意收尾，她还在他人鱼线末端挠了挠。

她从来没这么主动过，于是，聂江澜也被她的动作挠得顿了一下。

很快，有些按捺不住的男人低头，覆到她耳边：“你再胡闹，我现在就……”

沈彤还在思索微博里的内容，过了会儿，想起了什么，头一侧，往他耳朵里轻吹了一下。

最后，男人担心她“自己洗会摔跤”，扶着她一起进了浴室。

三个小时后，恶战结束，沈彤精疲力竭。

聂江澜把她揉进被子里，自己从床头摸走烟盒，去了阳台。

伸出修长手指敲了敲烟尾，烟灰轻飘飘落下的时候，聂老师心里窃喜：酒是个好东西，希望她天天都喝。

番外二

婚纱照的小秘密

“好啦，这一组拍完啦，我们换个场景吧。”

扛着单反相机的摄影师带着助理转换场地，沈彤提着婚纱裙，被聂江澜牵着往泳池那边去。

两个人工作都歇下来之后，就选了个很安宁静谧的小岛旅行，顺便在这里拍一套婚纱照。

海水澄澈，波纹漾着碧蓝，渐次起伏的浪似多米诺骨牌，一层层打在身后。

不远处海鸥翔集，云雾摇曳，上下天光，一碧万顷。

“没想到还有别人这么拍我的时候，”沈彤用腾出来的那只手遮了遮眼前的光，橙黄日光在脸颊落下阴影，“以前都是我拍别人拍一整天。”

聂江澜也伸手过来帮她挡了挡阳光：“这还不好？让你看着别人工作。”

她抬眉：“我不也是在工作？进行拍婚纱照的工作。”

“你要这么不想工作，辞了也好，”男人波澜不惊地陈述，“我又不是养不起你。”

“说得好听，到时候没工作了还要嫌弃我无所事事。”她用早已看穿一切的语气道。

他看她一眼："我倒希望你无所事事，吃了睡，睡了吃，每天我一回家就能看到你在家里洗干净等我，不会到了家还被突然要去工作的你放鸽子。"

所以最后一句话才是重点吧？

"我哪有放你鸽子？临时发生的意外，我也没办法呀，"沈彤回想着，提着裙摆躲过一个栅栏，"再说了，后面不都补回来了吗？"

他饶有兴致地问："哦？所以是怎么补偿的？"

"不是加倍补的吗……"说到这里，她察觉到自己被他带进坑，迎着他三分玩味的目光转变语气，"少说点话吧你。"

他愉悦地笑，眯眼缓缓道："我认真的，不想工作可以不工作的，我赚钱养家。"

"不工作是不可能的，这辈子都不可能不工作的，"沈彤微微笑着，"不工作怎么让你独守空房呢？"

男人点点头，一副认输的语气："行吧，反正你也挺喜欢你那相机的，我看比喜欢我多。"

"你跟我都几年了，我新换的相机才跟我几个月啊。"

他以为她要说"陪伴是最长情的告白"之类的，再不济也会说"几个月的相机哪比得上几年的人"，挑了挑眉，示意她继续说。

她再开口时笑得明艳："当然是新宠比较受我喜欢啦。那句话怎么说的？年年只闻新人笑，哪见旧人哭……"

明明知道她在刻意逗自己，他还是上套："行吧，就算我不受宠了，也会在冷宫努力挣扎，只为见皇上一面。"又扯扯嘴角，扮演清高的深闺怨妇，"谁让我心里只有皇上呢？"

沈彤笑："你这话说得……我平时也没有因为工作亏待你啊。"

两个人边走边聊，不远处摄影师在喊他们。

沈彤加快脚步："走吧，继续工作去。"

"跟我拍婚纱照算什么工作，"男人提起她的裙摆，缓缓道，"你不觉得乐在其中？即使麻烦了点，也是甜蜜的负担吧？"

二人默契十足，每组照片都完成得又好又快，沈彤看了都连连点头。

“是啊，可真甜蜜，”沈彤梨涡浅浅，“你光明正大地又搂又抱还能亲，当然甜蜜了。”

后来，他们辗转到了泳池边，男摄影师问：“要下水拍吗？不用怕打湿婚纱，我们有泳衣的，款式也挺漂亮，小性感哦。”

沈彤想着换来换去有些麻烦，正要摇头，男人看了泳衣的款式，也摇头说：“不用了。”

回去的时候，她问他：“你当时为什么不答应下水拍？”

“我不想别人看到你下水的样子，而且那泳衣也不保守。”该露的都露了。

沈彤正想点头说对，男人欠揍地继续道：“要看也只能我一个人看。”

番外三
十一年热恋

聂礼小朋友在读四年级的时候，某次课上，看到同桌女孩偷偷摸摸地在桌子底下看小说。

趁着下课，他快速地扫了一眼同桌压在课本下的小说——眼神这方面，他真是充分继承了他爸爸，用他妈妈的话形容就是“一本正经地腹黑”。

同桌看的小说是标准的玛丽苏女孩热爱的，花里胡哨的封面上全是大大的花体字——《腹黑校草：娇软甜心你别跑》。

聂礼推了推鼻梁上的眼镜，等同桌女孩回来之后，很是认真地道了句：“以后上课不要偷偷看小说了，这样不行，下课了再看。”

女孩吐吐舌：“我知道啦，但是这个太好看了，和我昨天看的《桀骜总裁：恶魔大人狠狠宠》不相上下，太棒了！”

聂礼皱了皱眉：“这些总裁……都很好看吗？”

他在家好像经常听到妈妈说起“总裁”两个字。

“真不是一般好看，太好看了！”女孩如数家珍，“最重要的是，不仅能看里面甜甜的互动，有时候还能明白很多事呢。”

“是吗，比如呢？”

女孩儿摊开书页，翻到自己勾画过的一页：“比如你看这里，腹黑校草冷静地一推眼镜，说道：‘爱情有七年之痒，七年就到一个倦怠期，更何况十年又是一个劫难，爱的热情早已消耗殆尽。所以我从不相信爱情，也不会爱上任何人。’”

“十年……劫难？”聂礼皱了皱眉，“意思是爱情走到了冷淡期，会乏味和平淡吗？”

女孩子瞬间呈星星眼：“你好有文采啊！”

聂礼沉默。

当天午休的时候，聂礼越想越愁，觉得自己必须要做些什么，给父母的爱情增加一些调味料，好让他们继续恩爱地热恋下去。

他不想他们的爱情变得冷淡。

后来思前想后，聂礼小朋友想到爸爸带自己看过的那些经典电影，决定今天买好蜡烛和蛋糕，给他们制造一场浪漫的烛光晚餐。他看电影里都是这么演的。

于是一放学，聂礼迫不及待地买好东西之后飞奔回家，打开门，却发现家里空无一人。

不会是吵架了吧？还是热情没有了？倦怠期来临了吗？

聂礼小朋友如遭雷劈，缓缓地走到桌前，心里还在想，等他们一回来，看到自己的惊喜，一定能和以前一样……

还没想完，他发现桌上有张字条，是爸爸的笔迹：“今天和你妈妈出去过结婚纪念日了，不在家做饭，凌晨回，你记得给何阿姨打个电话，让她给你做晚餐。”

想了想，聂礼打开电脑，发现妈妈刚更新了一条朋友圈动态，照片里山明水秀，烛光烂漫，她笑得很甜。

配文：“每天都是热恋期。”

聂礼小朋友本以为他们不复以往热情，却莫名其妙地被抛弃在家，一个人吃晚餐，还看到他们在浪漫的二人世界快意悠闲……

呜呜呜，他才十岁，他好累。

小剧场

捧脸杀与吸血鬼

那天，聂江澜正坐在机位后面指导新电影，一场喊了“Cut”，终于能暂时休息一会儿，他放下手机，支颐休息。

一边的何故偷偷掏出手机，镜头对准他，开始录制。

聂江澜意识到什么，抬头的时候，发现七八个工作人员脸上挂着有点儿怕死又有点儿凑热闹的笑，伸出手朝他靠近。

这是最近很多人喜欢录的“捧脸杀”，录制者伸出手的时候，被拍的人无论多远也会赶来，将自己的脸放在那人手心。

这群人，玩到他身上来了？

聂江澜面无表情，只是合了合眼，抵在额侧的食指抬起来，若有似无地敲了敲太阳穴。

只一个简单的动作，还想跟他玩捧脸杀的工作人员立刻被气场冻住，纷纷散开。

“今天……天气不错啊……”

“是的，中午想吃什么？”

“告辞告辞，溜了溜了。”

后来，那个视频作为极其独特的“艺人捧脸杀不成功”的案例，受到了极大关注。

有一次，沈彤和聂江澜一起做直播，做到一半，她想起要拿自己的相机举例子，朝他的方向摊开手心，勾了勾，以为他知道自己是要相机。

谁知男人顿了一下，眉毛轻挑，旋即俯身上前，把自己的下巴……搁在了她手心里。

直播完毕后，“聂江澜和沈彤”“聂江澜捧脸杀”“聂江澜为沈彤破例”三个话题全部上了热搜。

点进去的单身狗，无不被“秀一脸”。

《急速燃烧时》第二季正在筹备，原班人马即将重聚的官方消息一出，大家立刻为之沸腾了。为了给第二季预热，五位嘉宾在首期开录之前参加了节目做宣传，节目里有个环节是角色扮演。元欢选了犬夜叉，康南选了《V字仇杀队》中的V，魏北选了路飞，任行选了鸣人。

聂江澜打电话问沈彤想让自己选什么，沈彤笑着说：“吸血鬼怎么样？我还挺想看你演吸血鬼的。”

男人一张天生的冷淡脸，连呼吸都透露着凉意，偏偏又带着一股子慵懒的腔调，实在是再符合吸血鬼不过。

聂江澜很是奇怪地问：“你喜欢？吸血鬼妆太浓了，我不喜欢。”

谁知几小时前还这么说的人，几小时后居然不惜带妆回了家，连衣服都没换。

沈彤真真切切被戴着丝绒宽领带，一脸冷冽，嘴角还挂着残红的人惊艳了，拿出相机拍了好久才不舍地收手，末了还点评：“真是够带劲儿的。”

“带劲儿？”男人低笑一声，倾身上前，唇落在她颈上，“这样呢？”

“什么……意思？”

他冰凉的手指贴上她耳后，沉着嗓子答：“在吸你的血，榨干你。”

当晚，沈彤倒是没被吸血，只是确实……被榨干了。

后记

途经你的每一瞬

后悔过吗?

这个在综艺节目《急速燃烧时》最后一期贯穿主题的问句，几乎是我们漫漫人生中经常会面对的。

谁都知道后悔没有用，但也会有那么几个瞬间，想要重来一次。

但如果再给我一次机会，我还是会选择义无反顾地写下这个不一样的故事。这本书无论是创作过程还是结果，都带给了我莫大的意义。

这是我第一次尝试这样的主角 CP，也是第一次写“聂不修”这种慵懒随性又带点色气的人设，坦白来讲，我笔下写过这么多男主，聂江澜是唯一一个每次看都会让我心动，迄今为止我最偏爱的角色。

于我来说，他带着一种绝对的吸引力，张扬而内敛，偶尔不讲道理，却又带着不显山露水的温柔。他云淡风轻又势在必得，没什么能够压迫他，他的气场就是自己的盔甲。

但他的姑娘，是他盔甲下最致命的软肋，也是唯一的。

我喜欢这样的反差，也喜欢这样平等亦相互尊重的爱情。

写这个不一样的故事，创造两位不一样主角的时候，我很乐在其中，但也很明白，有许多人都和他们一样，走在自己那条看似“不一样”的路上。

在那条路上，也许会面对很多非议，面对很多从未有过经验提示的困苦，面对崭新的一切，请不要害怕——去疯，去闯，去做自己，去勇敢地做那个“不一样”的人。

在“不一样”的路上，有别人从没看见过的不一样的风景。

走到最后再回头，你一定会感谢那个从不言弃的了不起的自己。

祝福每一个人都能找到最真实的自己，也借用“聂不修”的那句话：此当暂别，咱们……后会有期啦。

鹿灵

你肩膀借我
鹿灵 著
LU LING
为找灵感去蹭课，
旁听一次课终身
面对美色，她文思泉涌，却被他沉声点名：
“这位同学，下课来我办公室一趟。”
戏精言情作家
套路
清冷 心理学教授
“你肩膀借我靠一下？”
“一下不行，一辈子吧。”
你肩膀借我
《花火全彩》
浪漫连载
人气写手 鹿灵
暖心追爱力作
新增实体番外 ♥ 四月心动上市！
喜欢是及时止损，爱是奋不顾身。